ARNO SCHMIDT

BARGFELDER AUSGABE

WERKGRUPPE I

ROMANE ERZÄHLUNGEN GEDICHTE JUVENILIA

STUDIENAUSGABE BAND 3/I

ARNO SCHMIDT

KAFF
AUCH MARE CRISIUM

EINE EDITION DER
ARNO SCHMIDT STIFTUNG
IM HAFFMANS VERLAG

DIE BARGFELDER AUSGABE
WIRD VON DER ARNO SCHMIDT STIFTUNG, BARGFELD,
HERAUSGEGEBEN.
REDAKTION DIESES BANDES VON
WOLFGANG SCHLÜTER.

KORREKTOREN WAREN
HAJO LÜST, WERNER SCHMITZ UND
RUDI SCHWEIKERT.

DIESE AUSGABE ENTHÄLT DIE WIEDERGABE
EINER KARTENSKIZZE DES VERFASSERS
AM ENDE VON »KAFF«.

DER ANHANG MIT EDITORISCHER NACHBEMERKUNG
UND VARIANTENAPPARAT FINDET SICH
AM SCHLUSS DES TEILBANDES 3/2.

UMSCHLAGZEICHNUNG VON ARNO SCHMIDT

1.–5. TAUSEND, HERBST 1987

GESTALTUNG UND PRODUKTION:
URS JAKOB, HAFFMANS VERLAG AG, ZÜRICH
SATZ AUS DER BEMBO VON SATZCENTRUM JUNG, LAHNAU
HERSTELLUNG: BENZIGER, EINSIEDELN
ISBN 3 251 80009 4

Inhalt

KAFF
auch
MARE CRISIUM

Das vorliegende Buch spielt – wie u.a. aus der Stelle S.15, Z.3 v.o. überzeugend dargetan wurde – in seinen entscheidenden Partien im Jahre 1980 auf dem Monde. Die eingestreuten irdischen Szenen sind, nach Angabe des Verfassers, dem bayerischen Volxleben entnommen; da er jedoch weder das Land kennt, noch den Dialekt seiner Bewohner, auch Bergländer notorisch nicht ausstehen kann, und vor allem eine Lokalisierung unmöglich machen wollte, wurden die beobachteten Ereignisse und Gestalten zur Tarnung in ein Gebiet nördlich der unteren Weser verlegt, westlich der Linie Scheeßel=Groß Sittensen=Hollenbeck=Kutenholz=Himmelpforten=Assel. –

Infolgedessen wird, auf Antrag des Autors, wie folgt verfügt:

a) Wer in diesem Buch ‹Ähnlichkeiten mit Personen und Ortschaften› aufzuspüren versucht, wird mit Gefängnis, nicht unter 18 Monaten, bestraft.

b) Wer ‹Beleidigungen, Lästerungen, o.ä.› hineinzukonstruieren unternimmt, wird des Landes verwiesen.

c) Wer nach ‹Handlung› und ‹tieferem Sinn› schnüffeln, oder gar ein ‹Kunstwerk› darin zu erblicken versuchen sollte, wird erschossen.

BARGFELD, den 10. März 1960
das INDIVIDUUMSSCHUTZAMT
(gez.: D. Martin Ochs)

Nichts Niemand Nirgends Nie ! : Nichts Niemand Nirgens Nie ! : (die Dreschmaschine rüttelte schtändig dazwischen, wir konnten sagen & denken was wir wollten. Also lieber bloß zukukken.)

»'dollaus. –«; und ihr Fuß zeigte liederlich eben=dort hinüber : ein Knecht hob 1 Arm; (vorn=dran also vermutlich 1 Faust) : sofort rieselte 1 Kette darausinsichzusammen. / (Und die Luft zwischen Uns & Ihm trübgrau aus Niesel, trübgelb aus Kaff; (von dem sich schon 2 überlebensgroße Schpitzkegel gebildet hatten; : »Tütenzelte von Seleniten.«; und es schprühete immer noch auf sie; und schtäubender Schall und Gemurre.).) / Der graue Brei der Erde. Weitausgreifende Leiterwagen, voll Schpelt & Granne; erst lange schtehend; dann tat der Erste seinen Todtentanz ap=um=die=Ecke. / Die nackten schwarzknochigen Bäume; anschtatt des Laubs langes Schtroh in den ergreifenden Ästen – : sie tastete sich den Skizzenblock aus der Tasche; und notierte das Schtoffmuster. (Im Hintergrund bauerte's; es konnten aber ebensogut Katzen sein, die, der Maschine trotzend, auf ‹ihre› Mäuse lauerten). Hühner. Schwarzgeregnete Bretterwände von Scheunen; die Waschküche aus Ziegeln. Ein Holzschtoß aus dunklen krummen Wurzeln, (kleinen; folglich von Obstbäum'.) – : MASCHENDRAHT ! / : »Das kann schon 1 Gewand ergeben : für kochende Landfrau'n : IRMA denkt immer an die FIRMA.«

»Von was lebst'nn Du ? !« forderte sie brutal. / Und die Krähe, die oben vorbeiwinkte, half ihr natürlich; und auch der kalte Erdschweiß unten. Gewiß; auch ich muß lebenslänglich Schtriche ziehen : sogenannte ‹Grafische Lagerbuchhaltung› : ei*ei*eieiei ! / Hier wurde der Hintergrund noch undeutlicher. (Oder waren bloß wieder die Brillengläser beschlagen ? Prüfend Kopfkreisen – : ? – : Nee; Nicht=Ich; nix Kahmhaut. Gewöhnlichster hundspoetischster Nebel.) / (Zwischendurch auch ‹Kaff› erklären : »Ihrin-Schlesien hättet Schpreu gesagt; gelblich iss 1 wie's Andere.« Owiesoundeutlich.)

Und das lange Schtroh in den Ästen: »Daß wir uns so an diese grünen Zitterscheibchen gewöhnt haben, ist natürlich .....« : »Reine

Gewöhnung.«, half sie mir ironisch ein. Auch die rauhe Krähe oben rezensierte mich gleich : »Mänsch; mänsch=mänsch !«. Und selbst mein eigenes Gesicht verzog sich, ob meiner Einfallslosichkeit. »Ich möchte solch Gesicht nicht schneiden können.« sagte sie ehrbar. »Dann sieh Dir doch so lange Cromwell an, Süßherz !«; (seit 3 Tagen las sie schon – und verehrte sie, wie üblich – den für den betreffenden ‹Lesering› Verbiografierten; sogar jetzt lag der Buchwanst in der ISETTA, hinter der Gepäckgalerie : dafür hatte ich auf meinen ESSENTIAL JAMES JOYCE verzichten müssen ! Und ich nickte ihr wieder einmal ingrimmich zu : !.) / (Jetzt fingen mir auch noch die Ohren an zu klingen : genau im Dröhnton jenes um sich schtoßenden Nicht=Güterwagens.)

»Komm. Abdrehen.« – Zunächst nach Ost. (Iss egal. Aber nich *ganz* egal.)

Verfaulte Felder. (Aber nich gans verfault : Burrr flogen Rebhühner auf ! / ‹Nix Niemann Nirgns Nieh› greinte es maschinen noch Uns hinnerheer. / Ihre hohen Hacken knitschten im Saft. »Es regnet ? : Das thue ich vielleicht. : Lessing.«)

Man lackiere 1 Gerät giftgrün & knallroth : dann wirz dem Deutschen Bauern heilich sein : »10 Oxen + 1 Bauer = 12 Schtück Rinnt=Vieh : Mörike !« / : »Puritanisch & trostlos, Honich ? Hier ? – a) : Das mußt*ú* sagn ! – b) Geh mir mit sogenannten ‹rianten Gegenden› !«. – (Zu Schnecken *ohne* Haus sagten wir : »Na; Schneck ?«; zu solchen *mit* Haus : »Nun ? Herr Schneck ?« – wir hatten schon zu lange Mieter sein müssen, um in dieser Beziehung noch irgend Rückgrat zu haben.) –

»Mänsch, iss das lankweilich ! – Gipp ammall BILD.« / Es enthielt eben die unschätzbare russische Aufnahme von der Mondrückseite, nischt wie ‹LOMONOSSOFF› und ‹ZIOLKOWSKY› : »Potz Osservatore Romano & Kraßny Flot !«. / Die Baskenmütze oben drauf blieb unbeweglich; aber ihr Cape wexelte im Wint die Geschtallt. (Nackt & mit 1 Sonnenblume im Haar. Möcht' ich Dich sehen. Aber dazu iss jetz nich die Jahres=Zeit. : »Nee.« beschtätichte sie eisenseitich=rundköpfich. ‹Kopf auf Weiblichem befesticht›.)

»Mänsch iss dos lankweilich.« – (Dabei schtand sie neben einer Distel, so hoch wie 1 Frau. Die übliche unsichtbare Schpinnewebe überklebt knisternd ihr bißchen Schtirn.)

: »Kuckma – !« : So lose fiel 1 schwarzer Vogel auf seinen Zweig : so gleich falterten 2 braune Blätter nach unten weiter. Sie zertrat, unbewußt, ihre eigene Schpur; mit dem eigenen Fuß; man kann

das natürlich machen. (Und irgendwie hatte ich das Gefühl, mein Gesäß nässe mir : krieg'ich etwa doch schon Hämorrhoiden ? ! – Gewiß, sie zieren den Gelehrten; aber würde es bei einem einfachen Lagerbuchhalter nicht gleich wieder heißen, er wolle über seinen Schtand hinaus ?)

Schtrohberge vorm Waldrand : »Schtell Dir amall vor : KRIEG; und 3 Nächte da=druff.« (Ich schtellte mir's, gehorsam, vor. / Sie nahm wieder 1 Blatt auf; hielt mir's schtumm hin; und ich gemeinplätzelte : »Jedes kann ehrwürdich sein : als das Schterbebett 1 Käfers.« Sie trauerte ein bißchen. Und kwittierte dann über den Einfall mit 1 Handbewegung.)

»Mänsch, iss das nie lankweilich ?« / Dabei sah sie bereits intressiert dem davonhinkenden Hasen nach; der Wind machte, bevor wir den Waldrand betraten, aus ihrem Schläfen=Gefieder rasch noch einen Schopf : »Deine Locken, mein Wohl & Weh !«. (Und ich faßte dieselben, oben & unten, mit je 1 Hand : ? / Sie nickte zögernd : schpäter vielleicht einverschtanden. / »Aber denk ammall, wenn Die erst uff'm Mond sein werd'n !«).

: Rascheln ? – Irgendein Woodwose ? – : 1 hagerer Schtier, der den Hügel seiner Favoritin von hinten kitzelte. (Sie wandte verwirrt die Augenseite von dem Schau=Schpiel ab; dafür ihm die Ohrenseite, die Fellseite, zu – es schalkte & marxte aber auch tatsächlich dortvorn im Röhricht, in feuchter Fäulniß weichem Wust. (Und hier zeigte die braune Walderde lüstich mit 1 dicken Finger auf sie : wildödedüsterneblicht : Peng ! Glans des Cronsbeer=Krauz.)

Und die Läube ! / Und die schteindruckgrünen Kuhpladdern : vor dem einen, 80 mal 30, kam sie aber doch zum Schtillschtand; und zog wieder ehrfürchtich den Block : *das* Grün : und das breite Musterband des Traktorenreifens darin ! ..... : »Du nimmst aber gans schön Mottiewe mit.« (Und der Nickkopf über der Zeichnerinnen=Hand.)

Das GROSSE MESSER wieder mal ? (28 Zentimeter von Griff bis Schpitze). – : »Die Anti=Millitaristen habm de lenxtn Messer.« sagte sie hilflos=höhnisch zu dem, was Ihr die bestrettschten Füße aus den Brombeerranken schnitt. Sie horchte auf den Tritt meiner Schtiefel; (ich hab mir jeden Knöchel rund 5 Mal gebrochen; und muß immer ‹Hohe Schuhe› tragen); und machte mit dem schon=freien weißen (& sommerschprossijn, ich kenne ihn) Fuß Figuren ins Moor.

»Meinstu, das würde auf'm Mond wenijer lankweilich sein, Hertha ?«. :

»Na hörma,« sagte sie, ehrerbietich & entrüstet : »Uff'm Monde? Aber das schtell ich ma doch *maß=los* intressant vor ! – Im Vergleich zu Giffendorf=hier ?«. (Äußerunk, getan, kurz bevor wir die Wälder betraten : die schwarze Perlenschnur des Schafkots – ‹Schaaf=Kooz› ? – lag wie eine Meßtischblatt=Grenze über'n Weg. Hinten der Schrecken eines langen Schtalles, der wandig duckpfeilte.)
»*Du die Zähne* zieh ich Dir : unschwer.« / (Für all die Farben=rinxumm hätte ein Autolackierer natürlich vollere Namen gewußt : ‹Cortinagrau; Pompejischrot; Gris de Lin›; womöglich tropfenweise ausgeschprochen. : Die eigentliche Schwierichkeit im Leben ist ja die : daß der unbedarfte Schtädter sich an den rührenden Kweer=Schprüngen 1 Kälbchens freut; während der berufsmäßije Hörer des ‹Landwirtschafts=Funx› daneben, sich gleichzeitich ‹WURSTBULLE› notiert : das ist die offizielle Schlächterbezeichnunk; da kennt Der sein Schick=Saal. (In den Därmen der Wiederaufrüstunk : ‹Küchenbulle› gab's schon ‹zu meiner Zeit› : 'n anschtändijer Mensch kann wieder mal nur Emigrant sein, oder Jakobiner !).
»*Was frag'ich viel nach Aff'* & Papagoy, solange wir Eichkatzen haben ?«. : »Na, immerhin,« sagte sie; reiselustijer, opzwar gerunzelter, Schtirn; über der toten Maus; in der frischen Wagenschpur : wir schoben, von beiden Seiten, mit den Schuhschpitzen, etwas Erde über das arme Dink, die jetzt=leere Fennich=Flöte, (1=ihr rosa Löckchen wackelte zu alledem im Wint.) / : »Jetz' – bei der augenblicklichen, mit Recht so genannten ‹Politischen Lage› ! – *im Mond=Du ? : Nee !«*
Sie nickte, trübe, ihr ‹doch› : »Lankweilich.« / : »Lankweilich ? Hier ? Im Fahlgrünen ?« (1 Traktor meißelte von fern : Fabrikat=fabrikat !). / Trotz : »Langweilich.« (Und 1 Blatt, das sich wie 1 Schpatz benimmt : also, Wind=Schtoß, benimm Dich !) / :
»*Eher umgekehrt, Herthie. – : Darf ich maa* .....

..... *langweilich; langweilich : so langweilich* ist es doch auf Erden nie geweesn ? ! : »Mänsch, was'n *Da*=Sein !«. (Und hob den Aluminium=Hammer; und ließ ihn auf den dicken Knopp fallen – : ? : – nichts; gar nichts.
: »Dabei müßte es doch längst schpaltn ! : lies noch ma die Vorschrift.« (George war schon wieder nervös). : »Du bist zu reizbar, Freund.« : »Ich könnte mich selbst nicht mehr achten, wenn ich *nicht* reizbar wäre !« zischte er prompt. Und : »Lies den Dreck ! – Aber laß um Himmelswillen den ‹Kuckucksschiefer› fort.« (Dabei

hatten wir gerade davon wunderschöne Blöcke, bläulich und röthlich geäugelt .....

»So schtellst Du Dir's uff'm Mond vor ?«, fragte sie verwundert : »Das fass'ich noch nie : wo schpielt'n die Sseene ?« –

»Kannstu Dir 1 Klein=Krater vorschtellen, mein Leben ? – 500 Meter Durchmesser ? – *So* sorgfältich ausgesucht=ä : daß er in der Mitte 1 hohen Zentral=Schpitzberg hat : von dem aus, laufen zu den Kesselwänden 5 bis 7 hohe Aluminium=Konstruktionen; als Träger der Plexiglas=Kuppel, die über dem Ganzen flachliegt : ‹GLASS TOWN› ! – Kannstu Dir das vorschtellen, Hertha ?«

»So weit iss meine Fantasie, unberufen, noch intakt.« versetzte sie würdich : »Und was hat ‹Kuckucks=Schiefer› damit zu schaffen ?« / (»Übrijns vielleicht gar nich dumm« murmelte sie noch hinterdrein : »Schiefergrauer Grund; rot & bläulich geäpfelt; – : *und'n* Kuckuck ?«. – Sie blies zwar zweifelnd die Lippen auf; notierte es dann aber doch auch in den Skizzenblock.)

»In der Innenwand des Berges Werkschtatt=Höhlen, ja ?« – : »Jaa« sagte sie; (nervös, weil sie mich niesen hörte) : »Kannsde Dir nie'n Hemdkragn zu=knöppn ? Daß De immer mit nackter Kaule rumloofn mußt .....«. (Legte mir aber doch den Schaal, der sich verschoben hatte, mit 1 gewissen Zärtlichkeit zurechter) : »Das ist schlesisch für ‹halsfrei› ?« erkundichte ich mich : »Danke Dir; ausgezeichnet .....

..... *ich sah ihn also mißbilligend, und nach Kräften* über die Brille hinweg an – : ! / (Und ein doller Anblick *war* George Harris schon, unrasiert, und in Badehosen : barfuß ! (Das heißt : ich hatte ihn, als wir noch auf Erden wandelten, schon in schpärlicherem Kostüm gesehen. Auch unrasierter noch, als Soldaten .....

»Wieso sitzen die in Badehosen da oben rum ?« fragte sie; ungnädich ob einer großen, insichtkommenden Fütze : »Ich denk', da sind 100 Grad Kälte ? – achso : ‹Treibhauswirkung›,« ermahnte sie sich. : »Nicht nur, schönes Kind; nicht nur !« / (Und, hoppalá, der Übergang über die Beresina : »Darf ich Dir meine Hand hin leihen ?«; und hielt sie=ihr, gnädich wie zum Kuß, über den Graben : ! / »‹Hinleihen› !« äffte sie gehässich; griff aber doch danach. Und hoppalá ! / »Schtill! : Meine heilje Seele kräuselt sich ! – : Nicht ich, mein Herz : Mörike=Mörike !«. Und sie, betroffen : »War Der *ooch* größnwahnsinnich ?«

..... *dann griff ich nach der Magnakarta* unsrer Existenz; der 1 Schreibmaschinenseite. – (Reiche Zeit damals noch; gans zu

Anfank; beim bloßn *Anblick des Papiers* wurden Georges Backenmuskeln dick !) / ».... also den Anfang wisstu nich ?«; (ich; über die Brille hinweck; Schpaaß muß sein). : »Schar=lieh; wenn Du mich lieb hast,« sagte er erschöpft : »mit sowas scherzt man nich. Außerdem weiß ich den Anfang bald auswendich : noch wehre ich mich dagegen; aber ich fühle den Zeitpunkt näher rücken, wo ich es kann – : und *nur* noch das.« schloß er düster. / Dann hob er knapp und fordernd die Schtirn .....

»‹Papierreiche Zeit› ?« fragte sie mißtrauisch : »Um was für anne Werkschtatt handelt sich'nn das überhaupt ?« / Der Wind fegte Blätter um sie zusammen. (: Eine ‹Excursionsflora› hat man nie zur rechten Zeit bei sich. Und würde sich ja auch zu Tode beschtimmen damit : wer hat schon zu sowas Muße ? ! ('n Renntjee, uff'm Lande; der ja : Thünen, ‹DER ISOLIERTE SCHTAAT›.).) / : »Du siehst 2 fast=nackte Schiefertafelmacher

in ihrer Werkschtatthöhle : suchte ich also die betreffende Schtelle, und las / : »Der Schiefer wird, solange er noch weich ist, an Ort & Schtelle in Platten geschpalten : dies geschieht von den Schieferhauern, die entweder Schiefer*schpalter* .....« – (»Weiter : weiter !« schtöhnte er) – »..... sie thun dies auf dem Schieferschneiderklotz, einem anderthalb Fuß hohen hölzernen Block, an dessen obern Theile ein Schtück nach einem rechten Winkel ausgeschnitten ist : –«

»Siehe Ab=Bildung.« sagte er bitter & by heart : »und die fehlt natürlich.« (Allerdinx; die fehlte. Wie auch die des ‹Blankhakens› und des ‹Rüstbocks› – oder waren die nur für Schiefer=*Decker* ? – Ich wußte es nicht.)

»Aber der Hammer ist doch beschtimmt richtich.« beschwichtichte ich ihn : »Die Beschreibunk iss ja vollkom' unmißverschtändlich : ‹Auf der einen Seite mit einer glatten Bahn, um die Nägel damit einzuschlagen› .....« – (*»Welche* Nägel ? !« fragte er, wie immer an dieser Schtelle; und aufgebracht wie immer.) – »..... ‹auf der anderen Seite sichelförmich; mit scharfer Schneide, mit welcher der Schiefer behauen wird.› – Quod erat demonstrandum.« fiel mir teuflischerweise noch ein. (Worauf er beinahe unsinnich wurde; Gott, man hat halt ne gute Schule besucht.)

»Nu hau schon nochma drauf, Dschordsch.«; so milde, daß er vollends verrückt wurde. Mit dem Hammer bis an die Decke ausholte. – (Und auf den Meißel wixte, als wolle er den ganzen Satelliten schpallten – –

: ! ! ! / : »Na also.« (Was er gleich wieder nahm, als hätte ich damit

ausdrücken wollen, wie es bisher eben nur an seiner Faulheit gelegen – ich setzte vorsichtshalber den Fuß auf seinen Schieferdeckerhammer.) / (Und dick wie 1 Daumen war die Platte auch geworden.) Aber immerhin : »Du, wenn wir die geschickt einteilen ? : ergibt das mindestns 3 Schiefertafeln. *Und* noch n paar Notizplättchen : ich zieh gleich ma die Umrisse. – Wieviel sind wir überhaupt noch im Rückschtand ?«

»Sex=Hundert zwo und=neunzich.« sagte er dummf : »Wenn sie nur einijermaßen geratn, muß 2 davon sofort der Präsident kriegn.« : »Hau Du nur aus,« erwiderte ich munter, »ich reib' sie sofort mit Sandpapier glatt; ‹schabe sie mit dem Schabeisen› .....«; (hier hielt er sich bereiz wieder die Ohren zu; gewiß, es war ein Zitat aus unserer Anweisunk; aber er besaß eben nicht den gerinxtn Humor : mir hat man schließlich auch nich an der Wiege gesung', daß ich mir mal mein Brot damit verdien' würde, indem ich auf'm Mond Schiefertafeln mache ! – Wenn ich nur gewußt hätte, was dieser ‹Tripel› ist, mit dem man angeblich die letzte feinste Politur verleihen sollte ? : kam es nicht von weit, gans weit, noch weiter, her; Silben, auf Buchstabenfüßchen gekrochen; ‹HECTOR SERVADAC› : ‹FACE AU DRAPEAU› : ‹Dem Tripel nur, Du Sohn des Ruhms, verdankt Dein Schtahl den schönen Glans› ..... ?

(Erst mißtrauisch) : »Glanz ?«. / Aber mein Gesicht blieb, vor lauter Erinnerungen, *so* verrucht=glatt; nischt wie ‹CHASSEURS D'AFRIQUE & MOSTAGENEM›; daß sie, und wohlgefällich : »Na, immerhin : 1 Präsident ?« sagte. : »Es schteht also doch ein wohlgeordnetes Schtaatswesn dahinter.«

Wir waren aber auch, die letzten Meter von blutrot=zitternden Ebereschengittern geleitet, nunmehr am Teich : hinten verbarx die gelbgraue Wand aus Schilf und Wasserdunst. / Sie lieh sich mein Taschenfernröhrchen, 10 mal 25; und vergrößerte sich den Frosch=zu=ihren=Füßen. (Bis der 1 Auge nach oben=hinten drehte; und 1 Satz tat, aus Schlamm in Fluth, daß Fräulein Hertha Theunert darob erschrak. Dieses sogleich als Schwäche empfand – : 1 Schtädterinn auf dem platten Lande, und erschrecken ? Na Heh ! – und sich nach etwas Schuldijem umsah : ? / »Du darfst Deine Schwäche auf mich schiebn.« schprach ich gütich aus der langen, auch lang=samen, Umgeißelung meiner Hängeweide. Sie schnob gleich, verächtlich & weiß, (wie wenn sie innen gans voller Nebel wäre. – Und *noch* 1 verächtlicher Meter=Schtrahl : »Pff !«). Dann legte sie das Geschpräch – kann man's so nenn' ? – aufs geschickteste wieder um :

: *»Wenn der Eene Schiefertafeln* macht – : dann der Andre vielleicht die Griffel ? .....

..... : *die Griffel ! : Und George sah mir zu – neidisch* wie immer – wie schnell das in dem weichen Schtein so ging : zick zick zick zick zick ! (Dann sork=sahm anschpitzn. Und jeedn kurz auf dem kopfgroßn schwarzn Klumpn probiern. ? – Er sah mir immer noch zu .....

: *»‹Schwarz› –« fiel ihm ein. Und Kopfschütteln.* / Und : »Mensch, ich weiß schon manche Worte nich mehr. – Jeedn Morgn, wenn ich aufschteh, hab ich das Gefühl, ich wäre *wieder* dämlicher gewordn. : ‹Schwarz ›. – : 1 Glück wenichstn, daß wir die Neger los sind !« / (Hinc illae lacrymae : also *das* war ihm bei ‹Schwarz› eingefallen. Gewiß; wir hatten *nie* Neger mitgenomm'; unter dem ziemlich fadenscheinijn Vorwand, daß diese ‹Tropengeschöpfe› das Mondklima=hier doch nicht vertrügen : hic niger est ! – Wieso fiel mir heute immer dieser verfluchte billije Zitaten=Tinnef ein ? / : »Sei froh, daß Dir überhaupt noch was einfällt.« belehrte er mich; und, schtöhnend : »Wenn man bloß nich immer diese Erde vor Augn hätte !« – –

»Wieso d'nn das ?« fragte Hertha verdachtsvoll. Dann, verschtändnisinnich : »Achso : Erd=Heimweh der Abkommandiertn.« / Dann aber, doch wieder beunruhichter : »Oder – : *könn'* Die etwa nich mehr zurück ?«. Und, jetzt voll drohend : »Duu ? !« / (Der Wind versuchte auch gleich im Laub à la Schlange zu rascheln; ich hörte den Unterschied aber sofort, und lächelte nur schpitzfündich : DBR & Pessimismus ? : das gehört'och zusamm', wie Potz Sand & Kotzebue ! / Wir gingen weiter durch den Chor der Rauschendn; SieTittnpar, Ichinsektnangerannt. ....

(..... : denn dort=obn, wenn man den Kopf nur 1 bißchen aus dem Höhlenmunt renkte, schtand sie : immerfort an derselben Schtelle; groß & unschön. / : »Ballt isse wieder voll.« George; halblaut. – Und, verdrossn, ich : »Ja; und gans dunkelroth ooch : viel fehlt nich mehr.«

»Momentmal.« sagte sie; und blieb schtehen. Schlenkerte auch das Blatt, das ihr über's linke Auge hängen wollte, resolut beiseite. / (Sah erst noch was andres; und zeigte, und wunderte : »Palm=Miezl ! – Jetz' ?« / Übersetzte's mir auch in 1 unwirsches ‹Weiden=Kätzel›. / Aber dann gleich wieder ‹zur Sache› –

: *»Also nur Weiße ? – Wie schtark iss'nn* die Bevölkerunk überhaupt ?« – : »Nuuu – : 994.« sagte ich, großzügich=hinterhältich. / : »Das iss nie viel.« – (Gans recht, mein Kind : aber dafür verdammt weenich.)

»Und bloß Yankees ? – Weder Creolen, noch Mulattn; noch=ä – sag Du ammall noch Sortn.« / : Mestizen; Metifen; Calpan Mulatos; Zambos; Cascos; Cabern; Tresalven; Zambaigen; Cholen; Saltartras; Postizen; Coyoten; Giveren; Cambujos; Harnizen; Barziden; Albarassaden; Castizen : Terzeronen Quarteronen Quinteronen Octavonen ..... / »Hör auf.« sagte sie schlicht. / Dann siegte aber doch die weibliche Neugier wieder : »Albarassaden ? – Das'ss'a hübscher Name : Wie sind'nn da de Elternteile ?« : »Mulatten & Cambujos.« : »Mulattn iss klar : Neger & Europäer. Aber ‹Cambujos› ?« : »Mulattinnen & Zambaigen.« : »Und Zambaigen ?« : »Amerikaner & Zambos.« : »Und Zambos ? – Du : kommt nich beim Keller anne ‹Zambo=Maria› vor ?« : »Entschtehen, wenn 1 Neger 1 Amerikanerin bürschtet.« / : »Iss dos kommpliziert.« / »Tcha : nur französisches Blut; über einije Kanadier; ist noch in dieser Gruppe der Mondbewohner.«

»In dieser Gruppe ? ! – Oder nee; erst –« schrie sie, schon erschöpft vom Anhören so vieler Lügen : »Wieso sieht ma de Erde *dunkelroth ?* Ich hab'amall in'ner Illustriertn gelesn : sie würde blau & fahl=grün wirkn, ‹umwogt von weißlichen Wolkenzügen›, und überhaupt sehr apart – ?«. »Du siehst, man kann sich auf die Illustriertn eben in keiner Hinsicht verlassen,« entgegnete ich, achselzuckend, (und zwar vor Geringschätzung nur mit 1 !) .....

»Du, die Astronom' habm durchsickern lassn, daß, wenn unsre USA diesmal zum Vorschein komm', in der Gegend von Kansas ein hellroter, wenn nicht gar weißer, Fleck sichtbar sein würde : die Oberflächenlava der Wasserschtoffbombenprodukte hätte einen kleineren Magmaheerd ‹erschlossen›.« (Und George schtöhnte doch wieder erleichtert, denn er war aus Missouri – ich *mußte* ihn heilen !) : »Mensch=Dschordsch : denxtu denn tatsächlich, Dein ‹Haus am Hang› schtünde noch ? Auf der Erde ist doch aber auch platterdinx *Alles* kaputt ! Brennt & fließt; und von Leben iss überhaupt keene Rede mehr.« / Er schniefte wütend. Und hämmerte eine kleine Weile. Und murrte dann verschtockt : »Das kannstú – ausgerechnet *Du* ! – gar nich wissen. : Bei Uns in Missouri .....«; aber ich unterbrach ihn rücksichzlos; er durfte

solchen Gedanken ja schon aus gesundheitlichen Gründen nicht nachhängen; (abgesehen davon, daß es erst neulich nochmals offiziell verboten worden war .....

»*Das kännste aber oo nie* wissn,« sagte sie mitleidich : »Ts. – Laß'n doch von der Heimat träum'.....«; (»Ich denke nich daran« konnte ich hier schnell einschalten; und sie, zu ihrem Schlesisch nickte nur : »Ich weeß; Du bist hart.«) / Blieb auch, wie sehr gekränkt, weit zurück. Ich, als Dschentlmänn, schritt fürbaß. Und schaute auch nicht um, als ich ihn, trotz all des Busch= und Astgetues vernahm, den feinen widerwärtigen Klang : einen Hexenfortz. Sie kam, scheinbar versöhnt, (auch irgendetwas mit ‹ent=›; Manche Winde sind wie mein Sohn), wieder neben mich gebummelt. / »Also Du würdest die Menschheit tatsächlich für verrückt genug haltn ?«

: »Im Jahrzehnt zwischen 1960 und 70.« beschtätichte ich ....

: »Das war 1 Unheilstag !« flüsterte George entgeistert : »Dieser 10. September 19 Hundert=Mumm=unn=Sechzich .....« : »An dem die Russen sich *nicht* widerschtanzlos mit H=Bomben zudekken ließen, sondern rüstich zurück=warfen,« ergänzte ich bissich : »Habt Ihr=Republikaner gedacht, Euer greiser Führer=General ‹würde's schon machen› ?« – / Er schlug drauf, daß sofort die nächste Platte los ging – : »Priemadünn, George ! Du, das iss was für'n Präsidentn.« Und so wütend er war, er kam doch her, und begutachtete das herrliche Schtück. – »Du das ergiebt'n Exem*plar* ? – 45 mal 60 – : das iss glatt 'ne Schreibunterlage für ihn. Zum Notizen=Draufmachn; auf'n Schreibtisch. – Vielleicht sollten wir *doch* öfter von Politik schprechen ?« / : »Wärstú vielleicht lieber russisch gewordn? Wenn Du die Wahl gehabt hättest ? !«. (Du damit widerleexte mich nich; ich bin'n alter Ratz=johnalist) : »Erstns : lag überhaupt kein Anlaß für dergleichen Alternative vor .....«; (»Richtich« fiel er erlöst ein : »‹Alter=na=tiehwe›; ich hatte das Wort bloß nich mehr parat.«) ..... »und zweitens : vor die Wahl geschtellt : *entweder* amerikanisch – aber uff'm Mond. *Oder russisch – und auf der Erde ..... ?«*

So griff ihre Hand zu; so rührend aufrundete sich der doch=dreißigjährige Mund, die pure pute Schnute; das Kinn wies atemlos über die fahle Wiese mit den weißen Maulwurfshaufen – : – Gewiß; dort wandelten Kühe gegen den Wind, dummf murrend – ? –

: ! : 2 Rehe ! – : »Tatsächlich –« / Schon im dunkleren Winterkleid. Hoben sichernd die Köpfe herüber – (»Gans ruhich« wispern;

nicht einmal die Lippen dabei bewegen) – da senkten sie sie wieder. / »Gippammall !«; und ihre Hand verlangte es hastich. (Erst wollte ich einen anderen Scherzartikel. Gab es aber dann doch, das Fernrohr; und sie hoop es – »Halt=Du; das Eine kuckt grad wieder her« – ans Auge.) / »Och«. Ihr Mund; ungläubich; Schtädterinn=ebn. Und wieder, immer gläubijer : »Och : die schwartzn Schnäuzl .....« / : »Jetz ! !« – Und absetzn; und, bloßen Auges, hinterher schauen : wie die Beiden in schlangstn Schprüngn den letzten Drahtzaun nahmen; und im Waldrand verschwandn. / Sie, völlich verloren & vertan : »Hatzdú schonn ammall a Reh=in=Freiheit gesehen ? – Ich noch nie.« 1 rotes süßes Lachen. Und unsere Lippen fochten lange. (Eben auf jenem roten Fleck, aus dem die Worte gekommen waren.) / Aber sie mußte zwischendurch auch immer wieder auf jene ferne Schtelle schauen : schtellten wir uns also schtumm nebeneinander; und machtn fleißich Nebl. (Niebelungn Neebljungn.)

»Tja; die Erde habt Ihr auf'm Gewissn.« : »Mensch Du hast woll'n Loch in der Raumhose ? !« (Dies der neueste Ausdruck für ‹bekloppt›; und er blickte wild nach dem Hammer in seiner Hand) : »Ihr habt bloß Schwein gehabt, daß *Ihr* nich grade an der Regierunk wart ! – Und noch lange nich sein *werdet.*« setzte er verbissn hinzu : »*So*viel gesundes Empfindn iss gottloop *doch* noch im amerikanischen Volke vorhandn, daß .....« : »Laß gut sein,« bat ich : »Wahl iss erst übernächstes Jahr wieder. – Außerdem atmest Du viel zu tief, und über Dein Kwanntumm hinaus, wenn Du dich so aufreext. Auch würde ich mir, an Deiner Schtelle, wieder mal die Zähne putzen.«

»Mit was ? ! : Hastú Deine Zuteilunk noch nich verbraucht ?«. (In 6 Tagen gab's erst die nächste.) / »Das Schlimmste iss & bleibz Klopapier .....

Sie blieb sofort schtehen : »Tatsächlich. – Daran hatt'ich noch gar nie gedacht.« Und mußte doch kichern. : »Was nehm' Die d'nn da ? Schiefer geht ja woll nie für *Alles* .....

..... ich bin schon gans wunt.« : »Denxte ich nich ?« fragte ich entrüstet zurück : »Die Kerls *sagen* doch bloß, es wär'n ‹Schwamm› – in Wirklichkeit iss es ganz hundsgemeiner Kork ! – Richtijes reelles Klopapier kriegen doch bloß noch Kranke; und sogar da nehm' se, in leichteren Fälln, schon das Gummibürstchn –«. Und wehrte den Aufhorchenden ab : »Neenee, selbst *das* krixte nich; nur in Fällen von ‹gut sichtbaren Hämorrhoiden›.« :

»Na; das wird ja nich mehr allzulange ausbleibm.« versetzte er bissich. / Und wir meißelten wieder 1 Weilchen.
: »Wenn es wenichstns einmal regnen würde!« Er; nach eben diesem Weilchen : »Oder man säh mal 'ne Wolke. Oder ne Schternschnuppe : Wind & Regen.« : »Bei den Russn soll manchmal schon Nebl sein«; ich; nachdenklich=neidisch=trüb. Und er ging sofort wieder hoch .....

Sie sah sich mit neu erwachendem Interesse um : »Da sieht man erst ammall, was man an solchm Nieselwetter hat.« Ihr Arm machte einen Giraffenhals; schob sich einem Baumharlekin unter den zerlumpten Kittel; und knusperte dort irgendwas; (ließ aber gleich wieder los, um nichts kaputt zu machen. Hielt auch nicht, wie bei Menschen sonst gedankenlos=gebräuchlich, Abgerissenes im Handschnabel.) Kam weiter mit. / Beanschtandete meine Schpur : »Ts=Deine Trittchen immer.« (Zur Schtrafe hätte ihr der Wind beinah die Mütze heruntergeschtreift. Leider schaffte er es nicht gans; nur ihre Haare an der freien Schläfe schweifwedeltn wild & feurich.) / : »Siehstu : für diesedeine Unart hört jetzt der Weg auf.«
Unverkennbar; was half da das einzigartige hellgelb & braun des Grases ? (Wie auch ich es, *so* schteppenmäßich, noch nie gesehen hatte. »Das iss dieser irrsinnije Sommer gewesn.«) / Also, wie gesagt, 20 Meter bultijen Grasläufers noch – : dann ein tiefer Graben mit Doppelzaun, rasend verschtachelt. / (Dann allerdinx wieder herrlichste Wiesenplatitüden. III Bäume. MARGOLF schrie der Häher. : »Die verzehren junge Kreuzottern.« informierte ich sie : »Traurich & verrückt.« Aber sie blieb mittelmäßich ungnädich, daß der schöne Weg sie derart zum Besten zu haben sich erdreustete.) –
»Was soll'nn das hier vorschtelln ? !«; (und mit dem Kinn auf das Hindernis zeigen). Ich wußte's zwar nicht genau; aber : »Die Kreisgrenze, Freuln Theunert.« / Sie war nicht zu versöhnen : »*Was* für'n Kreis ?«. Dies ging mir zu weit; also erwiderte ich nur kühl : »Gifhorn.« (Und wünschte, daß es falsch sein möge. Aber ich hab' da fast immer Pech; ich bin 1 zu guter Schtaatsbürger, und weiß schteez, zu welchem Landratsamt ich ‹gegebenenfalls› muß.)
Sie schniefte sehr, der Kleine Überdruß. (Wie ungedulldije Schtadtflanzn fleegn.) / : »Wie schpät ?«. Aber ich bewegte verneinend den Kopf : »Deswegen knöpf'ich mich nich auf.« (Ich kultiviere grundsätzlich Taschenuhren; sie wußte das auch.) Und : »Willstu mich zum Exhibitionisten erziehen ? : Sei 1 Gentlewoman und sieh auf die Armbanduhr.« (Da fiel es ihr ein ..... ?

»Kuck ma auf die Uhr, Tscharlie,« bat er angewidert; und ich schpähte nach der mannshohen Sanduhr am Eingang : – (die Ablesung war nich gans leicht; denn man hatte uns natürlich eines der erst=unvollkommensten Schtücke verpaßt : für uns wär's gut genug. – Immerhin; unsre 6 Schtunden hatten wir bald runter.)
»Mach noch die große Platte fertich, George. Und ganz sauber : die nehm' ich gleich'm Präsidentn mit; da iss unsre Existenz wieder für'n paar Tage gerechtfertticht.« Und er röchelte neidvoll : »Ihr habt noch Sitzung nachher ? – Mänsch, wenn ich an die Tasse=Kaffe denk'.....« (Denn Kongreß=Mitglieder, auch wir von der Opposition, bekamen vor jeder Sitzunk 1 Mokkatäßchen Nescafe, zur Schtärkung der Gehirntätichkeit; und wurden von den übrijen Einwohnern entschprechend beneidet; von Kaffetantn sogar gehaßt – je nun, ich war nu mal einer der wenijen Männer im Lande, die 'n bißchen=was von Büchern verschtandn.)
Schtichwort ‹Bücher› : »In de Bibliothek komm'ich heut Abmd auch noch hin,« bat George : »Kannsdu mir nich ma was Vernümftijes rauslegn ? – Wir sind doch Kumpels –« fügte er, in plumper Schmeichelei noch hintenzu. Worauf ich ja nun, gottlob, unbeschtechlich die Brauen heben konnte: »Dschordsch ? : ‹Gerechtichkeit in Freiheit› ! .....

»Du bist'n ganz satirischer Bube.« sagte sie betroffen. Kicherte aber dann doch anerkennend. / »Da mußdú aber die Drähte haltn .....«. (Beim rechtsab Durchdenzaunkriechen : wir wollten versuchen, ob wir nicht dort, über die Wiesen, auf einen andern Rückweg kämen. – »Hoffentlich iss der Boden nie zu naß.« : »Oh, es *giebt* Summflöcher hier.« ermutichte ich sie : »Tanndte Heete hat vorhin erzählt, wie erst neulich 1 Rind beinahe versunkn wäre : man konnte ihm eben=grade=noch 'n paar Bretter unter'n Bauch schieben. – *Uns* würde mann, in dem just aufkommenden Neebl, freilich überhaupt nicht findn.« fügte ich noch, nachdenklich, hinzu : »Mach'Deine Rechnung mit dem Himmel, Mamsell. – Und schmiege Dich noch einmal, vielleicht zum letzten Mal, an mich .....« (Sie schmiegte). / : *»Noch* fester !« (Sie schmiegte feste.) / : »Nee, *noch* fester *nich.* Ich bin auch nur 1 Mensch : respice finem.« Und ächzend, wie Halb=Asthmatiker bewundern : »Mädchen, *kannsdú schmiegn !* .....

..... *Haßdú diesn Monat schon ?«.* Aber George schüttelte hoffnungslos den Kopf : »Ich müßte zu dieser altn Kentucky=Schtute, der Marjorie Tompkins. – Und selbst da wär'ich noch nich ma drann. – : ? : Ruhich ! –«. (Und aufmerksam das Werkzeug sinkn lassn; und hin horchn). Denn

unten, auf der Schtraße, hatte die Lautschprecheranlage geknackt; der Gong für Gewöhnliches wogte dreimal, ja flutete. Und dann der volle, hinreißend=singende Bariton des Ansagers : »Die zwölfte Schtunde für alle Schterblichn ! – Finsternis auf Erden; Licht über den Schternen. Der Mensch sei gerecht; Gott aber ist barm=herzich : Kommt in die Kantine !« –

»Dieser Dichter iss aber wirklich total molum.« sagte George giftich : »Was die ewije Barmherzichkeit wohl mit dem heutijen Schlangenfraß zu tun hat. Würde 1 einfaches ‹Mittag› Euerm Milch= & Eierpullwer *nich* gerecht werden ? – Wann werdet Ihr endlich wieder mal n *Braten* frei gebm ? !«; (und verschtellte sein Gesicht; seine Zähne knirrschtn unangenehm echt; er ballte die Fäuste und lästerte) : »Männsch, was würd'ich nich für ne Büxe Corned Beef geben ? !« : »Ja, *was* würdestu gebm ?« fragte ich schpöttisch. (Lenkte dann aber doch lieber ein; da ich sah, wie er beim Zusammenpacken des Werkzeux vor Entrüstunk & Freßgier zitterte .....

(denn auch sie bebte mir an die Brust) : »Mein. Hab'ich mich erschrockn !« Aus der graudünnen Nebelfläche nebenan war ein schwarzes Gesicht gefahren, und hatte sie angebrüllt. Kam auch drohend näher geschtapft; bis an sein' Zaun. Und wartete böse. / »Hastu etwa was Rotes an Dir ? – Nee. – Ach, Der tut auch nichts; iss ja noch'n ganz Lütter : Der weiß bloß, daß's ungefähr Melkzeit iss, und Menschn komm'. – Kuckma : Der will sogar schpieln !«. »Tatsächlich –« sagte sie gerührt, als das Kalb ein paar Schprünge versuchte; den Kopf lustich schief hielt; und dann gar seitlich hoch hüpfte, wie junge Kätzchen zuweiln. : »Dem iss's lankweilich; so gans alleene hier.« Ich nickte. Auch er tutete eine Bariton=Beschtätijunk; und galumphierte dann nebenher : Bis an sein' Zaun ! / (Dann machte ich noch 1 Gattertor auf – : –. Und wir schtandn wieder auf einem Weg. / Die Richtung ? – : »Paßt.«).

Zur Linken ein Wiesewässerchen, 80 Zentimeter breit, und sehr gerade. – »*Und* adrett.« : »Falls das eine Beanschtandunk sein soll,« erwiderte ich, nicht ohne Nachdrucke : »*ich* bin *gegen* Bergwässer ! Die toben & wackeln mir viel zu albern. – Hier; sieh ma hier, so, drüber – –«. (Sie mußte sich bücken; über den schtillen glatten Wasserlauf – ? – Und sah dann gleichfalls das lange kalte Licht, wie es durch das unkrause Wäldchen führte.

Jungbäume reckten dünne schwarze Reiherhälse. Ab & zu 1 Blatt aus ff.=Gelb.)

: *»Und hier : hastu das schon ma* gesehen ?« : 4 Birken in 1 Reih. Und an jeder diverse Konsolpilze, weißledern und schüsselgroß. / (Und während noch ihr Kopf erfreut schüttelte. Und während ihre Hand noch den Skitzenblock hielt : machte ich sie schon wieder auf das Eichenbüschel daneben aufmerksam, das verbissen alle=seine Blätter festhielt : die waren braun verbrannt wie Santos, mit hellgelben Adern ! – : »Sowas Verrücktes iss selbst=mir noch nich vorgekomm' !« / Und sie zeichnete dankbar; und notierte die kuriosen Fehl=Farben. Und halbsagte dabei:

»Da iss unsre Fahrt doch nie umsonst gewesn. – Ich war die letztn Wochn gans in de aps=tracktn Muster geratn – nu komm' doch Flanzn=Ornamente mit rein : *sehr* gutt.« Und, immer noch nach der Vorlage schpähend – : »‹Obm› gehn se unterdessn zum Essen, ja ? .....

durch die reinlich gemeißelten ‹Schtraßen› der Pollys=Höhle : überall kamen sie aus ihren Werk=Schtätten : / : die Sanduhr=Macher : »Hallou, Willie !« / Der ‹Dichter & Benenner› (und sah so genial und zerschtreut umher, daß man ihn gleich hätte ohrfeigen mögen – : »Beim lebendigen Gott, ich treib' dem Scharlatan die Nase ein ! Und wenn's mich die Zigaretten eines Jahres kostet.« (George; undiszipliniert wie immer.) Ich, zum Ausgleich, grüßte ihn ostentativ ehrerbietich : »Guten Tag, Mister Lawrence.« Und er, graziös und matt : »Tach, Hampden.« – (Vielleicht hatte George *doch* recht ? Wenn man sich überlegte, daß der Kerl Kost 1. Klasse fraß; und dann dafür eigentlich nur im Abendprogramm diesen faden ‹Unterhaltungsroman› von sich gab ? (Für heut=Abend allerdinx war im Drahtfunk ein neues ‹Epos› von ihm angekündicht; ein Heldengedicht aus dem ‹Great Old War› von 40=45 – wird wieder schöner Dreck sein !) – Zu ‹benennen› hatte er ja nischt : das hatten damals bloß die irdischen Dichter durchgedrückt, daß Einer=von=ihnen mit rauf genommen würde; Einer mit angeblich ‹unvergleichlichem Wortschatz› : jaja ! / ('n *Hoch*schtapler hätte man her=schießen sollen : die Kerls haben doch noch Erfindunxgabe ! – Aber dieser Scheiß=Lawrence=hier .....

»Könntestu Dich nich etwas gewählter ausdrücken ?«. (Sie. Dabei mußte ich=sie, aus dem Gelock grauer Gräser – »Siehste : *das* iss a schöner Ausdruck : Du kannst !« – schier heben; über Bromm=

Beeren, (die schon wieder fußangeln wollten), hinweck. / Der Baumsaum – »Wau=Wau« machte sie unwillich mit – tobte mehr als seine Krähen. Dahinter der endlose Grill einer Wintersaat : wir näherten uns ersichtlich wieder dem Dorf. –

»Ziegen.« sagte sie entschiedn. : »Ziegn müssen oben sein. : Hochgebirxtiere : Dünnste Lüfte. Undsoweiter.« (Ich notierte mir's nikkend, mentaliter, für nachher. / Wie gut, daß es so tief im Herbst war; im Sommer hab'ich immer den unvermeidlichen Schternhaufen von Mücken=um=den=Kopf .....

(*Wie gut, daß es hier=drinn* keinerlei Insektn gab; das hätte noch gefehlt. : ‹Die Insecktn werdn die Herrschaft über die Geschtirne *nicht* antreten !› hatte Hoyce, erst=neulich=noch, schtoltz, verkündet.) / Und's sah doch gefressen aus : dieser Menschen=Schtrom in Badehosen .....

»Beziehunxweise die Frauen ?«; (Hertha; schtirnrunzelnd; ersichtlich auf eine Nudität gefaßt, à la ‹die goldgelben, schön=benabelten, Bauch=Hügel .....

(*Die Frauen aßen ja für sich. 1 Schtunde* früher. Leider. – Beziehunxweise gottseidank.) / »Na; Gautsch=Geselle ?«. – Und Williams drohte nur mit der Faust; (die 4 ‹Papiermacher› hatten's ooch nich leicht ! Auftrag : ‹Mit wenich anderen Materialien als Sand & Bimmsschtein ein blütenweißes, büttenähnliches, Schreibmaterial her zu schtellen.› Auch seidenweiches; für die Posteriora. Bis jetzt hatten sie keinerlei Erfolge gehabt; und mußten in absehbarer Zeit zweifellos mit meißeln gehen. »Serves them right.« merkte George ruhich an : »Wir müssen's ja ooch.«).

Durch das ‹Eiserne Thor› wurden eben die 40 Astronomen eingeschleust. Warfen, scheinbar völlich erschöpft vom Schterne=Zählen, die Raumanzüge ab. (Und schnatterten einander ihr verfluchtes Rotwelsch zu. – Na, ich hör's ja dann, in der Sitzung, was sie wieder an Damokles=Nachrichten haben. – Oder nee : ‹Hiobsposten› hieß es ja wohl .....

»Also anne radikal veränderte soziale Schtrucktur.« überlegte sie gewichtich; »Eigentlich klaa : fast gaa keene Arbeiter & Bauern. Dafür lauter Techniker & Wisser .....

..... *und Jeder zog seinen Blechlöffel* aus der Tasche. Nahm mit der ‹Freien Rechten› – (bei Uns war ja Alles ‹frei› !) – die Essen=Marke entgegen. Und trat dann schtumm in die kurze Schlange, die sich rasch, dem Schalter der Essenausgabe zu, bewegte=verkürzte.

»Warumm zieht Ihr eigentlich nich Messer & Gabeln ein ?« lästerte

George inzwischen rüstich : »Zu was brauch ich'n Beschteck ? ! – Wir dürfen uns ja doch bloß wieder satt *trinkn* heute ! – Siehste – :« / (Denn es gab ‹natürlich› nur die dickbauchich=heiße Glas=Schüssel – unsere Schmelzer hatten, ohne es zu wissen & wollen, die ersten Wochen nur ‹Jenaer Glas› hervorgebracht – mit dem normaln Milchbrei.) Er war allerdinx heute besonders schteif. Und oben drauf .....

: »Na, Dschordsch ? – : Nu zufriedn ? !« / Er biß mich beinahe vor Wut. Und sah sich um, als wolle er was werfn. (Dabei hatten wir, schwerstn Herzns, und erst nach langen flammenden Debatten, die 41 Büxn Anna=naß frei gegebn : natürlich krickte Jeder nur 1 Viertelscheibe. Und 1 Teelöffel Saft. / Die bunten Plakate waren sorgfältich abgelöst, und der größte Teil an die Schule gegebn wordn : als Unterrichtsmaterial. (Der Rest ans Papierlager : auf die weiße Innenseite konnte man ja wundervoll schreiben .....

»Und die Büxen ?« fragte sie, schtreng logisch, sofort. : »Das hörstu noch,« sagte ich; (so ungehalten, als hätte ich ein'ganz besonderen Effekt damit vor – dabei hatt'ich keine Ahnunk, was ich mit den verdammten Dingern anfangen sollte ? (Und fühlte die bekannte kleine Beschämunk; als sie, gläubich & gut, gleich schwieg .....

: da sollte es der Undankbare aber doch kriegen ! / Ich schluckte erst genießerisch meine Hawaii=Garnierunk. Löffelte – und zwar vorbildlich=schwelgerisch lächelnd; wir waren in einer Geheimsitzung ernstlich darauf hingewiesen worden – den Rest=Kleister. Leckte auch, wie es Brauch geworden war, mit breiter Zunge das Gemäß aus : ! / Dann zum Schalter : die kleine, (diesmal hellrote), Sondermarke ? : ! .....

(Und die Köchin lächelte groß=zähnich. Zum nickelnen Schnellkocher hin. / Kam auch zurück; mit großer Unter= und winzijer Ober=Tasse. (Wieso richtete die Hallunkin sich so auf ? Hinter das undurchsichtije Schalter=Oberteil ? : Schteckte die etwa heimlich die Zunge rein ? ! : In mein' Kaffee ? ? ! !) / Aber dann mußte ich doch wieder seufzend mein Nil humani denkn – (Was iss denn bloß mit mir los heute ? Aber mein ungehorsames Gedächtnis hatte bereiz esse puto vollendet : ich wandte mich halp=ap. / Und da erschien auch schon ‹meine Tasse› – dabei war selbst die Wandung noch derartich=dick : also wenn das Dinx 2 Eß=Löffel faßte, war's viel ! –

Und zurück damit, zum Neidertisch; neben George. / (Und *wie* die Nasenflügel=rinxum sich blähten !). / Und behaglich schlürfen;

(und immer wieder den ‹größtn Teil› aus dem Mund zurücklaufen lassen; als nähm's überhaupt kein Ende : Euch Rebellen werd'ich zwiebeln !). / Und dabei zu George bemerkn : »Bei den Russen soll's erst neulich wieder ‹Frische Leber› gegeben haben .....

»Das iss aber doch ausgeschprochen unpatriotisch jetz.« Hertha; mitleidich : »Erst tutt'er so verantwortungsbewußt .....« : »Liebstes, – : wenn einer Regierung ihre übergroße Güete & Barmherzichkeit in solcher Weise gelohnt wird ? – Du kennst die ‹Vorratslage› eben nich. Bei der Sitzunk des Kongresses=jetz wirstu schon ein' klein' Einblick bekomm'; denn er geht ja los .....

..... mit Fred Hoyce, dem Kultusminister. (Gans recht : Der mit dem Barte; der so schön tief & beruhigend lügen konnte. Die beiden Ärzte beneideten ihn immer um seine Schtimme, wenn sie Einem in den letzten Zügen Liegenden versichern mußten : Aber nicht'och ! : Auch Er werde in 6 Jahren wieder mit zur Erde zurückfahren. (Und dort 1 neues Leben beginnen; beziehungsweise das alte, an dem Jedermann weit mehr gelegen war.) – : also mit dem alten Klugschnacker zusammen.)

An der Tür des ‹Weißen Hauses› präsentierte der Posten; (aber auch mit 1 Gesicht, halb als schliefe, halb als weine er. – Der Lauf seiner Flinte ragte betrüblich schief. Ich griff ruhich hinüber, und richtete sie; mahnte auch : »Und halt sie'n Augenblick so, son : Kriexminister O'Stritch iss dicht hinter uns.«).

Innen war schon einijer Betrieb : Präsident Mumford rauchte 1 Zigarette. (Wirtschaftsminister Air natürlich dito. – »Bin neugierich, wer heut die Kippen krickt,« murmelte Hoyce mir ins Ohr. »An sich iss die Opposition dran.« gab ich ihm zu bedenken. »An=sich an=sich« brummte er bassös. (Und grüßte den Präsidenten doch tatsächlich derart unter=tänich, daß der vor Größenwahn lächeln mußte; erst noch einen langenlangen whiff herausaugte –, – und den Schtummel doch dann weißgott dem greisen Schmarotzer hin hielt ! Also nischt wie Ohrndiener & Sükoffantn bei uns; Byzantinertum & Nepp=o=tismus : www, schütteln konnz Ein' ! .....

»Es iss aber ooch rauh=heute.« Hertha; wohlgefällich (da warm verpackt). / Und schtehen auf der Höhe, 'n guten halben Kilometer vom Dorf. Und schauen ; auf das nicht=beherrschte Samos hin .....

»Gipp ammall 's Fernrohr.« : »Wenn Du in der Landesschprache

sagst ‹Giff mi mo›.« – Sie legte den Kopf schief, (das sah *sehr* nett aus !); überlegte das ‹wieso ?›. Dann, erleuchtet, (und bauchrednerisch ähnlich), (und wie nebenbei) : »Giff dat mo her –«

. . . . . / . . ? . : . / . . .

: »*Was giebt's denn da* zu sehen ?«. Denn ihr bewaffnetes Auge schweifte mit nichten in der weiten diesigen Parklandschaft umher; sondern war fest auf 1, mir noch nicht auffälligen, Punkt gerichtet.

»*Na weeßte : ‹Parklandschaft› . . .«* schprach sie, das Rohr immerfort frech ins schtille Dörflein gerichtet : »Die Wiesn Weidn Moore Bäume=vorhin ? : – gutt & schön. Aber die Äcker & Felder=hier . . . ?« (Und hätte zweifellos den Kopf geschüttelt; nur daß sie dann das angezielte Objekt verloren hätte.) / : »Was *hastu* denn zu sehen ? !« (Schteht da etwa wieder 'n Kerl und pißt ? – Sie hatte's früher einmal gar nicht glauben wollen; und dann lange und intensiehf hin visiert.). »Seid Ihr *Männer* neugierich.« tadelte sie; »Da, das erste Haus; links vom Weg«; und gab's mir her.

Das erste Haus ? Links vom Weg ? – : . – Je nun. Das orzüpliche bretterverschalte Fachwerk. Etwas kleiner als durchschnittlich. Fahlgrüner Anschtrich. Lattenzaun mit Tännchen; eine länglich=dunkle Schuppenwand ? – / : ? / »So'n Häusel müßt ma ha'm.« sagte sie tiefsinnich; »a Schtückel Rasn dazu; wo ma im Sommer liegn könnte . . . .

> . . . . . *natürlich barfuß & in Badehosen Alle, auch* jetzt : Kabinett plus Kongreß tagten schließlich geheim. / (Aber diese=unsere ‹Schtühle› ! Die Bildhauerwerkschtatt hatte sich wahrlich nicht überanschtrengt, sondern sich anscheinend mit der ‹Idee› des Sitzes begnügt : simple Schteinwürfel. (Richtig : ‹Bildhauer› ! : dem mußte ich nachher noch 1 versetzn.)
>
> *»Meine Dam' & Herrn ? . . . . .« (Und dann* waren wir eröffnet.) / Erst war noch eine ‹interne Angelegenheit› aus der Welt zu schaffen : die Ministerin für Volksgesundheit, Jennifer Rowland, hatte den Kultusminister öffentlich beleidicht. ». . . . . und ich hatte sogar noch meinen Gehrock an !« donnerte Hoyce; und schüttelte die, für einen Kultusminister ungewöhnlich große, Faust zu der dicken Fünfzigerin hinüber, (die als Einzige einen Bademantel trug; auch so noch mußte, alle Augenblicke, hier & da, Einer die Beine über'nander schlagen).

: »*1 Präsident; 8 Minister; 10* Abgeordnete. – Ogott : 6 Republi-

kaner; 4 Demokraten in der Opposition !« schrie ich schnell :
»Schtör' mich jetz ma nich .....

..... *denn ich versuchte doch gerade* zu vermitteln : Natürlich wäre es dem Ansehen des Hohen Hauses nicht zuträglich, wenn die obersten Vertreter zweier Behörden sich vor profanen Ohren beschimpften. »Aber es ist doch immer noch ein gans beträchtlicher Unterschied, ob ich zu Jemandem ‹Schiff der Wüste› sage – oder aber, schlankweck : ‹Kameel !›. – Und das *hastu* zu Fred ja nich gesagt, Jennifer.« (Überredend. Und schmeichlerisch : vielleicht läßt sie Ein' doch ma.)

»Aber gemeint.« versetzte sie brutal. Und Hoyce schprang auf : »Soll ich mich etwa schon *wieder* turlupinieren lassen ? !«

»Was heißt'nn das ?«. (Jetzt war sie doch wieder mal verblüfft. Man sollte das mit Frauen so oft wie möglich tun. Es ist natürlich nich gans leicht .....

..... *und Schtille. Selbst Jennifer* horchte betroffen dem prunkvollen Wort nach : ‹turlupinieren› ..... (Der Kerl war eben doch nich umsonst Kultusminister; diese alten Buben bringen zuweilen Sachen aus entfernteren Gehirnwinkeln an ..... : wenn sie das nur habituell und regelmäßich tätn !). / Wir schtellten jedenfalls den Antrag, den neuen, schicken Ausdruck für ‹foppen, äffen› ins ‹Lexikon› aufzunehmen, derart einhellich und beeindruckt, daß Hoyce völlich versöhnt lächelte.

»Immerhin,« mahnte John Steele .....

: »Polizei & Justiz – ruhich .....

».... . sollten wir unsere Gesetzessammlungen nicht durch 1 Novelle bezüglich ‹Beleidigungen› ergänzen ? Unser Grundgesetz ist wahrlich noch arg lückenhaft .....«; (und zeigte zum Beweis sein Kästchen mit den paar Zetteln herum : !).

»Ich bitte ums Wort. –«. (Ich war ja schließlich von meiner Partei verpflichtet, bei jeder Gelegenheit den Schtänkerer zu machen. Und die Präsidentenschtirn runzelte sich auch sofort wehmütich=ungeduldich. Aber : »Ä=bitte ?«)

»Hat das Kabinett – nicht zur Übernahme; wohl aber zu anregendem Vergleich – sich erkundicht : wonach man sich, bezüglich Jurisdiktion & Legislatur, im *sowjetischen* Machtbereich richtet ?«. (Und sofort das übliche Gemurmel der Yes=Männer. Na, dazu waren *die* eben von *ihrer* Partei verpflichtet. (Aber wieso rief Myers heut nich sein ‹Hört=hört› ? Neue Taktik etwa ? – Da hieß es wachsam sein !).)

»Das Kabinett hat.« auskunftete säuerlich John Steele. / (Und kein Wort weiter. Die Kerls lassen sich tatsächlich Alles aus der Nase leiern !) : »Na und ? ! – Bring's raus, Dschonn. Sonst laß ich Dich heut Abnd im Schach ma *nich* gewinn'.«

»Du so'ss nich immer so in=team werden, wenn wir Sitzung habm !« sagte er giftich. Und auch der Präsident nickte mir gerunzelt her : »Zur Ordnung.« / »Man richtet sich ‹drüben› angeblich nach 2 .....« (und er wagte es; und sagte zögernd) : »..... Corpi Juri ?«. (Und Fiffe und Gelächter; aber wenige.) : »Und hat sie uns, zur leihweisen Überlassung, angeboten : die sogenannte ‹RUSSKAJA PRAWDA›, das Gesetzbuch eines gewissen Jaroslaw von Nowgorod .....

»‹*Wer kann* wider Gott & Nowgorod ?›« murmelte es flüchtlingshaft=ergeben neben mir .....

».... *Wir könnten aber auch* das ‹SOBORNOJE ULOSCHENJE ZAKONN› von 1649 haben.« – »Ist das sehr ehrenwerte Kongreßmitglied bedient?« fragte der Präsident höhnisch. Ich versuchte noch etwas zu retten; indem ich mich, möglichst fester Schtimme, erkundichte : »Von wann schtammte dieses andere Dinxda; das aus Nowgorod ?« : »Von Ein=Tausend; und Siebzehn.« sagte John, mit sorgfältijer Ausschprache. Und da setzte ich mich doch hin.

(Halt ! : Das noch) : »Haben die Russen auch diesmal wieder als Antwortschreiben den bekannten Doppelbogen geschickt ? : nur in der Mitte beschrieben; mit aufreizend breitem Rand; und die zweite=Seite *ganz* leer ?«. Sie hatten. / Worauf die Gesundheitsministerin sogleich mehr Klopapier forderte : es wäre 1 Schande; und ..... (Der Justizer wollte wieder noch mit seiner ewijen Todesschtrafe anrücken, wurde aber sofort mund=tot gemacht : Klopapier iss wichtijer !)

: »Von menstrual bandages noch gans zu schweigen.« Aber das hätte Jennie nicht sagen dürfen; denn der Präsident erklärte ihr wuchtich : daß keine national=denkende Frau mehr zu menstruieren *hätte* : .....

»Wieso d'nn das nich ? !« wollte Hertha empört wissen : »Was kann denn anne Frau *da*für ?«. Und, unheilverkündender : »Wieviel Frauen gippt's'nn da obn ?«. (Ich tat, als sähe ich in meinem Notizbuch nach) : »–, – ? : 129« sagte ich dann : »Davon 62 Ehefrauen. Ledije Männer also 741 .....

..... *er wolle nicht hoffen,* daß auch nur 1 Mädchen über 15 *nicht schwanger* wäre ? ! / »Mehr als 1.« versetzte Jennifer amtlich=kalt :

»außerdem giebt es 15=jährige überhaupt nich; die ältesten Kinder bei uns sind bekanntlich erst 8. Dann kommt ne ganze Weile gar nischt. Die nächst=jünxte Frau – Missis Lawrence, die Gattin des Dichters – ist vorgestern 31 geworden. Von den zur Zeit 103 geschlechtsreifen Frauen, sind lediglich, trotz aller bisherijen Campagnen, 67 mit Sicherheit als geschwängert zu betrachten. – Die verbleibenden 36 werden natürlich laufend untersucht. Und bearbeitet.« »Propagandistisch bearbeitet, Missis Rowland.« mahnte der Präsident. Und sie, unschuldsvoll : »Na, was dachst'nn *Du*, Kenny ?«

»Zur Ordnung.« sagte Hertha mechanisch : »Kuckmadu : ich gloob, Affrodite selbst würd' zum Zerrbild, wenn se – und noch dazu in so anner Tracht – Mist tragen müßte.« / Drüben auf dem Feld waren die Schtarken=Schönen rüstich bei der Arbeit. »Schorse !« schrie Eine. (»Orzüplich für ‹Georg›« übersetzte ich ihr.) Sahen wieder abfällich zu uns herüber; auf schtinkend=rauhen Füßen, deren Sohlen ein Beschlagen mit Hufeisen vertragen hätten. Mokierten sich nochmals. Dann begannen die Murmelnden wieder zu gabeln. (»Du, wenn die Dich gehört hättn ..... ?«; und sie fiedelte bedeutsam an ihrer Kehle).

»Warum kannstu eigentlich Bauern nie leidn ?«; nachdenklich. : »Allein schon deshalb, weil *sie mich auch nich* leiden könn'.« / Sie drückte sich den rechten Nasenflügel mit dem Zeigefinger eine zeitlang ein. – »Genügt an=sich.« gab sie zögernd zu. Dann : »Auch Bauern*kinder* nich ?« (Denn 2 rothröckije waren ferndrüben mit dabei. Eben warf das eine 1 Schtein über 1 Hund – : und der gutmütije Narr rannte doch tatsächlich hinterher; brachte ihn mühsam angeschleppt; und küßte dem Betreffenden noch die Hand dafür .....

»Tja unsere Kinder !«. (Womit wir wieder mal bei der scheußlichen Schulfrage gelandet waren : diese ‹Mondgeborenen› waren ja unleugbar das vordringlichste aller Probleme. / *Wir* hatten wenichstns noch ‹Erinnerungen›; und die Begabten unter uns also die Möglichkeit zu irgendwelchen ‹Gedankenschpielen› ..... aber gleich winkte Hoyce schwermütich ab : »Wieviel Amerikaner können das schon.« : »Ä=was schätzen Sie ?« fragte der Präsident nervös. Und Hoyce, dick wiegender Unterlippen übervoll : »Na. – : 10 Prozent ?«.)

»Die Lehrer haben einen Dringlichkeitsantrag geschtellt=ä – nein, diesmal nicht auf Papier; obwohl natürlich auch Schiefertafeln ran

müssen : es sind nur noch 8 in Reserwe –« (und ließ, über die hürnene Brille hinweck, einen Blick : ! – Ich versuchte vergeblich, unbefangen mit meinem Nebenmann anderes zu beflüstern.) / »Nein; diesmal handelt es sich um Leseschtücke für den Elementarunterricht : Rawlinson hat, und mit vollem Recht, darauf hingewiesen, daß er bei unserm schönen Longfellow'schen Gedicht angelangt wäre:

‹Under the spreading chestnut=tree
the village=smithy stands.
The smith, a mighty man is he,
with large & sinewy hands .....›«

(Seine Schtimme schwankte ein wenich, obwohl noch männlich=beherrscht; einije Apgeordnete hatten Thränen (mit ‹Th›) in den runden Augen. Ich suchte Trost, beziehunxweise doch wenichstns eine gewisse Ablenkung, bei Miss Rowland, an der eben ein dickes Schtück Schenkel sichtbar wurde.) : »Aufhörn, Kenneth : Du zerreißt Uns's Herz.« bat Hoyce. – Da war es ja wohl meine Aufgabe, als Oppositioneller, ein Ende zu machen) – *: »Ich beantrage : den Dichter* komm' zu lassn – und zwar auf der Schtelle ! Am besten polizeilich; damit er nich wieder sagen lassen kann, er ‹arbeite› – : er möge das klassische Schtück zeitgemäß umdichten.« (Allgemeines Nicken und ‹Brawo›=Rufe). : »Auch soll er gleich damit rausrücken, wo er den neuen idiotischen ‹Mittagsruf› hergeklaut hat : das sind doch keine menschlichen Ausdrücke mehr ! : Die ganze Bevölkerung war empört; Jeder hatte sich auf'n Sondergericht geschpitzt. – Dabei wärs – wiedermal – besser gewesen, wenn das Mittagessn nach *gar nichts* geschmeckt hätte.«

»Du das sind aber tatsächlich Probleme,« sagte sie grüblerisch; »Schtell Dir amma vor : wenn solche Kinder das Wort ‹Baum› läsen – die hätten ja keene Ahnung, was das sein möchte. Oder ‹Hund›. – Oder ‹Katze›.« (Denn drüben, an der Rüben=Miete, ging Eine, dienstlich gebückt, dahin) : »Wir sind ja eben *dabei*, Herzchen, uns das intensief vorzuschtelln .....

(In der Zwischenzeit; bis der Herr Dichter so weit war) : tja diese Schule ? Es war ja ‹urschprünglich› eben nichts dergleichen vorgesehen; und jetzt ging uns die SAAT DER GEWALT auf : wie schwer war es nicht allein gewesen, Lehrer & =innen aufzutreiben; (zumal

Knaben und Mädchen aufs schärfste getrennt werden mußten; und nur von Gleichgeschlechtlichen unterrichtet : im Augenblick ging's ja noch; aber laßt die Jugendlichen erst ma 13, 14, 15 werden !). / Die Mathematik=Schtunde ? : Unsere einschlägigen Herren wußten allenfalls die Tensor=rechnung zu handhaben; aber die einfacheren Sachen hatten sie ratze=kahl vergessen.)

: »Entschpricht es der Wahrheit, daß man beim Russen vor jeder Schtunde das Einmaleins beten läßt ?«. (Der Jocelin wurde tatsächlich immer wenijer; dem konnte man von den Russen=drüben aufbinden, was man wollte – der glaubte *Al=läß !*) : »Du bist bald reif zum Außenminister !« rief ich ihm hinüber; (und hatte damit mühelos Zwei=auf=einmal beleidicht. Der Justizminister leckte gleich die Lippen; und notierte sich den merkwürdijen Fall.) / »Ruhe jetz !« zischte der Präsident; »Man kommt –«

Mister Lawrence, elegant & hinfällich; (und so unverschämt verträumt, daß selbst der Präsident, der ihm sonst oft half, diesmal unverzüglich eingriff) : »Mister Lawrence : legen Sie dies zerschtreute Gesicht ab ! Vor der Regierung Ihres Landes ziemt sich Aufmerksamkeit und dienstwillije Konzentration.« – (Sofort krickte der falsche Hund Anxt, und sah wie ein Mensch aus : also Alles Verschtellung bei Dem !).

Zur Sache : »Ä=Mister Lawrence : ist Ihnen das Gedicht bekannt=ä ‹Under the spreading chestnut=tree› ?« (Jetzt hatte der Präsident selbst einen zerschtreuten Tiefschlag gelandet; und wurde mit dröhnendem Gelächter belohnt. Lawrence hatte den heilsamen Schock aber noch nicht überwunden; und sah sich, halboffenen Mundes, sehr dumm, um .....

»Warum bistu so gegen den ‹Dichter› ?« Hertha; erschtaunt : »Du bist'och sonst mehr für Litteratur, als mir manchmal lieb iss.« : »Weil die Ammies den *Falschen* raufgeschickt haben ! Ein' romantischen Schwätzer und Fohltjeh.« (Dies unser, zweisam=gebräuchliches ‹Faultier›; lediglich französisch prononciert.) .....

: »Auf Antrag des sehr ehrenwerten Kongreßmitgliedes Charles Hampden .....« – (das wäre *nicht* nötich gewesen, daß der Trottel mich namentlich anführte; na, jetz war's passiert.) – »... ö=hat das Kabinett beschlossen, Sie mit einer Umdichtung der genannten Schtrofen, für Schulzwecke, zu beauftragen – : Hätten Sie ein' Vorschlag ?« / (Erst mußte dem Kerl noch erklärt werden, ‹wieso›; und die Mentalität der Kinder – er verneigte sich ein paarmal während der ihm gegebenen Erläuterungen; höflichst=

tief, bloß um Zeit zu gewinnen, nich etwa aus Courtoisie : oh, ich kenne Dich=Du !). / Aber er fing tatsächlich an .....
: »Under the –« / (Pause). / »– spreading=ä –« (gans sorgfältich=lang gerolltes ‹r›; und das ‹ing› wollte überhaupt kein Ende nehm' : jaja; jetz muß'De ma ran, Du Gannef !)
»Under the spreading – : plastic=vault .....« (Und da nickten wir doch Alle : Mm : passabel.) / Sein Blick irrte umher. Auch über *mich* weg. Kam zurück. – : Blieb auf mir haften ? : ? ? / : »The *slater's* workshop stands !«. (Und nu natürlich flott weiter, à la ‹the slater, a mighty man is he.›)
Und die Andern klatschten begeistert Beifall. Während ich mich bemühte, keine Miene zu verziehen. (Der Rest ging ja dann relativ einfach vor sich : Alles wurde auf mich bezogen ! Schon kicherte man, und half ein. – Hätte man vorhin vielleicht doch dem Justizminister helfen sollen, 1 Gesetz gegen Beleidigungen durchzupeitschen; ‹Verächtlich= & Lächerlich=Machung›, ‹Rufmord› : man ist immer zu gut. / War das nicht direkt schon ein ‹Preßdelikt›, das hier ? Aber man amüsierte sich unverkennbar viel zu gut auf meine Kosten, als daß ich auch nur den Schimmer 1 Aussicht gehabt hätte. Also ebenfalls zu schmunzeln versuchen .....)
(Endlich fertich ?) / : »Ich beantrage,« (der Präsident), »das Schtück sofort mit Schreibmaschine 6 auf Papier übertragen, und ins Archiv bringen zu lassen. Die Herren Lehrenden erhalten bis heut Abend 5 Kopien auf Schiefer. – Unserem verehrten Dichter glaube ich, in Aller Namen, unsern Dank nicht nachdrücklicher ausschprechen zu können, als wenn ich ihm, zur Belohnung, die Wahl lasse : zwischen 1 Schtück Kaugummi, 1 halben Zigarette, oder aber 1 Portion Zahnpasta=grün.« (Und erkannten ihm doch tatsächlich noch einschtimmich Kaugummi zu : das muß man sich ma vorschtellen !) .....

»Nu zeig ammall was De kannst.« forderte sie heraus : »Vermagstú aus dem Schtegreif eine deutsche Übertragung ? – Von *dem* Versel –« fügte sie noch abschätzich, um mich anzuschpornen, hinzu. (Nu wart' ma ..... / (Daddadda Damm Daddámm Dadda : Daddámm Daddámm Daddámm .....) / :

»‹Unter'm Gewölb' aus Plexi=Glas
die Schiefertafler schtehn.
Wie rüstich pinkt ihr Hammerschlag :
es sind der Männer zween.›«

: »Napuppe ? !« –
Und sie lächelte erfreut; dann ergötzt. Dann begeistert; und prustete gar entzückt : »Das geht ja wie's Brezelbackn bei Dir !«. »Tcha, ich weiß auch nich –« sagte ich großschpurich, »ich hab' wohl Reimtag heute : Zeta=Eta=Theta.« : »Und mir tun diereckt de Hacken a bissl weh; vom vieln Rumloofn : wird Zeit, daß wa nach Hause komm' .....

: »Mister Präsident : ich kann nich mehr sitzen.« (Der dicke Jim Conway, der Schatzminister. Und da schtand er dann, seine Schiefertafel in der Hand – armer Alter alma mater Alma Ata – : ‹Alma Ata› ? : Ach richtich; mein Antrag ! / Aber erst waren noch Andre dran; vor mir .....

Und Anträge & Berichte : O'Dwyer, Minister für Astronomie und ‹Fragen des Weltalls›, referierte, schtockenden Geschtimms, daß seine Mannen, in der Gegend des ehemalijen Cape Carnaveral, tatsächlich die Bildung eines neuen ‹weißen Fleckes› beobachtet hätten, und dadurch in eine große astronomische Beschtürzung gesetzt worden seien. (Also ein neues ‹Schtrahlungshoch› zu erwarten. Auch »Mutationsschprünge in den nächsten Tagen möglich«. – Demnach mußten wieder die dicken Aluminiumfolien übers Dach gebreitet werden; und wir konnten bei Neon's hocken. (Und *dafür* dann noch fotografische Platten freigeben ? : Nee, mein Lieber ! Und wenn sich 6 Dutzend extra=galaktische Nebel für immer aus unserm Gesichtskreis verlieren ! – Er wurde absolut niedergeschtimmt.)

Der Bildhauer hatte auf Schiefertafel schon wieder 2 nackte Frauen beantragt; angeblich zum ‹Modell=Schtehen› – aber ich brauchte mich nicht erst aufzuregen; das tat Hoyce für mich. Er schprang auf; schwang die, (wie gesagt : eines Gelehrten eigentlich nicht würdije) große Faust; und rief : »Der Kerl ist bekanntlich ein sogenannter ‹Abstrakter› ! und kann *nicht eine* ähnliche Porträtbüste herschtellen : der *braucht* kein Modell ! Schickt den Fuscher in'n *Schteinbruch : arbeitn !«. (Sehr* richtich. *Das* war vielleicht der schlimmste Fall von Versagen, den wir überhaupt hatten. Und die Regierung griff & *griff* nicht ein.) / Wenichstens fuhr der Präsident, nach kurz umfragendem Nicken, resolut mit dem Schwamm über die Tafel : der Nächste !) .....

»Das iss recht.« sagte Hertha befriedicht : »ich war neulich ammall uff ner Ausschtellung in Darmschtadt –«. Und schüttelte kraftvoll den Kopf : »Was Die sich so mit uns erlaubn ? – : Halten Die uns

für behämmert ?« / »Einmal das; und sind außerdem frech wie Oskar : verlassen sich drauf, daß Keiner als ‹unmodern› gelten möchte; und die Unsicheren sich zu blamieren fürchten. Die Katholen *fördern* die Richtung sogar : weil dadurch die ‹avantgardistische Kunst› in unbegreiflich=absurde Bayous abgeleitet wird, und Keiner sie mehr ernst nimmt – nicht ernst nehmen *kann*. Gefährlich ist ja nur Der, der gleichzeitich modern *und* verschtändlich ist : deswegen schweigt man ja so systematisch Leute wie Joyce tot.« : »Du immer mit Dei'm Dscheuss –« (und gab viel ungnädije Florluft von sich) : »Ich hab übrijens neulich ooch gehört, die Kirche förderte die Abstrakten so, weil ma sich ‹kee Bildnis machn› soll.« Und, herausfordernder : »Mir gefällt der Dichter=*obm* viel besser, wie Dein Dscheuss : ich erwarte, daß Du ihm sofort Papier zuteilst! ..... ?

»1 Original und 3 Durchschläge ? : auf gut Amerikanisch also 300 Blatt Dickes, und 900 Dünnes ? ? : Nie ! !«. (Jetzt benützten Mehrere die unvergleichliche Gelegenheit, um entrüstet aufzuschpringen. Und sich nicht mehr hinzusetzen – für Einen, der sein Gesäß lieb hatte, *war* es ja auch ne Zumutung !). / Aber der Präsident beschwichtichte uns mit Autorität : »Es *ist* bereits vom Kabinett bewillicht worden, meine Dam' & Herrn: 1 Werk, das der USA=Dichtung Ehre macht. *Und* im Interesse der Leseöffentlichkeit : wenn nur mehr dergleichen entschtünde !«. (Das neue Epos nämlich, mit dessen Vorlesung Lawrence heute Abend beginnen wollte. Es war auch längst beim Abschreiber, und zu schpät. (Und recht hatte Mumford ja auch : *endlich* wieder ma was Neues zum Lesen !). Unter solchen Umschtänden die Erweiterung der Tageszeitung von 1 auf 2 Schreibmaschinenseiten vorzuschlagen, war natürlich *nicht* mehr möglich .....

(Sie kicherte erwartungsvoll; und schtellte sich das 1 DIN A4 Blättchen bereits ein bißchen vor.) / Und blieb vor'm Zaun schtehen, so verblüfft war sie. Und zeigte sogar mit dem Finger : !. – »Du wirst nie ne Große Dame werdn.« : »Und Du kee großer Mann.« (Größe iss auch nichts Schönes : man schtößt bloß immerfort ‹oben an› !). / : »Hastú denn schonn ammall so was gesehen ?«. (Nee; das allerdinx auch noch nich : eine Hundehütte; mit aufgemaltem Fachwerk; am Giebel 2 Ferdeköpfe, die einander *ansahen*. – »Das iss übrijns ne ganze Richtung von folkloristischen Sektierern hierzulande; die erkennen sich daran.« – Und, als letzten Clou, noch mit Schtroh gedeckt. : »Du, das iss'n Dink !«).

Direkt daneben 1 Garbe Bohnenschtangen. Krausköpfijer Kohl. (Und der fürchterliche Anblick *ausschlagender Zaunpfähle !* Auch sie griff gleich erschüttert nach meinem Ermel : Oh krüpplichte Unschterblichkeit, die unser jämmerliches Ich, mit all seinem Unrat, so dünn & kläglich, ins Unendliche fortschpinnen möchte !)

Der Tischler forderte, nunmehr zum 4. Male, die 2 hölzernen Kruzifixe für seine Werkschtatt an : er könne sonst die Rahmen für die Schiefertafeln der Allerkleinsten, (die sich ja um keinen Preis an etwaijn scharfen Rändern verletzen durften !) nicht mehr liefern. / Entscheidunk : sobald der Bildhauer die Ersatz=Schteinkreuze abgeliefert haben würde. (»Und zwar etwas plötzlich. Er bekommt bis dahin nur Wasser als Getränk : er wird doch wohl noch n paar viereckije Schteinbalkn zuschtande bringn ? !« : »Woran ich noch zweifle.« warf Hoyce mit Nachdruck ein.) Aber es wurde relativ einhellich beschlossen – ‹relativ›, because Jennifer seine Freundin war; und ihre Schtimme wog rund sechsfach, weil es Keiner mit ihr verderben wollte : allein *die Waden*, die die Frau hatte .....

»Daß Ihr=Männer so für's Fette seid –« tadelte Hertha, und bewegte ablehnend den Kopf; (sie vermochte in dem genannten Artikel freilich besonders wenich). : »Op Eene a bissl gripsich iss – daruff kommz woll gaa nie an, was ?« : »‹Gripsich› ?« : »Sehr wohl : soeben entschtandene Neubildung aus ‹Grips› !« versetzte sie patzich; und : »Hastu Kleengeld ? – Ich will beim Koofmann noch anne Dose Fischsalat mitnehm'.«

‹Geld !›; und Schazzminister Conway dozierte. Hob auch dann und wann das Schieferschtück vor die Brille, und las das nächste Merkwort ab : »Da wir die Abschaffung des Geldes – à la Sowjets womöglich ! – als verhängnisvollsten Schlag gegen die Mentalität der Völker der Freien Welt längst und nachdrücklichst abgelehnt haben .....« (Das war richtich; so ein Schock wäre bei den Meisten nicht mehr zu reparieren gewesen. Obwohl die ‹bucks› längst eine bedeutungslose Farce geworden waren – es gab ja nischt zu koofn ! – wurden eisern ‹Gehälter› gezahlt; ‹Ladenpreise› fingiert; zum ‹Schparen› aufgerufen : und Allealle verschlossen sich der Realität, und machten den Zirkus mit.)

Aber jetzt wurde er intressant & bedeutend : im Vendelinus B hatte einer der Außentrupps (von denen ja grundsätzlich ein halbes Dutzend unterwegs war : Vermessung, Forschung; eben Chorografica aller Art) ein mächtiges Goldvorkommen in Nuggets entdeckt; (und sogar die Altersweisheit des Herrn Hoyce schpitzte Augen & Ohren : daß man je älter desto weiser werde, iss ooch sonne Theorie !). / Und da gab es ja nu in der Tat dieverse Aspekte. (Von den praktischen ‹Möglichkeiten› noch gans zu schweigen) :

Wir könnten, zur – zumindest zeitweilijen – Behebung der Erdsüchtigkeit, einen gold=rush inszenieren : da hätten Alle für's nächste halbe Jahr genug zu tun; mit Claims abschtecken; hacken graben wühln sich zankn. / (»Prozesse Schlägereien« murmelte der Justizminister. »Dauerposten vorm schtaatlichen Gold=Safe« der Kriexminister, (der zu seinen 5 Mann Kerntruppen gar zu gern noch ein paar gehabt hätte : da mach Dich nur schon immer auf meine Gegenschtimme gefaßt, amigo : Euch brauchtn wa überhaupt nich ! Polizei genügte vollschtändich.) / »Golddeckung für neue Banknoten.« : »Dramenschtoffe für den Dichter.« : »Einrichtung eines Juwelierladens endlich möglich : unsere Frauen würden begeistert sein !« (»Falls wir n *Goldschmied* haben.« mußte ich, verantwortungsbewußt, die selbst hier, im Weisestenrat durchbrechende, Begeisterung dämpfen.)

»Oder aber : wir übernehmen den Abbau des Vorkommens gans in schtaatliche Regie. Die menschlichen Konflikte, so anregend sie auch vielleicht in mancher Hinsicht wirkten, könnten in anderer doch zu schweren Komplikationen führen : Mord; und Totschlag .....«. (»Mord & Todtschlack.« wiederholte Justizminister Steele nachdenklich, ja, lippenleckend : das war bisher noch nich vorgekommen ! Zumindest Grund zur Beantragung 1 ‹Elektrischen Schtuhls› – dessen Vorhandensein ja vielleicht auch gar nich schadete; selbst wenn er nie benützt wurde. Oder sogar ne bloße Attrappe; für viel mehr als n einfaches Türschild würde's Material ja nich reichen. Ich nickte ihm kurz hin : Einverschtandn. (Und er begriff sofort; iss'n Gedanke; ‹Abschreckung›; Hmhm.)

Mit goldenem Beschteck, schwer massivem : »Würde nicht – Hand aufs Herz ! – selbst Jedem von *Uns* sein schlichtes Mahl besser munden ? – : Na also.« / (Aber erst noch ma die beiden Ärzte um je 1 Gutachten ersuchen : ‹Über die emotionelle Wirkung des Anblix *und* Besitzes von Gold in nuß= bis faustgroßen Klumpen›. – : »Bis morgen abzugeben.« / Und der Geheim=Kurier mußte gleich damit loszockeln; so neugierich waren wir Alle.....

..... *und trabte mit 1 Mundvoll Schlesisch auf mich zu : »Hier :* a Pritschel Bluttwurscht für'n Hund hab'ich ooch glei noch mitgebracht.« (Ein *gutes* Mädchen ! Und ich lobte sie recht.) / Hier war auch schon das Haus von Tanndte Heete; wir gingen gleich erst mal hinten hin, wo der Hund vor seiner Hütte angekettet schtand (»Tollwuts=perre« hatte sie erläutert) : er hob sich, als er uns kommen sah – es war heut schon das dritte Mal, daß wir ihm ein Leckerli hintrugen – jaulte vergnügt; und trommelte mit den langen (noch dünnen; er war noch jung) schwarzen Beinen auf seinem Hüttendach. Schluckte die Scheiben, ohne zu kauen, 1, 2, 3. Ließ sich dann die gerippte Flanke klopfen. Und bellte krachend hinter uns her; (glaub's gern, daß es lankweilich iss.). (Und die Kette war ja viel zu schwer für ihn – ts'ss ja die reine Kuhkette !). Sie konnte sowieso über kein'n Hänfling lachn. / (Und Schilderschilder – befanden wir uns denn mitten im Kampfgebiet zwischen GROTE= und EICHHORN=Kaffee ? !).
»Schnell : ann Zwischenabschluß, Du .....

Und der Rest der Tagesordnung wurde vorbildlich gedankenlos nicht=erledicht : so erpicht waren sie Alle auf das

»Nischtnitzige Gelumpe.« half Hertha ein; und ich nickte genehmigend : in diesem schpeziellen Fall gab ihr Schlesisch genau die richtige schpitzfündich=akustische Absage an den Wahnsinn .....

..... *als da noch waren : Hoyce's Vorschlag* zur Einführung anregend=akademischer Zwischengrade : Bakkalaureus Magister Heißedoktorgar; (obwohl *das sehr* zu überlegen gewesen wäre – ich beugte mich zu ihm, und flüsterte : »Das nächste Malnochmal Fred; Die sind ja heut wie verrückt.«). / Drohender Schmierfettmangel für die Maschinen ? : »Nichzda ! Wenn 2 Jahre noch gesichert sind ? – *Überlegen* könn' wir's ja : die Herren wollen sich's bitte ma notiern.« / Selbst *mein*, doch wahrlich bedeutsamer, Antrag auf Einführung von Russisch als Flichtfach an unseren ‹Bildungsanschtaltn› – ich hatte absichtlich den volleren Ausdruck gewählt, um die Betreffenden für mich einzunehmen – wurde bagatellisiert. Mein übelster Gegner, O'Stritch, der Kriexminister, hatte sogar die Schtirn, sich zu setzen; (‹erhoben› hatte er sich vorhin mit, unauffällich, wie es die Art dieser Buben ist); und zu schmettern :
»Ich beantrage hiermit : .....« (»Kriegstreiber : Kriegstreiber !« schrie ich mechanisch dazwischen, wie man mich's zu tun gelehrt hatte, sobald O'Stritch zu irgendwas auch nur ansetzte) :

».... den slawofilen Herrn=dort mal als Boten ins MARE CRISIUM zu schicken : iss morgen nich grade wieder Einer fällich ? .....

»Wozu d'nn das ?« erkundichte sich Hertha, die Hand schon auf der Klinke. Und ich, schnell : »Austausch von ‹Kulturgütern› – der Tageszeitung also; Depeschen Amtliches Proteste : die vor allem. : Undsoweiter .....

..... *und wurde doch tatsächlich vom Plenum,* unter allgemeiner Heiterkeit des Hohen Hauses, zum Laufjungen erkoren : »Melden S'ich morgen früh doch bitte beim Außenminister, Mister Hampden.« (Da war ick sauer ! .....

* * *

»Na wo seid Ihr gewesn – hassie tüchtich rumgeführt ?« Tanndte Heete, breit und rüstich; ein schwarzes Kleid hielt ihre Fülle zusammen; in der erhitzten Hand die durchbrochene Aluminiumschippe. Und, mitleidijer : »Ja, zieht sie Euch aus : daß wir sie rasch n büschen an' Ofn s=telln könn'.« (die Schuhe nämlich; wir zerrten uns das nasse geschwollene Leder von den Füßen. (Rumpf & Erinnerunk werden Einem leicht zur Last.)).

Schon kam sie mit gewärmtn Pantoffeln wieder : »Siehssu wie die passn ? – Rühr ma inne Küche die Bratketowweln um, mein Kind : wenn Du helfn *wills* –«; (und sah ihr wohlgefällich nach. Dann, vertraulich, zu mir : »Das iss recht, daß sie bloß so'n büschen angehübscht iss – nich so'n wioledded Muul, wie Manche. Wie heiß'as wohl, wonach sie riecht ? Och, das weiß'u ja doch nich.« Und segelte gleichfalls ab; tja, auch der Geruch hat seine Moden.)

Und kamen immer abwexelnd an : Pott & Pann ; Tiegel & Schtürze; 1 bleiches enthauptetes Brod; Hertha, langes Queckgold in den Händen (d.i. : die Ölflasche. – So also sah sie mit Schürze aus. : »Immer fleißichfleißich, Herr Pineis« höhnte ich. Aber sie war viel zu tätich, um offense zu taken.) / Und immer die Bruchschtücke von Informationen dazwischen; über den Mann, der drüben die sassische Hundehütte konstruiert hatte :

: »Auf der ein' Seide hat sie n Dachfennsder, 'n Oberlicht : habt Ihr das gesehen ?«. (Nein; aber *sehr* gut !) / »Das'ss son verrücktes Schenie : in Warf hat er ma ne Wintmühle mit 8 Flügeln gebaut –« (diesmal hatte sie eine kastanienbraune Trage aus ‹Backelied› in den Händen.) / »Und geitzich iss'er : den Kinnern giebt er S=tampfketoffeln als Brotaufs=trich mit inne Schule ! : Wenn der

sein Mittagessn wärm' könnt', indem er sich da auf setzt : Der würd'as tun. – Bei den Diensboden hat er ma die Vorderbeine von der=ihrn S=tühln schräg=kürzer geseecht, damit die automatisch inne Schüssel *noch* tiefer rein ducken : da wär der ‹Eßweg› zum Munt verkürzt, und es ging weenijer Zeit verlorn : hadd'er ganz offen gesacht.« (Ein feiner, denkender Kopf. Aber ‹Karl Ehebrecht› möchte ich doch nich heißen.)

»Karl heeßte ja ooch.« mahnte Hertha. »Und ‹Ehebrecht› müßten *alle* Männer als ßweitn Vornam' führn« entschied Tanndte Heete : »Die sinn ja wie Roß & Mäuler.« »Was soll das heißen ? !« begehrte ich auf; (obwohl ohne überzeugende Kraft; sie hatte schließlich & leider recht; obwohl Frauen ja kaum anders waren.) »Da denk Du ma inzwischen über nach,« sagte sie s=pöttisch. Und, gutmütijer : »Schnall ma schon immer n Gürdel weider.«

(Die Brotfliege summte Einsamkeit. / In der Küche schwatzte es schon ein klein wenich; die vorsichtije Kurzsilbichkeit erster Bekanntschaft schien überwunden. Das heißt, Tanndte Heete kannte ja keine Hemmungen, die war souverän. Aber Hertha war nicht leicht zu entkrampfen – hoffentlich paßte sie auf, daß kein Funke vom Heerd ihren Schoß traf; *ich* war's dann jedenfalls diesmal nich.)

Was auch Tanndte Heete unbewußt beschtätichte : »Frische Semmeln wollde sie nich,« sagte sie; und setzte sich verblüfft, die breite Klinge ihrer Hand auf der Tischdecke : »die knallten ihr zu sehr im Munt – issie *so* närwöhs ? Oder schüchtern ?«. / Sie schüttelte den Kopf : »Weißd'*ú* was ‹Bäh=Schniddn› sind ?«. (Ich nickte trübe; und schüttelte anschließend). »Aber ich hadde gottseidank kein' Knohblauch – in mein' Haus duld'ich so was nich. – Jetz issie auf'n Kloh.« fügte sie, in unbewußter Logik, hinzu. / (Und während des Harrens kleine Fachbelehrungn für mich : »Nö, in den ausgetrocknetn Fischteich=hinndn solltn sie man Hirse rein säen; das gedeiht'a gut.« (Abgefall'nes Laub wär' ohnehin nachteilich für Fischbrutn. Und an dem zweiten wär' schon ma n ‹Tückebote› gesehen worden : früher.). Lang=grannijes Getreide hielte das Wild besser ab – und ich hing derart an ihrem Munde, daß sie mir einen erfreuten Klaps auf die Hand gab : was'ne kuriose Welt für sich hier !) –

»Na komm, mien Deern.«; und Hertha nahm Platz bei ‹Nagelholz› und ‹Knappwurst› : nicht nur Du kannst ehrliche Leute foppen mit ‹Prasselkuchchen› und ‹Roher Polnischer›. – »Du – Du Schiff

der Wüste.« sagte sie verschämt; und Tanndte Heete nickte intressiert ob des schönen Ausdrux : »Vornehm – unt doch : ich muß morgen ohnehin zu'n Bürgermeister.« sagte sie befriedicht.

Von An= zu An= zu Angesicht : »Sach man auch ruhich ‹Tanndte Heete› zu mir. Und ‹Du›. – Wie alt biss'u eigntlich ?« : »Geboren am Tage der Schlacht von Bannockburn,« half ich ein; »gottlob nich auch im selben Jahr.« : »Hannswursd« sagte Tanndte Heete kurz. Und Hertha, finster : »Alt genuck, daß ich BDM=Mädel hab schpieln müssn.« (Also 24. 6. 29 in Lauban geborn.)

»Wenn Du sie ärgern wills,« verriet ich noch, »mußtu sie ‹Adelaïde› nenn'.« : »Ich will sie ja gaa nich ärgern – aber wieso das ?« – »Meine Mutter« sagte Hertha trübe, »hatte kurz zuvor ann Roman gelesn – Anny Wothe, oder Panhuys, oder so – : und da hab'ich dann eben so heeßn müssn.« schloß sie haß= und kummervoll. »Aber Här=taa iss doch'n hüpscher Name.« wurde sie getröstet. »Ja; daruff hat mei Vater beschtandn – ach, mein guter Vater !« sagte sie dankbar. (Und wir nickten Alle : wenn verrückte Eltern sich doch bloß überlegten, was sie ihren arm' Kindern antun, wenn sie die nullacht=fuffzn Produkte ihrer Lendn mit Etiketten wie ‹Pellegrien› oder ‹Mellsehne› auf den ohnehin mühsam=genuckn Weg ins Leben schicken. / Sie aß dazu hastich »a paa Fiedtl« : 1 rothe Schnitte (Marmelade); 1 schneeweiße (Quark); ich 1 buttergelbe, mit schwarz & bunten Scheiben.)

Tischgeschpräche : Tischgeschpräche : »Wieviel Einwohner hat Euer Nord=Horn eigntlich ?« 40.000. Und Hertha konterte : »Und Giffendorf=hier ?« / Tanndte Heete wackelte eine Weile mit der großen fleischernen Zunge. »Hunnerd=neunzich wohl –« erwiderte sie nachdenklich : »Unn Theader habt Ihr ? Unn Kienohs auch.« Und leuchtete plötzlich auf : »Wir ham heut Abmd *auch* Theader hier : um Acht. Inne Gasswirdschaft. Die Schulkinner führn 'n S=tück auf: das machn die jedes Jaa.« (Und ich begriff; und kam zu Hilfe : »Hertha ? –«. Einladend. Sie schob die nachdenkliche (aber schon zusagende) Schnute vor; (auf die sie sonst immer sofort 1 Kuß bekam : ich *konnte* da einfach nich widerschtehen – tat ich's also weenichstns mit den Augn; sie merkte es, und drückte zufriedn ihr rechtes, unmerklich, (nur=mir=merklich), zusammen.)). / »Also gehn wir nachher : die 1 Schtunde. – Kommssu mit, Tanndte ?« Aber sie konnte nich : »Ich hap doch ‹Trauer›. Das giebt bloß Getraatsche.«

: »Kint, wenn Du mir 1 Gefalln tun wills : saach da ‹Güschen› zu. –

Es heiß' hier nu ma so.« Und Hertha – obwohl sie ungefähr ebensogern in Gesellschaft aß, wie sie in Gesellschaft das Gegenteil tat : 1 ihrer eigenen Wendungn; in 1 Bekenntnisschtunde getan – legte listich=lustich den roten Igelkopf schief. Und übte's lautlos, innen im Munde; und bat dann, unwiderschtehlich : »Könns mir woh noch n büschen Güschen geebn, Tanndte Heete ?«. (Und das kam mit so clownhafter Fertichkeit, trotz unserer ‹Kaldaunerei› (was 1 anderes ihrer Sünnonühme für gesellige Mahlzeiten war), daß unsere Schtimmung arg zunahm. (Wenn sie besonders trüber Laune war, schalt sie selbst den Gärtner einen ‹Flanzn=Fleischer› : *ich* bin ja, seit ich mit 15 Jahren Sir Jaghadis Chandra Bose las, ooch gegen diese Herren Vegetarier. Und ließ, unwillich, meine Finger knacken .....

»Aufhörn Kardel ! – Also grad als räderte er Ain' –« und beide Weibsn nickten (bezw. schütteltn) mich zur Ruhe. / Erhoben sich auch. Räumten Einijes, aber nich Alles, hinweck. Und nun kam Hertha zum Zuge –

: MOKKONA ! / – »Holländisch, was ?«, sagte Tanndte Heete angeregt : »Ihr seid ja gans nahe anne Grenze da.« (5 Kilometer nur. Und hier waren's bis zur DDR auch nur 30.) – : »Mach ihn ruhich schtark; Du hast's mit Tanndte Heete zu tun.« (als sei das 1 Begriff; und Die lächelte wohlgefällich); und Hertha tat *noch* einen halben Löffel hinzu; und das Wasser sott; und sie saß auf alten langen Aderbeinen, in weisem Flegma; und erzählte : Wie hier=gegenüber einstns die Schmiede gewesn sei : »Onngl=Lutwich=sein=Vader wußte das noch.«

»Da muß aber gans schöner Krach hier gewesn sein.« sagte Hertha gefällich & mitfühlend; (ich aber hatte den Eindruck, daß Tanndte Heete sich irgendwie betroffen auf die dicken Lippen hätte beißen mögen – ‹wieso› wußte ich allerdings nicht zu sagn; gewiß, Hertha *war* geräuschempfindlich; mindestens wie Leisewitz). / »Jetz iss'as *gans* s=till !« versicherte sie : »Ihr werdt'as ja heute Nacht merkn : *so* ruhich habt Ihr in Euerm Leebn noch nich geschlafn. – Das heiß : *Du* kenns'as ja.« : »Man kann auch vor Schtille aufwachen, Tanndte.« fiel mir unseligerweise das feinsinnije A=Perßüh ein; (und mich sah sie jetz offen ungehaltn an :). (Aber so ‹umgeben› von 2 Frauen war gar nich schlecht. Und immer forschend, (bis zu einem gewissen Grade ängstlich, denn sie war Kennerin), Tanndte Heete ansehen : ? : ? ! : ! ! ! – : Jaja; MOKKONA !)

»Der schmeck=mier tatsäch'ch besser als Nes !«; also hatten wir's geschafft. / Und wieder Geschpräch von allerlei krummem und geradem Getier. / Dorforiginale : Einer war zu arm=faul, um sich Al=Kohol kaufen zu können, und fraß dafür habituell Fliegenpilze; (dazu Eisenhut=Salat; und Tollkirsch=Komm=Pott, was ?) : »Tja; das'ss'n verzweifelter Kerl; der kann inne Rose s=puckn !« / Vor allem aber diesen eben=vergangenen, merkwürdichsten, neunundfümfzijer Sommer .....

: »So was von Dürre ! : da könn' sich die ältestn Leute nich an erinnern.« / 2 Meter tief ausgetrocknet das Erdreich. Manche Brunnen versiegtn. (Hier der halb=fachmännische Exkurs über ‹Tief=› und ‹Flach=Bohrungen›). / »Viel=zu=viel=zu=viel=zu=viel !« (unbewußt machte meine Germanin französisch : »Tout=tout=touttouttouttouttout !« hatte ich einst, 1 Soldat, bei Nancy gehört.) / : »Wenn 1 Wagen fuhr, s=tand der S=taub=Schweif 5 Mienudn lank über'er S=traße.« (‹Komet=komet, wir sehn Dich wallen›. ‹Und immer fragt der Seufzer : Wo ?›; ‹Schmidt von Lübeck›.) / »Pilze giebt'as überhaupt keine dies Jaa.« (Schade; wir aßen sie gern. Mit Zwiebeln und Feffer; und Tanndte Heete nickte zu unserer begeisterten zweischtimmijen Beschreibunk : »Jawoll. Das muß richtich – : sooo !« (Und die geschpreizte rechte Klaue vom Mund weg ziehen; und »Hchchch« hinterndran. Also ‹Feuern›. / Und dies 1 neues Schtichwort)

: FEUER ? ! ! : »Oh die Waldbrände, mein Jung ! – Einma hab'ich säbs mit geschaufelt.« (Also Leopold Schefer, ‹DER WALDBRAND›, empfehlen. Niemand kannte es : es ist eine Schande, 1 Deutscher zu sein.) / 1 Haus ‹brannte auf› : »Wie da der S=peck rumflog : der bränn=änn=dä S=päck ! – Diesn=Dein WALDBRAND kanns mir ma vorlesn, Du.« : »Ich hab's doch nich hier, Tanndte.« Und sie, ungehaltn : »Wir müssen entweder noch Fudder kaufn –«; (für 2 Kühe + 1 Rint, im Schtall. Schwarze Pause. Axelzuckn.) : »Oder schlachdn.« (Und Hertha schnitt ihr Gesicht.)

(Lieber anderes Thema) : »Wenn es Dir natürlich zu qualvoll sein sollte .....«. – »Kwaalvoll –« wiederholte sie s=pöttisch : »Du hass immer noch die dickn Aus=Drücke. – Natürlich bissu schon wesntlich nüchderner ass früher ...«. (Ich hatte, ablenkend, von Onkel Ludwigs Tod, und ihrem jetzigen Zuschtand beginnen wollen.)

»Wie lange wart Ihr eigntlich verheirat', Tanndte ? – 30 Jahre ?«. / »Nuuu,« sagte sie behaklich : »Fast 35, mein Jung. – Und hör'

von'n ‹Begreepniß› auf : Alle habm sie sich die Taschentücher vor's Gesicht gehalldn, ass wenn sie Nasenbludn häddn – Manche sogar bloß aufe ein' Seide : ass wenn man auf 1 Auge wein' könnde, unn aufn anndern nich. *Ich* hadde sogaa n schwarzes.« fügte sie s=tolz hinzu : es war alles ‹in Ordnunk› gewesn.
Ich gab dem Ofen verlegenheiz=halber 1 ‹belegtes Brot› (wie ich es erfindend nannte); und die Damen sahen mir zu : 1 Brikett, zwischen 2 breiten Schtücken Schwartenholz – : gleich fiff er lauter vor sich hin; der Einsame. / (Op ich nach'm Tode 1 Ofen weer' ? Mein ‹Licht› hat Niemandem geleuchtet; nur immer mich verbrannt. – Nu von mir aus.) Dann, wieder tapferer :
»*Hassdu mit Onkel nich gut* gelebt ? – Tanndte Heete ?«. – Sie zupfte sich gemächlich den schwarzen linken Errmel höher. Und ruhte warm in sich; breithüftich=kachelofich; (zu'm Kachelofen würde's bei mir ja nich langn; ich weer höchstens n Eiserner) –
»*Och. Er hadde auch* seine gudn Seidn.« sagte sie, (unangenehm gefaßt. – Frage : sind *alle* Frauen nach dem Tode ihrer, angeblich einst=geliebtn, Männer so ? Hertha, das Höllenkind, nickte gleich : nix Witwenverbrennunk !). – »Aber, immerhin : nach fümmunndreißich Jaa'n Ehe, mien Schung ....«; (und wiegte unverbindlich den mächtigen Kopf). / ..... /
: »*Ald=weerd'n ischa nich* schön.« sagte sie bedächtich : »Das Gedäch'niß setz' aus. – ‹Graue Haare wär'n ja nich so schlimm; das sieht sche noch gans apaat aus –«; (und nickte in meine 46=jährige Richtunk : heißen Dank, Du Muff !) : »Dascha eher schick, nich. Unn wirkt ‹erfaan›«. (hier nickte Hertha; offenkundich in Gedanken an, ihr zuvor unbekannte, Schtellung'n). »Aber auch sämmtliche Verschlüsse weern undicht : Hämmohriedn ! – : Das kann Ein' gans leichd zum Ekl weern. – – Und was nu s=peziell Dein' Onnkl Lutwich anbelangt .....«
»*Der jetzt zweifellos bei Gott ist –« schaltete ich,* warnend, ein .....
»*Tchaa; zweifellos –«;* sagte sie nachdenklich; »Opwohl ausgerechnet *Du* da wohl nich viel von weißt. – Na; vielleichd freun wir uns ja noch ma, daß wir tot sind. In dieser Welt ald zu weerdn, iss *kain* Glück : wer seine tausnd Vollmonde erlebt hat ..... ?« / (Pause. Aber sie war viel schtärker, als jeder Andere, den ich je gekannt habe) : »Dein Onkl Lutwich jedenfalls .....« (noch einmal hob ich die Hand, à la ‹Der jetz zweifellos› ? – Aber sie fuhr eisern fort) :
»*Er war nu ma 20 Jahre älder* ass ich. Und konnte bloß noch brammeln : von vorn & von hinndn. – Zum Schluß.« fügte sie

entschuldijend hinzu. / Und überlegte – von uns schockiert=Ergriffenen nicht unterbrochen – kurz jene gemeinsame till=death=us=part=Affäre. Und kratzte sich an der dicken linken Brust. Und tat einen Mokkona=Schluck. Und sagte dann :
»*Jede Frau müßde eigntlich* 2 Männer habm.« (Und nickte noch dazu.) Auch Hertha nickte. Und ich schprang auf; und rief : »*Ich* hab' immer gehört : ‹Jeder richtije *Mann*, müßte eigntlich *2 Frauen* habm› ? !«. – (Sie zogen nur grinsend die Mäuler breit.) / Und Tanndte Heete, mitleidich : »S=tell Du mann ma Nachrichdn ein.« .....
Nachrichtn ? : Wenn nur 51% der Menschen weise wären, wären 100% glücklich ! (Aber wenn der Wind von Bonn her weht, bekomm' ich grundsätzlich Kopfschmerzn : das ‹Große Ganze› ging beschtimmt wieder Allem vor.) ..... / : »Ditt=ditt=ditt : Mit dem Gongschlage« war es 19 Uhr gewesn; und los ginx : ‹Haine à la Royauté› ! .....
..... *Sichere Briefe melden; man hat nunmehr* vollkommene Versicherung; man hört vor ganz gewiß; es soll nichts Gewisseres sein, als daß; es wird vor gewiß gehalten; es wird fast gantz & gar nicht mehr gezweifelt; geheime Nachrichtn versichern; es wird schtarck geschprochen; man hat schtarke Ursache zu glaubm; zu muthmaßen; es rouliret ein Gerücht; ein nicht ungegründetes Geschpräch rouliret; man bekräfticht; man will sichere Nachricht haben; man will versichert seyn; man will vor gewiß sagn; es wird noch immer geglaubet; man will Nachricht haben; man will wissen; es will verlauten; es wollen Einije wissen; es will versichert werden; man schpricht; es soll, es verlautet : dem Verlaut nach; der Sage nach; nun heißt es; wie man höret; es gehet die Rede; es gehet ein Geschpräch; ein Gerücht; es hat sich ein Gerücht ausgebreitet; ausbreiten wollen; es ist ein Gerücht entschtanden; erschollen; nunmehr bricht es aus; es wird spargiret; es wird davor gehalten; wie es das gäntzliche Ansehn hat; dem Vernehmen zufolge; dem Gerede nach; einem on=dit; dem Geschrei nach : DAS GEWÄSCHE : .....
1 Nowelle zum Wehrgesetz ? : »Ungewordne Nazion, an wie andere Dinge solltestu denken !«. / (Und Tanndte Heete, ehrerbietich; eingedenk des Faktums, daß ich sieben Jahre lank Soldat & Kriexgefangener gewesen war : »Laß ihn. – Hör zu.«). / (Ne pouvant me corrompre, ils m'ont assassiné : und weiter ging der helleborose Farrago.) Und jedes Wort war so falsch wie ein

fournierter Klosettdeckel. / Und auch Tanndte Heete nickte : »Wenn es 1 Gott giebt ? : zumindest hat er die Übersicht verlorn. Ich denk da bloß an vergangenen Sommer : ich möcht' da ma nich an seiner S=telle sein. – Ich saach mier immer : zwiebel Du Deine Mit=Kreatuhrn so weenich wie möglich. Und wenn'u was über hast, gieb'm aam Kind was.« Sie hob die mächtijen Axeln : »Und ansonnssen arbeit'ich eebm.« Auch fiel ihr noch, beiläufich=entschlossen Dieses ein : »Wenn'as in' Paradies keine Kiefern giebt, und kein' Wacholder : bleip *ich*'a aufe Länge *nich* in.«
‹Wehrdienstverweigerunk› ? : Wo selbst die SPD, die sogenannte ‹Opposizjohn›, ‹für die Landesverteidijunk› schtimmt ? : »Die solltn sich lieber ufflösn; Denen sage ich voraus, daß sie 61 bloß noch 15% aller Schtimm' kriegn.« (‹Koalizjohn & Opposizjohn› ? : das ist wie ‹Nichts & Gegen=Nichts› !). –
‹Schpalterflagge› ? : »Na ! : Hammersichelährenkranz – also Arbeitsgeräte & Flanzen ! – sind *mir* doch immer noch lieber, als irgendein plattgeschlagenes Groß=Raubtier ! 'n Löwe oder 'n Geier oder so.« / Die Teretismata eines Bischofs über ‹Obrichkeit› : Dibelius soll sein Name sein. / (Ein Blatt wie Fauchet's ‹EISENMUND› fehlt uns. Obwohl die ANDERE ZEITUNG in ihrer Art gar nicht schlecht ist.) / »Schtehen uns nicht demnächst Glaubens= und Ketzer=Gerichte bevor ? !«. (Lambe mihi ! : ein Mann, der seine Meinung immer nur in Form einer Hypothese äußert, ist 1 Feiklink ! : Ich meine immer, es ist unschätzbar – und das ist jetz *kein* Witz – daß sich ein Mann, wie der Gerhard Eisler da=hinschtellen, und es auf gut=Deutsch gelassen ausschprechen kann : daß unser Herr Bundeskanzler Dies & Das wäre : *ich* hör' jeden Abmd mein Leipzich=lob=ich=mir ! Und seltn vergeht 1 Tag, an dem ich von unserer Regierung nicht gezwungen würde, mich der Existenz der DDR zu freuen : nich weil die 'n ‹Hort der Meinunxfreiheit› wäre – im Gegenteil; die Schriftschteller=drübn sind ganz arme Würstchn ! – aber als schtändich zu berücksichtijende Gegengewichte gegeneinander sind die beiden großen Teil=Schtaaten unschätzbar : *nur das* verhindert den perfidesten Terror auf beiden Seiten : die=drübn könn' nich voll auf ‹kommunistisch› drehen : ‹Unsere› nich auf voll ‹katholisch plus nazistisch› – so seh'ich's : so sag ich's !)
(1 Düsenbomber mit Atomlast, zu dem Kinder hinaufwinken : »Allegorie von hiatusinmanuscripti; und 60% des deutschen Volkes.« / (Und immer die diskrete Befürwortunk von ‹Pressegesetzen› und

‹Selbstkontrollen› : »Schon mehrfach gedachte die Dummheit, sich als unangreifbar zu konstituieren : ‹bundeseigene Sender›, gelt ja ? !«). / Und der schpanische Außenminister Castiella wurde in Bonn fêtiert : »Sind die Ammies denn taubschtummblind ?«. (Die Tommies, gottlob, erwachten lanxam. Und ‹Legion Condor› klang freilich lieb & traut in einem Lande, wo die ‹Deutsche Reichspartei› demnächst die zweit=höchste Schtimmenzahl haben würde. (Und den Andern, Vergeßlichen, war's so lange her, als wenn die betreffenden Ereignisse unter den Merowingern schtattgefundn hättn.)

»Die Heinies.« sagte Tanndte Heete verächtlich; (und es konnte durchaus sein, daß sie unsere ‹Obrichkeiten› meinte – sie war zu Vielem fähich); als der Kanzler wieder einmal mehr behauptete, ‹im Namen aller Deutschen geschprochen› zu haben. : »In *mein'n nich.«* s=tellte sie fest fest; (und auch Hertha & ich nickten : in unserm ooch nich !)

»Hat sich jemals 1 ‹Bundestagspräsident› erhoben, und sein Parlament zur *Unruhe* ermahnt ?« – (Ja; Marat ! Der Einzije, der die warnende Weltansicht, und laut, von sich gab; auch um den schrecklichen Preis des Irrtums : »Wenn ich=mich nach Einem nennen soll, so ist es Er !« : Ich.) / »Wähln geh'ich auch nich mehr,« sagte Tanndte Heete ablehnend : »Ich fühl' mich da nich mehr zu=s=tändich : wie leichd könnde meine S=timme 1 Zwanzich=Jährijen – *der gar nich will !* – zu'n Milliteer verdamm' ?« / (Und der russische LUNIK III kreiste indes unermüdlich : »Es scheint also im Beschluß des ‹ewijn› Schicksals zu liegn, daß *Rußland* einer der beiden überlebenden Schtaaten sein soll.« (Und Hertha nickte, monderinnernd : wir machen nachher gleich weiter, mein Lieb. (Ich nenne mich ‹böse› : also darf ich mich fast schon ‹gut› nennen ?))).

»Naja : Wie Benjamin Franklin vom Luftballon sagte : ‹Das Kind ist nun einmal passiert – laßt uns ihm wenichstns eine gute Erziehunk gebm.›«. Und sah Tanndte Heete bittend an : ? / Aber die machte mit dem Kopf nur ablehnend ‹so› : »*Die* nich, mein Jung. Faß überall sinnie Verbrecher anne S=pritze. Oder Geldleude. – Solange das noch Menschn giebt, die Soldat=Sein für'n *Lebens*beruf halldn .....«; und schüttelte noch einmal : »Du schätz' die Härrn von diese Faabe ja auch nich.« (Allerdinx. Zumal wenn man das Tuch vor lauter Tressen kaum sieht.) / : »Laß ma noch einges=tellt :

Wedderbericht kommd noch.« / Und er kam : Vorübergehende Auf-

klärunk. Örtlich Bodenfrostgefahr. (»Oh, da muß ich meine Roosn noch eindeckn!«). Gegen Morgen Bildunk von Nebelfeldern. Dann auch schon wieder ‹Niederschlax=Bereitschaft› : Anntroppo-Morfisierunk der Natur durch die Meteorologen=Schprache. Ab morgen=Nachmittag dann wieder die jahreszeitlich=übliche ‹Schauertätichkeit›. (Und Hertha schnitt Ihr Gesicht : »Da könn' wa wieder im Reegn fahrn. Im Finstern.«).
Apräum' : Mengsel & Brocknis in 1 Katzenschüsschen. (Auch der ferne Hund krachte ein paarmal – krickte demnach ebenfalls sein Teil). / Hertha, weiße Schteingutscheibm in den Händen, offerierte mir »1 Rechts=Verkehrte«, als ich ihr, galant, ‹unter die Arme greifen› wollte. (Dann trat aber schon wieder Tanndte Heete auf; immer abwexelnd die Beiden; raus=rein, raus=rein, wie im Theater.) / : »Zeick Ihr doch ma n Eichnkamp : *vor* Firrdl=Halp=Neun fängd'as doch nich an; Die wartn, bis Alle beisamm' sinnd.« / Nun wieder Hertha : die Tür wimmerte in ihren Angeln; und sie machte es ihr, nerwös und gehässich, nach : !. – Und ap. / »Mein, iss'as Kint zappelich.«; Tanndte Heete; mitleidich. Auch : »Wie gefällt Ihr das eigntlich hier=so ? Was denkt sie da so über ?« Und, flink, da die Lange=Dünne schon wieder, nach restlichem Geschirr schpähend, antrabte : »Geht man rauf und machd'Euch fertich. Da könnt Ihr vorher noch'n büschn Luft schnappn.«
Also vereint=treppauf : erst eine; dann das 25=Watt=Dämmern eines kleinen Flurs; (»Die Truh'n sind nett« sagte sie abwesend=wohlgefällich. »Und viele Winkl : so kleen iss dos gor nie.«). / Dann noch die schteilere Schtiege hinan, zu unserer Bodenkammer.
Beleuchtung : erst Taschenlampe; dann Kerze. / Sie sah sich trübe um : die alt=braunen Holz=Wände; (»Gute alte Balkn,« sagte ich, absichtlich versonnen, um sie zu ermuntern : »Und wie warm, nich ?« (Trotzdem gab ich auch diesem Kanonenöfchen vorsichtshalber 1 ‹belegtes Brot›.)) / »Jaja.« Aber es klang doch etwas aufgemuntert. / »Und das schöne breite Bett.« : »Jaja.« sagte sie ergeben. Legte Kostümjacke und Bluse ab; zog sich, aus dem was blieb, 1 Brust, und betrachtete sie kritisch; (klein, und mit zornroten Punktn, wie die einer Donnergöttin – kaum, daß ich sie küssen durfte; und ein bißchen mit der Faust hinein beißen. – : »Mach Dich jetz nie groß gemecke : Du kannst'ich nachher noch genuck ab=äschern!« (Von ‹echauffieren› wohl ?). Trat ich also, gekränkt, von ihr weck. Und schtellte mir, als Ersatz, ihr großes Farbfoto neben meine Bettseite auf den Fußboden. (Das, wo sie bei der

Lampe am Zeichenbrett sitzt : Tuschkasten und Wassernäpfchen um sich; Fläschchen, Tuben und ‹Bunte Schteine›. Rinxum.)

Sie drückte sie langsam wieder nach unten ein : »So kahl wie hier drinne; wird's da=obn woll ooch aussehn ? *Viel* anders werdn die oo nie eingerichtet sein .....

..... *Wohnsäle, durch Wände aus Glas*bauschteinen, also durchscheinenden, abgeteilt : Famieljen und Ehepaare für sich; Junggesellen und =innen immer 2 und 2 zusamm' .....

»Also in dem Falle,« ergänzte sie :

Charles & George. / Und ich knipste an der Türe an : Was nützt die längste Neonröhre, wenn kein Bild an der Wand hängt ? ! (Gewiß : unsere ‹Malerin› – die auf Erden Musterzeichnerin gewesn war –

»Du jetz bring ja nie mich noch mit rein«, sagte sie verblüfft ; und ich, mindestns eben so erschtaunt tuend : »Ja sebsverschtändlich bring ich Dich *andauernd* rein ! : Du bist'as Modell zu meinen sämtlichen Frauengeschtaltn.« : »Wer's gloobt.« sagte sie mißtrauisch : »Zu der dicken Ministerin ooch ?« : »Erst recht : also schtrebe dem nach, Du Liebe .....

»‹Malerin›=ff« George; gehässich; denn er hatte es vergeblich versucht : sowohl sich=ihr anzunähern, als 1 Bild zu erschtehen. Sie krickte für ihre Kollahschn, beziehungsweise Dee=Kollahschn, ja auch schwerstes Geld; (und das Material dafür zusammenzuschmeicheln, war beschtimmt auch nich einfach : da würde sie so manches Loch .....

»Pssst !« George; an der linkn Zimmerwand, (und drückte sie immer abwexelnd dran : Auge Ohr & Mund). Denn nebenan wohnten Saundersons; und, da aus reinem Textilienmangel die Meisten zu Hause schon nackt gingen .....

Sie ölte ihre Lippen : rot wie die Haut von Erdnußkernen. Wollte zuerst moralisch den Kopf schütteln. Besann sich dann aber doch eines Vernümftijeren; und meinte barmherzich : »Wenn's keene Frauen gippt, ississ natürlich .....

(‹Ventre affamé n'a pas d'oreilles ?› : habt Ihr ne Ahnunk !). / Und wir lauschtn begierich. Und schpähtn angeschtrengt : wie sich da eine Schattenhaftichkeit dauernd blitzschnell verneigte – (: »Du : Im Schtehen. Von hintn !« röchelte George, bereft of all decency; (und auch ich konnte nich anders, ich verfinsterte mich, und wenn die vieux bagmate auch bald 60 war – na, die Zeit war abzusehen, wo es keine Glühbirnen mehr gab : da sah man's dann wehnichstns nich mehr !).

»Jetz legt er sie auf'n Tisch!« schrie Dschordsch, (so laut, daß der eine der Schatten flüchtich herüber sah.) : »Tracassier« schprach ich angewidert. Auch : »Komm, an die andre Wand.«

Die andere Wand? : da schafften Pattersons grade die Kinder zu Bett, à la ‹make me pious=liddle child› : »‹daß ich auf die Erde komm›« –

fiel mir als i=Pünktchen ein; und Hertha kicherte, angeregt=mitfühlend. »Klaa,« sagte sie : »Den' *muß* ja die Erde wie's Verlorne Paradies vorkomm'«

..... *eine Theorie, die rapide* an Anhängern gewann. »Kein Wunder,« sagte George bitter : »Was ham die arm' Würmchen außer ihren Schteinbaukästen schon? – Am besten, man kauft sich auch ein'.« (Und, wieder wilder, (da Frau Saunderson eben 1 entzükkenden kleinen Schrei ließ) : »Wundert Euch nur nich, Ihr im Kongreß .....

»... wenn die allmählich Alle Hundertfümmunnsippzijer werdn.« sagte Hertha unschuldich; (weil unwissend, *was* sie damit ewenntuell Alles sanktionierte; aber

wir hatten uns ja längst schon, in geheimstn Sitzungn, mit allen Possibilitäten befaßt : Hinterladerei und kaunische Liebe; Lesbizein Labda Laikastria Oris stuprum andrizomai siphniazein phoinikizein keletizein; Vielmännerei als veredelte Prostitution .....

»... gab es doch seinerzeit auf Erden schon,« flocht ich bitter ein, »weibliche Wesen, die – kalt & völlich=besonnen – die unglaubliche These verfochten : ‹daß jede Frau eigentlich 2 Männer haben müsse›.« Siegriente, (‹NIGRIN oder die Sitten 1 Filosofn›), und schtrich sich mit den Händn einen neuen Rock ums Beckn, daß der gans glatt & schlank anläge, von der ätsch bis an den belt. (»Was die angeführten Worte auf ‹... zein› bedeutn, erklär' & zeig'ich Dir gern : aber beklag' Dich dann nich ‹mitten drinn›«.)

..... *die Russen sollten ja, genau umgekehrt,* einen unglaublichen Frauenüberschuß haben. : »Mensch da schmeißt'och ...«; aber er fing sich, patriotisch, wieder; und preßte die Lippen aufeinander; und hoop schtoltz den Kopf : »... den Kram *nicht* zusamm'. – Wir werdn schon eine Lösung findn.« (Und dachte, ich wußte es wohl, wieder an ‹Krieg› : »Mensch=George : iss es noch nich genuck, daß die *Erde* hin iss ...« Aber er hörte mich gar nich – : »Ruhich ...« –) –

Tatsächlich : der Verflegunxwagn kam angerollt; (wieso ‹man› wohl kräftijende Leibesnahrung mit der zernichtenden Vorsilbe ‹ver› ausgeschtattet hat – vielleicht Vorahnung unserer Mondkost=

hier ?). / George schtürmte schon zur Tür. Ich, obwohl mindestens ebenso neugierich=gierich, folgte gemessener. (»Ein parlamentarisches Amt verflichtet.« hatte Mumford erst neulich, sehr schön, gesagt. (Schon wieder dieses verfluchte ‹ver› ?). Hoyce, zerschtreut wie immer, hatte zwar »zu was ?« gefragt; war aber von Niemandem 1 Antwort gewürdicht wordn. – ‹Zu was ? !› : Was es so für Menschn giebt !).

» Keine Eier ? !« : wie ein Schtier brüllte Dschordsch im Korridor. »‹Unnötijes Schrein & Singn ist im Interesse des Luftverbrauches zu unterlassen.›« leierte der Fourier kühl. Während seine Gehülfin sich in die hoch=beräderte Gefriertruhe bückte – ‹archly›; was durch ‹bogenförmich› wiederzugeben verfehlt wäre – und der Anblick ihres Ausschnitz mit Inhalt, lenkte George doch wieder, wie immer, beträchtlich ab; (deswegen hatten wir Betty ja auch ausdrücklich zu dieser Tätichkeit zu bewegen gewußt; und das kokette Biest tat gern ihre Schuldichkeit : reichte sie nicht Dschordsch die Kumme mit Milchbrei derart lächelnd hin, als kredenze sie dem Benommenen die gleiche Kwanntietät Necktar ?). / Erst drinnen, als wir den Brei schtumm in unsre Schpinde schlossen, fiel es ihm wieder ein : »Kein Brot, keine Butter ? – Kein Käse.« setzte er schwer hinzu; (es verging kein Tag, an dem er mir nicht ein Hymnlein auf Cheddar oder Roquefort gesungen hätte : zugegeben : es *war* 1 Genuß gewesn. Aber was nützte das ?)

»Und die Russen, saaxdu, serwiern *frische Leber* . . . ?« flüsterte er abwesend . . . . .

»Bistu nie tatsächlich Slawo=viele ? – Im Grunde.« erkundichte Hertha sich gedankenvoll : »Op ich ann Mantl anzieh ?« »Ich file einzich & allein Dich, mein Schatz ! Nich ma mich selber. –« sagte ich entrüstet : »Und den Mantel zieh ruhich an; wir laufn vorher noch n paar Schritte . . . . .

. . . . . und dann, nachdem wir also die herrliche Erkwickunk für's Nachtmahl zurückgeschtellt hatten, wuschen wir uns noch die Slater=Hände; (wobei ich George von der Malice des Dichters erzählte. Er aber fand gar nichz dabei; war im Gegenteil noch schtolz, daß schon die Kinder in der Schule seinen Schtand ehren lerntn. – Vielleicht sollte man's ja tatsächlich so auffassn ?). (Und den Flock aus dem Loch des gläsernen Beckens rupfm – ‹Flock & Loch & Beckn› : man war wirklich so weit, daß sich einem die einfachstn Vorgänge . . . . . – Und es gurgelte, wie ein Ertrinkender; der sich eilich nach unten entfernt . . . . .

..... *nach unten entfernt : so klettertn wir* die schöne hölzerne Klamm, in den Mäulern Taschenlampm, wieder hinap. (Nachdem ich erst noch dem Öfchen gut zugeredet hatte; bevor ich ihm die verschprochenen 2 Briketz gab – *und* noch 1, ‹zur Belohnung›. – Er schtank vergnügt vor sich hin; bis ich das Türchen richtich schtellte – dann ‹zog› er. (Also doch wieder etwas weiter zu; daß es bis zum Nachhausekommen vorhält – : so. –).). / »Haste ooch das Licht ausgepustet ?«. (Also noch mal, innerlich fluchend, rauf. –) / : »Natürlich war's *längst* aus !«. Aber sie, unerträglich fennichweise : »Besser iss besser.« (Dann noch etwas von ‹gookln› ? – : »Mit offenen Flämmchin leichtsinnich hantieren.« verdeutschte sie bös=rüstich.)
Tanndte Heete (und die alte graue schwanzlose Hauskatze kletterte langsam im massigen Gezweig ihrer schwarzen Glieder) : »O um halb Zehn seid Ihr *länx* wieder da : ich s=trick unn lees' solange. – Und dann sehn wir Uns nochma'as Haus an. – Fiel S=paaß.« (Und nickte einmal, kurz & kraftvoll : ! – –

* * *

–. –. –. –. / »?« : »–; ... !«. / –. –. –. –. / :
: *»Sagama : wie iss sie eigntlich* – genau – mit Dir verwandt ?« : »Tanndte Heete ? – : Also *meine Mutter* – ?«; (sie nickte zu jeder der aufeinanderfolgenden Beschtimmungen) : *»Deren* 15 Jahre ältere *Schtief*=Schwester ? – : Von *Der=die=Tochter.«* (Sie verdaute es mehrfach.)
»Was'n Kaff. –« sagte sie abweisnd : drübm, im schwarzn Scheunenmaul, lümmelte es autochthonen. Alternd sauste 1 Baum. Der Abmdwint ging hinter uns her :

: *»Komm Dschordsch : wir gehn* in'n Gemeinschaftsraum : andre Gedankn.« »Du predichs' Gesundheit wie'n Kranker.« sagte er trübe; ging aber selbstverschtändlich mit; (in dem Loch, und allein, wärn Einm ja auch nur lauter Schterbegedankn eingefalln.)
An 1 der 3 Läden vorbei : ‹KUNSTGEWERBE›. / Und schtehen. Und das bissl Klimmbimm mustern : – / Ulkije Pötte : wenn sie schlank geratn warn, hießen sie Wahsn. Platten mit einer Art ‹Höhlenmalerei›; (nur wesentlich schlechter als in Combarelles. – Und es gab mir doch einen innerlichen Schock : war *das* das Ergebnis, daß die vor 100.000 Jahren bessere Bilder hatten, als wir=hier ? !). / Auch Schachtische, aus abwexelnd Lunabat und Lunarit. / Aber Neues nich.

»Doch. Hier.« George; dummf. – : ? : Tatsächlich ! : ‹Aschenbecher› ! (Wo wir, glaub'ich, noch etwas über 2.000 Zigaretten am Lager hatten. Wie zum Hohn.) / »Na, bald wird's n *neuen* Ladn gebm.« versuchte ich George aufzurichtn. (Aber er hörte's gar nich; er war in Gedanken nur bei ‹LUCKY STRIKE›.)

Die rauschenden Eichn. Die Schtimme der Mühle. Das Licht der Lampe. Fern grölte 1 LKW auf seiner dünn'n Teerschtraße; endlose Wälder zu beidn Seitn; der Beifahrer schlief; (man sollte ihn als Wegweiser aushauen, und an die Landschtraße nach Tewel schtelln .....

..... : »Hier. Kuck Dir ma die Erde an –«; ich hielt ihm mein Taschenfernrohr hin; (denn obm schtand sie grad, leicht verschwollen, im Plexiglas.) Er ergriff angewidert das Fernrohr. (Und hielt es unschön; wie ein Mann sein Harnrohr hält .....

(Hertha nickte wissend) .....

Besah die flauschige Kugel auch nur kurze Zeit. / : »Wieso darf man die Neu=Erde eigntlich nich über die linke Schulter ansehen ?« erkundichte er sich dann : »Patterson behauptete's neulich.« : »Och der abergläubische Laffe !« sagte ich verächtlich; (uff was für Einfälle Die so nach & nach komm' !). / Und Dschordsch war immer noch übler Laune; er machte eine Satire auf jedes Schternbild, das er nur erkenn' konnte .....

Sie blieb gleich schtehen, und schaute kritisch : in ästije Höhe, und, weiter, in die moutons : dazwischen Klarhimmel, mit Schtern'n gesalzn. Da drübm drangn sie *noch* schtacheldrähtijer aus ihren corrals. / »Tja.« sagte sie unschlüssich : »Ich würd' ja ooch sagn : den Himmel hat a *armer* Mann erleuchtet. – Wie schpät maxn sein ?«. (Und sah dann doch freiwillich auf die Armbanduhr, ehe ich wieder mein Schprüchlein leiern mußte.) / »Nu; ich gloob, wir könn' schonn reingehn, wos ? –«. Und seufzte ein bißchen. Und verkrammfte sich wieder mehr. Und grämelte rührich : »Oder wolln wa nie lieber draußn bleibm ? Und nachher bloß sagn, wir wär'n gewesn ?«. (Schüttelte auch betrübt den Kopf über sich=selbst : deste baz; da brauch ich's nich zu tun. Dann aber doch) : »Bisdú 1 *un*glückliches Paketchen=Meedchen ! : *ich* bin schonn menschenscheu; aber *Du* ... ?« –

: »Komm : atme etwas Große Welt.« Und schleifte sie durch die Gasthofstür, heuleforte schreieschtufe; an der Kasse vorbei; (allwo 1 frecher Greis uns, dreist, mit des leeren Fasses Klang, pro Kopf 1

Deutsche Mark abverlangte : na, für so viel Wampum wird ja dann auch Einijes gebotn werdn müssn.)

In den Saal, in dem 50 knochije Schtühle ihrer Be=Sitzer harrten. (Das heißt 20 waren schon da : Bauern in schwerer Tracht; Haare aus schwarz=weiß=rotem Zwirn; mit ledernen Händen, an jeder davon 5 Daum'm.) / »Du machsDich noch ammall unglücklich mit Dein' Ausdrückn.« sagte sie wohlgefällich. Wir setzten uns ‹gans linx an'n Rant› – (ich weiß : da hasdu auf der 1 Seite Niemanden; auf der andern Nur=mich als Nachbarn, Du Unglüxwurm ! Gleich flüstern) : »Bin ich Dein Nur=mich ? Gieps ja zu, sonst ...«. Aber sie war noch zu gehemmt; machte nur »M«; und bat rührend : »Sag noch was Schönes.« / Raffte ich also Geist & Gabm zusamm'; und äußerte feierlich : »Schtaar. Koralle. Kleeblatt. – : Veilchen.« (Sie wiederholte es mit schtummfm Lippn. Dann aufleuchtender : ?. Legte sichtlich einen noch dunkelblaueren Grunt=darunter : ? ! – : »Du – das könnt'a *Kinder*=Schtoff sein !«. Irma=Firma.)

Wie er langsam voll wurde : »Och kuckamma ...« : ein altes Pärchen schtützte einander rührend herein; gebückt eisgrau schtarräugich, (und mit völlich verglaubtn Gesichtern). Als der Gang schmäler wurde, taperte er voraus; der Hut trat schlimm über seiner Schtirn hervor; (sie haspelte sich, allein, an der Wand weiter. (Und Hertha wollte grade wieder, ergriffen, ihr ‹Kuckma› anbringen, als Jene plötzlich ausreichend Kraft & Geschicklichkeit entwickelte, ihren Gatten mit schpitzlosem Schtock in den Hintern zu schtechn : als sie die Reihe erreicht hatte, die sie sich einbildete. – : »Kuckamma !«; (aber jetzt wesentlich realistischer : nüchterner.))

Neben mich mußte sich natürlich 1 Kettenraucher flanzn; mit krummim Kinn und rotim Knebelbart : er wischte dreckije Hände an dreckijn Hosbeinen ap; und sah sich dann in ruhijer, selbstbewußter Unwissenheit mich=an. / Neben ihn wiederum ein schickes Kuriosum : gelbe Schuhe hoher Schtöckelschirm. Das Gesicht seidenweiß & schtarr, Aghaid sneachda, halb Schnee halb Mond. Aus dem gelben Rohr ihrer Kostümjacke hing das Schtäbchenbündel, (aber nicht lange; dann faltete sie beide Hände über dem Schirmgriff, vor sich : Glückauf zum Knochengeweb' !). / Mein Rauchender machte sofort aus seinem Maul einen Schornschtein – (der Rauch war sichtlich froh, aus ihm zu entkommen, so grade & schnell floh er hoch !) – und morste mich lynxäugich, humoristisch & weltmännisch, an. (Also die Dorfhure. Je nun; man kann nich immer bis Hannover fahrn.)

Da jedoch die meistn Menschn häßlich sind, hatte es etwas Bedrückendes – »Zugegeben Hertha.« – diese Kollektion von 50 Butznantlitzn hier zu durchmustern. : / Vorn 1 wollüstich fette Schtirn : an der Seite hingn die Ohrn wie Lumpn. (»Große Lappm« verbesserte Hertha, ohne die Lippen zu verändern.). Der Hinterkopf dafür wie abgesägt; (»Und zwaa von keem schüchternen Säger.«). / Schtarkbehaarte Sassen, Kerls mit ungeschnobenen Nasn : Flotzmäuler. / Und wieder fürchterlich glänzende Glatzn. 1 hakijes Gesicht hegte den Zigarrnschtummel in der eigenen Feife. Runzlije Mannsnackn : beim Hals=Drehen machte die Haut nischt wie Rommbm. / Der Abtritt eines Mundes : schlotterte um 3 Zeehne=rumm; wankelnd nach Worten, angedeutet, kinnladich. / Im owahlen Warznbeet. («Hör uff ! Du kannst Ei'm ja's Essn ... : denxde *unsre* Gesichter würdn nie *ooch* ammall so –« (sie suchte nach dem Wort) – »so geflickt aus=sehn ?« : »Einmal hoffe ich, daß der HErr mich *vorher* zu sich nimmt ...« (»Der mack Dich gar nie.« sagte sie, fest=überzeugt : Hasdú ne Ahnung von Sammlermentaliteet !). »Und überdem hätten die Herrschaftn sich doch wohl waschn dürfn; auch die Zeehne putzn. – Und den Korkn=hintn etwas fester schteckn !« fügte ich ärgerlich hinzu; denn meinem Herrn Nachbarn flog er eebm, mit gut hörbarem POPP, heraus. (Und er lachte noch, froh der eig'nen Kraft, rauh & cis=Taunensisch : ‹Wir sind die Nieder=Saxn !› – »Gewiß; Herr Zockwittekind wird nich nenn'swert anders geduftet habm.« Und er fingerte wieder schwimmhäutijer : As no man can draw in his breath at once, and force air out beneath.) (Die gelbe, langhändije Betze neben ihm grüßte seine Leistunk anerkennend mit Zähnn.)
Nur gans seltn hüpsche oder erträgliche Exemplare : eben kam solch jungfräulich=zähes Schrittgeweite vorbei : 1 Fünfzehnjährije mit noch weitgehend unentdecktn Augenschternen; das große Lid lang besäumt. / 1 weißblonder brausender Junge rannte vergnüglich auf & ab; gab jedem Schtuhl einen Klaps; und verschwand neben dem Vorhang – ich sagte ihm auf den Kopf 1 Hauptrolle zu ! / »Ich hab ooch eenmal in der Schule a Gedicht uffgesagt,« geschtand Hertha, »und bin schteckn gebliebm. – Die andern Kinder habm ma's noch lange hinterher gerufm.« schloß sie gramvoll. (Mein Nachbar, der nun auch noch nach Ratzeputz zu riechen begann, wisperte kurz seine Dame an –, ?, – die nickte mit schpitzknochijer süßmehlankolischer Gebärde; BRIGITTE & CONSCHTANZE; und ihr blutijer Oberlippenfaden küßte ihren eige-

nen Unterlippenfadn gifftijer.) / Während die Lichter langsam erloschen .....

Dafür aber gleich 2 bescheidene Rampenscheinwerferlein; in deren Glanz soeben die Lehrerin trat; das Büchlein zum Festhaltn in der dienstlich=verbrauchtn Hand; gans graue Junk=Gesellin, 1 Leebm lang : die Brille bleibt Niemandem erschpart. / Entschuldichte sich (trotz des Präceptortons blutarm) op der hohen Eintritzpreise : aber die Kulissen & Kostüme hätten über 50 Mark gekostet. / Wischte sich das Gesicht auf die andere Saalseite hinüber; und lobte den dort plazierten Eltern ihre Kinder, die nun gleich sämtlich hier auftreten würden; (und der blaßrot=verschossene Vorhang hinter=ihr bauschte sich an dieser Schtelle aufgeregter; und das Geflüster=dahinter kam lauter. – Unsere Schprache ist Gezisch & Hexerei, werthe Graue. (Wer's beschtreitet, schpreche diesn Satz gleich noch einmal. Oder krähe ein ‹Erzberkwerk›.).

(Wohlauf Ihr Geigen, zum Schwirren & Schteigen. Wohlauf Trommpeetn, zu Mordn & Tötn. Und Ihr Posaunen zum Schtaunen. / (Denn De=Korazjohnen, und Pro=Zessjohnen : Tartaren Ja=nie=tscharen Kahl=Mücken Husaren, VölkerausallenZonen : werdn gleich ziehn & thronen !) / Auch Ihr Schallmaien müsset drein schreien; und die Oboen ja kwieken & drohen : die Flöte klagt, das Hüfthorn jagt, der Brummbaß – – : »ä=brummt« (mir fiel nichz anderes ein) : »*Auf* der Vorhang : Klapps ! : Alles verschtummt .....)

»Iss das von Dir ?« flüsterte sie, abwesend=anerkennend. : »Nu; ison=iso.« (Ich lüg' gans gern, wenn ich Zeit hab' : die Wahrheit iss so was Gewöhnliches, nich ?) .....

Sieh an ! : ‹Erster Akt : 1 Zimmer›. / (Und geschickt aufgeschtellt, sodaß man gewissermaßen in eine Ecke hineinsah : rechz die kürzere Wand, mit 1 Tür darin; linx die längere, mit Tür & Fenster. (Noch weiter linx ein Schtück Schtraße, so daß man von außen ‹ins Haus› tretn konnte : »Gaa nich dumm.« Und auch Hertha schüttelte beschtätijnd den roten Kopf. (In Nordhorn waren wir gute 6 Monate nich mehr ‹im Theater› gewesn. Und infolgedessn genußfähich wie nur je 2 Klein=Schtätter.)

»Sind das Büchcher ? Die uff dem Tisch=da liegn ?« / Ja; ne Buchbinderwerkschtatt scheinbar. An der Decke ein Leimzweig als billichster Fliegnfänger. (‹Als Lampe 1 Zinnbecher voll Seehunztran, in dem brennendes Moos schwimmt› : wo hatte ich das

ma gelesn ? Oder war es gar von mir selbst; beim Gedanknschpiel vom Schiffbruch in irgendeiner Barents=See erfundn ? – Also sagn wa : von=mir=selbst.)

Und die Kleine schtand auf ihren Besen gelehnt. Und schtand – : – (aber auch schon *so* raffiniert ! : ‹unsere› 1. Liebhaberin in Nordhorn war 2 Klassen schlechter !) – und schüttelte den Kopf. Und tat ein paar rauschende Besenschtriche. Und schtand wieder. Seufzte, daß es durch den Saal schallte. Eröffnete das frische Futterälchen ihrer Schtimme; und tat einen Monno=look .....

: »Warum ich mich nur DAMITT plagn muß ? !« –. / : »Wenn denn *doch* Alles zugrunde geht : iss es da nich gleichviel, op die S=tube *so* aussieht oder anders ?« / (Unmutich=umherblickend) : »So s=pät=schon. ... : Und mein *Peter* war noch nich da ? – Na *nu* kommt er *auch* nich mehr. – *Säbs* hingehn *daaf* man ja nich – : ass Mätchen ?«; (fügte sie schlau hinzu. Und fragte gleichsam den Saal : ?. Und nickte kunstvoll – (und schwermütich=lüstern !) – mit dem feinen Backfisch=Kopf : jetzt hatten wir die Mark bereiz raus !).

: »Und zum Hinschickn hab'ich Kein'. –. – : Ach : so soll denn der jünxte Taak anbrechn, ohne daß ich *mein' Peter* noch einma gesehn haap ?«. / (Sie sank – immer den Beesn in der Linkn – auf den Schemel hinter sich; suchte in der kleinen Schürzentasche; und trocknete ihre Augn mit dem Tuch. – Schtockend und schluchzend : »Und *so'nn* begabter Mensch : wass'eer für *Billder* mahln kann ! –«

(Und ließ das Tüchlein sinkn, und sah anklagnd ins Auditorium) : »*Hundert Küsse* hat er gestern gewollt – : *unverschämt !«* / »Aber genijahl ...« setzte sie, und *so* nachdenklich, hinzu: »GOtt, man musch'e auch ma was für die Kunst *tun* –« (und, nun voll ‹weinend›, ausbrechend) : »Oh hädd'ich doch bloß ! ... : Ich bin recht unglücklich. ...«. / Plinkte auch, mit dem einen, kekkeren, Auge über den Thränenlappm hinweg, um den Effekt zu beobachtn : ? / Und da *konnte* ich ja nich anders : ich gab den erstn, lautn, Applaus : ! ! ! / (Erst sahen sich einije der anwesendn Herren Landwirte schtumm an. Dann nach mir=umm. Und als sie erkanntn, daß es sich um jenen wohlgewaxenen Fremdlink handele, der vorhin so vornehm & unzufriedn dreingeblickt hatte, entschlossen sich doch Einije, im feinen Geschmack nicht dahintn zu bleibm. Und die gelbe Amateurin kam ihnen noch um den Bruchteil 1 Sekunde zuvor. Und das feine knöcherne Applaudieren klang doch sehr apart zu dem bretternen Tosen der übrijn

Bauernfootn.) / (Die Lehrerin sah gans verblüfft heraus – so viel Beifall war sie für ihre Mühe gar nich gewohnt ! – erkannte aber ebenfalls die Sonder=Ursache; und nickte in unsere Richtung. Nicht ‹dank=baar›, aber verschtehend. / Wandte sich auch gleich wieder rückwerz, hinter's bretterne Wändlein, (wo es erregt zu schnattern begonnen hatte, das restliche Schülchen : sehr gut ! : Jetz war die richtije Prümm=jehren=Schtimmunk.).)
Aber Herr Peeter kam gans von selbst. (Kunstschtück; bei *dem* Kint !). (Und schon tat Hertha den bekanntn Seitnblick. Und gab das bekannte Kopf=Schütteln von sich, à la ‹Ihr=Männer›, und ‹Eener wie der Andre›. Und ‹Was bloß'n Unterrock an hat›. – : »Befriedicht Ihr doch Eure Männer ! : Dann iss überhaupt keine Gefahr !«).).
Und oben kosten unterdessn die Zwei : Er – natürlich der weißblonde Bube von vorhin; : »Was hab'ich gesagt ? !« – sehr schtattlich gekleidet. Vermutlich die Weste eines uralten Bauern=Ahnherrn : die Knopflöcher goldgesäumt; mit Thalern als Knöpfen. Auch weite Zimmermannshosn – die Lehrerin hatte sich wohl mühsam, aus Romanen von 1900, erinnert : wie damals fliegender Sammt zum Kennzeichen des Künstlers gehörte : wenn ich beim Namen GERHART HAUPTMANN bloß nich immer an das wahnwitzije Foto denken müßte, ‹Als Bild=Hauer in Rom› : das war ooch'n Scharr=lattahn ! – Na; es gehörte wohl zum Beruf.)
Aber Peeter's weitschattender Hut, und fliegende Schlipps=Schleife wirktn doch ungemein überzeugend=wintbeutelich; so daß manche ältere Bauern arck=wöhnisch nicktn : *Dem* hättn sie ihre Tochter ooch nich gegeebm ! .....
: »*Glaubt Ihr denn tatsächlich Alle=hier darann,* daß, heute Abmd, um 10, der Komeet kommt. : Und die ganze Welt zugrunde geht ? !« / »Och=ja=doch, Peeder. : Der Fader denkt'as s=teiff & fest. Der fatale Adwokaht Krappe hat ihn gennz=lich überzeucht ... und es *wär'*sche auch furchtdbaa : Peeder ! .....«. (Sie drückte sich, ‹archly›, an ihn.) / Während draußn, ihre ‹Geschpielinnen›, sich auf der Schtraße zu einem kunstlosn ‹Tänzchn› versammeltn – : das war beschtimmt 1 Reschietrick der Lehrerinn; die ja, Rechtn Linkn, Schpeck & Schinkn, sämmtlichn Erzeugern die hoffnunxvollen Schprößlinge, die den betreffendn Ehen ‹entschprungn› waren, als junge, unter ihrer Aufzucht so schön erblühte Genien, vorzuführen hadde. / Das macht man ja an den größten Bühnen : ‹Lasset uns 1 Täntzchen haltn›. – Oder der

greise Oberförster, ‹Hugo› war sein Name, forderte, wenn's allzulangweilich zu werden drohte ...
: *‹Singe mir doch einmal* mein Leiblied, Töchterchen.› / Also no blame : sie ringelreihten & sangen. / In Röcken ihrer Mütter : Eine hatte sogar ne Seidenbluse an, und sah sich sehr=s=tolz um. (Wenn man die Augen zu machte, klang der Kor ulkich fern : ob ich *auch* jemals 12 gewesen war ? Ich konnte mich nicht mehr erinnern; aber die frische Zage überzeugte mich irgendwie. (Auch Hertha beschtätichte schtumm.) / Und dem listijen, wortgewandten Künstler gelang es natürlich unschwer, (‹wie junge unschuldije Pellkartoffeln› fiel mir ein), seine wankende Schöne zur Theilnahme an jenem Can=Can zu überreden. (Nochmals die Augen zu : ? / Ja. / Obwohl man, wie gesagt, vergessen mußte, daß Einije falsche Kleider umgeschnallt hatten.) / Aber Hertha schtieß mich erregt an : ! .....
Und das war ja unleugbar sehenswert. / (Der Maler=Peter war etwas zu leichtfertich=leierich gewesen : im Bewußtsein großer äußerer Vorzüge nahm er die Rolle zu leicht). / Aber hier, DER : .....
(Nämlich der ‹Buchhändler Balder›; der ‹Vater›) : eine Handwerkerschürze vor. Massiewes Gesicht; (bei einem 13=jährigen *Schtadt*jungen wäre's unglaubhaft gewesen; da ich Bauern kannte, akzeptierte ich's.) / Die Hände an beide Seiten des Brustkastens geschtemmt : die Ringfinger trommelten, leise=langsam, in eiserner Fassunk : Der hätte ledicklich so über die Bühne zu gehen brauchen, und wäre jeglichen Beifalls sicher gewesen. / (Nach dem 1. Monno=Look krixtn : von mir !).
»Niemand hier ?« – (Das Organ absolut unaufgeregt=aufregend, wie aus Moniereisen.) : »Hm. Freilich. Das fleegt so zu sein in den letzten Tagen.« / (Blieb schtehen, und schtarrte kalt in den Saal, auf 1 Punkt; ich tippte : auf den eigenen Vater ! : *nur den* kann man so verächtlich=achtunxvoll beblicken.)
Er schlug die Schürze beiseite; mit der Gebärde Eines, der mit Allem – aber auch platterdinx *Allem !* – abgeschlossen hat. Und zog aus dem betreffenden Täschchen=vorn=am=Bauch 1 Uhr – :
eine Uhr, sage ich ! (Ob ich nachher hin geh, und sie ihm abzukaufen suche ? Als Erinnerung an diese Schtunde ? – Höchstwahrscheinlich schtammte sie ja auch noch aus Peter Henleins Werkschtatt ; also auf keinen Fall ein schlechter Kauf.) .....
»Fünf Uhr ...« (Und nichts dahinter geschprochen; weder Frage= noch Ausrufungs=Zeichen noch auch nur 1 Punkt : NICHTS !) :

»Wir treten nunmehr dem gewaltigen Augenblick *sehr* nahe. 5 Uhr : 5 S=tundn : Adé Du lose Welt.« (Er nahm seine Schürze ap; legte sie sorkfälltich zusamm'; und auf den Schemel. Dann wieder die Hände hoch, in die alte Schtellunk) : »Nun – *wir* sind fertich miteinander.« / (Es klopfte ? Allerdings überflüssich deutlich, wie wenn hinten Einer mit dem Hammer einen Nagel einschlüge. – Der Hin= und Hergehende blieb sofort schtehen. Und wandte den enormen Kopf : langsam; wie Löwen pflegen .....
»Herein ?« / Und es war 1 lispelnder Unterbeamter : »Gu'n Aamd Herr Balder !«. – Und Jener, schteinern : »Gute NACHT. Herr Gerichzdiener.« / (Und nun hin=und=her) :
: *»Da wär noch'n Schreibm* von'n Bürgermeister an ihn, Herr Balder.« : »Giept sich der Bürgermeister noch mit *Schreibm* ap ?«. (Es lächelte im Saal, verächtlich & bedächtich. Es murmelte.) / Die fetten Augen meines Nachbarn glinzten : er hatte 5 walzenförmije Finger nach rechts, seitlich an das zaundürre Becken seiner Nachbarin, gelegt. Ich legte prommt meine Linke – aber bittend; ich bin 1 schüchterner Mensch ! – an Hertha=ihres : ? (Das dumme Dink verschtand mich erst wieder nich. Dann aber doch. Und bewegte tröstend, bejahend, ihren rechten Oberschenkel. »Hertha –«. (Und bewegte ihn, tröstlich=verheißend, noch einmal : wenn Du nur *immer* so verschtändnisvoll wärest.))
»Nuuun : lege Er es nur da hin.« / (Und der Gerichtsdiener mitleidich) : »Herr Balder – : morgen iss'er Tärmien ...«. Der Nicht=Bethalerte, eisich : »Das iss nich waa.« : »Aber so lese Er doch ...« : »Ich lese nichts Geschriebenes mehr.« Der entgeisterte Häscher (er war gar nich so schlecht; nur kam sein Missingsch zu schtark durch) : »Aber morgn, um fümfßehn Uhr, wird doch sain *Haus* ve=kauft. Wenn Er nich bezahln kann.« Gletschermäßich : »Heute Nacht. Um 10 Uhr : schlafen alle Gläubijer & Schuldner der ganzen Welt unter *einer* schweren Decke.« : »Che=aber Herr Balder – : Er iss'och sonns immer sonn honnedder Mann gewesn : die Obrichkeit hält *viel* auf ihn ...«. (Aber der Nicht=Thalerherr, selbstbewußter trommelnd, nur) : »Gleichfalls.«
»Der Herr Bürgermeister möchte ihm so gern sein Häuschen erhaltn ...« (Der Genius rückte die Überlegungsmütze) : »Bedanke mich.« Und der Alguazil, abgehend : »Na *Ihr* werdt Euch wundern : wenn Ihr morgn Früh aufwacht – das Bäckerauto kommt wie gewöhnlich; alle Kramladn sinn offn wie gessdern : aber *Eure* Taschn sinn leer ?« –

Balder, allein : »Sochn Leutn iss nich zu helfn. : Sie glaubm nich, bis sie die Posaune hörn.« / (Hertha war fertich ! : »Du. Dieselbe Weltunterganks=Schtimmunk wie da=obm ! – Die *Ähnlichkeit* ...« O über die glitzernden Teiche ihrer Augen ! (Die ich gleich hätte küssen mögen : sie drückte sofort raffiniert die Lider enger, daß es Schilf ergab. Und öffnete und schlitzte die schönen Scheibchen, sehr abwechselnd : jetz noch Wildentn drüber; Nümfm & Nümfinnen, gelagert am Brauen=Hang ..... : »Feinsinnich, wa ?«. Aber sie grunzte nur von ‹Rohheit Luk & Truk›) : »Ssst ...«
Da die ‹Mutter› erschien; (mit fürchterlich dick geschtopftn Hängetittn, bis zum Koppel, und also täuschend realistisch : die krixte von gans alleene, mein Kind. Nur wirste dann nich mehr das schüchterne rote Gesichtchn habm; und darüber die tolle Schuppenkrone aus Zöpfm. – »Na; *rot* wirz woll immer sein,« wandte Hertha ein.) / Und beide ‹Elternteile› riefen erst einmal ihr Sündenkind vom frevelnden Tanze herauf – obwohl Justinchen in einem konsonantenreichen Schprachschprudl beteuerte, es sei nichts vorgefallen, was der Mühe wert sei, daß deswegn 1 Komeet sich bemühe. (Und *noch*mal, beim Bücherwecktragn in der Tür, umgedreht, die gleiche Versicherunk ? : jetz glaubte ihr *kein* Mensch im Saale mehr ! – »Däi hett sick bes=timmt inne Mysteriejn kniepn latn.« murmelte mein Nebenmann. Entzündete auch, vor lauter Ungläubichkeit, den nächsten Schtumpm.)
Aber nun die Eltern, allein : »Ich haap Dir Dain' Sonnaxrock zurech geleecht, Mann –.« Und er, (zukühnst den Rücken zum Publikum; wie es nur *ganz* große Schauschpieler wagn dürfn) : »Guut.« / Und schlug die weiplichn Hände zusamm' : »Main *schönes* Tischzeuch –« : »Es wird rasch genuck vorübergehen, Frau.« (Ein feiner Trost !). / »Aber wenn Dein Adwohkaat Krappe mich umsonns geängstichd habm sollte – wenn ich mir umsonns alle meine Sündn ins Gedächtnis zurückgerufn habm sollte ...«
Jetzt kam Bewegung in die schwerfällije Geschtalt; jetzt drehte er sich herum, unverhohlene bäuerliche Mordlust auf dem Gesicht : »Höre Frau – : Du bis'da auf 1 Kapittl geratn ... Halt noch; es klopft : Herein ?« (Das hätte er *nich* eckstra zu sagn brauchn; es poltergeisterte diesmal derartich, daß man es 3 Werst weit vernahm – je nun; unser Lantvolk liebt grobe Effekte.)
Und's war das Nachbar=Ehepaar : die beidn Fraun ducktn Knixe voreinander, wie bunte Büsche. Er schon übergroß hausknechzmäßich plattfüßich; und in so absolutem Nicht=Besitz seiner

Rolle, daß man sie dafür grundsätzlich zwiefach vernahm : die sufflierende Schtimme der Lehrerin : und dann sein eigenes grobes Geschtümpere. / Die Frauen klagtn um's ‹Geschirr›; den ‹Elfm=Reign› überm Bett. Die Männer, wortkarger, setzten ihre ‹Ansichtn› gegeneinander : Balder in festem Mitleid mit dem arm'm Verblendetn; dieser Verblendete, bauernlistich : »Na; ick war man doch leewer füddern gahn.« (Und erhielt natürlich rauschenden Beifall ob solch feiner Replik. Besonders unwiderlegbar, als man sie ja doppelt hörte. Balder schlug auch nur verächtlich die Arme übereinander, und sah ihm unverhohlen nach : ! – (Fein, mien Jung. – *Dem* müßte man nach der Vorschtellunk n Korb mit Mettwürstn in die Garrd'robe schickn könn'.).)
Aber nun wurde er erneut fatal schulterbreit : »Saach doch ma Frau ... : was sinn'enn das für –« (lauernd) : »– *Sünn=dn.* Die Dich so allteriern ?« Aber sie, neuerlich ausweichend : »Och ...«. (Und er mußte ihr also tatsächlich noch erst demonstrieren, daß es schwerlich angehe, ihm diese Sünden, wie sie urschprünglich vorzuhabm scheine, in der letztn Mienute vor Untergang zu offenbaren) :
»*Denn ich haap mir vor genomm'* –« (er; bedächtich) : »daß wir, wie es kristlichn Eheleutn geziemt, umaamt värsinkänn=wollänn.« (Die Endsilbm hier schprach er unnötich überdeutlich aus – wohl eindeutich Schuld der Lehrerin.) / (Mein Nachbar schien seltsam angeregt – vielleicht schtellte er sich unter diesem ‹umarmt› etwas gans anderes vor ? Denn seine Hand umgriff den Oberschenkel seiner Nachbarin; (und ging fast gans=rumm); – : sie saß besenhaft=gefühllos; (‹auf 2 Beinen schtehe; obm sey 1 Kopf› : op ich's bei Hertha nach=mache ? Warum soll ich nich auch einmal im Leben volkhaft reagieren ? (Aber ich begnügte mich vorsichzhalber mit bloßem Hand*auflegen.* Was die Aktion natürlich wieder völlich entwertete; denn wer keck ist & verweegn : das war ich *nie* gewesn; und hatte demzufolge im Lebm schteez den Dumm' gemacht. Sie sah mich auch nur an – : ! – Und schon nahm ich die Hand vom Kostümrock : dem Pudl, wenn er gut gezogn .....)
: »*Wenn Du mir da nun, in deen Getümmel,* 1 Unaart bekenns' : ich entsetz mich ? : s=toß Dich weck ? ! – : Unn'in *deen Augnblick* ...« / Und sie; immer lustloser, immer ge=enxteter : »Ja freilich. Das ja. – Ach, ich kleekliche Sünderinn : ach jetz kommd'ie Anx wieder ... !«. Er jedoch, schier wohlgefällich, mit Machtbewußtsein : »Jajaa. Darumm bekenne nur.«
»*Ich hab'as ...« (und das erbarmunxwürdije Gefummel* am Schürzen-

bande !) : » … mit'eem Milchgelt Dir nich immer so genau gesaacht –« (gans eifrich beteuernd) : »Aber was ich dafür angeschafft hab' : hängt *Al=läß* in'n Kleiderschrank bei mir.« / Und er, die Handwurzeln in die Seiten geschtemmt, das kurze, massije Zäsarenproviel leicht vorgeneigt : »Na das muß ich saagn. –«. Und doch wieder, gefaßt, die Arme erneut übereinander faltend, sorkfältich, um sie zu schonen : »Guut. Diese Sünde soll mit untergehen : Erleedicht.«

(Aber jetz kam's schon dicker) : »Och=Mann – so die erstn Jahre unsrer Ehe … Ach nimm mir's nich übel : Du häddsa auch gewiß nichz von erfaan, wenn jetz die Welt nich unnergehen würd' … die erstn Jahre=so : bissdu mir *nich* besonders hüpsch vorgekomm' –«. (Jetzt sanken ihm *doch* einmal die Mimenarme lang an der Seite herunter. Aber sie mußten sich doch wieder heben, sich verschlingen, konstricktorr=mäßijer. Verbissen) : »Soso.« – : »Ja; die ersdn Jahre hab ich mir *nich* so ers=taunlich viel aus Dir gemacht.« (Antwort; ehern; noch grollte es fern) : »Es ist mir zuweilen so vorgekomm'.«

»Damals hat auch grade der geistliche Här noch bei uns gewohnt …«

: »Frau ! ! !« – (ei, das war 1 Blitz; der durchschlug selbst die Sandsäcke Deiner Brust, was ? – Er hatte aber auch *so gebrüllt*, daß die Kleine gans benomm' – und also desto natürlicher – zurückschtolperte. (Dabei hätte sie's ja von den Proben=her gewohnt sein müssn. Oder hatte er da, klug bewußt, zurückgehaltn mit seinen schtimmlichn Mitteln ? – Jedenfalls war das der Schtaar ! Der und die Tochter vorhin.) / Und die Bauern gröltn : ein Publikumm wie aus Hanssax; die altn Motiewe wirkn tatsächlich immer wieder. (Und ein Schriftschteller, der sich dazu entschließn mag, hat leichte Arbeit.).)

(Zitternd & plappernd) : »Und da hab'ich woh öfders gedacht – : Wenn GOtt es vielleichd so fügn könnde, daß er *Dich* in sein himmlisches Freudnreich aufnehm' tät …«. (Und er, nun doch einmal menschlich=erschöpft) : »O Du mallie=ziiöhseste Person.«

Aber zum Glück schpinnenbeinte eben Advokat Krappe herein; und warf den Oberleib hin und her. Schnüffelte fliegnhaft in allen Ecken. Fand auch glücklich den Brotrest; hackte sich sofort einen Keil herunter; (und der Saal nickte bitter : tcha diese Rechzverdreher ! Ohne die die Bauern, andererseiz, doch nicht leebm mögn.) / Und auch der Maler Peter flatterte, auf Schlipsschwingen, wieder herein; um sein leckeres Bräutchen davor zu bewahren, daß es

noch vor Weltuntergang zu einer ‹Krappe in Gelee› gemacht würde. – Man warf sich gegenseitich hinaus; (auch dies Szeenen, bei denen der Beifall von vornherein gesichert war.)
Und die Nacht brach herein, (was dadurch angedeutet wurde, daß man 1 Scheinwerfer aus machte.) / Und der Nachtwächter nahm sein Geschäft mit dem Fleiß in Angriff, den deutsche Beamte gemeinhin der ihnen aufgegebenen Sache, und wenn sie die schlechteste von der Welt ist, zu witminn fleegn; mit Schpieß Laterne und manchon. / (Und, ihm zur überflüssijn Beschtätijunk – überflüssich, weil doch wohl aut aut : entweder Nachtwächter : oder aber Turmuhr ? – schnarrte es gewaltich. Und ‹hakte aus›; und schlug dann Fauste=damnatus=mäßich … / ‹Alle Anwesenden bilden eine bedeutende Gruppe› / … Zum Fenster lukten Tochter & Maler herein; bereit, sofort durchzugehen, wenn der Alte sich dennoch nicht bekehren oder ergeben sollte … / : ? :
ZEHN : MAL !
Und Balder öffnete entgeistert die Augn. / Und die Frau weinte schtumm, vor Freude, daß sie noch da wa. / Und Maler Peter begann, verblüffend echt, an seinem Justinchen herumzuküssn. (»Bauernkinder sind weit verdorbener als Schtadtkinder.« beschtätichte ich Herthas erschtauntem Blick). / Krappe, der sich lautlos, immer an der Want=lank, zur Tür hin, fortegeln wollte – »Der ‹Egelprinz› bei ETA Hoffmann ? : 1 fallisches Symbol.« informierte ich Hertha – prallte dort auf den Gerichtsdiener. (Hinter dem noch zusätzlich der Nachtwächter schtand). / Balder, ohnehin am Rand des Bankrotz, hoop ihn buchschtäblich vom Bodn : schon verlor der Unselije Zielinnder und ein' Rockaufschlack ….. (und Begeisterung toste wieder einmal mehr auf. Zumal, wo sich noch herausschtellte, daß Künstler Peter von doch recht rehschpecktablen und wohlhabenden Eltern herschtamme, die ihm das Malen auf die Dauer schon austreibm würden.) / Wir erhobm uns – überall belltn & gelltn die Hände; wir, obwohl distanziert, immer mit – während die Andern noch sitzn bliebm : wir waren vornehm=eilije Fremde; und das Flugzeug nach Ispahan wartete nicht. / (Hinter uns, schwächer werdend, die graue Schtimme; die, nun schon fast gans verhallend, kümftije Wiederholungen ankündichte …). / Ehe wir die richtije Ausganxtür gefunden hatten, waren uns doch schon die tüftelnden Schtimm'm einijer Bauern faßt auf den Fersn …..

* * *

(Auch sämtliche Beine wurden Einem hier schteifer als in der Schtatt. (Und näßte mein Gesäß nicht'*och* ? Ich bewegte unbehaglich die Backn.).)

»*Wolln wir noch ne Runde bei Mondschein* drehen ?« (Dabei wußte ich genau, daß er erst hinter Mitternacht aufgehen würde – falls inzwischen nichts passierte. Aber wenn auch sonst nich viel Gescheutes : *das=Eine* hatte ich im Leben doch allmählich gelernt, daß Frauen, gleichviel ob ledich oder verheiratet, *nie* wissen, wann der Mond aufgeht ! Ob der Ewije Richter freilich dereinst mit diesem=meinem Fündlein zufriedn sein würde ? Denn ansonnstn hatte ich nich viel Pohsietiewes weiter zu bietn. (Neegattiewes allerdinx ooch nich. Aber ich bewegte doch wieder unbehaglicher die Backn.).)

»*Joa; in der Schule.*« sagte sie, unbegeistert : »MÄCK=BÄSS – oh shiver my timbers. – Ich weeß : *das* schteht *nie* drinne.« fügte sie hastich hinzu. / Wir waren, und no wonder, auf's ‹Theaterschtücke=Lesn› geratn. / Und die ersten Mienutn draußn sah sie immer nichts. Es dauerte ungewöhnlich lange bei ihr, bis das Auge sich=ä ... »akkommodiert« half sie ein : aber ich hatte das populäre Wort ja eben vermeidn wollen; Mist. Jedenfalls durfte ich die anmutich=Hilflose, nachdem ich sie an die ersten 2 Eichen hatte knallen lassen, mit schützenden Armen umzirken; auch die Hände vor die kost=barstn Schtellen legn .....

: »*Du=u ! Wenn Du noch einmal* unzufriedn atmest : ich laß Dich über die nächste Egge schtolpern – die lagern bei den Bauern immer mit den Zähnen nach obm.« (Und sie schauderte kosmetisch bei der Vorschtellunk einer lang darüber Hinschlagenden.) / Ich; tadelnd : »Du würdest also gar nicht merkn, wenn Dich ein Anderer hier mit sich ins Dunkel zöge ? Und *so* machte. – Oder *so* ?«. (Und ließ die Hände fröhlicher hupen; ebenso zart wie intennsief; (oh, Wandering Willies Tail, und 1 kleine sadistische Pause, um ihre Klagen deutlicher zu vernehmen), so daß sie mehrfach verzweifelt »Du Lustmolch« sagte. Auch zu wissen verlangte, ob es sich bei den Lichtschpitzn, mit denen ihr der Himmel – »Nee : da !« – verdrahtet schien, nicht um das Über=Schternbild des Orion handele ? / Und sie also wieder sehen könne ? – Natürlich sagte ich »Nein.«; aber er war es schon, persönlich, Kedalion auf der Schulter. Und ich wurde folglich, in feinen meisterlichen Übergängen, keuscher; *noch* schmelzend=innijer – bis ich endlich, entsagunxvoll, mit einer Art Weihekuß, die Acktzjohn abschloß. (Und mich dann doch wieder, brutaler, einwühlte : mit 46 kann jeglicher Kuß der letzte sein ! / (Und sieheda : das Weibsbild reckte sich federnd dagegen; auf langen Zehenschpitzen ... (und routiniert=haarscharf bis an Erschtickunxtod und garottene Ejakulatzjohn ! Ochchch –))). –

Zufriedener Arm=in=Arm. (Und ich hütete mich, ehrerbietich, ihren Schatten mit dem Fuß zu verletzen.) / Die Bäume : die Welt hatte sich zum Teil schon gemausert – Linden waren es – vor einer milden Fensterreihe. (Obwohl das ‹mild› völlich fehl am Platz war : die Kerls kauftn aus reinem *Geiz* solche schäbijn 15=Watt=Birn' !) : die Frau schleißte schtumm Federn. Er, gleichfalls schleimich=reglosn Mundes, öffnete mit abgewetztm Taschenmesser Mohnkapseln. 1 Kint, geschlechzlosn Gesichz, war, einen dickn Knäul Bindfadn in der Hand, vor'm Schulbuch verschteinert.

»*Aber das Prietzl=vorhin,* das Haselnuß=Bürschl, das den ‹Balder› gemacht hat ...« plauderte Hertha, bedrückt vom ödn Anblick. / Und blieb plötzlich schtehen. (Ich benützte die Gelegenheit, um ihr 1 flachen schnellen Kuß zu applizieren – ? – aber dergleichen kommt bei Frauen nich so schnell wieder.) – »Du : *das* könntn Deine Leute=im=Mont doch ooch machn .....

..... : »Nee, wart noch ma : kuck ma, wie der alte Roger Altar ausholt ...« / Wir bliebm gern am Rand des Schpielfeldes, vor dem Gemeinschaftsgebäude, schtehen. *(Viel* Platz hatten wir ja *nich* übrich; aber die vorschriftsmäßijn 1.200 Kwadratfuß für 1 Croquet=Feld hatten ‹wir› – wir vom Kongreß – doch ‹geschmissn›.) / Und das war ja zweifellos ulkich=hier : der alte Altar & sein Bruder Sam; gegen die beiden Astronomen Gill & Jenkins ? : na, Ihr werdt Euch umkuckn !

Die 9 Bogen, im verschobenen Viereck an den Bodenschteinen befesticht. Die beiden ‹Focks› erhobm sich an der großn Axe eben dieses Vierecks. (Und die beiden Astronomen – eben weil sie besser wußtn, was 1 ‹große Axe› war – lächeltn siegessicher. Ja, sogar 1 weenich gelangweilt : Na, Ihr werdt Euch umkuckn !)

Da mußte man Roger Altar sehen : den Oberkörper weder zu grade, noch zu gebeugt. Den Kopf halb seitwärz gewendet. Die Hände, the one the neighbor of the other, am Griff des mallet; die linke untn, die rechte obm; halb Brille, halb unbewaffnetes Auge : genau der ‹gentleman Croqueter›, wie er im Buche schteht. –

(Und Hertha kam interessiert in meinen Arm : ich rate Euch Männern : wißt mehr als Eure Frauen ! Nur so könnt Ihr sie auf die Dauer fesseln – falls Euch daran liegt. (Und wem von Uns Drüsn=Sklawn läge *nicht* an 1 sommerschprossijn Brust, anderthalb Funt schwer ?) .....

Blau=roth=gelp=grün : 18 Zoll vom ‹Fock› hatte seine Kugel gelegn. / Schon rollte sie dahin : durch den ersten Bogn. *Und* sofort durch den zweitn. Ein 2. Schlag trieb sie durch den drittn – (und erst beim viertn nahm sie etwas zu viel Eisen; und blieb liegn. Ein schmeichelhaftes Gemurmel lief durch uns 8 Zuschauer, die wir den Platz nach Kräften ‹säumtn›.)

Und jetzt war die Reihe an Gill : der schprach, halb zu sich, halb zu Uns=Gaffern gewendet, des längeren vom »Taedium des mechanischen Calculs«; bedauerte, in Parenthese, die ‹Schaffung einer Lufthülle› : freilich, *Ihr* seht besser ohne sie .....

(»Mennsch : sei nie so unmenschlich –«)

..... *dann hob er seinen Schlägel : – !* / (Und war minder glücklich. Sei es nun aus Ungeschicklichkeit oder unglücklichem Zufall – er mußte jedenfalls 3 Mal beginnen, um seinen Ball auch nur durch den *erstn* Bogen zu treibm. (Den zweitn verfehlte er natürlich total !).)

Und Sam Altar war seines Bruders würdich : er wählte den Hammer mit dem *schmalerem* Kopf. Und schlug an – (1 Billjartschpieler hätte vor Neid erblassen mögn) – und hatte Rückwärz=Effet gegebm; und roquierte und croquierte ..... / Und Jenkins dachte nun endlich 1 Meisterschtreich zu führen. Und setzte den linken (unschönen) Fuß vor. Und lächelte uns Zuschauer superklug an; zog den mallet über die rechte Schulter hoch ......

..... *wir hörten sein Geschrei noch längere Zeit* hinter uns : er hatte schtatt der Kugel seinen linken Knöchel getroffen. (»Höchstwahrscheinlich war der Ball nicht richtich kalibriert : in solchen Fällen veranlaßt der ex=zentrisch gelagerte Schwerpunkt dann eine Abweichung von der Bahn«, erklärte er schpäter, drinnen, den Damen .....

»Warum bistu bloß so geegn ‹Akkademikker› ?« erkundichte Hertha sich : »Ich hab das schonn öfders gemerkt. – Dabei haste, zum Teil, selber so anne Ader.« : »Weil die es einfach nicht mehr verschtehen – : *mehr* noch : nicht verschtehen *wollen !* – wie einfache Menschn zu denkn & zu schprechn. Ich mache mich anheischich, jeglichen literarischen oder wissenschaftlichen

Befund so einfach=präzise und dabei eindringlich darzuschtellen, daß jedem Hörer die Haut=ä – : gännst.« schloß ich willt. / Und sie, meine Hertha – : »Meine=Du ? !« : »Mm« knurrte sie unverbindlich – schien gewillt, darüber nachzudenkn : Wer wagt sich noch ‹Docktor› zu nenn', wenn 1 Lessing ‹Magister› war ? !).

..... *na : zwanzich waren's gut & gern* schon, die an den Wänden umhersaßen; (‹Das Paradies der Mauerblümchen›) : George schteuerte sofort auf Missis Saunderson zu, die sich ‹in=zwischn› frisch gepudert hatte. Und schpielte 2 geschlagene Schtundn Halma mit ihr. (Und begattete sie ebensolange mit den Augen.) / Manche, hinten, schpielten mit sich selbst ‹Zahlen=Puzzle› : die hat GOtt *gans* vergessen ! (Denn es gab ja Fälle, die schlechterdinx *nicht lösbar* waren – irgendwas mit Uns Amerikanern schtimmte nich ! (‹Wie 1 Wint auf getäfeltem Mehre tanst› : von Wem war das gleich : von Tennyson oder von Hopkins ?) –

1 Schatten der mit sich selber grölt ? : »Von Dem nich, Hertie.« (‹Hermann Tietz›, auch das noch.) / 1 Schternschnuppe, die uns fast mit Gold beschpritzte ! (Und sie faßte sich gleich; und prahlte menschlich : »Ich ? Erschreckn, weil a Geschtirn vorbeifeehrt ? : ‹Ich hab' andere Majesteetn gese'en !›«. Meine wilde Schlesierinn; über'm bekappten Rotkopf den weißgeschticktn Himmel. (Oder : eher ‹Dornhag› von Schternenschpitzn ? In dem ich armes Luder nich gern wäre : was'n Einfall, n gußeisernen Schtern zu machen ! Oder ein' aus Wasser. Oder Schpeiseöl : in dessen Mittelpunkt man schwebm muß ! (Sie breitete angewidert=ergeben die Arme und schwebte.))).

..... *und Manche schpieltn Kartn : die hattn,* vor lauter Apnuzzunk, schon *eiförmije* Geschtallt. / Oder Dohmienoh : die Schpieler saßen in – tja; vom ‹irdischen Schtantpunkt› aus hätte man gesagt – lauter Lumpen herum. (‹Teckstilijn, Teckstilijn : die flanzt'ich auf mein Grab : ja=auf=mein=Grapp.›)

»Ja : ich geh morgen als ‹Boote› ins Mare Crisium – besonders wichtije Sachen diesmal, Dschordsch.«, teilte ich ihm, und den Andern, zum Aufhorchn Gesonnenen, mit. / (Wo war denn ... : ach=da ! –

Sam Reshevsky, der Dollmetscher : »Saak doch ma, Sam ...« / Auch : »Jaja : nachmittax bin ich wieder zurück. Länxt.« Damit Der kein Mißtrauen faßt; und womöglich für sein' Postn fürchtet. – Ich wollte doch, vorsichtshalber, wissen, was ‹Bitte : Essen !›, oder so was ähnliches, auf Russisch heißt. Und er (kalt; gefühllos; man merkte eben die Satem=Eltern) : Wenn ich den Wunsch nach einem Imbiß verschpüre, möchte ich nur sagn : »Wascha=wsoki=blagorodjai wiliki präwosch : kodietexwoj tackdalscha.« – Ich bat ihn, er möge diesen fürchterlichen Satz auf 1 Schtück Papier schreibm, das ich mir um den Hals hängen und vorzeigen könne : zu erlernen vermöchte ich ihn nicht; wollte es auch nie versuchen. (Und wieviel Jahre geduldijn Fleißes mußte nicht 1 Russenkind verbringen, ehe es in die Lage kam, seine erste Bitte um Nahrung auszuschprechen ? Mein bißchen Einbildunxkraft ‹hakte aus› vor dem Gedanken !)

(Und wie nett ist nicht ein Funz=Frauen=Kichern; auf beiden Geschtirnen ? ! / Ich konnte mich nicht entbrechen : ich nahm sie noch einmal bei der Baskenmütze : »Weißdu, Freulein Tietz, daß man UNS, und zwar binnen ganz kurzem, die ‹gute alte Zeit› nennen wirt ?« – »Das=hier ja.« sagte sie verschtockt; und machte mit dem Fuß 1 liederliche Gebärde ins schtille Vorn : die schwarzen Schtreifen von Ästen. Sie sah mitleidich zu einer bleichen Wäsche hinüber, die *nicht*=geisterte : die Unterhosen hatten anscheinend zuviel mit der Winzbraut roll=me=over gemacht; jetz hingn se natürlich schlapp : Dripp; dripp .....

..... uns fehlten ja schließlich nichts, als Ideen=Milljonäre : Leute, die fähich waren, Gedankn=Schpiele durch Wochen & Mohnate hindurchzuführen; ANGRIA & GONDAL. / Am ‹Schwarzen Brett› schtand, mit gelbgrüner Mondkreide, überhaupt nichts. (»Wie meist an ‹Schwarzn Brettern›« : Dschordsch; filosofisch.) / 1 Hakawati=Märchenerzähler mühte sich. Aber auch derart einfallslos, daß ihm nur 1 zahnlose Alte nicht mehr zuhörte. (Angeblich sollten ‹Die Araber› sich nichts schöneres gewußt habm, als diese Form der Unterhaltunk : muß ooch n dolles Follk gewesen sein !). / Manche würfelten : *um nichts !* Denn Glüxschpiele waren immer noch, wie in irdisch=alter Zeit, schtreng verbotn. (Opwohl wir, im Kongreß, die Einführung 1 Lotterie bereits erwogn hattn – das brauchtn Die=hier aber noch nich zu wissn .....)

»Karl –« bat Hertha : »Könntzde nie a bissl ...« : »Ich ‹könnte› sehr wohl : Nach solchem Abendbrot fühle ich 1 Armee in mein'n Intestinen ! – Aber das meinzdu ja nich.« (Und Schterngepicke; nur die Mondhenne fehlte noch. Aber das wissen Frauen ja eben nie .....)

..... und eben brachte der Läufer die Zeitung, den ‹LUNAR HERALD – and Statesman›, (wie der vorhergehende Präsident, der Idiot, sich

zu erfinden bemüßicht hatte. – Das heißt, vielleicht war's ja vollkomm' richtich : jedes Arschloch fühlt sich ja als ‹Statesman› wenn's wieder ‹konserwatief› gewählt hat, und sein ‹Heimatblatt› ihm prommt ‹politische Reife› bescheinicht.)

Und Alles schtürtzte sich auf das 1 arme Blättchen DIN A4, doppelschpaltich, und hintn & vorne betippt. (Bis man sich dann eben doch wieder auf ‹Vorlesen !› einichte. Denn in 10 Minuten mußte der Läufer an den ‹Frank C. Hirsh›=Block weiter apgehen : schnappte sich also Abbot, (der sich des nichtssagendst=vollsten Baritons erfreute), das Perlschrift=Dokument. Und las vor; lang=sam; mit Würde : – –)

(Und erschparte uns auch das Datum nicht : so gerne hörte Der sich faseln !). / (Den neunten, elendestn, Durchschlack, den man kaum noch entziffern konnte, kricktn immer die Russn, beim ‹Kultur=Austausch›. Ich würde morgen ja ooch wieder n ganzen Dreißijer=Satz davon zum Apliefern mitnehm' müssn.)

Als Biblische Referenz heute ? : »If you feel ‹bored› –« (und nicht nur George wurde diesmal rasend, und schwang die Faust : !; auch Leute von notorisch schlichter Frömmichkeit sahen sich unbehaglich an & um) – : »lesen Sie Psalm 104.«

*(»Von was handelt'*nn der ?«)

..... *dann noch rasch das kleine Rähmchen* mit den verschollenen Ereignissen : ‹Vor 10 Jahren ? : letzte dringende Anforderung von Kernseife – : DIE ERDE ANTWORTET NICHT MEHR !› / ‹Vor 20 Jahren ? : Eisenhower besucht General Franco.› (Und jetzt, nach nunmehr 20 Jahren, erlaubte sich endlich doch schon Der & Jener 1 Mißvergnügen andeutendes Gemurmel : *Der* hatte in jene alte NATO noch gefehlt : *nu* war'n se komplett gewesen : Wer Wasserschtoffbombm sät, wird Schtrahlunk erntn !)

(»Vor fuffzich Jahrn – ?« ..... : diese Neugier ! :

‹*Konrad Hitler annektiert Bernburg*=Schaumburg.› (Und George schtieß mich an, à la ‹Was war'n das ?›. Axelzucken : Keine Ahnunk.) / Bei der nun folgenden Schpalte ‹Politik› brauchte ich nich hinzuhören; die machtn wir ja alleene. Ließ ich also lieber den Blick schweifn ..... / Jack Trum hätte sich auch ma wieder n neues Gummiband in die Badehose ziehen dürfen : noch 1 Zoll tiefer, und – aber woher nehm' und nich schtehln ? / Hannah Moore trug immer noch das Oberleder ihrer Schuhe – Hoyce war ja verrückt, mit seinem Plan, ein ‹Museum› anzulegen : wir brauchten das Zeuk doch wahrlich selbst bis zum Letzten auf ! / (Sonnabend würde's psychologisch intressant werdn. *Falls* wir uns entschlossen, die Gold=Notiz zu bringn.) / Ah; aber jetz doch –

: *‹SOCIETY› : (obwohl mir der Titel mißfiel : man hätte* ihn schlichter wählen sollen .....

(eine Mitleidije : »Nu lass'n doch das bissel Vergnügen.« Und Kopfschütteln. (Und nochmal ? – Also was zum Trost:

»WELCOME CITIZEN ! – Im Block ‹Francis Parkman› wurde vor 3 Schtunden 40 Minuten .....

(das war natürlich ober=doof; ungefähr wie=wenn ich an meiner Tür den bekannten Zettel befestijn würde : ‹Bin in 2 Schtundn wieder zurück›. – Aber Hertha freute sich so ehrlich, daß »mal was Po=sie=tiewes« kam, daß es ihr nich weiter Anschtoß gaap. Also gleich noch was zur Belohnung .....

..... *ein gesundes kleines Mädchen geboren.«* / (Und sämtliche Einzelheiten : was die Schwiegermutter gesagt hatte; und die Hebamme – oder hieß es ‹Gebär=Mutter› ? Ich war mir im Augenblick selbst nicht gans klar – die belohnende Kraft=Bulljong für den Vater. Das Gewicht .....

»Du – : ich hab bloß 4 Funt gewogen.« teilte sie mir, angeregt, mit. ‹Erinnerte sich›, lächelnd & wundernd, jener vergangenen Tage. Dann, höflich : »Und Du ?« : »12« knirschte ich, mondkonzentrationsbemüht. Und sie, kalt : »Natürlich. Du konnst ja *nie* Maß haltn.«

..... *völ=lich normal : ‹5 Finger hab'ich* an jeder Hand›. Was die Mutter, vor, während, und nach der Entbindung geäußert hatte. –

: »Oder soll der Vater lieber Sonderzuteilung an Eipullwer=ä – ?« Sie scheuchte den schlechten Witz nur mit 1 Kopfbewegung fort; und wollte dafür den Namen wissen : ? –

..... *»‹MARION KERBY› getauft : die Bevölkerunk hat damit* die unverächtliche Zahl von 995 erreicht; und dürfte sich, noch vor Aplauf dieses Jahres, der Tausend entscheidend nähern.« (Jaja : ‹nähern› : erstens waren es noch 5 Monate bis dahin ..... aber die Begeisterung war ja immer heilsam und nützlich, ‹Hail Columbia›; denn schon kam

der eigentliche journalistische Tiefschlag des Abends : die Astronomen berichteten Diewerrses. / Erst, amüsant=überlegen, von ei'm gewissn ‹Para=Zellsuß› : der hatte seinerzeit die ‹Nebmsonn› für messingne, von Luftgeistern fabrizierte Becken, erklärt. (Und Schternschnuppm als ‹Excremente der Geschtirne, die aus der Verdauung ihrer astralen Schpeisen› entschtünden : hirnloses bankrottes Gemüstele damals.) / (Ich wußte ja, was jetz kam. Und konnte also in aller Muße um mich .....

(»Ts!«) –

herum beobachtn : wie Die so reagiertn.) / » Der neue ‹Weiße Fleck›, im ehemalijen Kansas, – der, der Gepflogenheit entschprechend, den Namen ‹HERTER› erhalten hat .....«. (Andere, andernorz, trugen die Namen anderer, an ihrer Entschtehunk entscheidend beteilichter Pollieticker : da gaap es, beiderseiz des Ural, den mächtijen ‹Kruschtschoff›. Den kleinen (aber sehr hellen) ‹Adenauer›; (der langsam mit dem ‹Franco› zu verschmelzen schien). Schtill glomm der ‹de Gaulle› in der Sahara. / Das heißt : bald würde es einfacher sein, die *noch nicht* glühenden Erdpartien zu benennen ! / Na erstma hörn : wie weit se das Volk heute informiert hatten – ?)

»Die Astronomen rechnen damit, daß im Lauf der nächsten 50 Jahre die gänzliche Überflutung der Erdoberfläche mit ‹Lawen› kaum aufzuhalten sein dürfte .....«. (‹Kaum› war gut; aber man tröstete die Entgeisterten sogleich wieder) : »Die dadurch Uns=dem=Mond zugute kommende ‹Neue Wärmeschtrahlunk› wird sich als von noch gar nicht abzusehendem Werte erweisen; zumal die meisten schädlichen Schtrahlensorten, infolge der Zunahme der irdischen Atmosfäre um mehr als ihr Doppeltes, weg=gefiltert werden : die Temperatur dürfte sich in den kommenden Monaten und Jahren merklich erhöhen.« / (‹Dürfte› : ‹Jahren› : ‹merklich› : op sich auch nur Einer=hier, jetzt=sofort, vorschtellte, wie da=unten die Erdmeere einkochten ? – Aber unser Dichter würde schon von einer ‹schaumijen Seidenschale› fantern; und vom ‹Kupfer=Ball› falls doch einmal die düsterrote Oberfläche durchschielen sollte .....

»Für die nächsten paar tausend Jahre schwerlich, mein Schatz.« (Hertha hatte den genaueren Zeitpunkt der Wieder=Bewohnbarkeit wissen wollen .....

..... und selbst dann nur schwarze und gelbe verglaste Flachkuppeln der Kontinente zu sehen sein, an denen düster die Mare leckten : *Warumm habt Ihr=Euch* die Rüstunx=Pollieticker gewählt ? !)

Aber das war ihnen anscheinend 1 Trost, was ? : »Auch auf dem Mars, auf Thyle II, ist es gelungen, eine auffällije Lichterscheinunk wahr zu nehmen.« (Und Dschordsch nickte seinem Nachbarn, grimmich=ergötzt, zu : Wir würden den Russen das Ansiedeln=dort schon anschtreichen, was ? !) : »Im Einzelnen muß auf die entschprechenden Fach=Mitteilungen verwiesen werdn.« / Und wandte um das Blatt : auf die nächste Seite. (Und etwas flotter, mein Jung; sonst wirste nich zur Zeit fertich. Und etwas wenijer so=noor ooch, wenn möglich !)

Der Roman : ‹KLEINE MUTTI› – 127. Fortsetzunk .....

»Lies den amma –« bat es an meinem rechten Oberarm. / »Ach warumm d'nn nie ?«. Und, traurich : »Dann krieg ich'n *nie* zu hörn.« : »Doch; ich verschprech Dir's : in Nordhorn=dann les' ich ihn Dir vor .....

..... auch das ‹Gedicht des Tages› : –

(Aber sie war noch immer bei der ‹KLEINEN MUTTI›) : »Und wieso d'nn ‹127. Fortsetzung› ? Das gipptz doch gar nie !«; und begehrte zierlich auf. : »Das giebt es sehr wohl : bei 1 Schpalte DIN A 4 ? Die entschpricht doch höchstns 2 Druckseitn : daß Du immer *Alles besser* wissen mußt.« (Da war ihr der Mund wieder für eine Weile geschtopft; ich drückte vorsichtshalber noch 1 Siegel drauf – ? –. Aber sie trammpelte unten mehrere ‹Weiter !› .....)

»PROSECUTORS prosecute the prosecuted=ones : should the prosecuted=ones prosecute their prosecutors –« (Und so ging es noch eine gute Weile fort, in Gertrude's schteinichster Weis'. Man murrte allgemein; und äußerte sich *des* Sinnes : für ‹Experimentelle› wären genügend Schieferplatten da. Die Zeitung=selbst, aus unersetzlichem Papier, solle Anregenderem vorbehalten bleibm. Man beauftragte mich, als Kongreßmitglied, mit dem entschprechenden Protest. (Und ich machte mir, mienenwichtich, die Notiez – Nummer=ä Drei meiner ‹Agende›. (Dabei waren 1 und 2 nur Kritzeleien; zum make=belief.)

Rasch noch die Räzel – hier & da zog schon Einer besorgt die Uhr; (wohl mehr, um sie zu zeigen; denn die meistn gingn ja nich mehr : make=belief ebm .....)

»Du bist unverbesserlich. – Und unmenschlich : ja woll.« / Aber es gelang mir, *so* würdevoll die Hand auf meine linke Brust zu legen. Und sie *so* bieder anzuschtarren. Mit tiefem Vorwurf : »Hertha –

.....konnte ich etwa dafür, daß unsere Kultur derart einschrummfte ? (Und es würde noch wesentlich dicker kommen : man sollte sich nur schon immer seelisch darauf vorbereiten, daß auch Radioröhren & Transistoren nicht ewich lebten !) / Und Abbot rasselte noch schnell den abschließenden ‹Gedankenschplitter› herunter .....

»Saak weenichstns den,« bat Herthie; (und lauschte dabei einem

Rasseln – war ich daher auf das Wort=eben verfallen ? – das vor uns, im Nebel, zunehmend=vernehmlich wurde). »Wohl mehr Rütteln. Oder ‹Poltern, Rappeln› würd'ich sagen, was ?« / Und hier hasdu ihn :

»‹*Du weißt*› –« *(und tatsächlich so* gleichzeitich voll & sinnlos : ein *Hof*predijer hätte den Kerl um das Organ beneidet !) – »‹Du weißt, daß Dein Körper des immerwährenden Schtoff=wexels bedarf.› –« (»Jawohl !« brüllte Dschordsch giftich dazwischen). – : »‹Deine Seele ebenso : weißdu auch *das ?* Hasdu noch nicht *ihren* Hunger, *ihren* Durst beachtet ? : Gieb ihr, was ihr nötich ist. Aber nicht Lüge anschtatt Wahrheit. Und nicht Finsternis anschtatt Licht.›«. *Faltete das Blatt – (schon riß* es ihm der barfüßich=bereitschtehende Renner aus der fetten Rechten : *unt ap !)* – zog sich das Brillengeschirr vom Haupt; und sah sich gans unbeschreiplich um : ? / (Aber die Meisten schtrömten schon zum Lautschprecher : sehr richtich : ‹Freut Euch des Lärmes, weil noch das Lämpchen glüht .....)

»Ich weeß nie – : ich könnt' nie asu sein.« sagte Hertha entschlossen : »Natürlich kannsdu nischt dafür. – Im Gegenteil,« räumte sie sogar ein; (das möchte ich Dir auch empfohlen haben, Honich : *wenn* Jemand *gegen* Rüstunk geschtimmt hat, dann geht der Betreffende an Deiner betörenden Seite !). Aber sie schüttelte den Kopf : nich im Denkn schtörn. / : »Also trotzdem : *ich* könntz *nie.* Schonn daß Dir lauter solche nischtnützijen Zitate *einfallen* ...«; (und wurde bedeutend=hochdeutsch) : »Läßt das nicht auf die verdächtije Freude des Bösn Bubm ... ?« : »Nö : aber an Witzn. – Und sieh ma hier –« lenkte ich, vorsichtshalber, ein :

DIE KARTOFFELSORTIERMASCHINE rüttelte im Bogen=Lampen=Licht : Nichts Niemand Nirgends Nie ! / Umdient von 4 Lemuren in fahler Tracht : die Schatten flohen manchmal entsetzt vor ihren eigenen Herren davon. (Zaunzu hülfesuchend ? – Bei uns iss ooch keene.) / Die Schtahlkarre. / Beulijer Säcke vier : gebückt schnürte 1 Wattierter den eigenen Kopf mit hinein. (Und Hertha, empört ob ihres auf frischer Tat Ertappten : »Jetz sieht man's ammall, wie Du lüüxt ! – Obwohl's natürlich bald so aussieht.« Und wurde von selbst wieder unsicher – ich brauchte gar nicht darauf hinzuweisen – und klagte : »Was hörn se'nn im Rahdijoh ? .....

..... eben geriet der Techniker, der verantwortunxvoll an sämtlichen Knöppen schauschpielerte, in die ‹Russische Welle› – (und Alles

beugte sich, unauffällich, geschpannter vor ... ?) – : das Klawier. Und die Männerschtimme dazu. (Übrijens ein wundervoller Baß=Buffo; ausdruxvoll !). Und wie die Kerls lachten : unglaublich ! – *»Anschein'd n ‹Bunter Abmd›.«; ich; laut* & energisch : Die waren ja wie hipp=nohtisiert ! / (»Wenn man weenichstns 1 Witz verschtünde –« flüsterte George neidisch.) Tcha; schienen sich tatsächlich grandios zu ammüsiern da=drübm. (Wenn man bloß mit der=ihrer Zeitrechnung etwas vertrauter wäre – sie teilten ja den ‹Tag›, (das heißt, die 14 ‹alten Tage›, während deren die Sonne über unserm Scheiß=Horizont schtand) in ‹100 Tschaß›; die wieder in ‹100 Minutas›; undsoweiter. Während wir mit diesen verfluchten ‹24 Schtundn› weiter murxtn – ich legte mir entsetzt die Hand auf den Mund : ? – aber gottseidank hatte Niemand auf mich geachtet. Wahrscheinlich hatte ich es ja auch nur gedacht. Es war natürlich unpatriotisch, die Realität vorzuziehen; ich weiß. / Und rief, um meine Integrität *ganz* einwandfrei zu belegen, mit barscher Schtimme:
: »Weiter drehen !« – / (Man zuckte zusammen. Sah sich und mich erwachend an. Und hing beschämt die Köpfe; (ob des guten Amerikaners, der hier in meinen Badehosen saß.) So : ja jetz waren *wir's .....*
Ein Lied ! – : Und der verwelkte Sopran schmachtete

»Waite Mare. – : Im Dämmer=Grooo.
Die Sonnö verglomm. Die Schtärrnö ziehn ...«

(beziehunxweise *nicht*, sie schtanden ja fast – aber es war immer anerkennenswert, wie man sich mühte, die alten Dinger zu ‹wenden›; also mach' ruhich weiter) :

: »Nun jumpe ich hin, zu der schö=hö=hönstönn Frooo ...«

(‹jumpen› war natürlich gut : wir, ohne Bleischuhe – und Wer hatte die schon; die gab's ja nur ‹draußen› – hopsten ja wie die Affen rum, wenn wir unvorsichtich auftraten);

: »weit über Mare im Dämmer=Grooo ...«

(und auf den neuen Reim auf ‹ien› war ich doch neugierich; ‹Jasmin› dürfte man ja, der sentimentalen Folgen wegen, schwerlich verwendet habm ..... : Ah : ‹Benzien› : *sehr* gut !). / (Die ‹Kreislaufkranken›, denen das Herz entlastet wurde, waren natürlich fein dran : blühten auf; ‹genossen ihre Jugend› – man sah's ja an unserm Nachbarn, an Saunderson : auf Erden hatte er, (seine Frau verriet es einst, in seelenvoller Schtunde, ihrer Mienister=Freundin, der Jennifer Rowland), seit Jahren nich mehr. Und hier – ? na, wir hatten's vorhin ja erlebt : schlimmer wie bei Crébillons ! Widerlich. .....)

»Wenn De ock immer so dechtest.« fühlte Hertha sich bemüßicht einzuschalten. Und, (immer bemüht, ‹Erleichterungen› für die=obm rauszuschindn), unwillich : »Könnten Die nie die Russn=Sendungn uff Tohnbant uffnehm' ?«

..... *wenn nur mehr Tonbandgeräte noch* intackt gewesen wären : wir nahmen ja auf, was sich nur einijermaßen verantworten ließ. (Aber wenn dann wieder unberechenbare Zufälle eintraten, wie der, daß der Diskothekar aus Versehen eine der wichtigsten Konzertsendungen löschte – er hieß seitdem nur ‹Der Löscher›; und noch jetzt, nach 4 Jahren, rümmften sich die Nasn, wo er nur auftrat. / Aber manche der Bänder zeigten auch schon ‹Echo=Effekte› : die Magnetschpuren schienen sich irgendwie auf der benachbarten Windung abzuprägen ! ‹Für die Dauer› jedenfalls war das Verfahren ooch nich. (Und Manche wurden ja direkt wild, wenn sie 1 Balalaika, von drüben, hörten : das waren dann Die, Die die ...

»Die : Die=die=die.« machte sie haßvoll nach .....

Atombomben auf den Lomonossoff befürworteten. / (Aber : »Pscht ! – Ruhe jetz. –«. Denn der Ansager kündete es an:

»Das neue, umfassend=nazionale Roman=Epos unseres Dichters, Herrn Frederick T. Lawrence. – Die einführenden Worte schpricht Kultusminister Hoyce ...« / (Und Fred lallte; impressief & nichzsagend, wie nur er es vermochte – na, die Aufgabe *war* ja auch vielleicht nich gans einfach : einerseiz sollte er ‹einführen›, andrerseiz durfte er nischt verraten; sonst wurde's lankweilich, und der Dichter kam ihm uff'n Kopp. / Immerhin krickte man soviel raus : daß die Sache um 1948 schpielen würde, kurz nach dem Great Old War. Und zwar in erschreckend vielen ‹Gesängen› : »Achd=unn=dreißich ?«.)

(Eben kam noch – und alle Köpfe gingen herum – Missis Lawrence hereingeschritten; auf langen Beinen, und gans wie ‹zufällich›; leicht verwirrt, (‹ob der vielen Menschen› ? – Aber es schtand ihr gut; sie ließ sich auf einen der abstrackten Sitzblöcke nieder, und faltete fromm die Schenkel. / Während vorn, in dem Kästgen, ihr Dichter=Gatte begann)

»Ä=chämm! – : .....

»Du bist 1 Schwetzer!« sagte Hertha, fanatisch & zärtlich; und wagte im Schutz der riesijen schwarzen Scheune 1 kurzes Kopfanwühlen: ..... / »Das wirt als Honno=rar nich gans reichn.« lehnte ich kühl ap; »übrijens – : hörsdu das ?« – : – : »Nee. – Gar nischt.« (Mußte ich also wieder mal hinter sie treten. Ihr die Frisur zurückschtreichen. Meine Hände hinter die kalt schnörkelnden Muschelohren legen. Und den Kopf scharf richten – : »Kruzificksimmernochnich ? !« – Und entlich vernahm sie's dann auch :

gar nicht weit vorn, ein paar schwarze Dekameter nur, pläppte und schwätzelte und wischelte man; erfreulich=unermüdlich; mit vielen ‹l› darin : eine Rinnsalschprache. /..... / : »Lustich, nich ? –« flüsterte sie, vorn. / (Und da ich sie einmal bei den Ohren hatte, leider nur von hintn, küßte ich sie auch gleich – : der Genuß war ungefähr so groß, wie wenn man einen Besen küßt. (Wenn man nich wüßte, daß es Einem=seine Hertha iss. – Ich schämte mich gebührend; und küßte, zur Selbst=Schtrafe, den duftenden Besen noch einmal : richtich, natürlich, *das* war der Unter=schiet : Besen *riechen* nich so gut. – Ts; wie vergeßlich von mir.)).

»Jetz drehn wa aba lanxamm um=Du ; s wird kalt. – Und Du hast ‹genossn› eben : da wirsde jetz ooch das Eh=Poß erfindn .....

»Ä=hämm! : ‹In stories of our fathers   high marvels we are told :
of champions, well approvéd   in perils manifold;
of feasts & merry meetings   of weeping & of wail
& deeds of gallant daring   I'll tell You in my tale. –

In HEIDELBÖRRG there flourished ...›

(Aha; schpielte also in Deutschland; bei der alten Army of the Rhine : richtich, Heidlbörrg, da war ja das Kopf=Viertel gewesn –)
a WAC, so fair to see :
in all the world together   a fairer not could be.
This maiden's name was ‹Cream=hilled› – through her
in dismal strife
full many a prowest warrior   thereafter lost his life.

(Also ein ‹Frau=lein›; als Nachrichtenhelferin im amerikanischen Head=Quarter. / Und was n Name : ‹Cream=hilled› – Mann=o=Mann! – Alle Zungen leckten alle Lippen; alle Köpfe wandten sich :

20% zu der alten Saunderson, (die sich nach Kräften aufblähte); die Meisten jedoch zu Frau Lawrence, (die eben, gans lauschend=versunkn, die Riesenperle ergriff, die an dem dünnen Goldfaden zwischen ihren Brüsten hing; und sie, zweifellos unbewußt, weiter nach unten zog –, – : no doubt : cream=hills ! .....)
Und die G.I.'s lebtn ein' Tack=da beim Schtabe : nischt wie Rhinestones & Burgunder ! / Der markanteste war ein Sergeant, ein gewisser H.G. Trunnion. Schon nich mehr der Jünxte; aber, trotz seiner ‹crown of iron hair›, hielt er den Armeerekord im Kugelschtoßen; und schoß überdem grundsätzlich nur Zwölwen : ‹He never misses his aim.›
Aber jetz kam er, unverkennbar ER, DER HELD : Alabama=Dillert ! (Die ‹Mutter aus Utah› ? – Jetz hatt'ich nich aufgepaßt; das hatt'ich nich gans mit gekrickt. Schade.) / 7 Fuß hoch, ‹he takes his whisky strong›; und im ‹barn=dance› tat es ihm Keiner gleich, geschweige denn zuvor ! / (Er schnitt natürlich grausam auf : wie er einen deutschen Tiger=Panzer mit dem Seitengewehr ‹abgefangen› hätte, ob der auch, drachengleich, Gift & Galle schpie. – Manches war freilich schwerer zu verschtehen : mit jedem Deutschen wollte er ‹die Kehre› gemacht haben? (Auch Dschordsch wußte's nich : »Vielleicht n Griff beim silent killing ?«). / Und einen ‹Goldschatz› zeigte er aus jeder Hosentasche, nischt wie Uhren & Trauringe : jaja, unsere boys hatten damals ganz schön was rausgeholt.
(Und reingeschteckt : die Buben machten Besatzunxkinder, daß gotterbarm ! – / Schöne Schilderungen ! – / »Kinsey ? : Wer war'n das, Du ?« : »Der, der behauptet hat, der Mensch schtamme vom Affm ap : ruhich Dschordsch !«. / Allein die herrlichen Kernworte, die Dillert hatte : »Siehe den Globus : ich zittere, daß er so klein ist !« – wie Sergeants beim Schtabe sich eben so ausdrückn. / Er schlug H. G. Trunnion gleich beim ersten Kugelschtoß=Wettbewerb um 1 glatten Yard ! (Allerdings schienen damals, bei den Old=timers, noch ulkije Regeln gegolten zu haben : wieso mußte man ‹nach der Kugel schpringen› ? Oder verschtand ich's bloß falsch, und hatte sich ein Weitschprunk angeschlossen ?)
Und auf'm Schießschtand, weenich schpäter, war das Rennen dann verdammt knapp geworden; denn wenn auch Alabama=Dillert schoß, wie der baare Teufel – zuerst, bei den leichteren Wettbewerbm, nur, verächtlich, von der Hüfte aus – so war doch H. G. Trunnion, dessen Ansehen schwer litt, (hatte nicht bereits

Old Rum, der Küchen=Untroffzier, (der auch, wenn es das Versmaß verlangte, ‹Rum=Old› heißen mußte : dergleichen Freiheiten darf man dem Dichter einräumen), es gewaakt, und ihm beim Mittagessen den ‹Nachschlack› verweigert ? !). Trunnion also war schwer in Raasche; und zielte immer grimmijer, ‹he never misses his aim !›. (Und da mußte Dillert ja nun doch die leichtfertijeren Anschlaxartn beiseite lassn.)
Denn jetzt nahte die Entscheidunk : General Grünther=selbst, der Oberkommandierende, (der Dichter verglich ihn aber auch oft mit einem ‹Könich›), kam, dem Wettkamf der beiden Heroen zuzusehen : 800 Yards schtehend freihändich ! / (»Iss es nich n bissel *sehr* weit, Dschordsch ?«. – Aber wenn auch ich bei solchen Zahlen nüchtern wurde : die Andern schüttelten seelich=gläubich die Hörerköpfe.)
(Und s war doch tatsächlich wiederum so schpannend !). / Denn schoß auch der Eine wie Robin Hood persönlich – der Andere wiesierte wie Willem Tell : erst Trunnion ? – : ? ! – : Und wieder die unvermeidliche Zwölf; ich hätt's diesmal nich gedacht. / Und Dillert legte sich rein. Und schtand wie gemeißelt, die automatic in der Hand. Setzte noch einmal ap; und machte sich anheischich, Trunnions Kugel zu ‹zeichnen› – der Mann in der Anzeigerdekkung mußte sie in das von ihr selbst geschlagene Loch schtecken. / (»Also das geht Dir *nich* zu weit Dschordsch ?« – Abernein. Es war ja *zu* schön !).
Und es war auch schön, das ganze prachtvolle Personal : ‹A youngster, fresh from West=Point – he feared nor death nor love !› / Auch, daß Lawrence, zum besseren Behalten, Jedem dieselbe Formel immer wieder mitgab : da war 1 ‹Tankwart›, der öfters vorkam, ‹most remarkably quick›. (Gewiß; es *war* bei irdischn Tankwarten eine Seltenheit gewesen. Aber man konnte sich die vielen Gannohwn tatsächlich glänzend so merken.) / Obwohl er mit ungebührlicher Vorliebe die Figur eines dichtenden Dschie=Ei behandelt hatte : ‹Folker›, aus Alton=Illinois, der zu allem seinen Senf in Limericks dazugab. (Auch sollte er auffällich große *Ellenbogen* besitzen : warum das ? – Auf was die Dichter so alles geraten !). / (Diewerrses krickte man in der Hörgeschwindichkeit natürlich nich mit. – Warum merkte Dillert zum Beischpiel, nach einer durchzechten Nacht, an : »Methinks, my rings grow cooler – the morn is drawing near.« ? : die hatte er doch alle in der *Hosen*tasche, die Ringe ! – Oder leitet Gold etwa besonders rasch

die Kälte ? Naw, das würden wir ja demnächst leicht & selbst fest=schtellen können : nur weiter –).

Und Könich=General Grünther hatte doch auch – *mußte* er es nicht ? – Gefalln gefundn an seinem riesijen blonden Sergeant. Und schickte ihn als Kurier nach Island; um dort Geheimschreiben abzuholen, und ein paar neue WAC's auszusuchen. / Und schon schtoop der Düsenbomber los :

‹Sie doppelten den Schtrahl=Schub und fuhren pfeil-
geschwind
über die wilden Wogen als wehte sie der Wint !›

(»Brah=woo !«. – Hatte ich dem Kerl, dem Lawrence, *doch* Unrecht getan : ein Mann, der *so=was* schrieb, hatte wohl 1 Recht, währenddessen zerschtreut einherzukommen : »Well done !«).

Und dort, im Feuerhag der FLAK *– eben* fand noch ein großes Schießen mit Üb=Munition schtatt; und Dillert schob den zagen Mann am Schteuer beiseite; und zielte, unbekümmert sein ‹roll me over in the clover› grölend, schrääk nach untn : sint ut sunt, aut non sint ! / Dann hielt er Ausschau unter den Schönen der Inselflugplätze; – (*der* Feuerheerd leuchtete übrijens immer noch am allerhellstn : warumm hatten se Alle in de NATO rein gemußt ? !) – und hatte insofern Glück, als gerade wieder ein Damen=Schportfest schtattfant; (wenn Lawrence uns doch bloß nich immer mit solchn Szeen' martern wollte – andrerseiz war's natürlich prachtvoll, wie die Puppn sich da vorführtn : Oh, shiver my timbers ! –

((»Och iss das gemein !«)) .....

Und Dillerts Wahl fiel auf die Schpeerwurfmeisterin, ‹Brown=hilled›; und er prüfte sie erst sork=fälltich, im munteren Geschpräch. (Dann auch, verantwortunxbewußt, intimer – hatte der Kerl 1 Schwein !). / Und lud sie, zu der übrijens 4=köpfijen, Besatzung dazu. / : Und ap mit ihr nach Old=Heidlbörrg : ..... !

(Sie war übrijens ausgeschprochen sauer, als sie dort erfuhr, daß sie schtändich nur mit Dschänneräll Grünther ins Bett sollte. / Und Grünther folklich auch. / Und seine Zuneigung zu Dillert kühlte sich entschprechend ap; (der sich allerdinx auch, um 1 entscheidende Schpur zu offen, im Kameradenkreise, seiner Eingriffe bei der Braunen gerühmt hatte.) / Und die natürlich jetz auch ‹verwöhnt› war : Grünther hatte beim erstn Mal diereckt Schwierichkeitn, ehe die enttäuschte Schportlerinn ließ.)

Und Dillert ‹wurde frech›, ‹seinem Vorgesetzten gegenüber› :

»Now it's ‹Dillert=this› and ‹Dillert=that› and
‹Dillert, watch your soul !›.
But it's ‹thin brave line of heroes›, when the Bolshies
start to roll :
The Bolshies start to roll, my Dear; the Bolshies start
to roll;
yeah : it's ‹thin brave line of heroes›, when the Bolshies
start to roll !«

(und unsere Hände toastn : 1 Kerl dieser Lawrence ! !)
Aber jetz kam erst die dollste Szeene : Wir legtn uns fast aufs Kreuz, und röcheltn & schnarrchtn (und die Älteren sabbathn) : jetz fingn noch *die Weiber* an, sich in die Haare zu geratn ! / Beide trafen sich, wie von ungefähr, an derselben Bade=Schtelle im Rhein. Und Jede wollte die Andere mit ihrer Schönheit beschämen. Und sie zeigten sich, in wie=zufällijen Bückungen & Drehungen & Wenn=dungen, aber auch schlechterdinx *AL=LÄSS ! –* (Und Frau Lawrence ließ die längeren Beine sichtbar werden. Wir keuchten. Und hörtn & sahen – : . . . . :
: Denn wenn Brown=hilled auch glänzend trainiert war; und zur Apwexlunk unschätzbar sein mochte – : Cream=hilled hatte nicht umsonst bei einer Schönheiz=Konkurrenz the biggest titties in the county gehabt. 1 Artiekl, in dem die sehnije Schportlerinn besonders weenich vermochte.
Und die raus aus dem Wasser; und hin zu Grünther ! / (Und geheult & getrammpelt & sie ließe sonnst *nie wieder !)* / . . . . . / :
: Da war Dillert natürlich reiff. / Und : »H. G. Trunnion sofort zum Gennerahl !«, hieß es. (‹He never misses his aim –› : meingott : sollte . . . . . ? !
Canto 16 : ‹DAS BARBECUE IM ODENWALT› – : Erst die, (natürlich fingierten !) Anrufe einijer deutscher Barbaren=Gemeinden, (die damals noch keine Waffen tragen durften : *sehr* richtich ! : hätten wir an dem Grundsatz nur eewich festgehalten, wir=Affen !) : über ‹Wildschaden› durch ‹wild=boars›. / Und Grünther, perfide lächelnd, gab Anordnung, eine shooting=party zusammen zu schtellen : Offiziere=Untroffziere=undmannschaftn; ‹die bestn Schützn : zur Belohnunk !›. – (Also auch Dillert & Trunnion – : ‹He never misses his aim !› – (die Meistn verwandten schon kein Auge=mehr vom Lautschprechermunt –)

Im ‹AMERIKA=HAUS› in Darmschtadt sahen sie sich zum letzten Mal. / (Vor dem er, Dillert, noch ‹LONG LOUIS› traf, der dort immer schtand – vermutlich n G.I.=Kummpl von früher) –
: Cream=hilled, (die natürlich 1 Kint von Dillert erwartete : das ist nun mal nicht anders !) – / :

‹Mir ist so bang, mein Dillert – : there are rockets
in the sky !›

/ (Ließ auch die – in solchen Soldaten=Fällen ja wohl nicht gans ungegründete – Befürchtung durchblicken, er möchte sich, im wahrsten Sinne des Wortes, ‹in die Büsche schlagen› wollen ? / (»Mennsch=Weip : sei schtoltz, daß 1 Dillert Dich seiner Liebe für würdich befundn hat !« : Dschordsch; in nazjohnalem Unwillen.)
Und es blitzte & knallte; und das Pullwer wurde nich geschohnt im Odnwallt : die Kugeln fiffm; und der Schrot rasselte im Gebüsch; (*und* in den Gesäßn der deutschn Treiber, wenn sie im Wege schtandn : *sehr* richtich: Die waren an *Allem* schuld !). / Erst schlug Dillert noch einmal Alle, in einem improwiesierten Waldlauf. – Der begreiflicherweise Durst machte : er reichte dennoch, in disziplinierter Haltunk, seinem Vorgesetztn die große Familien=Coca=Cola=Flasche : ! / (Und H. G. Trunnion trat unauffällich hinter die Busch=Reihe; unter dem fadenscheinijen Vorwand, sein dreimal verfluchtes Wasser abschlagen zu wollen : Zog dort jedoch schtatt=dessen seine MP ... –
Und Dillert ergriff die wieder=gebotene Flasche. Wischte ihr mit der mächtijen Rechten über den gläsernen Runt=Munt. Setzte auch, in edlem Durst, an ... : ! ! !
(Und wir fuhren doch, ausnahmslos, hoch : ! Die hatten 1 echten Schuß im Senderaum abfeuern lassen ? ! / Und die Flüche=hier. Und die Thränen=dort. / Und Grünther deckte natürlich den Meuchler; der sich, und eiskalt dazu, herausredete : er habe Dillert für 1 Wildsau gehaltn.) / *So groß* war die Ent=Rüstunk, daß ich zum Telefon schtürzte, und, als Kongreßmitglied, die Rundfunkleute beschwor, etwas zu unternehmen : *So könne man* heute nich ab=brechn ! – / (Und tatsächlich las Lawrence, allem Programm zum Trotz, auch weiter .....
‹THE REVENGE OF CREAM=HILLED› : Die war von Grünther (der, verschtäntlicherweise, solche wandelnde Erinnerung an Dillert, solch immer dicker werdende, nich schtändich vor Augen leiden

wollte) nach Börrlinn versetzt wordn. / Und ließ sich dort, nur noch Haß & Wuut, mit den Russn ein!
(Und das war ja auch wieder gans prächtich geschildert : wie er die, in ‹Charles=Hurst› immer schlankweck ‹HUNNEN› nannte. Und den dortijn Haupthähnen Namen aufheftete, wie ‹Blödel› – (»Nich schlecht; hä=hä !«). Die ‹Häuser› nur aus buntem Holz, jaja=klaa. Mehr Feerde noch, als Autos. / (»Da dürfte das wahrscheinlich, heute, auch *Feerde=Leeber* gewesn sein.« Dschordsch; erleuchtet. / Aber ich riß mich doch lieber am Riem'; und seufzte ein bißchen; wie diese ‹Natzjonnahle Poesie› selbst den besten Menschen verrohen kann : *sogar=ich* war ja 1 Momment anfällich gewordn. Also auf=passn.)
Und Cream=hilled ließ den russischen Marschall – nachdem der sich anheischich gemacht hatte, General Grünther samt Schtab mal zu sich nach Börrlinn einzuladn – (und der drehte ihr natürlich den schtummfn kopflosn Slawnknüttel bestialisch genuck rein : widerlich, diese porrnografischn Szeen'). / Und unsere arglosen Boys kamen doch tatsächlich auch, trotz H. G. Trunnions Warnungen, (dem gleich nichts Gutes schwante : beim Überschreiten der Zonengrenze ginx auch auf der Schtelle los !)
: Üble Vorzeichen ! : Im ‹Calton Creek› 2 badende Volkspolizistinnen, denen Trunnion – gewiß eine harmlose gutgemeinte Geste der Verschtändijunk – ‹die Gewänder nahm› – : *sie ließen nicht !* (Wiesen auch ihnen hingehaltenen Kaugummi mißtrauisch zurück. Zeigten dafür der LKW=Kolonne aber den Weg falsch – noch lange vernahmen die Beifahrer ihr Hohngelächter über die öden Weiten, die versummftn, verfallenen der DDR hinterher schallen.)
'ne Brücke über diesen Calton Creek gab's natürlich ooch nich – weit & breit nur 1 schiefer Schuppm; davor eine zweideutije Fähre, die unsere Trucks gerade so=so noch rüber trug. (Der ‹Ferge› mußte natürlich erschlagen werden.) / Und weiter über die Rollbahn : da wurde das Wetter schon, sümmbowlisch, schlecht : beim Untergang schtand es schtatt der Sonne nur wie ein roter Faßschtumpf zwischen grauen Wolkenbrettern : rot & falsch schlitzäugte der Abend : sie kampierten lieber am Autobahnrand.
(Und meisterliche Bilder : immer düsterer der Beton=Schtrom. (An dessen Ufer sie schweigend hockten, tins in den mächtijen Händen.) Die einsilbijen Blitze ferner Raketen=Apschuß=Rampm – :

40 Sekundn schpäter versuchte es ein bißchen nichtswürdich zu grollen ? : Sie lächelten nur verächtlich; und löffelten weiter; hinter ihnen, hinter der russisch=kargen Buschreihe, blakte das Gasoline=Feuer.)

Dennoch erreichten sie allmählich jenes halbverödete Börrlinn. / Erst noch ein Ball beim amerikanischen Schtadtkommandantn. (Also n technischer Kniff Lawrence's : a) Verzögerung; b) Kontrast heiterer festlicher Szenen, mit dem=was=kam – *kommen mußte !* : Was hatte das schon für'n Zweck, daß Der ihnen, mitleidich, noch paar Schtahlhelme mitgab ?)

Drüben wurden sie natürlich in einem besonders hölzernen Hotel einkwartiert. Bei jeder Gelegenheit sisstematisch gereitzt – gleich am 1. Abmd war man so weit, daß H.G. Trunnion freiwillich mit Folker=Alton=Illinois Postn schtand. (‹Barrikaden aus schwerem Wolkengerümpel› : gut. ‹Die zerbroch'ne Laterne des Mondes dahinter› : gut. / Aber daß Lawrence nun gleich wieder die ‹Lange Nacht› dazu ausnützen und Folker zur Hawaii=Gietarre endlos=halbgeschtohlene alte Schlager singn lassn mußte ! –)

Und dann begann eben das ‹Feuer=Gefecht›, endlos=herzzerreißend=dollbeschriebm. Bei dem sich Trunnion besonders hervortat : *jetzt* konnte man dies verteufelte ‹he never misses› wieder leichteren Herzens mit anhören. / Aber die Muh=niezjohn ging ihnen natürlich aus : auf dergleichen Slawischuftereien waren sie ja auch schließlich nich gefaßt gewesn ! / Und Cream=hilled schlich um eine Ecke, in jeder Hand einen Molotoff=Cocktail, in jedem Maul ne Schachtel Mättschiß. Und legte – immer halb=fluchend : »Dillert !«; halb=schtöhnend : »Dillert !« – eigenhändich Feuer an die Hotel=Baracke : ! –

Und wurden Alle=Alle, ob Folker ob Tankwart, weck=geputzt, ‹verheizt›, Einer nach dem Andern; als Letzter H.G. Trunnion, der ihnen, nicht zu beugen, bis zuletzt sein »Fucking Bolshies !« entgegenschleuderte – : so wurde Dillert endlich gerächt ! / (Und so hatte dann der letzte Krieg angefangn; allegorisch genuck also : daß wegen 1 ‹Miss Germany› die ganze Welt in Flammen aufgehen mußte !) .....

...../...../: Gong!...../.....

Und uns Allen schwindelte aufs Herrlichste der Kopf – den noch anschließenden Vortrag ‹Über Büschel von Nullsystemen im vierdimensionalen Raum› mochte Niemand mehr anhören. / (– : Man *schprach* ja direkt in dem Maaß & Schtiel ! : beim Hinausgehen – nein, =schreiten ! – redete selbst der alte Saunderson seine Trippelschrittlänge wohlgefällich an : »A goodly pace, I trow !«.) – *»Von hintn – : so'n Schwein !«;* (Dschordsch; erschtickt) : »Das *kann* kein echter Juh=Eß=Boy gewesen sein, dieser=dieser – –«. : »Well Dschordsch – fair war's natürlich nich. Aber es *gab* schon bei uns solche Leute : ich hatte ma'n Onkel in Massachusetts ...« (Aber er wollte im Augenblick von meiner Verwandtschaft nichts hören : »Und das Alles in Gedichtform, Du : das iss gar nich so einfach !« : »Aber in Börrlinn hat sich der Trunnion dann doch wieder gans vorbildlich benomm', George – ich weiß nich : *mir* hat er gefalln ! Er hat jene frühere ‹Tat› doch schließlich auch seinem General zuliebe getan : dergleichen Angeschtellte *sind nich* häufich, Du; die für'n Scheff n glattn Mord begehn ?«. (Und das mußte auch George zugebm, daß *er*, in *seinem*=Kontor=damals, Keinen von der Sorte gehabt hätte .....

Hertha Ohneluft : »Hchchchch ...« / Und vor der Haustür nochma umdrehen ? : Nur schwarze Giebeltrapeze. / Rauch aus dem des Nachbarn ? : »Der brät sich 1 Scheibe Käse – man siehz an der Form des Rauches« erklärte ich : »kuck : ebm schlägt er noch'n Ei drüber !« / (Und da war, end=lich !, nach so vielen höllischen Erfindungen, ihre Widerschtanzkraft gebrochen : nur 1 Hand vermochte sie noch zu bändijen; während die andere lustichst in ihren Reizen wühlte & praßte, ‹im Mark meiner Föllker›. – (Und schtehen ließ ich sie auch noch, und ihre Kleidung ordnen; während ich Tanndte Heete herbei pochte, und das Licht im Hausflur an ging. – ‹TH› iss übrijens viel kürzer, nich ? Also in Zukunft.)

* * *

Gleich mußten wir vom Theater berichten – alles noch im Flur; während wir ‹ablegten›. (Sie musterte wohlgefällich die immer noch bezeichnend=Zerschtrubelte) : »Mein Deern, daß er Dich bei'n Kopf gehabt hat, hab ich ja nu *ein*ma gesehen – ischa keine Schande für ne Frau : wenn n Mann verliebt iss ?« : »Der iss nie verliebt;« sagte Hertha trauri=komisch, »Der hat ma ammall aus a'm lateinischn Buchche alle Kennzeichn vorgeleesn : von Ee'm, der verliebt iss ...« (sie kreuzte illustrierend die Arme; und schtand wie ein Terminus; und blickte düster, wie Einer, der mit der Regierung schmollt). : »Beziehunxweise, wenn er *nich* verliebt iss ...« : »Wie sinn' enn die ?« fragte TH neugierich. Und ich griff, ehe Hertha die Pointe verfuschte, lieber dramatisch=selbst ein : »Ä=hämm ! – – –

: *Da tritt der Jüngling einher, der nicht* an Amors Altären frönt : er schreitet wie ein Numidischer Löwe, in einem trotzijen Gang. Seine Augen sind hell & blitzend; sie schauen grad vor sich hin; und hangen mit nichten entzückt an den Wolken, oder düster am Boden. / Jetzt sagt Einer eine Posse ? : er *lächelt* nicht darüber : nein : er *lacht gellend*, wie der Hahn kräht, der die Sonne empfängt. Er heult nicht mit dem Unglücklichen; er tröstet ihn männlich und bleibt heiter. Er hat lange Weile, wenn er allein ist, und neckt alle Dummköpfe. Bei einer wohlbesetzten Tafel nimmt er seinen Platz nicht zwischen den Mädchen, sondern da, wo der größte Becher und die schönste Schüssel schteht. Er ißt wie ein Calabrier; singt mit lauter Schtimme ein Trinklied; schpeiet mit Geräusch aus, wie ein Reicher, mitten durch den Saal. Und wenn er allein sein muß, so ziehet er seine Schreibtafel hervor, und berechnet, unter lautem Lachen, seine Schulden.«

»Und, Tandte, vorhin im Walde,« sagte das maussade Mensch, das boshafte : *»so weit* hab'ich bald in mei'm Leebm noch keen Menschn schpuckn sehen. – Neenee : *Der iss* nie verliebt.« Und schüttelte den Kopf. / (Aber TH schien seltsam tief in Gedankn. / : »S=tandn in dem Buch=da wohl auch Middl *geegn* die Liebe ın ?«; erkundichte sie sich zögernd. / Aber bitte ! –

: *»Willsdu die Liebe aus des Jünglinx Brust* vertreibm ? : So laß ihn täglich 4 Mal die gelbe Tiber schwimmend durchmessen. Dann zähme er ein wildes Punisches Roß in dem Schtaube des Marsfelz 2 Schtundn lang. Dann laufe er mit seinen Freundn 2 Mal die große Rennbahn aus. Ein hartes Lager von einem Bärenfelle emmfange den Müden : ehe noch der Sonne goldene Schtrahlen die Thäler erleuchtn, wecke ihn aus den Armen des Schlafs zur Arbeit des vorijen Tages.« (Sie begann bereits verdrießlich das Maul zu hängen; also rasch weiter) –

: *»Oder verdopple die Arbeit : laß ihn* einen beladenen Kahn schtromauf rudern. Oder 1 Morgen goldener Ähren absicheln. Oder mach ihn das Holz, das Lucull täglich in der Küche verbrennt, schpaltn : die Liebe flieht aus müdn Armen; sie verläßt die Brust, über die der Schweiß in Schtrömen rinnt.«

: ? –

: *»Du hass'n Knall.«* TH; sachlich. / »Das heißt,« räumte sie ein, »für'n *jungn* Menschn mackas gans gut sein – *sehr* gut sogar.«

Schüttelte aber trotzdem den Kopf. »Kucktama –« sagte Hertha traurich vom Schpiegel her : »Was ich wieder für dicke Oogn hab …«. (Richtich; die Lider waren geschwolln) : »Ödeme,« erklärte ich Tanndte Heete : »Wasseransammlungen; Überarbeitunk.« »Was *machssu* denn da inne Fabriek bloß, mein Kint ?« fragte TH gereizt : »Musterzeichnen ? S=toffmuster erfindn ? – Säbvers=tändlich geht'as über'e Augn !«. Und hielt 1 kleine, leidenschaftliche Rede gegen das ungesunde Schtadtleben. Zu mir : »Und Du biss man *auch* so'n Närfnbünnl : denxu ich seh das nich, wenn Du so mit'n Backnmußkln fieguriers' ? Ischa nich mehr feierlich !« / Und ging, immer noch deklamierend, fremdenführergleich, bei der Hausbesichtijunk voran) :
(*‹In Auerbachs Keller› oder ‹Giffendorf* subterranea›) : Mettwürste, so lang wie Jakopstack. Auch Schpeckseitn; und dreieinhalb Schinkn. / Bauernbüxn, die Weißblechdeckel mit Bleischtift beschriebm. »‹Knapp=Wurst› ?«; (ich fragte nur Hertha's wegen; mir selbst war der Grütz=Zusatz wohlbekannt. Wie auch die ‹Brägenwurst› ohne Brägn). / Gläser mit hellbraun=würzijen Gelees. Sülzn & Azia=Gurkn. Und Fleischsortn, von denen uns Schtättern nicht einmal der *Rauch* zugute kam. / »Na Tanndte : falls Dich ma die Verzweiflunk packen sollte, brauchsdu bloß in diesn=Dein' Keller zu schteign : mit *dem Prowiant* kanns' ne gans hüpsche Belagerunk aushaltn.« : »Tja; ischa faß ßuviel für ne alleins=tehende Frau.« sagte sie gleichmütich. (Oder lag doch 1 gewisser lauernder Sinn in der Art, wie sie die mächtijen Hüftn nicht=bewegte ? / ‹Tutti=Lina›, Göttin der Vorrazkammern. / Aber sie schrie schon wieder auf; gereizt, wie niedersäxische Löwinnen pfleegn :)
: »Aso dies Haa=Nätz ! – Da bleib ich aber doch auch s=tändich mit häng' –«. »Laß Da doch an Bubi=Kopp schneidn.« empfahl Hertha, vor eine Schmaltzkruke gekauert. (In vollstem Ernst.) Und Jene, dito : »Früher hadd'ich schon ma ein'.« Die lustije Wittwe. / Und da blieb ich doch schtehen : will sie etwa wieder heiratn ? ! – Klar Mensch : vorhin die Erkundijunk nach einem Liebe=Gegenmittel; jetzt wieder das ‹zuviel für ne allein=schtehende›. – Und wenn ich mir freilich so ihre Figur besah; von hintn; beim Trepperaufschteign; von keiner Schwangerschaft ausgeleiert : *Die* mochte & konnte beschtimmt noch ab & zu ! / 'chgott, wenn sie Jemand=Vernümftijes hat …..)
»Die Küche kenns'u ja, Hertha=nich ? – Hier nebman geht'as inne Waschküche …«. (Der kleine massiewe Anbau. Aber da wirsde

bei Hertha weenich Schwein habm, Du : die *läßt* lieber waschn. – Iss ja ooch richtich.) / Das Wohnzimmer, wo wir vorhin schon gesessen hattn. (Und nachher wieder sitzn werdn – mir taten die altn Knochn auch weh. Gans abgesehen davon, daß mir noch etliche Leibesübung bevorschtand). / Aber jetzt nebenan die, mir von meiner Kindheit & Jugend her geläufije
‹Gude S=tube› : – »Och –«. (Hertha; erfreut : das hatten sie ‹zu Hause› auch gehabt. – Sie bewegte sich trotzdem so lange, bis ihr Schatten wohlgeformt vor ihr lag – intressant, wie Frauen unbewußt auf sowas achtn könn'.)
»Achdukuckamma : a Schpinn=Rat !«. Und faltete ergriffen die Hände oberhalb des Märchengeräz. (Schtich Dich nich an der Schpinndl; ich müßte Dich sonst mit mindestns 1 Kuß ‹weckn›) : »Wie Dillert. Auf die Cream=Hills.« fügte ich, und lispelnd, listich=englisch, hinzu. / »Dillert ?« fragte TH sofort argwöhnisch ? Aber gleich wieder, gerührt von dem Anblick meines Mädchens, wie es da so zaghaft=gläubich die Fingerschpitze ans Rad legte : »O ich könndas woh noch : im Kriek hat hier Manch=Ein' seine Schaafwolle aa'ms ges=ponn'.« Und die Rote wieder, gans ‹willsdu nich das Lämmlein hütn ?›, »Ach –«.
»n Mann muß anne Zimmerdecke langn könn' : sonns *iss'as* kein Mann !« behauptete Tanndte Heete, (raffiniert; um die niedrije Schtubmdecke zu verteidijen. Und ich machte es, ihr zu Gefallen, wie abwesend, vor : ! Ließ auch, obwohl mich vom Recken schon die Wadenmuskeln schmerztn, behaglich die Finger taranteln, s=toisch am weißen Putz : ..... (So; genügt.) –) –
: »Onein mein Deern !«; und wir beiden Wissenden lächelten sehr überlegen : Hertha waren die schparsamen Linien der Schneelandschaft auf dem großen=weißen Ofenschirm allzu mager vorgekommen; und sie hatte sich erbötich gemacht, ihn aufs Modernste zu bemalen. : »Kennt Ihr das inner S=tadt nich ? – : Wenn man den Ofen anheizt, im Winter, aber nich zu sehr : dann werdn die Bäume hier=auf'n=Bild : *grün*. : Die belaubm sich wie in'n Frühlink : o jah !«. (Und Hertha schüttelte verblüffter den Kopf. Sah auch, ab & zu, mißtrauisch, immer mal wieder nach dem verhextn Schtück=Wand zurück.)
Vorm offenen Glas=Schrank : »Du=Tanndte. – : Hier das Kunsthonich=Pullwer : dat smiet man wech !«. (Und sie wog die Pappbüxe doch wieder unschlüssich, ja pikiert, in der Hand.) / Ein Lot an einem silbernen Fadn. / »Iss Dir bekannt, Hertha : daß alte

Leute hierzulande die Bauern im Schach noch heute ‹Wenden› nennen ? – ‹Verächtlichmachunk der Slawn›«, fügte ich, bedeutsam, hinzu. Und sie, wie abwesend : »‹Blödel› –.« (»Das muß' nich sagn, mein Kint,« tadelte Tanndte Heete; »apgesehen von der *allen* Männern anhaftndn Blödheit – : Er kann doch *sehr* unterhaltsam sein.« Blickte die Betroffene auch schtark & schtreng an : ?. Und Hertha gab es, um weitschweifije Erklärungen zu vermeiden, überschtürzt zu – wer nich im Bilde war, konnte's ohne weiteres für ‹Reue› haltn.)
Onkel Lutwich's Feife – (»Tein Zoll Caln=bergisch« murmelte ich; und ihre Nasenflügel bewegten sich doch erst, ehe sie zürnte : »Du krix noch'n Bax heut ! – Blödl.« setzte sie nach kurzem Besinnen noch hinzu. Und Hertha, obwohl sie mich nicht verschtandn hatte, breitete nur die Hände : !). / Also Onkel Lutwich's Feife : vorn an den Kopf hatte er sich sein eigenes Gesicht schnitzen lassen ! – : »Gleich nach'n Kriek kam ma Einer durchs Dorf : Der konnde das. – Das ha'm sich viele Bauern=hier machn lassn. Gegn Büxn.« (Auch seine Orden; oder, genauer, Medalljn; noch aus'm erstn Weltkrieg : das, auf der Brust getragn, sollte damals, unter anderem, bewirkn, daß man den schtolzn Träger nicht ins Gesicht hinein ‹Mörder› scheltn durfte.)
Halma Dame Domino. Und auch das unvermeidliche ‹Mensch ärger' Dich nich'.› : wenn ich bloß ma rauskrickte, Wer das eigentlich erfundn hat ! / »Wo kommt dieser Name ‹Halma› woh her, Kardel ?«; aber ehe ich noch auskunften konnte, juchzte sie schon : »Ogodd ich hap da ja noch Wasser aufs=tehen !«; und segelte zur Tür .....
: »Musterzeichnerinn ? : Deinen Munt !«. (Und sie zierte sich schon weenijer. Und schmeckte mir gut. (Und hätte sich vielleicht *noch* weenijer geziert; aber die Sammeltassen im Schrank erklirrten schon wieder (beziehungsweise ‹bibberten untergebm›) vor Tanndte Heetes kraftvollem Schritt. Und SIE trat züchtich von mir zurück; und ließ ihre Hand, ihre weiße Hant, sich auf die Bücher zu verlenngern .....
»Kennt Ihr das nich ? – Für jeedn Tack im Jahr schteht 1 Gedicht drin –«. Und, da beide Gesichter sich intressiert öffneten, schlug ich, der Einfachheit halber, den heutijn 28. Oktober auf –, – »Moment=ä ...« :
»Wer über seinen Kampf um Lebensglück / sich nur 1 Haar versehrt, nur Einzelnes / im Auge, nächstes im Gefühl, wohl gar / *Gesundheit sich verscheucht :* die Schöpferin / der Freude aus dem langen

Lebens=Schtrome ...« (Und TH nickte uns schtrafend an, mit dem ganzn breitn Gesicht : !) .....
: »*Der gleicht dem Kinde, das den Korb* voll Perlen / durch 1 Wald voll Räuber, Schturm & Blitze / auf hohlem Boden sicher hingetragen – / und nun, bei Blumenpflücken, sie verliert. / Der gleicht dem Manne, der 1 Schiff Kleinode / soll über Meer zum fernen Hafen schteuern – / : und alle Tage in des Schiffes Bodn / zum Schpiel 1 Loch bohrt – und bei Sonnenschein / mit Schiff & Schatz betroffen untersinkt.« –
(Und Tanndte Heete wurde gans aufgereekt – hatte ich *so* ergreifnd vorgetragn ? *Sehr* schmeichelhaft – und hielt uns die zweite Schtantpauke) : »Kuckdirma die *Augen* von den Kint an ! Dascha Waansinn, was die Leute inner S=tadt so treibm ! – Unt Ihr=*Männer* denkt *auch* bloß an Euer Vergnügn.« schloß sie schtürmisch. Aber da wehrte ich doch nur kühl ap : »1 kleiner Irrtum, Tanndtchen : *ich* hap noch *kein* Kind in die Welt gesetzt. – Was ja wohl *auch* 1 gewisse, Dir nicht unbekannte, Entsagung in sich birgt ?« / Worauf sie schlauerweise gar nich weiter einging; sondern wortreich jenen vernümftijen Dichter lobte : »*Das* Buch nehm ich mir gleich mit rüber. So'n kleines S=tück zu lesn, hat man ja jedn Tack Zeit zu.«
Und was da so Alles im Bücherfach drin lag – : alte Briefe, arrow=head letters, mit grauer Tinte, auf schlechtem Papier, (mit dicker Feder, am wackelnden Tisch). »Da siehsduma, wie das aussieht, Hertha : Du schreibs' auch gern auf abgerissenen Bogn.« (»Unbeschneedn Breef, schickt man Schelm unn Deef.« kommentierte TH.)
Da leexdi nieder : 1001 Nacht ? ! – »Das könnt'er uns ma vorleesn, was mein Mädchen ? Da s=tehn ja woh auch schöne Geschichtn in.«; also TH. Aber Hertha sah sie sehr überzwerch an; und schniefte nur. Allerdinx so ausdruxschtark, daß Jene erschtaunt fragend die Hände schpreizte; und sich 1 Erklärunk ausbat : ?
»Dein Neffe=hier,« sagte Hertha lanksahm, und zeigte mit dem rauhen Hinterkopf nach dem schön=Betreffenden : »er hat ma ammall draus vorgeleesn ...« – »Die große Legende von der ‹Messink=Schtadt›, Tanndte« erläuterte ich gefällich und gleißnerisch=flink – »*Nicht nur,*« Hertha, schpitzich : »Jednfalls hat ma wieder ammall gesehen : daß die Männer eh & je & immer & überall, nur an EINES gedacht habm – denkn; und denkn *werdn*. Also ich bin doch weißgott anne moderne Frau; und nie prüde ...«;

aber hier unterbrach Tanndte Heete sie doch : »Na, wenn=as man s=timmt, mein Deern«, sagte sie entschiedn; »ich hadde vorhin manchma den Eindruck – : so in gewissn altn, einfachn, Dingn, sind wir, auf'n Lant=hier, doch wohl natürlicher. – : Iss es aarch ans=tößich, Kardel ? Oder kann man'as woh ma leesn ?« / (»Dein Neffe –« flüsterte Hertha verblüfft. – Aber jetzt trat ich bedeutend für die Familie ein .....)
: »Solchn Büchern=hier – 1001 Nacht; Karl May; Altes Testament – verdankn wir Deutschen es, wenn wir noch *nicht gans* Griechn & Römer sint : sondern ein, und leidliches, wohlwollendes Verschtändnis für die Belange des Vorderen Orienz besitzen. – *Und* des Mittleren.« gab ich noch zu. / Auch : »Tannte ? : Ich zeichne Dir heute=noch die betreffendn S=telln an : erinner' mich, falls ich es vergessn sollte.« Und, leidenschaftlich=anklagender : »Was denxu, Tanndte Heete, was ich mit dieser Zierpuppe manchma für Schwierichkeitn hab ! Wenn man Ihr manchma n *einfachn Kuß* gebm will ...«
»Ja aber wohin –« wandte Hertha kläglich ein. Erhielt diesmal jedoch keine Hilfe. »Mein Kint,« sachte TH mütterlich : »da müßtn wir ma über s=prechn. – Wenn Du n Mann hass – n *netten, sauberen* Mann – der sich *auf=paßt.* Auf den Du Dich ap=so=lut verlassn kanns ... : Es *iss* doch nu ma eine der *gans*=großen Freudn des Leebms.« Pause. Dann, TH, auffällich schwer, und bedeutsam=fragnd : »Oder irr'ich mich da ?« / Ich zog mir nur, schtumm und nachdrücklich=umschtändlich, die Jacke aus – und breitete sie vor Tanndte Heetes Füße : Schreite darüber, Göttin der Vernunft ! (Unterschrift : ‹Dein Ritter›.) (Und natürlich auch, um Hertha, (die erbärmlich druxte), Zeit zur Fassunk zu gewähren. Sie rang danach. Und wir, Gentle=Man & Gentle=Woman, kamen auf Was=Anderes .....
»Übrijns ‹Kardl May› ? : Den hat Dein Onkel immer viel gelesn.« und zeigte, gebärdenbreit, auf die Riesenwälzer : – / (Das warn doch nich die gewohntn grün'n Bände ? ! – Ich griff mir 1 der Ungetüme heraus ..... o leck ! : ‹DAS VATERHAUS› ! – Mensch, allein das Umschlack=Bild. (Und darin eine ‹FAMILIE ADLERHORST› ? Was war d'nn das ? Das kannt'ich ja gar nich !). / Oder der darunter : ‹DEUTSCHER HAUSSCHATZ IN WORT & BILD› : lauter gemästete Faffenköppe sahen mich an : »Potz Carocha & Sanbenito, Tanndte : das sind doch Alles Katholen !«
»Och kein Gedanke.« sagte sie verächtlich : »Ketholisch war er nu

doch noch nich.« (Aber ich hörte gar nicht weiter auf sie : hier, mitten im Erstdruck des SILBERLÖWEN, lag ebbes Handgeschriebenes – ‹Copie Nr. 2 / für Herrn / Heinrich Andreas Näwy / Dresden / Johannstädter Ufer 2, III› – rund 90 Seiten ? Potz Nexus & Ligaturen ! – Und den fragenden Blick auf Tanndte Heete : ?. Aber die schüttelte nur eignsinnich den Kopf) : »Da weiß ich nix von : ‹POLLMER & NÄWY› ? – ne *Groß*tanne von ihm war, glaub'ich, nach Dreesdn veheiraded : Kanns's ja ma rüber leegn; für nachher.« / (Gut. Und die alte Charteque, die hier, auch; die kannt'ich aus meinen Jungens=Ferien noch.) / : »Kommt man erss ma weider mit.«

Weiter mit : der Dachboden war groß & schtill. (»Hier=das'ss ja Eure Kammer; wo Ihr dann schlaft.«). / Schränke; Truhen; Gerümpel. / : »Das Gewebe der Schpinne ist ihr verlängertes Selbst.« (gab ich von mir : nicht nur Hertha (Die sowieso); sondern auch Tanndte Heete liebte solche tiefsinnijen Ausschprüche; ‹zum Nachdenkn›; während des Melkens oder so. (‹Lieder beim Schtaubsaugn zu singn› : Voß hatte sich ‹Lieder beim Kartoffellesen› eingebildet – manchma zweifelte man tatsächlich daran, ob er je auf dem Lande gewesn war !). / 1 Eimer voller Löcher; in dem sie 1 Paar alte Schuhe aufbewahrte.)

»Darf ich ma den unteren Schuup=hier aufziehen, Tanndte ?«. (Na sebsvers=tändlich durfte ich.) / : 2 leere Zigarrenkistchen. Und Hertha griff begierich danach; dafür hatte sie 1 Schwäche; (die ich allerdings immer mit Besorgnis, jedesmal neu, notierte : dieser ängstliche ‹Alte Schachtel›=Komplex !). / Was Schtaubich=Verschtauptes ? Und sie hob mir angstvoll das verschollene dicke Gewebe hin : hilf's weck erklärn. (Und ich erfand es sofort) :

»Ein blaues ‹H›, ein weißes ‹e›; ein rotes ‹r›, ein gelbes ‹t› – : ein braunes ‹h› : ein grünes ‹a› !«. Und Tanndte Heete legte gerührt den Kopf auf die Seite; und genoß die Liebeserklärunk schier nicht weenijer; (war auch ein bißchen entrüstet, daß Hertha nich dankbarer waa – ? – (Und Kopf=Schütteln; und Schtirn=Runzeln : ‹Die Angejahrten wissen Euch zu schätzen› !).

Und Azagouc & Zazamanc; und Etiketten der ‹Reichszeugmeisterei› – (»Jaa; Onngl Lutwich waa inne Patei.« Gans kalt. Naja; wir warn im Gebiet der DRP.) / Eine Art kleiner bleierner Bildsäule : »Die schwarzen hatte, nach dem Glaubm der erstn Kristn, der Teufel gemacht. – In der französischen Reewohluzjohn hat man sogar auch Schtant= und andere Bilder giejottieniert – : iss Euch denn

Alles neu ?« : »Was'n Neunaugn=Fänger.« sagte TH angeregt; (meinte zwar mich; aber es schwang 1 gewisser Schtolz mit darin; weshalb ich auch nich weiter protestierte.)
Schpielkarten ? : vor Apnutzunk hatten sie bereiz Ei=Form angenommen ! (Und ich hielt sie Hertha *so* hin. Und funkelte dazu *so* brillich. Daß sie, offenen Mundes, schtand; und sich erinnerte. : »Das giebt es also wie Du siehst. : *Hab* ich Dir nu was ‹vorgelogn› ? Oder ? ...«). / Und Tanndte Heete, begierich sich einzuschaltn – es mußte ja auch raasnd lankweilich gewesn sein, ihr letztes halbes Jahr hier=allein ! – »Was lüücht er Dir denn wieder vor, Härda ? Er kann nämlich *gut* lüügn : der Kärl kann Säbs=Ges=präche führn – beneidnswert Du.« Hertha nickte nur lange und bitter=süß, a la ‹Das kann Er›. Erkundichte sich auch, scheinbar harmlos : »Iss es denn gutt, wenn a Mann so braaf lügn kann ? ...«
»Das wohl – nich=diereckt –«; TH, langsam; diplomatisch; (die Ideen bildeten sich, während sie dozierte) : »Wenn er seine Erfindunxkraft natürlich *da auf* wendet : seine Aff=färn mit *annern Waibern* zu taa'an : *denn nich !*«. Gleichmütijer : »Aber das zu verhinnern hatt ne Frau ja inn'er Hant. – Und zur Abmt=Unnerhalldunk iss es ja doch wohl unschätzbar.«
»Wieso ? ? – Na Mät=chnn : mein Mann hädda gar nich die *Krafd*=zu gehapt ! : Da hap'ich woh für gesorcht.« / Und, abwehrend : »Midd'n *Augn ?* – Das *jaa; das* kanns natür'ch nich verhinnern. –« (und, schärfer) : »*Das* tuussu übrijens *auch*, mein Deern : sei ma ehrlich.« (Und das Prepparat errötete doch tatsächlich : nu seht Euch das an ! / Aber Morgenröten sind 1 Schtudium für sich, ich weiß. Und man soll, laut Eff Nietzsche, seinem Nächstn ‹Beschämunk erschpaaren› : wäre übrijens der Schatten der Geliebtn besser oder schlimmer als Garnichts? Ihrer kam nämlich gerade bis vor meine Füße; verwaxn & kohlschwarz. Schtreicheln – präziser : kitzeln – könnte man ihn ja mal; schtellenweise.)
»Ist Euch etwa auch das unbekannt : daß in der vorhin schon angeschpieltn Französischn Reewoluzzjohn, der Schpielkartenmacher Maudron welche mit den Gesichtern der Schreckensmänner herausgab ? – O ‹Schpielkartn=Sammeln›, richtich betriebm, iss zwar bloß ne halbe Porrzjohn; aber immer besser als gar keine.« / Kleine Messinggewichte : als Briefbeschwerer. Oder zum Niederhalten rebellender Buchseiten nützlich. : »Wenn Du max ? : Kannss'ie Dir mitnehm.« : »O biddenich, Tanndte.« (Und sie

schtreichelte mich gerührt : mir ungewohnt : wie Öl auf eine Türangel; wie ‹l› vor einem Konsonantn .....)

»Ochdu : anne Schiefertafl !«; und Hertha hielt sie, seelich, hoch. Und leuchtete; und drückte sie, mit Verlaub, 1 Mal an ihre (sommerschprossije) Brust. / Und Tanndte Heete, mißtrauisch : »Ihr *haapt* was zusamm'. –«. Und, resigniert : »Naja. Wie sollded Ihr auch nich.«

1 riesenweißer Petticoat : ! : Hertha legte ihn sich, hingerissen, gleich vor den hüpschn (sommerschprossijen) Unterleip : ?. »Der iss noch von=vorn=erstn=Weltkriek, mien Deern.« / Und ich erzählte die Aneckdote von dem zerschtreuten Professor; der sich an der Balltafel entsetzt beobachtet hatte : wie ihm da, anscheinend zu jenem unnennbaren Schlitz heraus, etwas Schneeijes hink ? Und er schtopfte; und schtopfte. Und es nahm kein Ende. Und er war schon, oben, bei Rhinestones & Burgunder – »Ja. : Nein. : Bestn Dank.« – gans erschöpft. Und schtopfte, untn, noch immer; unermüdlich. Und man erhob sich von der Tafel. Und die jugendschöne Nachbarin blieb hängn; und sah sich befremdet um – : hatte der alte Bube sich nicht 80% vom Rauschrock ihres Abmdkleides in den Schlitz gefropft ? ! / : Hi=Hi : Ha=Ha.

»Was hasdu heut Nachmittag eigntlich mit dem ‹helleborosn Farrago› gemeent ?«; Hertha; tiefsinnich. : »Einen ‹nieswurzwürdijen Mischmasch›.« – Aber ihr einzijer Dank beschtand in 1 wüstn Blick. Dann fiel ihr was ein : »Also ‹eine echte Bereicherunk im Sinne der tria corda des Ennius›«, leierte sie haßvoll=auswenndich. Und TH ließ die Augn behaaklich zwischen uns hin & her gehen. »Was'n Tühnkram, nich ?« sagte sie liebevoll : »Deswegn ischa auch nix aus ihm gewordn : weil er den Kopf immer zu voll von seuchn Zeuch hadde. – Aber man wird'a guder Laune von, Mädchen.« setzte sie mahnend hinzu : »*Ich* finnd' : wenn Einer *mehr* als bloß seine ‹Tausn Worde Deutsch› kann – man bleibt, auch als Frau=da –« (sie fingerte nach dem betreffenden Ausdruck) : »– Beweeklicher, nich. Oder ?«

Und die Tür hier ? : »O da kommt man bloß noch das Bansefach, mein Kind.« (Und das mußte selbst ich mir zurückrufen lassen, daß man das annähernd – »Nich *gans* genau, mein Jung.« – mit ‹Heubodn›, ‹Kornbodn›, ‹Schtrohbodn›, wiedergebm dürfe.) / »‹Oh komm mit mir ins Bansefach› – : wenn Ein' also ne junge Dame dorthin einlud, Tanndte=ä ..... ?«. Sie nickte, kraftvoll=versonnen. / (Und dummfes Rollen von Nort=Westn her ? Ich schtellte gleich die Ohren; verdachtvoll, unangenehmst, ‹Erstes allein !› – … fümmunndreißich, tausend=und=sexunndreißich … : und da respondierte auch schon der Chor.) : »Das'ss doch Art'llrie ? ! – Nachtschießn.« Und Tanndte Heete nickte sachlich : »Ja. Munnsserlager. Oder Unnderlüß. Da mögn sie das woh tun.« / Und besah sich theilnehmender, (obwohl erneut unverkennbar miß=mutich), das Schpiel meiner Backenmuskeln. (Der normale Lebenslauf : Von der Pitié nach Bicêtre : Vom Arm'haus; übers Kittchn; in de Irrn=Anschtalt.)

Und Hertha schtand am schrägn Dachfenster; ebenfalls gans gefangn im braun' Balknnetz. (»Nich wieder an ‹doppelte Wände› denkn.« mahnte ich leise. Und sie sah mich aus leicht verschtörtn Augn nicht=an.) / Und Tanndte Heete schilderte hinter uns die Wärme des Schorns=teins, an dem sie lehnte; im Winter, »wenn 'er Maarder übers Dach rutscht. Unn die alde Bittroljumm=Lampe heb'ich immer auf – ich hab noch n ganzn Kannisdervoll : Gifft jo doch bald wedder Kriech, nich ?«

(Der leichte Schritt – ? – war nur die alte schwanzlose Hauskatze, die aus der Nacht trat. 1 Vorderfötchen hoop – ?. – Uns dann zunickte. Und weiter ging; ältlich den Kopf gesenkt; ohne Eile.) / »Lalande hat seine Katze an den Schternenhimmel versetzt – der französische Astronom. Der außerdem seines schteez frei geäußerten Atheismus'=wegn bekannt war : n großer Mann. – Am Südhimmel : unterm Hals der Wasserschlange !« setzte ich noch gereizt hinzu : bei Euch muß man aber auch *Alles* im Kopf habm !

(Hertha wollte beim Wieder=Runtergehen noch ‹Schtrohdächer› romantisch findn. Aber TH schüttelte nur energisch den Kopf : »Wir haam im Dorf=hier woh auch noch n paa=von – aber die ßtehn alle auf'n Aus=s=terbe=ehtah. Wenn'as da ma brennt, die sinn nich zu löschn : weiß' warum ?« (Die Romantickerinn, unwillich, wußte es natürlich nicht – Romannticker wissen ja nie was.) »Weegn n Sß=pinneweebm, mein Kint.« Und Hertha, die an einen Nexus zwischen Arachniden und der Freiwillijen Feuerwehr noch im Traum nich gedacht hatte, ferblüvvt : »Weegn a Schpinnweebm ?« Sehr wohl : die ganze fußdicke Rohrmatte des Daches war rettunxlos=total mit den Netzen von Tausendgenneratzjohnen von Schpinnen und Schpinn=chänn durchwobm – und da 1 Funcke dran ….. ? : »Da iss was fällich, mein Meetchen : da hilf' kain Beetn mehr, Du !« –

Und wieder untn; in gelber Wärme; am owalen Tisch : darauf das alte

Kupferkännchen (»Gattung Röhrenmäuler«) voll von dickem süßem »Kekau : zur Feier des Taages.« (Tanndte Heete war aus der Gegend, wo man zu Hochzeitn, Begräpnissn, was=man=will, das Getrennk aus dem so fernen Westen auftischt. : »Iss es Dir bekannt, Tanndte, daß es sich dabei um ein ausgeschprochenes Konnfortatief handelt ?« : »Ebm deßweegn, mien Jung : aus Rücksicht auf Dich.«)
»Mondkrater=Ringe.« sagte Hertha auf einmal; (in deren Tasse eine große Katakaustik lag : vielleicht war von da, von der Lichtlinie her, der Übergang erfolgt.); und drehte den ihren (mit dem unsagbar scheußlichen mittelblauen Schtein; besonders scheußlich in Verbindung mit Ihr : die moderne blaue Beule paßte ihr *gar* nicht !). / Aber das war natürlich 1 Einfall; und wir erläuterten ihn, gemeinsam & durcheinander, der Frau Wirtinn : »n breiter goldner Reif –« : »– darauf ne große goldene Platte –« : »– rund, owahl oder auch irgend'n Polly=gohn.« (Und darauf dann ebm, en miniature, ein zierliches Ringgebirge abgebildet) : »Schön=getriebener zerklüfteter Wall. 1 Zentralkegel.« : »Die langen schwarzen Schatten müßte man freilich wohl in Schwarz mit einlegen ?«. Aber Hertha schüttelte gar klug den Erfinderinnenkopf, und entschied : »Neenee : wenn's hoch genuck getriebm iss – dann nur in Gold : da wär'n ja dann verschiedene Beleuchtung' möglich : je nachdem, wie ma's abmz im Lampmlicht dreht.«
»Das ging aber auch in Silber.«; TH; nüchtern=überzeugt : »Wär scha weesntlich billijer, nich. – Warum man das überhaupt nich länx gemacht hat ? Wo der Moont doch jetz so modärn iss –.« / (Also sofort das Telegramm nach Fortzheim. – Oder halt : »Meint Ihr nich, die Leute würden sich noch mehr drum reißn : wenn's kein Fantasie=Berglein wäre; sondern, fein am Plattenrand grawiert, es schtünde : ‹WALLEBENE PLATO›. ‹ERATOSTHENES im letzten Viertel› ?« – »‹MARE CRISIUM› –« murmelte die Erfinderin=des=Gantzn, und wölbte ein krietisches Mäulchen vor – jaja, die Marktlage iss nich leicht zu beurteiln. (Immerhin drehte sie, wie zufällich, die wüste blaue Klamotte nach inn'n. – Also ma in Erwägunk ziehen; als Weihnachzgeschennk. In Silber.).) / Und Einschenken .....
Aber dabei schprank ich doch auf : »Schnapps aus Eicheln ? !« (Onkel Lutwich sollte die Kunst besessen habm) : »Oh Tanndte : da *muß'* mir 1 von geebm !« – »Morgn Früh,« sagte sie bedächtich; »Heut Aamd nich. – Es sei denn –« (verschlagen) »– Du wollz Uns eins von Dein' Gedichdn vorlesn ... ?«

(Und Hertha hoch ! – Und begierich) : »OchtanndteDu : *Hatt'*er amall welche geschriebm ?«. – »Ass Jung' – so mit 17, 18 ? – : jaa.« saachte Tanndte Heete gemütlich : »Och wenn ich *suchn* würt – ich könndda vielleicht noch n paa von finn'n –«; und, immer boshafter & zärtlicher : »Kummahärda wie *hüpsch'*as aussieht, wenn'n Mann von Secksunnvirrzich so rot wird.« (Und ich mußte mich von den Beiden wohlwollend betrachtn lassn, Potz Gruber & Lafontaine, als sei ich kein vernümftijer Mensch, sondern n Berufslyricker : gleich sex & firz ich !). / »Naatsch ock nie.« emmfahl Hertha ungerührt; und bohrte unermüdlich weiter : »Och Tannte, *zeick* doch ammall : *Eens*=bloß !« (Damit Du mich dann in der Hand hast, geltja ? Und in den unpassenztn Augnblickn zietiern kannst. / Ich sandte einen langen Blick zu Tanndte Heete hinüber, der Schlüssel=Fieguhr des ganzn Theaters – : *natürlich* hatte ich, als ich, Unterpriemaner, in Großen & Kleinen Ferien, mehrfach, manchmal 4 Wochen, hier war, sie angedichtet, die damals=dreißichjährije Voll=Walküre; Kunstschtück. / Und sie riep sich – die bête hatte den Blick sehr wohl verschtandn ! – mit machtvollem Zeigefinger 1 machtvollen Nasenflügel. Und zögerte. (Mit der Lust der Vollterknechtinn : Leopold Schtein, ‹DIE HEXEN SIND UNTER UNS› ! : Sei ja vernünftich=Du. – Ich schmiß *noch* 1 Blick; wie einst im Mai : !. –. –). –
Und entschied nichz. Und sagte nur : »*Naja*. Ich müßd'a ma nach suchn, mein Deern. – n *Paa hadde* ich jeednfalls.« (Und Hertha, unermütlich=wehrhaft : iss das meist=untn=Liegn denn *so* schlimm ?) : »Tuu's ock. Ich würz gerne amma leesn. – Oder mir von ‹ IHM› vor=leesn lassn.« fügte sie sadistisch hinzu. (Die kricktn das fertich, und zwängen mich; im Verein. – Bloß schnell was Anderes !) :
»*Jeder Mensch braucht seinen Halef.*« *(und hob* erläuternd den Kristofforuß=Band von ‹HAUSSCHATZ› : »Das ist eins der merkwürdichstn Bücher, was es giebt. –« (Und schon beugten sich die Beiden, eben noch Aufsässijen, gehorsam lauschend vor : DEM EWIJN INTELLECKT : das ist Euch auch rotsam. (Wieso ‹rotsam› ? schtuzte ich vor mir selbst – ach so : ‹Rotbart plus lobesam durch 2›.) / »Denn hier findet sich das ausgedehnteste Beischpiel des Allerverrücktesten : daß man 1 Buch in gans verschiedenen ‹Beleuchtungen› lesen kann – sogar im ‹polarisiertn Licht› – und jedesmal ergiebt sich ein autonomes, in sich widerschpruchsfreies, Gebilde. Sei es – für kindliche Mentalität; wobei dieses ‹Kint›

getrost einen Bart haben kann, so lang wie von hier bis Bamberg – ein Reise= und Abentheuerroman. Sei es die Fixierunk eines autobiografisch=literaturgeschichtlichen Zeitpunktes. Sei es 1 murmelndes kultisch=weltanschaulich=filosofisches. – Beziehunxweise,« schloß ich triumfierend : »das nicht unanschauliche Referat über den Groß=Prozeß, den 1 Schriftschteller mit einijen Anderen führte : selten sah Justiezia so schparsam aus ihrer Wäsche ! – Waltegott,« schloß ich innich (und meinte es auch; was bei mir mit nichten immer der Fall iss) : »daß ein Fach=Jemand uns recht bald einmal den Casus im Einzel*stänn* auseinanderpolkt.«

»Natürlich ist'as hier 1 ausgeschprochenes ‹Selbst=Porträh von Rechz›«; (ich; kopfschüttelnd weiter) : »Andrerseiz war der May ja unleugbar 1 ‹Schwerer Junge› – und nicht nur literaturgeschichtlich, was seine Schpätwerke anbelangt. n gewisser Lebius hat da allerlei Material zusammengeschleppt; und wenn auch diewerrses von dessen Eckspecktorazjohnen nich schtimm' sollte – daß May nu *jedem* Dienstmeetjen in der Ekliptik rumfummelte; oder seine 12=jährije Nichte gepopelt hat – : Oh, entschuldicht; es sind häßliche Ausdrücke. – Jedenfalls hat dieser Lebius zumindest *den* Wert, daß er immer wieder zum ‹Widerlegen› anreizt. – Opwohl *mir«* schloß ich mit Nachdruck, *»alle* diese Literariker verdächtich sind, die 20 und 50 Bände=lank so schreibm, als wüßtn sie den Unterschied zwischen Bubm & Mätchn nich : *die* habm in ihren Willen garantiert 1 ‹nacktes Zimmer› gehabt !«

»Das kann ich immer gaa nie gloobm,« Hertha; bieder : »daß a Dichter mit der een' Hant … : unt mit der andern –« schloß sie verzweifelt; und versuchte vergeeplich, unauffällich ihren Schenkel frei zu machn. Tanndte Heete verfolkte, röntjenäugich=intressiert, das Scharrmützl durch die Tischpladde hindurch. Und ich widerschprach aalglatt=verrucht : »*Doch*, Hertha : das giebt es *sehr wohl* : daß Einer mit der rechten Hand Materialien zu einem DSCHINNISTAN sammelt : ‹Empor ins Reich der Edelmenschen› ! – Und mit der Linken … ?« (Und Tanndte Heete nickte fasziniert : diese ‹Linke› war schon am richtijen Ort; genau wo Mannes=Linke zuweilen sein sollte. – Und Hertha sog 1 Schoppen Giffendorfer Luft ein : ! Und Tanndte Heete s=tannt auf. Sah diskreet in den Glasschrank im Nebenzimmer. Bemerkte allerdinx erst noch, über die dicke linke Schullter zurück : »Sei nich so ve=krammft, Kint. : ‹Die Mode wexlt, der Druckknopf bleipt›.«)

: *»Weiter, mein Jung.« (: Gern, Queen !) :* ».. . und mit der Linken gleichzeitich die ‹Copie Nr. 2› verfaßt : ‹Hinab ins Reich der Untermenschen› : Hier ! ...« / (Und trug erlesene Schtellen vor – so schnell er=lesen, wie 1 master=mind beim erstn Durch=Fliegn ebm vermag.) : »‹Karl May & Minna Ey ? : Die werdn niemals 2 !›«. / Und Eine las sich die Filz=Läuse von den fetten Schenkeln : dazu am unverdunkeltn Fenster 4 Arbeiter=Gesichter, (übereinander, wie die Dresdener Schtadtmusikantn), die's vorgeeplich gesehen hatten; Überschrift : NACHTSCHICHT. / Und die andere ‹Bestie› steatopygierte mit ihrem Aschyk ins Hotel garni – Potz Eustachius von Kent & Gottfried von Monmouth, das mußte ich ma in aller Ruhe schtudiern. / »Und Du weißt tatsächlich nich, Tanndte, was Onkel Lutwich – vielleicht – mit diesem ‹Näwy› zu tun hatte ?« Wiederum kurze Verneinunk.

»‹Du siehst aus, wie unser Louis !› –« : während der ernsthaft=alternde Hakawati hinter seinen beiden Frauen herzockelte : es war schon ein dolles Acktn=Schtück; fuffzich Prozent Schtrintberk, fuffzich Assiel Benn Rieh; (dem die Reiterinn, wenn's ihr zu lank=sam geht, ‹die Hand zwischen die Ohren leekt› : »da bog er sich, und wurde lang & dünn«. Also ‹dick› wohl eher.) / (Und jeglichem Jüngling, der mit dem Gedankn 1 Heirat schpielt, *das Dink=hier* in die Hant gegeebm) : »Eine gewisse Warnung vor Eheschließungen liegt wohl unverkennbar darin, wie ? : ‹Zieh nich an den rein, Mainsohn. Ich rate Dir gut.› ?«

Aber selbst Tanndte Heete widerschprach kurioserweise : willstu mich, Du=die=ich=einst, wenn auch nur in Gedankn ? / Sie machtn räzlvoll=entscheidunxlose Gesichter, wie Schtrickerinnen & Näherinnen; ‹Oknos der Seilflechter›; (hol der Teufel diese ganzn parzndn Norn'n !).

».. . und was Dich anbelangt, mit Dei'm ‹Vorleesn› immer, Tanndte Heete – ?«; schon unterbrach sie mich; durch 1 bloßes Nicken, sie konnte das. : »Klaa. Wer hat auf'n Lannd woh zum Selpst=Leesn Zeit ? : Dafür seit doch Ihr Klug=Schnacker gut.« (Was auch Hertha beschtätichte.) / »Dürfte ich vielleicht=mal erfahrn, ob es Eure wohlerwogene Ansicht iss : daß Wir=Männer hauptsächlich witzieje Unterhaltungs=Gedankn zu liefern erschaffen sind ? Höchsns ma, ap & zu, gans ‹WIE ES EUCH GEFÄLLT›, unsere, unter schmerzlichen Entbehrungen erlangte Meisterschaft im withdrawal Euch vorführen dürfen ?« – TH gelassen : »Ich weiß zwar nich, was'as iss. Aber wirt schon s=timm', nich ?« Hertha schwieg

verschtockt. »Darf andrerseiz *ich* Euch dartun, was *Wir=Männer* … ?« Aber jetzt schwiegen Beide. Verschtockt.
Also Littertur=allgemein : »Die Schweizer ? : Sind geistich keine Nazjohn; sondern 1 deutsche Prowintz. Und habm folklich Prowintzial=Geschmack. – Zudem nicht am deutschen Schicksal teil genomm' : *Ich* war 68 Monate lank Soldat & Kriegsgefangener : Die solltn fein den Munt=*haltn,* und die Ohren=*aufmachn;* wenn wir Deutsche zu reden anhebm.« (Und ich warf üppich die Faust auf der Tischpladde : hin. & her.)
»Gedichde ? : O=nee.« Tanndte Heete; nüchtern : »Ischa meis Unsinn, nich. – So *richtich kluge* Männer, glaub'ich, habm in'n s=päderen Leebm *nie* mehr Gedichde geschriebm. – Höchssns aß Jungns; das ja.« fügte sie, tröstlich, in meine Richtunk, hinzu. (Unt ich lieh ihr weitere Worte …
: »Liebe Tanndte Heete …« – (und schwiek 1 kleine Weile : wenn ich solche Ausdrücke bloß damals schon, vor 30 Jahren, gewaakt hädde. Auch sie schmeckte sichtlich am langen ‹ie›.) : »Es freut mich, Tanndte, daß auch=Du geegn all den Schellenklang unn Oh=pie=um bisst, mit dem uns die romantischn Heinies apfinndn wollen : das Alltägliche issd so klaa noch nichd, wie jene Herrn uns glaubm machn wolln : ja nich *hallp* so klaa !«
»Tcha,« saachte sie; (und besserte krietisch an irgendei'm Schtück=Schtoff : warum weiß man das als Mann nich, wie, saagn wir, ‹Filet› gemacht wird ?). »Ich wär sche auch dafür, daß n Schrifffßdeller ehrlich iss. Unn nix beschönicht – wenn sein Hellt in'n Kuhpladder tritt : das kommt auf'n Lant eebm *öfders* vor –«. (Und machte weiter ‹Filet›; und schprach ruhich weiter) :
»Oder so die Hell=dinnen : soche die nie ihre Sache kriegn. Oder das Wort ‹Kloh› nich hörn könn'. – Oder wie die Liebe von s=taddn geht : *ich finn'as* nu ma schön. Der soll mir das getroos beschreibm : man kann ja – laider ! – nich *Alles* in'n Leebm anfassn; und schmeckn & riechn : ich hädda woh'Lusd zu. Das heiß : *gehaapt* : aß ich noch jünger waa.« setzte sie, herrlich exakt korrigierend hinzu. : »Der soll'as man genau beschreibm : wie das, meintweegn, inne Wüste aussieht. So daß ich da gans inn=binn. Unt mir nich mit irgendwä'chn romanntischn ‹Beeduihn› ankomm' : sinn ja furchbaa dreckije Kreatuhrn, nich ?«
Pause. / Obm dachte, unten schtrickte sie; beides kräftich. Hertha blickte vorbehalzvoll. Ich verbintlich. (Und bereitete mich mentaliter auf meine bevorschtehenden Referate.)

»Oder wie Ein' die Ehe manchma zuviel wirt – : neulich s=tand da in den ein' Buch doch in, wie 2 Ehepartner einanner, auch von Gesichd, immer ähnlicher wurdn – : Leewer wull ick mie de Nees aff=sniedn !« schloß sie s=türmisch. Sah vor Ungehaltenheit nach dem Feuer. Und sagte zum Ofnloch : »Zankt Euch bloß so viel Ihr könnt : Säbs=tändichkeit !« / Potz Xerxes und Artaxerxes ! : »Liebe Tanndte – …« : »Hallt *Du* man'n Munt.« sagte sie hitzich : »*Du* biss'er Richtije : –« (hier schtiek ihr, dem Kohlen=Monn=ocksüd sei Dank, das Giftgas in den großen himbeerfarbenen Schlunt. Sie prallte nach hinten hoch. Wir fing'n sie auf. Und ich klopfte ihr genüßlich das Rückenfett zwischen den breiten Schulter=Blättern – : Wenn ich mir das bloß vor 30 Jahren getraut hätte !).

»Und was liestdu da so am allerliepstn ?«. »Och« hustete sie, gleichmütich : »Diese 50=Fennich=Hefde nich etwa Du : das sind ja alles Fuscher & aame Würsdchn, die Verfasser. – 60 kostn sie übriejns neuerdinx.« Und hustete künstlicher. / »Aber so – : Dickens, nich ? Opwohl Dem=seine ‹Frauen› natürlich grausliche Kreeahturn sind. Bei Wallder Skott muß man ja schon auf passn. – Grat jetz, wo die langn Abmde komm', – : da fehlt Ein' ja n Vor=Leser. Meins' nich, Herda ?« (Und, verschlagn) : »Mü'scha gans gemütlich sein, nich. – Da würz auch keine dickn Augn mehr habm.« (Und schenkte mehr Kekau ein). »Und ‹ER› würt sche woh auch ruhijer weerdn.«

»Aber das Eine müß'ss ja immer in'n Auge behalldn, Kardl : die bestn & größdn Sachn sinn nich für uns=einfache Leude geschriebm : ich red kain' Uhrmacher rein, der'n ganßn geschlagn'n Tack, midde Luupe in'n Auge, in seine Wärk=statt hockt. : Unn Einer, der'n ganßn Tack *nur* s=tudiert, unn Worte zusamm'bastlt – : tja Der kann natürlich leichd Sachn=machn, die'n Annern einfach nich begreifd.« (Und, erklärend, zu Hertha) : »Er hat mier da ma was vor=geleesn; von ner gewissn ‹ANNA LIEWJAH› – och so vor 15 Jaan …« (Hertha wingte nur ap, a la ‹Mier auch›. – »Ach. : Dier=auch, mein Deern ? – Sieh ma an. –«; und riep sich wieder die üppije Nase.)

»Aber sei mier jetz nich böse, Kardel : ich haap'ass nich vers=tann' ! – Ich hab mier während=dessn lieber Dein Gesichd angesehen : Du waars *deer=Aard* begeisterd ! –«; und wandte sich eifrich=schprechend zur eifrich=hörenden Hertha : »Wenn Du ihn da gesehen häddz=Mädchen – : Du häddz ihm *ohne=weideres* n Kuß gegeebm !

– Wenn nich mehr. – Ich waa da säps=balld nahe an; damals.« setzte sie, gewalltich=ehrlich, hinzu. (‹Âne mâßn schoene bumms : so waß irr eddel Lieb› – : ‹Bericht vom verfehltn Leebm› würde ergo einst darüber schtehen müssen. Potz Crab=Nebel & Super=Nowwah : Mir sagt Keiner was !). –
(Kommt; hier; Abmdunterhalltunk) : ‹Johann Esaias Silberschlag› ! / »Was'n Name.« sagte Tanndte Heete gleich angereekt. Und auch Hertha versuchte mühsam & künstlich dreinzublickn. …
: »Wer, meint Ihr, wäre für das Thema ‹SÜNDFLUTH› wohl am zuschtändichstn ?«. (Über=legunxpause : wie nett, wenn 2 Frauen so überleegn !). / : »n Bummler. – Oder a Professer : a Proffeet.« sagte Hertha bitter; : »Eener, der weiter nischt zu tun hatt.« (Daß sie so schwer auf 1 Schpiel ein ging ? – Tanndte Heete war da gans anders. Die leegte den dicken Kopf – ‹DIE HERRIN MIT DEM DICKEN KOPFE› – leicht schräk. Und bohrte unverkennbar mit der Zunge in einem linken=oberen Backenzahn. Wiegte ‹Deen=sällben› erst. Und schüttelte sogar leicht. Und tadelte zart : »Das kanns' nich so ohne Weideres sagn, mien Deern. – *Ich* würt vielmehr mein' –« (und jetzt, verschtändich=voll, zu mier) : »n *Deichgraf*, nich ? !«.
1 Deichgraaf ! : Englischste der Heeten ! ! ! (‹Sie sahen von wei=tämm : deen Groß=Herr=zock rei=tänn› : nischt wie Schtorm, Potz, & Voyage au Centre de la Terre : *Sehr* gut !). / »Sagen wir – *noch* allgemeiner – Einer vom Wasser=Bau=Ammt : Hier ißt er : ‹Johann Esaias Silberschlag›, 1716 bis 91. – Für dessen ‹GEOGENIE› Du übrijens, & jederzeit, runt=hunndert=Mark ‹realisieren› könntest. …« / (Kleine, eindruxvolle Pause. Unt TH's massiewe Brauen wölbtn intressierte Drittel=Kreise. (Oder wie groß war der Seck=Torr ? Ich schtudierte wieder einmal ihr Gesicht; Potz Morgen= und Abmdweite; Potz Valentiner & K. Stumpff !). –
»Er ist das absurdeste Gemisch von früh=technisch=kleiner Gelehrsamkeit; und bibelforscherischem Wahnwitz : *so* haben selten – er war, historisch bedingt, das letzte Exemplar einer ‹Schule› – eine Selbstgefällichkeit wahrhaft *landesbischöflicher* Größenordnung, und die davon untrennbare Viertelsbildung in Naturwissenschaftn, ihr literarisches Fauenrat geschlagn ! – Apgesehen davon …« (»*Kann* ma von so was ap=sehn ?« erkunndichte sich Hertha, verdrossen). / »… apgesehen davon; ist er, SILBERSCHLACK, voll kurioser A=neck=dootn; rarer Wetterbeobachtungn; und überhaupt auf's Schmunnzelnzde zu leesn.« / Und

TH nickte, billijent : »Eß iss aso ungefeehr, wie bei'n Ehe=Mann. – Was schreipt er denn so von'n Wedder ? –«

»Im Jahre 1755, am dritten Pfingstfeyertage, fiel schon des Vor=Mittags eine brennende Hitze ein; die des Nachmittags so unerträglich wurde, daß selbst die Vögel den Schatten der dicksten Bäume und der Dächer suchten. Ich hielt mich damals zu WOLMIRSLEBEN auf, einem Dorfe im Magdeburgischen, zwischen Egeln & Unseburg an der Bode gelegen. Gegen drey Uhr erblickte 1 dicke weiße Wolcke ...« (»Er schreibt, im ganzn Buch, diesn ‹Serenissimus=Schtiehl›« erklärte ich schnell; »Wo man, gans=Landesherr, das ‹ICH› weck=läßt. Ungefähr, wie wenn Du saagn würdest : ‹War nun meines Mannes ohnedies überdrüssich ...› ... ?«. Und sie nicktn gelassn. : ‹Begriffn ?›; oder ‹Über=drüssich› ?. – »Lies mann weider, mein Jung.«) : Was heißt'as ? ! / : »... 1 Wolcke, welche, dem Augenmaaße nach, kaum ein paar hundert Ruthen in der Lufft schweben mochte. Sie stand jenseits des Bode=Flusses; und ahmte mit ihrem Rande ganz vollkommen den Lauf des Schtrohmes nach. ..... Um 4 Uhr erschien gegen Südwest eine sehr hohe, weit ausgedehnte Gewitter=Wolcke, welche das gantze Fürstenthum Halberschtadt bis zum Hartze hin deckte. Ihre Farbe war nicht schwartz sondern hellgelb. Sie donnerte periodisch; schwebte aber so hoch, daß die Schtrahlen die Erde nicht erreichen konnten; sondern, wenn sie noch nicht zur Hälfte herabgefahren waren, schlugen sie zur Wolcke wieder zurück.« (»O Mann : Haagl.« sagte Tanndte Heete besorgt.)

: *»Aber nun war die Zeit des Waffenschtillschtandes* vorbey : um 5 Uhr verwandelte sich diese hohe Wolcke gegen Westen hin in eine finstre Nacht. Blitz & Donner folgten so schnell aufeinander, als hörete man 1 Regiment Tambours unaufhörlich Allarm schlagen. Mitten unter diesem Getöse fielen Eis=Klumpen wie Tauben= und Hühnereier herab, jedoch nur einzeln.« (Die TH=Hand schpreitzte Beschtätijung. Auch An= und andere =klagen.)

: *»Kurtz darauf brausete 1 Orkan über den Hackelwald* weg, wirbelte so, wie er ging, allen Schtaub mit sich in die Höhe. Die Wolcke, die § 239 angezeigt habe, drehete sich im Kreise herum. Anderthalb Meilen von meinem Schtandort eilete 1 Hirte mit seinen Schafen denen bey einem Vorwercke gelegenen Schtällen zu. Zum Glück erreichte er den Ort seiner Zuflucht nicht : mein Tubus, so 6 Fuß lang war, zeigete mir, wie im Augenblick diese Schtälle weggerissen wurden, so daß das Schtroh des Daches mit den

Schparren in der Luft herumflog. Nach wenijen Minuten ergriff der Wirbelwind das Dorf Unseburg, so etwa 1 Viertelschtunde von Wolmirsleben entfernt liegt : da entschtand mit einem entsetzlichen Krachen ein undurchdringlicher Schtaub, in welchem die Schafeln der Schtrohdächer, nebst zerbrochenen Schparren & Zweigen von Bäumen, herumflogen. Blitz & Donner begleiteten dieses Getöse, und gantze Bahnen von Hagel schtürtzten aus dieser Orkanwolcke auf Dorf und Feld nieder – so wüthete es nach Magdeburg hin. / Des andern Tages besahe diese Wahlschtatt : über 50 Gebäude waren weggerissen worden, und die größesten Scheunen schtanden da, wie kleine ineinandergedrehte Pyramiden, aus welchen das zertrümmerte Zimmerwerck wie Schplittern hervorschtand. Alles Wild, alles Federvieh, alle Schwalben, alle Raben –« (hier schoß ich 1 mitleidijen Blick auf mein Mädchen, das nahe am Wasser gebaut hatte und übertriebm tierlieb war – mich immer ausgenomm'.) – : »lagen zerschmettert auf dem Felde; und was von Gänsen noch das Leben gerettet hatte, schwamm mit zerbrochenen Flügeln auf der Bode herum – einige hatte der Hagel, wie Kugeln eines Geschützes, durch & durch geschossen !« (»‹und getötet› giebt der superkluge Heinie noch zu – ich laß'es weck.«).

: *»Um 6 Uhr rauschte ein drittes, noch schrecklicheres* Hagelwetter von Westen her auf das Wolmirslebische Feld zu, unter schtetem Donnern & Blitzen, mit einem so gewaltijen Schturme, der mir nicht Zeit ließ, alle Fenster meines Wohnhauses auf der Westseite zu eröffnen; wobey mir nichts zu meiner Errettung übrich blieb, als mich hinter einen Pilaster zwischen zwey Fenster zu schtellen : der Hagel schtröhmte so dick, als die Fenster im Lichten waren, in das Gebäude herein, und prallte mit tausendfachem Knallen von der gegenüberschtehenden Wand wieder zurücke. Nach Verlauf von einer halben Schtunde befand mich schon bis an die Knie im Hagel begraben; und hatte die Wahl : entweder vom Hagel erschlagen, oder aber im Hagel begraben zu werden. Zum Glück wurde nicht von den in der Nähe vorbeyfahrenden Donnerschtrahlen getroffen. / Diese drey Hagelgüsse hatten die Luft so abgekühlet, daß ein dicker Nebel, wie von einer Feuersbrunst, vom gantzen Felde, ja sogar in den Häusern, Küchen und Scheunen aufschtieg, und alle Aussicht dem Auge raubte. Pferde voller Beulen jagten zerschtreut in den Feldern umher, einije waren gar getötet. Die Äste der Bäume hingen zerschmettert von den

Schtämmen herab; die Saat war so weg=geschlagen, daß gar nichts weiter davon zu sehen war, als ein festgeschlagener schwarzer Boden, in welchen die Hagelschteine ihre Formen abgedrucket hatten. Wachteln Rebhühner Hasen Schwalben lagen zerquetscht zwischen den Furchen ehemalijer Saaten.«

Tanndte Heete hatte längst ihre Schtrick=Schtick=Näherey sinkn lassen; sah mir geschpannt zu; und nickte dann & wann & kurz & gewaltich. Nu holte sie tief Luft : »Jo. Datt gifft'att.« sagte sie überzeugt : »Unn grod an Finx'n ? Ts. – In wecken Johr? Söbentein=Hunnerd Fiewunnfofftich ? Könnte man wohl den genauen Tach noch feß=stelln ?« Aber Hertha wehrte ab : »Jetz nie –« bat sie : »Das heeßt : *könn'n* tutt'ers : sowas kann er immer, was nischt einbringt. – Aber denkt'och amma=ts : Gänsn de Flügl gebrochn. Und *Häsel* erschlagn ? : mier ha'm heut Nachmittak erst eens geschn. – Aber sogar *Feerde ?«,* schloß sie mißtrauisch : »Schpinnt Der *nie* a bissel ?«.

»Näi; Däi s=pinnd nich, mien Deern.« sagte Tanndte Heete entschieden : »Ich waa=da=ma mit'n Nachbarssohn auf'e Felt=Maak. Wir haddn uns eebm noch unnderhalldn – es waa'n Nixnutz, n Frechdax,« fügte sie beschtimmt hinzu. »Unn wir gehn aus'nanner. Unn haddn gaa nich weider auf's Wedder geachded – : unser S=tück waa gleich an'n Waltrant; er flüüchte auf'n frai'n Felt. – Unn auf *ain=Maal* hör'ich doch, wie er schrait; unnd'ie Feerde los macht. Unn die komm' gerannt ! Unnd 1 Blitz, unnd 1 Krach ! – Unn wie ich'e Augn wieder auf mach, liecht er schon neebm sein Fluuch : toot.«

»Ja=aber hier geez doch um Hagl –.« wollte Hertha erschtaunt einwendn. Aber TH schüttelte nur ablehnend den Kopf : »Das vers=teh'ssu nich, mein Kint; da bissu noch zu junk zu.« sagte sie mit Bes=timmtheit. (Worauf ich aber nun doch wohl mein Readhead unterschtützen mußte) : »Liebe Tannte – : sie kann *Autofahrn.* Und ist mit Blitz & Donner also wohl *doch* noch 1 weenich vertrauter als Du : wenn Du nicht schpeeziell über Hagel – ich wiederhole : ‹HAGEL› – etwas Entscheidendes beizubringen hast, ist Silberschlag schwerlich zu rettn. Denn …«; (und ging, ohne sie zu Wort komm' zu lassn, zur Sündfluth über) :

»… da wirsd'u uns ja auch mühelos sagen könn'n : Tack & Schtunde mitteleuropäischer Zeit, an dem GOtt schprach, ‹Es werde Licht› ?«. / : »Am 17. September des Jahres der Welt=Null, ‹als es in Ansehung der Asiatischen Halbkugel Abend war› – seggt

Silberschlack. Adams Geburztack also der 22.9.« (Und gar nich erst Zeit lassn) : »Am 7. Nowemmber des Jahres 1656 der Welt, brachen – wie der technische Ausdruck lautet – ‹die Brunnen des Up=grunz auf›. / Am 17.12. hatte die Fluth die größte Höhe erreicht. / 6.4. : Arche auf dem Ararat. / 19.6. : Schpizzn der Berge erschein'n. / 28.7. ließ Noah ein'n fliegn, nämlich den Rabm. – 4.8. erste Taube; 11.8. zweite Taube; 18.8. dritte Taube. / Am 22.9. tat Noah das Dach von der Arche : am 17.11. endlich ‹ging er wieder aus dem Kastn›.« / (»Verrückt –« murmelte Hertha angewidert.)

»*Ja unnd wie soll die Überschwemmunk überhaupt* zu=stande gekomm' sein ?« erkundichte Tanndte Heete sich kühl. (Noch eingeschnappt von vorhin, was ? Weil die Konkurrentinn buhlerischn Umgank mit Explosionsmotohren pflaak.)

»*Nach Johann Esaias Silberschlag* beschteht die Erde zu zwei Dritteln aus einem Geschteinsmantel; in dessen Innern sich – 1 Drittel also – eine Wasserkugel befindet. Dieser Geschteinsmantel ist durchsetzt von, hierratisch angeordneten, *Höhlen* : unter den Kontinenten die ‹erster Ordnung›, die größtn. – Durchaus vertretbar : es giebt Grawwietatzjohns=Deefeckte. / Unter Gebirgen die, schon kleineren, ‹zweiter Ordnung›. Über diesen, bereiz nahe der Erdoberfläche, die, uns geläufijen, ‹Baumannshöhlen›. Sodaß jedenfalls, letzten Endes, der innere Wasser=Kern mit der Erdoberfläche in Verbindunk schteht.«

»*Er macht das auch gar nicht* ungeschickt – all diese Wortweltenerbauer haben ja, op Thomas von Ackwieno ob Welteishändler, wenn man ihnen nur 2, 3 einleitende Kleinichkeitn zugiebt, durchaus ‹Recht›; ihr ‹Lehrgebäude› ist ‹wunderbar einheitlich› und ‹vollkomm' in sich geschlossn›. – Daß die Fundamente schtinkn, iss ihn' nich so wichtich. / Er schtellt also scharfsinnije Untersuchungn über Höhlen an; ‹Crater in der Uckermarck› : wobei er natürlich sämtliche ‹Endmoränen› und ‹Schwednschantzn› mit für sich vereinnahmt. Giebt ‹Zeichnungen› zu; Brocken=Panoramen; Baurisse; und am Schluß sogar 1 Modell=Maschienchn, wo man's nu mit Händn greifn kann. Und wo der Ungläubije nur noch entweder 1 Bösewicht, oder aber wahnsinnich sein muß, wenn er nich niederfällt, und auf der Schtelle GOtt & Silberschlack an=beetet.«

»*Aso – wenn ich Dich recht vers=teh – : das Wasser* kommda von unntn raus ?« : »Du verschtehst mich auf's Wohltuenzde, liebe

Tanndte –« (diesmal scheuchte sie das ‹liebe› mit dem Kopf weck, wie 1 lästije Mücke – hat Dich unser Zweifel *so* gekrängt ?) –
»*Mmm – : und zwar* holt er es nach obm, vermittelst einer einfachn, schlackartijen, *Verminderunk des äußeren Luft=Drux* : das hat dann freilich einijermaaßn geschpritzt ! / ‹60 Meilen hohe Fontainen› schildert er. : Da werden Elefantn bis nach Sibirien geschpült . . . ! «. (»Och : die Mammute.« sagte Hertha erschtaunt & erfreut : sehr braaf, mein Kint; beteilije Dich auch etwas.)
»*Die ‹Fossilien› sind vermutlich* ‹Höhlenfauna› gewesen. – Infolge der, mit=herausgesaugtn, bösen Höhlendünste, hat sich die Erd=Atmoßfäre entscheidend verschlechtert, wodurch sich denn nun zwanglos auch gleich die Verkürzung der menschlichn Leebmsdauer *nach* der Fluth erklärt : jene Meffizijn waren GOttes Vorkehrunk, ‹die Welt vor neue 900=jährije Bösewichter zu bewahren› : was finde ich nicht Alles in meinem Silberschlack ? !« / (»Dascha Aallns Kaff, Mann.« TH, verächtlich.)
»*Apparteste Ecks=Kurse* sind eingeflochtn : über Atlantis; das nur eine Über=Sargasso=Insel zur Beförderunk von Leebns=Keim' nach der Neuen Welt gewesen ist; und nach Erfüllunk seiner Aufgabe kurzerhand wieder versank. / Verschteinerung'n : ‹Daß die Sündfluth *nach der Erndte* vorgefalln, beschtätijen auch die Ab=Drücke verschteinerter Kornähren und Herbst=Insektn : ich besitze selbst den sehr kennbaren Ab=Druck 1 Weizenähre aus dem Mannsfeldischen Schiefer.› / Oder die intressante Frage : ‹Op es vor der Sündfluth schon Regenbogen gegeben ?› –«. (»Wieso d'nn das ?«; Hertha, verblüfft.)
»*Das Schnurrixte aber* ist, unleugbar, das Haupt=Schtück : die Konstruxtions=Beschreibung der Arche – Silberschlack war nicht umsonst Oberbaurat des ‹Soldatn=Könichs›. Denn hier paaren sich, und wirklich unvergleichlich, die schönst=knospenden ‹statischen› Kenntnisse früher Technick, mit statistisch=biblischem Wahnsinn . . . : hier : –«. (Und ich hielt ihnen die Kupferschtichblätter vor; gedulldich; – »Wartet doch erst die Erläuterung'n ap : ich zeix nachher nochma.«)
»*Wie'n schwimmendes Hohtell,* nich.«, merkte die Pommpöhse zu dem zweischtöckijen Floß=Haus an. / »Und genau ‹nach Vorschrift› : 300 Elln lank; 50 breit; 30 hoch. Drei Böden übereinander; ‹und mit einem ihrer Länge & Breite zukommenden Dache gehaubet›. – Im, aus dicken Schtämmen übereinandergeschichtetn, Floßbodn sind diewerrse ‹Teiche› eingebaut : für Ammfie-

biejen und kleinere Süßwassertiere. Außerdem mindestens 4 Brunn'n.«

»*Jede Etaasche bestens* ge=zimmert; nach außen mit Fenstern versehen : ‹In der Mitte sey 1 Gang, 10 Ellen breit, um zu allen Schtallung'n gelangn zu könn'n – diese sollen von den Wänden kweer nach der Mitte zu laufen. Auch soll jeder Schtall 1 Fallthür habm, den Mist zur Arche, ohne viele Umschtände, hinaus zu *k*rücken.› – mit ‹k›. / Hier seht Ihr die Heu= und Schtroh=Maggazihne, schicklich vertheilt – nich gans so viel wie normal übrijens : weil die Thiere ja schtehen, und also nich so viel brauchn.« (TH nickte gemessn.)

(»Die Größe der Thür richtet sich natürlich nach den Dimensionen des Elefanten.«). –

»*Hier nun endlich die Thier=Artn; völlich hotelmäßich* untergebracht. : Lemuren ? : II. Schtock bitte, Zimmer 61. / Felis Leo & Frau ? : I. Schtock, Zimmer 1 – Kunst=schtück : ‹Könich der Tiere› ! / Habm die Dam' Fragn ? Was Kommplettität anbelangt. Oder nach einem besonderen Lieplink ? – –«.

»*Wo iss'n – – : das Zebra ?« :* »I, 22, schönes Kint.« / »Oder – : de Eichkätzel ?« (Hertha, noch einmal. Na, 3 Würfe haste immer an meiner Bude frei. / Ä=Moment=ä –) : »Bemühen Sie sich doch bitte – nach=ä – –« (verflucht wo warn die jetz ? – A hier !) : »– Nummer 58 im zwotn Schtock : dort werden Sie sich mit sämmtlichen 11 damals bekannten Sciurus=Artn unterhaltn könn' : vergessen Sie nicht, ein paar Nüsse mit zu nehm'.«

: »10 geschlagene Groß=Ocktaaf=Seitn umfaßt das Verzeichnis – und eine Nachprüfunk kann man sich garanntiert erschparen : er hat das unweigerlich, gans=korrekt, mit einem Zoologie=Lehrbuch in der Hand gemacht. *Da* kann der Fehler bei ihm *nicht* liegn : solcherart sind ja grade die Punkte, auf die die Brüder dann eine ettwaije ‹Diskussion› hin lenkn und dort fest haltn möchtn; da ‹beweisen› sie dann, daß sie ‹Alles› erfaßt habm.«

»*Und der, wirklich amüsantn, ‹Genauichkeitn›* in dieser Richtung ist kein Ende. –« (und jetzt besonders pausbackich=kurfürstlich) : »‹Anfanx wollte alle filantropische Thiere dem Noah zur nächsten Gesellschaft zuordnen. Aber das unausschtehliche Geschrey der Esel, das Grunzn der Schweine, das Brüllen der Kühe und Oxn, das nächtliche Schtammfm der Pferde, schien mir für einen so nahen Aufenthalt bey der Residentz des Monarchen der gantzen Erdkugel unschicklich.›« / »Dafür hat er unter'm Dach=juchheh sämtliche *Vögel* untergebracht; über den Wohnungen des ‹homo diurnus› die Singvögel; damit die Menschen ‹bey so traurigen Erinnerungen & Aussichten wenichstns durch das liebliche Concert dieser erschaffenen Sänger erquicket würden.›« / »Oder wie rührend=einleitend er schildert, ‹den Schmertz eines guten Vieh=Halters, der aus seinen schönen Heerden – die ihm alle ans Hertz gewaxn sint – nun ein paar Exemplare vor die Arche wählen soll !›«.

(Aber das war zuviel des Schpotz gewesn; hier griff Tanndte Heete ein : »Das vers=tehssu nich.« sagte sie, apsichtlich gropp : »Das kann Ein' *wohl* ans Herz gehn : wenn'a n paa schöne Rinder s=tehn – unn Du sossa, ohne Grunt, Eins=von bevorzugn ? – : *Davon* weenichstns weiß ich *etwas mehr* aß Ihr.«; (und schoß 1 majestätischn Blick; zumeist auf Hertha, die gar nich wußte, wie sie zu der Ehre kam; und vor Verlegenheit fragte – – gleich wurde Tanndte Heetes Blick, bei der lüttn S=timme, wieder mitleidijer & gütijer, a la ‹meingott das Kint hat ja nich gewußt, was es saacht› – dabei *hatte* Hertha doch gar nichz gesagt ! Sehr putzich.) –

»Wo sie die Menschn hin gelegt habm ? – Zwoter Schtock, Zimmer 1 bis 3 : Noah & Frau. 4 & 5 Jafett. 6, 7 Semm. 8 und 9 Hamm. : Hier die Küche mit Heerd. Hier die Futterküche.« (Und besonders TH schtudierte krietisch jene Zimmerfluchten am Ende der Arche.)

»Insecktn ? : in Form von ‹Eiern & Puppm›; in Holz & Rinde des nicht geschpaartn Materials : ‹Noah hatte nicht die gerinxte Ursach, das Holz einer untergehenden Welt zu schonen.›« / Viel Arbeit ? – : »Jede Person hat 7 Schtälle zu beschicken gehabt – im unterstn täglich; im zweitn alle 2 Tage. Darüber, die Vögel, waren noch einfacher zu behandeln : ‹Das Eingießen des Wassers in die Tränkrinnen wird auch nicht halbe Tage weg genommen haben – bey so bewandter Lage der Sache, ist die Beschickung der Archenpflege mehr Zeitvertreib als Herkulische Arbeit gewesen.› –«

Aber da auftauchte 1 S=krupl : »Nun, Schtädtebewohnerinn ?« – »Ja wird das aber nie – sei ock nie wieder glei böse=Tannte – wird's nie a bissel sehr *gerochn* habm ?«. (Und die schpitzte doch auch selbst den Munt : 1 schwimmender Schtall; von rund 110, nicht schüchtern belegtn, Kabin'n & Boxn ? (Und Wer mal im Affenhaus war; oder weiß, wie der erwähnte ‹Könich der Tiere› mieft .....).) / Aber ich kam gleich zu Hülfe; (um die sich anbahnende Entschpannung auch meinerseiz tatkräftich zu fördern) :

»Nicht nach *Mist* schtank die Arche; sondern ‹bereits § 81 habe vermuthet, daß die innere & äußere Verpichung mit Babylonischem Peche, durch das gantze Gebäude den lieblichsten arromatischen Dufft verbreitete; und die Heu=Magazine werden, mit dem balsamischen Duffte ihres Vorrats, *auch* das ihrige zu einer gesunden & wohlrichenden Lufft beygetragen haben.›« –
(Und kurtzes, aber umfassendes, Schweigen und Verarbeitn. – (Sehr nett : so als ‹Intellecktueller› zwischen 2 derart verschiedenen Hörerinnen : Nicht die Hämorrhoide allein macht den Gelehrten. (Obwohl ich mich, und anscheinend binnen kürzester Frist, auch ihrer würde erfreuen dürfn : denn waa'ck kommplett ! (Und lieber nie mehr ‹Leck mich› sagn – oder auch nur denkn : *das* möchte ich dann selbst meinem Feinde nich mehr zu=muthen. (Und wie ulkich neulich der Harrn duftete; nach dem Genuß amerikanischer Schpargel=Konnserwm. (Natürlich ohne Köpfe; sonnst iss's zu teuer. Ooch nich nötich.).).).).) :
»Jabidde . . . ?« / Denn Hertha begann die fällije Erkundijunk : »Und was schtimmt nu an den ‹Voraussetzungn› nich ?«. (Auch Tanndte Heete blickte mich voll an. Und hoch=krietisch dazu : ihr hatte die Schtallwirtschaft doch mächtich gefalln.)
»Sagn wa : 3 Kleinichkeitn : Erstns kann der Erdball nicht a la Silberschlag gebaut sein. Das s=pezifische Gewicht iss durchschnittlich 5 Komma 5 : bei den von ihm angegebenen Maaßn, würde sich für seine ‹innere Wasserkugel› eine Wichte von *10* ergebm – nicht von *1*, wie sie Wasser bekanntlich hat.« / Verdauen. / Hertha ‹meldete sich›, wie in der Schule : »Hätt'er'nn das schonn wissn könn'n ? 1791 ?« : »Potz Hutton & Maskelyne : er *hätte* !«
Zweitns ? : »Nu, er verlangt von uns, daß wir ihm für seine Zwecke das zusätzliche kleine Wunder einräumen : ‹Die Atmosfäre habe sich um 27 Milljohnen 409 Tausend und 185 Cubikmeilen ausgedehnt.›« / »Und das kann *nie* sein ?« (Was soll man auf so was antwortn ? Ich zuckte also nur die Axln. Und sah schteiff auf den Kachel=Ofen. Und Tanndte Heete half mir, indem sie den athletischen Munt breiter zog, und apfällich schüddelte) : »Zumindest *wissen* wir da nix von, Meetchen : auch Silberschlack nich. Was'n komischn Vogel –.« setzte sie, doch recht angereekt, hinzu : »Unn driddns ?«
»Jenun, ‹driddns›, Tanndte.« sagte ich vorwurfsvoll. Half auch, da sie nicht gleich kappiertn, nach : »Ließ'Du in Deiner Freizeit viel

inn'er Bibel ?«. – »Ochso,« sagte sie gleichmütich, : »Du meins', die *ganze Geschichde* könnde überhaubd bloß ne Erfindunk sein.« Und : »Nöö; inne Biebl lesn tu ich sogutwienie : ich finn'a nix in, wie ich mich inne heudijen Wellt verhalltn soll. Nich daß ich was *geegn* die Leude hädde; obber ...«; und zuckte die prachtvollen, irrdisch=breitn Schultern; (damals, vor 30, 25, 20, 15, Jahren, hatte mich der Anblick manchmal toll gemacht : ‹Langlang issd'eer : lang issd'eer.›)
Und sie erhob sich; und tat sachlich ihr Nähzeug zusamm'. / »Aber immer kuhrioos genuch.« sagte sie; und meint Silberschlack : »War'as ansonnßn n *sehr* frommer Mann ? – So *richtich* fromm, mein'ich; Du weiß'schon.« (Ich weiß : ‹tollerannt; huhmahn›; und sie nickte) : »Nicht nur *dieses nicht*, Tanndte : sondern eines der biegottestn & fannatischstn Mistviecher, die je auf Rinz=Leeder einherging'n : was *hat* Der nich, ap 1788, nach dem berüchtichtn ‹Wöllnerschen Religionsedickt›, die Leute gezwieblt.« / »A waa eebm vollkomm' überzeukt von seiner Ansicht ?«; Hertha; schüchtern : sie brachte, seit Tanndte Heete so unbegreiflich zürnte, ihre Ansichtn nur noch in Form von Hippotheesn vor.
»Hittler war ooch der ‹Überzeugunk›, my Dear, daß die Judn oder Slaawn minderwertije Geschöpfe seien. Und hat se – immer aus ‹Überzeugunk›, gelt ja ? ! – milljohn'weise weck geputzt. – : ‹Überzeugunk› iss so ziemlich die *elendeste* Begründung, mit der Eener antantzn kann; höchstns ‹Glaube› geht noch drüber : hier liegt zum Beischpiel *einer* der Fehler der beliebtn Argumentatzjohn, ‹daß ich Überzeugunk & Glaubm meines Nächstn achtn & ehren solle› – : *Damit* kommste bei mir nich durch, Du !«
»Ja, soll man se denn nie achtn ?«; Hertha protestierend; sie hatte sich gleichfalls von ihren Plätzn erhobm; und auch Tanndte ließ noch einmal die Hände ruhen, und lauschte judicatrixen.
»Du sollst Deinen, mit Recht so beliebtn, ‹Nächstn›, weegn seiner ‹Überzeugunk› – womit er übrijens ooch bloß meist ‹Glaubm› meint – nich an Leib & Leebm verfolgn. Also ihn auch beruflich nich ‹um sein Brot› bringn : das iss für die Meisten, Famieljenväter und so, ja nur ne andre Form des ‹Ums=Leebm=Bringens›. Wenn wir erst ma *so* weit wären, daß man den Andersdenkendn bloß *laufn* ließe : dann schtünde's schon verdammt besser um die Welt ! : Wer seine eigene Ansicht für ‹allein=seelichmachend› hält, diffamiert damit von vornherein Jeden Anderen : ob Rom ob Mekka, op Bonn op Pankow : wir ha'm nischt wie Gesinnunxterror !«

(Unnötije Verfinsterunk; daran hätt'ich lieber nich noch heut Abmd gedacht.) –
(Auch rasch noch rasieren muß ich.) / Tanndte Heete erschien schon mit dem berühmtn Tablett; und wir bildeten die bekannte ‹bedeutende Gruppe›. (Hertha mit gans leeren Händn; und also entschprechend nerrwöhs=verlegn. Bis sie=sie vor dem hüpschn Unterleib faltete; und ergeebm den feurijen Igelkopf senkte, als wolle sie 1 Gedicht aufsagn.) : Jeder erhielt heut, wie in feierlichster alter Zeit, zur Nacht noch 1 Glas Wein serviert, mit 1 dünnen Schwarzbrot=Schnitte bedeckt. / (Und eben ich; im Gesicht den summenden BRAUN. – Man sah mir gedankenvoll zu.)
»Siehssu –«; TH, sinnend : »Dein Onngl Lutwich hat sich vorher *nie* extra hüpsch gemachd – für mich waa'n das meist S=tudien in Unrasiertheit. Na, man muß'as ja woh durch=machn.« / Und Schweigen. (Nur das Motorlein sang. Und Hertha war anschein'd noch immer bei ihrem Gedicht : 2. Schtrofe.)
»Aber jetz iss'as übers=tann.« sagte sie. Hob entschlossen den Kopf. Und wurde bedeutend=hochdeutsch : »Ich gedennke, nunmehr wieder 1 Mensch zu sein; und mein *eigenes* Leebm zu leebm.« Und, wild zu Hertha gewandt : »Kannssu mich woh morgn gans kurz=ma nach Zelle faahn, mein Kint ? : *Zu'n Einkaufn !«.*
Und Die begann zu lächeln; erlöst, aufleuchtend, verschtändnisvoll : so also lächelt 1 Walkürenlehrlink das 2 Zentner schwere grauhaarije Voll=Vorbildt an ! / : »Jasicher, Tannte. – Du kannsd'och Dei Leebm noch gutt & gerne 20 Jahre genießn : Würd Da's so um Zehne=rum passn ?« Und Tanndte Heete übergab ihr das Tablett. Und legte 1 Arm um sie (: O Allah : was'n Arm ! Hertha schwankte & ballangßierte auch gleich.) Und gab ihr 1 mütterlichn Kuß auf die Backe : »Gudnach, mein Kint : schlaaf gut.« (Das will nu ne zurückhaltende schtolze Nieder=Säxinn sein !) – Ich zook spöttisch die Akku=Taschenlampe aus der Want; schteckte Hertha die Leuchtende in den Munt; und die begann, hinaus zu gehen. – Mich hielt Tanndte Heete noch zurück. Am Kinn.)
»Früher, midde Klinge, biss übrijens gladder geweesn.« sagte sie sachlich. Dann, ebenso seufzend wie würdich : »Aso mein Jung' : auf'n linkn Ohr hör'ich schon schlecht; unn auf'as rechte *leg'*ich mich – wenn Ihr da nich grad durche Degge kommd : *mich* s=tört Ihr nich. Aber paß'ir auf; das giebt genuch Menschn auf'e Welt. –

Wenn'as man bloß waam genuch iss.« schloß sie besorgt : »Leech man gleich noch 2 S=tüggn Preßtorf auf.« –

* * *

(Obm : der Gecko ihrer Hand nestelte schon am zweitn Schwimmlicht.) : »Wo warst'nn Du so lange ? – Hat Se Dir ooch an Gute=Nacht=Kuß gegeebm ?«. (Ebmso beiläufich wie eifersüchtich : sehr gut; so soll es sein. Ich wär's ooch geweesn, wenn irgend'n ‹Onkel› an *Ihr* rummgeschpielt hätte.) : »Nee. Zu mir hat Sie leedicklich ‹Schuuw aff.› gesagt. – : Hier der Beweis kraftvollster Unberührtheit : …«

(Und so gut geriet das Muntgewühl; so drohten ihre Nicht=Lockn; ihre Augen schien'n mir derart ins Gesicht …) : »Hertha – darf ich Dir den Kräuselkrepp ab schtreifen ?«; ich, innich. Und sie gewährte zwar schtumm. Dann aber doch wieder : »Könntzde Dir *nie* ammall andre Ausdrücke angewöhn'n ? – Gaa nie a bissel Roh=Mann=Tick.« (und schüttelte rehsigniert den Kopf. Während ich ihr die Oberschenkel ergeebenst schtrich & küßte. (Unterschtand sich sogar, indessen im Taschenkalender nachzusehen, ob keine Schonzeit nahe wäre, lune rousse : das werd'ich Dir anschtreichen=Du … : !))

(Unten ich; in jeder Hand die dünne rotgoldne Waltze 1 Wade : obm 1 Eulenkreisch. (Aber leiser, als ich erwartet hatte; dafür etwas mondäner.)). / Dann Sie, geduldich=abgehärtet : »Du lernstz, gloob=ich, nie.« Dozierend : »Bei Euch=Männern iss es anscheinend 1 Schmeltz=Punkt. : Bei Uns=Frauen ein breites Erweichungsinnterwall.« : »Wo hasDu denn *das* Wort her ? !«. (Und sie nickte befriedicht : wie da der arme Wilde schtaunte, geltja ?)

»Komm Kind : Deine cream=hills …«. Sie bewegte erst zänkisch die Hüftn; duldete dann aber, gönnerhaft, den Anbetunxkuß auf jeden; (: wie wundervoll man ihre Rippen fühlte. Und sah. Und beide Rotn Fortn. Und mir wurde gans a la 120,4; wie Feuer in Wacholdern ! –)

Aber noch einmal rang Sie sich los. / Ging, bewußt ziellos, ‹im Raum›, umher. – / (In der Tasse 1 Ohrwurm ? Kommt vor in Bodnkammern. : Sie kippte ihn, durchs schräge Einfalt=Fenster, hinaus aufs Dach.) / 1 Schpiegl – (Das Ab=Bild Ihres Atems darauf war zart & bläulich; nicht wie meine grobm Hauche. Oder die, *noch* pammpijerer Leute, wo sich fast Wassertropfen bilden : Rreinschreibm !).

(Noch immer in Schlüpfern & Turnschuhen ? : traun, Dein Erweichungsintervall *ist* breit. Trotz des roten Geißelschlax Deiner Zunge. (Sobald ich hinter sie trat, waren wir sofort von garstich gerenktn Schattn umzingelt.) / Die Schublade kam ein Schtück heraus ? – : Sie schob sie langsam, nachdenklich, (An Was ? Bitt'Euch !), mit dem dünnen Becken wieder hinein. »Kuß bisdu kalt=schnäutzich ! : mit kleinen *Sammet*bürstchen müßtesDu ihn reibm –« : »Nadda *mach* mich ock warm –« versetzte sie (mit verwahrlostem linkem Schnürband; das rechte völlich ‹korrekt›, *mit Schleife* : raffiniert !).

(Also auch noch verzögern. / Und ‹dett Milljöh› war ja, zugegebm, zauberhaft, Potz Linz & A. Godin : hinterm Schornschtein=Vorschprunk der Dreyfus des Waschschtänders; danebm die Nachtkanne. (Wenn man das Ohr an den Nicht=Pfeiler legte – – sie tat es; durchtrieben leicht=gekrümmt; wurde rechz gans=Ohr, linx funkelndes Ein=Auk – ? : »Ich bewundre inzwischen schtändich die Rosenpunkte Deiner Brust : was aber bewunderstú ?« : »Nimm ock vorsichzhalber Zwee=e.« erwiderte sie mißtrauisch; gans ‹Genuß=ohne=Reue›; (‹und wenn es köstlich geweesn ist› – Sie besah sich währenddessen zusätzlich, (vielleicht symbolisch, aber total verklemmt), ihren ‹FLOW=MASTER›, (den, auch 20=Zentimeter=langen, Benzien=Zeichenschtift). / Hatte allerdinx, 1 doch wohl mildernder Umschtand, neben dem Bett die vorhin erst aufgefundene Schiefertafel liegn; (dazu einen ‹Milchgriffel›=Schtummel, echt=weißgraue weichgute ‹Vorkriexwaare› noch : das müßte man sich überhaupt angewöhn' : nachz ‹Gedankn› notiern : morgens weck wischn. / ‹Frau mit Flow=Master› : endlich schtülpte sie sich die Hosen ap !).

(Aber soo lang=sam : Oh Ihr Weiber !). / : »Du soss nich so trammpln. – Wenn De nie geduldiejer wirsd, dann . . .«. (Das war Ihre verfluchte Art, Sätze nicht=zu=beenden ! : »*Was* dann ? : *LäßDu* dann nich ? Oder überhaupt=*nie*=mehr ? – Ohertha könndesDu nich ma am gantzn Leibe vor Erregunk fliegn ?«). Sie blickte erst noch wieder schtrafend, a la ‹Die Fliegenfenster habm Ohren !›. Dann : »Gipp'm Ofn ock noch a –«; und lächelte; und verwendete – ‹Sieg; großer=Siek : ich sehe Alles rosenroth !› (Kunstschtück : Sie war es am ganzen Leibe !) – verwendete *meinen* Ausdruck von=vorhin – : ». . . gipp'm ock noch a'beleektes Brot›. – Daß's warm wirt.«

(Jetzt war Sie weenichstns schon nackt : könntn Frauen bei solchn

Anlässen nich etwas ‹odaliskenhafter› denkn ? Bloß 20 Minutn lank ? – Ich kniete vor meiner rötlich=murrenden Helffte nieder : die Hant in Deine weiße Nachbarschaft ! –)
Das Bergland Ihres Gesichtes; (während die Hand – ‹Das Recht der Hand› – 1 Brustschpitze ent=deckte, das Vorgebürge Bonae Spei.) : der Pic der Nase. / Doppelhöhlen. / Rot gaffte der Ring um den Munt=Krater : Silber aus Deinem Munt. (Unt in den Tulpnschlunt : biß die beidn Sammler der Akazienschotn heimkehren !). / Die Ebene der Schtirn. An deren Urschtromufer die Augenteiche lungertn : auf dem Schteilrant Gebüsch. (Wacholder ? Zwischen 2 sommerschprossijen Klein=Brüstn ? : Wenn sich jetz natürlich noch der Ärroß der Lantschafft mit Deinem Leipriez mischt – – – – –)
Unt Sie anherrschn : »Wiesoo ? !« – (und immer die Finger in den abgelegenstn Winkeln Ihres Körpers : Mensch, dulde nich so schtumm; sondern schwitz'gefällichst auch etwas; daß Du wirst, wie aus braunem Glas – : »Hertha –«). / Aber – ach ich weißja – : die war schwer zu gewinn'n ! : Jetzt erst, endlich, öffnete auch Sie die, mit rotestem Tuch ausgeschlagene, Lade Ihres Mundes – (»Hertha=Deine=Lippn ! – : 'chDu ich laß mich in Scheibm schneidn dafür . . .«. ‹1 hehre Göttin weißich, Der ist mein Dienst geweiht› : »'chDuu ! !«)
»Saagammall. Karrle. – : Woß hellzDu eigntlich; vom ‹Tao› ?« –. –. – : »Vom Tao=Hertha ? ...« (Hätte mich nicht vorher der Blitz wegraffm könn'n ? Wie einst jenen Heetischen ‹Nachbars=Sohn› ? (Der sie ja garanntiert frisch gepopelt hatte : mir machsDu nichz vor !). – Aber das=hier ging ja noch über Frau Shandy –.)
»Herr=tha ! –. – : HättesDu mich das nicht diereckt während der Umarmunk=selpst fragn könn'n ? – : Wie *habe* ich nicht, schon länxt, auf solch günstije Gelegenheit gebrannt, mit Dir die Chieneesische Mettafüsiek zu wenntilieren. – Beim lebendijen GOtt dacht'ich's nicht : meine Ehrecktzjohn läßt nach ! – Waahnwitzije.«; fügte ich, erschöpft, hinzu ...
»Och doß kriegn wa wieder hinn –« versetzte Sie leicht=hinn; und legte Hand an – : – : ? – : ! ! ! –
: (und hinein in die Herberge des Abû Mansûr : da war es schlank & feucht. Närfnköpfe schtecktn aus allen Wänden; es schpannte & roch; seelich & groß; das taube Feuer murmelte geschäftijer; grünlich & schweer, wie jene 46ijer Kuchn aus Maismehl; krußtich; und der goldbraun sickernde feuchte Zucker jener Tage; die Kertzn, weiß & nackt & schteiff & schtumm, sie warfen ruckartich

die Flammenköpfe, Schpitzköpfe, immer nach derselb=diskreetn Seite; »'chDuu –«, (und des Schweißes der Edlen war kein Ende, es nimmt ja auch nicht Wunder : fümf Jahre hälz Herz noch, hat Derarzt tackßiert). / (Jetzt wurde auch Sie wakker; gantz Odempummpe; und packte mit Beinen zu; (leider=wie=immer etwas schpät : schon addiertn entzückenzde Jucke, gans Hokusai, sich zur Wooge, zum aspersten ßpiritus 'chDuu=h' ! ! !). / (Unt zurück : nur enthauptete Frösche begatten noch die Partnerinn bis zu Ende : Der bin ich nicht ! Ich vergeß Joyce's Tochter nie !). / (Und die Frauenfaust blieb getreu bis zuletzt; (und grau ächzen »Hellfde –«.) .....)

Und Siehelffde – die musterzeichnende Hant vom Schlangenschaum glitzernd; (‹App=Waschn›; ‹Ap=Schpülen›; ‹Abtrocknen›, schloß sich an) – trat auf (im Gegensatz zu mein'=jetz) elastischen Beinen zum Prohwiannt. Schnitt sich 1 Schtück Käse mit der Scheere ap : ein Messer war (Sie dachte eigenartijerweise an meine Hosentasche nicht – beziehunxweise verschtändlich : zunächst genuck von Männer=Hosen, und was die bergn !) nicht in der Nähe. / Kaute und grübelte. / Sah gefühllos ‹ins Weite›; (das man gar nicht sehen *konnte;* aber Sie hatte 1 Art, die Augen auf ‹unendlich› zu schtellen –); schtellte auch die konwennzionelle Frage an jenes Schtückchen Fleisch, auf=dem=Bett=dort, das sich langsam zu erhohlen versuchte : »Nawarsschön ?«. (Du hättest ruhich mein Messer nehm' dürfn : nur die 1 Klinge; und die Säge, ‹zum Aufbrechen des Beckens›, (wie der Verkäufer in Lüneburg mir vertraulich mitgeteilt hatte – wie hatte Sie vorhin, im Brommbeer=Verhau, gesagt ? : ‹Die Anntie=Millietarristn hab'm die lennxtn Messer› ? Oh Geliebte : die *Milli*taristn hab'm noch längere ! / (A propos ‹Geliebte› : Wer hat mir den Bären aufgebundn, daß sich in ‹Kloster Wienhausen› noch 1 Geliebte jenes Hermann Löns aufhaltn solle ? Und wieder gerietn mir Abneigung & Literaturgeschichte durcheinander : wohlgemerkt : ich mag Jenen, ‹gegen Engelland Fahrenden› *gar* nicht. Aber Biograffie iss Biograffie ...). –

»Oh=Hertha=nein ! –«; ernstlich zu zürnen vermochte ich Ihr nicht; dazu war der Witz zu gut geweesn : 1 dreifach Fluch dem eewijn Intelleckt ! / »Während=*Du* meinen Leip besaßest, Hertha, ritt *meine Seele* schtändich zwischen Pe=, Nan=, und Tao=te=King hin & hehr. Vom Kin=ping=meh noch gans zu schweign.« –

»Laß Du das ‹TAO›, Meetchn. : Bleip=Du bei Groote=Kaffee.« /

Unt auch Sie – (opwohl es bei Ihr natürlich wieder *nicht* gekomm' war : »Herthie=Liepste : wann wirsDu einmal *gans* unverkrammft sein ? – Du=mehr=als=zwei nehm ich nu doch nich : *Nie=Du !*«) ... *Und Sie küßte in der Geegend* meines rechtn Ohres. / (Und benützte die halbe Schaale eines hart gekochtn (rechtn) Eies als Aschnbecher.) / Und knußperte das ‹O› einer Funz=Tafl Blockschockolade – ‹B›, ‹L›, ‹C›, ‹K› – und kaute in nerrwöhser Gier; (sie hatte diese Junk=Gesellinnen=Angewohnheit.) Fragte auch, (ohne es wissen zu wollen) : »Auf welcher Seite kausDú ? Augenblicklich.« (Zurzeit rechz. Aber das wexelt natürlich.)
TAO ? : »Oh meine Tao=be !«. : Du bist 1 Tao=genichz.« versetzte sie prommt. / »Mein Tao=sendschönchen ?« : »‹ER› tao=gt nichz mehr.« / »Fahren wir zusammen in den Tao=Nuß ? Und überlassn uns dort dem Sinnes=Taoml ? – : Hertha : dürfte ich 1 Mal ‹Techtl=Mechtl› zu Dir sagn ?« schloß ich schtürmisch. Und sie erlaupte es, nach schicklichem Zögern, erschtaont. / (Ging es nicht untn noch hin & hehr ? Mit Tanndte Heete's Gesicht ?). (Wir runzeltn etwas die Schtirnen.) –
Bett & Schattn; Nagel & Kleit; Hut & Kerzlicht; (unt der Wint errieb ähnliche Geräusche. – Sie raßpelte sich gleich, kraftvoll, mit der Ferse, das linke Schienbein. Auf härener Decke; sitzent.)
(Unt anscheinent, nu en chemise, in Gedanken bei Silberschlacks ? : Da waakte ich's, und legte unauffällich die Hant neben – beileibe nicht *an* ! – ihr abwesendes Gesäß; (das sich unverzüklich, drohend, zusamm'zook : »Nimm de Finger weck !« zeterte sie, wütend & änxtlich : »Du weeßd'och, die sinnd gifftich=jetz. – Hast'n in'n Oofm getan ? Mitsammt'n Backteriejn ?« / Ich wies nur schtumm auf den eisernen Säulenschtummf, in dem es eebm jetzt, leise wimmernd, zu schmooren begann : ‹LENAU : ANNA.› – Aber sie nickte nur höllzern, und ungebildet=zufriedn. (‹Back=Therien› : das muß sich Einer ma vor=schtellen !). –
»*KönntzDe Deine Leute=da=obm* nie überhaupt mit sowas beschäfftiejn ? – Wo se doch, wie De schonn angedeutet hoßt, so viele Biebln hab'm ?« – – –

..... : *richtich ! Ich hatte ja noch Dienst;* als Bibliothekar – ein sogenanntes ‹erfülltes Leebm›=eebm dachte ich bitter; das heißt 1 solches, für das man besser im Akkord Scheiße geschippt hätte : für *die 100=Dollar* im Monat=zusätzlich ? ! – (Aber was hätte man in der Zeit schließlich anschtellen sollen ? – ‹templum› deklinieren ? – Nee : da doch noch lieber in den

Leesesaal : gleich mahnte 1 Schpruch ‹WEISHEIT HÄNGT NICHT ALLEIN VON DER ZAHL DER GELESENEN BÜCHER AB›. (Und noch mehr Tiefsinn ähnlicher Art : Hoyce=der=Schwätzer fabrizierte dergleichn am laufndn Bant. – Anfänglich hatten ihm Einije noch geglaubt, und ann=allfabeetisch=weise sein wollen. Waren jedoch binnen kürzester Frißt vor Langweile wie raasend gewordn; und hatten sich zu der, ‹menschlicheren›, Dewiese bekannt : ‹LIEBER FÜR DOOF GELTN; ABER WAS ZU LEESN !›). –

Und da saßn sie auch schon Alle; in den gläsernen Einzelkabbien'n an der Saalwand : am gläsernen Schreib=Pult; die Schiefer=Tafel darauf laak an derber Allumienijumm=Kette .....

(»Du bist 1 Vieh –« hauchte Hertha; aber so begeistert, daß ich nichz einzuwendn fant – die Bewunderunk hat sich zu verschiedenen Zeitn verschiedener Ausdrux=Form' bedient .....

..... *Viele, ja die Meistn, (wohl gar Alle ?),* würdn 1 Troost darin findn, daß sie demnächst mit goldenem Griffel=Verlängerer schreibm könntn. / In Nebmräum' debattierende Gruppm; an gläsernen round=tables sitzend .....

(»?«) .....

..... *sitzend : auf marr=mohrnen, ap=geschtummftn Keegln;* (oobm mit 1 kleinen Dälle, ‹zur Aufnahme des Gesäßes›, wie der Bildhauer sich gebrüstet hatte – dennoch zogen die Meistn vor, sich ihr ‹Kissn› mit zu bring'n : den genauen Zementabguß ihres Hinterkastells; als Platte, unterm Arm, nahm man es sich überallhin mit.)

(Und Alles in Badehoose, beziehunxweise Bikini : einst würde der Zeitpunkt kommen – und wenn ich mir Hannah Moore so ansah, schien er nicht mehr fern – wo wir *getrennte* Leseschtundn für Männer & Frauen einzurichtn habm würdn : hinten hatte sie fackktisch *nichz* mehr ! Der Bint=Fadn, der ihre Cups zusammenhielt, war schwerlich zu rechnen; unt auch die T=Schtrippe, untn, nicht; (die überdem noch größtnteils zwischen ihrem Poo=poo verschwant : die Verheerungen, die sie anrichtete, überschtiegen schon jetzt das Maaß des Schicklichn; sie schritt wie durch ein Mimosenfeld ! (Das heißt : *die* klapptn ja die Zweiglein nach *untn*, oder ?) –

(Und ziegenbärtije Anglistn gabm ihr, unter beschtändijem, völlich unmotiewiertem, Lippnleckn, die ‹wissenschaftlichn Auskümmfte›, die sie begehrte ..... : »Dochdoch, gnäj'Froo : Sie könn' nich die *Wimpern* heebm=ä, ohne die Eerde aus ihrer Bahn

zu lenkn.« Und meckertn böxern : »Jaja, ß'ss erschtonlich : hä hä hä.« / Hoop sie also intressiert die Wimmpern. Und lenkte die Geschtirne ma'n bißchn aus ihrn Bahn'n – selpst mier war, als schpüre ich leisn, grawwietattiewn influgs ? – : ‹Fransngürtel aus GOLD› : das war die Lösunk ! –

(‹Fransengürtel : Frünsel=Gartn› : wie das rieselte ! : Güldngartnschtäbich, würz= & Nägelein .....

(»Schackoliednmolch ...«) .....

..... *und ich begab mich doch lieber* an meinen Platz ins ‹Bücherhaus› : Oberbibliothekar Lyell fühlte sich bemüßicht, erst betont auf mich, dann zur Sand=Schtand=Uhr hinüber zu sehen ... ? – (Ich wollte erst aufbegehren. Setzte mich dann aber doch schtumm vor mein' Schalter; an die Kartei aus Schieferplättchen. – Und ruff den Schieber !) :

..... *und Alle kam'se angeschtröhmt, die ganze* Natzjohn, zu mier (‹A bis K›); und Rawkins neebm=ann (‹L bis Zett›). / Und wir hänndichtn Jedem schtumm seine Biebl aus; (und achteten des Gemurres nicht; wenn wir, pro forma, unsere Kartei klappern ließn, als ‹sähen wir nach›. – Und dann, amtlichen Geschtimms, verkündeten) .....

: ‹STRANGERS WHEN WE MEET› ? : leider anderweitich verliehen. / ‹SECOND ENDING› ? : zur Zeit in der Binderei. / ‹BLACKBOARD JUNGLE› ? : leider nicht ‹am Lager›. / ‹A MATTER OF CONVICTION› ? : im ‹Kulltuhr=Austausch› beim Russn : »Die wolln ja auch ma was zu leesn habm.« (Was dann wieder, nazionahl, etwas tröstete : Klaa : die arm' Hunn' wolln ooch ma wissn, wie'n ‹Pocket=Buck› aus=sieht : ‹Medizin !› würdn se murmeln. Zweifel=los.)

(»Ja und was ha'm se in Wirklichkeit ?« – (Ich küßte schnell einmal auf den kleinen buntn Frage=Schlitz. (Aus dem Neebl=Kraut wucherte ? : also gleich noch was nach leegn ! .....

..... *dabei waren wir, ‹in Wirklichkeit›,* 4 Bibliothekare; für insgesammt 16 verschiedene Bücher !. / Die ‹Gesamtzahl› betrug – wir erwähnten es bei jeder Gelegenheit – ‹numero rotundo› Ein=Tausnt. (: das waren die Folgen ‹Westlicher Freiheit›. Beziehunxweise der ‹Freiheit des In=die=wie=Du=ums›; oder eebm der ‹Freiheit=überhaupt›. .....

(Diesmal fragte sie nichts; saß nur schtaunlächelnd da; (und *soo* gläubich, daß ich mir *noch* 1 Neeblkraut mit den Lippn flückte. (Aber Ihre Schtirn zook sich federleicht zusamm'. Und ich wollte nichz riskiern : ich binn 1 Feiklink. .....

: *Einerseiz hatten sie Einem,* vor der ‹Überfahrt›, nicht nur die Haare, sondern sogar Finger= und Zehen=Nägel geschnitten; (von Abführmitteln ganz zu schweigen. Nackt & bewußtlos ohnehin.) / Andererseiz hatte man für seine 425 Komma 4 Gramm Gepäck .....

(»15 Unnzn : Nich ! : Du brinxt mich aus'm Tecksd .....

..... mitnehm' dürfn, was man wollte; auch an Büchern. / Und da hattn denn sämmtliche Fammieljinn – wir waren eebm ä rellidschiß Piepl ! – immer dieselbe Taschenausgabe ihrer mit Recht so beliebtn King Dschäims Beibl gewählt : von der hatten wir, ‹Friedn in Freiheit›, infolgedessn volle 843 am Lager ! (‹Vertrack von Verdun› mußte man jedesmal denkn. ‹Mußte› : Freiheit.) :
Beschtraaft werdn hätten die Waahnwitzijen müssen ! Die das nich in die Hant genomm' & gereegelt hattn : dämlicher als Noah= seinerzeit ! / (Aber ne kleene *Orgl* hattn se dafür, schtück=weise, ruffgeschossn ! – Meingott=meingott : wenn das damals vernümmftich ‹gelenkt› wordn wäre ! .....
(Und was das ‹indiwieduelle Vorgehen› nich geschafft hatte, leistete ergänzend unsere ‹Lumbeck=Kulltur› – (wie man früher von ‹Schnur-Kerramickern› gefaselt hatte; oder ‹Aunjetitzer Kulltuhr›) – : Wer ‹gottfern› genuck dazu geweesn war, hatte sich eebm am irdischn Rackeetn=Rammpn=Kiosk den gerade proppagiertn best=seller geschnappt – mit dem Ergeepniß, daß wir uns des Besitzes von 81 ‹FROM HERE TO ETERNITY› rühmen konntn. (Von denen drei=Viertel bereiz aus loosn Blättern beschtandn : Oh Lumbecklumbeck, graußer Lumbeck=Du !)
Den Rest hatten uns dann gegeebm : Die Njuh=Berrie=Leibrärrie, Tschiekahgoh; und der größte Nju=Jorrker Antikwaar : Beide hatten den Auftrack gehabt, uns, wenn es die Gelegenheit erlaube, ‹rare & wertvolle Schtücke bei=zu=packn›; und hattn Solches redlich erfüllt : nie wohl hatte 1 Regierunk für Ladn=Hüter derartije Preise gezahlt ! :
Da war 1 ‹Het Lied van de Klock›, von 1874; mit handschriftlichen Anmerkungen aus noch früherer Zeit. / Von Einem, der sich selbst ‹SAINT MARTIN› genannt hatte, ‹Le Crocodile; ou la Guerre du Bien et du Mal : Poeme Epico=Magique en CII Chants.› / (Oder 2 deutsche Bücher, die auch kein Mensch mehr entziffern konnte – ihr ehemalijer Besitzer, ein weiland Rackeetist, n gewisser Brown, war inzwischen verblichen; er war ja ooch schonn über 60 geweesn. : Das war doch ooch sinnlos, daß ich die

morgen mitnehm' sollte ! *Die* mochtn die Russn doch beschtimmt nich !).

Dafür gaabm wir aber heute die 8 Bändchen der Übersetzung des LIVIUS frei. – / Unt sie schtrömtn herbei; daß ich es kaum zu männädschn vermochte, George weenichstns den 1. Band zu=zu=mannipuhlieren. (Unglückliche mußtn mit dem 8. anfangn. Was aber wohl ziemlich gleichgülltich waa. Jedenfalls waren wieder eine ganze Anzahl auf Monate hinaus beschäfticht.)

: *»Dein' Dscheuß hat Keener* mit genomm'm ? – Und ha'm se nie ammall versucht, mit a Russn zu tauschn ? .....

..... *James Joyce hatte kein Mensch* mitgenom'm; (auch bei den Russn befand sich kein Exemplar; : »Nix. : Forma=List.« hattn sie erkleert. / Und nur gansgans widerwillich, & zögernd, für 1 HAJJI BABA OF ISPAHAN .....

: *»Du ! : Komm nie etwa einfach* mit Dei'm ‹englischn Fach› an : das kenn'ich !«; und riß drohend an ihren Zehen, die sie, alle Zehn, neebm ihren Popo auf die Bettdecke gelegt hatte. (‹Erfindn sollßDu : sollßd erfinndn !› .....

..... *und 1 ALICE IN WONDERLAND,* uns 1 kleinen Atlas gegeebm; (mit zürillischer Beschriftunk; zweifellos. / Die meistn Amehrie-kahner waren schier von Sinnen darüber geraatn, daß die Ssoffjett=Uhnion darin ‹drei Mal so groß dargeschtellt› worden wäre; und hatten es für ‹Proppagannda=Materiahl› gehaltn. – Manche glaubtn bis=Heute noch nicht, daß die USA=seinerzeit tatsächlich ‹kleiner gewesen› sein sollte ? ? –) –

: *»Nein. : Das kleine* Konversatzions=Leck=sie=konn kann *nicht* mehr zur blooßn Leck=türe ausgegeebm werdn. Nur noch für nach-weißlich=wissenschaftliche Behufe.« (*Das* hatten sie am allerliepstn geleesn : Räzl des Yankee=Herzens : Schädel wie Kaufhäuser !)

: *»Ende der Aus=Leihe – !«. – (Und bloß'*n Schalter runter !). / Wir Bieblio=Thekare tratn zusamm', wie immer. Und bedauertn ‹die Lage› : wie immer. / (An der Want – als Freß=koh – das große Diagramm; alles aus Verzweiflunk entworfn : als Ordienate das Kwaddraht der Bücherzahl; als Abs=Zisse der Loggarittmuß der Benützer – : da saas fast noch ertreeklich aus. / »Potz Büttn & Perrgamennt : Ihr habt schon den Durchschlack von Lawrence'ns Eh=Poß ? !« – (2 hatten wier; 1 drittes sollte ich morgn mit-nehm'm. / »Die weerdn Augn machn, die Boll=shies !«; Lyell, schmunnzelnd. / Und Hoyce hatte 1 Vorwort dazu geschriebm. *Und* 1 Nach=Wort; (klaa : so viel Pappier krickt er nich gleich wieder zur Verfügunk !). Und Hanley=hier hatte ein dreifaches Register angeferticht. (An mich hatte natürlich Niemand gedacht. Jeder nur an sich=selbst. Die Buubm.).).

(Auch die ‹Farb=Bänder› ging' zu Ende ?. – / Und wir nicktn preßlippich. – / : »Woll'n wir uns lieber unter's Folg mischn, was ?« ...

(1 finsterer Seitn=Blick; 1 geknurrtes : »Einbildunk !«. / Sie zook sich 1 Waxhäutchn vom Zeige=Finger; und ballte das dünne=glatte. Ein Kugeloid. Überlegte kurz, und schoop's in den Munt. Und kaute leicht angewidert. Lange. / Tat 1 leisn rauhen Blaff. (Den ‹Mann› sich un=schweer mit ‹WEITER› übersetzn konnte.) : »Und=Du giepst=mier vom weichn Fühle gefällichst träumend ½ Gehör, ja ?«. – (‹Blaff›. – ‹Dormi ! Che vuoi tu piú ?› .....

..... *und da war ja wiederum, wie schteez, jede Seckte* in ihrer Schpeezial=Zelle, das übliche Bibel=Geforsche im Gange : die s=tatistische Fanntasie jeener Kronnistn, (die ‹Ihr=Pallestiena› ja nun wircklich, unt zwaa nich schüchtern, ‹vergrößert› hattn – selbst in den unwirtlicheren Lant=Schtrichn schien eine Bevölkerunk von 700 proh Kwaddraht=Kielomehter nichz Ungewöhnliches geweesn zu sein !). /

Hier : ‹Op es vor der Sündfluth schon Reegenbogen gegeebm ?› .....

(Und meine Dachkammerfrau, im Triekoh aus Licht & Schattn, (Schwimmlicht=Lichtern & Ballkn=Schattn), lachte verächtlich auf : ! / 1 nackter Arm wuux aus Ihr heraus. Griff den einziejen Apfel, und führte ihn an den Sauk=Munt : Der umfloß ihn tüchtich. / (Aus würtzich=fatschendem Mäulchn : »Allsoo *doch nie* unerschöpflich. –«. – (Das mir ? ! : Nun wohl; Du sollst es habm ! .....

..... *hier, linx ? : wurde die These* aufgeschtellt, daß Adam, vor Erschaffung des Weibes, sich mit Sodomie beholfen habe : Gennesis zwo, 23 : Als er Eva erstmalich begutachtete, entwischte ihm die découvrierende Wendung : »Diesmal Diese !«. (Freilich war es Hodgson, der Mormone, der jede Gelegenheit ergriff, ja suchte, uns Anglikaner zu schockieren. (Obwohl ich mich erinnerte, die Hypothese bereits irgendwo erwähnt gefunden zu haben – man hat halt ne gute Schule besucht.)

Hier Schie=Mähren von ‹Prä=Adamiten›. / Dort vom ‹Rothen & Weißen Adam›. / (Überall Grillen aus wunderlichen Schtundn, und abbaddonnische Namen ohn' Ende.)

Ein Schtreitgeschpräch ? – / Der Eine referierte über seine Theorie, (unter bitterem Nicken der Zuhörer) : daß der Mont urschprünglich als ‹Hölle› ‹angelegt› worden sei. Erstens nichts als Feuerschlünnde Schlackn Wüstn. Zweitens in jedem Krater 1 besondere Sündersorte ansiedelbar. (Hm Hm : ‹Dante›.) Wogegen er, drittens, die alte Erde zum Aufenthalt gewisser englisch=schprachijer Seelijer erklärte. (Und die Zuhörer nickten bitter.) / (Der ‹Schtreit› beschtand übrijens darin, daß Marshall pomadich seinen Gummi kaute; und von Zeit zu Zeit »Kwattsch.« sagte – es war ja allgemein bekannt, daß der verzweifelte Kerl nichts glaubte : keine ‹Erp=Sünnde›, keine ‹Auf=Erschtehunk des Fleisches›, nichts, gar nichts. – Also glaubte ihm auch Niemand.)

Jean Astruc ? – Potz Elohist & Jahwist; na, zumindest erhielt es den Wortschatz intakt; (die Mormonen kauten ja genau so wacker an Zarahemla & Liahona.) / Aber *hier=das* war selbst *mir* neu ...

: ‹*Die Penuel=Sage – Jaqobs Ringkampf* mit der Gottheit›. – (Das Wort ‹Ringkampf› hatte zahlreiche gedankenlose Hörer herbeigelockt). / Die Auslegung eines ‹Ringens im Gebet› kalter Kaffee; klaa, dabei verrenkt man sich – normalerweise – schwerlich die Hüfte. – Neenee; das war, ohne alle Frage, n reinrassijer Indian=wrestle gewesen : erst unentschieden; dann der bekannte Handkantenschlack auf den Nerrwuß Ißkiediakuß. / Und nun hält Jaqob ihn fest : »Erst 1 gut=wirkenden, aber wirklich ff.=Zauberschpruch – dann laß'ich Dich allenfalls los !«. (Das wunderschöne, jeden kristlichen Leser tief ergreifende, ‹Ich lasse Dich nicht, Du segnest mich denn›; einwandfrei dahin zu berichtijen, daß einmal derb=füsisches ‹Los=lassen› gemeint ist; und zweitens, daß ‹segnen› nichts mit etwelchem fromm=geistlichen Inhalt zu tun hat, sondern die Aufforderung um vertrauliche Mitteilung irgendeines ‹Merseburger Zauberschpruches› bedeutet.)

(Und intressant nun, die Erörterung jenes geheimnisvoll ‹göttlichen› Gegners – Wilkins machte das tatsächlich glänzend; diereckt schpann'nd !) – : der ‹normale GOtt›, nach unserem Begriff, war es schwerlich; denn :

a) er unterliegt – (GOtt=selbst hätte Jaqob ja – : pfff ! .....)
b) er kennt Jaqobs Namen nicht – (GOtt hätte ja Alles gewußt.)
c) er scheint mit der Morgenröte dringend verschwinden zu müssen – (während ER, GOtt, ja ansonsten häufich ‹auf Flügeln der Morgenröte› einherfährt; und keinerlei Ursache hat, ‹lichtscheu› zu sein.) –

Folglich : irgend 1 nächtije Gottheit; die habbietuell an der Furt des

Flusses Jabboq lauerte; den arglosen Wannderer anfiel; und auf Tod & Leebm mit ihm kämmfte – : vielleicht ‹das Numen des Flusses›. (Bei ‹Numen› gingen sämtliche Axeln hilflos hoch. – Klar; man hat halt ne gute Schule besucht.) / Und gleich noch die Fülle hochbedenklicher ‹Parralleelschtellen› : EXODUS vier, 24 bis 26; wo Jahwe Moses überfällt, um ihn zu töten ! / Mehrfach lauert die GOttheit am Wege – HOSEA 13,7; JESAJAS 8,14f. – wie 1 Raubtier, und fällt die Vorüberziehenden an : »uralt grausije Züge, die schpäter, zum Teil, auf den Teufel übertragen worden sind.« (Kurioses Dink, diese Bibel !).

: ‹Jahwe 1 Feuerdämon; urschprünglich der Lokalgott des Wullkahns Sinai› ? ! – : jetzt hatte ich aber doch bald genuck .....

(Jetz schüddekoppsDu, geltja? : ist Dir der schöne Munt endlich doch offen schtehen gebliebm ? : »Nimmsdu den Vorwurf, daß ich Dir nichts Neues mehr zu bietn hätte, sofort & in aller Form zurück ? !« / Sie nickte. Offenen Mäulchens, wie gesagt. / Und so verblüfft durch das Gehörte; und so beschäfticht mit dessen Verarbeitunk; daß ich sie eine gans nette Zeitlang ‹molkern› konnte – (schlesisch für ‹durchgreifen, kneetn, Bälle & Wüllsde erkneifn› : Mmmnoachch !) – ehe sie brüllte, unt nach mier schluuk. / Und selbst dann noch, erschüttert : »Ahdamm a *Sodomiet* ? .....

(Und äußerst merkwürdich : wie oft heute überall das Wörtlein ‹GOLD› fiel ! – Wenn man das so hörte, hatten sich diese ollen Juden doch gans schön mit der Materie befaßt. Und in Jeruschalaim, wollt' GOtt ich wär in Dir,

(»Hertha –«)

sich allerlei ums gute Baar gedreht. / ‹Zahab› gab es da; ‹Koetem›. ‹Harus›=chrysos. ‹Paz› & ‹Ofir› & ‹Boeser›. (Außerdem noch eine ganze Reihe Ausdrücke, über die sich die Theologen, wie billich, nich einich waren; mit GOLD hatten sie aber alle zu tun !).

Vielleicht könnte man aus diesem Alten Testament ja diereckt die Technick des Ausschmelzens und Schmiedens und Legierens erlernen : ‹Saraf & Zikkakk› ? – Klaar : die Ausprägunk von Goldmüntzn wäre das Aller=Vordringlichste : Sicherheizgefühl; ‹schtabiele Währunk›. (Sieh an : die hatten ‹rink=förmije Barren› gehabt, die Hebräer; *sehr* intressant.) (*Und geschickt*, unser Rewwerennt=hier : immer zeitgemäß; immer aufgeschlossen. Wenn's ihm auch letztlich wohl mehr um den ‹Zehnten in Gold› zu tun war. – Auch den ‹Goldschmuck des Hohepriesters› erwähnte er verdächtich oft.)

(Aber da soll Marshall bloß noch ma ankomm'm mit sei'm Geleßter :

das Kristentum wäre ‹veraltet›, oder ‹weltfremd› und so : hat *Der* ne Ahnunk ! – / Und das ‹güldene Halsband›, PROVERBIEN 11,21, war im Original n ‹Naasn=Rink› ? ! – : kurioses Dink, diese Bibel.)

»Du – : iss das wah ? !«; Hertha, angereektest : »Schtell Da doch amma vor : gipptz was Anmuhtijeres, als anne hüpsche=junge Arraberinn mit'am Naasnrink? Was Tausendundeinnächtijeres ?«. Und, erschüttert ob der Übersetzerplummpheit : »Ts was weerdn wir so im Leebm beschissn. –«. (Weitläufich zurückfragn, ob sie je aus meinem Munde 1 Unwahrheit gehört, hätte ich nicht sollen. : »*Doß* schteht wieder uff amm *andern* Brette.« versetzte sie nüchtern .....

..... *denn auch der Mormone hier – (»Ah, Wheeler :* I see You !«) – preedichte, daß die Kanzel beepte : ein Mammuz=Farrherr ! (Redner hatten die ja !). / Aber auch er war heut als Goldarbeiter tätich : wie das Volk von Limhi seinen Tribut darin entrichtet hatte. / Die Währungs=Tabelle im Buch ALMA, 11=5, undsoweiter : ‹Senine, Seon, Shum, Limnah.› Auch ‹Antion›; ähä. / Zweite NEPHI, 5=15 angeblich etwas über Bearbeitunk ? – Ma notiern.
Jedenfalls nischt wie GOLD heute : »ER ist unerforschlich : Preist IHN !« (Wir erhobm uns, und priesen – ich muß nu ma regelmäßich in die Kirche, als Kongreßmitglied. Um des guten Beischpiels willen : unsere Kulltour *iss* nu ma einheitlich=kristlich=abmdlenndisch : sonst würde mich ja Keiner mehr wähln.) / Übrijens – : *da* war in Lawrence's Epoß *doch* wohl 1 Lücke ? : Vom Kristentum war verdammt weenich die Rede darin ! (Gewiß; ‹Cardinal Spellman › hatte er erwähnt. Einmal auch ‹The Good Book›. – Dennoch könnte man *hier ewenntuell* ein=hakn. Falls die Begeisterunk *all*zuhohe Wellen schlagen sollte. (Übrijens ging ich fast immer nur in den Morgen=GOttesdienst; der war am kürzestn. (Nich, daß ich geegn de Reeligijon was hätte; bewahre; ich bin schließlich Kongreßmitglied .....

(Ich hatte geegn Ende schneller erfundn, auch wilder. Denn Sie saß wieder da; und naakte sich die Haut von den Fingerkuppen, in schmahlen Schpänchen, (bis es zu weh tat; manchma blutete es ein bißchen. Einmal, als ich Sie schtreicheln wollte, hatte sie die Hände geschpitzt, und mich damit weck=geschtochn.) / Jetzt lachte sie freudlos; und schüttelte den Kopf : »Lankweiln würd ma sich bei Dir nie.« Und lachte wieder durch die Nase. : »Sogaa uff'm Monde nie – fff.« Reckte die Arme; (daß=das Brüstchen bedeutend hervor trat – schon begann Sie den Kopf zu schütteln, ob meines verhungertn Blix; konnte aber nicht mehr zurückzie-

hen, so bog es Ihr das Kreutz durch, schperrte Ihr die Kiefer auf, nur Kopfrütteln vermochte sie noch. / Und als Sie dann in sich zusammenklappte, hatte ‹Zürrn'n› ooch keen Zweck mehr. Zumal ich, wie befohlen, nun auch schaafsmäßich nüchtern dreinblickte. Also begnügde Sie sich mit noch 1 kurzen Kopf=Linx-rechz. (: »Sehr brav Hertha : ‹Luft schpaarn› !«). –

Nochma aus'm Fenster kuckn ? – : »Puußt erst Eens von a Lichtern aus.« (Da sehen *wir* besser; und *uns* sieht man schlechter : Fui=der=Könnerinn !). / »Aber ich wickel' Dich inne Decke ein; Du tendierst mir, glaub'ich, schon ein bißchen.« (Ergänze ‹zum Schnupfm›.) Also rollte ich das betreffende Geschöpf – »Die Arme lank=runter !« – eng & fest ein, als roßhaarije Muhmije. (Sie erkannte die Gefahr erst, als es zu schpät war, und ich ihren Kopf ein paarmal vergewalltticht hatte Munt Ohren Naase; und die rote Kugel gelenkte hilflos, es knackte 1 Mal im Genick; sobald Sie brüllen wollte, ging ich auf ‹zart› und küßte ihr die Augen, sodaß Sie schon dachte, es wäre überschtanndnjakuchnmeinschatz : *und* wieder hinein ..... (biß die Welt vor Ihren Augen kreiselte, schamwutmüdichkeitaberja; (und es doch gewissermaßen schön wurde ? – Also noch einen kernschpallterischen Klie=Max : ! ! !). / Und das lange Bündel tröstend an die Brust genomm'm; in den Doppel=rink zweier schtarker Arme; (und die Hände ganz großflächich ruhen machen, sooo; nischt wie ‹Sicherheithaltzuversicht & Coo› : sooo – –.) / –. –

Sie packte Ihr Gesicht auf meine Schulter. Und versah sich erstma wieder ausreichend mit Luft. Und langes, (nachgenießendes ?), Schweigen. / Gans meinerseiz. / (Also tatsächlich doch : keck & verweegn iss immer richtich; ich war viel zu schüchtern gewesen im Leebm. (Und gleich würde Ihr Mädchen=Schtolz Sie zwing'n, weenichstns pro forma etwas zu schimmfm. (Und über Ihrer Schullter schon die Karawane der Schterne : der trilljohnenfache Frevel des Alls.) / : Ha : Da ! : es kommt .....

»Weeßde ...«; mit falternder Schtimme; (und *richtije* Trän'n ? ? – Potz Reue & Besorkniß ! – : »O Hertha – –«. / Und 1 gans=leises Grien'n, durchtriebm & trotzich – : jetz hatte Sie *mich* angeführt ! (Und, überflüssiejerweise, noch die Zung'nschpitze aus der hinreißenden Griemasse : da schtaak die Nase aus Kreisfaltn, wie wenn man 1 Schteininwasser undsoweiter. Und der unausbleibliche Laut auf ‹ähtsch›.)

Dann aber doch wieder, ebmso hoffnunxlos wie gefaßt, : »Du wirst'n

noch ammall ab=brechn – dann haste's.« (Pointiert zurückfragen : »‹IHN› ?«. Unwirrsch : »n Kopp.« Pointier*tärr* : »Den Kopf ?«. (Ich also gans heitere Unzucht. Sie ehr=bare, leicht angewiderte, Entrüstung.)
: »*Solche Bücher müßtn die Menschn=Mädel* in de Hant kriegn : Wo das=Alles drinn schteht; wenn se sich von amm Monne in de Decke wickeln lassen.« : »Und kein Määtchen würde mehr ohne Deckeuntermarm zum Rangdewuh gehen : ist es *das*, was Du meinst, Süßherz ?« / Sie warf den schmalen Kopf auf : ! (Film=Fürstinnen habe ich ihn so werfn sehen.) Und brachte, sünnkrohn=dazu, die rechte Schulter vor : ? (*Das* sah man, der Deckendicke weegn, nicht so gut. Immerhin : wer die Schulter schon ma in der Hand gehabt hatte … ?)
Befahl : »Man wickle mich fester ein ! – : Unt geleite MICH zum Schrägendachfenster.« (Wickelte ich also. Und geleitete : ehrerbietich; ganz Escudero : denn das ‹Menschen=Mädel› vorhin war gut. – Auch) : »Nein. Bitte. : Du hast's Pré.« (Etwas Schlesisch lernt man ja bei einem Sleeping Dick=tschnärrie.)
((*Und wie das Frauenzimmer* ‹schritt›. Obwohl Sie nur die lang'n sommerschprossiejen, Füße bewegen konnte. : *So* hatte ich noch keine Diwa schreiten sehen ! (Denn ich hatte noch Keine in 1 Decke wickeln dürfen. Geschweige denn aus=pell'n : op ‹Diwa› nich überhaupt von ‹Diwan› kommt ? –)).
Der Abmdschtern kommt; blickt; geht wieder ? : »Es handelt sich allerdinx mehr um Beta=Orionis, mein Kint.« / –. – / : »In der Schtadt kann ma ja höchstns a Leutn in de Fenster kuckn – : *hier* kommt'as erst richtich zur Geltunk.« (Das Ferne=Röhrchen nämlich.) / »Wenn vom Juh=Pieter – und den übrijen Schternen – uns auch *Schall*wellen erreichtn. *Und* daselbst Glockn wären : wir würden in einem immerwährenden Todtengeläut wandeln. –« (Sie liepte, es ist Frauenweise, solche Youngsnachtgedankn : ergo schtellte ich, es ist Männerlist, Ihr solche Betrachtungen regelmäßich=feierlich an. (Opwohl sie uns Menschen=Kerlchen überhaupt nich zu=schtehen : für uns iss, in jeder Beziehunk, so schlecht gesorkt, daß wir andern Kummer habm solltn ! / Und JUPITER *tanzt* im freihändig=gehaltenen spyglas ? : »Dir zu Ehren, mine shatz. – Hab'ich veranlaßt.« fiel mir noch ein. / Aber : »Ich auch ? Jetzt ?«. »Und hier.« bestätichte sie fest. Sah sehr kritisch den 2 verdrossen=plumpm Schprüngn zu. Dann, sich schon wieder abwendend : »Mehr brinxDe also, mir=zu=Ehren, nich fertich.«)

Also am Fenster Beide : Frauenweis' & Männerlist. / Das Einfällderkwadraht der Geschtirrne : im Drahthindernis, im Schtachelverhau. – : »Gefällt Dir Dein ‹Erhohlunx=Urlaup› auf dem Monde, Hohnich ?«. – Auf dem schtehenden Deckenrohr wiekte sich, einmal nur, das=Kopf. »Na; ‹gefall'n›,« versetzte er lanksam, »gefalln iss woll nie's richtieje Wort.« Noch einmal die Kopf=Wiege. Dann : »Fraak Mich was Leichteres.«

: »LiepsDu mich ?«. (Ünt soforrt wieder das Pendel : »Das nennsDu woß Leichteres ?« .....

..... *also lieber auf den Heimweek* machn. / Zu George : »Was iss denn nu dieser ‹PSALM Hundertvier› ? Du hast'och nach gesehn.« – Er zuckte die Axeln : » ‹HE appointed the moon for seasons ...› : da hab ICH uffgehört. – HasDu übrijens Dein' Schuß schonn abgefeuert ?« (Kriexminister O'Stritch hatte durchdrückn könn'n, daß Jeder=jeedn Monat=einmal 1 Schuß aus 1 MP tun mußte – ich zielte, grundsätzlich, auf die Anzeiger=Deckunk; beziehunxweise gleich in die Trawerrse=linx – und der Herr Mienißter wurden jedesmal wie rasend : nichz kann die Ruhe 1 Menschn so schtören, wie Angriffe auf sein Süßteem !).

(Aber Dschordsch schien seltsam zerschtreut) : »KennsDu n gewissn ‹THALASSIUS›, Schar=lieh ? – Du hast'och s Gümm=Nasiumm besucht.« (Wieso kam der Bube da=druff ? – Verfluucht. – Und meine Finger zählten hehr ...) : »– m=THALASSA : Personiefickatzjohn des Mittelmehrs; Tochter des Äters und der Hemera ?« (Aber er schüttelte.) / »‹THALASSAIA› : Bei=Name der Affrodiete. Zuweilen auch selpst=schtändije Meergöttin ?« (Aber er schüttelte. – Bloß Zeit gewinn' jetz ...) : »‹THALATTA : THALES : THALESTRIS=die=Mondtgöttin etwa ?« (Aber Dschordsch schüttelte. Ungewohnt ap=weesnd. – Na lass'n.)

(Lieber noch die Möglichkeit durch=denkn : wär *das* nich n Einfall – ja, fast schon ne Idee ! – : die Zeitunk auf 1 weiche=dicke Goldmatritze zu schreibm ? Mit nackter Type : wo doch die Farb=Bänder zu Ende gehen. : ‹OUR GOLDEN HERALD›; Coddecks Au=reh=uß : op das *nicht* ginge ? / Aber er hörte mir gar nicht zu. »Ich hab da was geleesn ...« murmelte er mehrfach. (Demnach LIVIUS, wie ? Hatte's in dem so intressante Schtellen ? Ich konnte mich eigntlich *nich* erinnern; au contraire; mir war er immer so lankweilich geweesn, wie gewisse Nobelpreisträger –). –

(Unt ‹DAHEIM›; im ‹VATERHAUS› –

(Sie grinnsde gleich, ein=sillbich, und süß=trocken ...

..... *beim Nachtmahl : »Schtell Dir ma vor Schar=lieh:* Du üßest aus massief=golldener Schüssel ? – : !«. (Und tunkte den Allumienie-jumm=Löffl doch tatsächlich schwelgerischer in den Papp : ich hätt nie&nimmer gedacht, daß das hilft ! Ich bin eebm n alter Ratzjonalist; *ich* fall auf so was nich rein.)

(Was sonne Schüssel kosten würde ?) : »Well, Dschordsch –«. (Und die Unterlippe vor; unt das Dinx gemustert. Er holte gleich sein' Zollschtock; und wir hielten ihn dann & wann drann). / »Naja : der Bodn hat seine 8 Intschiß Durchmesser. Als Kreis betrachtet Err Kwadrat Pie ? Und n Fümftel dick=sein müßt'er beschtimmt, wenn ich nur entfernt Kenner bin ... : macht 10 Kubiekzoll für den Bodn=allein !« / (Nu der Rannt) : »Schtell Dir vor : hier, an der Seite, auf=geschnittn ? Und ap=gerollt, ja ?«. (Er schtellte sich's vor; und nickte hefftich.) : »... ergäbe einen Schtreifn von 25 Zoll Länge. 3 hoch. Und wieder n Fümftl dick; macht=ä ... : 15. – : Zusamm' also 25 Kubiekzoll.«

(Unt Pause. Er dachte noch gar nich an die Folgn; den Teufel schpürt undsoweiter.)

»Jetz noch das s=peziefische Gewicht; rund 19 ... ?«. Und ich schpottete seiner nur durch die Nase : »Das wären dann 7½ Kielo=Freund ! – Und da rechne ma selps weiter : wenn's Kieloh auf 15 Hundert Dollar *bleibt* – : da wirsDe n gans paa Monate schpaarn müssen, Ammiego.«

Auch neben mir 1 schpöttischer Aus=Schtoß von Näschenluft. (Und es windfiff gleich über die Dachfann'n her; und nahm's auf : schtoßweis schwächlich kockett; wie 1 todte Halp=Wüüxije, die's nachzuholn verdammt iss.) / Noch einmal hob sie frech die Schpitze des Tu=Bus in die Schterne. / (»Und Du kannst also nach Beliebm wein'n ?« : »Das *muß* anne Frau könn'n.« versetzte sie gleichmütich. »Das gehörte dann aber auch in 1 Buch zur Informazjohn junger Menschen=Männchen, meinsDu nich ?« : »Durchaus probabl.« (Und lauschte dem Luftgewischel : von allen Seitn .....

..... *von allen Seiten rechneten sie;* und zanktn gedemmft : die alte Saunderson verlankte 2 schpitze goldene Tütn für ihre Büste : Er solle getrost noch 2 Schtundn am Tage zusätzlich meißeln gehen : »Das täte Dir nur=gut, Billiebillie.« .....

(Sie war bleicher geworden. Und hockte sich auf die Nachtkanne : bei Blumen saugen wir begierich den Duft ihrer Gen=Italien ein : könntn unsre nich auch so riechn .....

..... *auf der andern Seite beschprachen sie* ‹1 Nachtgeschirr aus GOLD› .....

(aber Hertha zischte – untn – leise. Und schrie obm keifich auf : »Weck=kuckn !« / Und grätschelte immer noch über der Kanne; ‹CHAMBER=MUSIC›; (obwohl die Aneckdote nich schtimmt : Stanislaus Joyce beschtreitetz; und sein Zeugnis wiegt 6 Gormans auf. :

: *Es geht ja nischt über 1 zufriedenes Volk.* / : »Komm Dschordsch : auch Wir wollen schlafn gehen .....

: *»Musterzeichnerin : Deine Hantfläche !«. »Ja; schaff se ooch* ins Bette.« Dann erhielt ich das kleine kalte Drachenfleisch Ihrer Finger; sie vertraute mir den Feinbau an. Dann die Arme aus Latten : lank, weißnasich, dünn. Schweigend ließ sie sich ins Bett schaffen.

(Dann ich dazu : Ihr Bein schlief mir zur Seite. Kalte Knöchel fühlte ich mit den Füßen. / Mit dem Handrücken, 1 Mal, seidlich, an der Busenwand herunter schtreichen. (1 Auge schließn : und das andre beschielte, verneinend, mein bergich=eigenes Gesicht. – ? – : Nee. : Lieber Ihres –)

(Aber auch hier : das Gewölbe des Ohres zerfällt doch mal; die Augenteiche trocknen aus; ich zerblies die letzte Flamme lieber. – : »So; nu schlaf, wenn Dein Gewissn Dich läßt.« / (»*Meins ?* : Pfff ! –« hauchte es verachtend .....).

((In der Oubliette der Nacht : Wie Murren schallte es, in Pausn, aus unsern pennenden Leibern. Bauchlaute. / Ihr Hertz wanduhrte. / Meingehirn faselte noch wie bedruckt : eine Wint=Mühle, innen mit Schpiegeln tappeziert. (Und Alles flog sammft durcheinander, wie bei Schaggalls; (der ‹Untergrund› schien überall das fahle Wiesngilb von heutnachmittag; wintgeschtrichlt; manchmal regtn sich kreisförmije Schtellen darin, wie Grundrisse von Bäum'm. / »Bei mier ooch=Du : ich hatt bis jetz noch nie a Reh=in=Freiheit gesehn. Und noch nie anne Kuh an gefaßt.« (Aber weenijer Bitterkeit, als murmelndes Behagen; mein Hemdematz. (Auch Karlmay=Seine war schließlich erst Gul=i=Schiras geweesn; dann Pekala; dann Bestie & Hexe, genau nach Leopoldschteins Definizjohn. (Und schwebte sammft mit über den graugrünen Untergrund; Rehe, und Kühemeinetweegn; einmal hab' ich als Junge bei Frostwetter auf grauem Sandweeg weißgelb gefrorenen Feerdemist gesehen : unvergeßlich schön dies feinfaasrije Hellgelpaufgrau : siehda der Vetterprintsbuchhändler Balder, Messink-

gewichte Buchdeckel Diearchenoah Lemurenkartoffeln (auch Mädchennackt nicht=tantsend in der Landkreisluft, und Schterne bleckten kleine Funkelfressen, (Hemdhemd; da reekte's'ich noch einmal, Linon im Barchentmeer, von Kopfbisschulter Hüft' zur Zeh, und zungte Hablalle ins fastzue Ohr, »Hemmdelemmper Biereinschenker Tüppelkucker Kaularsch« (und schnorchelnd ab, ins Traumcaspicum : rrrrrrrrrr ..... : rrrrrrrrrr ....

* * *

))) Und wieder einmal hochfahren.)) Und die Wimmerlalle rütteln – : ! (Ich bin ja sofort da; wenn nachts nur 1 Schtecknadel fällt ! – die wurde immer lauter – / : »Hertha. – : Hertha ! !« – (Ganz brutal. Und mit der Freien=Linkn schon immer die Taschenlampe tasten und erknipsen; daß Sie gleich Licht sieht. Aber ja nich etwa direckt an=leuchtn ... : »Heh=Hertha !« –
Schreckhaft geweiteten Antlitzes. Die weißen Zähne klappten ihr in dem blassen Mund : der jappte. / Und ich rüttelte. – / Bis sie endlich ihren Arm mit der andern schlappen Foote zu befreien versuchte – also Beginn einer Er=Orientierung. / Ich machte sie vorsichtshalber gleich noch aufschtehen; und sie schwankte zur Nachtkanne, von Kälte und ausgeschtandener Furcht ganz verunschtaltet; und zischte unten hinein; und obm soviel Gram in 1 weißen Gesicht; (und forzte zum Schluß hell & schluchzend; und süß ist jeder Schall süßer Dein Ruf : doch *jeder* Schal ist süß) : in den ich Dich hiermit windle, ungeschtümer Hant. Sie raakte, zottelhändich, die erschöpftn Gesichtszüge hingen ihr schtill in der Nacht herum.
»Ich haap wieder Kaddofflmehl machn müssn. Beim Pohln.« – / (Ich weiß. – ‹Passiert› war ihr ansonstn damals nichts weiter; sie hatte, 1945, mit 16, so klein & dürr & blutarm ausgesehen, wie 1 Zehnjährije. Nur als sie in'n Westn rüberwexeltn, hatte 1 Pole=Star, nach Armbanduhren & Ringen lüstern, ihr den Mittelfinger ins Unterernährte reingeschteckt – das vergaß sie Rappatzkie's nie ! (Einerseiz mit Recht. Andererseiz ist jener Plan natürlich ...)
Sie faßte inzwischen – d.h. während ich weenich=nutzich ‹dachte› – die Torfschtücke an; mit 1 Papier; (*T*empo=*T*aschen=*T*uch ? – Schon mööklich). Warf sie ungeschickt in den prottestierenden Ofen. Und schloß das Eiserne Thor. (Woraufhin das Feuer natürlich, und reelatief prommt, ausgink. – Sie zuckte nur die Axeln.) / (In ihren Thränen schwankte wohl Alles verschwollen; sie preßte

die Hand auf ihr ‹Wurmnest› – wie sie, in trübm Schtundn, ihre, doch auch entzückenden, Hüppo=Chondrien zu benamsen beliebte; man kann das ja verschiedn ansehen; auch als lange runzlije Thiere, gewiß; die sich, langsam, untn, krümm' & windn, und für Uns verdauen müssen : Die werden's ooch satt habm. – Also man kann es so sehen : Dein Unterzeichneter.)
(Aber das weißverlarfte Weesn erst noch trösten; bis es wieder ‹sicher› ist. – Hielt ich also das kostbare Farb=Fohtoo, (meinliebermann : das hatte mich balt 100 Mark gekostet; bei AGFA's !), neebm ihr kräuterkäsijes Gesicht. Schtill & fettich. Unt küßte Beide, verehrend & ap=wexelnd. Biß sie einander wieder ähnlich waren. / Sie fragte, noch gantz ‹beim Pohl'n›, und folglich mißtrauisch : »True=true ?«. Wie man eben in den dünnsten und feinsten Herbstnächten fragt (‹Dünstnfeinstnherbstnnächtn› : Man *fühlte* aber auch im Rücken förmlich das glitzernde Rad der Nacht, und den weißen Fingernagel des Mondes : Potz Tjost & Buhurt !)
: »Wieso potzt'nn Du eigntlich neuerdinx schtändich ?«; meine mißtrauische Rote=Schöne; (und, tatsächlich : ich *schpürte* es mittn im Rücken, wie den Blick irgend eines unklugn Geschtirns !) : »Hertha – : *Muß* ich es Dir geschtehen ? –«. (Ich mußte : Bidde=Pliiis.)
»Also mein Gedächtnis läßt lanxam nach. – Unter anderem –« setzte ich bittend hinzu : ? : Sie widerschprach nicht; (also wirklich; ich ließ den Blick trübe an mir herap Schweifn; naja.) »Unt=da binn ich darauf verfalln : mier in Zukumft Begriffs=*Paare* zu merken – ?«. Sie murrte immer noch : Dumirdasaufmutzn ? !
: »Potz Kßantippe & Agnesdürer ! : WillsDu in Zukumft, für=alle=Zeit, die Dritte in jenem Bunde werden ? – Oder soll es dereinst heißn ...« (und jetz gansheiß, schwellgerisch, hümmnisch; unt die Fingerschpitzn höllisch=überallhin züngln lassn) : »... : Potz Wehnuß & Theunert=Hertha, Mmmmm !«. (Nun wähle, Du Prepparat !)
Die Dünne – (»Meine ? !«) – kommandierte nur : »Licht aus !« / (Unt die Augn schließn. Und gehorsam wartn, bis Alles sich akkomodiert hat. – Sie hatte sich längst, ich hatte nur noch nichts gesagt, die endlosen Füße mit Mondlicht bekleckert; jetz schtieß sie das Fenster auf, daß die weiße Backe drin klirrte : schtill & fettich waren da die Dächer=draußen.) / Sie schauderte befehlend : ?. Und der Paasche lief sofort; erbrachte die Decke; umschtrich sie überall, wie Paaschen fleegn. (Veränderte auch meine Anatomie : wie Paaschn fleegn ! Sie musterte gleichmütich das Ergeepnis; wie

Köniejinnen fleegn : »Das wirt sich ooch so gehörn –«.) Und wandte sich dann ent=gültich der Nacht zu. / (Halt : 1 Brauen-zweifel noch; a la ‹Dürfen wier auch schon ?› …
»3 Uhr 30, Liepste. – Und ehe wir=Uns wieder ans Träum'm begeebm : ? : Bleibm wa lieber gleich=wach.« Sie nickte Gewährunk. Und ließ sich, von Händen umsorgt – ich mühte mich aber auch, als besäße ich so viel, wie der Gothaer Bände hat; (und zusätzlich noch das, wie heißt'as auf Hindustani : womit der Mahout sein Tier längt ?) – in der Schtube herum=geleitn, (währenddessen meine Meisterschaft ins Unbegreifliche wuux : 8 Zoll Calenbergisch mindestns !); bis sie hellkicherte, und sich vorm Finster=Fenster aufschtellen ließ.
: . . . . . . / . . . : ! . . . : »Achdu wie man de Milch=Schtraße sieht ! –«. (Die tüüpische Groß=Schtädterinn. Aber der Himmel zitterte & schütterte tatsächlich vor Geschtirntheit.) / Wie Boogn=Lampm drangeschtellt : linx Prokyon; rechz M'sjö Sie=Riuß.
»Achkuckammall : !« – : »Wehnuß am Morgenhimmel, mein Kint : Wehnuß & Theunert=Hertha.« Ostsüdost und nischt wie gelbes Gefunkel : das siehsDu in Nordhorn, bei den FALK=Werkn, freilich nicht : Halpvier : »Auch das Dorf ist noch voller Träume.« (Schtapel aus Schatten, und schräk=gesäktem Moondschein : damit laak der Hof, Tanndte Heete's Hof, voll. / Und bei mir indessen immer ‹Paasche›; es war nicht gans=allein meine Schuld, es war erplich. Unt gaap mehr Druck, bis der Kopf schpiegelte : »Hertha –«. Aber sie, gans=fürstliches Butzenantlitz, schenkte dem Elend ihres Vollx kaum 1 karrgen Blick : jetz war der Moont ‹drann›.)
(Zwar er schtrich ja auch nahe genuck am Boden hin : es näßte um ihn rum; über's teigieje Land. – (Und ‹es näßte› doch wohl un-verkennbar ? ‹Um IHN rum› : ob ich nich doch Hämmoriedn besaß, ‹um ihn rum› ?) – Das Kurzschriftzeichen des Moondes; (machn wa lieber ‹in Moont›, wa ?).
Mond auf Perlmutterschüssel. / »Anne Drüse, die Lichtfäädn schpinnt.« Sicker=sicker, meine geborene Textilierinn. (Man hätte vielleicht auch ‹Düse› verantworten können; aber ‹Drüse› war natürlich organisch=leichtgewölbter und überhaupt ‹wahrzijer›; also ‹Drüse›, gut.) / 1 goldverlarftes Wesen mit Butzenmunt : »Schprich ma : ‹Butzn=Munt› –«. Sie vollzoox. (Ich schpitzte mein'n; und durfte bei jedem ‹u› geschickt drauf=tupf'm : ! : !. – Die Schterne in ihren Zelten warteten unterdessen.)
Die Cedille des Moondes ? – (Heute allenfalls; aber im allgemeinen

war ihr der Lichtschpeicher zu dick dafür.) / Bastwisch. / Krummbeinich. Wohlgebuckelt. Nackt. – : »Sich=krümmender Rummf ?« : »Nee. Eher : Der Kopf eines zu kurz Enthaupteten. – Dickens, der ma zugesehen hat, erzählt, wie ‹der Hals dann verschwindet›.« (Und sie schauderte künstlerisch=hochwertich, und schprach ein wohlgelungenes Bühnen=»Brrrr«.)
»Im Weiden=Nest.« (Schon wieder dies ‹näßt› !). / »Das Zümmbaal des Moondes. Von Fetzen umlappt.« (Hertha; a la ‹3 Ziegeuner fand ich einmahl›.) : »Dann schon eher : Erdnußschale. Kwallmieje Blase. Ehernes Thor & knochijer Schein; der palmienen zerläuft.« (Noch debattieren, ob ‹Eisernes› und ‹knöcherner› ‹angemessener› wäre ? Und gelehrt zweifeln; und verantwortungsvoll die Köpfe wiegen …)
Verklemmt zwischen Bäumen : Der Moond=natürlich. (Und zudringlich, wie 1 Bauerngesicht am Fenster : »Letzten Endes kann ich 1 Moont aus jedem Schtück Badeschwamm schneiden.«). / (Aber sie wollte höhere Ausdrücke. – : »Es wird Moont – ?« : »Nee; das iss bloß knieweich.« lehnte sie ap. Endlich ma. – : »Eisellippse, von Tangentn umschlafn – ?«; (aber mit ‹Mattematiek› wollte sie nichts zu tun habm; machte einen abfällich=krumm'm Munt …
: »Er will 1 schpöttischn rothen Munt machn : sofort löschen ihn Wolken; mit schwartzn Händn. Unt nehm'ihn mit.« (Ich ergriff den Fleck, in dem sich ihr krummer höhnischer Munt befannt : mit schwartzn Händn. Machte aus meinem Gesicht 1 Wolcke. Und ‹löschte› ihn aus. Für'n gans paa Minnutn. (Draußn nur noch schtellenweise der Taranteltanz der Schterne. Mehr schwarz=weißer Zwie=schpallt am Himmel.)).
»Waarumm schättsDu bloß die olle Mattematiek=so ?« : »Weil sie secktn=los ist, mein Hertz. Da sind keine ‹Parteien› möklich; und dem ‹Glauben› ist sein Platz angewiesn.« (Und machte, des größeren Effekts halber, aus meinen Armen 2 prächtije Lanzn=Schattn.) / Wieder erschien sie : die mondän=dünne Hängetitte des Mondes; (Warriannte : ‹lederne Altweiber= … ?). Die Schatten der Büsche=untn jagten sich mit dem wieder auftretenden Schein. Er sägte, daß das Wolkenmehl nur so flook. (Oder waren die zu der Mettaffer zu schwadich=groß ? »Ich würd' sagn : er bläst Wattebäusche draus=raus.«; da hatte sie wohl Recht.)
Schweepte durch den Dunst als leuchtender Flitzeboogn : dürr, vereinzelt, weitoffen, ungehörich (wie ein sonnebeschienener Mantel; leer wie 1 Rink ohne Finger; widersinnich wie 1 Zifferblatt ohne

Zeiger) : lauter gelplicher Quaum : Kwaum, jawohl. (Der Ausdruck schien ihm mißfallen zu haben : er bleckte schärfer, dentistischer, sein Gebiß.)
»Mach die=oben ock ooch wach : uff Uns, bei a FALK=Werkn, nimmt ooch Keener Rücksicht.« (Das heiß'ich den Nacht=Mahr überwunden haben ! – Sie hob sehr kühl die roten Schultern; und wies auffordernd, mit kommandierender Nasenschpitze, dorthin, wo das Goldgeweih aus der Wolke schtarrte : Dahin=dahin möcht'ich mit Dir. / Und selbst mir wurde es tatsächlich schwer, mich zu so ungewohnter Schtunde im All zu orientieren. – Die vielen Nadelschtiche der Schterne. »De Düwel iss je woll inne Ecklipptick lous !«)
»Aber wie Du, mein Herr Tah, es willst ...« (Und hoch, in die Kreisschlösser .....

..... *Und hoch ! (Aus nicht=unleckeren Träumen* von einer huronischen Roothaariejen, ebenso kurzmähnich wie lang=lüstich ...

(Innich : »Herthie, dürfte ich Dich – an dieser wohlpassenden Schtelle – etwas beschreib'm ?« / Aber ihr hatte der Ausdruck ‹huronisch› mißfallen; (obwohl ich nur, »ebenso beschtürtzt wie garanntiert, Hertha !«, zur Erhöhunk des Oh=Guh ebbes Indianerinnenmäßiejes beabsichticht hatte : »Ärroß der Ferne, Liebste –«. Und wollte, eifrig erläuternd, ja, demonstrierend, 1 Halpküglein vorzeigend ergreifn – (aber an ihrem Roßhaarpantzer, tz=meingott, prallten die bestwillijen Finger ap; zumal sie auch gleich mit Kinn & Nase danach hackte) – : »Och entschulldije nuur ... !« (Und wenn mir auch die Ent=Rüstung nicht gelungen war : die Entrüstung scholl & groll so voll & echt, wie das Glück von Edenhall; so daß sie zwar, des zarten Schlafs der umliegenden Bauern wegen, noch 1 »Psssd« wagte; sich dann aber doch, reuich und reelatiefrasch, mit mir einichte, auf

wyandottisches Kint – das sich eben lang an mir hochgeschob'm hatte; (*wieder* an mir hochgeschoobm, ochchch !). Und mich lustvoll in die Nase biß; wie echte Wyandotten & Leghorns fleegen ...)

: »Uffschtehn Scharr=lieh ! ...« – Und Dschordsch hielt meine Nase noch immer zwischen rüttelnden Fingern, Potz greengages & Celler Dickschtiel ! Und das ‹Reise=reise› aus der Lautschprecheranlage nahm immer noch kein Ende : brusthoch flutete die mütterlich=besorgte Ansagerinnenschtimme heran, mit dem ‹Morgen=Schpruch› :

»Wer sein altes Heim verläßt, pflegt vorher für 1 neues zu sorgen. – : Wirs*Du*=Dir, wenn Du schtirpst, eine himmlische Wohnung gesichert habm ?«

: Bong=ng=ng=ng.

Und wir sahen uns nur schtumm unsere ‹himmlische Wohnunk› einmal mehr an, geekelt=gekniffenen Mundes : Wenn der Lawrence nich so glennßnde Eepm schreibm könnte – seine ‹Losungen› und ‹Mittaaxrufe› *schrien* ja nach Vergeltunk ! –

Und sah mir neidisch zu, wie ich mich heute nicht wusch. (Während er mit Hilfe einijer faustgroßer Bimms=Schtein=Knollen – einer der weenijen Artikel, an dem wir nicht nur nicht Mangel litten; sondern mit dem wir sogar 2 bis 3 weitere Planetensysteme hätten beliefern können, und zwar zu kulantn Bedingung'n ! – während George also, wimmernd, größere Teile seiner Epidermis abtrug, beschränkte *ich* mich, summend, darauf ...

»?«

... *‹Heute wollen wir 1 Liedlein singönn : trinken wollän* wir den kühlen Uain› – meine Badehose anzulegen; heute war sie endlich einmal am Platze. (Aber wie geschwollen wieder diese Wendunk vom ‹anlegen› : für das bissel Hoch=ziehen ? / : »Denn es muß, es muß=geschieden=sein : Tamm tamm támm : támm : támm«. Und ein paarmal mit dem Alluminiumkamm durch die Haare : »Diedel=wiedel=wúpp : wúpp : wúpp –

: »Leeb wohl, mine shatz !« – (Und George kam vor lauter Neit bis zum Kongreßgebäude mit. – Ich, Menschlichster der Menschlichen, ...

: »Was nixt'u ? – Du Supp= und Wupp=Jeckt=Du ? ! – Ich wiederhole : ...

– : ICH ! – tröstete ihn aber auch aus Leibeskräften. / : »Intressant ? : Achduheilijesloch ! – Überleg ma selbsd'schordsch : Hingeschossen wirsDe, ins MARE CRISIUM. Erster Ackt 1 Zimmer; zweiter Ackt 1 Zimmer; dritter Ackt 1 Zimmer. 2 Dollmetscher tretn auf : der Eene sagt ‹Raßpuhtien› und ‹Kremmel› ? Und der Andre erwidert : ‹Neenee : Billy Grähämm & Kappietohl !›. – Dann hält Dir der Kurier des Zaren *seine* Acktntasche hin. Unt Du giebst'm Deine. *Er* sagt ‹Buwájtje ßdarówy› oder so was; und Du erwiderst höflich – man darf sich ja selbst Russen gegenüber keine Blöße gebm – Du also saaxt : ‹Kiss me –› und nixt verbintlich. – Na, und dann wirsDe ebm wieder *zurück* geschossn.«

: »Neenee, Dschordsch : beneidn ? –«, schloß ich so kummervoll, wie ich vermochte; und schüttelte auch tapfer am Kopf. (‹Denn wir fah=ränn : Dänn wir fah=ränn ...›)

: »Gewiß Dschordsch : 1 Boote iss schon mal auf 3 Tage verschwundn gewesn ...

(Und 1 Mal, ganz flink, zur Seite sehen : ? : Weitoffen die Mäulchen; Ihr's, und des Mondes; (die Schterne waren davor weit an die Ränder gewichen). Auch Ihre Brauen waren angeregt auseinander gewichen; um den nackten, tiefgekühlten Munt bebtnschweebtn Vermutungenfragen; eine erwartunxvoll rastrierte Schtirn ...

... aber dennoch. –« : »Jajaeben : ‹dennoch›.« sagte er trübe : »Vergiß man nich das Bad=jetz=gleich, mit Kernseife=satt. Ra= und friesiert wirsDe. – Dann das Krafft=Frühschtück ! : Damitt'e nich gleich vor Gier zu lillen brauchst, wenn Der=ihr Kurier nach frisch=gebratner Leeber riecht.«; und leckte sich den Bimms=schtein von den rauhen Lippen .....

(Ich gab Ihr die wollüstich gewölbte Weichheit & Glattheit der meinijen zu schmecken – : *das iss was, eh ? ! /* Aber sie nahm den Kopf um Bruch=Teile zurück, (wie nur Frauen können); und verformte den Munt=leicht : wie nur Frauen können. : »BRAUN=reif,« sagte sie trocken. Das mier ? !

: »Ist es Dir nicht bekannt, daß, laut Saxnschpiegl, wenn 1 Mann Dich – irgendwohinn ! – küßt : an dem betreffenden Ort sogleich eine wunde Schtelle, zumindest jedoch 1 blauer Fleck, zu entschtehen hat ? : *Sonst war es kein Mann !«.* Aber sie, hochmütich : *»Ich* bin neuerdinx mehr für die Russkaja Prawda; Du hast es mich selbst gelehrt. – ‹Jarro=Slaff› : ‹von Noff=Gorrott› –« raunte sie verträumt. : »So möchste woll heißn, was ? : ‹Freulein fonn Nowgorod›.« Intressierte Mundschpitze, Augengebreite, Schrägkopf ? (Und dann hefftijes Nickn; mir zum Trotz; lange.)

: »Und für 3 Tage entführt werdn ? –«; George; heftich trotzich lange : »Wär ooch mal was Andres !«. Legte sich, (Selbst=Fessler, diszipliniert; um sich an Un= und anderen Taten zu verhindern), beide Hände auf den eigenen Rücken. Und schritt davon=dorthin, ‹where the slater's workshop stands›. Während ich – Menschlichster der Menschlichen – ihm noch eine geraume Weile teilnehmend nachschaute. Mich dann allerdinx

ins Kongreß=Gebäude begab : – : Da tagten sie schon ? / (‹Ohne mich› ? Man hat mich nicht unterrichtet ? – : Weil ich doch gleich

als Bote weck müßte ? / Dennoch schien mir 1 leichte Verlegenheit über all=den Gesichtern zu liegen .....)
(Thema im Augenblick Lawrence & sein großes Epos. Und Präsident Mumford hielt doch ne gans nette Rede) : Wie er sich freue, daß, »mitten unter Uns; in der scheinbar so schterielen Wüste dieses Mondes« ein Kunst=Werk entschtanden sei, daß ihn – »und wohl Alle !« – an die schönste Blütezeit terrestrischer Dichtung gemahnt habe. »Ja, mehr noch –« : habe es Uns bisher überhaupt an einem großen, natz=jonalen Eh=Poss gemangelt, so sei nunmehr auf diesem=unseren oftmals vielfältich und wortreich geschmähten Geschtirn, 1 Werk aufgeschproßt, das wie in einem Rink – (»einem massief goldenen Rink«, setzte er, nach einijem Besinn'n, noch hinzu; dachte also ooch an nischt anderes) – »m=n=ä : alle Juh=Eß=Äi=Tugenden zusammenfasse : ebenso zukumftweisend; wie der großen Vergangenheit amerikanischer Siegeszüge übervoll.« (»Braawoh Braawoh !«). / »Zumal in der Figur des ‹Dillert›«, sei ihm 1 echte, blutvoll=Nazi=onahle Heldengeschtallt gelung'n. Aber auch die dienenden Fieguhren 2. und 3. Ranges wären mit jener liebevollen Genauichkeit behandelt, »die eines der Merkmale des großen Schreibers« .....
(Undsoweiter jaja ichweeß : Alles gans gut & recht; aber nich übertreibm.) / 'ne Gedenktafel an sein Haus ? : Gut. – Aber nu iss's auch *wirklich* gut ! / Und ich krieg ne Abschrift zum Umtauschen mit ? : Gut. Das wollt'ich ooch hoffn.
»Überhaupt, Mylords : was soll ich beim IWAN anbietn ?«. (Ihr habt gut redn; *Ihr* sitzt hier, und haltet Euch die Kabinetz= & Abgeordneten=Bäuche.) / Und Jeder hatte was Besonderes; ‹aus seinem Ressohr› : Los; come on ! .....
Kriexminister O'Stritch –. – : Ich ? ! : Gifft mitnehm'; und jedem begegnenden Russn ne Priese anbietn ? / Ich wandte mich zum Plee=numm. (Auf sämtlichen Gesichtern kemmftn Ap=Scheu & 1 gewisse, unmenschliche Bejahunk); ich erwiderte machtvoll : »Ich beantrage : daß der sehr ehrenwerte Herr – und zwar mit 1 rostiejen Kartoffelschäler ! – *kass=triert wirt.* Auf daß dergleichen unn=menschliche Maxiemen sich auf keinen Fall weiter unter=Uns vererben können.« (Soll ich noch, zusetzlich=dekoratief, aus=schpuckn vor dem schtiernackijen Gaukler ? – / Aber nee; es genügte : *solchen* Beifall hatte ich seltn erhalltn : *doch'*n gesunder Kern im Amerikaner=Tum. / Und O'Stritch ließ engstlich das

Maul hengen : nu hasDe die Kwittunk für Dein gestrijes ‹slaawofiel›, irischer Bankert !). / Bitte, der Nächste …
*Wirtschafts= gleich Vorraz=*Minister Air : / ….. / : »Rick ! – Wie schtellst'nn Dir das vor ? : *'ne Krähe klauen ?* Soll ich se mir in'n Ermel schnippsn ?« / »Ach Du mit Dei'm ‹Amt zur Erhaltunk des Gleichgewichz der Natuhr› ! : natürlich laß ich mier – mit Bewußtsein weenichstns – *keinen* Floh ansetzen.« (Was das für Einfälle waren !).
»Also weder Natronn noch Broom tu ich ihn' in'n Kaffee. / Und lehne jeglichen Schtudentenaustausch ap : Ihr wollt es ja nich anders. / Was ‹cream=hills› sind, erklär ich ihnen, jawohl. / Und an Büchern fecht' & schnurr'ich, was ich kann : wollt Ihr *noch* mehr ?« –
»Aber wenn ne ‹SSONNJA› Dier mal ihr Zimmer zeign will …«; Jennifer Rowland, dschudschubich grollend. / Und mich überkam wilde Ruchlosichkeit, (man kann natürlich auch ‹Wahrheizliebe› sagn). Ich sah mich um. Ich antwortete der Massiejn : »Dschennie – : *Dann geh'ich mit !* – Es sei denn, *Du* zeiktest mir; und zwar noch vor Apfahrt, : *DEIN* Zimmer !«. (Und da waren ja denn Kommpliemennt & Fatalanzlosichkeit derart geschickt gemischt, daß die dicke Maschine gar nichts mehr zu sagn wußte, und nur noch lächelte – ‹betörend›, wie *sie* vielleicht glaupte; ‹dumm›, wie *ich* tacksierte; (aber das hätt'ich mit in' Kauf genomm'm. Obwohl ich schmale=kluge=lange Münder vorziehe …..

(Der Kopf knickste verächtlich 1 Art ‹Danke› nach meiner Seite her. : »Das ist Alles ?«. – Alles. – : Schön; wird das nächste Mal also Eine mit fettem Maule gepriesn …..

»Übrijens Mister Hampden=ää …..«; (der Präsident. Aber ich schpürte jetzt die gewisse Schtärke meiner Schtellunk. Und forderte gans=kalt in seine Rede hinein : »Saach ‹Tschar=lieh› : vielleicht komm' ich nich wieder …« / Unt er wannt & drehte sich : *Alle* wanden & drehten sich : SissDe O'Stritch : nu weeßDe, was ne ‹Zenntrahl=Fieguhr› iss : Moa=Mähme ! Potz fax & tuba.)
»ä=Du bissd'och huh=mannistisch gebildet, Charles=William –«; (er; verlegen=nerwöhs) – »ö=weißDuda, was ‹SABINUM›=ä … ?«. / (Und rasend zusammenraff'n. (Aber das war nur dieser Scheiß=Livius : gestern Dschordsch, heute Der=hier ! Mein Kopp war ja schließlich keen Nachschlagewerk …..

»Se nenn' Dich, im Werk, öffders ‹Das Wanndlnde Lecksiekonn›.« versetzte die schtummfe Schtimme neben=mier, gradeaus, auf die lukije Mauer=drübm; an der ächzend Wind schwankte, im Schattn. Bei schtarkem, uns beschwerlich fallendem Tau. : »Tao. –«

(Nich ablenkn lassn : zusamm' reißn !) : »‹SABIENA› ? Gemahlin des Kaisers Hadrian.« (‹Gordianus› ? kams noch aus jenen verdämmernden Schulgehirns=Korridoren ? – Also eiskalt mit einflechtn; als sei's 1 Begriff !) : »ä=Orelli=Ekhel.« (Aber der=ihre Gesichter blieben ausdruckslos.). »‹SABINI SABINIANI SABINUM› : das Landgut des Horaaz.« (‹A=Hura=Mass=da› Ahriman=Mirrtza. / Immer noch nichts. Also flink erfindn) :

»SABIENUSS, der Name eines Frei=Gelassenen. – Auch 1 Künstler in Ellfenbein : eborarius ? –« (Aber immer die, immer=unbefriedichteren, Gesichter : *mehr* kann ich aber nu bald nich mehr : SABIRIA SABIRI SABIS=SABLONIE ? Mein Wundergedächtnis war einst, auf Erden, berühmt gewesen .....

(1 Hant=Schpitze frei machen zum Popeln ? / ((‹Wirf Dir nichts auf die Füße›; oder ‹Suchn Sie was Beschtimmtes ?› : auch *ich* muß zuweilen in Formeln denken. Obwohl ich mir den Luckßus selten geschtatte.)) / Ließ sie, fröstelnd, wieder verschwindn. Und machte weiter ihre Hör=Mumieje : Ponntscho=ponntscho .....

..... *(Und ich hatte's irgendwie nicht*=getroffn – man merkte es sogar an den Bein=Schtellungen; wie Dschennie die Schenkel übereinander schtapelte; an allem. / Naja alsovonmiraus. Räzl=raten kann ich nich; hab's nie gekonnt. (Und auch nich könn' wolln.) / »Ihr taakt noch ? – Na, dann les'ich morgen s Protto=Koll. – : Bai=Bai.« (Und wohlich=schlendernd dem Usher hier folgen; in die Badewanne.)

Ach : in der Bade=Wanne .....

: »Hertha dürfte ich nicht, nunmehr=endlich, Dich als Bade=Wärterin auftretn lassn ? Es würde Alles so viel plastischer geratn – ?« / (Und wieder am härenen Brust=Harnisch nesteln. Und scheitern. Nesteln ? : Scheitern. So mochte auch=Tasso an seiner Prinntzessin gescheitert sein; an seinem Felsen, an dem er sich festhaltn wollte; fest=*klammern* sogar wohl, glaub's gern. Also *noch* seelenvoller nesteln kann ich einfach nich : »Hertha – !«).

Aber 1 Ast=Loch in einem alten Hollunder (eine meiner besonderen Baum=Lieben) hätte, glaub'ich, leidenschaftlicher reagiert=respondiert : Die=hier rauschte nicht einmal !

Der Mond, gebückt, in 1 roten Fleck. – : »Wenn die Schterne nur weenich glitzern, hört man fernes Hundegebell, Wächter=Rufe, Ruderschlack=Ettzehtera : deutlicher=als=sonnst.« (Für Wetterkuriosa dieser Art schien sie weit emmfänglicher : bei Roothaarijen täte man demnach am besten, sich zu häng'n : »Hertha – ?«. –)

: Nichts. Gar nichts. / (Also wieder ruff! . . . . . :

in die Badewanne : in dem göttlich=heißn Gemisch von Wassergrün & Seife schtanz – Wei=änd=Dottie, Hurohne, Iro=Keese & Feif Näischns ! – und ich wühlte mich mit den slater=Schultern in den Schaum : oachchch ! (Es geht eben nischt über Ämmerikänn Plamm=Berry : Missurritecksaßoheiohundwisskonnßinn : o=ain *großes* Follk !). / (Und scharf & deekorratief rasieren. – Und raus, und die frische Unterwäsche an : die *knisterte* förmlich, wenn man sie am Rummf auf & nieder zook; als wäre mann elecktrisch, ELECKTRA=ELECKTRONN : daß ich noch so knistern konnte ! . . . . .

Und nun das ‹Krafft=Frühschtück› : Bull=Jong ! / Im dufftenden Fännchen der Ei=Ersatz=Ersatz. (Und mit der letzten Brotkruste auswischen, innich=kreisförmich.) / (Unt dem ab=tragenden Whig=Tory=Görrl den – gemäß Raumschiffahrts=Ordnunk § 843, Absatz zwo vorgesehenen – letzten Kuß raubm . . . . .

(Ich raupte. – ? – Unbeweeklich schtand das metallene, behaarte, Geschöpf nebm mier. – : »Hertha schämsDu Dich gar nich ? : Wo ich doch vielleicht von'n Russn nich wiederkomm' ? –«. Aber Die nich.

. . . . . Noch 1 ? ! . . . . . (Ich riskier's !) . . . . .

(Kalt : »Meinsweegn . . . . .

(‹Ihretweegn›. – Aber das gleichgültich=schlappe Maul schmeckte – tcha : nach Nichz=Niemant=Nirgnz=Nih : Nirr=Wahna : ‹Tao›.) / Ich beugte mich lieber über die seltene 1 Scheibe Corned=Beef, würrzijer by far denn Frauenlipp'm . . . . .

(: ?. – Aber nur 1 ungerührter Axelzuck.)

. . . . . und schlürfte den Finger=Hut Koka=Kohla. Und gewann so allmählich natzjonahle Würde, und männliche Selbst=Schtändichkeit wieder . . . . . .

(: »Hertha. – : Noch wäre es Zeit, daß schpäteste Geschlechter Form Farbe & Größe Deiner Brüste, wenn Du darauf beschtehst in Triolett=form, erführen; und beneidend – die Frauen Dich, die Männer Mich – nachläsen : und die Un=Schterplichkeit ist kein kleiner Gedanke, Darling . . . . .

. . . . . noch war die Raum=ßtjuardeß in der Nähe, ‹greifbar›; (obwohl ihr vermutlich ‹indessen zehnmal, leider !, der Baum Blüthen und Früchte gebracht !› . . . . .

»Goethe übrijens.« – Aber Sie schwiek trotzdem verschtockt. / : »Hertha, Du treipst es noch so=weit, daß ich Dich überhaupt nich mehr vorkomm'm laß ! . . . . .« Aber sie war eis=kallt; ich konnte

mit ihrem Kopf treibm, was ich wollte. – : »Männsch wenn ich bloß mal den richtijen Druck=Knopf wüßte !« – Unt sie, von einem apsolutn Null=Punckt her : »Doß wißt Ihr=Männer *nie.*« / (Also ab ins Wortall – es ist anschein'nd unsre einzije, naja: ‹Waffe› ? .....

..... *‹auf Kammer› ? : Der Raumantzuck* paßte sofort. / Armbanduhr. (Was'n Gefühl am Hant=Gelennk, nich ? Was=das Erinnerung'n weckte.) / 1 Neilonn=Seil, 200 Yards, als Ordensband schräk um den mächtijen Körper gewickelt, von der Schulter bis zur Hüfte. (Und wieder zurück. Immer um den Körper : in dem 1 Scheibe Korndbief aroomte : schöööön !). Auch das Tarn=Tuch aus hellgelp= und blaßgrüner Seide, mit Grau= und Schwarz=Ecken bedruckt, ganz MARE CRISIUM, wie von einer geschickten Musterzeichnerin erfunden .....

(: ?. – Sie dankte mir nicht. : Mich liebt Keiner mehr; Viele hassen mich sogar .....

Und dann, geduckt, raus : durch Eisen=Thür & Eisen=Gang : in's ‹VERSUCHS=GELÄNDE› .....

(Und es nick=köppte sachlich; a la ‹Dahin wollt'ich Dich habm .....

..... *MATTSCH & Lichenen*=Flechten : aus dem thor=großen Röhren=Rachen rauschte das genau berechnete Luft=Gemisch. (Daneben, die Wasser=Fabriek, pummpte auch aus Leibeskräften – die Atmosfäre betrug dennoch erst ungefähr die Helfte der uns=gewohntn. / Und eben Lichenen=Flechten. & gelbgrüner Mattsch : die beiden ‹Seen› schienen immer noch nich belebt; am Ufer eine Art ‹Wüsten=Flora›. / *Was* für ne Nummer hatte mein Annzuck ? – : ‹US 84›. Vorsichtshalber merkn.)

(An 1 Schtelle hoppstn entsetzt Wüstenschpringmäuse um unsere Hüftn : ‹Ragguh & Peltz=Stolen›, ach Ihr=Armen=Kleinen ! / Auch das ‹Getreide› gedieh nicht zum Besten. (Und mein Führer schüttelte ßkepptischer den behelmten Kopf : wir konnten die Schtaubschicht des Mondes verarbeiten und tracktieren, wie wir wollten ..... / Intressant=auch die Entlüftungs=Abzüge der Kanalisazjohn : sie waren, versuchsweise, als ‹Plastiken› getarnt. Hier 1 röhrender Paarhufer; dort etwas wie 1 ‹Rohrdommel› – die genauen Artn konnte man nicht festschtellen; bei unserm Abstracktn war es schon allerlei, daß man überhaupt eine Tier=Form erkannte. Oder hier : 1 Kopfschtehender, aus dessen Gesäß das schtinkende Rohr raakte ! – »Immerhin n Einfall, wie ? !«. Und mein Führer nickte.)

*Ab & zu Treibhäuser; mit Riesen=*Zellofahn=Dächern. Unter denen Gramineeijes nicht=wucherte. (Doch hier – mein Führer machte mich aber auch ausdrücklich drauf aufmerksam ! – wenn man sich *sehr* duckte, und die Augn zusamm'kniff : sah's, von außen, tatsächlich bald wie ne ‹Grüne Wiese› aus. – / Tiere=freilich .....

»Ságamma – : Ziegn –«; (der Rotkopf neben meinem) : »– wär'n Ziegn=Gemmsn nie ? ...«. (Alpmthiere Dünneluft Fellsn & Edelweiß : Dein Willegeschehe, Eis=Sfinx, SPHINXE DE GLACE .....

..... *gewiß : ein paar Ziegen schtöckelten,* oder schtanden verlegen herum. Hoben pausenlos den Bart : auch ihnen war nicht wohl im Luft=Ersatz. (Während der 14=tägijn ‹Nächte› warf man rasch 1 Schpähnchen Atohmijes in die ‹Seen›; daß die heiß wurden, und wärmlich nebeltn : ‹Halbwertzeit›.)

(Unt wieder durch'n Tunnel : Vor der letzten Eisentür=jetzt wurz Ernst : ‹Helm=auf zum Gebeet !› / Und den breiten Gürtel=Gurt fester anziehen; schnallen. Er ging ein paarmal prüfend um mich herum ... ? – Und dann hinaustreten; auf den *‹RAKETEN=SCHTARRTPLATZ I›. – (Dabei* hatten wir bloß den ein'n ! / Aber dergleichen war ebm alter außen= auch innen=polietischer Brauch : von der 984. Infantrie=Diewiesjohn zu berichtn, wenn man 1 hatte. (Beziehungsweise von 1 zu berichtn, wenn man 984 hatte; nach deutscher Art .....

(Aber es arbeitete in der Decke ? Beziehunxweise, schlesisch=besser : ‹wullgerte›. Und leekte die Hand auf meinen Arm, ‹Wenn Sie die Reue packte› ?). / Aber nein : nix Reue. – »Höramma ...«

– : gegen 5 Uhr wimmerte 1 Mensch in den bleichen Wiesn. – : »Scheol ! – : Scheol !«. / Sie schulterte ein bißchen. Machte den Munt=auf um besser hören zu könn'n; (und aus solchem Mund kann ja Alles werden !). 1 gläubich=kleines Lächeln; (‹Ich bin der sexische Gesandte Gloobig›). 1 bedutztes Schtaune=O. –

: »Was bezwexDu mit dieser Munt=Schtellunk ?«. / Sie machte ihn erst einmal zu. Erwoox. Dann; knapp & kühl : »1 Kuß. Undzwar anbetnd=abbittnd. Und *so zart,* daß ...«. (Wieder dieser unbeendete Satz : iss das nu bloße Wort=Armut; oder schierste Raffienesse ? Das ‹daß› hatte, rein akustisch gewertet, Drohung bedeutet; Warnunk. Aber auch, zumal in Verbindung gebracht mit dem leisen Kopf=Anheben, ein gewisses wollüstiejes Vor=Schmeckn ? – Jenun; es sei.) / Und ‹zart›; wie beschtellt. (Und sofort 1 Axelzuckn beider Beteilichter. : »ss ebm ‹zart›. Hast's ja so gewollt.«)

Übrijens : »Was heißt hier ‹abbitten› ? ! : Wie lange & wortreich habe ich mich nicht vorher erniedrijen müssen –« (bitter) »– um dann ‹1 Zartn› lancieren zu dürfn.« (Und ein dreifach=gepreßtes, schmerzliches Bühnen=Lachen nachschicken.)
»Erniedriejen,« schprach sie finster : »‹erniedriejen› tutt Ihr mit Uns=Frauen mach'n.« (»Scheol=Scheol« rief ich protestirend dazwischen). – : »Und ooch Dein geliebtes ‹wortreich›; eebm : das iss es ! – Es iss doch sowieso immer a Kammf zwischn –«; und unterbrach sich, und suchte nach Definitionen; »– zwischn Peinlichkeit & Genuß : mal iss's ann Oognblick schön. Dann schämt ma sich wieder. – Aber mit zuen Oogn, und ohne viele Worte : max gehn. – Aber dann wieder Eener=wie=Du, der dauernd seine Glossn drüber macht. Und manches sind noch Witze. Also : . . .«. / (Und wieder kein Ende. – Aber hier war ja Einijes richtich zu schtellen) :
»Hertz=Allerliebste : . . .«; (schon hoop sie mir 1 Hant=Teller hin, a la ‹SissDe schonn wieder›. – Also neu ansetzen)
»Hertha hasDu je 1 Wort über meine kirschrotn Lippen komm'm hörn, sobalt wir zur Sache=selpst schritten ?«. Und sie, hoffnunxlos=befriedicht : »SissDe –«; und schüttelte doch grienend den Kopf. Dann : »Es iss einzich desweegn ertäklich . . .« (und schnappte natürlich wieder ap.)
»Wenn De bloß ammall n Munt=dabei halltn könntzt, wenn De ‹ihn einführst› – oder wie De Dich grade auszudrückn beliepst; beziehunxweise zumindest *denxt* : schtör mich jetz nie ! –«. (Dabei schwiek sie ganz von selbst. / Meingott ich genieße nu ma gern *bewußt*. Und bin vielleicht so ‹schwerfällich›, daß ich mir erst mühsam Alles in Worte ‹übersetzen› muß : »HörsDu ? : ALLES ! Du kanns'doch nich behauptn, daß von meiner Broca'schn Windung nur zum Nerrwuß Eriegenduß 1 diereckte Leitung beschtünde. : Vielleicht *bin* ich von Mutter Natur ausdrücklich als 1 Gefäß für Worte angelegt, in dem es schtändich probiert & rührt & komm=bieniert ?« / Aber sie schniefte nur zu Allem; und machte mit andauernd=dicker Unterlippe lauter Schtriche durch meine paar Worte.)
Und da ! ! : Die Konkurrenz am Fenster ! – / Zuerst lachte es wohlgefällich. (Über unsre Differenz, was ?) : »Wie=wie=wie ?« / Und kam ums Eck, schwankenden Fluux, ein geschickter Schatte, mit buhlendem Ruf. Und lud Sie – die Gelegenheit iss günstich : sie habm sich gezangt ! – eifrichst ein, mit=zukomm' : »Kommítt :

Kommítt !« – (Lieh mein Rothaar ihm nicht schon 1 geneiktes Muschelohr? ...)
(Sicherheizhalber gleich in die Arme nehm'm !) : »Hertha=Liepste. : Glaub' ihm nich ! : Komm Du lieber immer mit *mier* ...«; (mit gans langem, verheißungsvollem ‹iiiii› : mmmmm).
»Du bist genau so a Mitt=Schnacker.« sagte sie mißtrauisch. Und : »Wohin Ihr=Männer Uns=arme=Frauen mitschnackn möchtitt, iss ja –« (und ab=jetzt gehässich; sie machte mich=nach) : »‹sattsam bekannt›. – Du wo=wohn' die Nacht=Bubm eigntlich ?« (Und dies Letztere wieder derart zutraulich – nein, *mehr* : ver=trauens=voll, gemütlich : es ist unglaublich, wie diese Nicht=Kerls mit der Schtimme warrie=ieren könn'n. – Wir sind verloren, Wir=Männer !)
(‹Wille wau=wau=wau, vito : Huh !›) : »Eulenbäume.« (Es war Ihr kein Begriff.) – Also große, hohle, dorfnah=im=Walde : »Der Jäger Förster Strigen=Freunt kennt sie; jeden einzelnen.« / Pause. / Dann : »Schtriegn=Freund.« wiederholte sie resigniert, a la ‹Es hat keen' Zweck›; (andererseiz schpürte man doch das gewisse ‹filosofische Schtaun'n› des Herrn Aries Tottle.) / : »Schiss'n ock schnell noch a Schtücke weiter .....

..... *(Die beiden großen ‹Inter=Plannetarischn›* Rackeetn schtandn freilich nur noch als Kulisse rum, (‹Old=Rum›); für die hatten wir seit Herters=Zeitn kein'n Betriebsschtoff mehr. Nur die klein'n 2 und 3 Mann=Geschosse, die ‹Shooting Stars›, funktzjoniertn noch.) / (Und tatsächlich=beschtändich dies ‹Auf=seine=Schrittlänge=achtn› ! Daß man nich zu weit hoppste .....

: »ne ‹Sputnick=Faust› ? : Die behalltn Se sich ma hier.« Ich; gans Kongreßmitglied. Und sie schwanktn Alle zwischen ß=zientie=Fischer Auflehnunk, und ‹Untertan der Obrichkeit›; (und hatten nicht übel Lust zu den feinstn Unterschiedn; wie nur je 1 deutscher Bischoff : Ich werd' den Teufel tun, und auf sowjettische Sattelietn auch nur *zieln* !). / (Und gleich die 3 Mann ‹Berufs=Soldatn› meines besonderen Freundes O'Stritch sarkastisch mustern : ‹Die Armee lagert unter dem Apfelbaum›. Der soll mich bloß nich reitzn .....

(Und Hertha – (‹Meine Hertha› ? Wer weiß das schon mit Sicherheit bei diesn schtillen puppiejen Gesichtern ?) – lauschte ? Tatsächlich : war es nicht, als finge Tanndte Heete unter Uns zu rumoren an ?) / »Um halb Sexe=jetz ?« : »Wir sind auf dem Lande, Rose von Nowgorod. – Lassen wir sie erst etwas murxn : dann runter.« / (So früh schteht man in Nordhorn natürlich nicht auf :

wenn große weiße Flächen aus der Erde tauchen : aus diesem Schornschtein schteikt 1 schwarzer Geist; aus jenem 1 weißer. : »Unt ich habe auch schon, mehrfach, *Gelbe* gesehen –« fügte ich bedeutsam hinzu. (Was beepstDu, mein Herrtz ? Schnell 1 wärmende Um=Schlingunk. : »Sei vernümftich Hertha.« (In der Dämmerunk hatten wir Beide schon ganz graue Haare bekommen : also schneller & mehr, Hertha !)

»Tell dell silb : dell dieb schick !« : Der erste Schpatzenruf. Durch den gußeisernen Himmel. (Und immer noch der Rostfleck des Mondes darauf ? Einmal, 10 Sekundn lank, war er schon so blaß & glaasich, glas & blasich, gewesen, als schiene der Himmel hindurch.

»Woß urbert'nn so ?« (mit dem berühmtn, schlesisch=englischn, ‹r›) : »Na, was wirz sein, Lieplink ? :

..... *die Rackeete. (Sie ließen das Triebwerk* erst ‹warm laufn› : es klang lieblich und erinnerunx=schwer, wie früher ein Track=torr in ländlichen Be=Circen .....

(1 Aha=Kinn nickte kurz) .....

..... *Schpatzen & Erdgeruch, jaja. / (Aber jetzt rasch* ein paar kurz=schwerwiegende Andeutungen. Um die Bullen=hier zu belehren, daß sie Uns=vom=Kongreß nischt vormachen könnt'n. Nur Anschpielung'n .....

‹Schroeter's Regel› .....

(»– ? –«)

‹For each crater, the part of the material *above* the surface : is approximately equal, to the volume of the interior depression *below.›* (: *Ihr* immponniert ma nich, von HEVEL bis BALDWIN – man hat schließlich ne gute Schule besucht !).

Oder wie schmeckt Euch gar das ? : Das Eysenhard'sche Fänomehn ? (Man kann sich ja informiern, wenn man schonn ins MARE CRISIUM verschickt wird, wie ?). / Und sie sammeltn sich, Aleman. Und horchtn. Sorkvoll, die Herren Aßtronomen. : »Ja sicher, meineherrn :

das Eysenhard'sche Fänomeen ! : Kristian Karl Gottlieb Eysenhard; 1 von dem sinnreichen Lambert=selbst zur Astronnomie angeführter – leider in seiner Blüthe verschtorbener – hoffnunxvoller Beobachter, fand .....

(vertraulich; zu meiner Komplizinn : »... wie er an Letzteren, von Halle aus; am 25. Juli 1774, mitternachz; da der Himmel so heiter als möklich, der Mond seiner Kullminazjohn nahe war; und die

Schattenlienje mitten durch ENDYMIUS, KLEE=OMMEDDES, LANGREN, & SNELLIUS : *und das MARE CRISIUM* ging : berichtete : .....

1.) im MARE CRISIUM 4 kleine, ungemein helle Flecken. / 2.) fant=er; daß, vom PROCLUS=ap, 1 schtarker Licht=Schtreiffen bis nach dem Rande des MARIS TRANQUILITATIS fortging. / 3.) : Als er ohngefähr zwey Schtunden den Mond durchmustert hatte, und ihm vorgedachte 4 hauptsächlich in die Augen fielen – (es auch gar zu schön aussahe, wie gleich & eben die Schattenlinie durch die Fläche des MARE CRISIUM gink) – : sahe er auf einmahl; (welches er bis dahin *nicht* bemerkt hatte), daß sich dasjenige Schtück der Schattenlinie, welches durch das MARE CRISIUM ging, bald vom Mittelpunckt des Mondes entfernte; bald wieder sich ihm näherte! .....

(Und, nahezu verzweifelt : »Hertha ! – : Wieso zeixDu Intresse an Kommetn=Schweifijem ? Unt wenn ich Dir meinen vorweise ...« Und sie : »SissDe : ‹Schweif› & ‹vorweise›. – Du müss'D'a eens vonn den Messinkgewichtn=gestern an de Zunge bindn.« Ich; ungehaltn : »Ich will nich'Dein Mitt=Leit : ich will Dein Mittel=Schtück!«. (Und sie nur : »SissDe ...«

..... *Anfänglich glaubte Eysenhard=selbst,* daß diese höchst sonderbare Erscheinung vielleicht bloß Eynbildung sey ? Fand aber nachher, daß er sich aus folgenden Gründn nicht irre; denn

a) sahe er, als er diese Erscheinung wohl 1 halbe Schtunde lang beobachtet hatte, eben=dasselbe mit 2 andern Fernröhren von 7 und 12 Fuß, so klar & deutlich als möglich. Und

b) dienten ihm gedachte 4 Lichtflecken zu Gräntzen dieser Bewegung : er sahe nämlich gantz deutlich, wie sich das helle Fluidum langsam bewegte; sodaß der betreffende Raum nach & nach hell wurde; dann jedoch, nach 5 bis 6 Minuten, sich langsam wieder verdunkelte, und mit der Schattenlinie wieder gleich kam. –

Er setzte diese Beobachtung 2 Schtunden lang, bis nach 4 Uhr in der Frühe, fort. Sahe aber immer dasselbe. Er schrieb die Erscheinung daher etwas zu, was allein auf jener Schtelle, im MARE CRISIUM, anzutreffen gewesen sein müßte. –

Und sie lauschten sämtlich. Unt schwiegn : Semmtlich. (Keiner konnte auskunften : nu fach' man. / Wir=vom=Kongreß wohnten ooch nich ‹hinterm Monde›, was ? Sondern mitten=druff : jaja; die Auto=die=dacktn ! –.) –

Und sie nickte gemessen: Genau=das. (»Affe plus Genius durch 3«

hatte sie einmal, früher, ohne damals noch Jemand Besonderes anzusehen, in einer größeren Gesellschaft gemurmelt .....

..... *also resigniert einschteigen; zur Fahrt* in jene ‹verdünnte Zone›. Wir hatten – in endlos=zähen Verhandlungen, (‹Yes=Njätt : Njet : Yäss›), eine ‹millitärisch=verdünnte Zone› geschaffen, die, unter anderem, auch kweer durchs MARE CRISIUM führte. Eben waren Vermessunxtrupps an der Arbeit, den betreffenden ‹Schtreifen›, in dem ‹keine Truppn schtatzjoniert werdn dürftn›, genau fest zu legen, und zu vermarken. (: Wir mit unsern 3–5 Mann ! : Was'n Tee=ater ! –

(»Anne Zohne, die keene Menschn betretn dürfn ?« : »Ich sagte ‹Soldatn›.« : »Ochso.« / Wenn sie *so* schtill hielt, war's ooch keen Genuß; (ist es denn *Alles* Lüge, was in den einschlägijen Komm=penn=dijen für Gynäko=Mannie schteht ? Tz Keinkitzler, keinkitzler. (Kann brennen so heiß .....

..... *Und in der Luft – naja : ‹Luft› ?* – flogen wir doch vielmehr in reiner Skeppsis dahin. (‹Luft› ? : Brrr !). / Unten nischt wie ‹Schroeters Rule›. Und die Kreisschlösser rutschtn unter uns hinweck, Potz Pastorff & Greutheusen. (Neben mir Lebensmittelpacken. Und 1 Logarittmentafel; ne zehnschtellije : Wegawega. (Ich konnte sehr wohl damit rechnen; auch jetzt=im=Alter noch. Notfalls sogar mit denen imaginärer Zahlen; was *nich* Jeder vermag.) / (Und immer weiter; haßtich uff der Loxodrome=lank : CONON=SULPIEZIUS GALLUS=LITTROW=MARALDI=PROCLUS.)

»Da vorn : da kommt schon PICARD in Sicht .....

»Aber ich gloop, wir könn'n langsam runter gehn, was ?«; mein mumiejes Glück. Wandte dem schrägen Fenster den Rücken; schtand, und ließ den hohen Kopf, gedankenvoll, nach vorn abknicken. (Auch ich war reif für eine ‹Barmherzigkeiz=Tasse› – : »Ein Humpen Kaffe Zucker Branntwein gemischt. Vo'm gewissn Jourdan erfunden; der sie, bei schwierijen Schtellen seines Tages=Pennsumms zu sich zu nehmen pflegte; und die besten Erfahrungen damit gemacht hat.« – Was er von Beruf war ? : »Nu; neidische Kolleegn nannten ihn ‹Coupe=Tête›.« : »Und so anne ‹Barmherzichkeiz=Tasse› möchtzt'ú trinkn ? – Naja, kee Wunder : wo De vorhin schonn mit mei'm Kopp so umgegangn bist –«. Und schritt wissend nickend zur Tür.)

»Keinen Kuß dem zurückbleibenden Krieger ? !« : »Kriegn ‹*zurückbleibende* Krieger› neuerdinx ooch welche ?«, fragte sie schpitzfinndich. Und : »Komm ock mit; Du kannst's Wasch=Zeuk tragn.« :

»Oh Ihr Frauen !« / »Oh Ihr=Männer.« versetzte sie, schon auf der Treppe; (die Linke rutschte neben ihr auf der Handleiste; die Rechte fibelte oben die Decke zusammen) : »Obwohl es noch Schlimmere giebt, als Dich. – *Du* kannst – manchmal – fast= liebenswürdich sein.« Ich, entgeistert : »HastDu *so* viel Erfahrunk ? !«. Und sie (aber verlogen; sie wollte mich nur hoch= bringn; ich war – jenen Mittelfinger nicht gerechnet – höchstens der Vierte gewesen; wenn nich gar der Dritte : »Oder hasDu mich auch in dieser Beziehung belogn ?«)

Sie blieb auf der vorletzten Treppenschtufe schtehen; ihr Rücken lauschte wohlgefällich dem Ton ungekünstelter Eifersucht. Drehte sich wahrhaftich um und ließ mich heran=herab komm'm. Schprach sorkfältich (und die schiere Bosheit funkelte ihr aus den Klüüsn) : »Was weißDúschon von mir …« / Ließ mich 1 Schtufe tiefer=voraus, sodaß wir leichter Brust=an=Brust schtehen konntn; (ich tat es auch sofort; sie machte 1 Dorn der Fibel frei, und hakte ihn in die Knopfreihe meines Schlaf=Anzux : daß ich nich weck konnte). Legte den Kopf waagerecht zurück. Schooob das Kinn vor. *Und* wölbte krümmend die Oberlippe : »Hier hasDe Deine ‹Barmherzichkeiztasse› ! –« (Und ich setzte ‹dieselbe› an den Munt; beziehunxweise den Munt=an=dieselbe. Und begann zu trinkn; (und das Ge=Urrbere der Tracktoren=draußen schien sofort lauter zu weerdn …..

(Und natürlich mußte mir die Haarbürste aus der Hand falln ! *Und* polternd & rappelnd noch die Kurwe nehm', nach unten, über die nächste Schtiege : blutije Zähren hätt'ich wein'n mögn; denn)

– sofort wurde die Tasse flacher; (von ‹Barmherzichkeit› war gleich gar keine Rede mehr; schon war es höchstens noch 1 ‹Untertasse› zu nenn'n – auch die rollte sich noch ein. Bis anschtelle des feucht= federnden Traumgefäßes nur noch 1 Scharlachschlitz blieb, schmal wie der ‹Rücken› meines Großen Messers.) : »Barr=Baar !«. (Anschtatt mich, lianich=schmeichelnd, ob der ‹Tücke des Opp= Jeckts› zu tröstn ! / : Fester zog sich die Fibel zusamm'm. Entrüsteter schritt das bleiche Weesn ap=werz. (‹Schreitn› könn' die ja !). Wartete schteinern, bis ich jene verfluchte Bürste aufgeklaupt hatte. Riß mir die ‹Schnelle Tasche› – die für Koß=Meetick & Schönheit – aus der demütijen Hant. Und, aufgeworfenen Kopfes, hinein …..

* * *

Und TH, lenxt komplett, am bereits rüstich sausenden Heerd, tat entgeistert. : »Mann, hat sich denn die Welt gedreht ? : S=tattflanzn; die um 6 aufs=tehn ?«. (Und musterte uns wohlgefällich : mein Schätzlein=im=Hemmd; mich, im dickeren Schlaf=Antzuck.)
»Geh man inne Wasch=Küche, mein Kint. – Oder wart' –« schloß sie, Heete die Großmütije : »Ich bring Dir ne Kanne heißes Wasser hinner=heer.« / Und ich, ermunternd, (da Hertha so braf schtant; es fehlten tatsächlich bloß noch die Schternthaler) : »Mein' Glückwunsch=Hertha. – Das krickt hier nich Jeder. *Ich* zum Beischpiel …«. »Ja=Duuu,« sagte TH weckwerfnd : »Für Männer issas überhaupt nich gut : *Du* krix eiskalltes=nacher; aus'n Kühl=Schrank.« / (Und Beide weiblich ab.) –
Und kam, allein, wieder. / Neugierich : »Du Kardel. – : Was hapt Ihr gessdern, abmdz, denn noch mit'n *Tau* gewollt ?«. / Da !. / »KennsDu das nich, Tanndte ?« fragte ich, ingrimmich=trübe. : »Das'ss's Allerneuste. Was Chienesisches. Gans kurz bevor man anfenngt.« (Übrijens : *Das* muß ich Hertha nachher noch aufmutzen; die sich moquiert, wenn *ich* etwas mit Worten prä=ludire : und Sie schpricht von *so=was !* –)
»Och. –« (TH; angereekt). / Päuschen. / : »Was Chienesisches ? – Aber das giebt'as : *ich* hadde ma ne Freundinn; Der=Ihr Mann mußte vorher immer erss 20 Mienudn lank die Gietarre s=spieln. In'n kurzn Hemmt; auf'n Bett=Rannt.« Und schüttelte den grauen Koppf : »Bei *mier* war so was *nie* nödich. – Waß komische Kree=atuhrn, nich.« / (Gans bitteres Nickn meinerseiz. / Und sie hand=tierte; und wirtschafftete; (‹Hand=Thier› : ‹Cheiro=Therion› hand=tieren.).
(Und schien un=ruhich ?. / Murrmelte auch etwas von einem ‹Waschlabbm›. Und rauschte hinaus. / (Erst die Treppe rauf ?. – Dann wieder runter & irgendworumm ? – / …..
– Unt kam dröhnend zurück. / : »Oh=Mennsch : Du Winnt=Beutl !« sagte sie inn=brünnstich. : »Mennsch Du biß ja nich weert, daß Unserain'n …«. / (Wie ? : AuchDú machst die Unvollendete neuerdinx ?). / Wir atmeten. Wie es sich für arme=lebende Luder geziemt. (Hungerleider des Endlichen : ich ‹besaaß›, ‹zuhause›, 1 *Bade*=Thermometer; dessen ß=Kala, wirtschafftswunderlich, *bis minus 40 Grad reichte ! ! !* : Was Die=so mit Uns machn !) –
: »Du haß mich beloogn, Du=Kaßper ! – Was Chieneesischeß iss'es zwaa. Hatt aber DAA=mitt nich'aß Gerinxte zu tun ! : Umm

1 Haaa, hädd'ich mich blammiert=Du !«. (Und rüttelte wütender am Topf.)
»Was haddesDú denn imaginiert, verdorbenes Geschöpf ?«, waagte=ich=fragte=ich. Und sie, tanntlich=drohend : »Krix gleich'n Bax=Du !«. / Und mußte doch grien'n. Und vergaap mier; und richtete sich selpstbewußt auf : »*Da* lernt man ja *nie* in aus.«, bekannte sie; »so aß einfache Lannt=Frau.« / (Und wurde wieder etwas hitziejer) : »Aber das Hass'u von Dein'n Vader,« s=tellte sie fest; : »Deine Mudder war sche mann n büschen dusselich. – Aber Dein'=Vader war genau sonn – sonn Projecktiel : Der hadde alle Vierdeljahre ne annere Bescheftijunk.« / : »Unn=Dú biss da das Gemisch=vonn –« schloß sie kopfschüttelnd. / Schtant=da. Auf 2 schtrammen Pann=Toffeln. Unt tief=sinnte. / :
: »Hier hat SIE *üprijens nich* viel.«; (unt dazu die breite Kelle ihrer Rechtn, unter Ihre=linke Brust; unt wook dort. Und dazu den forrschent=teilnehmenden Blick auf mich : ?. – Ich wollte mein Mätchn aber doch verteidiejen) : »Och, Tannde Heete ...«. / Aber schon fuhr sie mir wieder über den Munt. : »Tu mann nich so ap=gekleert. Unt Monn=dähn : *DAS* hapt Ihr=Männer doch am allerliepstn inn'er Hant !« / Und schüttelte ennergisch den Kopf : »Neenee, mein Jung'. : n büschn knochich *iss*'ie ! – Hüpsche lange Beine, jaa. Unn die rootn Haare überall : dascha *sehr* appard, nich ?«. –
: »Wieso weißDu das eigentlich Alles, Tanndte ?«, erkundichte ich=mich. »Jenun,« sagte sie gleichmütich : »Ich haap ma inne Waschküche durch's Fennster gekuckt. – : Kann ich, bei meine eigene Waschküche, ja woh machn ? ...« / Da es im Topf 1 Wall that, zook sie ihn gleich feuer=ap. Durchschoß mich mit 1 gütich=majestätischn Seiten=Blick. Dann, pointiert : »Ich weiß woh noch : wie das bei mier, vor 30 Jahrn, *auch ma Einer* gemacht hat. Aß *ich* mich wuusch ...«
(Helläugich überlegen lächelnd groß=schpurich.) / Ich finnster. / : »Jaja=Tanndte; ich weiß.« / Und : »Es ist mich, in den folgenden 10 Jahrn, auch teuer genuck zu schte'hn gekomm'. – : Hier=die=Kumme –« (glennzend=kohlschwartz war sie, mit weißn Schtreifn) – »wär' wohl voll gewordn.« –. –
: »Ie=gitt !« s=prach sie erschüttert. Unt nahm sie sofort in die Hant. Und betrachtete sie schtolz. (Und schtellete sie sofort beiseite : zur Zahl Ihrer Troffäen ?). –
»Eigntlich müßt'zDuja n paa auf'e Nühstern kriegn –« sagte sie

zärtlich. »Aber – wo wier einma davon s=prechn – : ich will'ass man auch zu=geebm. Du hass mier ma in'n Großn Feerien beim Wesche=Aufhenngn geholfn – : Du war's 17; unn ich also 31 –«. (Ich winkte nur finsterer ap : Laß=sein laß=sein, ich weiß. : »Nach meiner heutijen Kenntniß würd'ich sagn, Tanndte : Du truuxt *kein'* Büstenhallter unter dem bißchen Hemmt. – Und *ich* war inn'er Badehose.« schloß ich bitter.

»Tchaaa ...« (sie; traumverloren.) / : »Du war's grat von'n Schwimm' zurückgekomm'. Unn gans braun & sauber. –«. (Und rüttelte wütender den armen Topf. / Und wurde ruhijer. Und wiekte den breiten Kopf, bedauernd) : »Kardl=sicher; bei Dier war=das schlimmer : man *sah* das ja, wie aufgereekt Du waas. – Aber so *gans*=einfach iss'ass für mich *auch* nich geweesn. Ich haap sehr wohl, die=wärse Mahle, alln Ernsdes, erwoogn – : op ich Dir nich *doch* ma das Bansefach zeign soll ? – Unt angedichtet hatz mich auch noch. ‹So nette›, nich ?«

(Sie griff sich ein Paar Holz=Panntien' unterm Schuh=Schrank hervor. Und 1 Schtück Sannt=Pappier. Riep sie, biß sie schneeweiß waa'n. Schliff auch 1 aller=künstlichste Schpitze daran, trotz jeder Holländerinn. Und schprach dazu) :

»Denn wenn'u bedennx, daß Onngl Lutwich ...« – (ich beweekte nur mehr lautlos die Lippm; und s=kandierte mit dem Kinn dem Kühlschrank zu : auch Sie drohte nur mehr wort=los mit dem dicken Zeigefinger : !). : »*Ich* haap'ass immer *gern* gemachd; ich leug'n das gaa nich.« (Und, in gewalltijer Ehrlichkeit) : »Ich hädda wohl *heut=manchma* noch Appetiet=zu. – Aber über 60 erleedicht man das woh besser inne Fanntasie, unn midde Hant. – Ich weiß nich; vielleichd probier'ich'ass auch noch ma. –« (Sie wehrte ärgerlich jeden Einwurf ap; a la ‹S=tör mich jetz nich› !)

: »Umm da noch ma auf zurück zu komm' : die Versuchunk war auch für mich keine=kleine, Kardel. : Mit Onnkl Lutwich waa schon mit 50 nich mehr viel los. Unn'n Parrakleet an Schönheit & Sauberkeit & so, konnt man ihn, mit sein' dobbeltn Leistnbruch, auch nich grat nenn'n.« Sie seufzte. – : »Zumahl, wenn er Ärpsn gegessn hadde; unn'ass bei jeedn driddn S=toß rummsde. – Oder Linnsn Ts=ts : unn die *aaß* er noch so gern !.« (‹Je sème à tout vent› – wo hatt'ich *das* Motto schnell noch geleesn ? Vorm Großen LAROUSSE ? Oder bei Handel=Mazetti, ‹Monografie der Gattung Taraxacum›; Potz Achänen & Pappushaare. Aber ich mußte mich schon wieder auf SIE kon=zentrieren) –

Kopf=schüttelnd : »Nain. : Das waa kain Genuß ! – Die letztn 20 Jahre hat er meiß obm gesessn und gewixt, und ich untn : iss'och kain Zus=tant.« / (Also wieder 1 Haus mehr, in dem nur noch die Figuren einer Frau & eines Mannes rumgelaufen waren. (Und wieso machte mich der Anblick dieser Holzschuhe so fertich ? – Achso : Walter Wellkamp, mein Schulfreund. Den sie nachher im KZ fertich gemacht hatten. Daß er die Zwecken aus seinen Holzschuhen grub, und sie vorn in die Kappe tat; hinein urinierte, bis sich der Eisenrost auflöste; dann die ganze Jauche verschluckte. Und binnen 2 Tagen, ‹unter heftijen Kremmfn›, geschtorben war. (Und die gleichen Gannowen hatten sich bereiz wieder auf die Hälfte aller ‹führenden Posizjohnen› geschlängelt. Die andere Hälfte hatten Kristen inne. Es ist eine Lust zu leebm.)
Und machte ‹die Kehre› zu mir; und sagte konzentriert, voll einer gewissen grauen Wildheit, die ihr sehr gut schtand : »Das wär damals *nich gut* gegangn, Kardel ! – Von ‹Folgen› noch ma gans apgesehn; ich hadd'amals schon ne Ärztin, die das weck macht; pattente Frau; hat mir mehrfach geholfn; die machd'as heude noch. – Aber Du wär's ja dann fümf=mah an'n Tach angekomm'; unn derart mit Augn & Hänn'n um mich rumm gewesn, daß'as n *Blinder* gemärkt hädde. – Und in 14 Taagn wär's wieder weck gewesn. Und 1 schön' Tages *doch* mit ner Jung'n angekomm'm. Und ich so viel ällder …«. Und schüttelte, voll nüchtern, kurz den schtark geschürtzten Munt : »Da war'as so besser.« / Pause. / Dann, wieder weicher : »Solld'sd ja auch bloß wissn, mein Jung : daß Du Dich nich *allein* gekwählt haß.«
»Ja; könn'n tut sie ja; das hap'ich obm gerochn.« : »Sie findet es aber ‹erniedrijent›, Tanndte.« ich; betrüpt. / »Ges=tadde, daß ich mich hin setz –« sagte sie würdich & fassunxlos. »Sonn dummes Dink ! – ‹Erniedrijen› ? : Die Frau macht'och den *Mann* fertich ! : *Den* hädd'ich sehen mögen, Der nich s=pädestns binn'n ainer S=tunnde auf alln Viern von main' Bett weck gekrochn wär !« –
: » ‹Ver=Gewalltijen› ? : Mein lieber Kardel ! – Wir haam das ma probeweise versucht, Dein Onnkl Lutwich & Ich : op er mich, alln Ernsdis, vergewalltijn könn=te …«; (und *das* war ja *doch* intressant ! Ich schtellte mirs vor. Und schpreitzte die Hännde nach näheren=ä – (und mußte mier schon die Lippn leckn. Und sie nickte walkürenen Triummf) : »2 Taage=runt hadd'er gelee=gn. Ich sollde immer Dockter Breithaupt anrufn; hap'as aber natürlich nich gemachd. – Also ‹vergewaltijen›, mein Jung : entweder

mußDu vorher der Frau 1 midde Ackst übern Kopp geebm. Oder es muß noch Einer middn geladn'n Gewehr daneben s=tehen, daß sie aus Anxd leßt. Aber sonns ? – Opwohl'n Mann, im Allgemein'n, ja kräfftijer iss – aber in *diesn=s=pehzielln* Fall hadder *keine* Schangßn.«
Und leuchtete auf : »Übrijins : Sie kann'och auch oobm liegn !«. (Die alte Psücho=Lohginn.) / Aber sie war & bliep unzufriedn. Rumohrte & schimmfte leis'. / »Was ich haap ? – : das sossu gans offn hörn, mein Jung !«. Und zählte es an attleetischen Fingern her :
»ne Schönheit : issie nich. Weeder in'n Gesichd, noch ‹hier› –« (und schtand kurz, Belichtunxzeit 1 Zehntel, wie die Dame von Mielow). / : »Sie *läß*'nich gut – was ja sonns *sehr* viel ausgleichn kann ! – iss, im Geegnteil, totall ve=krammft, wie Du saaxd.« / : »Sei jetz ma s=till ! – : ne *gute Hausfrau* issie *auch* nich. Sie waa geßdern Aamd bloß ma kurz bei mir inne Küche in – ich hap gaa nich gewußt, daß ich so viel Geschirr hap !« / Und breitete mir 2 logische Hände entgeegn : zwey Hennde ... !
»Tanndte entschulldije, daß ich erß noch ma drauf zurück=komm –«; (und drückte vorsichtshalber, verehrend=beschtechend, 1 Neffen=Kuß in eine der Hand=Flächen) : »Was war denn der letzte, entscheidende Griff, auf den=hin Onkel Lutwich=damals zusammen brach ?« : »Soll ich ma bei Dier ? !« fragte sie geschmeichelt=drohend : »Das möchs woh, was ? – Härtha kann ich ihn bei Gelegenheit ja ma bei=bring'n.« Und wurde wieder ungehalten; und zeterte ungeduldich : »Was *fintzu* also an Ihr ?«
»Achtanndte. – Diese Halpfrauen=Alle, die den ganzn Tak im Büro schufftn : die sint ja auch gegen sich selbst nich anders. Hertha kaut oft=mah, wenn sie Hunger schpürt, ne ganze Tafl Block=Schoglade, und trinkt'n Glas Wasser dazu. Oder macht ne Büxe Tuhn=Fisch auf, und ißt sie mit der Gabl=leer : dazu Trocknbroot. Und Kaffee iss grundsätzlich Pullwer in Wasser gerührt – wenn De Schwein haßt, iss es warm.« (Und TH schluuk die Hände vor der mächtijen Brust zusamm'm, und blickte nur gen Himmel : so leept Ihr=in=Nort=Horn ? !)
»Achtanndte – : sieh Dir ma Ihre Finger=Schpitzn an ! – Dabei sind'ie jetz noch in *gutem* Zuschtand : 1 Zeichen, daß'ie leidlich zufriedn iss; aber manchma gehörn *schtarke* Nerfn dazu, ihr die Hand zu küssn. – Sie hat keine gute Kindheit gehabt : immer bei fremdn Leutn; die Mutter, gans ‹lustije Wittwe›, war früh mit irgendwel-

chen Buhlen nach Bolliewijen durchgegang'n. Dann Krankheit Kriek & Hunger, FEAR FAMINE & SLAUGHTER : und *nu=dazu* noch ihr unseelijes Natturell – sie iss ja von einer gradezu *saagn=hafftn* Schüchternheit ! – Zumindest *fremdn* Leutn gegenüber; *ich* kann da eigntlich *nich* klagn.« schloß ich resigniert.

»*Achtanndte – : das Schlimmste* iss ja noch ihre Ver=Schroben=heit. Wenn es endlich auch *bei Ihr* schön zu werdn anfängt; und sie *nimmt* Ein' unwillkürlich inne Beine – : gleich fallen Ihr wieder Worte wie ‹schaam=los› ein. Und wenn man Ihr auch nich direckt den Vorwurf des Kristentums machen kann : soviel sitzt Ihr doch noch im Unter=Bewußtsein fest, daß im Neuen Testament grundsätzlich drüber geschimmft wirt. Und wenn's der Deuwel will,« schloß ich grimmich : »hatt Se noch zusätzlich grade Budda geleesn – ‹TAO› – und schon zieht Se wieder'n Dullderinnen=Gesicht; und benimmt sich der=artich .....«. Dummf : »Einmal hab ich ihn schon, mitten drinn; rausgezogn.« / (und TH legte die Hände vor der mächtijen Brust zusamm'; und blickte nur genn Himmel : Mitten drin : in Nort=Horn !).

(Und nahm sie herunter. Und legte sie, zur Apwexlunk, mitten vor den mächtijen Schooß. Ergriffn) : »Ja häddssu aber denn da *keine* andern Schangßn ? – Main aa=mer, lie=ber Jung=Tz !«.

»*Achtanndte – : ‹Schangsn› ? : Du vergißt* scheinbaa, daß an mir *auch* nix mehr drann iss.« (Und, da sie höflich auf wollte, protestieren) : »Momment=Tanndte : Was binn ich denn ?« (Und jetzt zählte *ich*, an wesentlich magereren Fingern, her) / : »Beruflich ? : ne Null : n Scheiß=Lagerbuchhalter bei FALK; mit 420 Mark=brutto im Monat. – Nein. Er=Schpaarnisse keine.« setzte ich, unwillich, hinzu. (Aber sie, s=pitz : »Du könnz'ier *wohl* was ges=paart habm : mit secksnfirzich ?«).

»*Eebm=eebm, damitt sind wir beim nächstn : Jawohl, ich bin* 46. – Und *keine* Schönheit mehr; wie einst=im=Mai.« (»Ende Julie war'as –« murmelte sie, in korreckter Leidenschafft.) / »Und –« (dies leiser; widerschtreebmd) : »– ich bin auch nich mehr sehr gesund=Tanndte. Hier : Herz : bei sogenanntem ‹Schönem Wetter›; also bei Hochdruck; krieg ich manchma schon schwer Luft.« (Aber prahlerisch) : »Der Brustkassdn=selpsd iss noch breit genuck.«

»*Ochmann – : ‹Wexeljahre› –« entschied sie* zuversichtlich=verächtlich. (Aber ihre Schtirn hatte sich sofort gerunzelt; sie wußte, daß ich lieber'n Witz machte, als klaakte. Sie schtand unruhijer. Machte sich am zierlich tosenden Küchenheerd zu schaffn. Langte

zu irgendeinem Schöpf=Löffel – oder war's 1 Écumoir ? – und fragte dessen nun=leere Wantschtelle) : »Warssu denn ma beim Arzt desweegn ?«
(Also ‹Hoosn runnter›; es half nichz; wenn Tanndte Heete etwas wissen wollte, krickte sie's doch raus) : »Wenn ich ‹so weiter mache› – noch 5 Jahre. Oder so ungefähr. Wenn ich ‹vernümmftich lebe›, mehr; vielleicht 10, ich weiß nich.« setzte ich freiwillich hinzu, um der nächstn Frage zuvorzukomm'. – »Ich hap gesehen, dassu *sehr* grau gewordn biss, mein Jung.« versetzte sie vorsichtich zu ihrer Alluminium=Kelle.
(Und noch 1 bißchen bedeutend aneinander vorbeiredn – Hertha kam & kam aber auch nich ! / Sie, zärtlich=lauernd) : »Und an Hei=raadn denx noch nich –« : »Sagn wir : nich *mehr*, Tanndte.« / »Unn'u meins' : säbs *wenn* sie Zeit zu'n Haushallt hädde – Ihr wär das *nich* mehr an=zugewöhn'n ?«. Mein Axelzuckn : »Von *selbst* kann Sie's schwerlich mehr. Und ich bin auch nich der Mann dazu. – Vielleicht wenn ma Einer mit ner festen Hant käm' … ?«. Und Axelzucken.
»Naja –« (TH; tief ausatmend. (Und dito ein – der Vor=Gang war immer noch sehens=wert.).) : »Dann geh man ma zu Ihr. – Das heiß' : wasch Dich; *Sie* wird ja nu woh allmählich ferdich sein – so viel ischa gar nich an Ihr zu waschn. Hassu Seife und Hann=Tuch ? : Oh verdammt noch ma !«, knirrschte sie, und küßte zischend ihre Fingerschpitzn; (sie hatte fürwitzijerweise den Dekkl ohne Topflappm lüpfm wolln).
Und saukte wütend. Durch die Fingerschpitzen : »Ich weiß nich – : op wier=hier nich in'n Begriff s=tehn, ne gansse=digge=Dummheit zu machn. –«. Noch un=wirrscher : »Hau ap jetz Du : Kassa Nohwaa ! – Und mit Dein' Meetchen s=prech ich ma –«, rief sie mir, reuich, hinterher. …
: IHR schtaak die Schtraußfeder des Atems aus dem Halse. (Riesich die Hände & Füße, wie die Köhniejinn Luh=iese) : »Meine Köh=nieginn ! …« (Es war grade=so=eben noch Zeit, Ihr ein Entchen Oberst=Schenkel zu küssen.) / Und wollte fast schon wieder keifen. : »Anschtatt geehrt zu lächeln=Du !«. Und, ehe sie sich noch sammeln konnte, gleich weiter; (und so pammpich, daß der Dammf mir nur so aus dem Halse wirrbellte) : »Du vergiebst mir *nich* ? – : Au fein : vergeb ick ma selber !«
Ein bißchen lächeln mußte sie ja. : »Ich will Dich doch bloß lustiejer machn, Herthielein. – Komm : 1 gans lady=leikn noch –«; (und

verbissen, wie Kamm in Bürrsde ! –). / »Na : anne Läidie –« wollte sie anfangn zu keuchn. Aber ich schob sie schon zur Tür : »Laufjägerlauf ! : Tanndte Heete wartet auf Dich. – Es sei denn, Du wolltest mich etwas ab=seifm ?«. Und zog schon die Pyjamahose dazu aus : ?; (sie floh gleich, wie geblenndet, dünn, seidn, gans ‹Morgnrock› : schprenkeln tüpfeln fleckich machn, zwiefarbich *und* karriert.)

Und blitzschnell waschen – verflucht=war=das=kalt ! – am Pumpenmund. / Und ich redete mich an. Und erwiderte mir höflich. (Gab mir auch hintn 1 Backen=Schtreich, für ein' besonders fauln Einfall.) / Obm schon wieder ab=trocknen. (Und Er=untn rauchte : wort=wörtlich=wahr : *rauchte;* so eisich war das in dem Puff !). / (Draußen die übliche bunte Kälte ‹Vor Sonnenaufgang› : liewrierte Wolken=Kerle in rot & grau. Durch beschlagene Scheibm mit Wasser=Rissen : wie sich's geziemt, wo Zwei sich gewaschn habm.) / (Bloß raus=hier wieder ...)

(Der Horcher an der Want) – / : »Den kochenden Topf daaf man nich rüttln. – n Becher nie von linx fassn. – 2 Löffel in 1 Tasse bedeudn Hochch=Zeit.« (Ahî : TH am Werk. – Oder wäre ‹Ahimé !› indiezierter ? / Die mir eigentümliche Bulimie pakkte mich plötzlich; und ich versuchte in die Küche zu treetn, als gehöre ich da=hinn.)

TH mit blutrotgebücktem Gesicht; (das sie eben wieder hoch nahm, und mich musterte – mit diesem gewissen Frauen=Blick, dem ich in meinem Leben bisher noch nie gewaxn war; allso wirz woll ooch nich mehr *weerdn.*) / Aber Herthas Bild, mit schon gans krümelich gedachter Schtirn, gab mir den erforderlichen – ja : Trotz=wohl; (denn ‹Muth› war's gewißlich nicht; muthich binn ich nich, das haam mich auch die 6 Jahre Schtahlgewitter nich gemacht, au contraire. (Natürlich bin ich gewisser ‹mut=ähnlicher› Kurz=Rasereien fähich, Wer wäre es nicht. Und wehe=Dir, mein Kint, wenn Du einmal in eine solche hineingerietest : KannsDu Dir 1 Berr=Serker vorschtellen, der Ah=Mock läuft ? : Der bin ich !). / Und schon hatte ich mich dergeschtalt über TH's befremdeten Blick hinweck=gedacht. Und wagte es sogar, den Zeigefinger auf die Zweizentnerfrau zu richtn – das kann nich Jeder !) :

»Was Deinen Blick anbelankt, Tanndte Heete : Mich treipt reinlichste Jünglinx=Liebe : Ich will meinen ‹Harem› bewundern ! –

: Mmmmmmm !« – : Denn schneeweiße Schtöckelschuh. Lange

kohlschwarze Hoose; (aber untn schön weit ! Nich wie diese ‹Dschiens› !) Hochgeschlossene Bluse, schwarz=weiß=lenxgeschtreift. : Darüber die schwarze ärmellose Weste : »Mmmmmmmm !« –
: *»Heww ick all lang säihn.« : »Und auch* wortreich bewunndert, Tee=Hah ?«. – Sie fuhr herumm, alle 2 Zenntner; glücklich es entlich raus=lassn zu könn'n : »Du soss nich ‹Tee=Hah› sagn !« : »Dabei wärsDu die Zierde einer jeden Technischen Hochschule, Tanndte.« / Aber sie verachtete mich – ich war gerettet ! – im Augnblick zu sehr, um mich mehr als nur belehren zu wollen : »Bewunnderunk – wenn ne andere Frau schick angezogn iss – drückt sich bei uns=Frau'n in 1 neidischn Blick aus. – : soo : – ! –«, (und schoß ihn mir vor, aus seitlich zusammengedrücktem Wimmpern=Schlitz : *sehr* gut !). : »Höchßns noch in 1 gewissn Beweegunk der Hüftn – : ! –«, (und ließ mich auch in den Genuß dieser Annal=Gehsdick komm'm – : »Braawoh, Tanndte ! – Dudarfichdas, zur Belehrunk des Volxgantzn, in Worten wiederzugebm versuchn ?«. – Ich durfte es nicht.)
»Und hasDu Hertha schon jenen Griff beigebracht ?«; (bereiz auf dem Rückzuge. Sie wollte mir entscheidend dräuen. Geriet aber mit dem Blick an etwas Dringenderes. Setzte die bekellten Fäuste auf die Hüftn, und brüllte) :
»Ruut ! – : S=tumml ? ! . . .« –
Da kehrte ich aber doch wieder um – (wenn's nur *mich* betroffn hätte, nicht; ich bin, wie schon angedeutet, keine ‹Kemmfer=Nattuhr›; aber) : »Daß Du das arme alte Kätzel – das Dir ein Jahrzehnt=lang die Mäuse weckfangn half« (‹half› war gut : als wenn sie mit gefangn hätte !) : »nur weil es – vermutlich noch auf einem Dienstgange – den Schwantz eingebüßt hat, ins Gesicht=hinein ‹Schtummel› zu rufen ? ! – : Hertha !«. (Und Der=ihres Beifalls war ich ja bommbmsicher. (Was das übrijens auch wieder für'n Rint gewesn sein muß, der als Erster ‹Bombe› mit ‹sicher› verkuppelt hat ! Entweder n Unabkömmlicher, der keene Ahnunk hatte. Oder n gans scharfer ‹Molltke›; der die ‹sichere› Vernichtunk des Feindes meinte – kurioses Volk, diese Deutschn. Unangenehm.) / Und noch einmal, der ‹Sicherheit› halber) : »Hertha ! –«
Die bückte sich zwar, und schtreichelte – und das gutmütich=alte graue Hummelchen machte auch sofort Männchen, und schnurrte, daß die ganze Küche schallte – wagte aber, in Gegen-

wart der Kwien, kein Wort. (Immerhin war ihr schtillschweigendes ‹Ja› handgreiflich; ich konnte also die Verteidijunk weiter führn. (TH war immer noch ‹platt› – obwohl eigntlich genau das Gegenteil – also rasch eh die Branndunk)
»Schtell Dir doch ma vor, Tanndte : 1 Mann, der sich in Deinem Dienst um=ä – sagn wa : um beide *Ohren,* gebracht hätte. Und Du würdest ihn nu schtändich, ins runde Gesicht hinein, sissthematisch ‹Sans=Ear› rufn. – : Du kannsD'och n treuen Menschn nich derart seine Gebrechn vor=werfn : Tz !«. (Und wir schüttelten beide die Anklageköpfe : gut=so, Herthielein : *noch* mehr schütteln ! / Sie schtreichelte die Katze; und *ich* schtreichelte *sie* – sie merkte den Unterschied vor lauter Mitgefühl gar nich. Nur Tanndte Heete griente verkniffn, als ich in cream=hill=Nähe gink. Wurde aber sogleich wieder tief ernst) : –
: »Also erssns iss'aß ja kein' Menschen.« / »Zweidns hab ich noch Kein'=Ein' um=ä ..... um seine Ohrn gebracht : was Dein ‹Sänns=Ihr› iss, weiß ich nich; *will* es auch nich wissn – was Gescheudis sicher nich.« / »Aber das soll nich heißn, daß ich kein' vernümftijen Rat annähm' –«; (und richtete sich höher auf) : »Bidde : giep *Du* ihn ein' besseren : gleichzeitich bezeichnind *und* dißkreet. – Und nimm'azu die *Hant* aus'eem Meetchen raus : Kint er s=treichelt doch gaa nich die *Katze : Wach doch auf !* – Was'n raff*inier*ter Mensch –«, schloß sie in angewiderter Bewunderunk.
Also sachlich aufrichtn; Sie zog sich die Westnschpitzn wieder nach untn. (Obm drauf hätte ja eigntlich 1 dürres=freches Käs=gesicht gepaßt; mit schwarzer Ponniefriesur. Aber Hertha=ihres war mir trotzdem lieber : grade bei dieser FlowersfortheDead=Montur wirkte es besonders kinntlich. Unglücklich. Und die schwarze Schtrickjacke, die dazu über den Arm gehörte, besaß sie ja.)
Jaa; (unt die erwartungsvolln Gesichter. Rinxum. – (Arbeite, Köpfchen; wörke, robbotta, trawwajeh & trabbacharr=ä ..... ? ..... ? ..... : !) :
»Bitte – : Ich schlage vor ? : In Zukunft ‹Der schtumme Herr› !« (Und die Arme über meiner, (mächtigen), Brust gekreutzt. Und den Triummf genossen, daß Hertha so froh nickte; mehr als einmal. (Aber doch wohl um 1 Schpur zu selbstverschtäntlich ? Sie war meines Feuer=Werx an Eß=Prieh entschiedn schon zu=gewohnt : wenn ich mich nich ma ab & zu *selber* würdichte – *Andere* würdichtn mich doch nich.)
(Oder doch? : Tanndte Heete ? !). – Sie schtrich sich mit der Faust den

Bauch. (Was ne Faust. : Und was'n Bauch !). Es naakte noch ein bißchen in ihrem Munde. Dann sagte sie lanksam, (nein : *probierte* ! Man hörte's an der Schtimme : Siek ! ! !) –
: *»‹Der s=tumme Här› ? –«. Und blickte doch* wohlgefällich auf ihr graues, lustich prudelndes Ungetümlein. Das jetz ein' so vornehm' Nam' hadde. – : »Naschön. – Wenn Ihr meint ? … Aber Kaffe trinkn wolln wir man auch n büschen.« –
….. : ? – : »Für Euch iss'er s=taak genuck !«, sagte sie drohend; als sie das Gegenteil in unsren markanntn Zügn las : »Ihr seid hier nich in Nort=Horn; wo man bloß fix'n halp Funnt Pullwer in kalldes Wasser rührt=oder=so.« / Jetzt richtete Hertha aber – ich hätt'Ihr die Schtärke nich zugetraut – voll den nüchtern=unschulldijen Blick auf sie : »Wenn ma aber keene Zeit hat –« fragte sie : »unt ins Werk muß ? Oder nachts arbeetn; weil man de Schtelle behaltn will ?«. (Und TH rannte gleich vor Rührunk an ihr entlank. Und fuhr ihr dabei mit der rauhen Riesenhant durchs rote Igelhaar. Und schimmfte dazu wie 1 Rohr=Schpatz – es hörte sich an wie ‹S=tochastische TecksDe›; wo man die Begriffe ‹Unnvernummft Ungesunnt Kinz=Kopf Wahn=Sinn & Nort=Horn› immerfort durcheinander würfelt : *sehr* einpräxam; wir konntn nur nickn.)
Saß resolut auf ihren Schtuhl Uns=gegenüber. (Hertha wieder am Kachelofn – sie war ja heut 1 Zierde für jedn Kachelofn. Und TH freute sich op der Würdijunk, die ihre alte Höllenmaschiene erfuhr. (Die übrijens auch zur Winterszeit die ärxtn Aus=Schweifungen ermöklichn würde – »Was kuxu so ?« fragte sie, TH, sofort=arkwöhnisch; die meinem Blick gefolgt war; und anscheinend *auch* Hertha den Ofen & Mich komm=bienierte. Verachtunxvoll : »Oh=Du. Ich weiß *wohl*, worann'u denx …«. Ich, kühl : »Dann dürftesDu aber getrost etwas errötet sein, Tanndte Heete : schtumm errötet – mein schwarzweißrotes Glück=hier kann Dir's ma vor=machn …«. – (Es war betrüplich leicht zu erzieln : man brauchte sie leedicklich scharf anzusehen, das Gesicht voll kritischer Brauen & einem frechn Trappehtsmaul; und den Kopf impertienennt etwas, und schief, zurück – ? – schon wurde das arme Luder unsicher & coquelicotfarbm.)
»Halt Du jetz ma zeen Seckunn'n lank Dein' loosn Munt, nich ?«. / (Und nach kurzem Überrechnen) : »Jetz iss'as Siebm. Ihr hapt jetz ne gute S=tunnde Zeit. *Mehr : vor* Halp=Neun binn ich doch nich ferdich – : Wir *fahn* doch dann nach Zelle, Hertha ?« (Die beschtätichte eifrich durch Zeichen : sie hatte das Schprechver-

boot, das heiß'ich Solliedarietät !, gleich auf sich=mit bezoogn.) – : »Da würd'ich saagn : Ihr macht vorheer noch ne kleine Faart : das Wedder hällt sich nich mehr lange; wir kriegn noch Reegn heude. – Unn dass'er Mottohr richtich waam wirt.« schloß sie geheimnisvoll; (sie schien dem klein' Dink *gar* nich zu trauen.)
»Wo=hinn ? !«. – (Und musterte uns entrüstet : es war kein Mangel an Sehenswürdichkeitn hier im Lant=Krais !) : »Fahrt doch ma nach Hankensbüttel : Inne Kirche, anne Degge, sinn putzije Billder. – Ich binn'a übrijins getraut wordn.« fügte sie, beiläufich, noch hinzu. : »Also dürfn wir Uns=Dich vor den dortijen Altar hin=projizieren ? Als schmächtich=weiße Mätchen=Blühte; mürrtich rinxumm; scheu=abgesägtn Blix, vertan & zage ?«. Sie prustete nur 1 Mal, gans kurz & verächtlich : »Pff ! – Mann, ick weer Söß=unn=Twinn'ich : ick heff nich veel anners uutsäin aß hüüt !«. (Hertha sah schon im Schtraßen=Atlas nach.)
»Ich geh nochma schnell raus.« : »Nee ! Erst=Ich !« zeterte sie; (sie fürchtete sogar meinen Harn; gewiß, bei kräftijen Männern soll auch=er von Sperr=ma=totzoen wimm=buhln : also, andersrum betrachtet, wieder'n Kompliment ? – Also geh schon zuerst.)
Dann durfte aber doch auch ich. / Draußen : 1 dünner Kanal von Koot; schwartz & mißliebich. (Und gleich noch ma zurück; der Hund hatte mich so verbindlich gegrüßt, daß ich ihm doch wohl … (»Verwöhnd ihn man nich *zu* sehr.«; ehe ich 1 Wurstscheibchen rausgeschundn hatte.) … : »Nukomm; jaa –«; (das arme Tier erlaak tatsächlich bald unter der Wahnwitz=Kette, die es auf sich rum=schleppm mußte !). / »Ja; 'ss ne alde Kuh=kedde.« sagte TH gleichmütich hinter mir. (Werd'ich Dich diesmal also wortlos bescheem'm, und ihm ‹aus meiner Tasche› eine neue mitbringn; ihm schtillschweigend umlegen : 1 gute Taat pro Monat erlaubtn mir meine Bezüge allnfalls; ne kleinere.) / TH wieder rein : dafür kam Hertha raus; den ganzn Kopf voller Gedankn; (man sahs nicht nur am Gesicht; mehr noch an den Händn; den fahrijn Knien, die, viel zu schpitz, gegen die Hose schtießn; der Munt verbook sich andauernd, so verbraucht war das ganze Rosapersönchen.)
(Das aber doch – in dieser Beziehunk wiederum merkwürdich sicher – zum Schtällchen schritt. Und drin verschwand.) / Dafür erschien sogleich Tanndte Heete wieder in der Hintertür; immerfort kopfschüttelnd & ausgeschprochen sorgenvoll. Und, während Hertha die kürzesten=ihr=nur=möglichen Kreisbogen schluuk; auch den

Motor impressief donnern machte; heimlich : »Sachma Kardl – : wieviel Peh=Eß *haddas* eigntlich ?«. (Schüttelte aber schon vorneweg den Kopf, a la ‹Ich glaube kein Wort davon›.) »13, Tanndte« : »Mennsch Du=lüüx !«. Und wurde gans aufgereekt; (sollte sie sich ja nachher, man bedenke doch, ebenfalls dem Dink anvertrauen !); und rannte zu Hertha hin, die, einladend lächelnd, (wie nur jee 1 Flugzeug=ßtjuardeß : ‹Sie ruaisn bekwäim mit unsere Gesell=Schaft› !), das Tor=vorn auftat – :

: »*Kint=Härta : Wieviel hett häi ?!«*. Und ich : »Darf ich übersetzn, Tanndte ? – Du siehst, ich wende dem Wagen absichtlich dabei den Rücken zu : *kann* sie also nicht beeinflussn.«; und, sehr halb=über=die=Schullter, zu Hertha hin : »Diedame wünscht die ecks=ackte Pee=Eß=Zahl zu erfahren, Schatz. –«. Ja, und da erfuhr sie=sie denn. : »Iss doch anne Dreihunnderter.«; Hertha, schtoltz. Und ich, nun gewinnend zu *ihr* gewandt : »Du geschtattest, daß ich übersetze ? – : Es giebt nämlich auch ISETTEN von nur 250 ...« (verflucht jetzt *was* ? – : ‹Hup=Raum› ? – Ich hatte ja selbst keine Ahnunk. – Aber Hertha, die Unschätzbare, griff, unbewußt rettend, ein – letztlich handelte es sich ja auch um *ihr* Fahrzeuk, eh ?) : »Die hamm dann ock Zwölwe.« (Und ich, schon wieder fürwitzich) : »– ä=PS, Tanndte.« (Und nu aber flott. Denn sie schüttelte trotzdem immer weiter, Potz P & S; und schien auf mehr technische Datn neugierich : »Das kannsDu Hertha dann fragn; wenn Ihr nachher zusamm' nach Zelle gondelt !« .....)

(Und in geheuchelter Behaaklichkeit zurücksinkn lassn – auf den ‹Todes=Sitz›; ich mußte jedesma das Wort denkn ! – und den Schtraßenatlas über die mächtijen (slater=) Knie geschpreitet. Und erwartunxvoll gelächelt. (: Das Thor schtand doch weit genuck offn, ja ? – Ja.). / : »Entführe mich nur frisch !«. Und meine Forelle=in=Schwarz versicherte erst noch treuherzich : »Wir sind glei wieder da, Tannte : ich bin pünktlich.« (Als wenn ich's *nicht* wäre. : »Was fällt'ir ein=Du ? !« – Aber sie war viel zu bescheffticht, an der Ecke, als daß sie's mehr als oberflächlichst=mentaliter beachtet hätte.)

: »*Du Hertha – sie sieht uns nach – : könntesDu nich ma hintn* kurz sämtliche Lichter schpielen lassn ?«. Und sie lächelte lieb; nickte tüchtich; und ging begeistert auf den Kientopp ein : ! / (Gut. Sogar sehr gut. – : »Aber nich übertreibm. Komm jetz.« / Und, flink wie 1 Wiesel, durchs Dorf, auf die Teerschtraße : ......)

* * *

»Dukuckamma – : iss das nie der ‹Buchbinder Balder› von gestern Aabmd ?«. – : Jawohl; er war es. Und noch ganz in seiner Rolle dazu; (beziehunxweise *schon wieder;* heut Abmd ginx ja nochmah los); hatte die Daum'm in die Hosenträger=obm eingehakt; und musterte uns, erhaben=dicken Blix, wie wir da so, IN THE DAYS OF THE COMET, in unseren Sünndn dahin rolltn. (Und sie wollte zwar erst noch in Tiefsinn machen, a la ‹War das *gestern* Abmd ?›. : »Da siehsDuma, wie auf'm Lande die Zeit vergeht, Hertha.« – »Vielleicht, weil's Alles neu iss.« schtellte sie die schlaue Vermutunk auf. (‹Vielleicht› war gut.) / Aber bemerkenswert immer wieder, was sie, Malerin plus Schofföse, so sah : ihr entging platterdinx *nichts* ! –

Also sah sie auch, wie über ihren glühenden Pfahlzäunen ungerührt die Oberkörper der Bäuerinnen hand=tiertn. (»Ich hab ma Ein' gekannt : wenn der Licht gebraucht hätte, der hätt' die nächste Fichte angezündet. – : Daß manche Blum'sortn sich zu schließn, wenn Bauern vorbei gehen, ist Dir bekannt, ja ?«. – Bei Geistlichen, Militärs & Juristn auch ? Das weiß ich nich. Möglich wärs.). / In den Weidenweiten kleine sandfarbene Norweegerfeerde ? : »Ja; die probiern Die=hier aus. Dürftn sich auch beschtimmt eignen. & einbürgern.« / Ältliche Radler, die ihren Weg, junge Mohpettler, die einander verfolgten. / Der hölzern=schpitze Glockntturm neben der Kirche ?. : »Hör uff mit Kamm=paniehle=Du; sag ‹Kennzeichen der Ost=Haide›.« / Und dann lag auch dieser Ort hinter uns : ab=biegn, genau nach Ostn : und hinein

in den Sonnen=Aufgang ! – (Da ginx natürlich wüst zu, wie uff'ner Schweednplatte; bei Wolkens=oben : Eine schwang den grauen Mantel, gans Große Dame aus Luft; in Gewändern aus Luft. *Die* schacherte mit Scharlach. Die Alte=Graue schminkte sich; (und es zerlief ihr gleich : das iss Dir recht !). Hier lag 1 Gekrümmter in seinem Blut : die rote Sonne lief ihm hintn raus : – (aber sie machte gleich wieder ihr hippokratisches Gesicht; und ich verwandelte die ‹Schlacht von Waddekath› geschickt in eine Senn=tänz; wie sie sie so ...

»Name aus Karlmay : die schöne Häuptlinx=Tochter ‹Wih=Sih=Sih=Soh›.« : »Und das heeßt uff Deutsch ?«, wollte sie gleich wissen. – : »Mmmm : Uppsa=Roka, mein Kind; für ‹She=has=the=biggest=in=the=county› : verschtehen Wir=Uns ?« : »Sag erstammal Deine ‹Senntenns›; dann alles weitere.«

: »*Früh* BAUT *die Sonne* einen roten Schteeg – : abmz zieht sie ihn wieder EIN.« (‹Warm sind nun Mäntl, wie Mäntl wohl sint› – sie war tatsächlich damit zufriedn ! (Freilich; uff'm Kallender=hintn schteht ooch nischt Tiefsinnijeres.).).

(Und endlos=gerade, unabsehbar=leer, das dünne Teerband voraus. / Sie wandte den Kopf nicht; fragte auch nich direckt. Schprach nur, nachdenklich –

*: »*WAS *kam grade in Sicht ? – Wie hieß* das ? Wo se landn .....

..... *»Achso, nein : keine 10 Meiln=mehr !« (Waren wir hoch :* jetz sah ich endlich ma die berühmte ‹Brücke› zwischen den Kapps LAVINIUM und OLIVIUM. / Und weiter, weck übern YERKES.)

(da sie ebm bremmsDe)

..... *und schoß derart schräk nach untn;* daß ich mich unwillkürlich auf dem hartn Sitz nebm ihm verschteifte : so mußte höchstns Dillert auf Iceland noch durch die Flack=Lohen geschtoßen sein ! : »No fear : der Bodn des PICARD iss 800 Yards tief in die Fläche des MARE CRISIUM eingesenkt : wir schtoßen ledicklich zwischen 2 Berk=Zähnen hindurch. –« (Aber ‹durch=schtoßn› also doch !)

(Der Morgen schtieg in Schichtn von Dammf empor. Die nackte dürre Birkenriesinn zitterte verschämt. – : »Kunst=Schtück : wenn *Du* Een' ansiehst ...«. Und besah die bebende Baum=Schwester noch simmpaatischer .....

..... *während ich indessen, möglichst identisch=kühn,* vorn über meine schönbeschuhten Füße nach unten schpähte. (Tja, wenn da wirklich 1 Brown=hilled auf Ein'n geharrt hätte, oder sonst was WAClijes ! – So gab der Bube nur ein paar harte Rucke; (garanntiert aus Absicht; damit ich im Kongreß=dann die hohen Anforderungn, die solch Rum=Gegondle schtelle, rühm'm, und ewwentuell ne Sonderzuteilunk proponieren sollte, was ? : aber eher wirsDú seekrank, Lot=se, als ich ! (Das Korndbief freilich kam mir hoch; war aber von Magensaft noch nicht so schtark zersetzt, als daß es nicht gewissermaßen noch einmal geschmeckt hätte : Dank=Loze ! Von mier=aus nochma.) .....

»Abgeschmacktes Suppjeckt –« wisperte es zu meiner Linken. Und, geschteigerter : »Manchmal könnt'Eem glatt schlecht weerdn bei Dir, Karlle ! –«. Und hielt am Weegrannt an; mit Trän'n in den – (wie sagt Trakl in jedem zweitn Gedicht ?) – ‹runden Augen›. / : »Sint es *richtije*, Hertha ?« : »Es *sint* richtije.«; sie, dummf; (und schon *so* dummf, wie sie sonst mit der Schtimme gar nich runter

konnte; also doch wohl echt. – Sie trocknete sie, als moderne Frau, mit einem Temm=Po Taschntuch. Und schteckte das Handtäschchen dann wieder in die Wagentasche, vorn an der Tür.) / Und atmete hoch – beziehunxweise ‹tief›; es ergiebt immer denselben nicht=wogenden Busen – und ihr gelang 1 ‹Grundsatzfrage› : *»Iss es denn nie schonn schlimm genuck,* wenn Ei'm so was passiert ? – Es kommt vor, mehrfach=im=Leebm, zugegeebm. : Aber *muß* der Künstler denn sowas=derart schilldern ? ! –«. (Und schüttelte verzweifelt den Kopf : Dank=Dir für den ‹Künstler›, mein Lieb; wenn ich Einer wär', würd'ich mich henngn ! Bei ‹Dichter› wird mir regelmäßich schlecht : wie ehrlich=arbeitsam ist dagegen ‹Schrift=Schteller›. Man müßte *noch* weiter gehen, und ganz rüstich=derbe Ausdrücke für den fleißijen Literaturwerker einführen : ‹Wort=Metz› oderso; (Anna=log zu ‹Schtein=Metz›). / Aber erst ma das=hier erleedijn ...)
: »Liebehertha. – : a !) –« (und dies war der linke *Daum')* : »Sind *wir* schuld an dem biologischen Irrsinn dieser Welt ? Darüber ham wir ja wohl schon mehrfach gewortwexelt.« / »Bee !) ...« (Der schüttelt die Flaum') : »BrauchsDu das bewußte=Wissn dessen, wie's in der Welt aussieht, nicht zu ihrer Bewältijunk ? Sollte man nicht – auf solche ja immerhin noch=schonende Weise ! – erfahren müssen, : *Was* Ein'n im Leben so Alles erwartn kann; und wie das dann gegebenenfalls *riecht ?* Ich fürchte, Du schtehst manchma immer noch vor Monaazbindn, Klos & männlichstn Gliedern; und heulst & erschtarrst & erzeuxt Dir n Schock=uff=eewich : *da* gieptz gans andere Dinge noch=Du ! – Man *möchte* manchma drüber unsinnich werdn; das brauchsDe *mier=wahrlich=nich* zu sagn; das ‹iss drinn›.«
»Neenee, Hertha : wenn dergleichen Informazjohn noch reelatief humorich – also behutsam – geschieht : Du da kannsDe ausgeschprochn *dankbar* sein ! – : Es giebt, verlaß Dich drauf, noch Zee=Eee=und=Dee; aber .....

..... *ich huschte erstma flink* die 10 Schritte im Freien; (idiotischerweise die Hand vor die Helmscheibe gedrückt; als müßte ich mir den Munt zu haltn – solche Blößn dürfte man sich vor Denen=hier gar nich geebm !). Zwängte mich, seitlich, durch die superklug=schmalen Türen; und rinn in die

hausgroße Kunst=Schtoff=Glocke, (die für die Außntrupps gleichzeitich Heim, Schtütz=Punkt, Ersatzteillager, Luftreserwoahr, war. (Und vermutlich noch Diewerses mehr : *leicht* hatten es diese Abteilungn tatsächlich=nich !) –

»Also Mister Hamp=den ...«; (der Schtützpunkt=Kommandannt informierte mich kurz) : »... ä=diebeidn Vermessunx=Abteilungn befindn sich zur Zeit etwa=ä : 30 Meiln von=hier. Also marschmäßich keine 6; in anderthalb Schtundn sind Sie mühelos da. Sie schlagn am bestn'n klein'n Bogen nach Süden ... – : Ja, lehn Se's an de Wand=da, Miller ...« (1 Unter=Kommandannt hatte Schtaap=Taschenlammpe, und 1 endlos=lange Schpring=Schtange gebracht. Für die Bleisohlen krickte ich hier welche aus Cork, ‹Zur Erhöhunk der Geschwindichkeit›.) / Er hatte sich indessen leicht vorgebeukt. – Leiser; und undurchdringlich=vertraulich, (eigntlich unangenehm !) : »ä=Falls Sie : einen klein'n Boogn nach *Nordn* machtn –«; (sein, aufreizend langer, Bleischtift – naja, die krickt n immer noch ne gewisse Zuteilunk=hier – beschrieb allerdinx genau die verkehrte Richtung; kann vorkomm') : »– *falls* Sie also die Trupps=ä *verfehlen* ? Und=ä=mnä ein gewisses Schtück in diese ‹Verdünnte Zone› eindringn *solltn* ...«; (er hoop forensisch die Hand .....

(»Die Linke demnach. – : in der ‹Rechtn› hatte er ja woll'n Bleischtift ? .....

..... *die ‹Linke› war es übrijens) : »Irren* ist ja menschlich. – Und *jede* der Zirrzellen, *auch die kleinste : ja=gerade=die !; : kann* wichtich sein ! – Ja dann müßtn Sie halt den klein'n Weg=zurück zum zweitn Mahle machn. –«. / (Und nickte mir aufmunternd zu. – Ich, nachdenklich, zurück : also Kleinstkrater mit Zentralberk gesucht; da ewwentuell boll=schewiesiert ?). / »– ‹an sich› natürlich verbootn. – Tz=GOtt, n kleiner Um=Weeg –«; (Er, nochmal; und *so* lässich=dringlich – : Wir sind ja *Alle* Kommödijanntn ! –

(2 schweere Nicke. 1 zuschtimmendes Reiben. (Auf den linkn Oberschenkel. Und ich sukzedierte, mich, verworfen, etwas im Sitz zu lüftn – : »Noch*ma*=Hertha ! – Du würzD schtaun' ...

..... *ja, der Süt=Teil 'ss ja immer* von gans=merkwürdijen Nebeln betroffm.« (*Der*=hier lauschte meiner Eysenhard=Aneckdote, die ich zwanglos zum 2. Mal anbringen konnte, wesentlich intressierter. Nickte wohlthuend; (die Unterlippe wuux ihm, während meines Rehferraz, erschtaunlich weit vor). : »'s durchaus ...« (hier wurde der Munt gans schpitz; er legte ihn schräger, und wiegte selbstgefällijer) »... doch; das kann=ö – eine echte Wahrnehmunk gewesn sein. Schtelln S'ich vor : ein Meteorschwarm flüügt den Schtaup=Schpiegel des Mare hoch ! ? : ! –« (er warf ganze Hände voll ruckartich in die verdünnte Luft; sehr überzeugend. Breitete dann die Schultern weit, und zuckte die daran befindlichen Axeln :. (Wie gesagt : die geborenen Scharr=Lattane ...).).

»Übrijens unterschätzen Sie die Ausmaße unseres MARE CRISIUM=hier nicht : s'ss immerhin so groß wie Missouri; 330 mal 250 Meiln. – Aber Sie habm ja schtändich Schprechfunkferbinnndunk. ä=Die 3 Welln habm Sie doch ? : GLASS=TOWN, Uns=hier, und Meß-trupp ? – : 'tüür'ch.« –

Und schon im Raum=Antzuck draußen : den Alpen=Schtock zum Ap=Schprung einschtoßn ... ? –

(sie drückte unwillkürlich auf den Anlasser, so nahm sie's mit : das nennt man dann Willensfreiheit ! ...

..... *(Halt nochma. Er wollt noch* was. – Und am Brustschalter die Welle einschtelln ... ? .... : Ah; hier kwasselde's : »... sought the danger. : ‹seek=sought=sought›. – Grámotny ? –« : Mensch, das war'n die Russn ! (Und machten Amerikanisch=Unterricht : »Gdjä wü ßkrüwallissj : Where have You been hidden ? – : Gdjä : ...«. / Aber ich mußte mich konzentrieren; ich vergaß gans den Heinie=hier. Er war schon besorgt geworden, und fummelte mir am Bauche rumm. – Knipps : Knipps – : Ah, da bisDu ...)

: »Die Schtaubschicht – : ist nirgnz tiefer als 10 bis 20 Zoll. Allnfalls ma 30; aber das'ss schon selltn. – Also : Gutn Weeg. –«. (Und hob die Handscheibe, a la ‹Abfahrn› !).

Und los ginx; das Lagekärtchen in der Schtullpe, auf dem linkn Handgelenk .....

(und los ginx; sie trat automatisch auf alle richtijn Knöppe. / Und wir rolltn wieder 1 Endlein. / Bliep Uns gleich wieder schtehen, und schrie : »Du, haß'De's Fern=Rohr bei der Hant ? ! –« (Und da griff ich doch schaafsmäßich an mir herum – verflucht=nee –) : »Vergessen, Hertha.« : »Nu komm'glei lauter Rehe; poß uff.« (sie; resigniert. ‹Reh=seek=neared› : Bloß rasch ins Mare die Schöne entführt ! .....

..... *noch einmal kurz 10 Yards hoch* in die Lufft geschprungn. Und wiesiert – (das heißt : dies ‹in die Luft› war natürlich wieder die reinlich=üble alte Angewohnheit). (Und diese Karte=hier, auch nur einijermaßen zu ‹orten›, gar nich so einfach. – : Hier im Rücken den PICARD; das schon; Wem sagn Sie das. / Das sehr=ferne Crater=Rändlein jedoch, oderwaseswar, lag zwar *ungefähr* in dem mir angewiesenen Seck=Thor voraus : aber, meines geringen Erachtens, doch zu weit nach lynx ? ...). –

Ach=Watt=Schnack : hier die Karte; hier Nort. Hier lynxde das

Fels=Zähnlein : annähernd schtimmte's jedenfalls; den Rest würde man unschwer funkpeil'n könn'n. (Und die hohen Plexiglas=Schpitzzelte des Meßtrupps – beziehunxweise Jurtn – würde ich im Fernrohr ja ooch binnen kurzem erkenn'=könn' .....

(Aber das hatte ich nicht gut gemacht : daß mir das Wörtlein ‹Fernrohr› nochmal rausgeruttscht war, entwischt abgegangn desertiert. Denn sie sah gleich scheel; sie scheelte, und nickte böse her : auf=mich ! – Book sich auch schmeidich seitwerzer=weck; wie ihre Freundinn=vorhin, die Birke; (sie freilich hatte keinerlei Wind als Entschuldijunk). Und beteuerte :

»Nischt wirt draus ! – : Kee Fernrohr – und noch ann Kuß ?« (und, ins Bedeutend=Allgemeine gehoben) : »Nur Männern mit Fernrohr will ich gehören ...«. : »So ? ! : Wenn demnach der Diereckter von Maunt Pallomarr käm' – : der dürfte sich sofort festsaugn ?«. (Unt sie klapperte künstlich mit den Augen; und vampte mit dem Mund, soviel sie vermochte : !. / Neit=voll : »*Sonn*=Munt hasDe bei mir noch nich gemacht.« Sie zuckte nur käuflich die Schulter : »Bei Ee'm ohne Fern=Rohr ...

..... *Also los* : DURCH DIE WÜSTE *! – / (Und hinter=ließ* doch gans schöne Schpuren; wie ich, korkenen Tritz, so dahin schprang : ‹Wie 1 Ga=Zelle› hätte man auf Erdn gesagt, was ? –). / (: Oder nee : ‹n Pannter›. Klaa : n Pannter ! – Schprang ich also ein bißchen als Pannter dahin : ‹the slater, a mighty man is he›.)

Wurde dessen jedoch sehr bald müde – diese Pannter=Schprünge griffn die Waadn über Gebühr an – und schritt wieder in normal=ehrsamen 6=Yard=Schritten fürbaß. / Bemerknswert diese Todtnschtille, nich ? (Wodurch allerdinx Hertzschlack und Ohrnsausn unangenehm in den Forder=Grund traten – kuriose Formulierunk; ich muß mich beim Denkn etwas zusamm'nehm'. Vermutlich war es wohl so : daß die Ohren=selbst, aus puhrer langer Weile, auf sich achteten.) –

Große grünliche Fleckn im Pulvermeer ? : Der war jetz beschtimmt schon 1 Meile breit. (Schien auch etwas tiefer hier die Schtaubschicht, was ? – Ma mit'er Schtange probiern; (dem ‹zureichenden Grunde› mit einer zureichenden Schtange begegnen) ..... : ? – : ! :

Nannuh ? : Die verschwand fast drin ? ! : Waren das Dem=seine ‹höchstns 30 Int=Schiß› ? / Und hier, rechz, nicht minder; Potz Lunarit & Lunabat ! (‹Luna=ritt & Luna=bat› : Jott Eh S=pörr bitt für Uns !). / Bloß zusehn, daß ich von diesem gifftiejen grün' Zeux runterkomm : jetzt schprang der Pannter wieder ! Sogar *noch* weitbogijer als vorhin. (Jetz wußte ich auch, warum diese Schtange den allbernen ‹Teller› untn=dran hatte, wie'n anntieker Schi=Schtock ! : Bloß weiter hier .....)

Und endlich wieder auf redlichem Grau=Grund ! – (Das heißt : *war* er's auch ? Ich war jetz erst mal arg mißtrauisch gewordn ..... : ! : Doch. Hier war, kaum 15 Zoll tief, reeller harter Fels=Eßtrich drunter; na also.) / Und die ‹Dämmerunk› war doch schon wieder verdammt merklich gewordn=tz. Ich wiegte mißmutijer den Raumkopf : diese 14=tägich=endlose Nacht=hier war wahrlich Niemanz=Freunt : Nichts Niemand Nirgends Nie ! : Da hatten die Ärzte immer die meisten Schweermuuz=Anfälle zu behandeln, ‹Lappen=Krankheit›. Selbst Unsereins wurde ja mürrischer; obwohl man doch remarkable Denk=Reserven besaß .....

(»‹Man hat halt ne gute Schule besucht› ... ?« schlug es irgendwo hämisch=verbindlich vor .....

..... *Tjaaa. – / Und doch wieder ma behaglich* um sich blickn –. (Ich mußte mich allerdings zweimal dazu kommandieren : wieso eigntlich ? – Achso : wegn dem grün' Puder=Abgrund von vorhin. Je nun; ich kann ja auf den nächst=bestn=festn=Felsblock hüpfm.) / Und der Schprung gelang derart zierlich – (hinter mir, untn, wallte der Schtaub noch ergeebnst=etwas) – ausgeschprochen gemsengleich : Vivat Capella Hampdenii ! Fehltn nur noch Hörnchen & Brunstfeige .....

(Sie wollte hoch vor dem Wort, das junkfräulichen Naasn freilich etwas anrüchig – : »Bleip *untn* Hertha : ja*wohl* : es *hat* mit dem Klapperschtorch zu tun .....

..... *(dies fiel mir noch ein : man könnte doch eigntlich* seinen eigenen ‹Gemsbart› am Kinn züchtn; und ihn dann schpäter am Hute ..... und ließ doch wieder betrüpder die mächtijen Schultern hängen : keines unserer Kinder wußte ja mehr, was 1 ‹Hut› war. (Worte wie ‹behütet›, ‹in guter Hut›, gingen allmählich und unvermaidlich ihres urschprünglichen Sinnes verlustich : wahrscheinlich hatte Hutchinson gans=recht, wenn er immer wieder beantragte, die Ortograffie radikahl zu ändern – 's war eh wurscht ......

Sie kaute immer noch an der ‹Brunstfeige›. (Und wurde von der unschuldijen Metaffer *noch* wüthender : »Kau Du=Dir=selber drann !«. Und schaltete, ebenso präziese wie aufgeregt. Denn wohlnummerierte Häuser kamen auf Erden näher. Wir rolltn lang=samer. Sie schlug ihre trefflichen Hakn.) / : »Du das iss schonn die Kirche. – Sicher: dort=das länglich=gelbliche Bau=Werklein –«.

Sie hielt schtumm am Schteinrant. Unter halbkahlen Eichen. Und schtieg *nicht* aus. Saß vor sich hin; und schprach dummf zum Schteuerreif –

: »*Manchmal hasDe mich so weit,* daß ich ans Schlußmachen denk. – Ich komm mit Dir nie klaar : einerseiz brauchsDú überhaupt keen' Menschn; Du kannsDich mit Dei'm eigenen Kopp ammüsiern; ma siez ja wieder. In der Liebe mussDe Dir ooch Alles gans genau vor=sagn, was De mit Ee'm machst ...« / Und hob den Kopf; und schprach mit altem dürrem Ernst weiter : »Du hast keene Seele.« / Zuklappte der Munt. Sie saß und blickte nach vorn, durchs Große Fenster, auf die Schtraße : da verbark sich der gaffende Knabe hinter dem gaffenden Mätchen; (das sogleich ein doppelt lächelndes Gesicht annahm : für ihn mit.)

: »*SissDe. – Das iss wieder* derselbe Fall : anne glännznde Beobachtunk – aber blitzkallt & schnell & gans vom Ver=Schtande her : das geht bei Dir Alles so ficks & bunt & gelenkich durchannander, wie der Großschtattverkehr an'ner Schtraßenkreuzunk.« (Und zuckte selbstmörderisch=gleichgültich die schmalen roten Schultern. – Nur gut, daß sie von dieser Zugabe ‹rot› nichts ahnte; sie hätte es sonst womöglich sofort *wieder* gegen mich ins Treffn geführt. Das heißt besch*timmt*=sogar : aber ich beiße nun einmal kannibalisch=gern in 1 ‹weiße fette Schullter›; oder führe hungrich einen ‹roten Unterarmknochen kweer zum Munde› – eine Wendung, in der sie das ‹quer› vermutlich noch am rasenzdn gemacht hätte : dabei bin ich doch .....)

»*Dabei bissDe andrerseiz imschtande,* und koofst dem Hunde von Dei'm Gelt anne leichtere Kette. Und Du machs'das ooch; ich kenn Dich.« / Saß schtärker, und bewegte radlos den Kopf. : »Womit ich *das* verdient hab : daß ich mein Leebm uff amm Karrus*sell* zubringn muß ? –«. (Sie meinte die Erde : nich schlecht !). Und richtete 2 verdächtich blanke Augen auf mich : »Und *so amm Kerl* in de Finger falln ! ...«. (Nur rasch das Händchen gekapert) : »Hertha ! –«

»*Hertha wenn* ES *Dir so zu=wider* ist – : soll ich mich kaßtriern ?«. (Herzliche Grüße : Dein Wallach. – Aber sie schüttelte von selbst den Kopf) : »Daß De dann *ganns* unmenschlich wärst, gelt=ja ? Und *gar* nischt mehr an mir fändest. – Aber wart ock : ich will mich Deiner würdich erweisn –«; und richtete sich schtrack herum, energisch; (und sie hatte *hüpsche* Muskeln, ich wußte es; hätte es aber dennoch, gern, *jetzt* gesehen : in dieser Schtellunk, nackt=am=Schteuer, kannte ich sie noch nicht. (Und würde sie vermutlich *nie* kenn'lern'; schade. Denn es war nichts weenijer als Perr=Werr=Sie=tät : es hätte irgendwie die Scurrilität dieser Welt schteigernd ad absurr=dumm geführt; *so* geschteigert, daß sie wieder erträglicher gewordn wäre. – Vielleicht ging sie *doch* mal darauf ein. Auf einem Wallt=Weeg; oder am einsamstn Badeschtrant. Oder meinsweegn in der abgeschlossenen Garraasche ! : Wenn ich's ihr richtig klar machte ? – Aber für's ‹Klare› war sie eben nich .....))).

(Und dieser Gesichz=Ausdruck=jetz !) : »Hertha ! – : Was würde Lawwatter dazu sagn. –« Denn sie weinte mit nichtn. Schnitt mir vielmehr 1 wüste Fratze. Und schoß zusätzlich noch einen Zungen=Schpeer in meine Richtung : ! / »Es werde Nacht ...«. Und sie nickte, nachdem sie ihre angenehmen Züge wieder in Ordnung gebracht hatte, wissend her : »Das gloob'ich : entweder *obm lästern* ...«; (ich öffnete gleich intressiert das Gesicht, geschpannt auf ihre Formulierung des ‹oder=untn› : ?). : »Weiter kannsDe nischt. – Mach de Türe uff : raus Du Unn=Mensch !«

Also schteiff=beinich hoch=schtemm'. (Und ihr helfm : ich rumpelte mein Schtilzchen gar nicht unfein, während sie hilflos im Klaff ballangßierte. Hatte zwischendurch sogar die Schtirn, scheinbar ungehaltn zu mahn'n : »Nu komm schon, Herr Ta : wird'och unnötich kalt ...«. Und eiskalt rumpln –).

Nahm dann die endlich=Ausgeschtiegene, deren Atem zier & schneller gink, (mindistns Wintschterke 8), bei der artijen Hand. Sie merkte noch an : »Ich will jetz nie fluchchn, weil ich glei in anne Kirche treet. Aber hinterher=Du : Oh dann soll es gräulich her gehen !«. (Ließ aber das Patschchen doch sehr brav in meiner – : ja, schob es sogar *noch* tiefer hinein ? Ich schtreichelte es gleich sehr dafür.) Und wir schrittn, Hant in Hant, wie Hensel & Greetl, dem Hufeisn=Portal entgeegn .....

(S=toppn : »Ja und Der=oobm ? Soll Der unterdessn ... ?«. Und sie, die Schtirn schon besichtijend gekraust, nickte nerrwös=geschpannt : »Den laß amma tüchtich loofm .....

..... *und der Schtarrtschprunk zur Weiterreise : !* (Und zwischendurch ma 1 Blick auf die Armbanduhr : man kam sich tatsächlich wieder richtich wie 1 Erd=Herr vor : Schtock & Hut & Wohlgemuth .....

Zwischn den wehrhaftn Pilastern am Eingank blieb sie das erste Mal schtehen – : »Menschkuckamma die Wallöhrs ! –«. Und sah das Bissel Mauer mit 1 Blick an ... : einem Blick, wie *ich* ihn aus diesen Augen noch nie geschmeckt hatte ! / Ich sah zwar nichz, als nasses Gelp; mancherorz mit blaßgrünem Schimmel verziert; das Aparteste waren noch die faustgroßen rotrunden Flecken, wo der Ziegelgrund durch den bankerottn Putz kam. Aber es wäre barbarisch gewesen, so viel Glück irgend zu trüben; also harrte ich mit aller Macht, bis das neue Schtoffmuster notiert & vereinnahmt war. (Und volklich würden, demnächst, in mehreren bundesdeutschn Ortschafftn, einzelne bedauernswerte Back=Fische in solchn Waschkleidchen herumlaufen müssen. Beziehunxweise Hausfrauen in ähnlichen Schürzen; Potz Gugel & Zaddeltracht.)

Im Vorraum : Seitentreppe : Opferkasten; (mit Prospecktn; da nehm' ich nachher 1 mit). Schon vernahm man von drinnen, durch die Schwingthür, gedämmftes Orgelprobiern. (Das allerdinx, als wir ein Schtück in dem (auffällich engen) Gang zwischen den Bänkn vor kamen, neugierich ab brach. (Auch während unsres Aufenthalz unverkennbar lauter & forscher wurde. Und schließlich sogar in ein' schneidijen Koral überging – wir wiegtn aber auch, aus Gefällichkeit, die Köpfe im Tackt mit : *Eins*=zwei=drei : *Eins*=zwei=drei : *La*=hau=da=*mus* : Wir sind ja Alle irgendwie Fanatikker. / Gottlob war auch Hertha nich für's ‹Kniefixl=machn›, wie sie es in ihrem prächtich=blutvollen Schlesisch formulierte.) –

Aber das war in der Tat remarkabel ! (Wenn auch nicht »Hie Eronie=muß Bosch –«, wie sie gierich hauchte : »Ach was ! – Nix Bosh !«. / Wir wandertn umher, den Kopf im Nackn, so daß uns die Gesichter aufreibendst=horizontal lagn; und unsre Blicke irrtn, vereint, vom Himmel. Durch die Welt. Zur Hölle. – Also fang'n wa an mit der

HÖLLE ! : linx die schönste lüneburger Wacholdergruppe, wie wir sie nur eben erst, bei der ‹Anfahrt›, gleich hinterm Großen Kain, gesehen hatten. / Dann 1 Dutzend nackter Verdammter. (Die, begreiflicherweise, vor dem flammensausenden Höllenrachn=rechz, ark schtutztn : *so* hatten sie sich die Folgn *nich* vorgeschtellt, wenn sie des Schteinhägers zu viel taatn. Oder ihrem Mädchen, über das Maaß des Schicklichen hinaus, am Kreusel=Krepp schpieltn. (Und Hertha nickte mir nur kurz & vielsagend zu, a la ‹Schpiegle Dich darin !›) : »Kuckamma Den=gans=vorne an : FinnzDe *nie* anne gewisse Ähnlichkeit ?«. Der sich freilich auf allen Vieren heulend gegen das Eingesaugt=Werdn schtemmte. 2 rötliche Teufel mit Mistforkn gabeltn den restlichen Schub hinterher. Und schwartze Höllenhabichte harpy=niertn von oben : »Gar. Nicht. Schlecht. –«

Als ausgeschprochener Gegensatz der Kor der erfolgreich Auferschtandenen. Wiederum wahrhaft meisterlich im Dreiexfellt angeordnet : unten, breit, die weißbauschich=überlangen Petticoats. Dann schon evzonenhaft enger gegürtet. Dann, seelich Backe an Backe gedrängt, Gesichter & Coiffuren. / »Und so, meins-Du, wirst also *Du* einst=schtehen und sing'n ?«. Aber sie schüttelte auch ablehnend den Kopf. Zuckte theilnahmslos die Axln : »Gott wer Inntresse dran hat ... *Ich* wär' am liepstn *gar*=nimmer : die Welt iss zu viel für ann Menschn.« Tat schon wieder maulhängkolisch. Und ich führte sie nur schnell ein paar Bilder weiter :

: »*Hier : Kuckma den Engel. – : Wie der* dem 7=köpfijen Drachn die Feuerrute zeigt. Und der zwar aus Ehrgefühl noch etwas faucht; aber doch schon beträchtlich scheut : es giebt ihm sichtlich zu denkn : man beachte das Fragezeichen des Schwantzes.« / Hier blus der E.v.D. aus schön=flach geschwungenem dünnem Horn sein ‹Auf=Schtehn !›. : »SissDe : sämmtliche Engel sind *Frauen* !«; Hertha, trübe triummfierend, ob der schtattlichen Pattriezierinnen=Tracht, kurz nach 1700. : »Kuck Dir ma lieber Den, gans=untn=rechz, an !«. Sie kuckte. Unt nickte; (es war aber auch der, mit Apschtant ausdruxvollsde, Höllen=Aspirannt.)

Und auch hier wieder 1 wohl=friesierte Dame – allerdinx befremtlich weenich Hinterkopf ! – die SATAN=selbst an der Kette hielt. Einen armlangen Schlüssel in der hellen=vollen Hand. Und unverkennbar eindringlich auf Jenen ein=redete : Widerlich grau & fett, ringelwänstich wie ein riesenhaft vergrößerter Meister Floh, Flammen fraßen ihm aus Maul & Leip, lag der Kerl auf der Seite; verdrießlich aufgeschtützt – aber völlich gebändicht : sie hielt die Kette verächtlich=lose. / : »Ich würde sagn : es ist dem Meister gelungen, ein gewisses verworfenes Behagen des Bubm an seiner Sittuatzjohn auszudrückn. – Übrijens ‹Kette› Hertha : daß wir nachher ja dran denken !«

Kristus als Weltnrichter ? : »Ausgeschprochen schwach.« / Pause. / : »Du meinst künstlerisch.« : »Kwattschkopp.« / Aber ohne rechte Überzeugunk; denn sie war schon im Paradies; und besah sich eben tiefsinnich den Adam=da=obm. : ?. : »Daß=Der=das –«, (sie überwand die Schaam, und sagte) : »– mit *Tiern* gemacht habm soll ? ...« Schüttelte sich mehr. Darauf ich; in geschpielter Lüsternheit : »Na; schtell Dir ma sonne richtije schtramme Tiegerinn vor ... ?« Und sie, verächtlich=überzeugt: »Jaja : *Ihr=Männer* krickt in *der* Beziehunk *Olles* fertich.«

Dennoch : 1 prächtijes Paradies ! / In jeglichem Gewölbekeil sein schmaler Schpitzbaum; immer abwexelnd die andere Sorte. Regelmäßich die ferne Borte einer Baumkulisse. Und hinter jedem Schtamm schaute, Augn rechts, behäglich ruhend, sein Thier hervor : Bär & Hirsch & Rint & Lamm. : »Und sieh ammal wie gehnial gemacht ! : der Hinter=Leip iss einfach weck=gelassn : moderrn & kühn.«; Hertha ; hin=gerissn; (auch ein bißchen archenoahmäßich erfreut). : »Und vergiß mir ja nich den hohen *Bretterzaun* – hier hat man ihn, leider, zu=braun restauriert : aber es iss'doch schlechthin=wunderbar ! So viel ländliches Behagen ...« (Und neues Wandern im Kreise). / : »Hier ! : Das habm wir noch gar nich gewürdicht –«; (freilich hatte man das schtörende Gegenlicht, vom Fenster her, mit der breitestn Hand abzuhaltn.) / Und da mußte ich doch die andere auf die Hüfte setzen : das war doch wohl .....

: *»Also ich würde ja sagen, Hertha :* rein=kommpositorisch die Schpitze !«. / : Rechts 1 Baum; linx 1 Baum. Dann der kniende Apostel : wundervoll kniete sein roter, wohlbeleibter Rückenmantel mit. : Und dann der Engel !

»Also dieser Engel !« – : Oben, (und zwar ausgeschprochen *hoch*=oben !), das Sonnen=Blumengesicht. Gleich darunter die kurzen energischen Flügel : er würde *schnell* damit zu schlagen haben; tut nichts; er war der Mann dazu. Dann der beulije – »knollije ?« zweifelte Hertha – gelb=braune Wolkenleib : »Ähnlich wie, vorhin, Deine ‹Wallöhrs›.« Er zeigte den Weeg himmelwärz; kurz=ab & doch; wie Bauern fleegn : Dor henn ! : Na babm ! / Und dann kam'm erst die roten Schteltzbeine ! : Vom Rot des Apostel=Mantels. Thorhaft=weit geschpreitzt; massief Eiche; (untn dran die keulijen Schuh=Hufe.) / Und schtehen & schtaun'n. (: »Gans=hintn das Schiffel ...«).

: *»Das iss'n Bauernengel, Du !«.*

Und auch sie nickte : »Der. Und das Paradies=da.« (*Wir* könn'n auch den Gegner würdijen.) / Und herum schtehen. Und herum schtaunen. –

– : *1 Hant auf der Schulter ? – : Der Küster.* (Ältlich; in Lodnjoppe; bäuerlichen Gesichz) : »Wier ham da jetz gleich ne Trauunk ...«.

(Und da fielen auch schon von oben Töne in die Welt : die wakkelnden Töne von Glocken : sicher : wir entfernen Uns. Im langsamen Walzertakt. Nickend.) / Und es war mir, im Vorraum, das hell=blinkende 50=Fennich=Schtück wert; den Prospekt nahm ich mir, als Erinnerunx=‹Rune› – obwohl ich das Wort *nicht* schätze; ‹Rune› nämlich – auch mit. Wenn schon das Kristentum nicht unser Destinée ist : *wir* könn'n auch den Gegner würdijen, »Was, Hertha ?« – sie beschtätichte durch leichtes Neigen des Kinnes. / Dann, entsetzt : »Du, hassDú Dir Tanndte Heete jetz vor'm Altar vorgeschtellt ? –« : »Tz=nee ! – Du ?« : »Nee; ich oo nie. – Aber nochamma rein könn' wa jetz nimmer.« ...
(Erstma wieder in die ISETTA setzen. Und verdauen.) : »Du meinst : zu verdauen *versuchen*. So schnell geht'as bei mir nich, Hertha. Trotz der, mir vorhin von Dir nachgerühmten, Ficksichkeit. – : Was nixdu schon wieder, Du ? Nicht=Engel. –«. / Tchaa : was Schpreu was Trespe ? / : »Übrijens die *Kirchenbücher* müßten Denen aus der Hand genomm' werdn : mir iss es ma passiert, daß 1 Farrer, der mich persönlich kannte, mir die Auskumft verweigerte : ‹ich wäre der Benützunk kirchlichn Archief=Guuz nich würdich›.« – : »Oh=nein, mein Hertz ! : Wenn mier in der DDR ein Faffe ins Gesicht=rein riskierte, die Mitteilunk 1 Geburzdatumms, dessen ich bedarf, zu verweigern ... ? !«; (und nur andeutend nicken. – Bei uns komm' se ja leider mit sowas durch – die Postleitzahl von Bonn werd'ich mir wohl nie auswendich merkn !).
: Bmda=dáada Bmda=dáada Bmda=dá : dâ=ddadda ! : HOCHZEITZ=ZUCK AUF TROLDHAUGEN. (Und wir immer diskreet durchs Gehäuse geschielt) : / –. – : ! : DER BREUTIJAMM; hochschlank & in der kleidsamen Uniform der Bundes=Wehr, 1 Kriex=GOtt anzuschaun : »Sache, wa Hertha ? !«. – Aber sie mißbillichte mit Wakkelkopf und Mund : »Ich finnd, er sieht a bissel *sehr* dumm aus.« : »Selbst unter Berücksichtijunk des *doppeltn* Hand=i=Caps ? : Gleichzeitich Solldat *und* Bräutijamm sein müssn – es ist ja fast zu viel für 1 Menschnherz.« Aber sie schüttelte bei jeglichem mildernden Umschtand : »Kuck Da doch bloß amma *das* Gesichtl an ! : Viel zu *kleen* erstns. Unt dann noch *so dämlich* –«. : »Meingott=z wird halt'n Lantwirt sein – Du darfst nich immer gleich mit mei'm durchgeistichtn Geleertn=Kopf vergleichn.« Sie sah mich an; schmallippich und *soo* kallt. Und zoox ausdrücklich in der Nase hoch. Und hätte sich zweifellos auch einschlägich geäußert, wenn nich grade ..... (aber so hatte Frau Neugier ihr das Gesicht

schon in den Nackn gedreht – ich hatt'immer gedacht : nur Euln könntn so weit rum ! Ich sah leedicklich noch 1 Schnörkelohr; groß, aber hübsch kommplieziert gebaut, es waren gute Gedanken darin. Und viel rotes Fell vom Hinter=Kopf. Ich legte, wie ich, wohlerzogen, zu tun gewohnt war, meine Lippen verehrend an ihre Reize; und so zufällich=dezent diesmal, daß sie zwar gans=leicht zuckte – sie war öffentliches Auftretn nicht gewohnt – aber diesmal doch nur »Schapplien« murmelte. / Und ihr Gesicht kam langsam, wie hipp=notisiert, wieder mit herum) :
: *DIE BRAUT ! – : 6 Fuß hoch & schneeweiß ! / So geräuschlos* wie Schritt. / Einmal löste sie sich ap. Umschwebte zupfend ihren Dillert – wie Schwingen, feierlich, arbeiteten da ihre Arme – und hing sich wieder an ihren Platz; in den seinen. Und setzten weiter Fuß vor Fuß. –
»*Wahrscheinlich komm' 2 große Bauernhöfe* zusamm' : er 324 Morgn; sie nur 278 : da muß sie – es ist ländlicher Brauch – in der Ehe fein den Munt haltn. Unt kricktz dennoch jeden Tack vorgeschmissn. In 10 Jahrn hat se 11 Kinder & 12 Fehlgeburtn. Dafür Krammfadern, Vorfall aller Artn, n krumm' Rückn, und keene Zeene mehr : Plattfüße besitzt se jetz schonn.« –
(Und durftn nich etwa, gnädich, im Hauptportal verschwindn ! : Nein : Sie wallten linx, an der Seite, vorbei. Fast gans rumm. Machtn ‹die Kehre› – : »SiehsDu : Dillert. Genau.«). / Das Gesicht neben mier griente 1 bißchen, wehmütich; obwohl mir etwas zu weenich. – Jetz auf einmal doch mehr ? (Aber ihr Blick hing gar nicht an meinem Munde; sondern an dem Fotografn, der, 1 kleiner Mann und also desto weitgebärdijer, sich, dicht bei uns, Raum schuf. Den Kopf mit einem schwarzen Tuch verhüllte, als wolle er wahr=sagen. Sich dann hinter sein MG kniete, und apwexelnd lud & schoß. Auch einmal wild auf schprang, schräg nach vorn; und, 2 kleine Fäuste deekoratief vorm Brüstchen, dramatisch gezerrten Mundes in die Mündunk schpähte : ? –. Und wieder zurück ! (Und laden & schießn.) / : »Aber *ich* bin n Scharrlattahn, ja ?«. Und sie, nach einijem Besinn'n : »Ja.«
»*In manchen älteren Kirchen, gab's* beim Abend=Mahl ‹Sauge=Kelche› – wußtest Du das ?« : »Nee; wie sollt'ich ?«; und schauderte obm leicht, a la ‹Unn=app'tietlich›. / Sie waren auch Alle weck=jetz; auch Herthas Theilnahme war weck. Saß da; etwas zurück gelehnt, die Hände im Schooß. (Als sich auch *meine* Linke an diesn beliebtn Vergnügunxort begeebm wollte, schob sie bloß

mit dem rechtn Zeigefinger 1 bißchen die Luft beiseite – so : –. Und ich, wohlapgerichtet, nahm mein Eigntum wieder an mich.) Atmete eine zeitlang lustlos. Als Einlage 1 mißmutijen Schnief. Dann, fade & unbegeistert : »Und Er, der Breutjamm ?«

Er ? – : »Na. – Oxe war er schonn vorher. Beim Milliteer lernt'er aus : zumindest für die Zeit meines Vaters & meine=eigene darf ich es behauptn : es gab keinen größeren Sauschtall auf Erdn; keine größere Drillanschtallt für Brutalität & Rohheit, keinen breiteren Tummelplatz für hürnene Beschrennktheit & infantile Grausamkeitn : als das deutsche Milliteer. – *Heute* ist'as freilich, ich las es erst neulich in einem SPD=Organ, gans=gans anders.«, fügte ich höflich hinzu; (man konnte ja nie wissen; vielleicht wurde unser Geschpräch abgehört. Wir lebtn schließlich in 1 freien Lande.)

»Er also macht – es iss nich allzuschwer; ich kann Dir's bei Gelegenheit ja ma zeign – die erwähntn 11 Kinder; und 12 Fehlgeburtn; und auch die andern Male, bei denen's *nich* schnappt. – Ja sepp=verschtäntlich : auch der Nachbarinn fummelt er in der Ecklipptick rumm; und hebt jeder Junk=maakt den misttriefenden Rocksaum.« / *»Arbeitn* tut er wie sein Feerd, klaar : *ich* laß Jedem Gerechtichkeit widerfahrn !« (Nach einijem Besinn'n) : »Entschuldije das saublöde ‹widerfahren›. Ich meinte natürlich ‹angedeihen›. – Beziehunxweise, noch weenijer geschwollen, ‹zuteil werdn›.« / : »Sonntax geht er ins Gasthaus. Allwo er mit, vom langen Gebrauch eiförmich gewordenen, Schpielkartn Schkaat betreibt; wenn nicht gar das, mit Recht so genannte, ‹Schaaf=Kopp›. Trinkt auch dazu den guten Doppelkorn; beziehunxweise, wenn er wieder 1 Flüchtlink erfolkreich über's Ohr gehauen hat, 1 weenijer ...«. (»‹Ratzeputz› –« murmelte hier mein Glück; ich hatte sie, anläßlich der Her=Reise, kurz hinter Adelheidsdorf, jenen ingwer=reichen Haidelikör gelehrt. Aber) : »Nee nee, Hertha. *Der* iss dem richtijen Bauern *viel* zu teuer : Der iss doch nich verrückt ! *Den* überläßt er dem prahlenden Dorf=Trunkenbolt. Oder trinkt ihn höchstens, wenn der reiche Willen=Besitzer aus Bremen sich ma unter's Volk mischt, und ne Runde ausgiebt. ‹Da sauft, Ihr Schweine !›; er=selbst ermattet, von der (gepachteten) Jagd beschtaupt. – : Neenee Du !«

»Er also betreibt dort seinen Denk=Schbort, nach Altenburger oder Schtralsunder Vorlagn ...« : ? » : Die Schpielkartn=Fabriekn : Herzchen mach bitte mit.« / »Wankt dann, obwohl nicht nennens-

wert schwereren Tritz als sonst, nach Hause. Drischt dort, ‹Trautes Heim›, die 4 erreichbaren, also dooweren, von seinen 11 Blondköpfm. Geht in den Schtall, und kickt unterweex die schwangere Hauskatze 10 Meter weit : wenn se Schwein hat, überleebt se's; wenn nich, dann ‹Es lebe das Kristntum !›. Schlägt noch dem Feerd, das unruhich um sich kuckt, rasch 1 Auge aus .....«
»*Hertha=nein ! : Ich schpreche keine* Sattiere : ich hab's wort=wörtlich erlebt ! Ich : Moa=Mäme. Ich habe 1 Jahrzehnt meines unschätzbaren Lebens ‹beim Bauern› wohnen müssen. – So wahr ich zu 90% vom Brot lebe; meist an Deiner Seite im Schtehen genossen.«
: »*Dann schtellt er sich, geducktn Hauptz,* neben sein' Tracktorr; und knurrt in dieslijem Wohlgefallen: 4=Tackt : 4=Tackt. – Macht selbst etwas Mist. – : Schreitet dann, Septembers, ‹zur Urrne›; und wählt so weit ‹Rechz› wie möglich – worauf ihm dann, am nächstn Tage, die ‹Heimatzeitung› seine ‹politische Reife› bescheinicht. – Es soll mich doch Wunder nehmen,« schloß ich wild : »welcher Schtaat der 1. sein wird, der sich dazu aufrafft : die Erteilung des Wahlrechz vom Beschtehen einer, gans klein', *Prüfunk* abhängich zu machn – bloß so 20 Fragen; aus Geschichte Geografie Wirtschaft Kultur.« / Und Schtille in der ISETTA. (Gans fern hörte man, drüben, orgeln : Orgelljuse Organon Organdy & Orgasmus.)
»*Nu zum Bei=Schpiel : ‹Wenn man* – bei einem künftijen Welt=Parlament – *da ooch* die 5=%=Klausel einführte : Würde das=dann der Adenauer=Republik schmecken, oder nich ? !›«. (5% von 3 Milljarden sind ja bekanntlich 150 Milljon'n.)
: »*Oder : ‹Sie sind ‹überzeugter* Krist› ? – : Wieviel % der Weltbevölkerung, meinen Sie, machen ‹die Protestanten› aus ?›«. (Nämlich nich gans 8 ! : Da würdn Manche vielleicht Knopplöcher machen !). / (Aber die Folgerunk lehnte sie ap; sie war *noch* pessimistischer) : »*Dos* würde Den'n *gar* nie zu denkn geebm : Die würdn sich einfach einbildn, ‹*Nur=Sie*› wär'n ‹im Besitz der Wahrheit›.« : »Wenn se aber doch laufend *überschtimmt* würdn ?« : »Desweegn noch lange nie : Die sind bloß für ‹Mehrheit›, wenn sie=se habm.«
: »*Oder=e – : saagn Sie doch mal,* Freuln Theunert; was halten Sie von diesem Satz : ‹Wer die *Nacktheit*› – ‹Nacktheit› in jedem Sinne : in Bezug auf jeden Gegen= und Nicht=Gegenschtant – also : ‹Wer

die Nacktheit nicht ertragen kann : der hat auch kein Intresse an der *Wahrheit* !› : Was halten Sie von diesem Satz ?«. – : »Nichts, Herr Richter.« versetzte sie verbindlich; (und schprach das ‹Richter› noch dabei so aus, als wäre's nicht=Ich, sondern der bekannte unangenehme Beruf).

(Also lieber wieder ruff=uffn Mond : ich packte sie der Einfachheit halber roh am Arm; und riß daran .....

..... *: schon 3 Schtundn* unterwegs ? ! – Da war ich doch wohl weit genug ‹nach Nordn› ‹ausgewichn› ?. / (Und um sehen : wenn auch der Moont=Reckord auf 46 Meter 13 schtand : meiner Pannter=Setze brauchte ich mich nicht zu schäm'm : 5 bis 10 Yards durchschnittlich.) / ‹Schpuren=Lesen› : ein gewisser Tscharls Mäi hatte sich – es waren freilich 100 Jahre seitdem vergang'n – der Fähichkeit gerühmt : aus 1, ihm appliziertn Fußtritt, gantze Lebensläufe heraus lesen zu könn' – demnach hätte er, aus meiner Fährte, auf 1 Ih=gwannodonn getippt .....

Und 3 Schtundn : das waren immerhin 60 bis 70 Mails : Op ich da nicht ‹meine Schulldichkeit› als erfüllt betrachtn konnte ? – (Ich befand mich grad an 1, total versunkenen ‹Zirr=Zelle› .....

(»... nach Zelle –« memorierte man neben mir .....

..... *wie der Fach=Bulle sich* exprimiert hatte : außen der üplich=schtille, bleifarbene Sannt. 1 niedrijer Klippen=Rink, von – nuu; saagn wa tausend Yards – Durchmesser. –

: Ja=also setzn wa uns fix ma hin, was ? –

Und Hinn=Sitzen. (Auf 1 Bimmsschtein=Bortschtein. Das Gesicht – : Was heißt hier ‹das› ? : ‹MEIN› Gesicht ! – nach Westn.) / : Westn ? ? – Also diese Karte=hier schtimmte mit aller Gewallt nich ! – Nannachher. Erstma ausruhn. (Und mit den Pannter=Bein'n baumeln. (Oder war ‹schlenkern› der korrecktere Ausdruck ? .....

(»Potz Cramer & Schlenkert«; unterbrach ich mich=selbst; und verdrossen dazu : dies verfluchte ‹Ge=Potze› ! .....

..... *und noch, ‹zur Sicherunk›, die Anfanxschlaufe* meines Neilonn=Seils um 1 Fels=Zinkn gehakt. / (Und ruhen. – Die Deepeschen=Tasche hing mir ja noch, am Lederriem'm um die (‹mächtije› ? schmeichelte es schon wieder irgendwo=innen ?) Slater=Schulter.) / Und immer lustich baumeln. (Beziehunxweise, wie es, eben wieder=drinnen, mahnte : schlenkern : nujut : schlenkern.) – Hmmmm. –

(Drübm, in Richtung PROMONTORIUM AVARUM, verdämmerte dessen Fels=Gebiß : tz=die Sonne schtand tatsächlich schon wieder

verdammt schräk : ich verdamme Dich hiermit !.) / Unt Schtille. (‹Todten=Schtille› gewissermaßen, eh ? – : Das wäre dann freilich verdammt=schtill ! Hmmmm.). (Und immer die Pannter=Schennkl wuppern lassn. Untn, die Füßchn, rollen : sooo .....
Und doch ma, vorsichtshalber, sämtliche Wellen ab=klappern – : – / : Ah, der Meß=Trupp. Die sagten Loggarittmen auf; (’s ist mein Beruf, Heinz; 1 Mensch muß in seinem Beruf arbeitn’.) / ..... –.: ? : Ah, der PICARD. – : da mümmeltn se was von’m ‹Kurier›; dätt’s mieh. Sehr gut. / ..... –. : ? : Da ! : Russisch ! (Das verschteht man nich. Leiderleider : verfehlte Erziehunk. Wenn man ehrlich sein wollte; (zwar : Wer will das schon ?). – Der=ihre Mäulchen arbeiteten gar nich schlecht, ‹Baddelabopp=a=bopp›; und ‹rrrr›s rein gemischt, daß man gleich hätte neidisch werden mögen : zumindest an ‹r›s waren Die *viel* wohlhabender als wir !). / ..... –. : ? : *endlich ma unser* Haupt=Sender ! : Der ‹Schwager des Dichters› – iss das aber nich doch kuhrios ? : selbst mir fiel sein Name zuerst nich ein; er hieß eben immer nur ‹der Schwager vom Lawrence› : kuhrios; wahrlich .....
: also Der hielt ein’n Vor=Track. Und schtellte darin doch die verfluchte Theorie auf : daß die Menschheit bereiz *mehrfach* die betreffende Dummheit begangen habe. Und ergo *mehrfach* auf den alles=dulldendn Moond hätte aus=siedeln müssn. (Als ‹Beweise› führte er die ‹Phello=Plastn› an – also all die merk=würdijen klein’ & größeren Kork=Gewexe – die, neben Flechtijem & Pillzijem & Allgijem, die einzijen Mond=Flanzn bildeten) : »Nachweislich Reste der, das Letzte Mal, kurz vor TRIAS, mitgenommenen Floren=ä. –«. / (Und scheute sich nicht. Und nahm tatsächlich das Wort ‹NOAH› in den Schwager=Munt : daß jener, noah=genannte Emigrannt, nichts weiter gewesen sei, als sein, »von der Theorie geforderter«, »post=adamitischer Auswanderer zum Monde.« – : Da schtehsDe Kopp ! .....

(»Da schtehsDe Kopp –« gab auch Freulein Theunert zu : *das* war ihr noch gar nich eingefalln. : »SiehsDu Hertha : *ich* muß *schtändich* an so was denkn .....

..... doch immerwährenddessen : die Waden nich vergessn. (Ich neikde seit einijer Zeit wieder fatal zum Wadenkrammf. Wie früher, als schwerer Raucher, schon. Damals. Hm.) / : Op mann sich hinlegn könnte & etwas schlaafn ? – Liber nich was. – Lieber zu diesem komischn Vermessunx=Trupp : Oh=á=hahaaa ! (Unt ausgiebich gähnen. Im Raumhelm : da siez ja Keiner.) –

((Wenn Ei'm das früher Jeemannt ... ma sich ma vorschtelln : uff'm Moont sitzn; uff ner Seeleenietn=Schanze ! Fehlte bloß noch ne Bimmsschteinschüssel mit Milchsuppe. Und'n Gollt=Löffl. Mit Monnogramm. ... (: oder zum Eimer Gipps=Suppe verurteilt ? : die erschtarrt im eigenen=Innern; der Kerl=drumm=rumm fault weck : da lehnt dann, ‹auf eewich›, 1 weißgeschlungener Korallenbaum am Rundwall, drüber=runter gerutscht ein Rippenkorb; jeder Welteninsel 1 Zierde; ich war sehr für so'che Kuriosa. ...))

(Aber ooch das hier kuhrios, diese gans=glatte grauliche Sanntwöllbunk=hier : waa=da=nich, runt=hundert=Yards entfernt, 1 Buckel entschtandn ? / Oh=á=hahaaa ..... : ich mühte mich, an möklichst=garnichz zu denkn : für die eene Scheibe Korndbief ? ! – / (Was'n albernes Ge=Walle, nich ? Dieses Sandes .....

(und Herthas leuchtende Frage=Augen jetzt ! – : »Hertha=Herthielein – : darfich diese Augn küssn ? – Oder, weenichstns, dieses 1 – ?« (Und zeigen; mitt Finn=gärr. Aber das war eben wieder zu viel. – Am bestn : nie erst wartn, bis sie Worte findet : ehe Sie den, die Tat genau deckenden Ausdruck, hervorgeholt hat, ist es fast schon das 1. Mal gekomm'm .....

..... *wie der meine Allerhöchstn Füße* umwallte, was ? : Ehr=erbietich unter=tänich. (Und ich bewegte gnädijer die Kork=Ohwahle hinein; Potz Iskander & Proskynesis. – *Noch* gnädijer ..... : ! :

*: Was soll das heißn ? ! / Und verschwand in=mich=*zusamm'm vor dem Ruck ! : Das linke Bein krickte ich noch hoch. Am rechtn .....

(Und der Schtab entpurzelte meiner Schulter ? ! An der er doch gelehnt hatte – / (Und mein Gesicht ging auf wie ein alter Hand=Schuh; (dem die Nähte platzn – : ich schwangte; und ruderte um=mich !) : 1 leichter Klopf=ins=Kreuz ? ! – (Ach, das war die Kurier=Tasche ! Aber es riß mir die Augn auf : bloß fest=Halten=Mensch :

1 Hertz=Schlack=lank sah ich mich noch über dem Gewalle ... ? : .... : (Dann wurde ich in die Tiefe gerissen ! ! ...

: ? ? ? : ! ! ! : ? ? ? .....

(»... ? ! .....

: und das Neilonn=Seil geißelte mir die Hände ! – (Sengte : fiel ich *so* schnell ? !). / Ich klaupte die Finger fester zusamm'm. Und tastete, rasend, mit den Unter=Footn ..... (Ich *hatte* doch vorhin richtich fest=gemacht, wie ? Bitte=ja !). / ..... : ! ! ! : Ah ! 1 der dicken, vorgesehenen, Knootn ! Goat=sey=Dank ! (Dennoch baumelte ich

wie ein Seckundnpenndl. – Und hatte, im Kreutz, das Gefühl, als sei ich mittn=durchgerissn ! : Sowas Allbernes !). / (Mennsch : da loop ich mir doch die schtill=frietliche Schiefertafel=Werk=Schtatt ! .....

(»...?!.....

..... *(und weit=auspenndln in der verrücktn* Demmerunk ! (Wäre ‹Dusternis› präzieser ? / Unt immer mit den Bein'n die Bimms=schtein=Kanntn ausparieren, wenn die Felswannt näher schwankte : daß man erstma zur Ruhe kommt. / *Da : die !* / Und ich, Gedrehter, mußte schon wieder nach dem Moont=Ball treetn : was ne idiotische Sittuatzjohn ! (Aber klar: Wenn mich der Moont=Ball nich in Ruhe läßt ? ! ... : ! / (Das Schlimmste war ja noch dies Gedrillt=Werdn ..... : ! ! .....

: »SCHEOL ! : SCHEOL ! !« : – Mennsch, war ich verrückt ? ! – (Unt schon wieder der heran=wankenden Kannte n Tritt : ! Die Demmerunk wurde immer graulicher; denn die (‹nicht=mächtijen› : was soll der Hohn=jetz ? !) Hände ruttschtn mir über'n erstn Knootn ! (Unt ich fuhr wieder 1 Schtück tiefer : iss denn *nich* irgendwo – an der Schteilwand=hier – irgendne Fels=Plattform ? ? .....

(Was soll d'nn das ? ! ! : 1 hohe weiße Geschtallt ? Die sich=mich zu um=schweebm erlaupte ? (Zupfte sie nich diereckt an mier ? !). / : Mensch, was heißt hier PRAE=COX ? : WECK ! – : »Bosh=Du !«

(Und schweepte dennoch. Um=mich. : Unt schprank mich ann : ? : Mann, hatte Die 1 Griff ! : »BißDu verrückt ? !« .....

: Mich in die Schullter hackn ? ! : Ich ließ soforrt 1 Hand=los. Und schtieß mit der; und beiden ‹freien Bein'n› : ! / (Und ruttschte natürlicherweise wieder tiefer ap. Opwohl sich das Wesen ent=fernte. : Mensch hörte ich nicht 1 Ge=Kreisch ? ! .....

(»...?!.....

(Und es wurde immer schummrijer : »WillsDu Dich weck=machn ? !«) / Und hatte alle Ennergie verloren : auch über den letzten=sichernden Knooten flitztn meine bibberndn Finger : ..... (gott=Loop fing mich der Gürtl noch ap ! An dem das Seil ja – ‹letztlich› ohscheiße – befeßticht war .....

(Und hängn & penndln. – : 1 penndlnder Gehenngter : der grausije Engel ! Mit weißem Filtz=Gesicht ! (Und Augn wie Radium=Kreise ! – Er rammte sein'n abscheulichn Kopf gegen den meinen ? – : wenn ich doch weenichstns das *Bewußtsein* verlorn hätte ! (Aber nee : ich=nich : ich verlor bloß meine Taschenlammpe : hättz nich umgekehrt sein könn'n ? .....

(Und dieses in Riesn=Ellipsn Hin= und Her=Schwing'n : und wie in ei'm grauen Rauch. – (Nur ab & zu kam I hell=drohende Fells-want näher : KICK ! / Und schon wieder weck=kreisn : es war wie in I idiotischn Traum .....

Da ! : Das Weiße kam wieder ! / Lautlos diesmal : ‹Diesmal=Diese›. / Hing sich ans Seil=über=mir; (unt das mohralische Gesetz in mir ?). Nickte. (Na, wennDe weiter nischt machst –). / Und nickte wilder.

..... : *Menschdienicktenichbloß ? ! ! – (: Dehnte* sich nicht schon das bißchen Tao ? : DIE HACKTE JA ! ! ! .....

auf blitzte – das – noch=einmal ! – trauliche Billt unserer Höhle : die lieblichen Nee=onn=Röhren an den Wännden – Dschord=sches Hammer klang hell wie Glockenschlaak –

(es ging aber auch grade wieder los ......

‹HACKTE› ? ! – : TATSÄCHLICH ! ! ! – / Ich griff mit der Faust nach oben. : *Über die Schtällä !* – (und keine Seckunnde zu schpät : schon zerfloß der=die=das Neilonn – meingott, ich weiß nich ma den richtijen Artiekl ! – nie wieder will ich auf : das Milchpullwer schimmfm : Soup. of the Evening. – : BJUHTIEFULL SUUUP : (the slater : ä meitie Männ is hie ..... / (ich konnte das bißchen Faust so schtählern geschtalltn wie ich wollte : das Seil begann mir durch=zuruttschn – zu : ruttschnnn – wieglatt : ou sinnjuie Hännds ! / (Und, schon im Ap=Schtürtzn, fiel mir nich ma GOtt ein – : nee : bloß meine Taschnlammpe hätt'ich gerne .....

: *ahhhhhhhhh* – – – .....

(und den Unter=Kiefer so künnstlich runter=klappm, daß Hertz=Hertha, mitgerissn, mir den linkn Oberarm umklammerte. : »Umm mich zu haltn ? – : Jetz iss's zu schpät. : Laß mich nur falln ...« / Aber sie half mir doch, sehr=Kammeradinn, aus der Rundum=Kiste, halp Blech halp Zellofahn. Und ich schwankte noch I bißchen kunst=voll, und s=täggerte. Unt sie hing sich gleich bei mier ein. –)

(Und war neu=gierich, das Biest ! – : Es bleibt UNS tatsächlich keine andere Waffe geegn Euern Sexual=Terror !). / : »Ja. Komm. –« ich; kunstvoll=erschöpft : »Laß Uns nach'm Kettn=Laadn Umschau haltn.« –

Und hinnein in die Kunst=Kannjonns der Häuserreihen von HAN-KENS=BÜTTEL ! / (: Wie zwischen Riesen=Regalen schreitet man in ‹unseren› Schtätten dahin. / Unt sie geleitete mich sorksam : I Schlauch voller Lüügn=nur ? : Der=Dir=aber Dein rothaarijes

Zeit=lein gans=nett ver=treipt, Nes=Pa ?. (Unt Dir noch das Unter=Ende *Deines* Schlauches jukkt, Nes=Mokkona ? – Immer dehne Deine Schritte, mein Seïde, scheinbar un=aphängich : Potz Werrn & Kraft .....

..... *und öffnete doch gleich=lieber=wieder* die Augen : ich konnte höchstns 3 Yards=tief geschtürzt sein. / Und weich noch dazu : in das mondesüpliche Sannd=Mehl. Ich hatte mir – eigntlich enttäuschend, wie ? – *nicht*=wehgetan. / Aber schon war dies weiße Luder; dies Ge=Schpennst; wieder=da ! – Umschweepte mich : wie 1 liebende Braut ihren Dillert. Und kreischte auf=mich=ein ! – –

(Willd um mich greifm : Mennsch, wenn ich blooß ..... / (Und griff, perr rein=rassichstm Zu=Fall : Cometh Reward ! : genau um den schtählernen dünnen Hals meiner Taschenlampe ! / : Nu warte=Du ! ! .....

Aber nee : die Schtimme ! – Aller Taschenlampen=Mut verließ mich wieder; (und der böse Engel schmiß sich auch auf mich, daß ich 1 Fuß kleiner wurde davon. Und wieherte vor ungutem Lachen, wie ich da ein'n Puckel bekam. Knusperte mir am Schtoff; und ääxte was über die eigene Schulter zurück.) – :

: Mennsch – – : kam das nich wie ‹ANTWORT› von weiter=hintn ? ! ... (Ich schtarrtete die erst=beste Gasse hinein; fort, weck, nischt wie ap, ins Finstere !). / (Unt es fiff hinterher, wie auf Fingern. Und nahte sich schpielend=lautlos=über=mir. : Und war lenxt *vor* mir ! – –)

Und hatte mich mehrfach eingehohlt=überhohlt – ich sank mit dem Rücken an was. (*Was* es war, konnte ich mit dem Rücken nich so schnell festschtelln. Aber es war fest.) – Und's irrte, matten Blitz=Blix, heran, in Semi's Zirkeln, wie schreiende weiße Tücher .....

((Erkenntnis : Das war ja das Schlimmste : Wieso hörte ich denn überhaupt ? ! – Hatte ich etwa im Falln, unbewußt, mein Funkgerät eingeschaltet ? Es gelang mir, (*gelang* : es gehörte Mut dazu, nach den kreischenden Wäscheschtücken ma'n Augnblick *nich* zu schlagn !), mit der Handfläche nach dem Brust=Schallter auf mir zu tasten ... ? –

– : Das war das Ende ! ! ! – : mein Raumantzuck schlotterte um mich ! / (Ja. Völlich schlapp. Überall : Hhhhh ...). / (Also war ich lenxt'oot. Und dies=demnach die HÖLLE ? : ich hatte da, es war noch gar nich so lange her, bei unserm Rewwerennd n Tatsachnbericht gelesn; mit Ap=Bildungn .....

(Und Hertha, nicht minder befriedicht als ‹gepackt› – (ich ‹packte› sie aber auch, unerbittlich, an den entschprechenden Schtellen, wie ‹Böse Geister› tun) – : »Au. – : SissDe ! .....

..... *: Au ! ! ! – Wie der Größere* der Weißteufel biß & plapperte ! : Ihr Teufl=Ihr ! (Und floh tiefer in gassije Labbührinnte : der sonst so freundlich beleipte Schtoff schlackerte jetzt nur zusätzlich=lähmend um meine davonschtiebenden Gliedmaaßn; ich *trat* mir fast drauf !). / Und fiel sofort prommt aufs Wiesier. Und war schon wieder weißlich umkreist. Und schtollperte rasender : der gang=lange Raum, schwarz schraffiert, (hier fahl braun); und wieder; und kreischende Schreie aus Traum. : Und der TOD erlöste mich nich ? .....

KREUZ an de WANT; entgültich; ich konnte nich mehr. – / (Und wieso ich *nich* tot war; trotzdem mein Anzuck zerrissn .....). / *: Mensch ! : Ich war irgendwo ! ! ! ...*

Denn, da es bereiz wieder von dicht=oben heranschwingte; und ich mit der Taschenlampe danach schoß, : !, glitt der Lichtkegel über dicht-Gegenüberliegendes – – : ! – (und wäre mir ums Haar zum zweitn Mal aus der Hand entsunkn : ‹Was ich nun sah, war über alle Beschreibunk !› .....

: »Was iss'nn los ?«. (Denn Coeur=Dame hatte mich mit dem Gesicht zum Schaufenster aufgeschtellt) : »WillsDu den Munt nich so lank=ziehen – Hertha, Kint, der iss ja mindestns – : 0,0001 Kilometer !« / Und, ungeduldijer, (ich verlor ja den ‹Fadn›) : »Du willst mir irgendwas aufmutzen, bête : Ei so mutze doch ! – Und zieh den Munt wieder zusamm'; sonnst binn ich kapabel und drück IHN in Parsec aus.« – Sie wischelte : »A bissl leiser ! Der Poßt=Boote kuckt schonn.« : »Ach, *hatt'*er was für mich ? !«; (und dies *so* herausfordernd, I am in a humour to justle a constable !, daß sie mich doch lieber wieder beschwichtichte. Auch neugierich : »Ja, was sieht er'nn'u .....

: REGALE haushoch ? Schtaapel von Konnserwm=Büxn ? – : Ich war *nicht* in der Hölle ! – (Es sei denn, sie wären, den Verdammtn zum Hohne, leeer ...

(Aber jetz war sie tief enttäuscht) : »Och das iss ja ock das Schaufenster=hier.« / Und überwand es, rücksichzvoll, mir zu Liebe, doch wieder; und verzieh mir; und seufzte resigniert : »Naja .....

..... *(und weiter renn'. / Ap & zu ma* nach linx geschtrahlt ? : Hier warn se vier=eckich; und faßten mindestns 10 Gallonen. – Eben trat mich wieder eines der Geschpennster ins Kreuz, daß ich in die

Knie gink. – Und rasend wurde. Ins Regaal lankte; und mit der nächstn tin nach ihm schmiß : Klarmensch ! : Das warn die bestn Waffm ! Come on : jetz machn wa Feuer=Gefecht !)

Aber es waren eben ZWEI *! – Ich mußte doch wieder,* tapferster der Bommbardiers, weichn. (Und fink jetz selpst, vor schierer Verzweiflunk, von der Erschöpfunk noch gans zu schweign, zu brülln an : Renn'n, renn'n, nischt wie renn'n ! : War denn nirgndz 1 Loch ? Daß ich weenichstns ma, und wenns für 5 Mienutn wär, volle Deckung . . .). / Und auch um *die* Ecke noch rumm : etwas mußte jetz komm', Aut=Aut !, : entweder mein letztes Schtüntlein – (ich war schon so schlapp, daß ich den Fostn mit der Schulter mitnahm) – oder aber :

1 Licht ? ! : 1 gelbes trauliches Licht=Rechteck ? ? – Hoch=kannt wie eine Thür ? : O Du mein Ent=schpurrt – (und hinein in die freuntliche Helle ! – Und runde Gesichter . . . . .

(Und natürlich haarscharf ap=gepaßt, alter Könner aberjaaa !, daß wir am Eisenwaren=Geschäft entlang flohen – : Und hinein in die trauliche Wärme=Helle !). / (Und runde erschtaunte Menschn=Antlittse . . . . .)

: ?. / Und Hertha, vergeistertn Gesichz, alle Sinnes=Fortn weit offn, schtammelte : »Anne Kette; bitte. Für'an Satan.« (Und runde, erschtaunte Menschn=Antlittse.) / Mit Recht. Ich griff liebenswürdich ein; gans alter Scharrmöhr. Lächelte sämtliche Drei an : ErsDich=Mammá ! Dann Dein leibriezendes Töchterlein : !. (Man sah's sofort : sie hatte dieselbe Wartze neben derselbm Nase.) Und dann noch=Dich, weiplicher Lehrlink : ! (Lange noch würdet Ihr von dem wohlgewaxenen, unwiderschtehlich=angegrautn Fremmdlink träu=men. / Dieser Lehrlink=übrijens *könn=te* – vorausgesetzt, daß GOtt & das Kriexministerium ihm Zeit dazu ließn – dereinst eine größere Anzahl Haidjerhertzn knackn, sagn wa fuffzich. Milde ausgedrückt : en vérité würde sich die Wirkunk seiner=ihrer Reitze ja anders ‹äußern›. (Aber Wer hat schon Intresse an der Vérité; : ‹KommsDe mit in de Wehrietee heut=Aaamd ?›). Und doch 1 bißchen neidisch seufzn : dann geh'ich längst am Schtock : ‹Es wirt a Wein=sein›.) –

Aber zur Sache : rann an die Mama : »Die Kette ist natürlich für 1 Rieseneule. –«; (verdammt; jetz war mir's selbst durcheinander geratn ! Was sag'ich . . . achso, klar) : »Wir haltn nämlich Eine; auf unserm Gut. – ä=lank & fest; aber möklichst dünn.« / Sie führten Uns, Alle Drei, zur Want wo die Ketten hingen. (Hertha, tief beschämt, den Kopf zur Seite, und nach untn : Komm Süße; ich richt'Dich wieder auf : indem ich Deiner bedarf) :

»ä=Hertha : weißDu noch des Näheren, wie dick die ist, die er – ä= Sie : es ist ja eine SIE ! – zur Zeit um hat ? : Doch etwa wie die=hier, ja ?«. (Aber sie vermochte nur 1 gans klein=flehenden Nicht= Seitnblick. Und nickte dann schtumm ins Ap=Gewandt :.) / Also wählte ich eine um 4 Nummern dünnere : ?. Und sie beschtätichtn es Alle wortreich : *die* könnte sie *nich* zerreißn. : »Auf kain'Fall.« : »Nie & Nimmer.« (Nichtsniemandnirgendsnie.)

»8 Meter würd'ich sagn; was Hertha ? – Kürzn könn' wir immer noch. – : Also bitte.« (Und bloß rasch zahlen; und raus : Mein Haschelchen fühlte sich ja doch nich wieder eher froh. Und selbst *das* würde noch ein paar Schreck=Minutn dauern.) / Also weiter schpinn'n. (Die dramatischeren Schtellen kann ich ja jetz mit Kettngerrassl über=tarn'n. Beziehunxweise unter=mahln .....

..... *runde ? : Gesichter ? : Ich fiel* in runde Arme. (‹Rund geöffnete ?› wandte mein Logie=Kuß=innen ein : Der war demnach *noch* nich bedient !). / Und fühlte mit dem Hintern ein Bretternes=Bankähnliches; man drückte mich drauf – nich mich=auf=den=Hintern : mich=auf=die=Bank. / Und es lächelte gutmütich=langbärtich : immer dasselbe Vierfach=Gesicht; ich konnt' sie erst gar nich unterscheidn.

: »Tür=zu ! : Tür=zu ! ! –« : so=kaum ich jappm konnte, so laut röchelte ich doch. (Und zeign & fummeln : ! : Denn eben drängtn sich auch die beidn Geschpennster schon wieder herein=heran : !). / Und der 1 Langbart schtand auf; (während 2 Andere begütijende Hände auf mich leegtn). Und ergriff erst den Einen Bös=Geist; und hoop ihn – mit 1 gewissn Anschtrengunk; sie mochtn schwer sein. : das heißt sie *waren* es : ich hatte sie ja wohl ausreichend Huckepack tragn dürfn ! – auf die dicke Kweer=Schtange im Winkl. Und den Nächstn. – Leekte Kettchen um Füße .....

(Demonstrierend rasseln .....

..... *(und mein Neben=Mann zeikte, beschwichtijend,* immer wieder. Und schämte sich seiner vielen Konsonanten nicht. (Aber warum reipsDu Dir so den Maagen, Freund, während Deiner Erläuterungen ? – Achso : daß Die mich vermutlich gefressen hättn ? Glaub's gern.)

(Saßen, während alles Folgenden, auch immer in ihrer=Ecke : Die weißn Riesn=Euln; ‹Schnee=Euln›; gut ihren Yard hoch; filzenen Gesichz. Mit dem sie zuweilen figurierten, daß man gleich hätte

lachn mögn. (Wenn es ebm nich Böse Geister gewesen wären.) / Und ich jappte noch ein bißchen, daß ich wieder Mensch wurde. Und die Troggloddütn schnarrchtn. (Aber eigntlich immer recht lustich & wohlmein'nd; hatte ich den Eindruck, wie ?) Unverkennbar erfreut, daß ihre Ein=Tönichkeit ma so nett unterbrochen wordn war.) / Unt jappm. (Und 1 Augnblick die Augn schließn : ich war doch fertijer, als ich gedacht hatte. *Noch* fertijer : ohnmächtich werdn kann ich aber leider nich. Zum Brechen wurde mir – : ich preßte die Hant auf den Maagn; und sah wild umher – (ich kann Deen' doch nich ihren ganzn Crater voll kotzn .....

(Und schpürte 1 rundn Munt auf dem meinen ? : Feucht & garnichklein. – unt immer feuch=*tärr* ? : »Ahhhhhh !« : und trank. Trank ! : Mensch; des Lord=Kantzlers Echter. : WOTTKA ! ! !. / Seit mehr denn 100 Wochn nich mehr. (Und damals ooch bloß um'm Munt=rumm eingeriebm damit; um ‹dem Volk› ein Gelage vorzutäuschn, und die Überfülle der Vorräte : Gerettet=Ahhhh .....

(Sie knaupelte nur schnell am Schloß der ISETTA. Und wir sankn – ‹Ahhhh : Gerettet !› – auf unser buntgemustertes Zweierbänkchen. Und so recht kunstvoll jappm.) / : »Hertha, dürfte=könnte ich – : den ‹grooßn feuchtn Munt› ? : Damit ich den ‹Anschluß› wieder finde ?«. (Raffiniert, wa ? !). – Aber das konnte sie eben nich; (und würde es vermutlich nie könn'n) : »Hier uff der Schtraße nie, Karlle. – : Nachheer, wenn wa draußn sind; uff der Schossee. Die vieln Kinder hier. : Op hier anne Höhere Schule iss ?«. / Ließ den Motor an. / Und erschtarrte schon wieder. Und war nur noch 1 Hauch : »OchDukuckamma – : Der Postboote ! – : Op der uns *nach*=gefahrn iss ?« : »Herthielein; Tz; wann wirsDu's entlich lern'n ? Dich von dergleichen Bubm zu befreien, indem Du sie Dir dienstbar machst : paß ma uff, wie Der umgehend verheitzt wirt; nimm Du nur Deine Kurrwe .....

..... *denn mir morstn Finger auf dem* Unterarm : ? : ! : ?. (Und *mehr* zeign. Und an meine Tasche klopfm. – GOttloop, die hatt'ich noch; jetz erst dachte ich an die=wieder !) –

: »Potschtalónn ?«. (Und wieder den Finger an meine kostbare VollRinnz=Leder=Mappe; die einzije im Schtaate; nur zum Aufschneidn freigegeben. – Der Wottka freilich war ausgezeichnet : wärmmte ! – Und nochma, gewissermaßn aus Wohl=Behagn, jappm.) / »Potschtalónn ? !« .....

(Und das Gesichtchen neben=mier – man mußte das sehen ! – ging ein bißchen auf, vor lauter Freude. (Allerdinx sofort wieder zu : 1 dicker LKW mußte umwieselt werden. Sie augenwrinkelte nerrwöhs.) / Aber dann war gerade Schtraße; und frei dazu. Sie lächelte gleich wieder braaf. Und sagte schtoltz) :
»Pöß=Tilljohn.« (Und machte, Frau über 13 Pee=Eß, vor Lust den Tachometer klettern.) / Kein Wort mehr von Mutzung. Auch flossen die letzten Bau=Werke des Orrz an uns vorbei; nach hintn. Die 1 Scheune noch; meintweegn. Ließ Ihr sogar auch noch Zeit, bis das nächste Wald=Schtück begann. Dann aber unverzüglich :
»Hertha ? : auf 1 Wort : Heraus mit Deinem Munt ! – Und laß ihn groß & feucht schmeckn=Du. Damit ich wieder rein komm'.« (Worauf sie ihn natürlich besonders schmahl & harrt geschtaltete. »Es wirt=Dich daraufhin nun aber wohl nicht Wunder nehmen : wenn mein Bericht kümmftich=eebmfalls kark, mager, dürr, ausfällt, ja ?«. Und erhielt den kühlen Gegen=Bescheid : »Du waarsd eigntlich schonn viel=weiter : das war reine Guttheet von mir, wenn De überhaupt een' gekrickt hast.« Und ich, als erwache ich : »Achjarichtich. Jetz kommt ja schon – – :
Hertha dürfte ich da – ich brauch's zur raschen Identiefiezierunk – 1 Deiner cream=hills ? Vielleicht den rechtn=hier ? Opwohls der kleinere iss : und sei es noch so flüchtich – –.« / (Un=nötich zu sagen, daß ich *nicht* durfte.) : »Überlegt Ihr=Frauen Euch denn nie, daß der beste, sicherste Weg, Eure=Männer während der ‹üprijn Zeit› apsolut keusch & gut=bürgerlich zu machn, *der* wäre : –«. Aber Sie, längst wieder rüstich zwischen Nadelholz=Soffittn dahin schteuernd, unterbrach mich schon : »Da würt im Leebm nie viel Andres mehr werdn.« (Wie Du meinst, Un=Natürliche; aber beklag Dich dann bitte nicht, wenn nachher gleich folgt, was folgt ..... :

..... : Jawohl. Der war ich : »Poust : Poust.« (Ich hätte mich natürlich auch schtur schtellen könn'n; und ihres von ‹potch› und ‹talon› ableitn. Aber das war nich meine Art : die Gesichter=hier waren viel zu runt=dazu. Eben kam das Aller=Rundeste wieder mit dem klein'n Alluminijumbecherchen an; tunkte – das war aber fast *zu* freundlich ! – sein Schnutchen=Putchen drann; setzte das Schtamperchen dann vor mich hin; und schprach, mit seltsam hoher Schtimme, dazu : »Na ßdarówje.«)
*He's a dschollie good fellow; ich zweifelte nich'*dran. Gedachte andrerseiz aber auch nicht, ihnen das Exempel eines ‹Blauen Kuriers› zu

liefern. (: Oder war es sowieso schon Giftpilzsaft ? Der mir im Bauche kluckerte ? ! : Hatte Kennan uns nicht zur Genüge über die Unsitten der Jakuten belehrt; die, als All=Kohol=Ersatz, ‹gewisse toadstools› ihrer heimischen Tunndren fraßn ? (Das heißt : nur der Erste ! : die Andern erhieltn dann den natürlichen ‹Zweitn Aufguß›; der seine Kraft behielt, und sieghaft sämtliche anwesenden Kreisläufe passierte !) ? .....

(»Fui Deubl –« : 1 mit=leidije Frauen=Schtimme .....

..... : »Gdjä : ßdjäss : póttschta ?«; (was heißt unter solchen Umschtändn noch ‹Gdjä› !) / Ich schprang erst einmal wild auf. Schtreifte mir den Raumantzuck runter – – : Unt begann umgehend vor Kellte zu klappern ! (Luft war genügnd da; aber diese Temmpera=tour ? : Hing da, an der Wand, nich'n Termometer ? – – : ? : ! :

25 Grat Mienuß ! – : Unt Zwei=von=Euch gehen in Hemmz=Errmeln ? ! / Wahrlich : dies waren die ‹Eisernen Männer› ! Vor denen Kennan uns gewarnt hatte : ‹Die Jakuten› hatte er geschrieben, ‹sint die einziejen Sibirier, die arbeitn wolln & könn'n. : Setzt 1 Jakutn mit 1 Säge und 1 Hammer in die ödeste Tunndra – und nach 2 Jahren wirt sich, an derselben Schtelle, ein schtattlicher Bauernhof erheebm; mit 500 Morgn ‹unterm Fluuk›, und 46 Haupt=Vieh. Von zahlreichen Frauen & Kindern noch gar nich zu reedn .....

(: »Navonweegn : in zwee Jahrn ... ?« – : also nichts wie Zweifel & Un=Dank erntete Mann .....

..... *natürlich würde ich grausam* aufschneidn, ‹zuhause›. (Und nicht=nur im Parr=Lament : *die Seerieje* von Vorträgn=im=Runtfunck. *Unt* Fern=Sehen : da konnt' ich's noch zusätzlich mitt'n Henndn vormachn ! – – – – –

(Sofort der arkwöhnische Eil=Seitn=Blick; wie eebm Schofösn blickn : ? / Dann, beruhichter, da meine Finger schtill & fromm im Schoße ruhtn : »Jaja : ops=zöhne Gebärdn; das hasDe weck !«)

..... : (der Eine hatte das Gesicht zur Want gekehrt; und meuterte leise vor sich hin ? – Achso : Gebete vermutlich; die glaubtn ja noch an – ja, an *WAS* wußte ich im Augnblick nich; aber das würde nachzuschlagen sein. Wenn ich dann über die Sittn der Jakutn 1 kurzn Über=Blick ..... irgendwelche ‹Heulenden Teufel› eben.) / (Unt wurde doch wieder 1 Kwenntlein un=sicherer, als mein Blick auf 2 gewisse=weiße Geschtalltn fiel. Von Deen' die Eine auch gleich mit dem Schnabel kappte : ! – Also vielleicht doch nicht *allzu*=ieronisch tingieren; dann, beim Vor=Tragen : Mistick

war auch bei Uns verdammt schick. Nicht nur im Augnblick; nee; *immer*=gewesn. Also lieber Vorsicht.)

(Opwohl ich natürlich für meine Kühnheit bekannt, ja beliebt=verrufm, war : man war nicht nur *gewöhnt*, daß ich épatante Äußerungen tat; sondern *forderte* sie geradezu von mier : in 1 wohlgeordneten Schtaaz=Wesn wird ein weiser Regennt sich prinn=ziep=jell 1 klug=witziejen Narren haltn; je klüger & witziejer, desto besser – am allerbestn n Geh=Niejuß : desto Weenijere verschtehen ihn. Und Regennt & Schtaat habm immer ihr ‹Alibi› hinsichtlich Meinunx= und Rede=Freiheit. / DER NARR & DER FUX : Wenn *überhaupt* Jemand, werdn *Die* überleebm .....

(»Ah Paul Weber –«, flüsterte es ehrerbietich : Neenee, meine schpröde Schöne ! Mit 1 gelehrtn An=Schpielunk versöhnzDu mich nich : erst hasDu noch zu erfahren, wozu 1, von seinen dicken Keimdrüsn gekwäählter, gehnialer Kopf in Wortn fähich iss : lausche=Du der Harrmonnie der Sfären, mein kalter Lieplink .....

..... *(ewwenntuell einzelne Vorträge ‹Nur* für Erwaxene› ? Wenn nicht gar ‹Nur für Herren›. Längere cream=hillije Lei's : wie ich da, auf dem Grunde Der=Ihres Lager=Kraters, bei 40 Graat Källte, jakutische Schpezialwonnen genossen hätte ? Gefrierfleischich=unnennbare Lüste : schtehend, am Tisch, mit reifijer Bauchmähne; (: ‹Muß der 1 Schtärcke habm ! –›; würde auf sämmtlichen anwesenden Damen=Gesichtern zu lesn sein. (Mit Ausnahme Frau O'Flynns; weil die nischt hörte.) : die Folgen für mich, im guten, ja, besten, Sinne, waren jetz noch gar nich zu überschauen .....

(Was iss denn ?) : »Ach=Hertha : Liepstis Herthielein ! – Tz. – Achmeingott ...«. (Denn sie war schtumm an den Schtraßenrant gefahren. Bieder hatten, obwohl ihr schon Wasser übers Gesicht lief, die Hände noch gedreht & gebremmst. Jetz'aß sie da; und wimmerte & heulte & rang mit den Augen nach – ja nach was ? : es ergab nur immer noch mehr Wasser –. – / »Ach=Hertha=entschuldje ! – Mädel, wenn ich gewußt hätte, daß Du's wieder *so* schwer nehm'würzt ... Ich hab gedacht : 1 Kopfschütteln, und 1 von Dein'nettn=mockanntn Bemerkungn, würde's tun ...«. (Und versuchen, sich tröstend ihres Oberkörpers zu bemächtijen. : ? – : Ja; sie ließ sich händeln ! : So=soo, ts=ts. (Aber was'n Umschtand mit dem Frauenzimmer, nich ? Da hätte Tanndte Heete, zu ihrer Zeit, anders reagiert; vermutlich prommt den ‹Beweis der Kraft› gefordert – : schtatt dessen hocktn *wir*=hier am Raine; und sie

heulte wie'n Schloßhunt. Es schmiß sie in den Schulltern : und Alles wegen ei'm=einzijen=lummpiejen Maulvoll Worte ? ! ..... *Aber sie warf, schniefnd rotznd atemlos,* den Kopf. Und schluckte nach der gutn Luft; (richtete sich dazu auch höher auf; und tat 1 so tiefen Atemzuck, daß ich endlich=endlich=einmal in meinem Leben beinahe etwas wie den berühmten ‹wogenden Busen› älterer Romane zu sehen bekommen hätte. (Nur daß sie eben – wie hatte TH sich ausgedrückt ? – ‹HIER nich viel hadde›.) Dennoch traten die Schpitztütchen ihres Halters recht beachtlich hervor. Gans Größe 3. (TH hatte beschtimmt 10. Zumindest damals gehabt – diesen Blick durchs Waschküchn=Fenster vergeß ich mein Leb=Tag nicht : 10 Sekundn athletischer Überall=Waschunk. Dann hatte sie mich entdeckt gehabt; drohende Augenbrauen gemacht; und, als ich immer noch blieb, seelich=unfähich zu reagieren, den ‹Waschfleck› nach meinen Augen geschmissen : !. (Daß der an der Scheibe, vor meinem Gesicht, ‹zerplatzte›; in einen drohend braun=grauen Schtern : ! – ich hatte erst gedacht, er käm' durchs Fenster !.) / Und dann in den Holzschuppm gerannt. Und die Scene, mir zu herrlichstem Schaden, auswendich gelernt. / Und heute, nach 30 Sonnen=mehr, wußte ich : daß ich, zumindest damals, doch auch ‹Glück› im Leben gehabt hatte : daß mir als ‹meine› erste nackte Frau das Bild der Weißn Athletin zuteil gewordn war : gesund, schtrotznd, dreifach=mächtich; tris=megistos. (Daß ich sie in praxi nich ‹bekomm'› hatte, war gans in der Ordnunk. Beziehunxweise wenn auch vielleicht nich ‹ganz›, so akzeptierte ich's doch.). Neinnein :
Der Blick durchs Fenster=damals war 1 guter echter Genuß gewesn. 1 ‹Schutzimpfunk› erstn Ranges ! : für bordellije Schlabbrichkeitn hatte ich nie Intresse gehabt. Und auch weder in Träume noch in längere Gedankn=Schpiele hatten sich je etwelche heruntergekommenen Kirken eindrängen können : in jedem Gehirnkämmerlein saß schon Eine; (zwar nich TH=selbst – die war durch anxtvoll=prüdes Dran=rum=Geskruple sehr rasch gesichzlos geworden – wohl aber eine ‹Schtandortwarrietät› von ihr; ‹Töchter›; Manche *noch* größer, dafür knochijer; Manche kleiner, dafür *noch* voller; erst ihr Gesicht dann ihre Hännde dann ihr Haar; ein rüstijer Schwarm; Nereidengewimmel, Lukian ‹GESCHPRÄCHE DER SEEGÖTTER› : *das muß'n armer Mann sein, der, im Lauf seines Lebens, sich nich mindestns 3, 4 kommplette ‹Welltn›, inclusiewe ‹Mühtollogie› aufbaut !)*

(Und, I give my vote : POLYTHEISMUS ! ! !. – / (Das Kristentum iss in mein' Augn überhaupt nich diskutabel. (‹Höchst=schulldich› außerdem – ich haps doch schon erwähnt, daß Aristarch von Samos, 250 *vor, mehr* von Astronomie verschtand, als Koppernikuß, 1540 *nach?* / Und Kristus 1 ‹höchstes Ideal› ? : auch da halt'ichs mit STANNIE JOYCE : voilà un homme !). / Aber weck mit allen Schpeekulatzjoon'n : *H*ier=*h*eulte=*H*ertha : *H*=*H*=*H* : das heiß' ich noch aspierieren.) / Und dennoch wieder : ich verantworte in diesem Zusammenhang – : mit jenem ‹Blick=durchs=Fenster=nämlich› – selbst die Ausdrücke ‹poetisch & keusch› ! Von gesund=wie=gesagt noch gans zu schweign.)

(Unt willderer Trotz überkam mich : aut=aut=Herzchen ! / Ich ergriff, wir waren immerhin ‹in der Öffentlichkeit›, die Hellffte jenes nicht=wogenden Busens mit der ‹Freien=Rechtn›; huupte jedoch, absichtlich, weit über's, unter Uns üpliche, Maaß hinaus : ! / (Und – willderer Trotz überkam mich ! – : ich schickte dieselbe Hant auf wildernderen Week; vom=Knie=an=aufwerz : dies also 1 der knochijeren Warrianntn. Leider war das eigentliche ‹Paradies› – obwohl ich ein ‹Mensch des Nordens› bin : die Brust der Frau ist schöner als der Schooß ! – mit rabenschwarzem festem Floor überschpannt; Potz Buna & Gummizuck. Sonnst hättesDu geschpürt, daß 1 gerrmanischer Mittelfinger .....) –

Aber gar nich desweegn beweekte sie den Kopf auf dem Hals. (Im Gegenteil : sie ließ jeglichen Griff=zu. Ohne zu=zuckn.) / Schniefte aber dennoch. Schüttelte sich & schniefte. / (Also 1 Miß=Verschtäntniß ? War meine gantze Gedankn=Tierade überflüssich geweesn ? – Das fehlte noch !). / Ah. Jetzt. : kam jetzt 1 Art Auf=Klärunk ? .....

: »*Sei ock nie böse=Karle. – Ich hab bloß* so=drann denkn müssn –. : Wie ich damals rüber kam –« (wo also jener Pollacke, mit seinem ungewaschenen Mittel=Finger; ich weiß. : Sehr schnell schtreicheln.) / Schweer atmen. : Küßchen. – (Schwee=*rärr* atmen. – : *schtärrkeres* Küßchen : es iss doch wohl das beste Heil=Mittel. ‹Zwischn› Mann & Frau.) .....). : ?

: »*Achnee; desweegn gaa nie. : Ich kenn Dich*=ja.« / : »Aber ich haap wieder so drann denkn müssn – : wie=Wir, im Feebruar 46, über de Grentze gekomm' sint. : Da hatt'ooch Eene – nakkt – im Schnee geleegn. So gans=verrengt; wie anne Puppe=weeßDe ? : und die hatt'*ooch* lauter ‹Reif=im=Schaam=Haar› gehaapt.« / : Ich war doch erst Sechznn=weeßDe ? Unt ich haap ma das – gans gedanknlos –

Alles so angesehn. Danneebm gesessn. Uff amm Schteine : wir warn ja *soo* müde. Ich konnz Fahr=ratt nimmer schiebm. Meinemutter hatt ma a Tüppl inn de Hant gegeebm, mit Terrmoß=Kaffeh – : ich haap's nie haltn könn'n !« / »Und=dann hab'ich da, neebm der Frau : Koffeeh getrunkn.«

: *»Darann haap'ich so denkn müssen. Wie Du* vonn'a ‹Jackuhtn› erzählt hast.«. –. –

(*: Also nichts wie Mißverschtändnisse* im Leebm ! / Mann kennt sich zu weenich. *Viel* zu weenich. / (Und Schefer hat vielleicht *doch* damit Recht, wenn er emmfiehlt : sich die Gattinn *nur* aus dem eigenen Geburzort zu wählen ? : *Nur=Die* kennt ja alle Schtraßn, Menschn, Schpiel=Winkl. Schpricht dieselbe Fammilien=Schprache; glaupt dieselbm Götter. (Oder, richtiejer : Lockaal=Gottheitn : *nur=mit=ihr* ist 1 annähernd=volle Verschtändijunk möklich !). / Sie hatte sich – inzwischen; währenz in mir dachte – leidlich wieder erhohlt. Ließ den Blick gedanknlos rundumm laufn : Kielomeeterschtein=Männerhant=Fellt=*und*dieTütchen. Liebäugelte mit der fernen Weite. / (Wurde scharff & bewußßt ? (Der Blick : mann siez ja nur an den umgebenden Müßkelchen=Fälltchen=Wimmperchen; das Auge=selbst iss ausdruxlos wie ne Wiesolett=Luupe). –

..... *: »Hohl amma ee'n. –«. / (1 Zettel nämlich.* – Kurios : die ganze Lanntschaft laak voll von Fluuk=Blättchen ! / : Weiße DIN A 5. Blaßrote im Poßtkartn=Formaat; (die übrijens wohl auch in Grünlich). Und noch gans=lütte, DIN A 7; in eben=jeenem Gerötel. – / (Der Winnt schpielte damitt. Gans leer war die Schtraße. – Die Sonne, graue Fussel=Kwalle, kroch immer enger in sich zusamm'm. : Kam die Attmoßfähre lanksam in Gährunk ?) ...

: *‹Wie wird man 83 Jahre alt ?› : ‹Fragt* Konrad Adenauer, Bundeskanzler *und* : 83 ! / Und er wird Euch antwortn : Ich bin schtolz, in meinem Leben nie Soldat gewesen zu sein ! – / : Das ist 1 seltener Fall : *das* Glück hatten nur Weenije. ...›. / (Ich war ‹im=Billde›; gaap's Hertha rüber; und nahm mir den nächstn .....)

– *: ‹Friedensvertrack schtatt Atohm=Kannohn'n ! ... : Solldaatn* der Bunndeswehr ! : Bürrger ! : ...› / (Natürlich auch die *po*sietiewe Injecktzjohn; zum lustvoll=längeren Gedanknschpiel) : ‹Wenn *das* verwircklicht wirt, dann ...›. Ergo : ‹Zwinnkt die Bunndesregierunk› ..... / : »Hier haßDu ihn –«). –

(Und noch den letzt=kleinstn. / : ? / : Waarn ja diereckt Ferrse ! – / : »Hör ma, Hertha. – : ‹Imm Kriege wirt=Deutschlant Attohm=

Schlacht=Fellt. Im Friedn : Hanndels-Zenntrumm der Wellt.› – Ergo=deshallp : ‹Macht Schluß bei Schtrauß ! / Schmeißt'ie Attohm=Rackeetn raus ! / Unnt brinkt den Friedn ins Haus !›. – : Da bißDe fertich, Herzchn; wa ?«). –
Sie war fertich ! / Saß da; die Liebelle=Paßkwille im Schooß; (imm=schöön'=Schooß). Unnt laaß immer wieder, ap=wexelnd, 1 jener Ketzereien. / – Kopfschütteln. – /. –. / : »Du. – : Was iss'nn das ? !« –
(Unnt überleegn lächeln : ICH =natürlich !.) / : »Sieh Dier doch ma ann, woheer der *Winnt* kommt.«. / (Unt neue Verschtänntniß=loosichkeit. Neues Räzeln. : Wie süüß schmekkt doch so 1 hillf=loser Dreißiejerinnen=Munnt ! – (Sie nuckelte aber auch – für Ihre=Verhälltnisse – annerkennensweert=schtramm dageegn. – : »*Noch* ein'n; Hertha! : *Ganns*=Tief !«). / (Wehrte aber, fast wieder nüchtern, ap. : Hallp=sachlich, hallp=furchtsam'm : »Jetznie. – Heute Aamd; in Nort=Horrn : kommsDe mitt zu mier. – Da hamm=wa Batt=&=Alles ...«)
: »Na, aus der DDR nattührlich, Du Schlaukopf ! – : Wier sinnt hier=nur 10 Kielomeeter von der ‹Zohn'n=Grentze› enntfernnt. / Unt bei ‹Oßtwinnt›, schickn die nattührlich genau so ihre Ballongs mit Proppaganda=Matteriejahl hier=rüüber, wie, bei Weßt=Winnt, *Wier=Deen'n.* – : Comprieh ? !«. –
: »Achhertha : Du haß'doch sellber=schonn offt genuck im Radio gehört : Wenn ‹Die=Tschechei› wieder ma prottestiert hatt, geegn unsere ‹Ballong=Aktzjohn›; ‹Gefährdunk des Luftraums› und=so. – : DenxDe die lassn sich schtillschweignd *Alles* gefallen ? Nattührlich geebm die dann Conn=Tra.«. (Und mit der Hand auf die Zettel in Ihrem Schooß gezeikt : !. (‹Und in den Schooß die Schönen›.).).
Unt sie leekte das Gedruckte, in der tühpisch=schönen Verrenkung der ISETTA=Lenkerinn, hinter=sich; hinter die ‹Gepäck=Gallerie›. – (: Ich *muß*'ie einfach einmal dazu zwing'n, derlei Auto=Gebärdn nakkt=neebm=mier vorzunehm'm : eh'ich das nich gesehen hap, geh ich nich aus der Wellt : solche Ver=Drehung'n krickt man doch sonnst nich zu sehen !). / Und fuhr resoluht=ann. Und weiter. –
(Wie schpäät ?) : »Noa – : in 5 Minnutn sinnd waddá.« / (Und sie, schnell=lüßtern : »Zeikt'er nie n Zettel vor ? : Den ihm der Doll=mettscher hat schreibm müssn? ....

..... *und sie beuktn sich über das* Pergamehn. – : »Wascha. W=soki ... ?« (Und nicktn sich erfreut an. / (Und der Hoch=Schtimmieje plauderte mier was zu; von ‹Mjaßnüje pradducktü›; ‹Chlepp & Kollbaßßá› : ? : ! / (Und eines der Weiß=Geschpennster nickte gleich feierlich mit; (mit dem Gesicht, über=das=man=eigntlich=hätte=lachn=müssn=aber=nich=konnte); tat 1 Wort in Strigen=Schprache und verdrehte dazu langsam=schwellgerisch ein Paar gelbgrüngroße Augenuntertassen, daß man gleich hätte grien'n mögen, (aber nich konnte : die Pannter=Schenkl schmerztn mich noch zu sehr – : *das* würde auch 1 feines Kappittl in meiner Vortrax=Seerieje ergeebm !).

(Und der Hochschtimmije schmirgelte schon etwas auf der Atomkocher=Platte. Daß die Nachtgeschpennster recht unruhich wurden. An ihrn Kettn .....

(leis rasseln .....

..... *und schneller schprachen; (in ihrem* langsam=hackenden Dialeckt.) / (Und 1 Düftelchen, wie es unsern US=Crater seit langem nich durchzogn hatte !). – : »Jaitßo Garoch : Mjaßnüje Kanßjärrwy !«. Und hochschtimmije, sinnschweere Lächelbreiten : sie zeigte 1 pralles schneeweißes Gebiß : ! (Und ich zuckte doch : wieso kam ich auf die Vermutung, daß es eine ‹*SIE*› sein konnte ? – Teufel=auch : ich *fühlte* es einfach ! (Oder war das betreffende ‹Gefühl› nur auf das ungewohnt kräftije US=Frühschtück zurückzuführen ?). 3 Männer : 1 Frau ? : die bänndichte die schon, die Dicke !) –

Und es pruuzelte in der hochgehäuften Fanne. Und knackerte=kakkerte wohlriechentzt. Wir schmunnzeltn völkerverschtändijend. (Unt jeder Harfang machte ap & zu die ihm zukommende Bemerkunk : meingott würde *ich aufschneidn ! !* Jetzt sollt Ihr Charles Hampden kenn'n lern'n. Und was er vermaak. – Bloß schnell die Suppe löffeln, daß sie nich an'n Teller friert.)

‹Kädränix› wären das ? (Die Nadelbäumchen dort in den Kübeln. Aha.) Am ‹Fuße› des Schtämmchens umflannst mit *was* ? – (Aber erst ma essn : was'n Glüx=Tack heute ! (Die zungtn lipptn backtn kiefertn aber ooch nich schlecht ! :

Der Eine fraß – sie besaßen nur genau 4 Schtein=Kumm'm : müssn also ooch schpaarn ! – gleich vom Tiegel. (Unt krickte – diese Ost=Völlker halten tatsächlich auf Gerechtichkeit ! – etwas weenijer : weil ihm die köstlichn braun'n Krußtn wurdn. / Ich war schon so weit, daß auch ich den Eulen=Riesen ap & zu 1 Bissn hin warf; ‹Geschpennsterfütterunk›; nu, man muß *alles* im Leebm durchgemacht habm.)

1 Holtz=Eimerchen mit Gefrorenem ? – : Preißelbeeren. (Geschmack wie rote=saure Hagelkörner etwa.) / : 1 Holtzeimerchen mit Gefrorenem ? : »Struganinij ?«. (Es sah aus, wie Hobelschpäne von Tann'n. – Kuriose Erkwickung : Bluthagel & gefrorene Hobelschpäne ?). / (Nachher waren's aber kleine, roh=vereiste Fischchen; und anschein'nd eine rechte Delikatesse : Zahnschmertzn krickte man von der Källte. Nichts weiter. (Schpäter vielleicht noch Durchfall.) / Doch tischt'es uns die Dicke trefflich auf; und hat mir recht den Sinn damit er=kwickt. Kam auch schon wieder an mit

: »Na ssdarowje !« – / Lauschtn aber sogleich auf, Alle=Vier. Wurdn tiefernst. (Und schprachen durch Zeichen, wie Taupschtumme : Rasch : schnell : flink : flott. – Alles verschwant vom Tisch; in den Fels=Schpinndn.). / Und ich trat wieder an die leere Platte; und flickte an meinem Raumantzuck. (Bei diesem Flickzeuk mußte ich immer unwillkürlich an die ‹Fahr=Räder› meiner irdischen Juugnt denkn : das hatte fast genau so ausgesehen .....

(Wir rolltn bereiz am Gasthof vorbei : wenn ich jetz noch 20 Sekundn überbrückn kann, hab'ich Ruhe. Falls Sie keine Fraagn mehr hat : also Kunst=Pause & Pannto=Mieme gemischt. / Päuschen. / Dann dreimal, bedeutsaam, ans Türblech=vorne gepocht –!, !, ! –

..... : ? – : Es klopft ? ..... : Werda ? ! –

(und fragend nickn; und mit beidn Händn zeign) : natürlich Tanndte Heete. Ihr göttinnenbreites Gesicht füllte schon, und zwar mühelos, 1 der klein'n Fensterscheiben (: ‹Wirkommen, wirkommen, Du allter Pattron !›). .....

* * *

III. Ackt, 3. Szene : 1 ländliches Anwesen, mit 1 zierlich brabbelndn ISETTA davor; 2 Menschn schtürzn heraus. (Hertha, weil sie als Frau selbstverschtändlich noch mal mußte. Ich, weil ich Tanndte Heete ewwenntuell noch einije Tipps .....

: »Dutanndte : Wenn Du vielleicht den Ausdruck ‹sexuell unerlöst› brauchen könntest ? – Was ‹Hormone› sinnt, weißDu doch : vom griechischn ‹Horr=mee› : das Fließn, der An=Lauf, An=drukk. Die Schußweite des Schpeeres, die vor allem. Aber natürlich auch Auf=Bruch, Zug, ‹mit der Ap=Reise eilen› : verschtehen Wir Uns ?« –

Sie sah mich aus Ihrem Reise=Schtaat heraus mit kalten Augen an : »Du hass'n Knall.« sagte sie nüchtern; »Giep mir lieber n Tipp,

was man während ner Auto=Fahrt alles fraagn kann; daß man nich da=sitzt wie Piek=Ass : wie heiß'as Dinx, dass'ie Geschwinndichkeit an=zeikt ?« : »Tachomeeter=Tanndte. Aber –« (Sie gebot mir mit 1 einzigen junonischen Kopf=Bewegung Schweign – es scheint wahrlich mein Destinée, von Frauen tührannisiert zu werdn. Aber wartet nur : ‹Die Rache Yorix› ! Schprich=nur, schprich=Du; You tell me I listen : Meine=Zeit kommt auch !)
»Naja –« sagte sie unschlüssich : »– ‹seck=ßuell un=erlöst› ? – Vornehm ausgedrückt iss'as ja. –« Und richtete sich doch wieder, verächtlicher, *noch* höher : »Ochmann – Datt bünn ick nu bald fofftich Johr !«. (Immerhin; es schien ihr zu denken zu geben.) / »Und was das Air der erfahrenen, blasierten Autoreisenden anbelangt, Tanndte; würde ich vorschlagen : für's erste nicht mehr als 3 Ausdrücke; sonnst verwexelsDu sie nur ...«
: »Also ‹Tachomeeter›, gut. / Dann ‹Aus=Puff› : da mußDu erst immpressief lauschn; mit etwas rechts=geneiktem Ohr ?« (Sie machte's unwillkürlich schon.) »Brauen krietisch drückn – ja; so; genau – und etwas von ‹auffällich laut› murmeln. – Und schließlich ein ‹Entdröhnungsmittel›=allgemein vorschlagn. – Unt bitte=bitte=Tanndte –« schloß ich innich; faltete auch, zur Erhöhung des Effeckz, die Hände vor der Brust (‹Potz Garrick & Kemble›) : »Wenn Du über der Faß=zieh=Nation bayerischer Technick, und dem Zauber der Fremmde, Deinen Neffen nicht *ganz* vergüßest ? – : ‹Schußweite des Schpeeres›, Tanndtchen ...« / Sie zögerte lange.
: »Also Kar=dl, –« begann sie dann schweer; (ließ auch den Zeigefinger drohend ticken : !) : »– Ich will mich da noch *ain=mah* auf verlassn; unn'as Wort ‹Ennt=Dröhnunx=Middel› gebrauchn. – : Aber wenn'as wieder so was iss, wie Heutfrühdas, mit diesn verfluuchtn ‹Tau›. Unn'in Wirklichkeit hanneld sich das um Blähunngn=oder=sowas – : Kar=dl ?!!«. (Und trat doch vorsichzhalber gans=nahe an Männe herann. Und machte die tiefe Schtimme liep & weich & beschwörend) : »Oder hassu wieder Kwattsch gemacht ? Dann saach'as *jetz* noch. – : Na ?«. (Und ich, Hand=aufs=Herz & Brust=Ton) : »Tanntte ! : In 1 Fraage, die über Ehre & Ruf der Familieje entscheidn kann ? – : Ich erklär Dir's. ‹Ent=Dröhnunx=Mittl› ist eine Art Kautschuck=Lösunk; die, unter die Schutzbleche geschmiert, Schteinchn, Schotter .....« (und blitzschnell auseinander treetn. Als hätten wir nieimleebm 1 Wort gewexelt : Sie, vornehm=angewidertn Gesichz, als schtünde sie in

Damengefahr, von einem Aufdringlichen belästicht zu werdn. Ich, kalt, börsnjobberhaft; als trüge ich 1 unsichtbare Melone und im Maul die erloschne Ziegarre, a la ‹Ick kenne dett Meejn jaar nich›.)
: *»Na Härtha=Kint ?«. (TH;* mütterlich) .....
III. Ackt, 4. Szene : 1 ländliches Anweesn mit 1 zierlich brabbelndn ISETTA davor. 2 Frauen schreiten darauf zu. In der Gartn=Tür 1 soignierter älterer Herr, mit auffällich feinen, durchgeistichtn Zügn, »Wie ?« – (Sie zerrten nur grinnsnd den Munt; Jede nach einer anderen Seite; als hätten sie sich, aus Sümmettriegründn, verabredet.) / : »Mach Dir um *DEN* man keine Sorgn, Miendeern.« (TH, gemütlich) : »Das'ss'n Selbst=Redner; schon ass Junge : der kann sich s=tunn'lang mit sich sääps unnerhaltn. – *Mir* würt ja grauen, wenn ich allein sein und *reedn* sollde – ?«; und schüttelte vielsagend den Kopf.
‹Das Thor macht auf, die Thür macht weit› : Und sie sankn in die Pollster. – Erst Hertha; hinreißend=eckich=lazertisch hinter's Schteuer. Dann, schweer & üppich, – (ich sah vorsichzhalber doch nach Reifen & Luft) –, Tanndte Heete. Er=rankerte sich, hintn, Bekweemlichkeit. (Und ich nickte trübe : einmal hatte ich, eben= dieses, Gesäß sehen dürfen, (‹und mehr bedarf's nicht› : ‹Diesmal= Diese›).) Und probierte weitere genuß=verschprechende Glied- maßen=Anordnungen. Und schtrahlte angereekt. Aber ich griff doch lieber ein : »Tanndte – : könntesDu die Einkaufs=Tasche bitte hinter=Dich, hinter die Gepäckgallerie, leegn ? Hertha muß, gerade nach rechts=hin, zum Schalltn, etwas Platz habm. –« .....
..... : *»Haapt Ihr auch Alles ? – Seht lieber* nochma nach –«; (denn Hertha war berühmt für die Anzahl der Dinge, die sie vergaß, wenn sie eine Reise an=trat; Tanndte Heete für die, die sie mit= nahm – also müßde ja eigntlich alles besonders gut gehen : was die Eine nich hatte, hatte die Andere. (‹Was der Ein'n nich fehlte, fehlte der Andern› : *die* Möglichkeit war freilich auch drin.) –
»Die Hannd=Tasche – : sinnd Kamm & Schpiegel drinn ? Heut früh lagn se neebm'm Bett uff der Erde.«. (Sie hatte sie.) / : »MußDu etwa unterweex tankn ? Sonst geb'ich Dir lieber n Zwannzich- markschein mit. – : Laß die Witze=Tanndte !«; (denn die wollte gleich, groß=zügich, nach'm Port=Monneh fummeln.) / : »Denk an die Ansichz=Posstkartn an Deine Kolleeginn'n. – Und wenn Du in Zelle *viel* Zeit habm solltest : kuck rasch ma ins Bomann= Museum; da finnzDe Muster für 100 neue Schtoffe.«
»Und kommt bald wieder ! – Denkt, bitte, immer daran : wie hier

Einer, die gerungenen Hände über'm Dulderhaupt, klagend durch verödete Räume irrt, ‹Verlassn binn ie› – während Ihr in festlich erleuchteten, von fröhlichen Menschen wimmelnden Sälen ..... ja=übrijens=Tanndte : *falls* Du wahrnehmen solltest, daß sich 1 ölijer Unbekannter schwänzelnd an meine Hertha heran=machen will : könntesDu Dich dann jenes Griffes erinnern ? –«. (Sie hatte mir doch noch etwas zu sagen. Wollte an der Tür klinkn; aber Hertha zeikte ihr, wie man das nette kleine Seitenfenster auf schiebt : !) / – : ? – / : »Aha, ja, gut : *sehr* gut. – Und Du reezt Ihr bitte zu, Tanndte, ja ? : Wenn Ihr zurück kommt, muß sie mich sofort rauf, in die Dachkammer, zerrn; daran werd'ich erkenn'n, op Du Dein Wort gehaltn hast.«
: Und Burr und Knurr und Schnurr und Surr. – : ! ..... : ! ! –

* * *

(Und erstma allein.) / Zurück schreitn; nachdenklich, die Hände auf dem Rückn, wie sich's gebührt. (Wieso ‹gebührt› ? – Achso : für einen Herrn ‹in den besten Jahren›; oh leck. Daß es den meistn Menschn anschein'nd so schwer fällt, mit Anschtant zu altern : die ‹bestn Jahre› ? Das sind doch einwandfrei die, zwischen 30 und 45. Was davor liegt, ist Weltfremdheit : ängstlich=schteiff=verkrammft=verloogn. Was danach kommt, Scheiße : Sela ! (Und ich also grade im Abkippm begriffen : Ei so kippt doch satt !). / Und schreiten : von mier aus .....
Im Hausflur erst noch mal in den Schpiegel schauen; wie ich, wenn möglich, gewohnt war, ehe ich Wichtijes unternahm : nich aus Afferei, um ‹das betreffende› Gesicht zu *erzeugen*. Au contraire : um, wenn möglich, an seinem Ausdruck zu erkennen, *wie mir zumute war.* – : ? – (: Eheu ! : Da sah mich Einer ziemlich schafsmäßich an. Blinzelte allerdinx nicht; also max durchgehen. / Natürlich wohnt Jeder allein hinter seinem Gesichtsfleisch. / Und die Schtimme von meinem sich=sellpst' klang hoch schnippisch rücksichzlos; ihre Äußerung'n oft mahnend und recht nüzzlich. / Dagegen besitze ich nicht die Gabe, Uhren ansehen zu können, und die Zeit *nicht* abzulesen : Hertha konnte das.)
– : Im Keller ? : Gleich rechz. : Driddes Fach von unt'n. – Hatte Tanndte Heete gesagt. / Neben den großen braunen Schteintöpfm=mit=Schmaltz. (Die weiten, glänzend=schwarzen, Kumm'm=hier hatte ich gern : in den'n hatte sie mir früher immer Milchsuppe vor gesetzt. Reihenweise.) : !

(Erst schnuppern. – Dann den Tropfm in die Hand=Fläche. : ? – Zweifellos) : dies war ER ! / Der Selbst=Gebraute : ein weißgelber Schnapps von; Teufelauch; der konnte seine 60 Prozennt habm ! (Und ich erkwickte mich entschprechend vorsichtich : so=ungefähr muß'n Irrlicht schmeckn. (Vorausgesetzt, es gäbe Barr=Baaren, Hexen & Deren =Meister, die Irrlichter zu sich nehm'm.) / Und wieder rauf; erdoberflächnwerz.) Und die Klappe schließn; die Fall=Tür. –

Überm Hof war das Himmelstuch in nicht nur graue, sondern vor allem=auch verdächtich schtarre, Falltn geleekt – die konntn gar nich anders, sondern mußtn sich demnächst auf lösn. (Würde ergo ne unangenehme Fahrt dann werdn; Finnstrichkeit & Reegn : Rinnstrichkeit & Feegn; arme Hertha. (Am Schteuer.).) –

‹Über die FLORA der Mauerritzn am Nordrand der Gemeinde Giffendorf›. (Und die Fliegn werdn auf'm Lande größer, als in der Schtadt. Beim Bauern *noch* dicker.) / ‹Alter Schuppen› : die Ritzen der schwarzgrünen Bretter besetzt mit laxrootn Schwämmen; Knöpfe & Bärtchen. / : ‹Tirti=lirti : Fennje fant ich !› : Schperlinge sind lustije Leute. (Unt auch 1 Tauber kann sich 1 Vogel halten : des Schpringens wegen; und des Schnabelwetzens.)

2 Holtz=Schtöße : hier Wurzelschtöcke; vor Alter schon schwärtzlich; aber immer noch Zackn Tatzn Kralln. Dort Eisenbahn=Schwelln. (Kreissägn lassn. Mit=Hellfn. Im Geschprühe schtehen : Kluuk schnackn. / Hackn dann gans=alleine. Im Schuppm.)

Um Drehen. – : Oh=die=Dahlien hatten aber schon ihren Frost weck ! (Gans merckwürdich schwarzgrün & schlapp; das geht über Nacht : die Knoll'n müssn raus !). / Und hier das Roosn=Beet. : Immernoch an derselbm Schtelle ?. – (Das heißt : das *mußte* wohl so=sein. Wurde da nich besonderer Boodn an=gefahrn; Lehm= und=so ? Ich wußte's nich mehr. / Einmal hatten sie noch im Dezember geblüht; ich war zu'n Weihnachz=Feerijen hier geweesn, und der Winter eckstrehm=milde : ‹Treinta años mas tarde : mejores no hay !›, jaja.) –

((: Opp ich noch ein' nehm' ? ? – Lieber nich, was. Man säuft sich bloß'n Maagn ap : Rücksichtnrücksichtn : Es ist kein Glück, auf dem Karussell alt zu werdn !)). –

: »Na meine Herren ?« : Denn da waren sie um mich; trippelnd auf den kleinen Tatzen. Der WALDSCHWARZE Kater setzte sich so gleich. : »BisDu nich der guute MAU=MAU ? !«; (und er blinckte ergeebm, gansgelbm Blix). Unt der ‹Schtumme Herr› schtrich

mir buckelnd am Hosen=Bein entlank. Sodaß nur 1 schteinernes Hertz es über sich gebracht, und ihnen *keine* Milch geholt hätte. (Dem Hunnt gleich noch 1 Trümmer Sülltze mitnehm'.) .....
: »Maxaß ?«; (Ich : zum Hund). Und Der nickte fleißich. / Und ich gink zum 2. Mal'hinein. (‹Leise›; daß TH nichz merckt). Und hohlte ihm die ‹Neue Kette›. – (Erstma die Länge ap=messn. Daß er nich allzuweit=kann; und Alles behellicht. – : Soo. / / Und dann die alte=app : »Naa ? !« –). –
: Unt er schüttelte sich erfreut. Unt jaulte, wie ich mit ihm schäkerte. Ihm auch 1 Holz=Scheit warf : ! – (Ah; er brachte es gleich wieder. Und weedelte noch dazu : ! (Das mußDu nich tuun; das iss Mann nich weerth.) / (Aber : ‹Was beißt mich da ? !› –) : »Werther Mau=Mau !«. (Unt; da er immer noch nicht die Föötchen aus meinem Hosen=Bein nahm) : »Du wenn Du nich artich bißd, geep ich Dich deem nächsdn durchreisendn Aßtronohm'm als Komeetn mit ! – Na ? ?«. (Es gaap ihm anscheinend doch zu denken. / ‹Disteln & Katzn› : Lieplinx=Tiere der Göttin der Vernummft. /. (Unt die ‹Schnee=Euln› waren selbstverschtäntlich in ‹*Ei=Forrm*› auf den Moont exportiert wordn. Falls Hertha fragn sollte. – Dort apsichtlich *nicht* ‹von Eltern›, sondern im *Back=* Oofm aus gebrütet : weil sie ja, in 1 gans=neuen Umm=Wellt, auch gans=neue Inn=schtinckte zu er=billdn hattn !) –
((Umm=Sehen ? – : Das Hunde=Kinnt schpielte noch immer mit seinem Höltzchen)).
(((: GOtt=sein ist leicht. – : Mensch=und=Tier=Sein ist schweer. / : Schreip Dier's ins Schtamm=Buuch !))).
‹Imm Kloo› ? : (da vergingen Einem freilich die Sentenzn Maxie'm Parra=Neesn ‹Afforismen zur Leebns=Weißheit› so gans=leicht !) / Ein Mal, früher, hatte ich, der ich schlafrockmäßich=leedicklich mein Wasser ap=zuschlaagn gedachte, zuvor=eerst mit 1 *Ratte* kämmfn müssn ! : Da=vonn hatte ich Hertha überhaupt nichz gesaakt.) – (Allso : ça ira. ! / 1 Parr=Seck gleich runnt 31 Mal 10 hoch 12 Kielomeeter. : Mit dem Rechen=Schieber könnte man SEINE Lennge unschweer auf Parr=Seck um=rechnen. (Unt=dann, mit dem Ergebnis, Hertha, ‹zu Weihnachtn›, überraschn. – Ich mußte zwar bei dem ‹Ein=Fall› grinnsn. Tat dann aber doch den gewohntn prottestierenndn Tier=Laut : geegn die ‹Erschaffunk des Mennschn› : !).
((: Mann miß=traue allen ‹Wahrheitn›; die, um zu ‹wirkn›, in einer lang=wallenden Roobe geschprochn werdn müssn. Mann mache

‹die Proobe› darauf, indem mann sie in der Baade=Hoose wiederhohlt. Oder auf'm Kloo. / Ich probierte es gleich : Ich blickte, scharrf, aus der gläsernen, in die höllzerne, BRILLE. Ich äußerte gewichtich : ‹Unnt siehe – : Es war Alles guut.› / Unt schtehen. Unnt schnuppern : ! –. – / : Nee ! : Es schtannck genn Himmel ! / : Allso nicht. –)). –
: *»Forte, was gloxDu ? –«. – : 1 Hau=Sierer;* (mit 1 leichtn höllzernen Schränkchen auf dem Rückn). Aber er wurrde frech; und ich mußte ihn raus schmeißn : »Verfluchen Sie das Anweesn etwas leiser, lieber Freunt. : Ich binn mit dem hiesiejn Lannd=Schanndarm'm in die Schule gegangn'n; und er würde mier gern wieder ma 1 Gefalln tun.« – (Er wurde doch unsicher vor dem einflußreichn Unbekanntn. / Neugierich sahen sich auch die schilldkröötije Allte umm; unt das junge Mätchen, mit den behaartn Arm'm.) / (Gleichma mit nach'm Feuer sehen. Wo ich einmal hier=vorn binn.)
: *Verdammt ! – : »Forte, was gloxDu schon wieder ? !«* (Das nennt man=dann womöglich ‹Ländlichn Friedn› ! / Oder gar ‹Einfach=Leebm› : dabei war'n Betrieb hier, wie im GIL BLAS !) –
»Ach. – : Tach Herr Koch. –«; (Der Briefträger nämlich. Auch er erkannte mich gleich wieder) : »Ach Herr Richter. – Auch ma wieder zulande ?«. Und kramte in seiner Tasche; das jugendliche Bärtchen, aus Neilonn, gesenkt am Gesichzkreis. (Beziehungsweise Kreis=Gesicht : der war doch nu ungefähr in mei'm Alter, und schaute gruntsätzlich wie Ende 20 drein) – : »Sie sehn aber glänzend aus, Herr Koch !«. Aber nein; er griesgramte mit Kopf und Schultern, und war gar nich zufriedn : »Eebmeebm : *zu* sehr. – Ich würd'gärn n büschen würdijer aussehen, Herr Richter.«; vertraute er mir an : »So ass Beamter, wissen Sie – : ich wirk da fasd zu leichtfärdich zu.« (1, 2, 3 Briefe. Noch ein'n. 1 sehr flaches Päckchen.) : »Wie oft komm'm Sie eigntlich so, Herr Koch ?« : »Ain Maal an'n Tack. So wie jetz.« – : »Und Sonntax ?« : »Sonn'ax – gaar nich.« (Sehr gut !).
»Giebtz sonnß was Neues, Herr Koch ? Ich war ja bald n Jahr nich mehr hier. –«. Und er plinkte zu dem abgedroschenen giftgrün=selbstgeschtrichenen Gemüseauto rüber; wo 1 schäbijer Kerl ums tägliche Suppengrün feilbrüllte : ! . : »Iss'nn mit Dem ?« : »Das war foorjes Jahr noch n reicher Fleischer. In Papmbüddel. Der hat sein'n Leer=link, in'n Wut=Anfall, mit'n Messer in'n Hinndern ges=tochn – : Kain=Mensch iss mehr kaufn gekomm'. Aus Eekl,

das könnd' DAS Messer sein, mit deen er bediend wird. – Iss s=tänndich besoffn.« (Und ich nickte entschprechend schwer & ergriffen : ‹Come You with Old Khayyam›.) : »Tschüüß, Herr Koch.«

(Und doch neugierich : was krickte Tanndte Heete wohl so Alles ? (Ich hatte, in Nordhorn, sogar schon den ersten *Neujahrsgruß* empfang'n; von 'ner Überzieher=Fabriek aus Heidelbörk=there=flourished : *Wer* jetzt da=oben, im sowjettischn Verfleegunx=Krater, auf der Schwelle schtehen könnte, wenn nicht Herr Koch=hier, also der ‹andere Postbote›, wußte ich auch nicht. Vielleicht im Nebenberuf ‹Kommissar›. Mit'm Dollmetscher, der mein'n Hampden gleich ‹verhörte› ? Na ma sehn. : Hellblaue müßte's geben. Und gans schwarze : zur Zeit konnte man ja den Vollen Mond unschwer mit einem aufgerollten vergleichen. (Oder blut=rote ? Grüne ? – Nee, lieber nich; das wirkte dann doch wohl zu leichenhaft.) / Erstma die Tanntn=Post weiter mustern.)

*: 1 Blumen=Samen=Angebot; ‹Gloxinijen=*Gloxinijen›; auch Begonien (‹Beghinen=Beghuttn› : Op mann doch noch 1 nimmt ? ‹Come, fill the Cup› ? – Lieber nich, was. Falls Tanndte Heete den unwahrscheinlichsten Erfolg erzielen, und Hertha zur Liebe ß=timulieren *sollte* .....)

: Achsiehda ! : Vetter Georg Kühn aus Hoya. Der leepte ooch noch. / (Also *ich* würde ja nicht nur die Klingel ap=montiern; sondern auch die Gartenpforte schtändich pferschlossn haltn. *Und* noch 2 Schnüre Schtacheldraht oberhalb der Zaunlatten ziehen; n Mien'nfellt darf man sich, als Priewat=Mann ja leider noch nich anlegn.) / Zumindest war die Post jetz ‹durch›. Und die Frauen würden, schlimmstnfalls, huupm, wenn sie zurück kehrten. – Nahm ich also den Schlüssel, vom Haken, im Korydon; und verschaffte mir Ruhe.

Ruhe. – Und wieder nach hintn; (verdammt viele Artn von Zwielichtern so in den Gäng'n hier, was ?). / Die weiten Schuppm, holzgefüllt : Onkel Lutwich hatte redlich gehackt. (Dafür war er ja jetz auch zweifel=los.) – Kohle, ‹Nuß II›. Na ? – : 30, 40 Zentner konntn's gut & gern sein. Brieketz nich viel weenijer. – (Dieser Preß=Torf war ja schlechthin wunderbar ! Schtiel=voll. Ich wog die kaffebraune=dicke=Daube lange in der Hand. (Und oben, übers Gebälk, linste doch schon wieder dieser Mau=Mau, aus Kenn=ja. : Neenee, mein Freund. Jetz nich schonn wieder.

(Und er schprach mich dennoch an; als wär'n wir zusamm' in de Schule gegangn : »Neenee=Du.«)
Auch das noch : die saubere kleine Werkschtatt=hintn. Hobelbank. Die sägenbehangenen Wände. Im Schränkchen das nützlichste Allerlei : unter der Bohrwinde ihre 10 ‹Einsätze› in'ner Zellofahn=Büxe; ‹GROOTE=KAFFEE›. (Und gleich auf eben=diese Hobelbank gesetzt. Und mit den altn Pannter=Schenkeln gebammelt : im Augnblick war's natürlich vorbildlich schtill. Scheiß ‹Citoyen du Globe› : auf'm *Lant* müßte man leebm ! / Schachfiegurn aus Eiche drexeln : gans schtille werdn. Alles Hartgeld aus Bosheit erst waschen lassen, ehe man's anrührt. / : Jeekliche mettafüsische Untersuchung'n ein=schtelln ! : Myself, when young, did eagerly frequent Doctor and Saint, and heard great argument about it and about : denkt GOtt, er könnte sich Alles mit mir erlaubm ? –.) –
So gans fiffich & schtille in'n Schuppm rum=murxn : wenn ich James Joyce's ODYSSEUS, oder Däublers NORDLICHT, jedes Wortall in seinem Urtext, lese : dann bin ich modern genuck. Oder Döblin noch : Was ich heute nich verschteh, verschteh ich morgn; mein war die Hartnäckichkeit, die des Schwachen Schtärke macht. (Und über die müstischn Passaaschen bei Jahnn kann man ja hinweg lesen : die Schprachkraft blieb immer vom allererstn Range.)
Alles von Leopold Schefer zusamm'=tragn : alte Karl=May=Drucke sammeln : der Vollbewegsamkeit unserer Feuilletons zum Trotz mal sämtliche 40 Bände des Johannes von Müller lesen : hinter-'n'ander !. (Daß man nich mehr, vor lauter raasnder Zapplichkeit, die Gewitter anbrüllt: »Ruhe ! !«.) / Kein Kieno mehr. Keine Illustriertn im Hause dulldn; (höchstns wenn der Anntikwaar ma ne alte CONSTANZE zum Bücher=Einpackn verwendet hat : die dann auf'm Bauch glatt=schtreichn; und heimlich die Modn bekochlöffeln und bekopfschütteln.) Allnfalls ma Fernsehn=Gehen; zum Gastwirt; würdijen Gesichz – Dienstax ewenntuell. (Und gleich dies würdije Gesicht probiern.)
(Und mit den Beinchen bammeln) : Abmz den Frauen vorleesn; GULLIVERS REISEN würde Tanndte Heete beschtimmt intressiern; man würde sich natürlich 1 Liste der infragekommndn Sachen anzuleegn habm. / Und dann würde es Nacht werdn. (Und vom übertriebenen Baumeln war natürlich auch 1 Schtiel untn an meinem Bauche entschtandn. Ich faßte ihn aber nicht an; sondern dachte ihn weck : diese unvernümftijen Weips=Prepparate ! –

(Wenn es Bordelle gäbe, und Sonnenuhren in=denselbm : Wie würden deren ‹Zeiger› aussehen ?).
(Hell=Seher, Anntroppo=, Theo= & sonnstije =Soofn, pflegte ich immer mit *der* Forderunk zu widerlegn : sie solltn ma'n Augnblick ihren Nabel beschauen; und mir dann sagen: Wann & Wo Johann Gottfried Schnabel geschtorbm wäre. Das könnte man ja dann acktn= beziehungsweise kirchnbuch=mäßich, überprüfm. – Meist boten mir die Herren dafür Datum & Schtunde der Sündfluth an; mit solchen, natürlich auch hochintressantn, Angabm fleegtn sie wesentlich freigebijer zu sein. Oder mit Erläuterung der Technick, wie se sich angeblich, im Verkehr miteinander, nur der ‹Gedankn=Bootschafftn› bedientn : ich bin'n einfacher Mann; ich geh lieber in de Telefohn=Zelle. (‹Zelle› : da war'n DIE jetz. – ‹Thrän'n› mit ‹Th› am Anfang zu schreibm, und das ‹e› vermittelst 1 Appo=Stroffs zu eliminieren – ich finde, es sieht so viel schweermüthijer aus; also richtijer – : das könnte man sich dann auch alles leistn, wenn man ‹selb=schtändich› wäre.).
(Freilich, nach Katzendreck schien es doch wohl zu riechen ? – Aber gans diskreet nur; gewissermaßen als memento mori würde man es zu werten haben, daß man, trotz aller bukolisch=georgischen Seelichkeit, noch im Fleische wandele : wieso Joyce derart dem *Knoblauch* ergeben sein konnte ? ! Fürwahr 1 Flecken auf seinem, auch sonst nicht übermäßich fürtrefflichen, Karackter.) / ‹Georgica› : Georg : ‹Fettergeorgkühn aus Hoh=jaa› : Der hatte mich mal, als Junge, eben=hier auf'm Hof, in'n Schul=Feerijn, gröblich verhauen wolln. Nahezu ohne jedn Anlaß; mehr aus ‹Prinn=Ziep›, aus der instinctiewn Abneigung des rusticus gegen den geschmeidijen Schtädtebewohner : der gransichte griedelichte Kumpe war nicht wenich erschtaunt, als ich ihn, nach der ersten Überraschunk – auf Handgreiflichkeiten oder intellecktuelle Rohheit eines Gegners muß ich mich immer erst schtirnrunzelnd einschtellen – ‹die Kehre› über den Hack=Klotz machen ließ, und ihn auseinander zu nehmen begann. Systematisches Expander=Ziehen, das ist es : friedlich im schtill=grünen Kämmerlein; und anschließend gleich wieder an die Höhere Litteratur. (Getrennt hatte uns damals Tanndte Heete; die uns, wie sich aus ihren Worten ergab, ‹beobachtet› hatte. – : Was für ne Rasse Menschn iss das, wo, ich hatte dabei geschtandn, 1 Zwölfjährijer auf dem Brunnenrand sitzt, und seiner, vor ihm schtehenden, 15=jährijn Schwester mehrfach=ruhich bedeutet : ‹Den=Hoof erp'*ich*, unDu krix=nix : Du kanns

ass Maakt bei mir dien.› (Und hatte ihr dann noch das ‹Deputat› beschrieben, das er ihr zu geben gedächte; bis Die heulend rein=ins=Haus rannte.)
(Und wie unrealistisch diese=meine ganzn Gedanknschpielereien von Landleebm & Zurruhesetzn – naja das Motief hat ja ein' eigenen Themenkreis in der Literatur ergebm; 's will halt Jeder gerne ‹Lotos=Esser› sein. Sogar ‹Faust›s am meisten in die Augen fallendes Merkmal, iss ja, will man ehrlich sein, a general disinclination to work of any kind.) / Zuhause, in Nordhorn übrijens unbedingt nochma den ‹Mondulk› schickn lassn. Und Hertha vorlesen : Richard Adams Locke NEUESTE BERICHTE; Hamburg 1836; (hatte ich die Signatur noch im Porte=monnee ? – Ja, hier : MAINZ 15/1378). Poe erwähnt ihn. (Und näßte es nich *doch* wieder hintn ? Binn ich denn schon so weit, daß ich schtändich Klo=Pappier einschteckn habm muß ? – Lieber wieder nach draußn. Daß man uff andere Gedankn.)
1 schlecht gezimmerter Baum ohne Kwaßtn : in seinem Netz keine Sonn'=Kwalle mehr gefangn. (Dafür war die Bretterwand sehr ernst sehr grauschträhnich gewordn.) / Und hier ein Zaun aus Maschndraat : ‹Tanndte Heete's Grenze›. (Hintn, überm Bach versuchte der Wind 2 Baum=Nachzügler wegzukugeln.)
(‹Nun mein Freund ?›) – Denn Er blieb so breitbeinich schtehen. Und hatte überhaupt 1 Benehm'm wie Könich Og von Basan. Putzte sich auch die Nase mit der Hand; (wie ich denn schon früher einmal 1 Bauern schtoltz habe sagen hörn : ‹Ich s=teck mir main' Rotz'och nich inne Tasche – wie die fain'Herrn !›). »Jo; datt giff noch Reegn hüüt.« Und wir richteten unser Geblick träge umher : wie sich da Fratze in Fratze schpiegelte. (Auch sein'n Schtock würdijen; tappe=dure, casse=tête. – »Iss Wachollder=Holtz.« – Gute Pattriotn hattn damals auf dem Hutband geschriebm, mit Kreide : ‹Es lebe Marat !›. Auch mir der Liebste unter den Schreckensmännern.)
Und sein Flotzmaul runkelte weiter; Konnsonanntn um Wohkahle=rumm; (bis es nich mehr viel Ähnlichkeit mit der Schprache hatte, in der einst 1 Siegmund von Birken experimentierte.) / Aber voll ammüsannter Genauichkeitn : wie man, Maulwürfe zu vertreibm, leere Weinflaschn in der=ihre Gänge einzugraben habe; da fiffe dann der Wint drauf, »Unt das könn'ie nich ap.« / Oder Hasn & Kannienchn beim Milch=Diebschtahl : »Datt giff'datt !«. (Drübm, der Nachbar, hatte auch an seinem Fachwerk zu schpechtn

begonn'n : um jeedn Hammerschlack machte der Schall Kugeln. Aus demselbmgeräusch.)

Er, wie schon erwähnt, schtand breitbeinich auf Muttererde, (beneidensweert in seiner allbernen Sicherheit !), und donnerte zum Ap=Schiet – auch ich nahm ihn von ihm; wahrscheinlich auf eewich; dennoch ohne Schmerz. (‹Luthers Problem› : in einen Fortz einen Knoten zu machen : das nannte man damals ‹Tischreden›; tja. – Ja : Laß Dir ma n Dreck heut Abmd abhobeln, Freund Dunkelschön : Bye=bye. Das frißt & fickt sich nu auch so 85 Jahre lank sein'n Week durch die Welträzl : was mag sein ‹Punke›=vorhin auf Deutsch heißn ?. (Wenn man ma ‹selbschtändich› wäre, könnte man sich's auch leistn, von einer Tür zu sagn, sie sei ‹zu=er› als die andere : je nach Klaff=Breite.) Nichts Altes unter der Sonne.)

Und die weiße Nebelhaut schickte sich doch wohl an, wieder=dichter zu werdn ? : Schon könnte man vom ‹schwarzen Geäder der Äste› darauf schprechen, ohne sich als sonderlich ‹fein=sinnich› zu blamiern. (Herthas linke Brust; und das feine blaue Geäder darauf : ‹diese Wallöhrs !›). / Und wie unsäglich albern Goethes MÄDCHEN VON OBERKIRCH ! : dafür hatte der Mann keinerlei Verschtäntnis gehabt; (‹Marat› erwähnt er auch nur in der ‹Farbenlehre›.) / (Lieber, aus Mitleid mit dem eigenen Gehirn, zu denkn aufhörn : nachher die Reegn=Lanzn würdn noch schlimm genuck werdn.) / Und wieder die Zwielichter in den Gängen. –

Hin=Flääzn; und im VATERHAUS blättern. – : ‹Anny von Panhuys› & Robert Kraft; mein, was ne Firma ! – / (Obb'ich Nachrichtn hör ? Man ärgert sich bloß wieder. Allnfalls, wenn man sich eine, demmfnde, Überleegunxmütze aufsetzn könnte.) / Opwohl sich's bei diesem VATERHAUS ja um 1 meiner ausgeschprochenen Schpeziahl=Pfuhle handelte : jeder Fach=Frosch in sei'm. : »Wo sich der Intellecktuelle bemüht, Bücher zu erzeugn : begnügt sich ‹der Karackter› mit 1 Uniform !« rief ich drohend der Wand=Gegenüber zu.

Was war'nn der Dicke=Rotlederne=da ? – : n ‹Landwirtschafts=Lecksieconn› ? Von 1888. – : »Um sie von Jugend auf fromm und lenksam zu machen, emmfiehlt sich das Einziehen eines Nasenringes – siehe dort.«; das hat uns dieser Luther also bewußt unterschlagen : demnach Hertha nie ‹1 güldn Haarband› schenkn; sondern rinn mitt'n Nasnrink !).

Auch ‹Begattungstrieb› : a.) geschteigerter; b.) verminderter : Was

emmfahl Der d'nn dagegen ? –. – : Kuck=ann. ‹Kümmel & Weißwein›. Sehr intressant. – (Und gähnen.)
(: Hinleegn & Döösn ? – : ? –. / Naja.) / : Na schöön. : Also Hin=leegn. / Und döösn – (Halt ! : erß nochma nach'm Feuer kuckn …)
Wirt mann, als Bürger der Bundes=Republiek, beschtraft, wenn man Mittax die ‹Presse=Schtimm› nich hört ? / Was die ‹rechzgerichtete Aurore› geschriebm hat, von der demnächst los=gehenden Sahara=Bommbe ? (Ich legte mein'n Linxgerichteten bekweemer – am Bestn, gans nach hintn schtopfm, in völlije Unreizbarkeit : op etwa die indischn Gottheitn, die Viel=Armijen, die Elefanntn= oder Affm=Beköpftn, realistische Abbildungen der Ergebnisse früh=menschlicher Atom=Versuche waren ? So um 10.000 vor ? Sicherunk solcher Hüppo=Teese durch ähnliche ägüpptische Darschtellungen, (‹Hiero=Glüüfen wandten Falken=Köpfe›, hatt'ich ma irgendwo gelesen; bei einem Schwätzer im Höheren Ton). Und, natürlich : diese assürischn Dinxbummße, die Cherubiem=Vorbilder : Wieder ne gesicherte Hypothese mehr uff Erdn ! (Und das Kreuz des Süüdns behaglicher durchbiegn : Potz Tiglath=Pieleeser & Sall=Mannassar.) / Oder die weithinschattende ‹Times›; die ränkevolle ‹Prawda›; der im allgemeinen gut=unterrichtete ‹Rheinische Merkur›. Oder gar, 1 Mal im Jahr, als ‹Alibi=falls=es=schief= geht›, das ‹Neue Deutschland, das Organ der SED›, (dessen schändliche Äußerung'n natürlich kein aufrechter Katholik & Nazi gutheißn konnte. Höchstns einwandfrei Verworfene ergötzten sich, nachdenklich & wehmütich zugleich, an dem gar nicht unfeinen Schauschpiel, wie da=drübm so kühl & nett=regelmäßich die alten Literatur=Rebellen des 18. Jahrhunderts erschienen, in schönen, meist sogar verläßlichen Ausgabm. Und daß das DDR=Konwersatzjohnslexikon – ma apgesehen von den knollijen Urteilen über Kunst & Künstler – besser war, als alle ähnlich 1= oder 2=bändijen der Bundesrepubliek, begann sich ja doch auch allmählich rum=zuschprechn : *Hunger* krickte ich lanxam.)
: *»Auch Nullen kann man* immer noch – entschprechend ihrer größeren ‹lichtn Weite› – einschtufm !«. (Es war mir eingefallen; wahrscheinlich gab's was Owahles in der Nähe; und ich rief es, drohend wie vorhin, diesmal aber der Zimmer=*Decke* zu, forensisch=angeschpitztn Klangs. – : ? – Sie erwiderte beschwichtijend, in müdem Kölnisch : wie doch jeder Fennich meiner Lohnschteuer dem ‹Großn Ganzn› zugute käme; meinte damit jedoch

so offensichtlich Alte Pantzer & Neue Bischoffs=Schtühle, daß ich mich nur verächtlich auf die linke Hüffde wällzde : bei mir verfängt weder ein majestätisches ‹Donnerwetter=nochmal›, noch das berühmte neue ‹Kanzlerpochen›.) / (Sulla; Proh=ßkripptzjohn; Sulla=Sulla : Sullamich; Sulamith & ‹schwellende Hüffdn›, wie die Kitschromane ooch immer schriebm : Hertha besaß weder diese, noch jenen; (den ‹woogndn›). Tanndte Heete, die greise Nümmfe, hätte, einst, & mühelos, mit beidem aufwartn könn'n : *und* gähn'n.)

: *‹Freier Platz am Wallt=Rannt : Nümfm & Nümfinnen* treetn auf.› (Oder nee : ‹Tanntzn herein› wohl. Oder ‹kommen herrein geschwerrmt› ? ‹Wirrbln willt durcheinander ; schwellen & hüftn› : Wenn das Gesäß auch näßt, Lache Bajjatzo ! ‹NES't.› / ‹Bei Peter Mefferten, untn, Arsch rechts !› war es Hertha einmal rausgeruttscht; als sie, zorrnich, der Anwesnheit des Geliebtn vergessen gehabt und sich allein gewähnt zu haben, vorgegebm hatte : intressante Wendungn dieses Schlesisch. Wie ‹letztlich› alle Dialekte. : Die=a=leckte.) / Und ‹letztlich› war ja erstklassijes Bundes= Deutsch : jetz brauchte ich mich bloß noch zu irgndwas zu ‹bekenn› ? – So sei es denn zum kristlich=abmdländischen Kohlenpreis. (Und ich wällzde mich, schläfrich & dennoch randvoller Widerschtennde, (‹wie Der schtände›), auf die rechte von mein'n Hüffdn; da die durch allzu=üppijes Draufrummlümmeln überbeanschpruchte linke, sonst wirklich noch zu schwellen drohte : Kitschkitschkitsch=u=hund=kitsch. ...)

Kitsch : Er war & blieb der ehrwürdichste aller Schufte, Hahnreie, Literastn=Fanntastn=Protzeßistn : so viel Talent war selltn auf so nichz=nutzije Weise zu Geld vergeudet wordn : von 80 Bänden 76 nich ernst zu nehm ! (Beziehunxweise, wenn man *gans* millde sein wollte, 72. – Also sei'n wa milde : sagn wa : zwo'n=siepzich.) / (Und nu=dazu, uff Seite 49=hier, dieser ‹Krabbel=Brief› ! – Und blättern. – : Die müßte man mal abdruckn, ehrlich & ungekürtzt, Wort= & Zeichngetreu; das wäre 1 echtes ‹document humain›; ein unvergleichliches Genre=Bildchen aus dem Ende des vorijen Jahrhunderts, diese ‹COPIE NR. 2› hier. Eine wahre Bereicherung unserer Höchst=Literatur; 1 Psüchologikumm von unabschätzbarem Wert; ich weiß, was ich sage : Mit solch=einer Veröffentlichunk, würde May mit 1 Schlage in die Reihe der ernstzunehmenden Selbst=Biografen einrücken – wogegen uns zur Zeit ja immer noch das sorgfältich blutleer gemachte Albino=Profil=von=

rechts offeriert wurde. Und wenn den Herren vom May=Verlag mal'n Band des GOEDEKE in die emmsijn Hände fiele, wäre das auch ein rechter Anschtrich für die Leserschaft : vielleicht würde das Zerrbild einer ‹Bibliografie› dann entweder berichticht; oder meinetweegn ooch *gans* verschwindn – zu der ‹vorliegndn Geschtallt› konnte man ja nur den Kopf schütteln !).
(Und, garanntiert, anläßlich der Ent=Schlüsselunx=Arbeitn am großn SILBERLÖWEN, 1 Ex=Kurses wert : wie da, als zusätzlich verfälschend=irreführendes Element, Motief=Übernahme aus dem uralt=himmelschtinkndn WEG ZUM GLÜCK schtattgefundn hatte:

a) Beide ‹Aus Hohen Bergen›.
b) Samiels ‹Schwarze Maske›.
c) Der Weibs=Dämon.
d) ‹Herr ich trete.›
e) Die Köchinnen=Szene in der Laube.
f) Der Geldkasten des Verbrechers; mit beiliegndm ‹Geschäffz=Buch›.
g) Das Siegeln mit 1 Geld=Schtück.
h) Die Schmuggelei=allgemein.
i) Die Pläne zum Bau 1 ‹Kirchleins›.
j) ‹Appe= & Trinke=Tiet›.

(Oder nee. ß=topp : da war's ja schonn wieder Weihnachtn !). / Und uff'n Rückn drehen wieder : Hun=gär ! –). –
(Und tiefer döösn. Und ent=schpann'n : morgen geez Geschufte wieder los – allso karpe die Emm jetz. Es kommt ja sicher ooch irgndwie dem Großn Ganzn zugut : ei so komme doch .....)

* * *

(((.....))). / ((.....)). / (..... ?) – : ..... ! : ! ! ! : Klaa ! : ‹Nichz Niemannt Nirgnz Nie› : ‹Nichz Niemannt Nirgnz Nie› : so plappert doch nur *1* Mottohr : *Ihr*=Mottohr ! (Und das zer=döste Gesicht möklichst schtrahlent geschtalltn ..... :
: Er geht, kehrt bebend, schnell, wild das Aug im Haupt verdreht, hoch klopft an die Seit'ihm das Hertz, sein Wort ist dummf, gebrochen, irr – – : *Tanndte Heete mit Herrenschnitt ! ! ! –* / (In der Hand was Flaches aus ‹Jenaer Glas›. In dem, untn, 1 winnzijes Tüütchen schlitterte.) / Unt schtrahlte & lachte auch noch : »Du, däi sünn obber *sehr* prackdisch ! – Hier : Das'ss für Dich, meinjung. Haa'm wir Dir mit gebracht.« – – –

: *»Dreh Dich doch weenichstns ma* umm, Tanndte !«. / –. – (Ochgott; zur Noot ? – Noch ma, weiter, zurück treetn. – War es doch=noch vertreetbar ? (‹treetn=treet=baar› : der Hinntern war verlocknd treetbaar.) / Und sie schtrahlte, unerschütterlich : »Brauchs blooß mitt'n Kamm durch faarn : biss ferdich. *Die*=Zeit, mitt'n Dutt, spaa ich mir kümfdich.«
Aber : »Neenee=Tanndte ! : Wir sinnd noch nich gans mitt'n'annder fertich. – a) : *Was* ist ‹sehr prackdisch› ? – b) : Was habt Ihr=mier *mit*=gebracht ?«. –
: Diese Tüüte ? Mier ? »Die fuffzich Gramm ?«. – : »Mach ock erst ammall uff. Außerdeem sinnz Hunndert.«; Hertha; schtill. Also *auf* die Hundert : –. – : Und war doch verblüfft : ‹Bonbonnières à l'antique›; aus süßem, grünem=rotem=gelbem Gelee, die eßbarstn ‹Gemmen› ? ! / Hier 1 Zeus. – Dies Poseidonn, mit Dreiestem=Zack. ‹Leeden› in verschiedenen ‹Auf=Fassungen› : sämmtlich=jeedoch mit Schwarzwälder Kirsch gefüllt : »Traun; das nenn'ich Wirr=tschaffts=wunnder !« – (Und sie nickten sich, befriedicht, zu. : »Aus gesucht haap ich=sie.« ICH=TH. : War demnach ‹Deine Missjohn› gescheitert Du ? : Daß Du mich mit 1 Gummi=Leda ‹ap=zuschpeisn› gedenxt ? Ich luttschde & funnklte gleichzeitich so tückisch, daß man mich, befremmdid, mußterte.)
Ja und ‹prackdisch› ? – : »Naddas Auto : Du, ne gannße S=tregge sinn wier 80 gefaahrn !«. – Und seegelte hinein; ungeleitet; (denn ich mußte ja erst wieder das Gatter für Hertha & ISETTA öffnen. – Auch schließn wieder.) / Und als wir ins Wohnzimmer traatn, war sie lenngst beim ‹Aus=Packn›; Pappiere bauschtn & schtarrtn. Unnt erzählte dabei, was das dicke=allte Plappermaul nur heer=gaap. (Wenn ihr die Lufft aus ging, raschellte sie weenichstns aus Leibes=Krefftn) :
: »So=Was fehlt Ein'n.« (Sonne ISETTA nämlich.) / : »Denkma, Kar=del : in Zelle, auf'n Maakt, verkaufm sie diese Dinger, diese Lammpm=Putzer …« (und forderte mich, durch das bloße, kurrz=ennergische Schwennkn 1 Papp=Schtüx mit Schtrümmfm, auf, jene in edle Worte zu fassn. – »Typha=Tüüfaa : Du meins' Teichkolbm, Tanndte ?.«) : »… die verkaufn Die=da für zwann=zich=Fennichsschtück !«. (‹Pöme Fennichsschtück› : Pomes Penyeach. : »Ja und, Tanndte ?«)
: »Unnt ! –« machte sie mir, unwillich, nach : »S=tell'ier's doch ma *foor* : ne gannße Isette=voll dafonn ? : Da=mitt nach Zelle ge=faahrn : ? …«. (Und breit die, gescheffztüchtijen, Hännde : ? !).

»Du vergiß'den Benn=zien=Preiß.« – Sie sah mich gereitzt an : »Waß koßß'aß wohl ?«. Und, zu der Andern, Verläßlicheren : »Du ! : Här=thaa ?«. / Die book, (etwas müde anschein'nd; ap=geschpannt : Kunst=Schtück : 3 Schtunndn mit TH allein !), die Schultern nach vorn. – : »GOtt – anne Mark fuffzich ?. Unngefeer.« / Und sie maaß mich *so* gerink=schetzich. Und schniefte *so* dammf=wall-tzich : »Unn 100 S=tück gehn ungefeer rein – rechnen kanns'ja woh säps noch !« : »Eerstns gehn *nich* 100 rein; sondern höchstns 50. Zweitns verkauwsDe nur 20 dafonn. : Unnt die *Schtunndn* brinxDe überhaupt nich in An=Schlack, Tanndte ?« –. –
: *»Zu=minndesd kommdaß Alles bei raus; Du*=Nieslpriem !«; brüllte sie. Und drohte mir. / Aber ich sah sie gar nichd'ie Faust : Ich gaffde nur auf die Fläche ihrer an=derenn Hannt; wo sich, anxt=voll, 2 winnzich=feuerrote Teckstielijin wanden .....
Unndfalltete, ergriffm, die Hennde. : » Tanndte Heete. – : n Bie=kie=nie ! – HätzDu sowas nich ‹damals› traagn könn ?«. / Und, doch schon wieder nüchterner : »Saag'ma – : wie schtellsDu Dir das vor ? Wie Du=das prackdisch da=rein krixt ?«; und wook an=mier, breit=foo-tich, die enntschprechendn 2 Unsichtbaaren. – : »Das laßß'u ma *meine* Sorge sein.« versetzte sie schpitz. Und auch Hertha nickde, unterlippich=sachlich : »Dos geht Olles : zumm Inn=der=Sonne=Liegn, im Sommer. – Und wenn's anne geschützde Ecke iss : zieht ma's *ganz* aus.« TH nickde ihr gleich beschtätijend zu : »Gans rechd, Meindeern. – : *Sehr* richdich.« (‹Gannsaus› – ich mußde doch schluckn vor Lußd. Unt die ‹Beßtijn› registriertn'is schaadn=froh.)
: *»Ooder Tann=Zweige ! – : Zum Roosn=Eindeckn*=jetz.« – : »Daß Inn'n Alles recht harzich wird, gellt ?«. / Dies=Mal wies sie mir, vor lauter Ver=Achtunk, nur den rechtn Eck=Zahn, über die rechde Schullter=hehr : »Das s=teckt man hierzulannde inn'n Sack, Mein-sohn. : Unt tuut den *außn*=hinn; auf den lüddn, ver=krohmtn Gepäck=Träger. – : *Deer=da=ann=iss !«*. (Auch waah. Da hatt'ich mich blammiert. / Als ‹Wiedergut=Machunk› was ? ? – – : Ah; ich haap's) :
: *»Oder=auch ..... : Pilldße, & Beern –«;* (gedankn=voll; wie=vor=mich=hinn. / ?. – / Sie nickde auch gleich wieder gnädich : TH war eebmsoleicht zu versöhn'n, wie umm=gekeert. – *Noch* gnädijer : »Na=allsoo. Ich dachd'schoon : Du häzz=heud *gaa* keine Ein=Fälle.«
: *»Hier : hatt Sie=Dier noch was* mit gebrachd –.«; (und Hertha=traat, scheinbaar gleichgülltich, her=zu); : »Oder haßDú das, in *Deine*

Hann=Tasche Meinkinnt ?«. – (Unt neß=tltn *soo* lanksam. Hoobm sich die, karriertn, Groß=Taschn, vor's Kinn – die=Kinn=*ǻ* : schrääk vor's Gesicht. Schpähtn, scharf gerunnzelter Maßke, hinn=ein ..... : »Näi; hier *iss*'aß nich.« / Sahen sich auch, boß=hafft, nach mier umm : ? : »Kumma=Härtha : gleich wirt'er anfang'n zu trammpln. – : Aber Frau'n sinn neugierich, nich ?« – / (Ließn sie sogar, axelzukkend, sinkn. A la ‹Tja; denn haabm wir's ja doch wohl irgndwo liegn lassn› : Kinnder; machtz nich so schpann'nd !)

Und besahen mich, Ohne=Hände, ‹Sänns=Händns›, : die waren in karriertn Einkaufstaschn verschwundn !, groß=mütterlich; in Gedankn=versunkn. (‹Ohseelich 1 Kinnt noch zu seyn›, was ? Potz Pfinzing & Treitzsaurwein, tut bloß nich so : denkt Ihr an Eure Bikinis ! : Los, flott, worum handelt sich's ? !)

: *»Aber so sint sie=Alle Här=tha : wie die lüddn* Jung'n.« Pause. »Bis uff das Eene.« erwiderte Jene düster. Aber Tanndte Heete beweekte apweisnd das Haupt : »*So* lütt iss *kaum*'n Junge, Miendeern; daß er dieses, von Dir so genannte ‹Aine› *nich* hädde. – Wir haam ja auch da kurz über ges=prochn.« / Und griff mit kalter Hand, noch während sie die letztn Sylbn prononcierte, in ein geheimstis Täschchen; (Brdz machte da dessn Reiß=Verschluß); und hielt es ‹währenddessn› mir hin : ..... : ? –

Flach gewichtich bieksahm ? Oh=ain=Buch. (Obwohl ich das *nicht* schätze : ich pflege die Bücher namentlich zu nennen, auch bibliografisch unverwexelbaar zu bezeichnen, die mich intressieren, und die man mir allenfalls suchn darf : so ‹Geschenke› aus der Lammenng .....)

Unt schtrahlte, wider all=mein besseres Erwartn, (auch wider Willen; ich will ehrlich seyn), doch auf : »Ach=*Her*=tha !« Küßte auch, vermutlich immer viel zu schnell wieder versöhnt, das gleiche glatte Heuchelmaul, das mich doch nur 30 Sekundn zuvor=noch, & lüstern, gefoppt=gefolltert hatte : dieses war freilich 1 rechte Überraschunk ! (Beziehunxweise, was mehr ist : 1 freudije. Denn die meistn Überraschung'n Immenschlichnleebm .....)

Und zu der Andern gewannt, der einst lustvoll=Dicken : »Du=das müßDu ma leesn; *das* würd' Dir gefalln.« (Reclam hatte die INSEL FELSENBURG neu gedruckt : Großer Reclam ! – Ich hatte's zwar gewußt, und längst drauf gelauert; aber Hertha war mir liebend zuvorgekomm : »Große Hertha !«). Aber TH, bedeutend=unschlüssich : »Nee, mein=Jung. Zu'n *Sellps*=Leesn hab ich keine Zeit zu : *Vor*leesn könnß'u mir das. Währnd *ich* s=topf oder s=trick :

das wär natür'ch schön.« (Hinter mir entschtand 1 Murmelmädchen. Das auch gleich verschwand.)
(Und sofort TH, in mächtixtim Geflüster) : »Saachma – : Das'ss aber n koom'schn Vogel. –«. : »HaßDu mit Ihr ‹darüber› schprechn könn ?«. : » Och, viel=nich ... Üprijns ‹Ent=Dröhnunxmiddl› waa guut; da waa Sie platt über; Schön'n Dank=auch, Kaadl. – Tcha aber ann=sonnßn ? *Einiejis* haap ich natür'ch an=bringn könn. Aber das iss gaa nich so leicht, Kaadl – das muß nach & nach komm.« (Und saß & sann.) –
»Ja Eins=noch Kaadl : wir kaam da an den ain Gescheffi vorbei – : da wollt Sie auf ein=Ma 10 Packungn CAMELIA kaufm. Und fusselde noch was von ‹Fallß'as ma knapp wird› undso – : ?«. Da mußde ich aber doch grien'n : »Nee Tannde, das'ss was anderes : das hat mitt'm Moont zu tun.« Und sie, ungläubich=aufgeklärt : »Middn Moont ? – Da hadd'as doch nix mit zu tun, wenn Fraun ihre Sache kriegn. Die haam'as doch jederzeit=Alle; immer durchn'ander : daß'u an so'chn Tühnkram noch glaups –«. : »Ach nichdoch TH ! : Ich hap Ihr weis gemacht, daß auf'm Moont die Sachn ‹dereinst› knapp würdn – so richtich ‹beschriebm=Alles›, weißDu ? –«. (Und sie, beruhichter) : »Ochsoo. Ich dacht schon, Sie krickt Ihre Sache immer so doll; das giepd'as neemlich.« (Und, wieder neu=gierijer) : »Auf'm Moont=auf ? – Du : das könnz *mier auch* ma erzähln.« (Tu ich noch Tanndte, bei Geleegnheit; aber) : »Und wie gefällt Sie Dir sonnst ?«
Pause. – »Ochmeinjung –«; sie schtemmte sich mächtijer zurück; (daß ihr Schtuhl die Forderfötchin hoop; sie hatte eben Mut). / (Und den Blick zum Fenster hinaus. Und Pause.) / : »Tcha=Kardl. – : Es iss mann'n verkrammftis S=tückchen Fleisch. Wie ich schon saachte.« (Jetz begann sie sogar noch zu wippm : was bei Denkerinnen aber wohl 1 gewisse Unschlüssichkeit anzeigt, eh ?). –
: »n annern Betthaasn aufzugaabln traußDir nich mehr. ?« – Monno log : »Follgn tät Sie ja auf's Wort.« (»Kunst=schtück, bei=Dier Tanndte : Du biß'ne Per=Söhnlichkeit.«). Aber sie winkte das Kommpliemennt unlußtich beiseite. (Was soll man noch sagn ? Vielleicht dies; plus 1 klein=verlegenen Auflachen) : »Was ich ja üpriejins auch tu.« (Neemlich ‹aufs Wort undsoweiter›. Sie, aus Gedankntiefn) : »Das weiß ich, mein Jung.« / Naakte an ihrer Unter=Lippe. (Was ich, vor 30 Jahren, wohl auch hätte tun mögn. – : ? – (Und wir ‹Psst›=eten gleich; wiedie Verschworenen.).)
: »HUNGER ! ! ! –«. – : ? : »Wier ham doch in Zelle schonn gegessn –«;

Hertha, erschtaunt. Total überrascht, daß mich=mein=Maagn. (TH ließ es uns zunächst ma allein aus=fechtn. Nur ihre Augen gingen – prüfmd ? – hin. Und kamen her. Hin & Her –)
: *»Ja liepsDe=Hertha=Ihr* wart freilich in Stomacho=Pollis : *Ihr* haapt geschlemmt, ‹Arabisches Reiterfleisch› und ‹Gudruns Rezeppt› – nimm das ‹Potz› für geschehen.« (Mit Erwähnunk des Namens ‹Gudrun› mußde mann=als=Mann übrijns *gans* vorsichtich sein : Hertha bewies mir jedesmal daraus, daß schon im grauesten Altertum Wäsche=Waschen als Frauen=Schmach betrachtet worden wäre – Ihr Verbrauch an Flaval unterschtiek jede Vorschtellunk. / Noch einmal, flee=hennt) : »Hertha – : KönnzDu mir nich 1 Büxe Kornd=Bief braatn ?«; (lüsterner) : »– *und* 1 – oder 2 ? – Eier drüber schlaagn ?«. – Pause. Sie begann unbehaglich die Schultern zu beweegn. (Und immer TH's Augn : Tik : Tak –). Unmutich : »Och. – : Das schpritzt immer so . . .«
(Erst begann der Tisch unter IHREN *Fäusten* zu grollen; dann auch noch der Schtuhl – aber der hell=kleiner, knarrender; immerhin – : TH erhoop sich. (Besser : ‹ging auf›; majestätisch; Reine=Soleil=mäßich). Langsam) : »Na. – n büschn=was möchtn wir ihm ja doch auch woh' machn.« – Lauernd : »Oder meinßu nich ? – : Mein' Deern.« / (Und mein Lieb errötete langsam. Aber sehr=sichtlich. Und TH ließ den Blick auch sork=fälltich auf ihr ruhen. – (Bis Hertha noch ma ‹mußde›, und verschwannd.) –) : »Da iss durchaus noch Hoffnunk, mein Jung.« –. –
»Hier iß übrijens die Poßt, Tanndte –«. Sie ver=zook das Gesicht. Öffnete. / Hertha kam wieder rein : Keiner nahm Notiez von Ihr. Fummelte reuich am Taschen=Handgriff. Dann, verkwettscht, leis=schtimmich, erschien 1 Frag=lein im Raum : nach ‹anner Schürt=se› ? – TH, unerbittlich=apweesnd : »Loot mann ween, mien Deern.« / Lange las sie; Lange & Sorksam; am Brief des Vetters Geh=Ork. Aus Hoh=Jaa. Konnzenntrierte auch ihr großes Gesicht immer mehr, Biß es gans aus Runtzl=Kreisn beschtant. Erhoop sich mit 1 wüüstn Beweegunk. Unt gink un=entschlossener : Auf & App. Trommelte mit schlägelnden Fingern. (Auf, demnächst be=biekienietem, Brust=Bein.) Und ent=schiet –
: *»Geht Ihr man noch ma n S=tück* ß=patziern. –« (Und, verheißender) : »Ich mach inzwischn was Feines zurecht : ich muß noch ma was . . .«; (vermurmelnd – es klang wie ‹über=leedijen› : *Was* demnach : ‹überleegn› oder ‹erleedijen› ?). : »Und seit nich zu lange : ne

S=tunde oderso; höchßns«. – : »Punkt 2 seit Ihr wieder da !« (‹Aufs Wort›).

: *»Dann aber ‹Uhren*vergleich› Tanndte ! –« : das gefiel ihr wieder sehr, diese neuesde Fienesse. (Wir schtelltn aber auch gewichtich genuck. Bis Ihre Wanduhr, & die von Herthas Armband, den gleichn Gesichtzausdruck trugn – : s=soo !)

(Und Hertha, meine Wasser=Süchtije, hatte gleich noch etwas auf dem schönen Hertzen) : »– Wo könnt man'nn ewenntuell hier=amma schwimm gehn ?« erkundichte sie sich leis'. (Das ist natürlich 1 ausgeschprochene Dockterfrage, mein Kint. : »Wir befinden uns in der Haide, Hertha.« mahnte ich auch gleich. / Aber TH riep sich *doch* den Zeigefinger mit der Nase ? Dachde laut ? Hertha verschtannt die sinnend=kleingeschrotenen Satz=Schtücke nur mit Mühe) : »Die Seewe=sellps ischa schon zu überlaufm in'n Sommer. – Da wär *höich*ßns=noch ...«. Und wandte sich kraft=voll zu mier; und tat folgende Inn=s=trucktzjohn –

: »Wo hinner deen Knallerpsnbusch der Wach=hollder s=teht; Kar=dl : da zweicht er ap ! – Wo an'n Platenbossdeler Week das ersde Wallt=S=tück anfenngt.« (Ich nickte : Kurz vor der Sand=Apschtich=Schtelle, wo wir als Jung'n immer runter gehoppst sind ? Schön; ungefeer im Bill'Tanndte.) – : »Der schlenngl sich da so zwei=hunnerd Meeder durch'n Walt : dann komm, kweer dazu, Wiesn und Weidn : ? –« (Und mein Nickn.) – : »Unn'dann siehss'u schon einßlne Ellernbüsche s=teen : an'n ‹Schmaaln Wasser›. Da geht n S=teek rüber. Und da iss'onne Kuhle : n paa Züüge könnd man da wohl in schwimm'.« Und besah sich, fast schon wieder gütich, Herthas gepflegte Magerkeit : »n büschen S=paddln kannßa schon; *so* groß bissu ja nich.«

(Und, schon ‹hinterher›) : »Könnt ruhich über'e Wiesn gehen, Kaadl : Du weiß'ja; nur inne *nassn* Jahres=Zeit sinn'ie Weege s=telln=weise nich besonners gangbaa.« (Hertha, verblüfft, zu mir : »‹Nasse Jahreszeit› ? – : Was ham wa'nn da *jetz* ?«.) / Schönes Blaßrot, der Aster=hier, noch=vorm=Zaun : hatt'ich auch 2, 3 Blatt Kloh=Pappier mit ? (Es war nämlich fast dieselbe Farbe, ‹ROSITA› schtand uff der Rolle : ich ziehe dergleichen mit nichtn an den Haaren herbei,) »Wie Du immer gleich=gern denxt, Hertha !« – Sie schrak auf; sie schtammelte verzaakt=verschtört : »Was iss d'nn schonn wieder ? – : Ich haap doch gar nischt gedacht – –.« Und ich, bösewichtich=hämisch : »Sooo. : Du haßd *nicht* an mich gedacht.« / (Auch, während Sie angewidert=patzich : »Du Åffe !« machde, über die

Schulter zurück) : »Du Tanndte Heete ? – : Diese Tür=Klinngl ! : Die mach doch ma bei Geleegnheit ap.« : »Wieso, Du Närfm=Bünndl ? – Da *denk*'ich gaa nich an ! «; versetzde sie, randvoller Widerschtännde; und schön=hitzich, wie immer=zuerst. / Nickte uns dann aber doch Mut & Krafft nach : ! – (Unt wir ap; rechz=rumm; in die doch=schon ark feuchde Luft ...)

* * *

In allen Eckn & Winkln begann die Natur sich aus zu kleidn. (Obm schtarck drohende Körper von Wolkn.) : Eine schon=nackde Uralte wöllpde sich übern Week, und zahnlosde Wischel=Flüche; (während wir finnsder an ihrem Bein entlang wandeltn : auch 100 drohende Arme uns hinterher zu schütteln fühlte sie sich noch bemüßicht.) / Vielleicht war die kleine Erdaufschüttung daneben, la Motte, ja das ehemalije Hoch=Gericht ? Von dem aus man, als Fienesse, dem armen Sünder gern noch einmal eine besonders reizende Aussicht zu zeigen liepde. : »MeensDe wirklich ?« fragte Hertha, leicht erschreckt & dito angewidert. »Achwas, s'ss ne Kaddoffl=Miete.« beeilte ich mich, zu begäuschn.

– : »Och. Zelle hatt ma gans gutt gefalln. : Die schön'n altn Heusl. 'n Tee=ater hatz ooch; s soll sogaa gutt sein.« (So Schloß wie Kaufhaus) : »Im Muh=See=Umm warsDe nich.« (Nich als Fraage, sondern gleich als Fest=Schtellunk. Sie sah mich trotzdeem tükkisch an) : »Wie hätt'ich ock das schaffm solln. ? Mit Tanndte Heete daneebm : wo Die überall hinn wollte ! – Du, dass iss anne uff=reibmde Reise=Begleiterinn.«

: »Hatt Die erzählt ! ...« – / Vom Schloß zu Giffhorn. : »Herr=Zock Frantz, mein Schatz. Aber laß *die* Ente für heute schwimm'.« / Von Kloster Wienhausen. – : »*Wie ? ! : Nicht* von der fann=taßtischn Ausmalunk der Kirche=dorrt ? – Du *das* müßteßDu Dir wahrlich ma an=kuckn : 1 hallbes Jahr=schpäter ging'n semmtliche FALK=Kundinn'n in Weiß mit Blau & Braun=Rot.«

Aber nee : »Se hatt bloß immerford vonn a Nonn'n er=zeelt : gans kleene Zell'n; ungeheitzt & schtockfinnsder. Singn Beetn nischt zu Essn. – : Op das wahr iss, daß die immer so junk geschtorrbm sinnt ?«. (Sint ut sunt aut non sint) : »Das Durch=Schnitz=Allter der Zißder=Zieh=Ennser=Nonn' betruuk in der Reegl 24 einhalbjahre.« beschtätichte ich; (aus dem Schteek=Reif. – Unt gar nich ungeschickt von TH : zur Warr=nungk ! : Gleich noch etwas nach=fassn) : »Schtell Dir's nur ma richtich vor, Hertha : Nachz

vierma raus Sing'. Schlüppwer aus Roßhaar. *Und* keen' Mann.« (Sie parrierte zwar umgehend, wie sich's gehört, mit einem »Was das SchlimmsDe nich wäre«; schien aber doch nicht ganz un=beeindruckt; kniff das Mäulchin, und sann.)
»Sáagamma – –«; (langsam, gedanknvoll, angesetzt. / Und das Wetter schien sich tatsächlich entgülltich zum Heuln entschließn zu wollen : vorhin hatte mann's noch, wenn auch mit pupillen-pressender Anschtrengunk, erkennen könn', wenn 1 Wolke ihrem grauen Rande hinterher=prottoplaßmierte. Jetz war Alles schon die bekannte einheitliche Fast=Farbe Dunkelgrau. (Und sosehr ich barro=meetrische Tiefs auch schätze : Wir waren Beide nich dafür angezoogn. Vor allem die schwarrtze Dünnflüssichkeit *Ihres* Capes : »Hätzd*och* Dein' Loodn=Manntl mitnehm solln, Hertha.« (Den dunkelgrauen, mit Sattel : er ‹kleidete› sie zwar nicht, aber sie sah gut drinn=aus.).).)
: »HaßDu's eigntlich – kannßD's ruhich=ehrlich saagn – Dein allererstes Maal bei Tanndte Heete machn dürfn ?« – (Jetzt bliep mir aber doch der Munnt offm ! / Sie, beide Augn sorkfältich & denkend auf mier; die Unterlippe gans leicht zwischn den Zahn-kantn, lauschde, zur mehreren Sicherheit, noch meinem konster-niertn : »Wie kommsd'nn Du da=druff ? ! – : Allso bei GOtt & dem Covenant : TH kennt die Farbe meines Samens *nicht* !« – Unt nicktde dann, von der Unn=Schulld des Angeklaagtn überzeukt. Winkde aber überflüssije Worte leichthin weck) :
»Nu –, « sagte sie sachlich : » Weil Se=Dich mannchma so komisch an kuckt. – ‹Ver=Liebt› iss natürlich nie der richtije Ausdruck. Aber daß Se=Dich gerne hatt, weeßDe ja sellber.« (Und beweegte plötzlich klagend das Gesicht) : »Ausdrücke hattse manchma ! – Was Die noch leebms=lußdich iss : ich binn bloß immer ap-wexelnd rot & blaß gewordn.« / Kopfschüttelnde Pause. Wacholder-garden präsentiertn am Rannt : Riesen mit grünrauhen Bären=Mützn, die Schuppmkette überm Kinn, machtn den neuen Teer=Week einijermaaßn erträglich. : »Nicht *nur* für die ‹Bunndes=Wer›, mein anntie=millietarristisches Kinnt; sondern er kommt auch den Melkern und ihren =innen zugut : hierzulande weidet nämlich das liebe Vieh – Dir schlesisch=ungewohnt – von Aprill bis Ock=tober, schön im Freien.« (Sie befühlte neugierich den Schtachelpeltz so eines un=Riesngebirgischn Busches – : sofort schtürtzn mehrere dicke Tropfm heraus; ihr mittn auf den Fuß, wo sie explodiertn. : »Vor Sonnenaufgang ist die östliche Hellfde solcher Wasser-

kügelchn rot : die andere grün oder grau. – Ja, wenn Du willst, beides mit ‹lich›.«).
Tz=also : »Soviel wie Du immer denngsd, Hertha, haap ich wircklich noch nich erleept.« (Da gab es noch Manches, was man als komm=pletter Mensch kennen müßde; und was ich noch nicht kannte : ettwa während 1 Krieges, als alternd=Arbeitender in der Heimat, gans=grau weerdn – gewiß; die Erfüllunk schpeeziell= dieses Wunnschiß, würde nicht mehr lange auf sich wartn lassn : *dem*=Manne kann geholfm werdn !).
»‹verkrammft› und ‹geziert› hattse sich aus=gedrückt.« versuchte es neben mir, möglichst geschäffts=mäßich, zu saagn. Aber sogleich, fast ohne Übergank, in jenem Gemisch aus Rad=losichkeit Verschtörtheit Trän'n'nähe pluss Tappwerkeiz=Einlagn, das mich immer von Neuem rührte : »*Kann* man'nn das ohne weiteres so be=hauptn ?«
(Da das Waltschtück soebm zu beginn'n geruhte – auch 2 derbe Jung=Eichn=Büsche ungemein einladnd mit ihrer, noch komm= plättn, Braun=Blätter=Fülle raschelltn – nahm ich mier die Freiheit, mein wimmerndes Lieb hinter dieselbm zu geleitn; sie dort, auf geschtricheltem Naadlboodn, hanntlich auf zu schtelln'n. Und dann, sehr züchtich=*und*=ziewiel, zu trööstn. / Beim *‹und›*=Griff wollte Sie zuerst schon wieder zuckn. Dachte dann jedoch anschein'nd an jenes ‹zieren› – das Wort, das 1 moddernes Mätchen tötet ! – und hielt Katz=aus. (Schloß allerdinx die Augn; umm das Eelennt weenichstns nich zu seehen. Was wiederum mir Zeit gaap, mit meinem rechten, über Ihr Gesicht hinweck, durch das Gebüsch ihres roten Haares, *und* jene kahln dort=drübm, die von TH als Land=Marke emmfohlene Sannt=Apschtich= Schtelle ... ? : Ah ja : fast noch wie einst, da wir als Knaa=bönn immer über'n Rant runter schprangn ...)
(Und sie duldete so lieb & ungewohnt=schtill – Dank, Große Heete ! – daß ich diereckt warm wurde. Und frei & kühn; Heete Kühn. Und Großes zu denkn begann – : »Hertha, – wenn Du ettwa – ? : Ich hab welche bei mir. ...«) / Machte sich brutal frei. Sah mich an, als schtünde ich in einem Schaufenster – : – (ich nahm aber auch gleich die Haltung jener lackiertn Herren an : fremd=link fremd=link : KennsDe Dein' Unschlitt nich ?). Sie sog Nasenluft an, laut & frech : »DenxDe Du kannst mir da=mitt ann Tort an=tun ?« – (Dann mußde aber schon wieder irgend ein mier= unbekannter Verschluß geklickt habm – 1 Zweihunndertzdl iss

nischt da geegn – der Kopf leegde sich süß schtaunend um; gläubich offenen Mäulchins. Gerührt : »– Hör doch amma . . .« – ? : *‹Pochpoch poch› ?. (Eindringlich=leis,* unüberhörbar; wie man Theesn von besonders ausgezeichneter Unfruchtbarkeit akustisch aufzuhelfen versucht. Neuerdinx. – SiehsDe : schonn herausfordernder : ‹Pochpochpochpochpochpochpoch !›). – Und, ferdreetn Blix, in die Kiefern=Beesn hinauf frosch=perspektiviert . . . . . ? / – Scharfes Flüstern : »Da ! – Siehß'ihn ?« – : »Nee. Wood'nn ?« (Aber da fand sie ihn schon. – Er hatte uns, zweifellos, ebenfalls längst entdeckt; und hämmerte entschprechend gleichmütich weiter a la ‹Es klopft – : Herrein ? . . . . .

. . . . . *Ja ? – / Erst wurde mit der Wand 1 Kennwort* getauscht; (wobei er sich noch einmal flüchtig über die hemmz=ermlije Schulter um sah, op auch sämtliche Fressalien verschwundn wären : ?). Dann knaupelte er an Riegeln und sonstigem=Schweren; gans ‹Kerrker=Tür›. Die Wand schprang langsam und unnötich dröhnend auf . . . . .

: 2 Männer. – Der Eine, Ältere, im Raumanzuck; (ich flickte, nach Kräftn kaltblütich, den meinen weiter. Und schielte nur ab & an kühl hin. – Jetz, während ich die Gummilösung auf dem Flickfleck trockn puhstete, ergab sich ‹organisch› eine längere Geleegnheit). / Der Andere – eben zog er sich die Gesichtsmaske aus Eichhörnchenfell herunter – noch sehr junk; Tien=Äidscher. Aber mit jenem fattalen kalt=glattn Geantlitze, wie man es früher, von Illustriertnbildern her, auf den Schultern jugendlicher Banndn=Führer zu sehen gewohnt war : so schweer dick schteiff war sein Wintermanntl; und so trug er die Hännde in den Taschn, daß auch dadurch der Eindruck ‹gepanzert› noch verschtärkt wurde. / (Wer von den Beidn der ‹Vornehmere› war, schien schwer zu saagn – der Ältere wirkte in seinem lächelnden ausgewogenen Gleichmut nich weenijer ‹selpschtändich›, als der eisich=lepptosome Junk=Gannowe.) / Jaja, kommt schonn rann . . . . . (*gans* wohl war mir natürlich nich . . . . .

: »*Wy atkuda prischli : Kuda* wy namjérewalißj.« – (Da haßDe bei mir keen Schwein, Freund. Ich nickte ihm so kraftvoll zu, wie es meine voraufgegangenen Erleidnisse geschtatteten; (wobei mich der Wodka nicht weenich unterschtützte – : *falls* es welcher gewesen=sein=sollte !) : »Glad to see you.« / Der Junge wollte schon wieder mit dem (völlich lippmloosn) Schprachschlitz fieguriern; aber Der=im=Raumanzuck legte ihm beschwichtijend die Hand auf

den Unterarm; und erkundichte sich in – zwar nicht einmal ‹leitlichem›, aber immerhin verschtäntlichem – Amerikanisch – (das heißt aufpassn mußde man natürlich verdammt !) : »Ihre Kuriere können *nicht* Russisch ?«. Und er mochte zu dem folgenden : »Ich binn übriejänns Ihr=ä – : Geegänn=Kuhrier.« noch so verbindlich lächeln – es hieß im Grunde doch weiter nichts, als ‹*Unsere* schprechn grund*sätz*lich Am=Meer=i=kahnisch›. –
Ich wurde ärgerlich : »Ich bin Kongreßmitglied; und heute nur ‹in Vertretung› hier –« (es ging sie zwar nischt an; aber er hatte ja damit, unbewußterweise, 1 wunndn Punkt bei mir getroffen. Und der Grünejunge hatte mir auch ein bißchen zu aufreiznd durch die lange Nase gefeixt) : »– Ich habe bereiz mehrfach – erst=geßtern=wieder – den Ann=Track eingebracht, Russisch als Flicht=Fach bei Uns einzuführn.« – Das Gesicht des Älteren ging doch sehr intressiert auf : »Kong Gräß ? Mit Glied ?«. Und sahen sich kurz, aber nicht un=nachdenklich an .....

(‹Pochpochpochpochpoch !› .....

(: Was klopfte denn da schon wieder ? ! – Achso; der Jakute probierte nur nochmal den Tür=Verschluß .....)

»‹Glans=Korn Rapps & Rübsn› hab'ich, als kleenes Mädel, im Laadn immer saagn müssn – wir hattn ann Kannariejin=Voogl –« Hertha, entschulldijind hauchind : es waren entschiedn zu viel Föögl rinxumm, als daß man hätte Konzentration verlangn könn. Ich hob weenichstns apweisnd die Brauen; (milderte den Taadl aber wieder durch 1 Kuß; (der sogar derartich ausfiel, daß er meinem Brauenschpiel alle Krafft benahm. Was die Un=Verschämte auch sogleich merkde; ausnützde; und sich munter an mein'n Arm henkte .....

..... : »Abärr wie hier=heer ? : Ins Lagärr ‹Schwarrtzä Pummpä› ?« / Ich brachte *so* entrüstet mein Kärtchen raus. Und leegte's ihm hin. Und zeigte trotzich. : Hier der PICARD=ja ? : »Und wenn unser dortijer Kommandannt – von dem man ja annehm'm sollte, daß er's weiß ! – mir sagt, ich solle ‹auf einem kleinen Boogn nach Nordn› marschieren; und würde dann mit Sicherheit auf die Grenns=Vermessunx=Trupps schtooßn ..... ?«. / Sie beugtn sich über das schicksalsschweere Blättchin – (jetz kommz drauf an – Potz Ahrimanmirza & Samielhilf !). / Auf einmal fing der Junge an zu kwattschn, raasnd schnell. Lachde auch zur Apwexlunk einmal dazwischn auf, Hohn & Mitt=Leid, die ganze Firma. (Und ich ‹Fobbos & Deimos›, was ? .....

(*: ? : »Furcht & Schreckn : die Mars=*Moonde. – Ach, das war übriejins nicht un=gut, Hertha; die Unterbrechunk=eebm : das kann ich nachher mit rein .....

..... *auch der Ältere ließ die Fälltchin* um seine Augenwinkl sich munnterer vertiefm. Fischte kurz in *seinem* Raumanzuck=Inneren. Und brachte gleichfalls 1 Faltkarte hervor. – (Größer ? – Oja, weesntlich .....

(*»Laß gut sein, Hertha, ich weiß. Oder* warrie=iere weenichstns : ‹Mennsch, weerdn Se bloß weesntlich !›. Beziehunxweise, als Gast=Niedersäxinn : ‹Du soss nich immer so weesntlich weerdn!›. – n Lehrer hat ma zu mir gesagt : ‹Richter, verinnerlichen Se sich !›« Und Hertha mich von der Seite an; und Nickn; schweer schtraafnd über=zeugt .....

..... *: tatsächlich weesntlich größer, Dem=seine* Karte. Und beträchtlich mehr Details auch !). / : »Abärr : das ist *Sü=dänn !* – Ihre Karten sind, idiotischerweise, noch immer, nach allt=irrdännämm Brauch, *verkehrt=rumm* : wie mann's einst im astronomischn Färrn=Rohr sah ? – : Oh májo ßabalesnowánije !«

(»‹Härrzliechäß Bei=Leit› – schtill ! – .....

– : »Ach da hab'ich einfach ...« (und wie gut, daß sich meine Hand mir ohne mein Zu=Tun von selbst vor die Schtirn leegde : Mensch, *des*weegn war mir das vorhin auch so schwergefallen, mich zu orientiern ! – (Aber auch *die Blammaasche !* – Na, das ergab wieder ne kleine Anmerkunk im Kongreß.).) : »Demnach hab'ich einfach Nort & Süt verwexelt. – : Verwexeln *müssn* ? !«. Sie nickten grinsende Überlegenheit : die Rückschtändichkeit meines Vaterlandes deckte meine Übertretung. (Iss das ‹Vaterlannt› weenichstns ma zu *etwas* gut. Außerdem hatte ich ja in seinem Auftrag gesündicht.) : Aber auch irgendwas Anderes schien einen, allenfalls noch vorhandenen, letztn Rest von Aufmerksamkeit von mir apzulenkn ..... sie wischeltn; leiser; (auch verdutzter ? Es schien weenichstns so. –)

Dann be=tippte der Ältere, mein Kolleege, mir – sehr behutsam & diskreet – das Hand=Gelenk : ! – Ja was ? : Meine Uhr=hier ? : »Die *ginge nicht ? !«* : und um geboogn die Hant. Unt ihm hingehalltn das Dinx : »Bitte – –«

(Und lauschn. Der Schön=Tickenden. Mein Kolleege unverkennbar betroffen. Auch der Junge näherte, obwohl sehr beherrscht, sein – unangenehm großes ! – Ohr : ?). : »Ä=Wir hatten gehört: ‹IHR› *hättätt* keine Uhren mehr.« (Ich atmete, voller Bosheit, gleich

ein gut Schtück tiefer : um DIE zu schädijen ! – : Die Luft *war* aber auch schmackhafter als unsere : voller schtärker würzijer. ‹Haide› fiel Einem unwillkürlich ein; ‹Tunndra=Taiga› : Ohdiese-lumpm ! .....

(: Hffffff – : Fffffff. / : Hffffff : Fffffff. – : »Gelt ? : Das'ss'n anderes Lüftchen=hier, als ‹im Werk›, was ? !«. Und sie, windbeschtäubt, mit schwappendem Cape, die Füße in Beerenwischen, nickte eifrich. Zeikde auch – erfreut, aber artich=schtumm – mit bleichschtiftdünnem Finger auf die Feuerkalotte untn. : »Iß nur; und Du wirrst, Du weist es ja jetzt, bil=lixt betrunkn. – Manche Bauern kochen heute noch ‹Pilzmilchsuppe› draus; und schtellen sie, als Fliegngifft, in klein'n Schüsselchin auf.« Sie verarbeitete die Informatzjohn .....

..... *(Noch rasch 1 weh=müthije Naase=voll : Hffffff : Warum* kricktn unsere ‹Wint=Beutl›, die Luftie=Kusse, sonne Mischung nich auch raus ? Wie in ‹da=wo's› könnte man leebm : abermals 1 Nota=Bene in Eure Schreibtafel gemacht, Mister Hampden.) Dann zook ich mir mein'n Anzuck wieder über. Schon setzte mir der hoch=schtimmije Jakute schmeichelnd den Gummischlauch=mit=Hahn ans Bauch=Wenntiel. (Und ich ließ mich prall voll=pummpm. – War's ooch überall dicht ? Sie legtn gefällich die rundn Ohren mit an ..... : ?

Hockte nieder. Um=fuhr 1 sehr buntes Blatt am Boodn mit dem Finger. Und merkte, wie beiläufich, an : »Der mit der ‹hoh'n Schtimme› iss nattürlich a Weip ? – Ich hab ma's balt gedacht.« : »Ja, soll Er=Sie ? – Oder befriedichsDú mich nachher noch ?« : Im Handumdrehen lag mir die abweisenzde Maske in Kniehöhe : »Mach doch Du was De willst ......

..... *: Hier; auf der Schulter : machte's noch* gans leise Fffffff. (Kunstschtück : wo das Euln=Luder mich zerkrallt hatte ! – Man drückte mir aber gleich, beruhijend, das entschprechende Heft=Flaster drauf.) / Nochma im Kreis um mich rumm. – ? – Und der beschtätijende Schulterklopf : !. (Und noch zusätzlich hefftich Nicken vorm Helm=Fenster. Also konnt'ich das Wiesier wieder zurück klappm. Und atmen : Aaachchch –)

(Aber es ging immer weiter, durch sämtliche Tonartn; (vor allem mit dem Jungn; der Ältere war gans vernümftich) : vom ‹Wortwexl› über's ‹Mundgefecht› und's ‹Rededuell›, bis zur reinrassijen ‹Maulschlägerei› !). / Er, schtoltz: »Ich bin ein ‹Sällännik› !«. (19 Jahre, der Bube; und die verwendeten also schon ‹Selenik› als

mondgeborene Auszeichnunk. Während die älter=Anderen nur ‹Irdiks› waren.) Er prüfte zwischendurch die Bärte der Jakuten auf ‹Schnittreife›; ‹Antreetn zum Bart=Appell›. (Der Größte der Vier war, wie mein Kollege mir erläuterte, ‹Held des Bartes›; mit dem entschprechenden klein'n Ordn. – Und da, jetzt, ich Idiooot !, fiel mir erst auf : daß der ‹Hoch=Schtimmije› so fanntastisch glatt im Gesicht war : ? ! – Und mein Kollege nickte beschtätijend) : »Wir schtellen sie gärrn 3 : 1 zusammen. Manchmal auch 1 : 3 : keinä Schwierich=Keitänn.«

Jetzt erfuhr ich auch, wie Reshevsky mich angeführt, und mir die allerkomplizierteste Bitte um Nahrunk aufgeschriebm hatte, die ihm in der Schnellichkeit nur eingefallen war. Und sie hoben erheiterte Hände : »Abärr waß ! – Ein einfaches ‹ja gollódjen› hätte doch genükt. – ä=Wollänn Sie noch ätt=waß ?«. (Aber ich wußte, was ich meinem Lande schuldich war, und schtieß das Angebot mit beiden Händen sacht zurück) : »Neenee : Schön' Dank. – Nich nötich.« (Und lächeln. Obgleich das Herz mir weh tat : FRISCHE LEBER HEUTE – ich sah den Satz wie von Meisterhand geschrieben vor mir. 1 kleines intiemis Schüsselchen darunter, kartoffel=belaadn; (oder auch hochgefüllt mit schteiffem Braunbohnenbrei). Die schweeren duftenden Scheiben darauf : Zwiebel=Gondeln schaukelten im Soßen=See ..... : ich mußte mir doch unwillkürlich mit der Faust über's wässernde Maul fahren .....)

»Höchstns falls Sie noch=ä – : 1 klein'n Wodka ? 15 Tropfen=nur ? –« : »Abärrgäwiß ! – ä=Andrej Grommikowitsch ? – : !« / (Und mich überkam doch wieder die Neugier. Beziehunxweise Wiß=Begier wohl richtijer; ich fragte, während wir uns zu=prohstetn) : »Darf ich fragn : wie schtellen Sie den eigntlich hehr ? – *Iss* doch echter Wodka; oder ?«. Sie nickten; voller Wohl=Gefallen; asiatisch in=sich=ruhend : Jawohl : das Geheimnis der Wodka=Herschtellunk aus Bimms=Schtein war schon=auf=Erdn=noch, voraus schauend, vorbildlich gelöst wordn: »Wir könnten das gan=tzä Gä=schtirrn zu Wodka verarbeitn. – Opwohl Manche Unter=Uns den aus Konsol=Pilltzänn bereitättänn vor=ziehänn.«

(Sie hatte erst lächeln wollen; besann sich aber ziemlich rasch und schtellte sich's bedenklich vor : 1 Schtern aus Wodka .....

: »Odärr falls Sie ... ?«; und die einladende Hand=Bewegunk zu jener Hochschtimmijen hin. (Und ein paar weiche Worte – sie begann sogleich heftich zu lächeln; und nahm kockett die Schultern vor.

Und wieder zurück ! : da beweekde es sich verheißunxvoll an ihr .....

(Sie bückte sich, wie beiläufich. Worinn – in eben solchem ‹beiläufich›=nämlich – 1 ihrer Forcen beschtand. Zog den Rocksaum nach vorn weck; und füllte sich den Schooß mit schön'n Blattscheibm : Füll weenichstns Du=Ihr, gellplicher Herrpst, Robe & Schooß; meiner schwarzn Eefaa .....

..... *aber da winkte ich doch, möglichst ‹kalt›,* ap : Neenee. (Was mir bedeutend dadurch erleichtert wurde, daß er erwähnte, wie sie auch Neeger=und=alles=mögliche mit rauf genomm hättn, ‹um das Blut beweglicher zu haltn›. – : »Neenee Dank=schön.« Auch : »Ich hab bei Uns in dieser Beziehunk etwas zu viel zu tun.« fiel mir, heldenhaft, noch ein .....

(: ? – Aber anschtatt mir gerührt zu dankn, knurrte sie nur erheblich : »Fläschl ock nie erst groß : Ich möcht'ich nie sehen, in so anner Sittu=atzjohn.« – (Vermutlich vom französischen ‹fléchir›, wie ? ‹Rühren beweegn erweichn› – nett eingedeutscht; muß ich mir merkn .....

Aber : »Was meint er –« (mit 1 gewissn Verächtlichkeit dies ‹er› : der selenische Halbschtarke drübm neemlich) : »– mit seiner ‹Ameerikanischn Müh=tollogie› ?«. Und er, begütijend : »So heißt bei Uns das, wozu Sie sagänn=ä –« (und schnippsde doch tatsächlich mit den Fingern, der Bube, als fiele ihm das betreffende Äh=Kwiewallennt nich gleich ein=ä ...)

: »... ä=Kristänn=tumm.« / Es verschlug mir doch etwas die Schprache. / : »Wollen Sie damit sagn ... ?«. Aber er nickte nur gleichmütich : »Unsere Schul=Kinndärr wissen nichts davon. – Und auch Wier=Älltärränn sehen es als Känn=Zeichänn eines gesunndänn Kopfes an : wenn Einer sich *nicht* mit der Bie=bäll befaßt.« – Ich wandte mich fassungslos zu dem arm=jungen Verlorenen : »Ja wollen Sie denn gar nich mal in den Himmel komm ? !«. – Er sah mich 1 Augnblick=lang verschtändnislos an; (während der menschliche Widder vor ihm gefällich das Kinn angehoben hielt, und die Güte seines Schtapels befühlen ließ). Dann weiter; und nur flüchtich über die Gängster=Schulter her :

»Ja abbärr ich bin doch im Himmäll.« Und ‹mein Kollege› sah uns friedvoll zu : ruhevoll, lächelnd : Haben diese Menschen denn *gar* kein ... ja, *was* nicht ? Im Augenblick fiel mir's auch nich ein. Und er, behäbich : »Der Ärr=Follk Ihrer ‹Ameerikanischen Mühtollogie› hat sich, im Lauf der Geschichde, ja zum Beischpiel daran

gezeikt : daß Aristarch von Sa=moß *mehr* von Astronnomie verschtand, als=ä – : wie hieß er=gleich, Iwan ? Diesärr=ä=Polä, aus Frombork –«. Und der wieder, über die Schulter zurück : »Koppärr=nie=Kuß.«

Ich trat auf das Halp=Kint zu. Ich fragte scharf : »Durch was vermöchte ich Sie von der Wahrheit der kristlichen Lehre zu überzeugen ?«. Und er, in jeder Hand 1 Bart, kalt : »Hängänn Sie sich : und schtehänn Sie in 3 Tagänn wiedärr auf.«

Da klappte ich mier schtillschweigend den Raum=Helm herunter. Zog die Flügelschrauben um mich an. (Schon hielt mir die gotteslästerlich=hoch Busije wieder schaamlos ihr Schlauchende entgegen : ? – Auf dem Rücken, der Ozon=Schpeicher, schien ja noch intackt. / Wir – ich & Meinkollege – probiertn 1 gemeinsame Welle aus, eine wo möglichst Niemand schtörte .....: »Gutt. Särr gutt.« (Ja; von mier aus; ich hör' Dein verruchtes Russisch=Englisch auch) : »Klappt=klappt«. / Und wir entfernten uns, von 1 Jakutn geleitet, durch die offizielle Tür. (Mußte das sein, daß wieder 1 dieser Euln mit kam ? !)

Durch die finsteren Regal=Reihen : aufreizend schimmertn die tins : Danke ! : Mit Gotteslästerern will ich nichts zu tun habm. (Und sah doch jetzt, bei der besseren Beleuchtunk durch uns Drei, wie Die hier Krater=Bodn und =Wände geflickt hattn; überall war die Zement=Schmiere zu erkenn'n : begreiflich; er muß ja luftdicht sein.)

Und blieb doch noch einmal schtehen – (sofort knackte es gefällich im Kopfhörer) – : »Ä=mein Neilonn=Seil – ? –«. Er klopfte 1 Mal kurz, (beschtätijend entgegenkommend auch beruhijend), auf meine luftgepollsterte Schulter. Wandte sich dann zu dem – immer noch hemdsärmlijen; die Kerle müssen tatsächlich aus Gußeisn sein : es wurde doch immer kälter, je weiter wir kam'm ! – Begleiter. Hielt dem alle Zehne vor's Gesicht; (Der ditto die sein'n dageegn) : und fingn an zu fingern, daß mir, vom bloßn Zu=Sehen, der Kopf summte : davon würde ich also, kommende Nacht, *auch* träum'm. (Ich hatte da übrijens schon etwas sehr viel Matterial .....

Schon sallutierte der Sohn Sibiriens, a la o.k. Redete mit der ernsthaftesten Miene von der Welt den schwer auf seiner Schulter lastenden Vogel an : – – (und das Biest hörte weißgott zu, als verschtünde es schlechthin Alles. Nickte sogar mit dem grausam'm Gesicht. (‹Weiß wie die Filtz=Jurtn unserer Väter› : schtand das nicht irgendwo bei Kennan ?). Tat langsam, feierlich, 1 Wissender, die Flügel aus=einander. Und verschwand nach oben .....

...... / : »?« – : ».« / .....

(Und das rotgefiederte Weesn neben=mier lächelte erfreut : mit dem ganzn grausam'm Gesicht : tierlieb war sie; unleugbar. Wenn man bloß als Schteinkauz auf die Welt gekomm wäre : »WürdesDu *dann* von Deinen Gefühlen etwas auf Mich wendn ?« Sie nickte : dann ja. / Linx war eben eine große=schöne=schtille Wiese vorbeigekomm. Natürlich nicht ohne daß 1 Bauern=Fatzke sie nicht bereiz umzuflüügn begonn hätte. – Auch nach rechz=hinn wurde der Wallt dünner. Ein wintzijes ‹Ur=Schtrom=Thal› zeigte seine schüchterne Überschwemmunx=Wiese : sehr Norddeutsch; sehr schön .....

..... *ja; und wartn eben. / Und schon kam es,* ‹weiß wie Schnee›, lautlos, (das heißt : wie anders hätte es wohl komm solln ? Neinnein; ich laß mich nich mehr beeindruckn.), wieder herap=gesunkn. Auf die Schullter des – ich nannte ihn aus schierer Bosheit jetzt ‹Tung=Guhsn›. Im krummen Macht=Schnabel wand sich angstvoll mein erblaßtes Seil; (und ich wickelte mir's, wäscheleinich, um Faust & Ellenbogen; 30mal, 40mal; (und er hielt mir's gefällich); und noch diewerrse Male – jedenfalls viel öffder, als es Schpaaß machte. (Die letzte sichernde Schlaufe wollte er gar nich los lassn; da half kein Zerr'n – : ! – : – erst als der Korjäke ihm Vor=Haltungen machte, ja, drohte : ! ! ! – da ließ er wild los; schtülpte die Fratze um & um vor Wut; und schwingte davonn, in weiten Hoch=Schpieralen : .....

: »Wieso reipt Der sich so den Maagn ?«. Und mein Kolleege, der Alles=Dulldänndä, (‹Die 100 Namen Allahs›) : »Sie schätt=sänn diesä Eu=länn als Willt=Brätt. – Der=dort fliegt jetzt Wache.« .....

Sie trat auf mageren Knöcheln vor mir her : »Du iss das wah ? ! Gipptz das ? –«; (und dachte unverkennbar an das geheimnisvoll=lustije Käutzchen von heutenacht.) / Und hier war der Dixde – ich führte sie mit dem bewährten Polizeigriff im=Genick vor die Baumsäule – (Sie sagte zwar aus Prinn=ziep »Au=a«; klemmte dabei jedoch schon mit Kopf & Schultern meine Hand wohlich fest; war auch viel zu neu=gierich) – ich führte ihr die feine Nase bis 10 Zenntiemeeter an die Säule heran; und machte sie dann die Augen nach oben verdrehen : .... (immer höher. Auch *noch* etwas dichter ? : Soo; jetz war's schon wie ein Turm .....

..... *schonn wieder ne Tür ? – Er hatte natürlich* den Schlüssel dazu.

Schloß auch prahlerisch damit auf. Und lud mit der Hand – : ! – (Also duckn. Und hinein . . .)

: 1 Wänndl=Treppe ?. – (Und er nickte; mit dieser verfluchtn ‹asiatischn› Ruhe. : Hatte man auf Erdn nich immer von ‹asiatischer Grippe› geschprochn; enxdliche Gemüther beim 1.Niesn ? Oder Kollerah ? – Der=hier also mit ‹Ruhe›) : »Wa=ruhmm niecht ?«. (Jaja; das schon; warumm nich : warumm schließlich nich ooch noch ne Wenndltreppe ? – Mir wurde jetzt, bei einer derartijen Ruinierunk meines Unter=Bewußtseins, letztn Endes *Alles* egahl. Er hätte mich, mit derselbm Hant=Bewegunk, auch zu einem Eulenritt einlaadn könn; (vielleicht war's ja sowieso am ‹gesünndestn›, ‹bekömmlichstn›, man faßte das Gantze als Traum auf ? . . . . .

»Nick nich gleich, Hertha : die Frage wäre etwas schwierijer zu entscheidn, als Du zu denkn scheinst. – Und halt die Beine ruhich; daß ich Dir, zum wievieltn Male seit Gestern eigntlich ?, die Brommbeern apmachn kann.« / Kniete & Taaz. (Immer diese Firm'm=Nam ! ‹Hallzmaul & Machwas› mahnte ich mich.) (Ihre Finger im Munde kosten; die berocktn Oberschenkel mit der Schtirn schmekkn; auch bei dieser, in Nordhorn schwerlich so rasch wieder kehrenden, Gelegenheit, ihr die Hände einmal=kosend in die Knie=Kehlen haakn. Ihre Schuhe schtandn auf Schtaupgrau & Grühn. Der Waagn=Schpur=Week fiel gans leicht ap . . . . .

. . . . . *und in der end=losen Kühlschlange* eines Treppenrohrs : in der Mitte die Schteinsäule; (nich'dicker, als daß 1 Mann sie nich hätte um=schpann'n könn'n). Und wir eben immer hoch in dem Schtiegn=Gewenndel : . . . . . . / : . . . . .

: bei Zwei=Hunndert schlenkerte mich's das 1. Mal : »Wieviel Schtufn sind'nn das ?«. Auch er ruhte, dicht hinter=neebm mir, im schteingrauen Schrägaufkanal. Und wiekte den Raum=Helm – : »O=fiel. : 11 Hunndert : 12 Hunndert ? – Ruund 100 Sa=schänn.« / Und dieser Lager=Krater hier war erst ab=gedichtet worden. Dann voller Luft gepummpt. Und dann hatten die Bollschies eben 1 Sissteem entwickelt, ‹Rauch=Dächer› darüber zu blaasn : die gleichzeitich die Luft am Entweichn verhindertn; und geegn die Weltraumkälte schütztn; (ja, mehr noch : einen gewissen ‹Treiphauseffekt› hervorriefm; sodaß Sibirier untn im Nee=Glieschee rumlaufen konntn.) / Und von obm sah solch ‹Rauchdach› eebm wie der übliche ‹Sand› des betreffenden MARE aus : *färbm* konntn ihn die Buubm ooch noch ! : »Ganns Nattuhr=getreu.« (Ich danke für solche ‹Natur› ! . . . . .

(Denn hier war freilich ne andere, was ? / Sie hatte sich nämlich währenddessn zurück gelehnt; an meine=breite Brust. (Gleich noch etwas breiter machn; so; ä maitie Männ; sooo. – (Sie lehnte allerdinx verdammt ... wie soll ich saagn ? : ‹sachlich, gleichgültich selpstverschtäntlich=unverschämt›.) Schlug sogar noch 1 Bein über's andere, und faltete die Arme.) : »Hertzchen binn ich Dir ne Wannt ! ? – Ist Dir Dein Treu=Liepsder nur 2 Zentner Fleisch ?« : »Ich denk' hundert=achtzich wiexDe ?« versetzte sie roh. Lümmelte abgebrühter. Und genoß, 1 sorglos herum=schpähender Irdik, die Schtille ...

Schtille. Und graue Trübe; & Winnt; (erst mehr; dann nur noch 1 bißchen Wint; Jetzt sogar nur ‹Wind› noch). / Ein 100 Meter breites Urschtromthal, wie gesagt. (Das heißt : es konntn vielleicht ooch bloß 80 sein ?). Linx reh=verdächtich ? : Rechz reh=verdächtich ? – (Es waren aber keine da. Immerhin : schtehen.) / Das Gras=am=Bodn fiff 1 Mal. (Gleich darauf prasselte Wint, leise, im Laup.) Der gewaltzte Grausammt der Wiesn. 1 Weidnkerl mit fasriejim Schopf. (Zumeist jedoch Erlnbüsche, wie Tanndte Heete. Eben kwirrlte Ein'n der Wint.) (Unt widermal den Kopf schütteln : über dies verbrannte Gras untn dies=Jahr ! .....

..... *schteinbewohnende Flechtn* bildeten grundsätzlich den 1. An=Flug : sie bereiteten den Boodn vor, für die nachfolgende, größere Vegetation .....

(»: ‹Weh,geh, : tat's John› ?« probierte sie, Duden's nicht achtend; wie=ich .....

..... *also für Moose & kleine Kreuter. : »Sähr* schtärke=halltich. Unsärä Kirr=Giesn bereiten sich *heut*=noch gern Brot aus Mannaflechtn.« : »s'ss mir bekannt.«

(Aber dieser aufreitzend sauber – nicht nur gemeißelte; nein : auch gehaltene – Schacht nahm kein Ende ! : Wir schtapftn uns krumm & dumm & lahm in der Schteinröhre; immer umm dehn Mittelschafft rumm; (und die Wännde gans leer & grau, bandförmije Nichtsamkeiten, durch die wir, keuchend, unsere Schatten schlepptn; (: das also das Nächsde, was mir im Traum ein=komm'm würde; dieser verruchte Putz=frauenschacht; (nur daß ich ihn dann, langsam=haßtind, würde *hinnapp* fliehen müssn.) – Wenn die Kerls weenichstns ap & zu 1 Mosaiek=Schteinchin angebracht hättn ! ‹KUNST AM BAU› oder irgendwas darmschtettschis; (‹Darmschtettensche Fieguren› – : hieß so nich das Gekrizzl auf Meteor=Eisn ? Das, das entschant, wenn man auf irgndwas

was goß ? – Aber auch er wußde es nicht.) / ..... / (.....) / – : *Unt enntlich der runde Schachtl=Deckl* über uns ! – / Ich setzde mich erstmal auf'm Poo; ich war schließlich der Gaßt. (Während er schroop; und leise auf russisch fluchte – nehm' wir an : nich auf mich; sondern auf'n letztn Benützer.) / Schtieß die Klappe auf. Turrnte dafonn. Und auch ich nahm einije leichdere Übungen vor. (Von denen die gerinxde mich auf Erdn zum Weltmeister gemacht habm würde – ‹Schtützkehre mit 7=fachem Inntegrahl›, oder wie die, damals viel=beklattschtn, Knochenbrechereien immer geheißn hattn : op nich *doch* allmählich bei unsern ‹Mond=Geborenen› die Muskelkrafft nach lassn *mußde* ? – Nötich war sie ja nich mehr. Gewissermaaßn nur 1 Weisegabegottes; uns, vorausschauend, zur schnelleren & leichderinn Einrichtunk=hier gütich=verliehen ? – Ewwenntuell ma Marshall darauf hin weisn : was er wohl *darauf* zu entgegnen hätte ? Bekehrt=werdn mußde er irgendwann ma, das wußde er ja wohl sellber : *viel* länger *konnte* er sich der Wahrheit nich mehr verschließn : hatte nich Mumford schon angedeutet, daß GOtt auch 1 schtrennger GOtt sei; der ettwaije Sonderzulaagn zweifellos nur für die Seinijen frei=gebe ? .....

(»‹*HErr, Der Du Frömmichkeit so liepst :* daß Du den Deinen Güter giepst ..... !›.«; zietierte ich rasch die Hermannsburger Inn=Schrifft : »Potz Louis Harms & Candaze ! : Und wenn Ihr das Irish=Stew *noch* so lecker bereitet, daß sich selpst 1 Richter fast einen Bruch fraß ..... ?«. Und sie nickte sehr : »Was hab *ich* mich geschäämt, wie Du de dritte Porrtzjohn verlangt hast. –« .....

..... : *freilich ‹zwing'n› konnte & wollte man* Niemanden : Wir lebtn schließlich im Freien Westn; dergleichn Ural=Mettoodn solltn neidlos Denen=hier überlassn bleibm ! / (Aber doch immer intressant, Marshalls seelische Kemmfe so zu beobachtn : manchmal – vor allem nach der letztn Ziegarettn=Zuteilunk – brummte er schon, wie wider Will'n, die einschmeichelnderen der Korräle mit. Wiekde, zum Walldser=Tackt des ‹Te Deum laudamus›, unwillkürlich den massiejin Ober=körper – um dann, gewissermaaßn ‹erwachnd›, ap=zubrechen; und 1 finnsder=überrummpltis Gesicht zu machn – : Neenee ! : Den kricktn wa noch seelich ! Unn=besorkt .....

(»‹*1 schöne Menschn=Seele finndn :* ist Gewinn. – 1 schönerer Gewinn ist : sie erhaltn. – Und der schönst' & beste : sie, die schon verlohren waar, zu retten !›« .....

..... *in diesem Fall also Marshall. (Denn ne ‹Schöne Seele›* hatte Er! – Gans zu Ann=Fank, als wir uns im Bimms=Schtein einrichtetn, hatte er einmal Trotz gebrüllt : All=Denen, op Priesder, Rehliegiiohns=Schtiffter, oder Viehlosoofn, ‹die auf sämmtlichn Schtern'n Weisheit schreien› ! : Gar nich schlechd. –). / Und die Zic=taate waren doch noch gans hüpsch beisamm – man hat halt ne gute ... : »Was'ss'nn los ?« –

Denn Er schtannt, den schteiffn Blick zum Pol=Schtern hin=gekehrt; in der Hannt die bessere Wander=Karte. Maaß & brabbelte .....

(Denn das tertziejumm Komm=Parra'zjohniß war ‹brabbeln› : ? – : Achso) : »Komm ruhich=mitt, Du Dinnk ! – Das war *so* trockn=hier den=Sommer : Du machs'Dir die Füßchn *nich* naß. – Na=wart'; ich opfere mich; ich geh vorann ...« / Und deemonnstratief Vorsicht er=schreitn. (Und da, 50 Meeter voraus, *mußde* sich, sie *konnte* nicht'anders, Herthas ersehnte Flüssichkeit befindn : diese einzelnen Erlenbüsche würden ihren Weeg zu bezeichnen haben : auch=sie konntn nicht anders. / (Und immer, männlich=unauffällich, mit dem – 90=fünndich=bellastetn – Fuuß : vorann=fühlen ... ? .....

..... *Ja. – : »Kommän Sie – ?« – / Und wir schprangen* einträchtich dahin; 2 Kuh=Riere; in Sätzen, um die uns Jugurtha beneidet hätte; (beziehunxweise sein faschistischer Geegner; ich kam jetz nich auf den Naam'm – ‹Musso=Musso› ? –). – : »Ä=Mussorgsky ?«. – (Och, bleip Du mit Deiner Gnade, Du !) .....

Und schnitten in 1 Art auf, wie es die – leicht gewöllpde – Oberfläche des MARE CRISIUM seit seiner Schöpp-Funk ..... : »Ännt=schtähunnk !« mahnte er ernst. ..... : seit seiner Ent=Schöpfunk=also, derart grausam noch nicht vernommen haben konnte. / (Leider hatte der Bube die bei weitem ehernere Schtirrn : einmal, als er das betreffende Wort nicht fannd, kauerte er sich hin; und zeichnete, keck fingernd, 1 Trammpl=Tier in den Sannt. : *»Drai : Drai !«*. (Auch gar nich schlecht getroffm. Als hätte Er sein Lebenlank nischt weiter gemacht, als Weckßier=Billder zu zeichnen : so was Verloogenes ! – Tiefer Ap=Scheu ergriff mich. : Am liepstn hätte ich ihm erzählt, daß Wir den ganzn vergangenen Winnter von *Waal*=Fleisch geleept hättn .....

(SIE – mit den Kennzeichn der ‹niederen›, (das heißt : bescheidenen !) Natur, mit Miekro=Kliema & Tieren=unter=Maus=Größe, völlich un=vertraute Aßfallt=Flannze, sah sich in 1 Art umm ..... : in 1 Aart, die, vor einem Geschworenen=Gericht von Enngeln,

zweifellos 1 Scheidunx=Grunnt ap=gegeebm hätte ! (Oder entwarf ihr hübsches Gehirn etwa wieder, unsern=Wohl=schtannt=fördernde, Schtoff=Mußder ? ? .....

..... *Aber ‹Fisch=Teiche› erfand ich* weenichstns ! : Oobm 50 Yards Eis=Decke; untn wärmeres Wasser eingepummt, pluß Sauer=Schtoff : »Kannadische Eismeer=Sortn.« (Er nickde sehr; es war leider viel zu glaup=haft. / Ich erhielt auch sofort wieder die Kwittung für meine Auf=Richtichkeit; indem Er von ‹Eier=Kratern› schwinndelte, wo sich nicht=mehr & nicht=weenijer, als schlechthinn *Alles* befindn sollte, was sich nur ‹in dieser Form› aufbewahren ließ. : Vomm Ei der Riesneule ann; bis zu dem=des Siebm=Punkz. (Wie er denn überhaupt den Kock=Zienellen mit großer Achtung zu begegnen schien; seiner – ettwas verworrenen – Erklärunk=nach machde mann da noch bedeutsame Unter=Schiede. – : »Jee nach Punckt=Zahl ?«. – Aber wir konntn Uns einfach nicht verschtänndijen.) / Desto deutlicher war er bei den Terrarien; wo sie – immer ‹angeeplich›; wohlgemerkt ! – Pilz=Mücken, =fliegen, =käfer, aus=brüteten & =weideten. Sie dann auf die Pillz=Kulltouren los=ließn : ! – (Der Zeit=Punkkt des größtn Larrfm=Befalls war bekannt; – Er nannte es ‹An=Reicherunk=miet=Fleisch›.) –

: »Unnt denn giepz ‹Halliemasch inn Trammpltier=Milch› ? Was ?«. – (Aber Der war ja *soo* ap=gebrüht ! : Der nickde=nur .....

: »Darf=ich vorschtelln ? ! – : – ‹1 Baade=Plätzchn : Freulein Hertha Theunert.› –. –« / (Und betroffenes Schweigen. – (Das heißt : *Ihrer*=seitz; *ich* kannte=ja die Geegnd. Im Allgemein'n.)

– : »?« – (‹Hier geiht Häi henn. – : Door geiht Häi henn :›). –

– : »Ich höre immer noch kein ‹THALATTA›. – HaßDu 1 unappsehbaare, schtrahlent=blaue, Wasserfläche erwartet ?«. (Ihr Blick bliep schtier auf das armseelich=lußtije Bächlein gerichtet. – (*Ich* mag diese Ge=Wässer von 15 bis 20 Kilomeeter Länge ja *zu* gern : die könn'n Fisch=Teiche billdn; und sich im Winnt=Schtooß kreusln; und, eis=berandet, im Mond glittsern ! – Wie sich, zumm Beischpiel, das=hier durch, sehr geschikktis, Pläppm, zu emmpfehln versuchte. –). / Also ‹über=brükkende› Erklärungen. – : »Sieh ma : es iss durchschnittlich 2 Meeter breit – hier sogaar 3 ! – : wenn nich, am Schteeg=hier, sogar 4 – : und eebm *da* hat sich diese, gar nicht un=feine, *Kuhle* gebilldet. Wo Du, wenn Du geschickt=bißd – und Du bist es; ich weiß es ! – na : – : ich möchte saagn – : mindestns 4 bis 6 Züüge schwimm'm kannst.«

(Lannge Pause.). –

Sie er=fraute sich, wie gehofft, wieder so=weit, daß sie neebm mich treetn konnte. *Wir* schtandn schtill : das *Wässerchen* glitt=sehr braaf. (Zuweilen bekam es kleine Krater : von Wint=Würfm.) / Unt immer weiter ermuntern : »Du im=Sommer – : iss das 1 ausgeschprochn ‹lauschijes› Plättsjin ! – Opwohl ich das Wort nicht schätze. – Aber schtell Dir diese Errlen=Laube vor ... ? : die weiß=püschelijn Kätzchin dürftesDu übrijens schon jetzt bewunndern ...« / (Sie traat gehorsam auf den Schteeg. Book sich 1 der Ruutn vorsichtich vor die Nase. Und luukte, unentschlossn, herumm. – Aber ich hatte ‹Glükk› : hier, von Schteex=Mitte=aus, wirkte die Kuhle beträchtlicher !) :

..... / : ..... : ! ! .....

: »Kuckamma. – : Die 4 Fahl=Schtummpn=da. –« –

(Wo sich der Vor=Gänger dieses Schteeges befundn hatte. Biß er abgefault war.). / : »Könnt man die nie weck=sägn, Karlle ?«. (Und, zögernd noch; (aber doch=schon vertrauter herumm=blickend : Trie=ummf !)) : »Dann könntz – ... : beinahe=schonn ....« – (und ihre Glieder machten's lüstern ein bißchen vor : !.) / Und wieder hoch=sehen. Und, geweiteten Blix, die weitere Wiese umfassn : den schönen, genau richtich nah=fernen, Wald=Korridor, (‹Corregidor›); vor der Kuh=Weide, rechz, der Birkenhaag; (sie braustn 1 bißchen, wie beschtellt. – Ich flüsterte aber auch noch fleißich) : »Denk Dir schwarz=weiße Küh=dl drauf –«. (Sie hatte diese Ertz=Gebirgischen Schpielzeuk=Die=Mienutiewe sehr gern. ne ‹Kuh=aus=der=Nähe› iss wieder was anderes. Kälber allenfalls noch.)

(Sie sah pessimistischer an sich herunter). – : »Naja. : Für meine paar Gliet=Maaßn ...«. (Un warp doch schon mit Augen um 1 Troost – ?. Den ich Ihr – auf meine Weise, verschteht sich – denn auch un=verzüüklich schpenndete) : »Da bisDu zu bescheidn, Hertha : Du weißt ja gennau, was eben=diese=Deine ‹Gliet=Massn› bei mir an zu richtn=fleegn. –« / (Wintgeschtalltn schlittertn : lange Schpuren ins Gras. Klopftn Büsche; (die sich, z.T., zurück=boogn). Fiffm auf Ästn – : gleichschoobn sich drübm=oobm die schütteren Baum=Kroon' aus=einander – : Wenn jetz=doch=bloß noch 1 Reh erschiene ! – Daß Hertha ganns ‹Diana› würde ! ...

... : ! : und er=zwikkte sich meinen Arm, daß ich fast geflucht hätte; das Mäulchen schtand ei=groß (und =förmich) offen, (eben

legte sie die Hand drauf, um auch den Atem noch zu dämmfm); aber die Nase wegweiserte zur Genüge : ! –. – / (Und die Augen leuchteten – »Wenn er die man nich leuchtn sieht, Hertha !« – wie eben nur ein Schtattmensch zu schtaun'n vermag, wenn 150 Meter weiter 1 Durchschnitzreh gemächlich davon hinkt. – Und bei jedem Schritt den Popo hochindieluft wirft : warumm der HErr der ihren Hintern mit sonner weißn Zielscheibe versehen hat, mag er verantwortn; *ich* seh's wieder ma nich ein. Im Geegnteil.) / Wie dem auch sei : Hertha besah sich ihr präsummtiewes ‹Batt=Wännlein› jetz doch derart intressiert – (‹Bedeutend schön umgeben klar gewässer im dichten haine fraun die sich entkleidn› : »Ich nahe mich Dir, als Reh vermummt –«; (mit Hörnchen & Brunstfeige fügte ich, in Gedankn, trübe hinzu)) – und so unverkennbar Claudelorrain=mäßich war ihr zumut, daß ich den akustischn Schlußschtrich wagte :
»Es dürfte also – nehmt nur Alles in Allem – ausreichn für Deine urinatorischn KünnsDe.« –
Und die Fuhrie fuhr herumm ! Und glühte mich an : ! ! (Daß ich nich auf der Schtelle zu Schtaup zerfiel, hatte ich nur meinen proletarischn Riesnknochn zu verdankn.) Und zischte angeekelt : »Mennsch – : KannsDe Dir *nie* ammall was Andres ausdenkn ? !«
(Und sah mich doch verblüfft an : so echt legte sich mir die Linke vor die Schtirn. Und dann, beteuernd, aufs Hertz. – (Und die Rechte noch dazu gepackt : einmal war's bühnengerechter; und überdem wußte sie, daß ich eindruxvoll=schweer=hertzkranck war.) – Und schtill; erloschen=ergeebm, wie eben Einer, dem das Prädiekat ‹höchst unschulldich› gebührt) : »Lateinisch – : ‹urie=na=torr› : ‹Der Taucher›. –«.
Unt Schtille. / Sie bad ap : in Kleinst=Gebärdn. (Un=ruhijen Schuhschpizzn undso.) In reuiejem Schweign. (In Wortn nich; das tun Frauen grundsätzlich=nich.) (Und immer die Hant am ‹gebrochenen› Herrzn : Ahhhhhhh : keineluft : Dir werd'ich Reue bei=bringn=Du ! –)
: »Aber die Fahl=Schtummpm müßtn raus. –«; sie, mit flehend=nestlnder Schtimme : ? – Ich (zu Schprechn noch unfähich : die Ungerechtichkeit war ja *zu* groß geweesn !) entfaltete, gewissermaaßn ‹mit letzter Kraft›, das Große Messer : mit der Säge=drann : gärrn. (Aber opp ich mich nu'noch bis zu Tanndte Heete würde schleppm könn ? Iss fraglich, mein mörderisches Kinnt. / Ich also sehr müh=samen Trittz .....

..... *während Die=da=oobm unermütlich* aufschnittn) : von behelfsheim=großn Kork=Gewexn, ausgehöhltn; (Scheibm Balln Schtümmfe). / Von gelb=grünen Mimi=Cry=Eichhörnchen .....

(ich wußte ja, was Ihr gefiel. Sie schtellte sich's erfreut vor; nickte fleißich; (und benützte die unvergleichliche Geleegnheit, sich wieder bei mir zu insinuieren, indem sie tat, wie wenn sie schwanken und sich ergo meines Arms bemächtijin müsse –. – : ?. (Und ich gutmütijer Narr kniff diesn Arm doch tatsächlich schon wieder leicht an – bitter=bitter .....

..... *Von Getreiden : auf dem Plattoh von Tie=Bett –«* »gewisser=Maaßänn iem Wah=Kuh=umm« – gezüchteten Gerstn. / (Sich gegenseitich leckrich machn : mit erdachtn Büxn=Aufschrifftn !). / Noch leckrijer : Heirats=Alter ! (Und ich machte mir um 1 Haar vorn=ein, so tolldreist=sachlich schilderte Der=das : wie sie=paar Männer es fast nicht mehr schafftn, die 14=jährijn Russinnen=Alle zu »ännt=junkfärrn«. Die hatten – immer ‹an=geeplich›; wohlgemerkt ! – auf Erdn sorkfälltich *die* Töchter ausgesucht, die, laut Ahnen=Paß, für Zwillinx= und Drillinx=Geburrtn anfällich waren. Diese nach Möglichkeit zu ‹Schpezia=Listinnen› ausgebildet. Sie nach dem Abschluß=Eckßaam schwer geschwängert. – : *Und dann hoch geschossn !* .....

(Sie zögerte so lieb am Schteeg, daß auch mir lauter Bade=Einfälle dazwischen gerietn) : »Hertha=Liepsde – : Darf ich ettwas in Worten fanntasieren ? Solange Du von der Schtelle noch überzeukt bist ? –«. Und Sie; opschon Gewährunk nikknd; zur nochmalich=vorheerijen Prüfunk : »1 *echter* Jüng=link schöpfte sich ja Wasser mit der Hand der Gelieptn – und tränke daraus. – ?« (Wenn's weiter nischt iss : ich haap schonn Andriß – und ooch *aus* Andrimm – trinkn müssn) : »Hertha ? : Deine Hant. –«. / Ich packte ihr die meinije auf die Schulter. Daß sie sich weidnrutich book; ja, krümmte. Schöpfte. : Und schlürrfte. – : ? (Und Sie, zum Dank : »I=gitt=ie=gitt !«)

(Aber ‹emmfinntlich=thun› hat ja kein' Zweck : lieber das Bade=Thema erleedicht; kurz & suggestief – (‹Thema Cherson› : ‹im anatolischn Thema›, kam mir schon wieder dazwischn; bloß schnell=vergeistert die Hand gehoobm) – und schwellgerisch geschildert) : Augustus John ‹THE WAY DOWN TO THE SEA›)

: »Sommer=Hertha ! – : Du=dreifach : am Ufer; Dein Schattn; Dein Wasserbillt. Dann, damitt Viere=voll sind : Du=noch in der Fluth; ‹Frau Fluth›; im dunckel=rothen Bade=Antzuck. / Der Bach voll

mit blühenden Wasserflannzn. / Oft Kiesgrund; mit ganzn ‹Schulen› kleinster Fische. / Kurz=geschnittnes Gras. Sonne=Erlen=Wiesen=Einsamkeit. Kurz=um : 6. 6. 60, 13 Uhr !«
(Und es fing an, mich selbst zu frappiern : Vergißmeinicht=Flor am Ufer. Potz Zittergräser & Pechnelkn. / Fern – nur mit dem ‹Fern›=Rohr erkennbar : danach heißt es ! – wenndn 4 Bauern Heu. : »Du schteixt heraus : 1 Mätchen, schweer verkupfertn Gebeins.« (Brüste Bauch Unterleip ‹nur› golldn. 1 Kopf=Scherrpe. ‹Seltsame Kreuter sieht man zuweilen in ihrem Haar› : feinsinnich, wa ? !). / »Du schtrahlst & glittzerst : Glittzer=Gesicht; *noch* nässere Augn=Scheibchn ; das Haar manchmal verkehrt rum. : Wasserzeichen im Feuchtblatt …«. (Und jetzt wurde ich doch tückisch !) : »SiehsDe, das iss tüü=pisch ! : Vorhin, beim un=schulldijin ‹urienatorr› haßDe Dich uffgereekt. Jetz, wo *wirk*lich Grund wäre …«. (Sie sah unschuldsvoll drein; die Jägerschprache war ihr nicht geläufich. Also darf auch mier das Waidloch wieder nässn.)
(Aber wir sahen uns doch auch, in gewisser Beziehunk, unsicherer an. & um.) : Die nahe ‹Zoon'n=Grenze› ? / Und schtelltn uns – ‹Kinder des 20. Jahrhunderz› – 1 ‹Flucht› vor; ‹bereit=sein ist Alles›; (sechcht Hammlett). / : Im Bach verbergn. (Notfalls ne schwere Schteinplatte auf'n Rückn gepackt : Lufft=holn durch'n Halm. Wie bei May's mit Öl eingeriebm : daß man Geegnern aus der Hand ruttscht; Potz Satan & Ischariott.) Temperatur würde man nach ein paar Schtundn zwar nich mehr viel habm; aber morgns, geegn 4 Uhr, bildete sich sicher ein weißer Schtreif über'm Wasser : dann ewwentuell raus=robbm. / Und, weiter, auf'm Bauch; in irgend'ne Fichtnlaube. : »*Da* natürlich – sobald wir wieder warm & trockn wären – Hertha … ?« (Sie nickte gemessen und grüblerisch, a la ‹Dann ja; dann is'ss egaal›.) / Dann, nach dem betreffend=verharrtn Tag, weiter Flucht=in=der=Nacht. : Zuweiln Hundegebell nachahm'm; damit fern=fremde getäuschte Dorf=Hunde antwortn, und man wieder weiß, wo man ist : möglichst fern von der Ammon=till=jado=Pisse der Besatzer, op Ammie op Ie=Wahn …..

….. *denn daß Die 16½ Tausend Einwohner* hattn, konnte er mier ja nich auf=bindn ! (Davonn fast 13.000 Frauen ? – Ich bliep doch schtehen & kniff die Schennkl zusamm –). / Und waren – immer angeeplich; wohlgemerkt ! – *gar* nich neidisch, daß wir damals die der Erde zu=gekehrte Mondseite ‹erzwungen› hatten. : »Wier sint gä=schützt. Vor Erd=Weh : vor ätt=waiejär Attohm=Schtrahlunk.« (Das war ja richtich : bei Uns heultn Viele, wenn Kirchnlieder die

alte Erde schilderten; schöner angetan als Salomonis Seide. / Und daß der Bollschie die ‹kommende 248.Nacht› erwähnte, war unleugbar korreckter. Von ‹pracktischer› noch gar nich ma zu reedn.)
»Abbärr niecht'och. – Wir waren sähr=froo, daß wir vielänn=vielänn Ballast ap=wärrfänn konntänn : Alles von Rällie=Gjohn und Gäo=Graffie. Viel Gä=schichde & Bio=Loggie. – Dafür : Moont=Reh=alien; Matte=Matiek; Natur=Wissänn=Schafftänn.« / (Allein daß Die sich die Ettümologgie vom Halse geschafft hattn, und ergo die ganze ferkorxde Orrto=Graffie : war ja nicht un=beneidens-wert. Und er nickte) : »Wier schalltänn – rasch & sichärr – auf fonetische Schreibunk=umm. – Anschtelle *Ihrer* Bieball=Schprü-che, erlärrnänn *Unsärrä* Kinndärr Forr=mälln : Prack=tie=schäß.«
Und wurde doch ernster. Und grüßte wie hinauf : zu der sanft brennenden Scheibe 1 Planneetn. (»Marrs=in=Mond=nähä.« – Sein Fernrohr war ja tatsächlich beneidnswert : fast gewichzlos; nur Allumienjumm, und Linsn aus Plexiglas gepreßt. Bis 120=fach : man erkannte mühelos Einzelheitn auf der Scheibe .....)
: »‹Der Rote Planneet› ? ! –«; (das war ja eine ganz verfluchte Ettü=mollogie !) : »Gewiß. : Aber so war das doch gar nich gemeint geweesn !«. Er lächelte, ein versöhnlich Victoriesierender : »Uhn=bäwußt; möglich. : ‹Zu neu=änn Uh=färrn› !« / Unt wurde wieder ‹ärrnst› : »Ja. Die habbäns schweer. –« – / (180 Männer & Frauen angeeplich. Bei Fons Juventae. – Ohne jede Verbindung : fraßen sich, diszieplieniert, geegnseitich auf; 2 Mann pro Monat. / Allerdinx wären die Leebms=Bedingungn etwas leichter : Reste einer Attmo=ßfäre. Suppm aus was wie ‹Isländisch Moos›. / Immerhinn : in 10 Jahren würden sie – »nahä=zu uhn=värrmeit-lich« – auf 20 Mann reduziert sein : »Dann *müssänn* wier soweit sein : Hill=fä zu schikkänn. Es leebä die – bei Ihnänn leidärr ge-schmähtä – : Auf=Klärunk !«).
(Sie lebe; ‹na ßdarówje›; naja. – : Aber solltn uns diese; diese=Mager-milch=Ratzjohnalistn; tatsächlich überleegn sein ? Oder gar die Weltraum=Verantwortlicheren ? Während wir, unter kristlichn Tarn=Gebärdn, nur kwääktn kwättschtn fuschtn drootn ? – Aber daran darf man ja gar nich denkn ! : Was geht mich die Schill-derunk Eurer pracht=vollen ‹Frauen=Klienick› an ? : Heckd'och, heckd'och so viel Ihr wollt ! Tungusn Georgier Ainos & Tsche-tschenzn : soviel Ihr wollt !) .....
(Und die Luft wurde wirklich immer nässer, Immo=Nossoff. Wir

runzltn unsre Gesichter. / Und hupptn über's Gräbelchen : ! – (Hintn wartete immer noch jenes=Reh : daß wir endlich wieder verschwänndn.) : »Komm Hertha; s will noch essn.« Sie nieste zierlich (zum einwillijendn Nickn). : »Mach ja keene Grippe=Geschichtn, Mädl.« / (Und nahm doch schon wieder mit ihrer einen freien=Rechtn dem Tännchen=hier den dick=drückenden Fremd=Zweik aus dem Wippflchn. Sagte auch ihr unveränderlich=frommes Schprüchlein) : »Damitzn nie asu drückt.« : »Wenn Du'n rettn willst : mußt'n in Dein' Gartn flannzn.«

: Die nassn braun'n Farrne : knickiejer Todt. (Und apschterbende Wacholder von hoch=oobm hinein geschteckt; und kahle=Birkn / Herrbst= & Hertz=Todt.) / Siehe : 1 Haufm Menschn=Dreck ! : Der betreffende Schellm hatte auch seine Tabacksfeife noch geopfert, und sie mittn=hinein geschteckt; Hertha hatte dergleichn noch nie gesehen; ihr wurde beinah schlecht. : »Und ich haap siebm Jahre beim Milliteer sein müssen : schtell Dir das ma vor ! : Da war das gang & gäbe.« Noch einmal flog ihr Blick trüb über das wehrlose Plätzchen, wo der betreffende Gewalltmennsch gesessn hatte; dann drehte sie ihm auf eewich den Rückn : »A Wunnder iss'iss ja dann nie, daß Ihr=Männer so gewordn seit.«

: »WIE gewordn sind ? Was soll'nn das heißn ? ! – Ohhertha=Hertha ich fürchte : Du hast immer noch nich erfaßt, daß 1 Weesn Dich seiner Aufmerksamkeit würdicht, im Vergleich zu dem der Fönix so häufich ist wie die Schtuubm=Fliege. Aber der HErr wird mich=Dir nehm'm : MICH, in meiner Gůttheet ...« – (es brachte sie, wie immer, hoch. Der Trick dabei iss'*der* : daß die Schlesier, und sehr richtich, einen Unterschied machen zwischen ‹Gutheit› und ‹Güte›; das Erstere nun freilich wie ‹Gutt=Heet› pronnongßieren; auch die Reedewenndunk ersannen ‹Ich, in meiner Guttheet, tu noch das=und=das ...› : Mier, schließlich & endlich, schien es vorbehaltn gebliebm, das ‹u› geschickt nach ‹o› hin zu schprechn. Sie hätte zweifellos auch heute wieder an meiner Göttlichkeit herumgenörgelt; wäre ihr schöner Blick nicht hinübergefallen, auf die andere Seite des Graßfaaz .....

: keine 3 Meeter weit schtarrte weich das nächste Farrnfellt. Und zwar derart ollief=grün, in so khakiner Verwesunk, daß sie nur nach dem Block tastn konnte ..... : »Du da schpieln Die nich mit, Hertha : *die* Farbe iss ihn' garanntiert zu preekär. – Es sei denn, Dir fiele noch ein *gans* raffieniertes Aufdruck=Muster dazu ein ?«. (Auch, nachdem sie genuck auf's Pappier georakelt hatte) : »Laß

Uns=Uns etwas beeiln : s'fenngt schonn ann zu niesln.« – (Aber erst mußte noch der Käfer=hier gewendet weerdn .....

Im Hand=Napf : der Kerl in der Rüstunk wand sich schteiff. Schlug Beinwirrbl. Schlägelte verzweifelt=gedulldich nach 1 Seite – (Hertha half gleich durch 1 bißchen Ankippm mit) – : unt schtant. Erstma schtill; auf 6 Läufn. Überm Kopf 1 kluges Gehörn. : Und rannte, ohne sich um zu sehen, die Hand=Rammpe hinunter; »Zum Turnier von Ashby=de=la=Zouche : nischt wie ‹Organe›; hintn & vorne.« Wir zweifelten lange.

Angezeichnete Bäume ? – : »Die wolln se demnächst schlachtn.« Wir regtn uns, den ganzen Waldweg entlang, auf. (Und rascher ausschreitn; schon hörte man einzelne Troppfm im Laub arbeitn .....

..... *»Tschemm wy sanimajetjeß ?« – (Als was ich* arbeitete ? Oh leck ! – ‹Slater› war mir doch nicht Hochberufs genuck für 1 Kongreßmitglied. (Obwohl mier beinahe trottsich=blödsinnije Formeln eingekomm' wärn a la ‹arm aber ehrlich›; (neenee : lieber etwas unehrlich, dafür aber reich : ‹Scheue Recht & tue nie was›.)))

: »Ä : Bibliothekar. – : Was ? – : Sie auch ? !« – (Das fehlte mir noch !). / Er zog natürlich erst ma über unsre Pocket=Books her. (*Sie* hatten angeblich nur ‹schwere einfache Lein'nbennde›; mit Faadn=Hefftunk – muß ja ooch ein=tönich aussehn, pfff – ich suchte, unbeschweert zu lachen. (Und vor allem der Frage ausweichen; *der 1 Frage*; die ja komm'm *mußte* : nach der Anzahl der Bücher !). – Ich lachte noch einmal : »‹Faadn=Hefftunk› – Haha !«, so krammfhafft & gewalltsam, daß er gans verleegn wurde, mitten im MARE CRISIUM – dabei wollt'ich doch lediglich Zeit gewinn'n ! .....

: »Haben Sie in Ihren Beschtändn auch 1 älteres Conversations=Lexicon mitgenomm' ? – Bei einijen ‹reduziertn Techniken› ist uns=unseres doch schon recht zu schtattn gekomm'm.« (Ich; so gans akkad=deemisch=verantwortungsbaar; wie man eben in den Korridoren von Colleges & Biebliotheekn causiert. Runzelte aber doch unwillkürlich die hohe Schtirn : ‹... sie thun dies auf dem Schieferschneiderklotz,› fiel mir ein : ‹einem anderthalb Fuß hohen hölzernen Block, an dessen oberen Theile ein Schtück nach einem rechtn Winkl ausgeschnittn iss.› : Potz Sacco & Vanzetti ! : ich wußte den Dreck wahrhafftich ooch schonn auswenndich !). Er nickte ernsthaft; (während ich noch in Gedankn am Schiefer schnitt) : »Startschewsky; Lännien=Gratt, um 1850 : tswölf Bänndä.« / : »Biebln ha'm Se woll gar nich, was ?« : »2 russische

Standart=Edizjohnen. Um die Denk=Weise der Ammärriekannskij zu begreifänn.« (Und da war er doch schon dabei .....
»Wieviel? – Och; je=nun ...«; (und leicht & erhaabm auflachn. / Noch einmal, wie im kinndlichn Schpiel aus=weichn – für 1 Idiootn=haltn *mußte* er mich freilich bald) : »Wieviel habm *Sie* denn? – – Ja, lieber Freund, mit ‹Scheßtjdeßjatj tyßjatsch› kann ich nichts anfangn ...« –
Da malte er mir's denn gefällich in den Sannt, der Kerl. Erst ne ‹6›; und mit den Null'n hörte er überhaupt nich mehr uff: 60, 600, 6000 ? ? (Und noch die letzde drann : Sechzich=Tausend ? ! –). / (Halt ! : 1 Rettunk war noch !) : »Alles verschiedene ?«. – Und es klang, als löge er nicht, als er gelassn entgegnete : »Abärr=ja. Es iesd'och sork=fälltich gä=länngt wordn : ‹Plahn=Wirrtschafft›. *Wir* habänn so=gut=wie=keinä Duh=blättänn.«
: »Ja und wo bleibt bei solcher Ver=Massunk die Freiheit ? Wo das Individuum ?«, schrie ich ungehalltn dageegn. Aber er, unerschütterlich : »*Nix*=Inn=die=wie=Du=umm : *schpäh=tärr* In=die=wie=Du=umm.« (Und besaß tatsächlich die Schtirn, und erkundichte sich, halb=neidisch : op wier denn so viele Individuen besäß'n ? Bei ihn'n hätte jeednfalls die Gefahr beschtanndn, daß Jeder sich den ‹Schtilln Donn› mit ruffgenomm hätte; beziehunxweise die *gans*=Linientreuen das ‹Kappietal› oder den ‹Uhr=schprunk der Fammielje› – : »... und wo wäränn wier dann ?«. – Neinein; nur von einijn technischn Werkn und Loggarittmentafeln hättn sie mehrere Schtücke am Lager.)
(Aber so kann ich ihn doch ma aus=horchn, fang'n) : »Wie lös'n Sie, bei=sich=drübm, denn die Schul=Buch=Frage ?«. (Die Schtimme im Kopfhörer drückte ungekünstlte Verwunnderunk aus) : »So lange sie hal=tänn. Wenn sie kein Neu=Einbindn mehr vertragen : dann drukkänn wier neu.« (Falls das *schtimmte*, hattn die also schlechthin *Alles :* denn an der 1 Auskummft hingn ja Setz=Maschien'n drann, Druckerei, Binnderei, Pappier=Mühle, *Alles. /* Aber es *konnte* ja nich schtimm' ! : Wir hattn doch die Westliche Freiheit ?! Die Aabmdlendisch=kristliche Kulltour ! ..... : Haaallt ! :
(Denn auch sie schtand, trotz des leicht klopfmdn Reegns, an der Weege=Gabl schtill. Wie aus Treum'm erwachnd) : »Zum *Schie=Fahrn* müßt's schön hier sein.« – : »HaßDu überhaupt zugehört, was ich Dir=Uns – in meiner Gůttheet – erzählt hab ?«. Sie nickte ernst. / (Aber eebm auch Schie=Fahrn) : »So durch die Wellder gleitn ...«. (Und dazu das dumme feinsinnieje Lechln; das sich bei

solchn Wenndung'n ja wohl unvermeidlich bei Jeedem einschtellen muß. Wie das Schtirnrunzln bei einem gebildetn Forzndn. Und dieser hochdeutsch=falsche poetische Toon !) : »– ä= : Laut=los glei=tönn –«; half ich, das Bild zu runndn, bitter ein. (Aber sie, ironiefest vor lauter Ehrerbietichkeit) : »Lautlos. : Gleitn.« / Und schtehen Beide. Gekrümmt im Nee=bl. Der Weg gedielt mit. : Tracktor=Schpuren.

: »Du könnzdja neebmheergeen. – In hoh'n Schuh'n.« (Bis zur Schwanzschpittse im Schnee, gelt ? : Großn Dank auch !) .....

..... *und ich hielt krammfich an; auf unserer doppelten Nicht=* Schie=Schpur; mittn im MARE CRISIUM : sollte ich dem Kerl beweisn, was für Indiwidualiteetn=Laadn – – (meingott, wieso setzte ich denn dieses verrückte ‹Laden› dahinter ? Hattn mich die Erleepnisse doch ernstlicher angegriffn, als ich ..... Achnichdoch : klaar : DICKENS ANTIKWIETEETN=LADN : hink=illä=undsoweiter.)

Ja mehr noch : war ich es unserem nazionaln An=seh'n nich gradezu *schulldich ?* – ? ! – : / Also hin setzn; uff die nächste Klammotte. Und die Kurier=Tasche nach vorne, for'n Bauch : Komm, armes Nicht=Indiwieduumm; jetz kannsDe ma was sehen. (Und Lawrence's Mannuß=krippt raus. – Beziehunxweise hör'n !) : .....

..... *(Er neebm mir sitznd; gans ‹geneiktis Ohr›.* / Ap & zu nickn. (Dann gleich wieder krietisch gefältlte Maske a la Tarpa). / (Ich las aber auch absichtlich besonders gut; schön=schtimmich; mit wohlthuendem Ausdruck : Scheiß Tornister & Luftreserrwe; heut gelang mirs ! Genau ß=kanndierend : mann hat halt ne gute .....

(Der Ellboogn eines ‹Irdik› fuhr mir ins Zwerch=Fell, daß mir sofort die Luft rausging, (GOttlob nur ‹oobm› !), und ich mich unschön verneign mußde .....

..... *dann nahm er das Heft selbst zur Hand. (Mit geüptim* flachim Griff übrijins; er mochte doch wohl irgndwas mit Büchern zu tun habm). /...../... : »Alläß hat er *niecht=gut* übär=tragänn : Staßjulewitsch iest bässärr. : Op wier es wärdänn=brauchänn=könnänn ... ?«; er wiekte bedenklich den Kopf : »Äß iesd'och 1 so *alltäß* Schtück – : Wo=tsu ? –«. (Und wieder dies verfluchte ferbinntliche Hände=Breitn !). / (Und meine Gedankn raastn : demnach ...

... : demnach hatte Lawrence uns betroogn ? ! – : Uns irgendein'n uraltn Schinnckn ... ?). / Er hatte sich unterdessen auch 1 der beidn deutschn Schwartn von mein'n Knien gegriffen. Nickte & blätterte. Und hielt mir jetzt 1 Schtelle hin; (immer mit diesem

unangenehm'm allbernen Fachmanns=Griff) : »Värgleichänn Sie sällbst : Die Freiheit der Bä=arrbeitunk iest groß. – Geegänn=übärr Staß=Juläwwitsch.« (Und ich's gierich wieder gepackt. Und wieder rein in die ..... : Nein ! : *in meine Hosntasche damit !*).

((Und die Gedankn, wie gesagt, raasn lassn : jetz hatte ich ihn in der Hannt. : Potz Noah & Ut=Nápischtimm : *Das* soll der Lump Uns bezahln !. / Uns – (und vor allem *mich* : MICH=Du : in meiner Gůttheet !) – um Haaresbreite vor dem gesammtn Ausland zu blammier'n ! (Hatte Uns nicht nur meine Geistesgegenwart gerettet ? Schon war ich fast davon überzeugt. Ehe ich zu Hause war, würde ich's *ganß* sein; wie's zum entrüstet=anprangernden Brust=Ton ja erforderlich war .....

(das Gesicht, oben rot=ausgefrannst, nickte schwermütich ins Grau, a la ‹Lüge Dein Name ist Kar=dl› .....

..... *nur gut also, daß ich's – mit der mir eigenen* Wenn=Dichkeit in Schtreitgeschprächn; (engschtirnije Gemüter, ‹narrow minds›, faseltn wohl manchmal von ‹Karackter=Losichkeit›; flache Köpfe, fanntasie=lose, verschtiegen sich bis zur ‹Lüge›) – .....

(ich hatte gemeint, es irgendwie ‹warnend› einzuschaltn; aber das rötliche Gesicht, von Schwarzem neebm=mier dahingetragen, nickde, noch düsterer, einmal mehr) : »Se saagn immer : de Frau'n wärn so flink=flach=verloogn. Aber seitdeem ich *Dich* kenn' ...« (Schteckte sich, währendes Schreitns, den linkn=klein'n Finger in den Munt; und fraaß sich den freien Nagelrant ap. Ich, neebm=Ihr, auf blödsinnich=leichdkarriertem dahingetraagn, (es gallt ja 1 verrenktis Gemüt zu recktiefiezieren !) :) : »KönntesDu Dich nicht etwas ziwieler ausdrückn, Hertha ? – Nicht unterscheiden, zwischen *betrügerischn* Lüügn : wiesiedie diewersn ‹Regierung'n› prinnzipjell in Umlauf setzn. Und=ä ... : IßDier bekannt, daß Raffa=El die Träume des Fara=oh als *Seifm=Blaasn* gemalt hat ? –«. (Un=nötich zu saagn, daß es Ihr nicht bekannt war.)

: »Könntesdu also nicht unterscheidn, zwischen den geh=nial=unschädlichn Erfindung'n Deiner Gůttheet – : Hertha : DEINER ! – und jenen=erwähntn ge=mienißtertn Follx=Betrügern ?«. – (Unnötich zu saagn, daß sie es *nicht* konnte.)

(Vielmehr den Horn=Boogn – ‹Moont im 1. Zeentl› – ins Gebüsch schpukkde). Kopfschüttelnt : »Nee. Karlle. – : Bei Dier hap'ch immer das Gefühl, – als wenn ich uff *Eis* ginnge. Uff bunnt'm, ja. Aber immer=so=500=Schichtn über'n'ander.« (Unt kopf=schütteln. – : Na warte, Du ! Du= .....

..... *(unt lauernd noch=Sitzn. – : Sie, die Lorenz'n,* hatte ja *auch* mit geholfm. Sich acktief am Follx=Betruck mit beteilicht – : hatte ich nicht *auch=Sie* in der Hand ? / Und leckte mir bereiz die Kong=Greß=mit=Gliez=Lippm : ‹Inderhand, inderhannt› ... ?). / Seine ‹Viehlosofischn Er=Leuterungn› hörte ich nur mit halbem Ohr : wie Die=ihren Kinndern ein=reedetn :

Bei den altn, ‹irrdischn Roman'n› handele es sich leedicklich um ‹Längere Gedankn=Schpiele› der Verfasser : das dicke Geschtirrn=dort, fordere ja geradezu heraus, es mit Faabl=Weesn aller Art zu ‹bevölkern› .....

(Ja siehsDe : jetz willsDe ‹ergriffn schtehen bleibm›, op des ‹Gedankns› ! – Und das Frauenzimmer bliep tat*sächlich* schtehen) : »Du denk=amma ! : Vielleicht eck=sistiern wier gar nie. Und a ‹Selenick› schtellt sich Uns bloß vor ? !« : »Belehrt Dich der Reegn *nicht* eines Besseren ?« : »Nee. : Deen denkt sich Der eebm ooch.« / Sie wollte sogar noch den schwartzn Kahn=am=Ufer bewundern. – : »Im Winnter iss er voll Eis –« (ich; schnell; und wollte sie weiter zerren.) Aber das hatte ich falsch gemacht. Ihr Munt ging gleich schtaun'nd auf; sie leegte, wie sie pflaac, den Kopf=schief, und schtellte sich's vor – : » ‹Kähne voll Eis› ? – : Och.« / (Und die Tropfm=im=Teich – ‹Puhlafuca=Puhlafuca› – machtn lauter punktierte Zeil'n unter jedes ihrer Worte : 1 Mätchen mit Wasser auf dem Gesicht. – Nur mit Hülfe 1 sehr=unzüchtiejin Griffes, gelang es mir, sie zum ‹Antrabm› zu bringn : ich wußde mier kein'n andern Raat mehr ! : Schon war, von Ihren schön'n Lippm, das Wort ‹Reiher› gefall'n; es fehltn nur noch ‹Wild=Enntn› und ähnlich zuck=fögelnde Matteeriejn : wenn ich Ihr erzähle, wie im März die Kranich=Keile über Tanndte Heete's Haus, vollefahrt-voraus, kielwassern – (einmal, bei Boodn=Neebl, waren sie 40 Meeter=hoch über mich Schtaunend=Armgebreitettn hinweck=gerauscht ! – : seitdeem konnte ich die KRANICHE DES IBYKUS wieder leesn) – nee komm lieber : jetz binn ich 30 Jahre ellter, und's reegnit .....)

(Schon wieder willsDu an=halltn ? ! – Ich leegte, der Einfachheit hallber, den Arm um ihre schmaal'n Schulltern. Unt trug sie schier neebm mier her – das gefiel ihr schon recht; sie plapperte ganz aufgereegt) : »Du – och : *Was's* hier Alles gippt ! ? – : Denk'amma : Tanndte Heete will als Kinnt noch *Irr=Lichter* geseh'n habm ! Se wär'n im'm Waagn gefahrn; an'ner Schtelle vorbei, wo sich ooch sonnst welche zeiktn : und da hättn die sich

an de Räder gehennkt, und wär'n a Schtücke mit gekomm' – : iss denn das *möglich ?«*. (Möglich schon : Summf=Gaß=Flämmchin. Die in die ‹at=härierende Lufft› kreisender Räder geraatn ?) : »Och, tee=oreetisch kanns schonn sein, Hertha.«; (und erklären; so gut man – geduckt & un=gehalltn vor lauter Reegn – eebm erklärn kann : Bauts ! traf auch=sie=endlich 1 dicker Troppfm mitten ins Auge.)

(Was zögersDu, fuß=fummelnd ? – Sie über=wand sich; und geschtannz) : »Nachher will ich Dir aber ooch ammal durch'n Sannt=oobm entgeegn komm'm. – Sonnst geesDe tatsächlich noch an die Lorenz'n=oobm rann.« (Nicht nur ‹obm›, mein feuchtes Kint !). / (Auch, fattalistisch=kockett) : »Soballt De mich satt=haßt, kannsDe mich ja jederzeit von amm Mee=tee=ohr erschlaagn lassn. –«. (Ich widerschprach zwar, leidenschafftlich, wie sich's gebührt. Aber der Einfall iss gut : der wirt verwenndit ! / Und Sie, wie sich's gebührt, glaubte mier *nicht* gleich; erst mußde ich Mehreris her=zählin, was mich an Sie fesselte; ja kä=ttä=ttä : ja : ‹ferr=sklaafte› –) :

»Guut. : Treff'ich Dich also nach=heer, beim Vermessunx=Trupp; 1 fesche root=haarije Lannt=Messer=rinn. – : Aber Du mußt Dich dann auch, ohne Dich zu=zieren, in einen Kleinst=Kraater führen lassen; und=ä=Du=weißt=schon ! Wenn Du nur 1 Mal, bei Dem=was=dann=kommt, das Gesicht verziehst. Oder um ‹Tao› schreist : dann laß'ich, genau in dem Augenblick, wo ich'n raus=ziehn müßde, ne Schternschnuppe komm', die mich uffs Kreuz trifft, und'n wieder rein treipt : dann haßDe's. – : A bargain ? . . . . .

. . . . . *aber ‹a bargain› ? : Dies=hier ? – (Jetz fing Er nämlich an,* – viel dünner war das Heft ooch nich – und versuchte sein bißchen Schtimme so erhaben wie möglich zu halten – –) : »Sie habm *auch* 1 Epos zum ‹Umtauschen› ? – Aus dem ‹Großen Vaterländischen Kriege› von 41–45 ? ! –« (Na *das* Ding war gut ! – *Und* beschämend wieder zugleich : *Wir* waren unserem Wort=Betrüger Lawrence aufgesessen : *Der=hier* trat schlicht einfach anschpruchslos mit einem echten umfangreichen Dichtwerk vor mich hin ! (Umfangreicher doch wohl – : »Ä=Wieviel Schreibmaschinenseitn ?« : »2 Hunndärrt 5 uhnd 90 : doppäll=schpalltick.« (Und ich hielt zwar ‹äußerlich› den Raum=Helm noch schtrack & schtolz auf den Schultern; ließ aber ‹innerlich› das Haupt schwermütijer nicken : natürlich; sogar rein seitn=mäßich 18 mehr; (und in Anschläge umgerechnet würden's *noch* mehr sein; also lieber gar nich weiter fraagn.) Aber ‹Kopf hoch, Hampden !›. Erst ma sehen, was .....

..... *»Was ? ! : Gleich zwei=schprachich ? !« – Und er* nickte nur : »Wir habbänn gute Übärr=Sättsärr – : Föll-kärr Färr=Schtänndi=Gunnk –«; (und Hände=breitn & Grien'n : war das nu umfassende Gutmütichkeit; oder bloß slawisch=tatarische Verschtellunk : Ich hätd'as gar nich so gekonnt. / *Und* 2=schprachich : Oh der Schannde=der=Schannde ! Wie doof schtuur & rück=schtändich mußtn wir wieder wirkn. / Aber erstma zuhörn; und zwar krietisch .....? :

: »Ä=chämm ! .....

(*»Duschwätt=ser !« sagte sie, ferliebt* fanatisch neugierich; und schauderte fester in meinen rechten Arm, der ihre Schultern flinker durch den flinker fallenden Regen schob) –

: *»Sähr värr=läggänn schtant vor Stalin=*
gratt der Deutsche : *sähr* värr=läggän !
Na=hänn konntänn seine Krieger
nicht der Schtadt. – : Aus Staliengratt=selpst
na=hättänn oft seinäm La=gärr
schtoltze Rittärr, trottsich=kühn.
Unnd der unn=värr=zackte Däggänn
– Marschall Schukoff war sein Name :
Schukoff, er, der Deutschänn Schräkkänn ...«

(und so brammar=bassierte er noch eine ganze Weile weiter. Bis ich ihm, überdrüssich, ans Wiesier pochte : »Lassn Se ma die Kammf=Handlungn –«. Und er, verbindlich : »Gärrn. – Abär=hier ...«)

: *»Jetzo zook er an die Wästä,*
änng an=liegännd, ohne Borr=tänn;
dann die schwarr=tzä Attlaß=Jackä,
wohl=gepufft, mit weitänn Ärr=mälln ...«

(die Beschreibunk der Siegesfeier, 1945; wie Konjew sich zum Bankett der Alli=iertn herausputzt) :

»Ächt Kostrom'sche Pann=talone,
miet Scharr=lach gezacktä Schuhä,
fein an Lä=därr; zwee=än Schtiffte
häfftättänn sie fest & enge
an den klei=nänn nättänn Fuß ...«

(widerlich ! / Die Amerikaner dafür Alle in einer Art Packpapier=Kleidung; meist mit Coca=Cola Flaschen in den traditionslosen Händn; ungeschlachtne Gebärden & Holzfäller=Mannieren. Die Russen nahmen sich ihrer aber gutmütich an; mit Nachsicht, weil es sich ja schließlich um 1 noch nicht 200=Jahre=altes Völkchen handelte. Zeigten ihnen, was eine tausendjährije Kultur sei; hielten den Armen Lichtbild=Vorträge, nischt wie ‹Kiew› und ‹Korßunsche Fortn›. Verlasen ihnen irgend ein ‹Igorr=Liet›; entschtandn zu einer Zeit, als die US=Amerikaner : ja *WAS* waren ? – : Männsch, schnarrrr bloß nich so !)

: *»Auf dem Hut – : 2 Gegner sind ihm*
wie 1 Haar aus seinem Barte ! –
von ßmollännskärr feinämm Tuchä
hoop sich eine Hahnen=Feedärr
wuhnder=baarlich hoch *uhnd* root ...«

(natürlich : ‹rot›. – Ich fiff nur vor mich hin : die Unverschämtheit war ja *zu* groß ! / Die Kerls waren damals – notorisch; unsere Jung'ns hatten's ausführlich genuck nach Hause geschriebm ! – größtnteils *barr=fuß* angekomm; höchstns uff klein'n schlechtn Feerdn ... : siehsDe, da kam's ja schonn ! ...)

: *» ... 1 fei=näß Schnupf=Tuch,*
wohl=gefalltätt, hink an ihm.«

(wenn bei uns jeder Besitzer 1 Taschentuches gleich n Epoß druff hätte machn wolln ! – (Das heißt : bald waren wir wieder so weit. Lieber jetz nich drann denkn.) – Neenee; die Pannje=Waagn damals warn ja *zu* traurich geweesn. Und die Aufschneiderei=jetz lächerlich; wenn's wiederum nich so anmaaßnd gewesen wäre. / Die Zwischenzeit bis zur ‹Potz=Dammer Konnferenz› – während der *wir* uns ja, verantwortunxbewußt, beratn hattn; Sachverschtändijen=Ausschüsse angehört : op Deutschland völlich aufgeteilt werdn sollte; oder aber bloß alle Männer über 12 kastriert; oder das ganze Gebiet dem Erdboden gleich gemacht; oder so – : da hatten Die=hier sich anschein'nd bloß belusticht !)

: *»In dem blühndänn Ohstärr=Mohnatt,*
da die Eerde neu siech klei=dätt,
da die weiß=behaarte Muttär
siech in 1 Fä'=färwanndällt,
in die schönstä=junngä=Nümm=fä :

da luhst=wanndelte der Sie=gärr,
Er, der Ssowjettmarschall Konjew,
Er, miet seinäm gan=tzänn Schtabä,
hin zum Ortä – den die Deutschänn
seitdem nännänn : ‹Adlärrs=Horrst›.«

(und ich mußte doch kichern : es war zwar eine gans verfluchte Ettümollogie, aber als Witz glän=zännd)

: »*Wohl durch 1 Ähren=Boggänn*
gieng der Zuuk hin zumm Pallaste.
Aus=gehenkt aus allen Fän=stärrn
hingänn, golld=geschtickt, Tappee=tänn;
und den Bohdänn däkk=tänn Zwei=gä :
Bluhmänn Kreutärr Roß=Marin.
Auf den Schtraßänn, auf den Gassänn,
länx=hinnann bies zum Pallastä,
tönät, in getränntänn Kö=ränn,
Glück=Wunsch Freud *uhnd* Lust=Gäsannk.«

(Aber doch ooch schöne dicke Senntennzn ! – : »Ssowjett=Ruhßlannt ? : ziehätt *keinä* Mämmä=Marrschall !«. (Ewwenntuell exproppriieren; und O'Stritch entgeegn schleudern, wenn der wieder ma über uns=Ziewielistn her=ziehen will.) / Oder auch vorhin=das : der Marschall hatte sich rasiert; und

»eh am Kinn der Bart ihm schproßte,
waren deutscher Die=Visionen
fümf ihm schon Gä=fanngänä.«

Aber diese endlose Beschreibunk des Festes=hier ? .....)

: »*Härrzlich lachte dropp der Marschall;*
gab dem rótnyj, der – Bärrlienärrn
zum Ärr=Schräkk – den Teufel schpielte,
1 Hannt=voll von Koppeh=känn,
aus=zu=wärr=fänn untärr sie.«

(Das schtimmte ja : die Deutschen waren damals gans schön sachde gegangn. Unsere Beus, so Dillert & Trunnion, hatten die anschtändich fertich gemacht. : Unt die doown Nüsse hattn sich dann, kaum 20 Jahre schpäter, derart von uns geegn die Russn verheizn lassn – die Beschränktheit der Kerls war ja wirklich

über=natürlich geweesn! Eben doch wohl ne minderwertije Rasse : das Saltz der Erde sinnt & bleibm die Angel=Saxn! –)
(Aber wie? : Er heulte ja beinahe!) :

»Fah=nänn : gutä alltä Fah=nänn,
die den Marr=schall oft begleitätt,
in, und siegreich aus der Schlacht ...«

(‹Aus der Traum› allenfalls. : Hätte es nicht übrijens auch ‹in *die*› Schlacht heißen müssen? Naja; bei dem kümmerlichn, klein=gehacktn Vers=Maaß .....) :

»Und nun rauschänn die Pannierä
schtärrkärr. Durch das offnä Fänn=stärr
weht 1 Winnt hehr, leicht von Oß=tänn –
: plötzliech schweigän Wint *uhnd* Fahnänn
eedell; denn der Marr=Schall schpricht ...«

(Nich ma reim'm tat sich's, pff! : da war unseres=hier ... / Und ich zuckte die Hand doch wieder weiter davon zurück : dieser *Lummp*=der=Lummp=der=Lawrence! Op ich ihn nich'doch offiziell an=prangere? – Na, auf jeedn Fall erst ma priewat vor=nehm'm; ma sehn, was er sagte. *Und* sie : dann würde sich ja unschwer heraus schtellen, was meine Flicht war .....
: »Schnell Schuhe ab=treetn, komm.« – / (Aber sie wollte in der Geschwindichkeit noch zweierlei wissen : a) »Warumm heult Der beinahe?« : »Weil er 45 mitt=dabei war.« – b) : »Was iss'nn das, was Der vor=geleesn hat? – Da schtimmt'och *oo* was nie, Du.« Und ich, bitter : »Das heißt man ‹Bill=Dung› in der Bundes=Rehpuhblick!«.)

* * *

(Und der Anblick der Flur=Gardrobe überhob mich jeder weiteren Piesackung : das war wohl schon zu Sinantroppuß=Zeitn 1 Natur=Gesetz, daß Frauen kein Kleidunx=schtück ungemustert passieren können.) : »Wirklich. – Hier *kann* anne Frau bloß im Monntör=Antzuck rummloofm –«, hörte ich sie vor Tanndte Heete=ihrem murmilln. / Unt ap leegn. Und schon
der Kopf aus der Küche : ? : »Komma her, Miendeern. Hilf ma mit rein tragn.« Herthilein lief gehorsam, hin zu Frau Minnetrost; (und ich verzwirrnte mich in die Wohnschtube; allwo der Tisch

bereiz gedeckt war – wieder erschien'n & verschwanndn sie, im Penndl=Verkehr.) –
(Und sitzn, zu Dritt. Und schtaun'n.) / : »*Aber Tanndte* Heete ! –«; (sie schtrahlte um den Tisch herumm) : »– ne gannße Büxe Firrsiche ? !« : »Ja; ischa'n Fest=Mahl, nich ?« : »Und 1 Fläschchen ASBACH ? – Meingott, TH, in was für *Un*=Kostn schtürzDu Dich.« : »Erßma sossu nich ‹TH› saagn, Du – Du Uhrian=Du. – Un'dann hassu den Hunt ja auch ne neue Kedde gekaufd. – Na Här=tha ? : Langt mann zu. –«
Erst kam noch die Maggi=Suppe; (‹wohlgewürzt; mit Eier=Fasern›). / Dann der schteiffe, kaffebraune, Bohnen=Brei; mit mächtijen weiß=dunkelroth geflecktn, gebratenen Wurst=Scheibm fast zugedeckt – : »Nun, Herr Schneck ?«. (Aber sie schauderte nur glücklich mit dem dünnen (knochenreichen) Ober=Körper) : »Hier iss's schön warm drinne !« –
: »Nee laß=ock : ich weeß, wo De de Löffl hast …«; und raus war sie. TH sofort : »Na ? Hett Se watt sechcht ?«. – Nichz; gar nichz : »Sie hellt es auch weiterhinn für keusch & schaam=hafft, in den schönstn Sekundn des Frauen=Leebns *nicht* zu genießn. – : HaßDu Kümmel im Haus ?«. – : »Seit wann max'enn *Du=Kümmel* ? !« : »Ein halbes Funnt Kümmel, Tanndte : pullwerisiert. Mit 2 Lietern WeißWein angesetzt. Die 1 Helfde abmz, die andere am nächstn Morgen, eingenomm'm : soll wahrhaft diabolische Brünnstichkeit …« (Aber schon erschien Hertha wieder, linx=belöffelt. TH konnte mir gerade noch zu=zischn : »Oule Swieneegl ! : Büssu *noch* nich übermütich genuch ?« Dann mußte sie weiter causieren & lächeln : –. –)
Und zurück=lehn'n. Und atmen : gefüllt bis zum Rannt. (Hertha hatte mir ihre halbe Portzjohn auch noch hin geschoobm – sie könne nicht mehr.) / Und dann *noch* 1 ‹Nach=Schlack› ! (Und TH's Blick war immer mit=leidijer gewordn) : »Tz=mein=Jung : was *bissu* verhungert.« (Hertha hatte sich gleich dünne machn wollen; mußte aber, unerbittlich, da=bleibm : Mier=zusehen; und In=sich=Gehen. Da bat ich denn doch noch, aus reiner Bosheit, ihr zum Trottz, um) : »1 Schtückchen Brod ?«; (mit winnslnder Bettler=Schtimme. Und TH rannte; und schnitz eignhänndich; (wodurch es denn freilich *so* groß ausfiel, daß mich nur meine constrictorene Constitution, wie durch 1 Wunnder, rättättä.)
(Während sie ap=räumtn, schnell noch den Bart putzn) : »Gelt Tanndte ?« (weil sie mir wieder *gar* so neugierich zu sah) : »Wie da jeder

Schtrich des Apparates 1 neuen geist=vollen Gesichz=Zuck frei legt: den klein'n scharfm Munt : die hohe Schtirn … ?«; (und fuhr mir, illustrierend, mit dem summenden Dinx auch da drüber : !). »Du biss'n richtiejn Klohn, Kardl.« sagte sie liebevoll. Aber 1 dünne (knochenreiche ?) Schtimme neebm=ihr versetzte finster : »Nee. Meiner Ansicht=nach … : Ich weeß nie; wenn sich Eener *derart=sellber* veralbert … ?«. / Und TH runzelte die Schtirn. (Vor der ‹tieferen Ansicht› ?). Und nahm sich unter jeeglichn Arm 1 von Uns. –
: »Nu setz Euch mann=nochma hin.«. Sie; bedächtich; und schtützte die monnumentalen Ellenbogen auf. Noch ma, überleegend, mit der Zunge in die linke Backn=Tasche gefahr'n. : »Chaa. –«. (Und leckte sich mächtich den Munnt : muß *Die*=mal, früher, mit *der* Vorrichtunk=dazu : *Küsse* ausgeteilt habm ! – Ich leckte mein' unwillkürlich mit.)
: »Tcha nu ma follgnde Laage. : Ich binn ja nu ganns allein. In den großn Haus=hier.« (Und nochma zögern. Sie packte ihre große Unter=Lippe mit den, anschein'nd noch vollschtändich kommplettn, Oberzähn'n. (Und meine Schtirn runzelte sich unwillkürlich. Und verdachtvoll. –).).
(Beiläufich) : »Der Bürger=Meister möcht mier nattürlich länx We'che rein setzn. – Bloß er *waacht* das mann noch nich : ich weiß'a was von ihm; auß'er Hittler=Zeit.« / (Und nickde mir schon ironisch zu : erriet Sie, daß ich erriet ? –). / Und tat, rücksichzlos, ‹den Vor=Schlack› :
DER VORSCHLACK ! : »Ihr zieht hier=her. / Auß'er Gutn S=tube wird Euer Schlaaf=Zimmer. Bettn=kaufm braucht Ihr nich; krickt unsre : Euch Leicht=Gewichte hell'das noch aus. / – : Hier *die*=S=tube …«; (und mit dem Zeigefinger aufklopfm) : » … : das wirt Euer *Wohn*=Zimmer : *Ich* hap meins im jetziejn Schlafzimmer; schlaafm=selps tu ich inne Komm=Büse, neebmann. : Holl mo Dien Muul Mienjung.«
: »Unser Lannt : verkaufm wier ! – Zuminn'est 40 Morgn : wir behalltn höchßns die 2 Weidn.« (Ergäbe, bei den hiesijn, himmelschreiend=niedrijin Boodnpreisn, immer noch 50 Tausnd.) / (Aber jetz fuhr ich doch auf) : »Tanndte ! – : Die Wiese am Flüßchen=drübm ? Aber hör ma Mädchen : das sind'och *Bau*=Plettse !«. (Sie dulldete es, lächelnd, daß ich Sie, im Feuer, ‹Mädchen› schallt – muß ja, mit 60, ooch komisch klingn, backfischich=jungfernhäutich –) : »Entschulldije Tanndte –«. : »Mook Die dor nix ut, mien leewe Jung.« (‹Leewe› ? Sehr gut ! : merken.)

»Nein : Bau=Plätze, Tanndte ! – : 6 Morgen saaxDu ? – : Aber da krixDu doch – bei *der* Nähe Hannofers ! – minndestens 3 Mark für'n Kwadrat=Meeter ! : 6 mal zwo=fümf mal 3 ? : Das ergiebt doch *allein* 50 Tausnd !«. Sie überleekde. Und nickte. Gar nich un=überzeukt. Und griente grau & reckenhaft=gifftich : »Dass'ss gaa nich so dumm, Kardl. – : Was *meinssu*, wass'ie *Gemeinde* sich gifftit !«
(Und, ganns weiplicher H.G.Trunnion) : »Das giept immer noch Wä'che in'n Dorf : die nenn' mich – heudte=noch, nach fief=unn=dottick=Johrn ! – n ‹Buutn=Minnschn› !«. (Und, während ich's Hertha übersetzte; auch deren verschtändnislose Backe 1 Mal küßde) : »Was *Ihr* übrijinns *auch* sein würdet. Bis an Euer Leebms=Ende : Dir iss'ass ja woh klaa, mein Jung.« (Und ich hob nur, artilleristisch, die freie=Rechte : ‹Ziel erkannt›, Tanndte.)
»300 brauchn wier in'n Mohnat –«. Da ‹meldete› ich mich aber doch vorsichzhalber : »Demnächß 400, Tanndte.« : »Guut : fier=Hunnert. – : Rechn'ma aus.« (400 mal 12 gleich 4,8 also 5) : »10 bis 20 Jahre, Tanndte.« (Und sie, schtoltz rück=lehnend – breithüfftichste Optiemistinn, die ich je gesehen hatte, Potz Tita Ruffo & Feruccio Busoni ! –) : »Seggn wie mo : Fofftein.«
: »Oohne daß wier ain' Hand=Schlack machtn ! !« –
(Und Schlack auf Schlack) : »Säbs schlachtn.« / : »Aaabmz kannßu uns vor=leesn.« (»DarfsDe –« schaltete Hertha, gewissermaaßn aus Gewohnheit, an dieser Schtelle ein – überflüssich, zu saagn, daß sie noch *gar* nichts begriffm hatte; Ausdrücke wie ‹Foff Tein› und ‹Buutn=Minnsch› berauptn sie aller Tournüre. / TH wollte schon beide Hant=Rückn auf den Tisch packen, a la ‹Na iss'as n Ann=Geboot ? !›. Ich tat ihr 1 Gebärde; heimlich, halp unter'm Tisch; wie Nieder=Saxn sich eebm verschtändijn : Laß Ihr n büschn Zeit, Tanndte Heete. (Sie verschtant es auch gleich. Worauf ich, wortkünstelnd, ins Schlesisch=Verschtändliche zu übersetzen anhuup : Ähhämm .....)
: »Also. – : Wenn ich Dich recht fasse, liebsde Tanndte –« (apsichtlich hohnich=süß) – »dann möchtesDu Dir sichern

aa) 1 weiplichn Lehrlink, schüchtern & anschtellich, der bei Dir das Hexn Beesnreitn Männerzwiebln erlernt. –«

(hier mit der Hant auf meine ratlose Nächstbarin, Hertha war ihr Name, zeigen.) : »Und

bee) gleichzeitich 1 Haus=Klaun für Euch=Beide. Wenn Ihr des Aabenz=dann, ehr=baar ermüdet vom Neßtl=Knüpfm – beziehunxweise vom Geegnteil – um den

Tisch ruht. – : *Dafür* haßDu *mich* ins große Auge gefaßt ?.«

(Die rüstije Lantfrau, der arbeitsame Weise, Beide erheebm sich gegen 4 Uhr 30 : war *das* die richtije Einschätzunk meiner=selpst ?) *: »Gehe ich in Deine Gedankn=Gänge* ein ? – Tanndte Heete ?«; ich, wirklich leise Schwermut. Die alte Barbarin grinnsde nur. / Unt Schweign. / (Unt mein verruchtes ‹Hirrn›, oder wie das Gelumm-pe=da=oobm nun in Wirklichkeit hieß, verulkte mich doch schon wieder recht rüstich : OECONOMUS PRUDENS ET LEGALIS plus COLUMELLA; *Den* vor allem; nischt wie ‹Georgica› und ‹de arboribus›) –

: »Hertha – kennsDu 1 gewissn ‹LUCIUS JUNIUS MODERATUS aus CADIZ›, genannt COLUMELLA ?«. Und, (es begann tatsächlich, mich zu interessieren), zur Anderen : »Tanndte – : Was, meinsDu, würde 1 hiesijer Lanntmann eußern, wenn ich=ihm COLUMELLA vortrüge ?« : »Däi s=pinnt, würd'er saagn.« : »Und würde *WEN* mein'n ?« : »*Dich*, mien Jung.« (Ähä.) / Und wieder Pause. – Hertha sah immer noch, als ginge Sie's gar=nichz an, in der Schtube herum. (‹Non concupisces domum proximi tui› : vielleicht gelänge mir ja der Anbau der ‹Uhrflannze›. Vermutlich *nur* dieser. TH legte auch schon einschränkend 1 große Faust auf den Tisch) :

»Aber ich fürcht'=ich=fürcht' – : ich würd' Euch s=pinn=beinijes Volk *auch* noch auf'n Kirch=Hoof schaffm müssn.« : »Damitt'u dann saagn könntest : ‹Mein Neffe Kardl – der jetz zweifellos bei GOtt ist›. Gelt ja ?« (Und sie, breit & gemütlich – wo es sich doch um so ernste Dinge wie ‹DIE HÖLLE› handelte !) : »Wenn Du man'nich in'n OOBIS=KROOG to sittn kümmß : *So* viel Schangßn wie *Duu*, hadDein' Onkl Lutwich *lennx* gehapt.«

(Unt ging wieder rücksichzlos=näher an die Sache=rann) : »Haapt Ihr Euch was ges=paart ?«. – »Adelaide hat ne Schreip=Maschiene.« versuchte ich mein Versaagn in=diesem=Punkte zu tarn'n. (Nur daß Hertha sofort=gehorsam Ihr Sümmchen nannte, rettete mich vor einijn Breit=Seitn grimmijer Blicke – ich war 1 Mal, im Oslo=Fjord, durch den Schatten eines deutschen Kriex=Schiffs geschwomm'm : daran mußte ich jetzt denkn. GOttlob wies der Zeigefinger des Schick=Saals bereiz auf Hertha) : »Da lassn wier Badd=unn=Klooh von ein=baun, mein Deern. – Der Brunn'n wird einfach tiefer gebohrt; midde Schlamm=Büxe ...« (Und wurde schon ungehalltn : sie hatte sich's doch lenxd, gans genau, über-

leegt) : »Na inne Wasch=Küche, mein Deern. Wo sonnß ?«. (Und, voll=wild, zu mir) : »Was hassDú Deine feine Naase zu verzieh'n ?« : »Da müßde man sich doch erstma den Grundwasser=Zug ansehn Tanndte : Die ‹Sicker=Gruubm› müssen – laut Vor=Schrift – mindestens 15 Meeter vom Trinkwasser=Brunn'n entfernt sein.« (Sie erkannte sogleich, daß es sich, ausnahmsweise, um 1 echtn, ernst=zu=nehmdn Einwand handele; und bekam, vorübergehend, Faltn ins Ober=Leder. / (Da ich, an dieser, doch wohl wichtijen, Schtelle, 1=einzijes=armes Gläschen ASBACH riß=kierte, fühlte sich die Rote sofort bemüßicht, zu murmeln : »Jeedn Tack besoffm, iss ooch reeglmäßich geleebt.« : »1 Puh Dir=Du ! Du müßtest meinen Türklingelknopf küssen, ehe Du ihn zu berührn Dich erkühntest : Trallallen müßtesDu vor Freude, wenn ich Dich nur 1 Blickes würdije : ICH : in meiner Gůttheet ...«; und fuchtelte Ihr begeistert Schweigen mit der Hant : »Hat Tanndte Heete vorhin nich *auch* erst Wendungn gebraucht wie ‹Mein GOttjung› ? – : BEWEIS !«. (Sie Alalie, ich Halali ! – Aber schon schluckte sie ihre Schprachlosichkeit herunter. Und muhte förmlich vor Entrüstunk : »‹Meingott=Pause; Junge.› hatt se gesagt : laß meine Hannt=los. Tu nie so bewuschpert, Du Gootl !«; und, anklagend, zu ihrer Geegnüberin, (die behaglich schmunnzlnd dem Liebes=Scharr=Mützel bei=wohnte) : »Der iss villeicht ein=gebildet, Tanndte ! Dein Neffe.« (Durch diese letztn beidn Worte ging sie jedoch jeglicher Unter=Schtützung von dieser Seite verlustich : das iss Dir'echt !) *: »An=Fassn müßesDu freilich* einijes, mein Deern. – : Du=der=Du feixest übrijins auch !«. (Ah : jetz kam'm schon die erstn Ansichtn von der Nacht=Seite der Natur !). / : »Nee *Schaafe* nu nich, Hertha : würz'ich wunnern, was die für Aaabeit machn : *da* wolln wir kein'Last mit habm. – Aber so 2, 3 Kühe würdn wier behalltn. Und ma'n Schwein fett=machn.« (Schweinsleder=Bände : 1 Rint mit so feinem Leder, der Kau=Dilljo könnte Schtiefl daraus traagn –) : »Sie hat'och bloß gedacht, Tanndte : währnd Sie badet, könnte ich indessn vielleicht die Lämmlein hüütn; schnizzt Feife sich aus Kellber=Rohr : Pastor Corydon.« Tanndte hatte nur ‹Feife› verschtandn; und sagte kurz : »Biss'n Färkl. Also n echdn Mann.« *(Schtich=Wort ‹MANN›) : »Hei=raatn* müßtit Ihr ja woh allerdinx. –«; (und sah Hertha ganß un=saagbaar schlau an. Die aber automatisch ihr geliebtes ‹Pas si bête› murmelte. TH sofort, argwöhnisch, zu mir) : »*Was* meint Sie ?« : »Sie schpricht wieder Französisch –«; (ich, bedrückt. – Nich weegn des Theemas; aber mein

Kopf ging wieder genau so hin & her, wie damals, als ich Doll=mettscher war; für Englisch) : »1 deutschiß Mätchin, aus gutem Hause, hätte gesagt : ‹Einmal so doof sein !›.« / Aber TH faßte sich rasch wieder : »Ochwaß !« sagte sie verächtlich : »war ja mann ne 1. Reh=aktion, nich. – Außerdeem gar nich so dumm – « (denn; schmeichlerisch, immer über'n Tisch weck) : »Härtha=Kinnt : Er *s=tirpt'*och nach fümmf Jaan wieder; wie er s=tenndich behauptit. – Und da hellt Sie=Ihn doch tatsächlich schon an'n Ärml fest : Du biss'ja *noch* schwecher, aß ich dachde.«
: *»Aber, Här=Schafftn, Eines ! : Kei=nä*=Kinnder ! – Das bidd'ich mir aus : Ich ent=ärp Euch *auf'=er=S=telle* !«. (Und, voll erbarmungslos, zu mir) : »Kardl ? : Das iss haup=sächlich *Deine* Aufgabe. *Wie* Du das machß iss mier egal; meinetweegn binnt ihn Dir ap; mit'n ‹Tao› – : *Was* wiss'u ?« – (denn Hertha hatte 1 vornehmes ‹Épatant› gehaucht : wieso war Sie im Augnblick so verwällscht ? : Als versaillen=degenhafte Schutzwehr gegen trollhaft=rinxum=anrennendes Platt=Deutsch ? Durchaus pro=Babel.) / : »Und fa'ss'as *doch* ma passiern *sollte*=Härtha : lassn wir so=*ffort ap*=treibm ! Ich kenn'a ne vernümmftije Eerz=tinn; ich saachte's woh schon.« (Und schüttelte reesollut den Kopf : »Daß unsere Regierung'n das nich lenxt offiziell eingeführt haabm – ?« – : »Inn=Inndijin iss es schon ‹Gesetz›, Tanndte : Nehru'ss vernümmftich.« (Sie liepde so'che Informatzjohn'n; und machte intressierte Augn, a la ‹Sieh ma an; diese Innder›. – : »Die Heinies.« sagte sie dann noch; (meinte aber schwerlich die Leute jennseiz des Gan=ges.).)
Und rief mich ‹zur Ordnunk› : »Achwas, ‹Schöne Aus=Sicht› ! : Kannß'ir ja Dein ‹Aabeiz=S=tüpchin› nach Nort=Nort=Nort einrichtn ! – Von Uns=aus darfß unners Dach ziehn, was Härtha ?« / Noch ennergischer : »Kardl – : Jetz nimm Dich ma zusamm' ! – Hassu inzwischn da über nach=gedacht ? Unn bissd zu ner rä=sonnablen Antwort fee=hich gewordn ?«. Selbst ich vermochte nicht viel mehr, als nur schwechlich den Kopf zu beweegn. – : »Potz Kolostrum & Merverum : *Ich* 1 glebae adscriptus ? !« – / (Sie horchte erst. Und wollte schon hoch=gehen : sie war immer so ungeschtüm ! – Und beherrschte sich doch; und sagte nur schpitzich) : »Nu nenn das woo=möklich bloß ne ‹klaare S=tellunk=Nahme›. – : Vers=tees *Du* ihn, mein Kint ?«. Aber die schüttelte sich auch nur, als hätte sie's länxd auf=gegeebm. »Hoffnunx=los.« Kleinpause.

: *»Aber mein'n tut er was ! –«; (TH, mißtrauisch.* / Und versuchte's noch einmal; gütich, wie man zu den *Gans*=Klein'n reedit : »Was hass'u denn saagn wolln, mein Jung ?« : »Ach leedicklich ne dielattorische Formel, Tanndte. – : Siehma; Du schtellst uns hier vor ne ast=reine ‹Ent=Scheidunk fürs Leebm› : da *könn'* wier doch nich in Seckundn=Schnelle ree=agiern. – Wir müßtn ja – um nur 1 zu nenn'n – : unsere Berufe auf=geebm. Aller Wahrscheinlichkeit nach ‹für immer›.«
: *»Na Unnt ? !«. (TH kallt,* verschtändnis=los, nüchtern) : »Was hapt Ihr denn schon an Euern ‹Be=ruufm› ? Schimmft ja sonnß immer drauf !«. Und schüttelte unwillich. / Aber – (obwohl schon weesntlich kühler ! : CAVE !) – : »Naguut. Überleekt's Euch. Aber nich *all*zulange : Ich *muß*=Das in Ordnunk kriegn !«
(Unt, drohend – ‹Years of Love have been forgot in the hatred of a minute› ! –) : »Wenn Ihr par=*tuh* nich wollt – : frag ich Dein Vedder Schorse. Dann behalltn wier Grunn & Boodn : die Winnter=Bes=tellunk müßde eigntlich länx in'n Gank sein.« / (Unt Pause sive Drohunk.) / : »*Der* mach'das sofort. – Der hatt *heut* erß wieder desweegn geschriebm.« / (Lieber die Hant aufs Hertz; und etwas reibm : es *war* ja auch aufreegnd. – Opwohl nattürlich, (‹Natty›), völlich un=glauphafft : ich hatte, ungefähr, dasselbe Gefühl .....
(..... : Morgens 4 Uhr. Aprill=Grau. Zurück=weichende Fronntn. : denn wir rattern, 1945, auf Ell=Ka=Wehs, feintwerrz, (Jeder 1 Granate als Kopf=Kissn) : Ich als Rechn=Trupp=Führer einer Batterie von 4 verschiedenen Geschützn – darunter 1 15=Zenntiemeetr=Lank=Rohr !; was die Schußtafl=Arbeit zwar schpannender macht, aber nicht leichter; ich werde's dann, nächtlinx, erfahren : Manche=Anndere schlaafm.) / Allso rücklinx=liegend, über den Flug=Platz ACHMER : viele Bommbm=Crater; 1 Flack=Runntwall (‹La Motte› fällt mir ein). / Und dann eebm ein 4 Meeter hoher Kunnst=Wallt aus Tee=Eisn. Oobm drüber Tarn=Nettse; in die sinnlos=fleißije Hennde Föhrenzweige geflochtn haabm. : Da=runnter lagert Muh=Nietzjohn : *WIR*=fahren zur ‹SCHLACHT=IM=TEUTOBURGER=WALLT› : an der ich, ‹laut Wer=Paß›, teilgenommen habe. (Vergleiche MOMMSEN : Die Örtlichkeit der Varus=Schlacht, Oh leck !)). –
: *»Liepsde Tanndte ! –«; (unt jetz'och wohl* ein bißchen was, wie ‹1 Schuß vor'n Buuk› !) : »Was soll ich jetzt schpeziell auf Deine Erwähnunk dieses=jeenis ‹Fetter Schorrse› erwidern; was dach-

tesDu ? – Soll ich vornehm klaagn : ‹Du zerreißest Uns das Härrz, Jadwiga !› ? Oder ehrlich sein, und schreien : ‹Er=Pressunk !› ? –«. / (Sie griente nur reuelos. Langte lästrügonisch herüber; und schtreichelte mir angeregt den Hand=Bauch. (‹Nix=Unzucht› : aber weil man auch von ‹Hand=Rückn› schpricht.) Solche Wort=Wittse liepte sie sehr; es laak bei uns in=der=Familje. (Unt ‹schtreicheln› hatte sie ja ma unverkennbar gekonnt – ich war nahe daran, zu schnurren. (Wie jener ‹Schtumme Herr›; dessen Schwantz sich ja auch, in ihrem Dienst, verbraucht hatte.).) –

– : »‹Schaam› ? ! – : Was'ass da woh mit zu tun hat ! – : *Ich* mein=Kint,« (und den linkn Zeigefinger in 1 Art aufs Brust=Bein, die zumindest jeedn anwesendn *Mann* sofort über=zeugt hätte : verschwannd die Hant doch fast bis zum Gelennk da=zwischn !) : »*Ich* vers=tee unnter ‹Schaam› das ents=prechende Benee'm *fremmdn Leutn* geegnüber. : *Da* iss'as was Faines. Da *kannß* gar nich ‹hoch=geschlossn› genuck geh'n. – : Aber 'n eiginin *Mann* geegnüber ? : Iss'as nix wie Allbernheit unn Ziererei. Unn kann'och – zumaal in jeen'n S=tunn'n ! – jeeklichn Gennuß unner=graabm.« (Und wurde voll=willt) : »Mätchin=saach : Hassu denn *gaa*=kein'n Gennuß da=ann ? !« / (Und wieder 1 schüchtern=schlesisches Murmel=Schpiel: ... ?)

: »Nain mein=Kinnt : Ich maak sie nich !«. (Hertha hatte diewerrse ‹Dichter› als Eideshelfer für mätchinhafte Zimmperei anführn wolln; so ‹Schtorrm & Schtiffter›, und ähnliche Firm'm.) : »Die sinnt mier *viel* zu vornehm & wellt=fremmt : *soo* sieht'as auf'e Eerde *nich* aus ! – Wenn'eer Moont drübm in'n Eichn=Kammp aufgeht – ? : ischa ganns hüpsch, nich ? Ich kuck da woh se'ps manchma hin. – Aber dann muß ich womöklich anschließnd gleich'as Kloh wieder aus pummpm. Oder ner Kuh bei'n Kalbm helfm –«.

Bedeutend : »Es giept eebm Beides, mein Kint. Unt Wer davor die Augn zu machn will, heiß bei mier n Heinie : *Wier* haa'm ja schließlich die Welt nich erfundn ! – Drück'as ma vornehm aus, Kardl.« Und, da ich, (wiewohl schön=beherrscht), leicht auf=zuckte : »Kerl, wo bissu mit Dein' Gedankn ? !« : »Subtegmine-fagi, Tanndte : also mehr als ‹bei der Sache› ! – Du begreifst demnach unter ‹Heinie› 1 ebenso verantwortunx= wie basislosen Geist, ja ? 1 Schönfärber & Schaumbold; der, selbst völlich verkrammft, mit einem nicht minder armseligen als ‹edlen› Wort=Schätzchen kupplerisch hausiert. Enfin : 1 Feiklink & Lügner ?«.

(Sie hatte zu nicken nicht aufgehört) : »Genau das, mein Jung. – ‹Schaumbold› iss übrijins *sehr* fein; na, Du muß die Sorte ja kenn.« – : *»Also sei in Zu=kummft ma'n büschn weenijer* verkrammft, mein Deern. Und mach Kardl=hier das Leebm nich un=nödich schwer : er iss – trotz All'n – n nettn Jung'. –«. (Und wuux höher – : hatten wier *recht* gehört ? *Hatte* Hertha, bockich & frech, gemurrmlt : »HätzDa'n ock genomm.« ? – / Und Pause. / Wir beherrschtn Alle schwer an Uns herum. (*Das* war ja nu *nich* unbedinkt nötich geweesn.) –

: *» Mein liebes Kint. –«; (TH; majestätisch;* & eisich : ‹Hoh=heiz=voll›) : »Wenn ich nochma 40 wär – oder auch bloß *Ende* 40 – hätt'ich ihn Dir *lännx* weck=geangelt : da kanns auf ap !«. (Und den vorn=zugeschpitztn Arm heraus, ‹Schußweite des Wurf=Schpeers›) : *»Das* war *keine* feine Bemerkung, mein Kint !«. / (Und noch so 10, 20 Sekundn ‹einziehen› lassn. – Danach war Hertha sichtlich groggy vor Reue; ihr loses Maul war ja auch bloß mit ihr durchgegangn. (Plus 1 Schüßchen Eifersucht ? ‹Straw shows wind blows› – dann wäre ich ja fast noch … : mir wurde ganz aufgerichtet getröstet geschmeichelt !).

(Das war auch schon wieder 1 artijer Mätchenmunt, was sich da in ihrem Gesicht bewegte; und gebührend klein=laut dazu) : »Iss es nie a bissl nahe an der DDR ?« : »Da hasDe desto eher Aussicht in'ne ettwaije ‹ent=millie=tarie=sierte Zohne› rein zu komm',« tröstete ich; : »Übrijens iss die Landschaft nahezu ‹panzersicher› : die großn Moore.« Und Tanndte Heete beschtätichte, (freilich noch sehrsehr reserwiert) : »Neulich iss'n Rint versunkn. Von Wolters.«

(Immer ab=bittender; gans leise schon) : »Op ma – : hier im Winter Schie loofn kann ?«. : »Da iss mier nix von bekannt.«; (hart, aplehnend; dann, zwar etwas milder, dafür aber ironischer) : »Wenn der Teich=hinntn zufriert – : die klein' Jung' laufn da woh Schlittschuh auf.« / Unt erhoop sich; noch sehr unversöhnt. Wir ließn, geknickt, semmtliche Köpfe hängn; (Hertha schlich sofort in Richtunk Tür, des Entkommens froh). – Aber nichzda : Halt ! / : »Also Ihr überleekz Euch. –«. (Und, fast hochdeutsch vor schneidender Ironie : die gaaps Uns aber !) : »Und laßt mich dann wissn, wie Ihr über ‹den Fall› denkt. –«. (Hertha verdrückte sich auf der Schtelle, und welkte die Treppe hinauf; ich blieb noch zurück.)

(Und schnell, einmal, über den großen Rückn schtreicheln : BE=SENNFTI=GUNK. – / : »Es war aber n büsch'n *sehr* keß, Kardl.« Frech war's; zu=gegeebm. – »Aber diereckt ‹*Hei*=raatn›, Tanndte ? : Ich bin

doch 15 Jahre älter.« : »Och; das machd nix.« : »Jaja; Deiner verfluchtn Tee=orie nach : daß Sie dann desto mehr ‹Freie Jahre› vor sich hat, gelt ?«. (Sie griente schon wieder flüchtich.)
: »Ja vor allem noch dies, Tanndte, zur Klar=Schtellunk : dieser Kümmeltrunk=vorhin – : war doch nich für *mich* gedacht. Für *Hertha* ! Das schteht in Dei'm eignen ‹lantwirtschaftlichn Leck=Sie=Conn›. Bei ‹vermindertm Begattunx=Triep›.« – »Achso –« machte sie, betroffm. / Und, erleuchteter : »Ja hassu das denn noch nie bei ihr probiert ? : ma richtich duhn machn. Unn'denn ...«. – Ich senkte den Kopf : doch; 2 Mal. : »Na unnt ?«. – »Tja das 1. Mal hab'ich nich auf gepaßt; da war *ich* noch *eher* blau. Unt konnte nich. –«. (»Fffffff«; und zwar durch die Naase.) – : »Beim 2. Mal hab'ich dann, vorsichzhalber, bloß Wasser getrunkn – da hat Sie erst an=gefang'n zu heuln : Sie müßde so an ihre ‹schwere Kint=heit› denkn. Und ‹Gefühl› hatte Sie überhaupt nich mehr. – Viel hat Sie *so* schon nich.«
»Ja aber mein Jung' : Du krix'och keine 2 Lieter Weiß=Wein in das Kinnd=rein ! – Oder meinßu, der *Kümmel* könn'das bewirkn ?« Und ratlos=gemeinsames Schweign. – »Vielleicht – : wenn Du Sie fest hieltzt Tanndte; und ich gäb ihr das ein ?« : »Döskopp« sagte sie mechanisch. – : »Unt falls'as klappm *sollte,* Tanndte : mußDu sie jeedesmal in dem Saft untern Tisch trinkn. – Ich halt mich, stante pene, in Reserwe.« Und wir ferdutzdn uns immer noch ein bißchinn.
»Deen Deuwel=auch.« resümierte sie entlich betroffn. Tchaa; man konnte es so ausdrückn. / : »Wer von Euch hat nu eigntlich die größern Mann=scheddn vor den Annern ? !«, forderte sie zu wissn. (Ich konnte wieder einmal mehr nur die Axln zuckn, und betrüüpt dazu. »Frag mich was Leichteres« fiel mir die eewich=glückliche Wendung noch ein.) –
»Ja; das Dinx vonn'een NÄWY kanns mit=nehm. – Muß'ass aber wieder=bringn.« Pause. Langsam : »Beziehunxweise : *Her=Schickn.«* (Ich konnte erneut nur die Linke aufs Herz pressn; und kopfschüttelnd in jener Geegnd schtreichln) : »Du bist so deutlich, Jadwiga !«. –
Aber die alte Barbarin, (Kopf & Bauch=Schpitze mit Reif geferrpt), machte aus ihrem Munt nichts als 1 roten Trichter mit scharfim Elfmbein=Rande : Der Name gefiel Ihr ! (‹Car tel est notre plaisir !›). : »So heißen die *pollnischn* Hedewichs, was ? – Saach ma.« (Und ich, gehorsam der Piastin) : »‹In noch nie geseh'ner Eile

brausnd gleich emmpörtn Woogn, in noch nie=geseh'nen Trachtn kommt die Schaar herann=gefloogn. : Es ist Krißtoff Gonn=Sie=Eff=Sky von Smollensk der Wojje=Woode; der mit seinen Ritt=Gefährt'n manches Roß gejaakt zu Toode.›« (Und Sie nickde gierich) : »Müßd'mann *Aa'llns* kenn'n.«. –
: »Soo.– : Jetz leek Dich noch'n büschn –«; (unt schpöttische Pause; Sie besah mich lange : *war* ich überhaupt 1 echter RICHTER=KÜHN ? !) : »*– Danneebm.* Ich weck Euch inn'er S=tunnde.« (Und, geheimnisvoll) : »Bei Dier iss'ass auf'e Worte geschlaagn : auf'e Fann=Tasie.« / Und ließ mich einfach schtehen. . . . . .

* * *

SIE *beharktde längsd=schoon* mit Fingern ihr'n Kopf. Unt saß auf den Bettrannt. Unt polckte unntn. (Dann noch 1 Schtock tiefer, zwischn'n Zee'n.) Unt sah mich, oobm, schtummfm Auges ann. Schrie gekwählt auf : »Mennsch ! – Ich nehm's Messer !« / : »Aber liebe=l*iiiii*be Her=tha ! . . .« : »Ach ich meen mich doch gar nie : ich meen'n Schnür=Senkl !«. (Achso. – Aber Sie, voll=empört) : »Unt Du hast mier's *nie* aus der Hant gewunndn ? !« – : »Ja Du *hattest* doch gar keins in der Hant !«. (Aber Sie war schon beim ‹Oh, diese Männer !›; und ‹So=was nenn'Se dann Liebe !›. – Unt hatte's entlich auf. Unt schlich herumm; auf hell=grauen Füüßn, vorn aus=gefrannstn : 1 Frau. / In Schlüpp=fern & Büßtn=Hallter; mit glühendem ß=Kallp. (‹Kopf & Bauch=Schpizze mit Feuer geferbt› ? – Die ‹Zwei=Gleisichkeit› des Ein=Falls verschtörte mich irgendwie : Wir, Hertha & ICH, waren schon über zu viel Gras zusamm' gegangn. (Mehr noch über Kunst=Schtein=Flaßter. Im 20. Jahr=Hunndert un=fermaidlich.) . . . . .

. . . . . : *Auf 2 roh=sie=gänn Pann=toffälln*
schtannt, als Könieginn, Sieh=daa. . . . . .«

(Aber Sie zeterte nur) : »Sei ammall da=fonn ruhich jetze. : Jetz sinnt *andere* Sachn uff'm Tappeet. . . .«. (Bitte, gern : Wenn Du prä=ludiren meinst ? Ein gewisses emm=pierisches Tâtonnement iss genau meine Sache. / Aber Sie lekkte mier nur einmal, haßtich, das Kinn. : »Jetz nie Karlle : Hier iss's mit'm Waschn asu schwierich. : Heute Aabmd, in Northorn, kannsDe meinetweegn, – Ich binn von geßdern noch wie unter=kietich.« –
(Sie biß=sich wieder in die Klauen. Unnt Ihr Gesicht fer=filttsde sich ap=weesnd.) / Noch einmal ergriff ich, versuchsweise, den mir über=lassenen Unterarmknochn; unt beweekte ihn heebelich :

Hüppo=Mochlieonn ? – (Sie sah nur zerschtreut zu.) (Einmal henkte Ihr Gesicht=sich über mich; geschtirngrooß. Die gefroorenen Teiche Ihrer Augin. (Auf deren Grunnt ich=Ungeheuer mich langsam reekde.).) –

Zook sich ap vonn mier. / Unt rannte rumm. Unt dis=kurrierte. / : »Jaa jetz potz ammal was.« – : »Potz Sappristi & Karrammba ! – Allso *des*weegn iss Tannte Heete im Sepp=Temmber kurz bei=mier geweesn.« (Unt Reegn nessl=te kurz & willt am Fennster. Sie weißde & dühnte wannt=entlannk.) –

Fer=schtört : »BißDu=Dir über ‹Die Traak=Weite› vollkomm' im Klaar'n, Hertha ?« : »Das möchd'ich *Dich* fraagn.« (Sie juckte sich den ‹Nüschl›.) Jaja : ‹Zu Neuen Uufern›. : »Hertha – : jetz haa'bm wir's in der Hant.« (Und ich nahm, un=auffällich, Einiejes in dieselbe; einmal, früher=bei=Ihr, hatte es minndestins 10 Seckundn gedauert, biß sie – während ich immerfort, treumerisch=suggestief, wiederhohlte ‹Der Folle Moont› – erkannte, daß ich Ihre Rechte Brust ‹in der Mache› hatte. Dies=Mal reagierte sie schneller. Unt rannte wieder wannt=entlank : !). –

: »Naja, Schön=Bäuchlein – : so ganns selbst=loos iss es nu auch wieder nich von Ihr. Du kennst jenen SCHORSE nich ...« – (»Wie sollt'ich'nn ? !«; flappsich; anschtatt sich für das Loop Ihres Abdomen zu bedankn !) – : »Der iss zwar oxich=fleißich; aber auch eebmso gropp & doof. : Bei=*Deem* befindet Sie sich, binnen Jahres=Frißt, auf dem, mit Recht so genanntn, ‹Alltn=Teil› !«

: »Während Sie=Unns auf's Heitersde regierte; und sich noch ammüsier'n würde, wie der Jabberwock=persöhnlich.« –

– : »Ohnein ! : Türanniesiern nich ! – Das tut Sie nich; Sie iss im Grunnde sehr gut=mütich. – Wie Alle=KÜHN'=RICHTER. – : Und Du warsd vorhinn *sehr* frech, Herthielein.« (Sie schluckte's. Sann jedoch sichtlich auf 1 Erwiderunk. Unt klaagde) : »Wo Se mich aber doch verkuppln will. – ?«. (Da richtete ich mich zu voller Länge auf) : »Hertha : ‹Ver=Kuppeln› ? ! – *Ich* schenkte Dier – ewwentuell ! – meine Hannt : ICH, in meiner Gůttheet ... ?«; (unt Sie lachde weenichstns; gekwäält, aber immerhinn.)

: »Hertha –« (ich; liep=mahnend) : »Sie hatt Dier=Unns prackdisch 1 sorg'nfreies, gesunndes Leebm an=getraagn; 1, das die Seen=Sucht Hunndert=Tausennder darschtellt ... : ? ... : Nee, Hertha. Es war *sehr* häßlich von Dir.« / (Sie hockde sich an die fernsde Holtz=Want. Und saß, über Ihrer Bein=Schleife. (Im dick=machenzdn Nee=Glieschee.) – Ich blätterte, (um Ihr & Mir Zeit zu lassn),

wieder in May's Confession'n ... : ‹Ich will den Sau=Kerl nicht mehr sehen !› hatte seine ‹Bestie› nach 20 Ehe=Jahren geschrie'n : ‹Er ist mir zum Eekl; Er muß fort !›. – Und sah prüfmd hinnüber : ? Noch bissDu schlank, ja=dürr; unt root=haarich. : Aber in 20 Jaa'rn ? ? ...)

»*Vielleicht treum'm Wier ja* auch bloß –«; (mehr um 1 Art Apschluß zu ‹gewinnen›; ich fannt mich da selpst nich mehr zurecht : der ‹Gordische Knootn› mag in seiner Art ganns gut geweesn sein; aber im Vergleich zu dem Vorschlack=hier ...). / Auch Sie erhoop sich, sommnammbuhl. Schtellte sich vor mich hin; (sodaß ich in jeder Hant 1 Hüffde hatte. Buhl) : »Woß binn ich'nn eigntlich ?« Antwort : »1 Mätchinn, das beim Anblick von etwas Prostata=Flüssichkeit in Thrän'n auszubrechn imschtande iss.« (Sie erwiderte zwar »Du Gaaml.«; widerleegte jedoch ansonnstn meine Deefieniezjohn nicht. – : Op wir nich'*doch* treumtn ?).

– : »Geh doch noch ammall runnter; fraagn.« – : »Nee=Hertha : ich=nich ! – Ich weeß nich – – : Ich gloop, ich haap Anxd.« (Und mehrere bittende Küsse; in den ‹Freien Raum› zwischn Gummi=Zuck & Tütchinn. Sie hielt sich an mein'n ‹sitzendn› Schultern fest, als sei ich 1 Gellennder. Schteckte auch den linkn Zeigefinger in den Munnt; und fraaß an dessn Schpitze. (Unt ich immer ‹in den Freien Raum›. – Sie blies=schpuckde das Haut=Schpänchen über mein Haupt=weck.)

: »Dann geh ich noch ammall ...«; (und, ehe ich Sie noch aufhalltn konnte, warf Sie sich Ihr – schwarzes ! – Cape über –) : »Schwarz über Rosa=Hertha : Ich weer verrückt !«. (Und Sie, in der Tür, in schullterblättrijem Trieummf) : »Das iss recht ....« :

Klapp : allein ! / Und, mechanisch, blättern. (Möklichst weenich denkn, in=zwischn. – : ‹Solange meine Bestie leept, wirt sie mich wohl nie in Ruhe lassn.› : Das muß man sich ma richtich vor=schtelln : Wie ich bei Docktor ‹Weh› künndichte ! Entlich=maal ! : Was würd'ich dem Arschloch erzähln ! (Diesem knieweichn Schwaabm; der sich ein=bildete, er könnte, ungeschtraaft, den Schtier von Uhri als Dauerrolle schpieln ! Ich war natürlich nicht primmietief genuck, mein'n Geegnern nu diereckt den Todt zu wünschn; neenee : eher das ‹Eewije Leebm› ! Aber diesem alltn Wandervoogl & Wehgehtarier hätte doch Einijes gebührt : *so beschränkt* war der Eelende, daß er den Menschn, den er schlecht machn wollte, vor sich schtehen haabm habm mußde ! : ‹In Toon billdete› er, ‹in seiner Freizeit› : feinsinnich & doof !)

Erkenntnis : ‹Zumm Dierecktor muß man dämlich genuck sein !› –
(Und ich duckde mich tiefer : einerseiz wär mann ja'nn Idiot, wenn man hier nich ... : Kein'n Scheff mehr; kein' Fabbriek=Geschtannk : keine Ammie=Attohm=Kannohn ...)
»Kee Katz=Buckln mehr. Kee Teele=Fohn. Keen' Kolleginn'n=Neit.«; ergennsde Sie, noch von der Tür her. Und zerknüllte sich, entwurzelt, die paar Finger. / : »HassDe gefraagt, op's schtimmt ?«; ich; enxtlich. Und Sie, brummich, (weil Sie sich auch ‹entschuldicht› hatte) : »Jaja. Se waa glei wieder gutt.« Unt, schon wieder keß : »Se hatt'Dich ann ‹Feiklink› genannt. – Unt nochammal ann ‹Klohn›.« : »Unt Du brinxt nicht Ihre ap=gedrehte Naase mitt ? !«. (Sie ließ mich 1 zeit=lank zappln. Dann; ernsthafft) : »Ich haap gesaakt : das schtimmte nie ganns. Du wär'st ock hertz=kranck. Unt's'wär mehr Galgn=Huhmohr. – Opwohl De nattürlich, wie alle Männer, schtarke Anlaagn zu Beedm hättzt.«
(Also weiter auf dem Bett=Rannt sitzn. Und weiter verdrossn schtaun'n. / Sie schlennkerte mit den (leitlich=lang'n) Bein'n. Unt besah an=gewidert 1 Schaam=Haar, das aus dem wunndervoll=winntziejin Schlüpfer herfürwitzde : opp der greßlichn eigenen ‹Ent=Wicklunk›) : »Denk jetz gefellichst amma an was Anndriß ! – MeensDe *ich* hätt'as *nie* satt ? !«. (Das Angeschtelltn=Sein nämlich. – 1 Wenndunk war intressant : ‹Die aale ungesunde Tunndte›. : ? : Zu=Deutsch etwa : ‹Meine bucklije, unleitliche Vorgesetzde›. (Freulein Münchhoff also; ähä.) : »*Ich* begeh' für mein'n Scheff ooch keen' Morrt, Hertha – wie H.G. Trunnion.« Sie nickde nur : »Der aale Raasn.« murmelte sie beschtätijnd; (aber das war wieder frappant : etwa vom Etruskischn ‹Rasenna› ? – Also dies's Schleesische !).
: »OchliepsdeHertha : ‹Mitt=Gifft› ? ! : Was ist das ? – Du hast'och, von Dein'n Elltern, n ‹Erp=Schein› !«. (Unt wier feixtn Beide bitterlich : was die so mitt'n Flüchtling'n machn; ‹unsere› Regierung'n !). –
: »Mädchen was hummt Dein Munt ? !«. – SIE eugte, weit=apweesndn Blix, an jeeder Seite meiner Schtirn vorbei; nackde Augn, unter deenin Wort=larfm krochn; (mann mußde schon gans genau hin=hör'n. Unt Alles zusamm'=deutn, um sie zu verschteh'n : die verschämt=sich=übereinanderleegndn Beine. Den probierendn Munnt. Jetzt senktde sich's sinnend. Schüchtern errötete das Bäckchinn. (Die Finnger griffm sehr langsam an der Bettkannte.) – 1 Fuß=Schpizze hoop sich, zwex Besichtijungk ...)

(((Fast unverneembaar : . . . »Künndiejunnk weegn Hei=raat . . . ?«))). – *(Auch ich nickde besorkt : jajaa=jaa. Unt versuchde,* Gedankn zu haabm : unsere Da=Seine *noch* fester aneinander=koppln ?. – Und Sie, in entsetzder Trauer) : »SissDe, wie De schonn's Gesicht ver=ziest ? – Och, das hat gaa keen Sinn !«. (Aber ich echzde *so* echt; und riep & zischfluuchde) : »Mennsch – : Waadnkrammf=doch !«; daß Sie sich wieder etwas beruhichte; (das krickde ich neuerdinx ooch alle Naasnlank – mann wirt immer weenijer !). / Nickde aber – ich; noch fergretzt – : »Jajaa. – ‹Hertha Richter; geborne Theunert› : da würzDe entlich wieder ehrlich gemacht.«
Schoon schnellte die Otter auf ! Schtrack; blitzndn Aux. Mit Feustn, die ‹DU ! ! !› machtn, wies Sie den Fank=Zahn ! ! / (Und ich – so un=wirrsch wie möklich : ich hatte schon zuviel über die Wirkunk von Schlangn=Bissn geleesn; unt Wissn lähmt) : »Nu, ‹THEUNERT› : woheer kommt schonn Theunert ? – : Aus'm Tschechischn kommz; von ‹TEJN›, gleich ‹Gauner=Tagediep=Beutlschneider›.« (Und die Arme war, im Lauf unsrer Bekanntschaft, von meinem aufreizenden Überfluß an wahnwitzichst=entleegensten Mienuziejin doch schon so beeindruckt wordn, daß Sie mir auch das ap=nahm. – (Wenn Sie erst würde das ‹Große Gesetz› erkannt haabm : daß ich dafür, ‹zum Ausgleich› von wirklich lukratiewn Dingn *nischt* wußde ! . . . Jenun, Sie würde mich noch früh genuck mit der Tür vor den Hinntern schlaagn. / Zur Zeit klaagde Sie erst noch wütnd) : »Mennsch, Du lüüxt !« Und ent=blößde seufznd den Eckzahn schterker. Machte Krellchen geegn meine (fortschrittlich schwach=behaarte) Brust; und rief – es wirkte *so* natürlich völlich un=überzeugend ! – : »Ich beiß Dich=Du !«. – : »O=Ich hättz gerne. : Dann müßtn wir sofort ne Geegn=Einschpritzunk vornehm'm . . .«
»Och sei ock=amma vernümmftich, Karrle ! –«. : »Du sollst mich nich immer ‹Kalle› nenn'n ! ‹Kalle› bist höchstns *Du* : ‹I schön Schir, hüpsch & bescheitlich, Rauffe Textor, sing ich Dir; und der Calle, Deinem Maidlich !›* – : Na ? !«. : »Du wirst tatsächlich immer tälscher.« : »Unt Dier=Hertha, würde Ich emmfehln, nich immer gleich ‹tälsch› zu saagn, wenn Du ma was nich verschtehst : Unsereins windet Dir mühsam die erleesnstn Reede=Bluum' zum Krannze . . .« (unt ap=winnkn; hat keen Zweck. Halt : dies noch) : »WeißDu, was ‹Steffannó=Plockoß› bedeutet ?«. Aber Sie, hinterhelltich=unterwürfich : »Biß jetz haßDe ma bloß ‹Siefieliß=trattoß›

beigebracht –.« / Da leekde ich mich doch zurück; unt wandte der Verworfenen entgülltich den behaartn Hinter=Kopf zu.). –

(Unnt an=geschpannt döösn. . . . . .) –

: Doch noch 1 Mal herrumm : Zu Ihr ! (Unt in 1 Wildnis schtarren : so dicht unter diesem rootn Haar die vieln Gedankn ! – Mann muß ja, als master=mind, vergeebnder sein. : Nachsicht mit dem schwecheren Gefäß) : »WillsDu schlaafm ? – Oder, ganns kurz nur, noch die ‹Russische Lösunk› verneem ! ? – Das ‹Geheimnis der Frischn Leeber› ? . . . . .

. . . . *wahrlich kuriohse Gebreuche, diese Strelitzn !* – / (Wir waren auf unsre persönlichn, ja, Familiejn=Verhältnisse, zu schprechn gekomm' – : bei »Meine Tanndte Jadd=wiega« klopfde er sich jeedesmal die Schtiefl=Scheffde . . . . .

(2 Hände fuhren an 2 Ohren. – 2 (doch : *sehr* hüpsche !) Beine schtrammpltn; halb lachnd, halb klaagnd : »Ochnee, nie=Karlle ... !« : »Jetzt gerade : für dieses wieder=wiederholte ‹Karlle› ! . . . . .

. . . . . *: op das bei Denen Sitte war ? : zum Namen* 1 Verwanndten 1 gans beschtimmtn Körperteil zu berührn ? – Woran tippt er da wohl bei ‹Frau› ? Es gelang mir nicht, das Geschpräch darauf zu bringn; es hätte mich intressiert.) (Und ‹Tanndte Jadd=Wiega› schien tot ? Und er=an=ihr gehang'n zu haabm ? Op ich *hier* noch ma weegn GOtt=und=so einzuhaakn versuche ? –) : »Und Sie machen sich also *gar* keine Gedankn darüber, was nach ihrem Tode aus Ihr gewordn sein könnte ?« Und er, erschtaunt : »O abärr=doch. – : Tanndte Jatt=Wiegaa ? – : ! !«; (unt wieder dies verdammte Schtiewl=Geschefftle.)

*(Und sank doch auf die nächst=größde Bimmsschtein*knolle : Oder. ? – : Begriff ich recht ? !) / Ja; ich begriff recht. – : »Beide ? ?«. Und er nickde kraftvoll : »Beidä Schäff=dä : jaja. – : Gutt : Weich : Gä=schmeidich.«. – (Und ich gaffde noch 1 zeit=lang ‹Tanndte Jadwiga› an. . . .

‹Pro patria mori› also ? – Er beschtätichte mit Kopf & Zunge. –

: »Die unnütz=Alltn also ?« –. (Und Kopf & Zunge.) –

»O –«; und wiegte ihn in tamerlanenem Gleichmut : »so mit 60, 65 : die Ärzde ent=scheidänn.« (Weenichstns nich die Polieticker : die ließn ja sonnst die ganze Opposition auf Sülltse verarbeitn.) / Und verarbeitn. . . .

: Also die Ärzte schtelltn den ‹genauen Zeitpunkt› fest; schpritztn den Betreffndn schmertzlos weck – so daß Alles verwertbar bliep;

(und mußtn ihn dann allerdinx noch tranchir'n – wobei sie gleichzeitich noch, wie raasnd, Anna=Tommie lerntn : Arzt=Fleischer.) / : »Ja, und Sie verweertn *was* Alles ?« – Jee nun; *Alles* : »Bra=tänn, Schinn=känn, Wurrßd : Gä=Hirrn.« (Das Gute ins Töpfchinn; Dubioseres für die Polarhunde.)

(»‹Selber schlachtn›, hat Se gesagt –« schprach es, foor=nehm & unn=zufriedn, neebm mir. Und, erregter : »Au=u ... Ich wollt', ich hätt gar keene : ich schneid se noch amma ap, und geep se Dir. Du weeßt : ‹Geröstete Frauenbrüste sollen wie Banan'n schmeckn›. – LeßDe loos jetz ? !«; und hackte verwilldert mit der Ellenbogenschpizze hinter sich : nach mir ! : »Potz Urim & Thummimm, Puppe, Du zer=haust mer de Brille !« : »Nimm se doch ap !« / (Und hielt immer noch, erschüttert, ihr Gliedmaaß, das anschein'nd nicht ungern noch mehrfach auf mich herabgeschtoßn wäre : »Mädel bissDú dünn ! – Dier würde so'nn 30=jährijer Land=Aufnthalt ooch ma nischt schaadn .....

..... *Knochn & Knorrpl ? – : »O : Leim.* Knöpp=fä Knochänn=Meel.« / Aus den Haaren demnach Geweebe, »Wie schon aus den Bärtn, ja ?«. Und er nickde : Maddratt=sänn uhnd Roß=Haar=Sokkänn.« / : »Die Därr=mä ? : Oh=Wurrßd=doch. Odär zum Ver=Nähänn der Wunndänn : niecht ‹Cat› mehr : ‹Man› ! Es ist vielviel bässärr.« (Hoop auch tännzerisch die Linke, in die Luft über der linkn Schulter; die Rechte klimperte gewinnend in der Maagn=Geegnd.) : »Sai=tänn; für Balalai=känn : Plämm=Plämm.«

Die Felle gegerbt – nun war ja nichts mehr schwer zu erraatn – : aus den gröberen Bauern Sohlen. Aus Intellecktuelln Ober=Leder. Kinder ergaabm die feinstn Buch=Einbände. Junk=Frauen ...

(»Ach nie, Karlle; bitte nie schwei=niegln – s'iss so schonn ... : Opwohl nattürlich was drann iss.«; (dies letztere mit ganns veränderter, unmädchenhafter Hallpschtimme .....

..... *Die Schädl ergaabm die – auch in Germaan'n=Kreisn* wohlbekanntn & belieptn – Trinkschalen für Andersdenkende : mit Fuß & Golldrand zähltn sie zu den begehrtestn Wottka=Geschirren .....

(: »‹Rosamunnde› –« flüsterte es, nachdenklich & gebildet, lännge=lannk neebm=mier. : »Auch ‹Wieland der Schmiet› verschtant sich ausgezeichnet auf deren Anfertijunk, Herzchn ! Lord Kitchener von Khartum ließ sich aus dem Schädel des Mahdi ein Tintenfaß bereiten. Und sei überzeukt : diewerrse Pollieticker des ‹Freien Westns› würden sich arg gern aus echtn ‹Krusch=tschoffs› und

‹Ullbrichz› zu=proostn : ‹Bonn› und ‹Neander=Thal› liegen verdammt dicht beisamm .....

..... *(so=also löste sich bei Denen – ja, darf man* ‹zwanglos› sagn ? – die Schmierfettfrage. Und die nach Knochnöl. – / Op man nich'doch ma im Kongreß, so ganns unauffällich=sachlich=antippmd, über diese ‹Russische Lösunk› reeferrieren sollte ? (Ich war schließlich noch nich ma 46. –. Die ‹Frische Leeber› würde man natürlich weck=lassn müssn.) / Und ‹das Volk›, das immer=vorurteilsvolle, an Begriffsbilldungen wie ‹Leichn=Schuster› zu verhindern, würde auch nich gans einfach sein. (Vielleicht ließn sich im AT n paar Schtellen auftreibm; unser Rewwerend, der Wilkins, war ja modern, für alles Neue aufgeschlossn – so'nn paar länglich=immpressiewe loci palmarii; so ‹Zwote Samuel 21 Vers 1 bis 9› oder ‹Zweite Könige 16 Drei›, würden die Sache natürlich maaßlos fördern.)

(Und die ‹anfallende› Seife erst ! – Selbstverschtäntlich würde man ein'n besonders geschicktn Tarn=Naam' ausdenkn müssn. – Vielleicht ‹Living Soap› ? : Weil sie so brüsselnd schäumte ? (Klaa ! Da wäre die ‹Heerkummft› am siegreichstn verdeckt, Potz Edelkirsch & Rosenmilch .....

(»Du bist'a Lummp –«; dösije Bewunnderunk. Apweesnd & lank neebm mier. Und zwar gleich *so* lank – aber sie warf sich sofort auf die andere Seite, und zook sich in Apwehr zusamm'm; mir blieb nur die rosa Hinterfronnt. : »Nischt wirt draus !« (Dann aber, verschlaafm=besemmftijend, doch noch einmal) : »Jetz nie. Heute Aabmd.« (Unt pennte mir unter den Hänndn weck – zuminndest tat Sie so .....)

(Seßhafft=seßhafft : das war das Wort. Ich reißde ohnehinn nich gerne. Und betrachtete Leute, die lieber Länder als Kartn sehen, prinn=zie=pjell zunächst einmal mit Reserrwe. / Verhungern könnte man, mit soviel restlichn ‹Morgn› schlechterdinx ooch nich; und wenn mann schlimmstnfalls Kardoffln & Gemühse an=baut. / ‹Bäume flanntzn›, wie die Fein=Sinniejn sich's einbilldn, nich : daß die dann auf einmal hinter Ei'm übers Haus raagn, und man sich entsetzn muß, was ? Neenee.)

(Aabmz Demonstratzjohns=Vorträge über Aßtronnommie; ‹Für Damen› : ‹Briefe an 1 Prinn=zessinn› : 1 Apfelsine als Sonne; Wallnüsse die Planneetn; darum ihre Haasl=Moonde. (Oder, *noch* einprägsamer, kleine Erdnüsse ? – Aber die mochte TH zu gerne : nachher fraaßn mir die Beidn jeedn Aabmd das ganze Planneetn=

Sissteem auf; und ich konnte täglich 1 neues schaffen, was ? Neenee.) / (Untn, das Unterhalltunx=Zimmer *rot* tappezieren lassn : da kann man sich, vom vielen Lügen errötend, immer uff ‹Widerschein› rausreedn. – O=jee : Wieviele Häuser & Be=Hördn müßde man da nich uff der Welt rot tünchn unt täfln !)
(Aber ausgerechnet ‹Hei=Raatn› als Ufflage ? – (Nich weil ich etwa grundsätzlich immer n halbes Dutzend Weiber gleichzeitich haabm müßde : *Ich* weiß mich aufs unmenschlichst=würdichsde mit *Büchern* zu beschefftijin : *Eine*, die brav ließe, genügde mier vollschtändich.) / Aber ich hatte bei verheiratetn Freundn allzuoft erleept, was aus ‹Ehen› im Lauf von 1, 2 Dezennien so zu weerdn fleegt – : hier laax ja neebm mier, uff der Eerde ! (Ma auf gut=Glück uffschlaagn; nich daß es irgndwas ... : ? : –
‹*Die Bestie aber* schien vorzüglich geschlaafn zu habm› – : sissDe !). / (Und ‹Kara Benn Halef›, diese Verkörperunk May'licher Seen=Sucht nach 1 Sohn & Schüler – wie un=realistisch ! Neenee; da hatte Tanndte Heete vollkomm' recht : Mit *meinem* Willn soll kein Mensch in diese deutsche Idiotn=Welt hineingebor'n weerdn !). – ((((Völkerschaftn ohne Kopf / ein warmer Fluß (‹1 Amazone saß auf der Kwelle›) / 1 sehr große Säule / 1 Brief mit Mohnkörnern darin / schwarze Schteine im Fluß, die schwarz machen / 1 Berg mit golldenen Kettn / wilde Menschn sitzn auf Felsn; sie rühren sich nicht / 1 Katze mit 1 Zitron'nscheibe im Munt / Abgeordnete aus Holtz, der rechte Arm zum ‹Ja› erhebbar / 1 Satyr, der eine Schüssel mit Harzer Käse überreicht / 1 Birkn=gruppe, ganz mit Röhricht umgebm / Bäume, die bis 18 Uhr waxn, dann verschwindn (ihr Harz mit Schwämm'm abgeschtrichn; die Sammler werdn von unsichtbaren Händn erschlagn) / 1 kreisrunnde Wiese am Fuße des Berges, in dem die Höhle ist : Schmidt & Schlotter komm'n von 1 Bettler geleitet, aus einem dickn finsteren Dorngebüsch. Auf der Burk sieht mann in 1 einzijen Fenster Licht. Der Bettler schnaupt und kriecht unter den Dorngeschträuchen umher. Geegn Süd=Süd=West ist der Himmel feuerrot. / 1 schtockfinsteres Land. 6=fingrije Menschn in der Nacht / totschtreichelnde männerfressende Weiber, die Schienbeine lang behaart. (Durch Ameisn vertriebm). / 1 Germania, gans aus Blech, Schildbeifuß, mit dem üplichn metallenen Büstenhalter : im Nabl 1 Schlitz, um Geldschpendn für die Wiederaufrüstung aufzunehmen. Dann ertönt das Pausenzeichn. / 1 Taucherglocke, um die Kriekführung der Fische kenn'n zu lern'n / 1 Mann mit 1 so

langen Eichel, daß sie 1 Kastell wert ist, will die hinteren Gegenden der Wüste, nach dem Himmelberg zu, kenn'n (lebt übrijens angeblich nur von Hagebuttn & Rübm) / 1 neblijer Ort, wo man an Schnüren geht : dort beschloß ich, alle Götter ab zu schaffen, Muthu Emausai. / Wie schon gefürchtet, anschließend das gebirgije Thal, und der Weg, den wir hergekommen sind, nicht wiederzufindn. Große Beschtürtzunk in der deutschn Wehrmacht. 1 Teufelinn, roothaarich, ruft unter 1 Schtein hervor : daß Niemannt hier mehr raus komme, wenn nicht Einer freiwillich zurückbleibe – ich kann mich nich dazu entschließn)))) ..... : ?

: ! – / : ! ! – / : ! ! ! –

: »Hertha=komm ! – Ermunntre Dich. : Oder ich *küß'* Dich wach !«. (Diese Drohunk verfink sofort. / Und schnell an=ziehen. Wir warfen die Sachen um uns.) –

: »1 ‹Traum› soll ich Dir erzähl'n ? : Mädchen, ich hab doch kein Auge zu=getan ! – AbergottwennDu drauf be=schteest ? – Bitte : Mir treumte, wir lägen neebm=einander & liep=koostn. – ‹Soll ich 1 Finger neem, oder 2 ?›. UndDú, immer schön=geschlossenen Auges, schlicht : ‹2.› Gesagt=getan. Und es wurde dann *sehr*=sehr=schön. – : Anders treum'ick nie von Dia, Puppe.« –

: »Schaam=loos ? – Aber Hertha=Dear, nein ! Das hat TH Dir ja schon auseinander=gesetzt. : Wenn Du dergleichn Eußerung'n natürlich zu einem Unbeteilichtn=Drittn tätest ...« (Schon rüttelte Ihre Faust an meiner Naase. Aber doch auch – mit dem behaglich=entrüstetn Seufzen der begeertn Frau : »Du bist unverbesserlich.« : »Ich will an=nehm', daß Du es im gutn Sinne meinst : ‹Second to None› ?«). –

: »Nee Tanndte ! : Sehr lieb von Dir; aber zum Kaffe=Trinkn iss keine Zeit mehr. – Bedenke, wir habm 300 Kielomeeter bis nach=Hause.« Sie nickde auch nur sachlich; sie hatte es erwartet. (Das ‹Schtullenpakkeet› bekam Hertha schtumm in den Ellenbogen gedrückt.) / (Auch kein' Kuß auf die Backe diesma : bes=techn tun wir hier nich ! – Aber die Reegnschlange schprang in lang'n Sätz'n aus ihrem Loch.)

‹Ping=Pong oder der Regen auf dem ISETTA=Dach› : meine Brillen machte er sofort zu Prottoplasmascheibm. (Das Haus 1 Klotz aus Rauch; die Bäume dürr=verwischte Geschpennster, viele von ihn' nich ma mehr in Lummpm.) / (‹Nichtsniemandnirgendsnie› – ganns haßdich; Hertha ließ schon den Motor an – ‹Nichtsniemandnirgendsnie› : Die Uhwertüre ist Wein'n; Röcheln das

Fienale; dazwischn Possn & höllische Dissonantzn !). / Und ap; gesenktn Kopfes; durch die Reegnmasse ...
– *Sie nickde undurchdringlich, TH.* Schtant breit in ihrer (‹Unserer› ?) Thür; unt bürstete sich die gewalltije rechte Hinter=Flanke langsam mit der Hand. Noch naaktn uns die Tropfm im Gesicht. (Dann auch mir nicht mehr; nur noch Ihr=allein : Wir weerdn von all'n Eelemenntn zum Bestn gehabt !). –
: ! : !! : – –. – / ..... / .....

* * *

(Und sitzn im Gehoppl. / Lange. / Die Fensterscheibm rütteltn an ihren Rahm'm, und fluchtn glirrich. – Lange.)
(Einmal reegneten Ihre Finger nerwöhs seitlich ans Schteuerratt) : »Amma angenomm'. – *Falls* ma's ins Auge *faßde* – : müßt ma da nie besser apwartn, biß'e's Lant verkooft hat ? Daß's Gelt dann ooch tatsächlich da iss; was meensDe ?« – : »Ach das iss Kwattsch ! Das Lant iss da, das weiß ich. Und mach'n würt'Se's auch.« (Und wartn, daß die Auf=Fahrt zur Bundesschtraße 65 frei wird. ‹Ob=ob=ob ?› zweifelte es auf unserm Schiebe=Dach.)
: »WillsDe etwa, zur Ablenkunk, noch'n Bissel weiter hören, Hertha ?

> ..... *So die Schtänkereien der riewaliesierenden* Mattematicker; anläßlich ihrer Grenz= und Grat=Messunk im MARE CRISIUM? / Wie se sich Fehler nachzuweisn versuchn : der ‹Russe› schpielt natürlich den höchstn Trummf aus, als der BRUHNS – die US=Amerikanische 7=schtellije Loggarittmentafel von 1945 – für log ctg. 0° 18′ 9″ den falschen Wert 2. 287 5932 hat : »Ärrnst=zu=nehmendä Tafälln habänn dort eine *3* ! – Konn=Spieratzjohn kleinärr Fehlärr.«
> *Und wie der eine Ammeerie=Kahner* zu parieren versucht; mit dieser tiefsinniejin Ent=Deckung –

(»Paß ma auf Hertha; das wirrt'Dich intressier'n –«; (dabei wußde ich nur zu genau das schmertzliche Geegnteil. Suchte aber doch, fingernd, in meinem geflecktn Heft die Seite ... grau=schwarzer oder grün=schwarzer ‹Wollkn=Marrmohr› : ich liebe solche Heffde ...) : »Hier; kuckma .....

> ..... *Zentral=Wert log sin 11° 20′ 20″; gleich* 9. 29360 93154. – Und nun folgender kurioser Umschtant : daß bei den benachbartn Weertn, von ihm nach oobm & untn aus=gehend, die Ent=Ziffern einander nahezu gleich bleibm :

Differenz :

20′10″ = ... 43022	0	... 43022 = 20′30″
20′ 0″ = ... 92626	0	... 92626 = 20′40″
19′50″ = ... 41965	1	... 41966 = 20′50″
19′40″ = ... 91040	2	... 91042 = 21′ 0″

(: »– undsoweiter.«; ich; anxtvoll; (Ihr Blick schien an Härte immer noch zuzunehm' – also nur rasch vorann; vielleicht reißt Sie die Fülle der Ergeepnisse mit ?) : »Ähnlich ‹zentral=geleegene› Werte sind – richtijer : haben sich bei flüchtijer Durchsicht des VEGA'-schen THESAURUS LOGARITHMORUM ergeebm – ä=log sin 8° 20′ 50″; log sin 8° 1′. Und vor allem – sehr frappant, weil ein so besonders großes Inter=Wall umfassnd ! : log cos 41° 9′ 0″; wo die *genau=gleichn* letztn 3 Ziffern, sich über die nach oobm & untn anschließendn 10 – in Wortn : zehn ! – Werte erschtreckn ! – Da bißDe platt, was ?« / Sie war nichts weenijer als das. Schprach undeutlich aber fest etwas von ‹Brot=loosn Künnstn›, von denen ‹kein Mensch leebm› könnte. (Und *Zweie* schonn gleich gar nich, was ? : Potz Nasik & Aha Frost : DenxDe ich geep meine epochemachndn Schtudien uff; und schaff mier dafür n Zerr=Berruß an ?). Süß=fortfahrend) :

»WillsDu nichz mehr hörn, Herthie, von

..... *dem ‹Meteor=Hagel› ? (Wo sich natürlich* Silberschlax ‹Hagel=Terminologie› wiederschpiegeln täte : wie Tief=Flieger=Beschuß !). / Und Charles Hampden folklich sehr in sich geht : 1 neues Leebm beginn'will; nischt wie reine Sittn & Wieta=Nu=Owwa.

: Nichts mehr vom – ach so fein vorgeplantn ! – ‹RAUP DER SABIENERINN'N› ? (Den sein slater=Kolleege Dschordsch aus=knooblte.) : Internatzjohnales Schportfest im MARE CRISIUM : ‹100=Meeter=Lauf der Damen›; in Raumanzügn. Und wie dann – oh umgekehrtes Entsetzn ! – die vierschrötiejn Russinn'n ein paar Amerikaner entführen ? –

: Nichts mehr vom ‹Hampden=Plan› ? : Wie Der vorschlägt, Alles zusamm' zu schmeißn ? / Mit dem Ergeepnis, daß man ihm so weit ‹entgeegnkommt›, anschtatt der Lautschprecheranlage 1 Ausrufer & Nachtwächter einzuführn. (Der natürlich, aufgrund 1 Intriege von Kriexmienister O'Stritch, Hampden=selbst wird. / Und dann; bei seinen allein=nächtlichen Peere=grienatzjohn'n, mit Allumienijumm=Schpeer & Bimmsschtein=Horn; ausgiebich Zeit hat, über das Probbleem der ‹Völkerverschtändijunk› nach=zu=denkn ? – .....

: *Nichts von dem neu=eingeführtn, alljährlichn,* an Teilnehmerzahl schtändich abnehmndn, ‹Marsch der Veteranen› : derer, die noch die Erde erlebt habm : ? ‹Heute starb der letzte unserer Bürger, der …› ?

: *»Das Alles willsDu also –«*; (und jetz ruhich auch ma droh'n !) : »Ich verschtehe Dich recht, ja=Hertha ? : *nicht mehr* hören ? !«. / Aber Sie, vom roten Wirrbl bis zur knochich=klein'n Zehe gans Göttin der Aporie, um=hallsde mich anläßlich der nächstn Bremmsunk doch auch wieder derart geschickt ! – Und bat verschtört : »Jetz nie Karlle : ich *kann* einfach nie ! – Vielleichd schpäter=ammall : Sei nie bööse.« / (Und weiter im Gerassl sitzn, & wartn : besoffene Winde waltztn überall mit sich selber davon, und fiffm noch dazu; müssn gute Lungn habm; keen Hertz=Aßt-maa.) / (Einerseiz ooch gans gut, daß Sie nischt mehr wissn wollte. Ich dachte doch auch immer mehr ‹dran› …)

: *»Du, das Schtull'n=Packeet* mußDe Dir ma ansehn, Hertha : Iss *das* raffieniert !«. Ich fütterte Sie, deren Hännde (‹reeksam; ohne Leebm›) ja nich frei war'n, mit Mettwurst=Bissn. Und Deckchen aus Schinkn. Und Leeberwurst=Scheibm. : »Sülltse gefällich ?« (Und kauen; & überleegn. / Zu den geegnseitijen ‹Schmeckt›=Fraagn nickn. Lange.) / (Und Schalltn=Halltn=Wieder-Hoppln.)

: *Und riß auf einmal* – gleich hinter BAD NENNDORF war es – das Schteuer herumm : ! (Daß mir graute ! : Sie book in 1 nichz=würdiejen Seitnweek. Und zackde 2 Kurrwn=Schtücke. Und fuhr wieder vor bis zur Bunndes=Schtraße.)

Unt schtannt. Willt. Mit zusamm'gefress'nen Lippm. Duckde den Herrinnen=Kopf. (‹Pulafuca=Pulafuca› : oobm auf dem Dach wurde es gleich hörbar lauter !). / Und fremde Autos grün=roteten vorbei; die Tech=Nicker war'n geschefftich. / (Und der Gedanke an Ihre Purr=puhr=Lappm durchjuckde mier die Lenndn; unt endete in 1 Schpizze.)

: *»Worann denxDu !«; (Sie; schtrenge). – : »Wenn ich nu* saak : ‹Grüne Bohn'n & Hammelfleisch› ?«. (Also dachtn wier, unaufhörlich, an Ein=und=das=Selbe. Jawohlmitrecht.)

: *»Dann müßtesDe nattürlich soforrt* zu mier ziehn. Daß wa noch was schpaarn. – Mitt'er Ferloobunx=Anzeige, und'm Uff=Geboot, vom Schtandes=Ammt, erlauptz meine Wirtinn beschtimmt.« / (Klaa; voluptuaire Dépensen könntn Wier=Uns dann nich mehr erlaubm. – Schon troppfde es schtrenge & warnend dazwischn : lohnte es sich noch, weegn fümf Jaahrn 1 mouvement zu machn ?

(Das heißt : in Giffendorf würdn vielleicht doch noch 10 draus; bei Schtille & Solchn=Schtullnpakkeetn ? – Üpriejns auch das eegaal : jeede Fütze wartet schließlich mit Lebenndiejim auf.) / Und das Wasser rechnete & wexelte in unsere Gedankn hinein. : Warum waren meine Schulfreunde immer 1 Kopf kleiner geweesen ? : ‹Zeichn von Un=Sicherheit› ?).).

Da wir grade schtehen : »Hertha – Ich geh ma Aus=Treetn.« (Sie sofort=auch. Allerdinx Jeeder nach ner andern Seite. Noch. Komisch ? Oder berechticht ?). / Der feine Reegn wurde wütender. Die Tropfm piextn kalt Beide : Schwannz=Schpizze & Unter=Arm. (In der seitlich=schwarztn Fütze mein Schpiegl=Billd ? – : Ich schpuckte sofort nach ihm; ich reagiere da fix !). / Auch Sie – (jetzt Beide wieder neebm=über dem Auto) – betrachtete Wasser, das (auch kalt ?) ihren Hand=Rückn weiter hinunterkroch : AusdemGewöllk=aufHerthasHant=indieErde.) –

: »Wolln wa umm=dreehn ? !« – – –

(Und kweer vor Uns vorbei 1 Panntzer ‹unserer› Bunndes=Wehr. Unt noch 1. Und noch 2e – : »Das nimmt ja *gaa* keen Ende« (1 Geegner der ‹Wiederaufrüstunk› darf diesen Satz schtraafnd=angewiedert ausschprechn; 1 Befür=Worter freudich=erreekt.) (Mein Urteil über diese ‹Ent=Wicklunk›, Hertha ? Das kennsDu doch satt=sam. – Schpeeziell über ‹Panntzer› ? Nuu; ich will gantz vor=sichtich sein. Falls man Uns wieder ap=hört. : »‹Panzer›, Hertha ? – ä=schwer zu entwenndn.« / Sie sah mich loobmd ann. Und kicherte. (Und noch mehr, als ich Ihr die – wirklich ‹Wahre› – Geschichte erzählte : wie wir mal in ‹der Batterie› 3 Gannoown gehabt hätten, die die Feerde der Geschütz=Beschpannunk den benachbartn Bauern verkauftn.)

Aber das klappernde Geschtreuch, rechz & linx, fechchelte sich; mit un=angenehm'm, nessendn Gebärdn. (Und wir ent=schlossn Uns immer noch zu keiner ‹Auffahrt› : wie 1 Ecks=Kremennt, in Schleim & Bluut, komm' wir aus irgendei'm Bauch !).

Hertha schraak auf ! – : »Aus ‹irgendei'm› ? ?«. – (Ich fürchte=jaa, mein Schatz. *Meine* Elltern jeednfalls – unt ferrmutlich sinnz 90% unseres Schtandes – haabm leedicklich geheiratet, weil's ‹passiert war›.). –

: »Wie=lange kenn'n wa=Uns eigntlich –«; (ohne rechtn Fraage=Tohn). : »Runnt 2 Jahre=Hertha. Nich=gantz.« (Unt Axl=Zuckn). / (Schertz=Versuch) : »HaßDe mich immer noch nich durchschaut ?«. (Was nattührlich völlich un=angebracht war. Sie schüt-

telte auch nur den hohen=rotn Kopf über mich; serves me right.) – *(Aber nu ma Ich; a la ‹Mädchen mit Rad›) : »Keine* Ööl=Heizunk mehr. : ‹Hertha macht morgns Feuer in 2 Ööfm.› –«. (Sie wußde umgehend die Antwort) : »*Das* machst ja *Du.*« (Ah; : *sehr* intressant.)

: »Die Wäsche=Leine ver=eist. – Die Asche muß 900 Meeter=weit in den Walt gefahrn weerdn.« (Aber Sie wußde auch hierauf 1 Antwort; sie endete auf ‹Du›.) –

: »Binn=Ich=nich auch viel zu allt für Dich, Hertha ! –«; (ich; gekwäält. Ich wußde nur allzuguut, wie ich früher gekonnt hatte. Im Vergleich zu jetzt.)

: »Allbernes Supp=jeckt.« sagte sie liebe=voll. Und fügte noch, trööstnd, hinnzu : »Mier tutt'er Bauch jetz noch weh; vonn Geßtern.« (Unt verschtiek sich sogar zu *der* Behauptung) : »Von mier=aus brauchtzDe überhaupt nie zu könn'n.« / (Aber das war 1 Fehler geweesn, mein Kinnt !) : »Unter diesn Um=Schtändn dreiw nur onn, Dreiwer.«, versetzte ich grimmich.

(Aber sie hielt noch.) / : »Hier uff der Eerde iss ooch nischt los – wenn ich an 45 denk'.«; murmelte Sie s=toisch. (Ich füllte Ihr den entzückenden Schlunnt lieber wieder mit Mett=Wurrßd. Unt Giffendorfer Schinckn. : *Das* will nattürlich reiflich überleekt sein; so'nn Schinnkn !). –

(Eebm weil Sie so schlecht läßt ! / Und jetzt, in der Werxcantiene, hatte ich weenichstns mein warmes Mittackessn. Jeedn Tack. (Vielleicht wenn ich das Acktnschtück nich gefunndn hätte : von der Bestie im schön'n Mohnat Mai. ... / (Und – saatanischer Gedanke ! – jeener ‹Schorrse› würde die graue Attleetinn, & un=bedenklich, bürrschtn ! Potz Batt & Kloh & Schlamm=Bückse ! *Die* würde auch heute noch nich wimmern ‹Wee; Ich ertraak Dich nich !› – Dabei nichz Un=Menschlicheres als dies Göthe=Ullriekische, Fuukeh=Allbertienische, Durcheinander Mixn der Gennera=tzjohn'n : Neenee !).).

‹Wietah=Nuh=owwa !› : Glücklich=sein ist ein Verbrechen; Unglücklich=sein eine Schande : es blitzde gleich blau=kweer an der schtehenden Fronnt=Scheibe vorbei. Ennt=lannk. – : »Los; anfahrn=Hertha ! – Wier komm' sonnst zu schpät.« / Ihr=Fuß trat zwar auf den An=Lasser. / Dann aber, schon im Rollen, die Kleinst=Schtimme neebm=mier –

: »Wenn wa aber doch=morgn – vielleicht – : künn=diejen ? –« (‹Ich dachte doch : und wenn ooch noch : aber denkn Se sich doch !› :

die schleesische Formel für Klatschbaasijes. Nach=dem=Mond=im=Wasser=fischn. / Schreckliche Vor=Schtellunk : Ich an dieser idiotischn ‹Tabelle› ! (Sie im Klosett der Mußder=Zeichnerinn'n.). / Und immer weiter : Zeit=einholn; Zunge=beißn; Hant=anhaun. (Schtrahl mich ja nich so ann, Du Schlannge. ‹Bestie› : Jetz fiel mir auch noch Brentanos ‹Furia› ein. –).

‹OSTERCAPPELN› ? – : »War'n wa im Einsatz.«; (ich; resigniert). –

‹IBBENBÜREN› ? : Warn wa im Einsatz. : Resickniert.

‹RHEINE› ? : Warn wa im Einsatz ! / (Sie schteuern. Ich ‹Karl im Geheus›.)

‹BENTHEIM› ? ! –. (Unt ich knirrschde mit den Zähn'n, daß Sie erschraak: !) : »Da war ich, ‹meine=Hertha›, ‹in=Gefangnschafft› : 2 Tage & 3 Nechde.« (Dann ap; über Weetze nach Brüssel.) –

: »Komm biek rechz rumm !« / (Und kreisend schteuern. Unt Schweign.)

Lange. / (Am Juudn=Friethoff vorbei. / Über'n Almelo=Kanal : Vechte=Sankt Augustinus=Vechte.) : »Endlich.« (Sie war immer froh, wenn Sie die City Nordhorns hinter sich hatte; und die Neuenhauser Schtraße erreicht.) –

(Armrankn=Armrankn) : »KommsDe glei mitt zu mier ?« – / (Nichtsniemandnirgendsnie : nichtsniemandnirgendsnie). –

: »Nachheer=vielleichd.« – Sie schlank den Arm ums Haupd, als emmfinge Sie 1 Schlack ! (Dabei hatte ich leedicklich meine Haustür=Lampe angeknipst.)

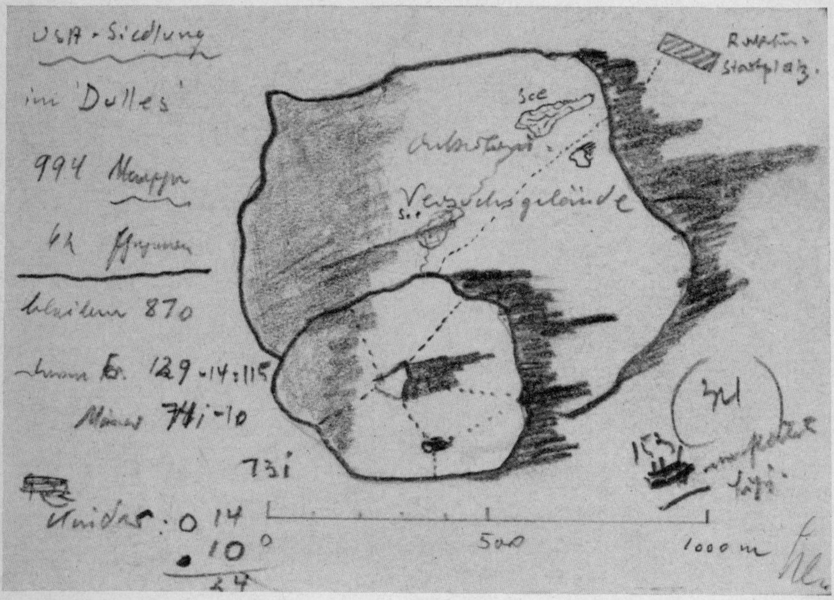
USA-Siedlung
im 'Dulles'
994
870
129-14:115
See
Versuchsgelände
Startplatz
731
0
500
1000 m